Geisterbahn
Roman
Von Anneliese Beck
Umschlag-Illustration von Helmut Ackermann

Ein Buch aus dem WAGNER VERLAG
Umschlaggestaltung von www.boehm-design.de

1. Auflage
ISBN 978-3-86683-166-7

Bibliografische Information der Deutschen Bibliothek
Die Deutsche Bibliothek verzeichnet diese Publikation in der
Deutschen Nationalbibliografie; detaillierte bibliografische Daten
sind im Internet über http://dnb.ddb.de abrufbar.

Die Rechte für die deutsche Ausgabe liegen beim
Wagner Verlag GmbH,
Zum Wartturm 1, 63571 Gelnhausen.
© 2007, by Wagner Verlag GmbH, Gelnhausen
„Wagner Verlag" ist eine eingetragene Marke.

Druck: dbusiness.de gmbh · 10409 Berlin

Das Werk ist einschließlich aller seiner Teile urheberrechtlich
geschützt. Jede Verwertung und Vervielfältigung des Werkes ist
ohne Zustimmung des Verlages unzulässig und strafbar.
Alle Rechte, auch die des auszugsweisen Nachdrucks und der
Übersetzung, sind vorbehalten! Ohne ausdrückliche schriftliche
Erlaubnis des Verlages darf das Werk, auch Teile daraus, weder
reproduziert, übertragen noch kopiert werden, wie zum Beispiel
manuell oder mit Hilfe elektronischer und mechanischer Systeme
inklusive Fotokopieren, Bandaufzeichnung und Datenspeicherung.
Zuwiderhandlung verpflichtet zu Schadenersatz.
Alle im Buch enthaltenen Angaben, Ergebnisse usw. wurden vom
Autor nach bestem Wissen erstellt. Sie erfolgen ohne jegliche
Verpflichtung oder Garantie des Verlages. Er übernimmt deshalb
keinerlei Verantwortung und Haftung für etwa vorhandene
Unrichtigkeiten.

Dieses Buch ist meinen Eltern gewidmet,
die in schlimmen Zeiten
um ihre besten Jahre gebracht wurden.

„Mach doch einfach einen Roman daraus!", rät Professor Ansgar Valponer seiner Frau, als diese ihm ihre Schwierigkeiten bei dem Verfassen einer Familiengeschichte klagt. Zu dürftig ist ihr Wissen über die Ereignisse, die sich einst innerhalb ihrer Familie abgespielten, und zu fremd sind ihr die Menschen, deren Fotografien sie immer wieder betrachtet. So lässt die Ärztin Dr. Edda Valponer ihre Geschichte 1930 beginnen, als sich die aus einer kleinbürgerlichen Familie stammende schüchterne, naiv-romantische Elsbeth Angermaier auf den ersten Blick in den jungen Ingenieurstudenten und passionierten Flieger Hans Heinrich Torsdorf aus Magdeburg verliebt. Damit verknüpft sich deren Schicksal mit dem einer selbstgerechten, dünkelhaften Magdeburger Akademikerfamilie zu einer Zeit, als von Frauenemanzipation so gut wie keine Rede war und Machtstrukturen sowohl im familiären wie im gesellschaftlichen Bereich offen ausgelebt wurden. Dabei leisteten ihnen auch die damaligen politischen Verhältnisse gewissermaßen Vorschub. Denn „Macht macht machthungrig und nimmer satt!"

Eddas Roman endet zwar 1956, doch ein Ende findet er nicht, da „eine Erzählung immer eine Reise ohne Ende ist!" (Henning Mankell)

Dr. med. Anneliese Beck, geboren 1935 und mehr als 40 Jahre lang als Ärztin tätig, verarbeitet in diesem Roman Kindheits- und Jugenderinnerungen ebenso wie ihre Erfahrungen aus der ärztlichen Praxis. Die Erzählung selbst und alle darin vorkommenden Personen sind frei erfunden.

Wie lange noch, und du bist Staub und Asche!
Und nur dein Name lebt noch, ja nicht einmal er,
denn er ist nur ein leerer Schall ...

Wer nicht weiß, was die Welt ist, in der er lebt,
weiß auch nicht, wer er ist; wer weder das eine noch das
andere weiß, für den ist das Leben ohne Sinn,
und er weiß nicht, wofür er da ist.

Nie kann dem Menschen etwas widerfahren,
das zu ertragen er nicht imstande wäre.
Unablässig siehst du die Menschen, die,
aus Unwissenheit oder um zu prahlen, standhaft
und ruhig alle Unglücksfälle und Leiden ertragen.
Denn alles Menschliche ist vergänglich und nichtig.

Kaiser Mark Aurel

Die Narben, die du hast, sind die Hülle für das Gold,
das du in dir trägst.

Afrikanisches Sprichwort

TEIL I

Prolog

An einem Herbsttag im späten September 2004 rollte ein heiter hellblaues Automobil der Marke VW zu vormittäglicher Stunde an den bescheidenen Hangars des kleinen Flugplatzes Oberschleißheim bei München entlang und kam in einer Wiese zum Stehen. Abseits von den dicht befahrenen Straßen in Stadtnähe war die Fahrerin, eine hellgrauhaarige ältere, eher kleine, ein wenig rundliche Dame einem unbefahrenen, stillen, engen, gewundenen Sträßchen in vorgeschriebenem Tempo von 40 km/h gefolgt. Es führte durch ein Vogelschutzgebiet und war von struppigen Büschen, an denen vereinzelt feuchte farbige Beeren im gelbgrünen Laub glänzten, und von Gruppen verschiedenster Laubbäume, bei denen die herbstliche Färbung eingesetzt hatte, gesäumt. Stets nach den Hinweisschildern Ausschau haltend, die sie zur Flugwerft des Deutschen Museums führen sollten, war die Fahrerin zunächst an einer unschönen Kaserne des Bundesgrenzschutzes vorbeigekommen. Die Einsamkeit dieser flachen Landschaft in der Nähe der pulsierenden, lauten Großstadt beglückte sie.

Nachdem sie ausgestiegen war, empfand sie trotz des gleichmäßigen, allerdings stark gedämpften Geräuschs des stetig dahinrollenden Kraftfahrzeugverkehrs auf der unweiten Schnellstraße umso intensiver die angenehm beruhigende Stille eines feuchten Herbstmorgens in der schwächelnden Sonne in einer sich ausbreitenden Weite flacher Wiesen, auf denen kleine Gruppen von Büschen und Bäumen Inseln glichen, welche das Auge zum Verweilen einluden. Sie atmete die frische, kühle Luft genussvoll ein. „Hier fühlt man sich wieder einmal ganz selbst!", dachte sie.

Als sie sich umblickte, sah sie einen älteren Mann in schlampigem Jogging-Anzug, eine Baseball-Mütze auf dem Kopf, auf sich zukommen.

„Darf ich da ein bisserl stehen bleiben?", fragte sie.

„Das schon!", war die nuschelnde Antwort. Die Dame – ihr Name war Dr. Edda Valponer, und sie war 69 Jahre alt – bemerkte sofort, dass der Mann praktisch zahnlos war. „Ewige Angst vor dem Zahnarzt!", dachte sie flüchtig, aus dem reichen Erfahrungsschatz ihrer ehemaligen ärztlichen Praxis schöpfend. Dergleichen kam öfter vor, als man heutzutage gemeinhin denkt.

„Wir haben auch eine Wirtschaft hier", zischelte der Zahnlose weiter, „da können Sie einen Kaffee trinken. Aber grad ist die Polizei mit einer Mannschaft da. Da dauert's dann ein bisserl länger mit dem Bedienen!"

„Wie heißt dieser Flugplatz hier?"

„Oberschleißheim! Das ist der Flugplatz Oberschleißheim!", wurde Frau Dr. Valponer, begleitet von einem eher bescheidenen Sprühstrahl zähen Speichels, informiert.

„Und gab's den schon im Krieg?"

„Freilich!", antwortete der Verschlampte, Gefältelte in der Manier eines Insiders, der höchstwahrscheinlich ein altgedientes Faktotum in dieser Anlage war.

Sie ging auf den bescheidenen Gasthof zu, durchquerte dabei den durchaus geräumigen Biergarten, den der Mann sofort in Zischlauten für ein Verweilen an schönen, warmen Tagen anpries. Sie kam an einem Anbau vorbei, der eher einem improvisierten Zelt glich, und der schon deshalb um eine Ecke hässlicher war, als die meisten Anbauten an altbayerischen Gastwirtschaften quer durch das Land, wodurch man die schönen alten Häuser meistens gründlich verschandelt hatte. Waren sie doch alle Zeichen der zunehmend prosperierenden Volkswirtschaft nach dem schrecklichen Krieg, derzufolge nicht nur der allgemeine Wohlstand, sondern mit ihm auch die Freude an großen Festivitäten zunahmen. Abgesehen davon erfuhr damals ja auch die Bevölkerung ganz allgemein durch Zuzug von Kriegsflüchtlingen und Vertriebenen einen erheblichen Zuwachs. Und, wie man weiß, nahmen auch diese Menschen durch ihren Fleiß und ihre beträchtlichen Anstrengungen in gleichem Maße am aufkommenden Wohlstand teil. Mit anderen Worten: Man brauchte Platz zum Schlemmen und Feiern!

Frau Dr. Valponer sah, wie in dieser Hässlichkeit ein Pulk von jungen Männern, deren jugendliches Aussehen durch ihre uniformierte Kleidung einen geradezu feschen Akzent erfuhr, fouragiert wurde. Das Outfit bestand nämlich ausnahmslos in schwarzen Trainingsanzügen, auf deren Rücken in großen hellen Buchstaben „P O L I Z E I" zu lesen war. Edda erfreute sich an dem Anblick dieser „durchweg hübschen jungen Buben".

„Trainieren die hier das Fliegen?", fragte sie, „Hubschrauber vielleicht?"

„Nein, die haben hier ein Manöver!", war die feuchte Antwort.

Sie las auf einer Tafel neben dem Eingang zu der Gastwirtschaft die Preise in Euro für die zu buchenden

Vergnügungs-Rundflüge, z.B. für den „Vier-Seen-Flug" oder den „Alpenrundflug" (... „Gar nicht mal so teuer!", stellte sie fest) und blickte über das kleine Rollfeld und die kurzen Start- und Landebahnen. Ach wie winzig und mickrig machte sich dies hier alles gegenüber den riesigen Rollfeldern internationaler Flughäfen aus! Sie stellte sich die Start- und Landebahnen an den Fronten des letzten Weltkrieges vor, die wohl ähnliche „kurze" Längen gehabt haben mochten. Und ihr fiel ein, dass sie solche militärischen Landebahnen vor einigen Jahren auch in Laos, sozusagen mitten im Dschungel, gesehen hatte, die, von den Amerikanern angelegt, aus dem Vietnam-Krieg stammten. Viel länger als diese hier waren jene eigentlich auch nicht.

„Hier also war er!", dachte sie, „und er war auch einmal so jugendlich und unbeschwert wie diese jungen Polizisten, die wahrscheinlich ihr Manöver sogar noch genossen. Und er war verrückt aufs Fliegen!"

„Da drüben ...", sie zeigte auf hangarähnliche Gebäude in der Ferne „da drüben! Ist dort die Werft des Deutschen Museums?"

„Ja!", antwortete der Flugplatzwart, „Demnächst kriegen sie eine JU 24! Jetzt steht da eine Antonow! Sehen Sie das Flugzeug?"

„Ist es die Maschine, die vor den Hallen steht?"

„Genau! Die ist es!"

Edda dachte an ihre Reise nach Wolgograd, dem ehemaligen Stalingrad, als sie dort vor zwei Jahren in einem großen Freilichtmuseum über der Wolga die abenteuerlichsten wackeligen Flugzeuge sah, die in der schrecklichen Schlacht um diese Stadt mit gekämpft hatten. Eine JU hatte sie übrigens vor etlichen Jahren schon einmal im

Deutschen Museum gesehen, und sie war sogar in sie hineingeklettert.

Nein, sie trank keinen Kaffee, und sie trank auch nichts anderes. Sie nahm überhaupt nichts zu sich.

„Ich gehe ein bisserl spazieren!", informierte sie den Nuschel-König und schlenderte die Straße weiter in Richtung Museum.

Schon von ihrem Parkplatz aus hatte sie das Haus gesehen, auf das sie, der Straße weiter folgend, nunmehr zusteuerte. Es war ein einfaches grauweiß getünchtes Gebäude mit spitzem Dach, und es befand sich in ganz unmittelbarer Nähe eines niedrigen „Towers". Sehr bald las sie das Hinweisschild zur „Fliegerschänke Alter Adler".

„Hier war er sicher auch zusammen mit seinen Kameraden! Muss er ja!", dachte sie. „Er kann ja nicht immer in der Luft gewesen sein!"

Beim Näherkommen nahm sie die Verwahrlosung des Gebäudes wahr, von dem der über die Jahrzehnte verschmutzte Putz teilweise abbröckelte. Obgleich es, wie sie bemerkte, Menschen beherbergte, war das Haus auf der ganzen Linie einfach unordentlich! Außerdem gewahrte sie neben einer Schrift in großen Buchstaben, welche auf seine ursprüngliche Bestimmung als Fliegerschänke „Alter Adler" hinwies, ein kleines Schild, das es als das „Ostpreußen-Haus" identifizierte. Hinter dem Haus schloss sich ein großer, unfreundlicher, geteerter Hof an. An den Hauswänden gelehnt, fand sich allerlei alter Hausrat: Eine „Krattler-Wirtschaft", wie man in Bayern sagt.

Edda ging zurück, setzte sich in ihren Polo, steuerte auf die Straße zurück und folgte ihr, bis sie zu den Hangars des Deutschen Museums gelangte.

Da stand sie, einsam und allein im Freien: die Antonow, ein kleines Maschinchen, ein Doppeldecker aus musealen Zeiten! Und mit solchen Flugzeugpüppchen führte man voll Zuversicht, die Köpfe voller Ideologien, Krieg! Krieg und noch mal Krieg! Und war noch stolz darauf! Selbst auf das heldenhafte Sterben!

Wie sagt Shakespeare?

„Die Götter sind gerecht. Aus unseren Sünden machen sie das Werkzeug unserer Strafe!"

Hier irrt Shakespeare! Das war die Meinung der Frau Dr. Edda Valponer. Ihrer Meinung nach erreichten die von den Göttern nach dem Gießkannenprinzip über die Völker ausgeschütteten Strafen nicht in gerechtem Maße deren sündige Führer und ihre Protagonisten, ihre Bewunderer, ihre Nach- und Mitläufer, nicht ihre sich in allen Verführungskünsten auskennenden Ideologen! Oh nein! Diese Götter kippen – auch heute tun sie's noch – ihre Strafen einfach über Gerechte und Ungerechte aus, über die Schuldigen und die Unschuldigen. Und so war es zu allen Kriegszeiten! Bedauerlicherweise werden auch in den kommenden Generationen die von der Macht Besessenen und ihre Ideologen daraus nichts gelernt haben ... war Eddas Meinung.

Und Edda betrat das Museum!

Sie verbrachte mehrere Stunden in den lichtdurchfluteten Hallen und betrachtete die zahlreichen Flugzeuge: Flug-Exemplare aus den Anfängen der Fliegerei im 19. Jahrhundert bis hin zu hochtechnisierten Maschinen aus der Zeit der Jahrtausend-Wende. Sie beäugte sie vom Boden aus, auf denen sie geparkt waren, sie trat unter die breit ausladenden Flügel und kletterte auch in Besuchern zugängliche Kanzeln. Sie sah die faszinierenden Konstrukte hochbegabter, flugbesessener Ingenieure von den umlaufenden Galerien aus, und sie sah kleinere Exemplare über ihrem Kopf schweben. Und sie staunte über die große Anzahl von Flugzeugwerken im ganzen Land – von Norden bis zum Süden – die sich vorwiegend in der ersten Hälfte des 20. Jahrhunderts auf deutschem Boden etabliert hatten und immer neue Konstruktionen herausbrachten. Das war faszinierend! Erschüttert betrachtete sie den Starfighter, auch Witwen-Macher genannt. Die Militärflugzeuge dieses Typs aus dem letzten Drittel des vergangenen Jahrhunderts stürzten zu ihrer Zeit in einer traurigen Anzahl ab und rissen manchen Piloten mit in den Tod, da der jeweilige Schleudersitz offensichtlich nicht immer funktionierte. In einer Enge, wogegen man ein U-Boot als geräumig beschreiben kann, raste der Bundeswehr-Fliegeroffizier in aller Einsamkeit, festgezurrt und von eiskalter Technik eingekeilt, bar jeglicher eigener Bewegungsfreiheit in diesem immerhin eleganten Flugungetüm über den ebenso eiskalten Himmel, den er wahrscheinlich gar nicht richtig mit eigenen Augen wahrnahm.

„Wahrhaft todesmutig!", dachte Edda schaudernd und war fast ein wenig getröstet durch die Betrachtung der „Phantom", einem gleichaltrigen US-Technik-Flug-Monster, in dem zwei Piloten hintereinander eingepfercht wurden und, sollte etwas schiefgehen, wenigstens „zusammen sterben durften!". Selbstverständlich waren auch die sowjetischen und die DDR-Flugzeuge vertreten.

Doch alle diese früheren und modernen Kriegs-, Verkehrs-, Transport-, Lazarett- und Privatmaschinen waren nicht ihr Interesse Numero 1, sondern das war der Fieseler Storch in seiner eleganten Schlankheit und mit einer Spannweite seiner Flügel von 14 Metern. Oft und oft hatte er von ihm erzählt! Er war das erste Langsam-Flugzeug der Welt und d a s berühmte Aufklärungsflugzeug des 2. Weltkriegs. Es entstand 1937 in den Fieseler-Werken in Kassel. Und es war sein Flugzeug während des Krieges! Damit war er mehrmals abgeschossen worden, wobei er einmal in Süditalien mit seinem Fallschirm in einem Baum hängen blieb und die schadenfrohe Dorfbevölkerung ihn Stunden um Stunden hängen ließ, bis er endlich von deutschen Kameraden befreit werden konnte. Das hat er oft erzählt! Und, dass die V1, die erste automatisch gesteuerte Flügelbombe mit einem Strahltriebwerk, damals in den Fieseler-Werken hergestellt wurde. Erst neulich hatte Edda gelesen, dass das V in diesem Falle für „Vergeltung" stand. Makaber! Eine V2 war übrigens noch der V1 gefolgt. An weiteren Verbesserungen hatte man bis Kriegsende gearbeitet – unterirdisch, wie man weiß, und unter Einsatz von Häftlingen und Fremdarbeitern unter unmenschlichen Bedingungen, immer auf die sogenannte Wunderwaffe hoffend, die für den Endsieg entscheidend sein würde. Jeglicher Zweifel daran, gar die Überzeugung, der Krieg könne ein anderes Ende finden, kam, wie man weiß, einem Schwerverbrechen gleich.

„Wird man nicht immer wieder und ganz unvermittelt von diesen schrecklichen Zeiten eingeholt?", fragte sich Edda. „Meistens dann, wenn man es eigentlich gar nicht erwartet! Heute allerdings habe ich es erwartet. Dennoch: es ist, als fühle man sich auf das Herz getreten!"

Sie, die fast Siebzigjährige, hatte den Krieg vom ersten bis zum letzten Tag erlebt.

Wieder daheim in ihrem gemütlichen Haus in Schwabing war das Besinnliche und das gemütlich Behagliche mit einem Schlag vorbei! Haus und Stimmung wurden beherrscht von dem Mann ihres Lebens: Ansgar!

Ansgar, ein typischer „Ichling" eines Wissenschaftlers, war mit seinen mehr als 70 Jahren noch immer ein Aufregungen und Stress verursachender Wirbelwind, der nicht nur regelmäßig zwei Stufen auf einmal nahm, sondern auch jede Rolltreppe, wo auch immer, hinauf und hinunter zu hasten bestrebt war, während sie, Edda, – schon aus Opposition – erst recht ruhig darauf stehen blieb und ihn, den weißhaarigen, hageren, längst oben oder unten Angekommenen in seiner ganzen Unruhe auf sie warten ließ.

„Sein typischer Ehrgeiz!", dachte sie dann jedes Mal belustigt, und: „Fehlt nur noch, dass er eine Stoppuhr in der Hand hält!" Und: „Nicht schlecht, wie ihm das Leben noch durch seine alten Gefäße pulst!"

Seit 42 Jahren war sie nun mit diesem unruhigen Geist verheiratet. Seit 42 Jahren fightete sie in einer ehelichen, erotisch geschwängerten Kampfarena mit einem Mann, der noch immer die Liebe ihres Lebens war. Seit dieser Mann sie vor 47 Jahren aus einem Schneehaufen direkt neben der Piste, welche sie vom Hafelekar hoch über Innsbruck eine Spur zu kühn hinuntergeschwungen war, herausgebuddelt und ihr wieder auf die Bretter geholfen hatte, seit dieser „Bergrettung" führte sie einen Kampf gegen eingeprägte patriarchalische Strukturen in einem Tiroler Schädel aus dem oberen Inntal, der keinen Augenblick daran dachte, seine Angriffe auf die gegen ihn aufgerichteten Barrieren der Emanzipation aufzugeben. Und dem es über die Jahre, trotz aller Mühe, die er sich gab, immer wieder gelang, in ihre Schränke einzubrechen. Dennoch betrachtete sie diese Ehe als ein opulentes Geschenk des Schicksals, nachdem ihr – und da war sie nicht die einzige Ehefrau auf dem Globus – auf ihrem empfindlichen Gemüt eine Hornhaut gewachsen war. Über 40 Jahre lang war sie als Ärztin tätig gewesen! In Hunderte von Ehen hatte sie hineingeblickt! In Höllen, in denen man sich zerfleischte, hatte sie Einblicke getan! Ödnis und Leere, welche die Herzen grau und kalt werden ließen, waren vor ihr ausgebreitet worden!

Edda kannte sich aus: Scheidungs-Witwen und Scheidungs-Waisen! Des Jammers war kein Ende! Sie und Ansgar gehörten zu den Glücklichen, denen dies erspart geblieben war. Sie hatten zwei Söhne, die nach mancherlei pubertären Kämpfen ihren Weg gemacht und inzwischen ihre eigenen Familien hatten. Aus ihrer Sicht konnte sie zufrieden sein, obgleich sie sich nicht allzu sicher war, dass ihr Mann, was ihre Ehe anbetraf, die gleiche Zufriedenheit empfand. Trug nicht ein jeder seine eigenen Legenden mit sich herum, wenn er seine Jahre auf dem Buckel hatte? Und war da nicht in eines jeden Herzen ein geheimer Winkel, in dem Geheimnisvolles verborgen lagerte, oft sogar mit der Zeit den eigenen Augen verborgen, wenn man diese nur lange genug und über die Jahre konsequent geschlossen hielt? Auch das wusste Edda, doch sie hatte schon längst beschlossen, darüber nicht groß nachzudenken.

Als sie vor drei Jahren ihre Arztpraxis aufgab – sie war damals mehr als 66 Jahre alt, und es geschah gegen den Willen ihres Mannes, der, stets auf seinen eigenen Fleiß und seinen eigenen Ehrgeiz fixiert, ihren Schritt nicht begreifen konnte – damals also war ihr klar, dass sie, wollte sie nicht vorzeitig „alt und krumm" werden, etwas für ihren nicht mehr jungen Körper und ihr auch nicht mehr junges Gehirn tun musste. Biologische Strukturen brauchen Training, sollen sie intakt bleiben, wie man weiß. Und Edda entschloss sich nicht nur für regelmäßiges Schwimmen und Wassergymnastik, um der Beschwerlichkeit des Alters, soweit es in ihrer Macht stand, entgegenzuwirken, sondern sie fasste auch einen weiteren Entschluss. Zwei Jahre lang hatte sie ein wenig lustlos an der Universität herumgegangen und war, wie unter ihren Kollegen üblich, einem Seniorenstudium nachgegangen. Das Stückchen Lebensweg das vor ihr lag, war abschüssig, um nicht zu sagen: zukunftslos. Das wusste sie ja längst! Und sie hatte gewusst, dass sie es wusste! Dennoch war ihr dieses Wissen in den letzten Monaten in voller Schärfe in ihr Bewusstsein eingedrungen. Den Kampf gegen das Alter würde sie, sollte ihr noch ein längeres Leben vergönnt sein, in jedem Fall verlieren. Es war und blieb eine aussichtslose Angelegenheit, und sie konnte nur hoffen, in Rückzugsgefechten hin und wieder erfolgreich zu sein! Und sie konnte nur hoffen, dass sie das Alter nicht in die Lächerlichkeit hineinzog oder der Bitternis überantwortete.

Schon immer waren ihr die besten Gedanken gekommen, wenn sie allein spazieren ging, allein wanderte, allein im Garten arbeitete, allein im Wasser ihre Bahnen zog. Je älter sie wurde, desto mehr Ruhe brauchte sie für ihre Gedanken, namentlich jetzt, da sie sich dazu entschlossen hatte, ihre Familiengeschichte aufzuschreiben. Nicht, dass sie sich mit Verve darauf geworfen hätte! Doch sie verspürte einen inneren Drang, dies jetzt tun zu müssen, da sie noch genügend Kraft hatte, abgesehen davon, dass es auch kein schlechtes Hirntraining sein würde.

Natürlich sprach sie mit ihrem Mann darüber, im Voraus wissend, was er dazu sagen würde:

„Wieso fragst du mich, Edda? Du darfst, weil du kannst, und du musst, weil du kannst! Also!"

Natürlich! Mit Immanuel Kant war er schnell bei der Hand! Er selbst hatte sein Leben lang nach dieser Maxime gelebt und tat es noch, und er war stets darauf aus gewesen, sie auch seinen Söhnen einzubläuen. Ein Glück, dass deren Verweigerung nur eine vorübergehende war!

„Du erwartest doch nicht, dass ich im Stande bin, da ein großes Fass aufzumachen?", fragte sie zweifelnd, „Abgesehen davon, dass meine Erinnerungen reichlich lückenhaft sind! Über die Zeit ist über viele Ereignisse nicht nur in meinem Kopf so viel Gras gewachsen, dass man nahezu keine Wiese mehr betreten kann!"

„Dann lass' es eben! ... Was glaubst du, welche von diesen Kulturstricken soll ich jetzt mitnehmen ... nach Mexiko?" Und er betrachtete in der offenen Kleiderschranktür etwa zehn Krawatten, die, sich harmlos gebend, aufgereiht über eine Kordel hingen: Zehn Stück! Für jeden offiziellen Anlass eine, einschließlich einer Beerdigung. Leider war der jeglicher Eleganz abholde Professor Valponer noch reichlich oft gezwungen, sich eine „Kulturstrippe" um den Hals zu winden, denn trotz seines Alters war er noch häufig global unterwegs, um Kongressen und wissenschaftlichen Sitzungen beizuwohnen und Vorträge zu halten.

„Ich lasse es natürlich nicht! ... Ich würde die rechten sechs mitnehmen, die ... "

„Sechs?", echote der Professor schockiert.

„In Mexiko ist man sehr elegant, das weißt du doch!"

„Leider!", knurrte der Professor und raffte die ihm von seiner Frau zugewiesenen sechs Krawatten zusammen, um sie in den geöffneten Koffer zu werfen. Edda fing sie auf und legte sie ordentlich zusammen.

„Du hättest eben mitkommen sollen, so wie das letzte Mal!", sagte er vorwurfsvoll.

„Nein! Wir waren schon dreimal miteinander dort, und ich habe alles gesehen, was es zu sehen gibt! Das reicht! ... Und auf Festabende bin ich schon gar nicht mehr scharf!", setzte sie hinzu.

„Du würdest round about zwanzig Leuten wieder begegnen, mit denen du dich wunderbar unterhalten könntest! Und für mich wär' das gesellschaftliche Getue auch nicht so fad!"

Der Professor warf einen bösen Blick auf seinen am Schrank hängenden Abendanzug und schaute flüchtig in seinen zur Hälfte gepackten Koffer.

„Die auf keinen Fall!", schnaubte er und zog wieder eine der Krawatten auf dem Gepäckstück hervor. „Die ist mir dann doch zu g'scheckert!"

„Die hat dir dein Erstgeborener ausdrücklich deswegen geschenkt, damit du bei deinen öffentlichen Auftritten à jour bist, mein Lieber!"

„Sei's drum! Ich mag sie nicht! Finito!" Er schmiss das gute Stück auf sein Bett, wo Edda es wieder einsammelte und sorgfältig an der Schranktür auf die Kordel hing.

„Du würdest mich ja nur als Dekor mitnehmen, damit du zur Not nicht allein herumstehen musst, falls du grad keinen Gesprächspartner hast! Als Statist zu fungieren, dazu ist mir die Zeit zu schad'!", sagte sie währenddessen.

Und, nach einer kleinen Pause: „Wir könnten das Buch zusammen schreiben!"

„Welches Buch?"

„Na, meine Familiengeschichte!"

„Hast du einen im Tee, mein Schatzerl? Wozu soll i c h die Zeit dafür hernehmen? Abgesehen davon, dass ich wenig genug darüber weiß! Nein! Nein! Nix zu machen! Das ist ganz allein deine Party! Ich hab gesagt: lass es! Oder, noch besser: Schreib irgendwelche Geschichten zusammen oder mach gleich einen Roman! Mit Phantasie und Schneegestöber bringst du dann alles auf die Reihe, an was du dich erinnerst!"

„Das ist doch typisch Ansgar!", dachte sie. „Erst treibt er einen mit Immanuel Kant auf die Bäume, und dann reicht er einem bestenfalls eine Gerte, um wieder herunterzukommen. Er selbst schreibt Bücher so aus dem Effeff, und mich lässt er oben im Geäst sitzen! Nun gut! Ich komm schon wieder herunter, und ich zeig's dir, Herr Professor! Immerhin: Die Idee eines Romans ist nicht schlecht!"

Edda warf einen flüchtigen Blick in den großen Schlafzimmerspiegel, während Ansgar grummelnd in seinem Koffer herumfuhr, Gepacktes ständig hin und her schob und zwischendurch immer wieder etwas seines Inhalts verwarf, indem er es auf sein Bett feuerte. Edda räumte das Aussortierte in den Schrank zurück und warf, innerlich seufzend, einen zweiten Blick auf ihr Spiegelbild. Sie konnte es sich einfach nicht verkneifen.

„Inzwischen bin ich ganz schön und reichlich!", dachte sie. Unmerklich drehte sie sich ins Profil und betrachtete missmutig ihren Altweiberbauch.

„Alles wäre halb so schlimm, wenn diese dämliche Fettschürze nicht wäre!", dachte sie grimmig weiter, „Und das verdammte Hohlkreuz, was alles nur noch schlimmer macht!" Sonst wäre sie eigentlich ganz zufrieden gewesen, aber da sie eher klein war, fand sie den unteren Teil ihres Rumpfes eben ärgerlich.

„Edda! Träumst du? Ich hab dich gefragt, wo mein Termin-Bücherl ist. Hast du's vielleicht gesehen? Es muss doch ... mein Gott, ich hab's doch ... es war doch ...!"

„Küche!", antwortete seine Frau.

„Was heißt Küche?"

„Es befindet sich in der Küche!"

„Wieso in der Küche?"

„Weil ich es dort kürzlich gesehen habe. Was fragst du eigentlich mich? Schließlich ist es doch dein ..."

„Und wo da?", fuhr er dazwischen.

Ja wo?

„Kühlschrank! Ich glaub auf dem Kühlschrank! Halt! Nein! Im Kühlschrank!"

„Wieso im Kühlschrank? Hast du gesagt i m Kühlschrank?"

„Ich glaub, ich hab's vorhin im Kühlschrank gesehen."

„Bist du noch ganz bei dir, Edda? Bist du durch den Wind? Oder hast du einen Knick in der Optik?"

„Wieso ich? Wer hat's denn in den Kühlschrank gelegt, wenn es dort liegt, frag ich dich? Geh halt selber und schau nach!"

Er tappte tatsächlich in die Küche, und sie hörte, wie er die Kühlschranktür öffnete und kurz danach mit Schwung wieder zuwarf. Wortlos kehrte er in das Schlafzimmer zurück und ließ das kleine Buch wie beiläufig in den Koffer fallen.

„Wo ist meine Reisetasche?", brummte er gereizt. „Sie war doch immer ..."

„Hier!" Edda stellte ihm die Tasche vor die Füße.

Sie fragte ihn nicht, wo er sein Terminbuch gefunden hatte, und so blieb der Fundort für sie fürderhin ungeklärt. Was blieb, war der Schrecken über und die Angst vor seiner Zerstreutheit, umso mehr, als es auch ihr wiederholt passiert war, dass sie einen Gegenstand an einer unmöglichen Stelle abgelegt hatte. „Und wenn sich das Buch tatsächlich im Kühlschrank befunden hat", fragte sie sich, „warum habe i c h es dann nicht herausgenommen? Habe ich es dort einfach nur gesehen und doch nicht gesehen?"

„Soll ich dir dein Terminbuch gleich in die Tasche stecken, wir könnten es sonst beide ..."

„Ja, mach das!" Und sie merkte, dass er müde war. Tatsächlich setzte er sich neben sie auf das Bett. Sie streichelte seine Hand.

„Gib da drüben auf dich Acht!", sagte sie

„Freilich! Schließlich wanke ich nicht allein in der neuen Welt herum! Du fährst mich doch zum Flughafen?"

„Aber ja!"

Alles lief wie am Schnürchen. Es gab keinen Stau auf der Autobahn. Ansgar konnte gemächlich einchecken, und die Eheleute konnten noch gemütlich einen Kaffee trinken. Der Professor war wortkarg, doch das war er immer, wenn er sich auf eine Kongressreise begab, es sei denn, er traf unterwegs Kollegen. Seine Gedanken waren bei seinem Vortrag, den er halten würde, und im Grunde genommen war er jetzt in diesen Minuten, da er mit seiner Frau an dem kleinen Kaffeetisch auf dem Flughafen

„Franz-Josef-Strauß" saß, bereits in Mexiko. Er sah sich vor dem großen Auditorium, und in seinem Gehirn memorierte er – zum wie vielten Male? – sein Thema, wusste Edda. Sie dachte an das Terminbuch und daran, ob er vielleicht fürchtete, er könnte während seines Vortrags den Faden verlieren. Sie verspürte ein flaues Gefühl in der Magengegend und auch, wie ihr Puls schneller wurde.

„Das passiert ihm nicht!", dachte sie tapfer und verdrängte den unguten Gedanken. Sie ließ sich fallen und träumte vor sich hin, indem sie geistesabwesend auf die hin und her eilenden Fluggäste starrte. Mit ihren Gedanken gelangte sie schnell zu dem zu verfassenden Roman – dass es ein Roman werden sollte, hatte sie schon beschlossen – von dessen Gestaltung sie immerhin noch gar keine Vorstellung hatte.

„Was tun, sprach Zeus, die Götter sind besoffen?", würde ihr respektloser jüngerer Sohn in diesem Falle sagen. Also, bei Adam und Eva würde sie auf jeden Fall nicht anfangen, das war ihr schon einmal klar.

„Ich geh jetzt durch die Passkontrolle, Edda!", hörte sie Ansgar sagen, der im gleichen Augenblick aufstand, aus seiner Jackentasche einen Schein herausholte – er trug immer loses Geld in seinen Taschen und nicht nur Klimper, und nicht zu wenig! – und ihn unter die leere Kaffeetasse schob. Just in diesem Moment, da der Schein unter die Tasse glitt, hatte Edda ihre Idee! Gleich heute Nachmittag würde sie sich an ihren Laptop setzen und mit ihrem Roman beginnen!

I

Die Zulassungs-Nummer lautete IIA-10276, und zwischen dem Buchstaben und der fünfstelligen Zahl befand sich das Münchner Wappen, das „Münchner Kindl". Das Nummernschild war längs auf das Schutzblech des Vorderrades angebracht. An diesem wuchtigen Kraftrad war eigentlich alles der Länge nach ausgerichtet: Der lange, kubisch geformte Benzintank befand sich direkt vor dem Fahrersitz und war längs an die obere kräftige Stange des Fahrgestells montiert. Das Lenk-Gestänge war nach hinten gezogen, da der Abstand vom Sattel zum Vorderrad eben dieses Tanks wegen ein erheblicher war. Rechterhand befand sich die einfache Hupe, bestehend aus einem Gummiballon auf einer langen, starren Röhre, die schräg von hinten oben nach vorn unten ausgerichtet, in einen Trichter auslief und erschreckende Töne von sich gab, sofern man den Ballon kräftig drückte. Selbstverständlich hatte das Ungetüm von Motorrad auch einen Beifahrersitz.

Der stolze Besitzer dieses Gefährts war ein 24-jähriger junger Diplom-Ingenieur. Auf einer Fotografie aus dem Jahr 1930 sah ihn Edda das Motorrad mit zusammengepressten Lippen und vorsichtig mit der rechten Hand Gas gebend – was sie aus seinen gekrümmten Fingern an der rechten Lenkstange schloss – einen mit unbehauenen Brocken aus Nagelfluh gesäumten Gartenweg entlangbalancieren. Auf seinem Kopf prangte eine „Schiebermütze", die ihm fast bis an die Ohren reichte. Er trug einen Zweireiher mit lang nach unten gezogenem Revers über einem weißen Hemd, sowie eine Krawatte, sodann Knickerbocker, dicke Kniestrümpfe und derbe Halbschuhe. Hinter ihm, auf dem Beifahrersitz, thronte entspannt seine Mutter, die Besitzerin dieses Gartens, welcher erst vor wenigen Jahren nach dem Bau des eigenen Hauses neu angelegt worden war. Sie lächelte, während sich der Sohn verkrampft darum bemühte, die Balance auf dem engen Gartenweg zu halten. Sein Name war Arno Angermaier.

Das Motorrad war eine Neuerwerbung des jungen Mannes, wenn es auch nicht neu war. Von der hässlichen, kohlschwarzen, halbhohen, kurzhaarigen und spitzohrigen Straßenmischung Memme, einem Rüden, der eher feige als verteidigungsbereit war, – nomen est omen – war es schon ausgiebig beschnüffelt worden. Zu seiner Freude hatte der Sohn des Hauses Urlaub und befand sich zu Besuch bei seinen Eltern und seiner um drei Jahre jüngeren Schwester Elsbeth, die – wie aus der Fotografie nicht zu ersehen, war sie doch die Fotografin dieser Aufnahme – darauf brannte, ebenfalls auf dem Rücksitz Platz zu nehmen und, ihre Arme um den Leib des Bruders geschlungen, auf Münchens Straßen gen Norden und dann auf einer von Alleebäumen eingegrenzten Landstraße nach Malching, einem damals belanglosen Dorf, zu flitzen, um ihre Freundin und Cousine Paula zu besuchen. Nur ein Jahr älter als sie war Paula schon verheiratet. In einem Rausch aus Liebe und Leidenschaft hatte sich die Münchnerin ohne viel nachzudenken und gegen den eisernen und leider auch gewalttätigen Willen ihrer Eltern mit dem Haus-und-Hof-Erben des Malchinger Postwirts, dem Schranner Loisl, vermählt und war inzwischen Mutter eines Sohnes. Der war, zu Elsbeths Entsetzen – Wie und wo konnte so etwas passieren? – schon vor der Heirat, zwar noch unsichtbar, bereits auf dem Weg zum Erdenbürger-Dasein und erreichte somit auf seine Weise schließlich den Zusammenbruch des großelterlichen Widerstands. Offiziell sprach man nicht darüber, schon gar nicht vor jugendlichen Ohren! Doch: Was hinter vorgehaltener Hand ins Ohr geflüstert wird, das wird in der Regel ohnehin bald darauf von den Dächern verkündet. Mindestens einmal in der Woche, wenn nicht öfter, tauschten die Cousinen lange Briefe über mehrere Seiten in einem Gemisch aus steilen Sütterlin- und lateinischen Buchstaben – so Paula – und mit unendlichen Ergüssen – so Elsbeth – über dies und jenes und alles aus, in denen sämtliche Details ihres Alltags- und Feiertagslebens ausführlich geschildert und das Wesentliche wohlweislich verschwiegen wurde.

Selbstverständlich war auch der junge Neubesitzer des Motorrads darauf erpicht, einen größeren Ausflug zu machen. Die Cousine Paula interessierte ihn zwar weniger, aber er war so liebenswürdig, seiner Schwester die Erfüllung ihres Wunsches unter Umständen in Aussicht zu stellen, wie er übrigens überhaupt ein liebenswürdiger Bruder war. Bar jeglicher Launenhaftigkeit, daher stets ausgeglichen, dabei höflich und verbindlich, war er überall beliebt und willkommen. Nein, ein harter Knochen war der Arni nicht. Ansehnlich war er eigentlich auch nicht: Er war mittelgroß, seinem jungendlichen Alter entsprechend schlank, doch nicht drahtig, also kein ausgesprochen sportlicher Typ, er war eher dunkelblond als blond, er war kein Weiberheld, aber auch kein Kostverächter … Da gab es ganz andere, denen die Mädchen und jungen Frauen nur so über den Weg wucherten, sodass sie nur zuzugreifen brauchten und dann wohl auch nichts anbrennen ließen. Bei dem liebenswürdigen Arni war das eher weniger der Fall. Doch dank seines freundlichen und hilfsbereiten Naturells erfreute er sich eines beachtlichen Freundeskreises, nicht nur hier in München, seiner Heimatstadt, sondern auch an seiner jetzigen Wirkungsstätte, der mitteldeutschen Fast-Großstadt Magdeburg, wohin es ihn nach seinem Studium, sozusagen durchs Schicksal gesiebt, verschlagen hatte. Was war der Grund? Der Grund waren ganz einfach die dortigen zahlreichen Industrieanlagen, an denen es hier in Bayern – für einen jungen Ingenieur beklagenswert – nur allzu sehr mangelte. Dort allerdings „lief die Kugel!" Auch für den Arni! Dort hatte er sich auf die Reihe gebracht.

Hätte seine Schwester Elsbeth ihrerseits Urlaub gehabt, so hätte sie gebengst und gebettelt und insistiert, er möge sie aufsitzen lassen und sie auf seine Reise zurück in den Norden mitnehmen, um ihr das große Deutschland, das Reich, zu zeigen, von dem er zusammen mit Freunden und Spezln – er seinerseits jeweils auf dem Rücksitz eines Kraftrades – schon so viel gesehen hatte: nahezu den ganzen Rhein zum Beispiel, auch Heidelberg, die aufregenden Städte Köln, Essen, – letztere interessierte ihn begreiflicherweise ganz besonders – und Hamburg! Elsbeth träumte von Hamburg! Und vom Meer! Auch das Meer, die Nordsee, hatte der Bruder schon gesehen. Und immer hatten die Freunde in Jugendherbergen übernachtet. Sie, Elsbeth, konnte sich die unendliche Wasserweite der See nicht vorstellen!

Während der Arni während seines Studiums seine notwendigen Praktika in München absolvieren konnte, war er, noch bevor er eine Stellung in Magdeburg fand, auch für etliche Wochen in Niederbayern als Heizer und Rangierer bei der Reichsbahn unterwegs gewesen! Kurzzeitig hatte man ihn auch bei der berühmten Firma Krauss-Maffei, in der sein Vater schon viele Jahre als Werkmeister tätig war, und die sich damals dem Eisenbahnbau widmete, eingestellt. Der zunehmenden Massen-

Arbeitslosigkeit wegen hatte man ihn aber wieder vor die Tür gesetzt – die Jüngsten mussten damals zuerst gehen! Befand man sich doch mittendrin in den Jahren der mageren Kühe! Der Arni wäre nie auf der faulen Haut gelegen. Das hätten schon die Eltern nicht geduldet, und er selbst hätte auch nicht im Entferntesten daran gedacht, dass sie es vielleicht hätten dulden können! Außerdem waren die Zeiten nicht danach.

„Ach, die Männer hatten einfach von Haus aus ein aufregenderes Leben!", dachte die junge Elsbeth, die sich nichts sehnlicher wünschte, als ein ebenso aufregendes Leben zu führen. Nur nicht so etwas Eintöniges wie Cousine Paula, die jeden Tag in der Küche oder in der Wirtsstube stand, keinem einzigen interessanten Menschen begegnete und wahrscheinlich mit einem höchst eingeschränkten Wortschatz auskam! Eine Fortune war diese Ehe in ihren, Elsbeths, Augen nicht! Und sie selbst? Sie hatte es hier in München besser, keine Frage! Immerhin kannte sie die Freunde ihres Bruders, die meisten jedenfalls, und sie hatte selber eine Reihe von Freundinnen. Sie war im Turnverein und sang brav katholisch im katholischen Kirchenchor „Allerseelen", obgleich ihre Mutter und ihr Bruder Protestanten waren. Der katholische Vater, der etwas dagegen hatte, in dieser Familie in die religiöse Minderheit zu geraten, hatte darauf gedrungen, dass das Zweitgeborene, das Mäderl, katholisch getauft und erzogen wurde. Was seinen Erstgeborenen anging, so hatte seine Frau, widerspenstig, wie sie war, und dies ganz besonders gegen die katholische süddeutsche Verwandtschaft, ihn schon aus „Daffke" als „Not-Täufling" dem preußischen Luthertum zugeführt. Ein Problem war dieses familiäre Schisma nicht, die Familie war nicht sehr fromm!

Doch trotz Körperertüchtigung im Verein und Choralgesang in der Gemeinde: Hier in München im Büro als Buchhaltungsmaus versauern? Niemals! Was dann? Viele und immer wieder neue vielfarbige und stets wunderbare Phantasien nebelten, schwammen, flatterten, tanzten, blitzten durch Elsbeths Tagträume und besuchten sie nicht selten nächtens! Natürlich sprach sie nie darüber. Sie wagte es nicht, um sich nicht der Lächerlichkeit der phantasielosen Umwelt preiszugeben, denn phantasielose Menschen können sich eben die Phantasie nicht vorstellen, und schon gar nicht die einer uninteressanten Büro-Angestellten. Die abenteuersüchtige noch unreife kleine Schwester bemerkte nicht, dass, schon auf Betreiben ihrer Mutter, ihr Bruder immer wieder Studienfreunde ins Haus brachte, die, ständig hungrig, mit deren legendären Kuchen und mit bayerischen Brotzeiten bewirtet wurden. Gastfreundlich und weltstädtisch wie Mutter war, denn sie stammte aus der Reichshauptstadt, unterhielt sie ihre Gäste stets vergnüglich mit ihrer „Berliner Schnauze" und stahl ihrer Tochter, die man doch an den Mann zu bringen trachtete, meistens und unwillentlich die Schau! Das führte nicht selten zu wortreichen Auftritten von Mutter und Tochter in der imaginären Kampfarena, die sie in der Familie installiert hatten, und in der mitunter wahre Stimmband-Duelle ausgetragen wurden, womit sie die friedfertigen Männer des Haushalts beider Konfessionen sofort in die Flucht schlugen!

Die Kuchen und Torten! Jeden Tag, den der liebe Herrgott werden ließ, klagte Mutter schon bald nach dem mittäglichen Abwasch über den aufkommenden Kaffeedurst! Sie, eine überaus fleißige Frau, war wohl weniger kaffeesüchtig als zwei Generationen später ihre Enkelin Edda, vielmehr war sie zu gewissen Stunden ganz einfach gemütlich! Was ihre Tochter Elsbeth anging, die, abgesehen von Abenteuerlust und Abscheu vor Langeweile, ebenfalls ein fleißiges Mädel war, so hatte Mutter immer darauf gedrungen, dass die Tochter vom Bruder auch zu den Faschingsbällen und auf das Oktoberfest mitgenommen wurde, selbstredend nicht ohne Ermahnung, immer ein Auge auf sie und die Schicklichkeit zu haben!

„Hab immer 'n Ooge uff se und lass se mir ja nich' mit 'm Kerl alleene, ja! Sonst krichst' du's mit mir zu tun, Junge! Det muss allet in jute Ehren sein!"

Edda betrachtete die Fotografien aus der Jugendzeit des lieben Onkels Arni und schaute sich ganz besonders seine Freundinnen an! Die hatten zwar alle einen modischen seitengescheitelten Bubikopf, die Haare in die Stirn und über die Ohren gekämmt, doch bei keiner konnte man von einer außergewöhnlichen Eleganz, gar außergewöhnlicher Schönheit sprechen, wenn von Schönheit überhaupt! Sie trugen, der damaligen Mode entsprechend, alle Kleider und Mäntel, die weit bis unter die Knie reichten, und die um die Taille gegürtet wurden. Die Mode der Zwanziger, da letztere sich auf den Hüften verfing und der Rocksaum bis zum Knie reichte, war vorbei. Sicherlich waren die meisten dieser Kleidungsstücke, die auf den Fotografien zu sehen waren, selbst genäht. Edda fragte sich, ob alle diese jungen Damen auch ein Korsett um ihre noch schlanken Leiber geschnürt trugen, so wie ihre Mutter fast bis in ihr Alter hinein immer eines getragen hatte, bis es ihr dann eines Tages doch zu dumm wurde!

Eine „Langzeit-Geliebte, ein Dauer-Gschpusi" schien der Onkel zu jener Zeit wohl nicht gehabt zu haben. Jedenfalls hatte sie nie davon gehört.

„So, Arni! Jetzt könnten wir doch nach Malching zur Paula ..."

Der Quälgeist legte den Fotoapparat – aus heutiger Sicht ein wahres Ungetüm – auf den Gartentisch und kletterte ihrerseits auf den Beifahrersitz, während ihre Mutter wieder in ihre zuvor abgelegte Kittelschürze wie in einen Mantel hineinschlüpfte, sie vor ihrem fülligen Leib übereinanderschlug, das linke der beiden in Bundhöhe angebrachten Bänder durch ein seitlich eingenähtes Knopfloch zog, um es mit dem rechten auf dem Rücken zu verknüpfen. Auf diese Weise war das Hauskleid bei der Hausarbeit gut vor Verschmutzung geschützt, nicht jedoch vor den Gerüchen der Transpiration, welche insbesondere bei körperlicher Betätigung nicht zu vermeiden waren. An die Erfindung eines „Deo" dachte damals niemand. Man benutzte Kernseife! Und kaltes Wasser! Daher hatte Mutter, wie üblich, auch in jedes Kleidungsstück auszuwechselnde sogenannte Schweißblätter genäht. Ach, die wenige Garderobe eines Ehepaares passte leicht in einen einfachen Kleiderschrank, und die der Kinder erst recht! Wenigstens besaß Mutter einige Kleider und nähte sie sich auch selbst, genau wie auch ihre Tochter inzwischen ihre Garderobe selbst anfertigte, sodass beide diese häufig wechseln und sie ständig auslüften konnten, um dem Odeur entgegenzuwirken! Die meisten kleinbürgerlichen Männer trugen auf ihren Hemden auswechselbare gestärkte Krägen und ebenso auswechselbaren gestärkte Manschetten an den Ärmeln. Jeden Tag ein frisches Hemd? Undenkbar! Allein das ständige Rubbeln der schmutzigen Wäsche auf dem Waschbrett und kräftiges Bürsten in heißer Seifenlauge mit der „Wurzelbürste", das Stärken der Krägen und Manschetten: wie zeitaufwendig, kräftezehrend und stoffverschleißend! Wer so glücklich war wie die Angermaiers, einen Garten direkt am Haus zu besitzen, war gut dran. Das Trockenen im Freien und das Auslegen der großen, frisch ausgekochten und mühsam durchgespülten fein genähten Wäschestücke aus der Aussteuer auf die „Bleiche" tötete durch die Einwirkung der UV-Strahlen bisherigen Prozeduren entwischte Keime ab und gab der frischen Wäsche einen unverwechselbaren Geruch. Diesen Geruch erreicht keiner der vielen im Labor hergestellten Riechstoffe, die den Waschmitteln heutzutage zugesetzt werden, nur im Entferntesten. Weder brachten die Chemiker die unnachahmliche Kombination der duftenden Nuancen zustande, noch vermochten diese Retortengeschöpfe chemischer Formeln das körperliche Glücksempfinden eines auf der Bleiche getrockneten Wäschestücks hervorzurufen, welches das Sonnenlicht eingefangen hatte und sich auf der gesamten Haut geradezu wie ein Lichtkleid anfühlte. Aus der Sicht der heutigen Wasch- und Duschzwänge war die Hygiene damals also deutlich reduziert. Für ein Bad musste erst der Badeofen eingeheizt werden, und der befand sich zusammen mit der Badewanne bei den Angermaiers im Keller. Ein eigenes Bad zu haben, wie es die Angermaiers hatten, war übrigens Luxus schlechthin! Wie oft gebadet wurde, war eine andere Sache!

Mutter strich kurz über Memmes hässlichen Kopf und dann über ihre Kittelschürze, um sie zu glätten. Keine kleinbürgerliche Hausfrau wäre übrigens je ohne Kittelschürze in ihrem Haushalt zugange gewesen. Mutter trug sie von früh bis spät, auch hinter der Nähmaschine, neben der eine nackte Kleiderpuppe am Familienleben teilnahm. Das Schutzgewand wurde nur abgelegt, wenn Besuch kam. Dann wurde es unter Umständen gegen eine frische Latzschürze ausgetauscht, namentlich, wenn man zu bewirten hatte, was meistens der Fall war. Es wurde ebenso abgelegt, wenn Mutter aus dem Haus ging.

In so einem kleinbürgerlichen Haushalt also lebte die Familie Angermaier in ihrem schmucken neuen Haus!

Mitten in der Diskussion, ob man nun auf die Schnelle nach Malching brausen solle oder nicht, hörten Mutter und Geschwister ein knatterndes Geräusch auf der Straße, welches akkurat vor ihrem Haus abrupt erstarb. Man hörte Männerstimmen. Das Gartentor wurde geöffnet. Sofort erkannten sie eine der Stimmen, die sonor und freundschaftlich aufforderte:

„Geh weiter! Da ist schon wer! Einer wird schon daheim sein!"

Elsbeth rannte um das Haus, man hörte sie „Emil!" rufen und dann sofort verstummen!

„Jetzt hat's ihr die Red' verschlagen!", stellte der Arni fest, stieg von seinem neuen Motorrad und brachte es mit einem Rückwärts-Ruck auf dem Ständer zum selbständigen Stehen – mitten auf dem Gartenweg. Als er sich umschaute, sah er seine Schwester mit seinem Freund und Kommilitonen Emil Mehltretter und einem fremden sehr jungen Mann um die Hausecke auftauchen. Beide waren ähnlich gekleidet wie der Sohn des Hauses. Auch sie trugen Knickerbocker unter ihren langen Mänteln, sodass man nur ihre bestrumpften Beine sah, auch ihre Füße steckten in derben braunen Halbschuhen, und auch auf ihren Köpfen prankten die modischen „Schiebermützen".

„Grüß Gott Frau Angermaier! Dürft' ich Ihnen meinen Vetter vorstellen? Das ist der Henk Torsdorf aus Magdeburg!"

„Tag ooch, Emil! Und willkommen junger Mann! Netter Name, den Ihnen Ihre Eltern da jegeben haben! Haste deine Maschine in den Garten jeschoben, Emil?"

„Freilich! Wie immer!"

Mutter strich zuerst dem jungen, breitschultrigen Referendaren für Mathematik und Physik, der ihr übrigens als Schwiegersohn in jeder Hinsicht willkommen gewesen wäre, über den linken Oberarm und reichte dann einem dunkelhaarigen und sehr hübschen sehr jungen Mann die Hand. Der machte zuerst eine eckige, aber vorbildliche Verbeugung, nahm höflich die ihm dargebotene Hand und versuchte sie an die Lippen zu führen. Mutter entzog sie ihm sofort.

Arno Angermaier nahm seine Mütze vom Kopf und betrachtete amüsiert die Szene. Seine Schwester stand stumm daneben und, man musste es leider zugeben, schmachtete den Fremdling schamlos an, wahrscheinlich, ohne es selbst zu bemerken.

„Guten Tag, gnädige Frau! Und 'tschuldigen Sie die Störung, aber ...!"

„Sie haben wohl jedient, wa?", lachte Mutter. „Nu' lassen Sie mal die Gnädige weg und seien Sie herzlich willkommen."

„Darf ich zuvor noch etwas klarstellen?"

Mutter lachte: „Und?"

„Jedient habe ich nich', und ich habe selbstverständlich einen ordentlichen deutschen Namen. Und der lautet Hans-Heinrich!"

„Henk heißt er seit er auf der Welt ist! Der andere Name, der ist erst später aufgekommen! Viel später!" korrigierte ihn sein großer, breitschultriger Cousin, der auf das Motorrad zusteuerte, sodass er den Revanche verheißenden Blick des Jüngeren nicht mehr wahrnahm.

„Völlig schnuppe!", fegte Mutter sozusagen mit der linken Hand Erklärungen und Richtigstellungen bezüglich der Personalien des Fremden nieder. „Sie sind hier anjenommen! Egal mit welchem Namen! Kommen Se man! Ick habe ohnehin Kaffeedurst. Komm Bette!"

Die stand noch immer sprachlos herum und lauschte fasziniert auf den so ganz anderen Tonfall eines aus dem Reich stammenden fremden Deutschen! An Mutters Idiom war sie ja gewöhnt, aber bei dem hier, bei diesem wirklich ungemein gut aussehenden jungen Mann, kam ihr eine so ganz andere Tonmelodie in die Ohren!

An diesem sonnigen Märztag des Jahres 1930 – Ostern stand vor der Tür – war Mutter 49 Jahre alt und damit schon lange eine Matrone. Aber grauhaarig war sie noch nicht. Auf den Schwarz-Weiß-Fotos konnte Edda ganz deutlich ihr honigblondes volles Haar erkennen, das sie in einem gedrehten Zopf an ihrem Hinterkopf zusammengesteckt trug. Nun stapfte sie mehrere Stufen einer gerundeten Treppe hinauf, nicht ohne sich, bevor sie in einer Glasveranda mit durchgehenden Sprossenfenstern verschwand, noch einmal umzudrehen und ihrer Tochter zuzurufen:

„Aber dalli! Bette! Tisch decken! Und sieh zu, dass der Hund draußen bleibt, ja!" Damit verschwand sie in der Veranda und schloss die Tür hinter sich. Der Hund dachte gar nicht daran, draußen zu bleiben und kratzte winselnd und jaulend so lange an der verschlossenen Tür, bis diese sich wieder öffnete und sich seine schwarze Hässlichkeit zufrieden im Inneren verkrümeln durfte.

Elsbeth aber hatte bis jetzt noch keinen einzigen Ton herausgebracht!

„Jetzt geh schon, Bette!", schob sie der Bruder der Verandatreppe zu. „Hast net g'hört, was Mutter g'sagt hat? Hier ist nix mit Maulaffenfeilhalten!"

„Geh, Arni!", erbarmte sich der Emil der sprachlosen Elsbeth.

35

„Nix da!", kam es unerbittlich aus brüderlichem Munde, und Elsbeth, noch immer sprachlos, trat gehorsam den Rückzug an.

„Jetzt musst' aber unbedingt in den NSKK eintreten, Arni!", ermahnte ihn sein Freund Emil. Alle drei jungen Männer standen um das neue Motorrad herum, steckten ihre Nasen in der Gegend des Motors zusammen, ließen ihn aufheulen und lauschten professionell gutachterlich diesem technischen Gejaule. Im Haus heulte die schwarz behaarte spitzohrige Natur gequält auf.

„Pscht, Memme! Er kann nun mal keenen Lärm vertragen!", sagte Mutter und stellte einen Kuchen auf den Verandatisch, unter den sich der Hund verkrochen hatte. Die Sonne schien durch die Fenster und wärmte die Glasveranda angenehm, obgleich man eher von Vorfrühling denn von Frühling reden konnte.

„Schon! ... Sollt' ich vielleicht doch!", meinte der junge Motorrad-Besitzer auf dem Gartenweg.

„Unbedingt!", bekräftigte der junge Besucher, „da lernen Sie 'ne Menge prima Kameraden kennen, Herr Angermaier!"

„Und du kannst mit ihnen tolle Ausflüge machen! Stell dir das vor! Bis Berlin und vielleicht noch an die Ostsee!", ergänzte der Emil die Ratschläge seines Vetters.

„Berlin wär' schon dufte! Mutter hat eine Menge Verwandte dort!"

„Einfach knorke!", war die einhellige Meinung der drei Motorrad-Freunde.

Edda schlug im Lexikon nach. NSKK wurde als ein paramilitärischer Verband neben anderen paramilitärischen nationalsozialistischen Vereinigungen angegeben. NSKK: das war das Nationalsozialistische Kraftfahrer-Korps. Aha! Das gab es also schon vor Hitlers Machtergreifung. Sie wusste, dass der Onkel damals als Motorradbesitzer vorübergehend in diesem Verein Mitglied war. Von einem Militarismus ihres Onkels hatte sie allerdings nie etwas gehört.

„Hast du das gesehen, Mutter?", fragte Elsbeth atemlos und völlig neben der Kappe, wie ihr Bruder, inzwischen mittel-eingedeutscht, sagen würde.

„Wat soll ick jesehen haben?"

„Na eben, bei diesem Henk, oder wie er sonst heißt!"

„Wat hat der denn an sich, det du dich so echauffierst?"

„Du hast es also nicht gesehen!"

„Nee!"

„Den Ehering! Der trägt einen Ehering! So alt ist der doch noch lange nich', ich meine zum Heiraten"

„Da meenste wohl eher 'nen Verlobungsring!"

„Am rechten Ringfinger? Einen Verlobungsring trägt man doch links! Tut man doch, oder?"

„Normalerweise ja!"

„Eben! Der hat ihn aber rechts!"

„Wird schon seinen Grund haben. Vielleicht haben se ihn zu kleen jekooft. Manchmal ist die eene Hand stärker als die andere."

„Aber nich' die linke!"

„Nu rege dir mal ab! Und mach dir um anderer Leute Kinder keene Sorgen! Leg man lieber eenen Schritt zu und mach flott, aber dalli!"

Edda betrachtete Fotografien von Emil, dem Wunsch-Schwiegersohn von Mutter und wahrscheinlich auch von Vater, und die des jungen Henk Torsdorf.

Emil war ein großer, kräftiger, ansehnlicher Mann mit einem sanften Gesicht. War er ein Leimsieder, ein „Warmduscher", wie Eddas Söhne sich heutzutage auszudrücken beliebten? Auf einer Fotografie, die offensichtlich einen Jahrgang von Corps-Studenten zeigte, stand er in seiner ganzen Größe in der zweiten Reihe rechts außen. An seiner sichtbaren nach hinten gekehrten linken Hand waren der Ring- und der kleine Finger nach innen gebogen, was ihm auf Anhieb ein Geistlich-Lehrerhaftes verlieh, Eddas Meinung nach aber eher auf eine gewisse innere Spannung, eine innere Unsicherheit rückschließen ließ. Wahrscheinlich hat er sein kurzes Berufs-Leben lang in dieser Pose der linken Hand vor der Klasse doziert, dachte sie. Anfangs wird er seine innere Angst vor den an ihn gestellten Anforderungen in die nach innen verkrampften Finger abgeleitet und später eine erlangte Überlegenheit in dieser längst eingeschliffenen Pose ausgedrückt haben.

„Aha! Die Gelegenheits-Freudianerin ist wieder gefragt!", würde Ansgar spotten, hätte sie ihn hier und jetzt an ihren Gedankengängen teilhaben lassen.

Bei der unbefangenen Betrachtung der Fotografie fiel er als Erster in den Blick, keine Frage! Seine Augen schienen wie nach innen gestellt. In ihnen lag eine gewisse Traurigkeit, so, als hätte er damals schon gewusst, dass er nicht alt werden würde. 1942 fiel er, 37 Jahre alt, in Russland. Er hinterließ eine Frau und drei Kinder. Aber Elsbeth war diese seine Ehefrau nicht. War er damals verliebt in die Schwester seines besten Freundes? Obgleich darüber nichts Konkretes überliefert war, ging Edda davon aus, denn es war in der Familie oft von ihm die Rede. Nach allem, was Edda in ihrer Kindheit von Emil gehört hatte, war er ein lieber, ein guter Mensch.

Onkel Arni, deutlich kleiner als dieser gutmütige Riese, stand in derselben Reihe. Nur ein Kommilitone war zwischen ihnen postiert, sicher auch ein gemeinsamer Freund der beiden. Emil und Arno waren die einzigen unter den zwanzig abkonterfeiten Männern in ihren besten Anzügen, die ein weißes Tüchlein in der linken Brusttasche trugen. Aber alle ohne Ausnahme trugen die Mütze der Studentenverbindung auf dem Kopf: Weiß, rund, farbig, schmal umrandet, mit einem kleinen dunklen Schirm an ihrer Vorderseite. Sehr fesch, fand Edda. Dennoch beherrschten die drei Corps-Studenten in „voller Wichs", wie man es nannte, das Gruppenbild. Ihre breit umrandeten Kappen mit Eichenlaub-Stickereien, die sie auf ihren Köpfen trugen, waren ebenfalls kreisrund. Über einem dunklen Wams mit aufgenähter von gedrehten Kordeln gezierter Doppelknopfreihe trugen sie eine schräg über Brust und Rücken verlaufende breite mittels einer Spange geraffte dreifarbige Schärpe und einen gegenläufig verlaufenden schmalen Lederriemen, der unter der Schärpe durchgezogen war. Sie waren angetan mit weißen Hosen und hohen dunklen Schaftstiefeln, die bis über die Mitte ihrer Oberschenkel reichten. An den Händen prangten weiße Handschuhe mit langen ins Auge springenden Stulpen. Die Rechte ruhte jeweils auf dem rechten Oberschenkel und mit der Linken wurde das lange Florett zwischen die auseinandergestellten Beine gehalten. So saßen sie in der ersten Reihe. Von diesen dreien sah eigentlich keiner durchgeistigt aus, fand Edda, während unter den übrigen jungen hoffnungsvollen Männern so manches Gesicht auf intellektuelle Fähigkeiten, manches auch auf Pfiffigkeit hinzuweisen schien. „Wie viele von diesen werden wohl gefallen sein?", fragte sich Edda.

Dass Onkel Arno übrigens jemals auf dem Paukboden Mensuren gefochten hätte, war in der Familie nicht überliefert. Schmisse im Gesicht hatte er jedenfalls nicht.

Endlich erschienen die jungen Männer, nicht, bevor man sie dreimal gerufen hatte. In der von der Sonne durchwärmten Glasveranda hatten immerhin ein kleines Sofa, ein viereckiger Tisch und drei Stühle Platz. Neben der Tür, die in den Garten führte, stand zudem noch eine niedrige einfache Kommode mit etlichen Schubladen. Auf ihr befanden sich Blumentöpfe, in denen gelbe Narzissen, rote kurze Tulpen und schwer duftende tiefblaue und rosafarbene Hyazinthen blühten. Lange unter Glasstürzen gehegt, hatten sie sich nun hervorgewagt und brachten vorzeitig den bunten Frühling in das Haus.

„Setzt euch!", forderte der Arni seine Freunde auf, und der Emil rutschte als Erster auf das enge Sofa.

„Los, Herr Torsdorf! Rutschen Sie nach!" Doch der junge Mann stand zögernd herum und war nicht dazu zu bewegen, es dem Emil nachzutun.

„Nun seid man alle mal gemütlich!", bekräftigte Mutter und begann, Kaffee einzuschenken.

„Was is' mit dem Hund? Memme! Jetz' aber raus hier!" Sie stellte die Kaffeekanne ab, bückte sich und zog die Töle an ihrem Halsband unter dem Tisch hervor. Alles Sträuben der armen Kreatur half nichts, wo doch der Duft eines frischen Kuchens die schwarze Hundenase auf das Verführerischste umschmeichelte! Der Schwarze wurde in die Küche geschoben, wo er prompt kehrtmachte und sich erwartungsvoll neben einen der Stühle niederhockte.

„Mann! Napfkuchen!", entfuhr es dem fremden Gast voller Begeisterung.

„Is' wohl Ihr Geschmack, junger Herr, wa?", lachte Mutter. „Warum nehmen Sie denn nu' nich' endlich Platz? Kaffee ist schon einjegossen!" Und mit diesen Worten setzte sie sich endlich selbst den jungen Männern gegenüber auf einen Stuhl, was den wohlerzogenen Fremden endlich dazu veranlasste, sich nun seinerseits mit auf das Sofa zu klemmen.

„Bei uns sagt man Gugelhupf dazu!", wagte sich Elsbeth vor.

„Schneid' man auf, bevor du so viel quatschst!", befahl Mutter. Das junge Mädchen errötete und schnitt mit leicht zittriger Hand – es war leider nicht zu übersehen – den Kuchen auf und verteilte die Stücke auf die Teller.

„Und wo haste deinen Foto-Apparat?", legte Mutter nach. Das war zu viel für die kleine Schwester. Mit zusammengepressten Lippen öffnete sie die Tür, um das Monstrum zu holen, das noch immer vergessen auf dem Gartentisch lag.

„Und nu' mach man ooch 'n schönes Foto von den jungen Herrn!"

Elsbeth gehorchte und schoss mehrere Bilder, auch von Mutter, auch von Mutter zusammen mit Memme, der kurz auf ihren Schoß gehievt wurde. Als sie schließlich selbst zum Sitzen kam, war ihr Kaffee kalt geworden, doch es wurde ihr ganz warm, da sie, an der Stirnseite des Tischs, direkt neben dem jungen Henk saß, und es wurde ihr heiß, als dieser sagte:

„Darf ich Sie nachher auch fotografieren, gnädiges Frollein?"

Ach! Hätte er doch das „Gnädige Fräulein" weggelassen! Mutter führte es von da an zu gern im Munde, und das bis in ihr Grab hinein! Vom Bruder Arno zunächst gar nicht zu reden! Zum Glück lebte der geistig und geografisch in einer ferneren Welt und war dadurch von Haus aus weniger attackant! Später, als sich schon so viel in ihrer beider Leben verändert hatte, hatte er es übrigens längst vergessen.

Muss man sich bei alledem nicht wundern, wenn eine junge Dame ihren Tagträumen nachhing?

Edda betrachtete die Fotografien, welche die gehorsame Elsbeth damals von den drei jungen Männern aufgenommen hatte.

Der junge Henk Torsdorf, der wirklich sehr gut aussah, trug ein dunkles Jackett, ein helles Hemd und eine gestreifte Krawatte. Sein sehr dunkles Haar war glatt nach hinten gekämmt, und es lag so eng an seinem Kopf an, dass sich Edda fragte, ob er sich Brillantine auf das Haupt geschmiert hatte oder nachts gar ein Haarnetz trug. Sein Blick hatte etwas Keckes, Altkluges, und seine Ohren standen – beklagenswert! – ein wenig ab, was durch den damaligen sehr kurzen Haarschnitt besonders ins Auge stach. Nichts Kantiges hatte das ovale, junge Gesicht. Das Kinn war eher zurückgenommen. Dennoch strahlte es Intelligenz und, vor allen Dingen, etwas Erwartungsvolles aus, so, als erwarte dieser junge Mann das Leben. Ja! genau so sah er aus. Selbstbewusst, fast ein wenig frech und erwartungsvoll! So sah ihn Edda. An diesem sonnigen Märztag war er 22 Jahre alt.

„Und was hat Sie nu' nach Bayern jeführt, junger Mann?", begann Mutter das Gespräch.

„Die Fliegerei, gnä ... Frau Angermaier! Ich werde hier den Pilotenschein machen."

Elsbeth wäre fast ein Stück Gugelhupf, das sie gerade zu ihrem Mund führen wollte, auf den Teller zurückgestürzt. Sie schluckte und starrte auf den zukünftigen Flugzeugführer. Memme legte eine Pfote auf ihren Schoß, und tatsächlich: Da fiel es ihr glatt aus der Hand. Der Hund, keineswegs überrascht von der sensationellen Mitteilung, kam endlich zu seinem Kuchen.

„Zurzeit studiere ich in Aachen an der Technischen Hochschule", fuhr der Gast fort. „Sie wissen vielleicht, dass Hugo Junkers, der geniale Erfinder, dort von 1897 bis 1912 Professor war. Leider ist er jetzt zu alt, aber er lebt noch, soviel ich weiß. Aber von der JU 1 und der F 13 haben Sie garantiert schon gehört! Und nich' zu verjessen die DO X!" Er schluckte. „Toll, diese Flugzeuge, die sich immer weiter fortentwickelt haben! Denken Sie an die G 38, ein janz irres Großverkehrsflugzeug, das wir in Kürze in Dienst stellen werden. Ich werde natürlich auch Ingenieur, und dann werde ich in den Junkerswerken arbeiten, entweder in Dessau, wo der alte Junkers seine Fabrik jegründet hat, oder in meiner Heimatstadt Maochteburch, was meine Familie möchte.

„Welche?", fragte sich Elsbeth im Geheimen und schielte verstohlen auf den goldenen Reif an dem rechten Ringfinger des begeisterten zukünftigen Flugkapitäns, während sie zum ersten Mal verblüfft vernahm, wie sich im Mund eines „Maochteburjers" der Name seiner Geburtsstadt Magdeburg anhörte.

„Verständlich!", pflichtete Mutter dem Gast bei. „Leider muss ich ja von meinem einzigen Sohn ooch jetrennt leben. Das tut einer Mutter weh, glauben Se man!"

Darauf ging der Gast nicht ein. Wahrscheinlich stand er auf Seiten des längst flügge gewordenen „einzigen Sohnes", der in seinen Augen das Glück hatte, sich verselbständigt zu haben.

„Und nu' wollen Sie sich ausgerechnet hier bei uns in Bayern in die Lüfte erheben?", fragte Mutter weiter. „Mit Bangesein vor so hoch oben is' nich', oder?"

„Wo denken Sie hin, gnä ... Frau Angermaier! Außerdem war ich schon oben!" Er wies mit seinem linken Daumen in die Höhe, „Und ziemlich hoch ooch noch!", fügte er ganz prall von Stolz hinzu.

„Und Ihnen is' nich' schlecht jeworden? Mir wird alleine schon davon übel, wenn ich daran denke, dass ich keenen Boden mehr unter 'n Füßen hätte!"

An so was hatte der kühne Draufgänger nach seinen Worten nicht im Geringsten gedacht.

„Verrückt seid ihr allemal, ihr Techniker und Ingenieure!", meinte Mutter und genierte sich nicht, ein Stück ihres Napfkuchens in den Kaffee zu tunken. „Schmeckt besser!", schmunzelte sie. Die jungen Leute schwiegen betreten, was ihr nichts auszumachen schien. Unbekümmert fuhr sie fort:

„Man hat das Jefühl, das is' wie 'ne neue Religion. Ich frage mich, wozu wir das alles brauchen, zum Beispiel Flugzeuge! Die meisten Leute haben doch einen gehörigen Bammel vorm Fliegen, wa? Wer soll da oben überhaupt herumfliegen, frag' ich mich, außer so 'n paar verrückte Kerle?"

„Sie haben recht, Frau Angermaier! Technik ist was Großes, was Fassinierendes! Es lohnt sich, dafür zu leben! Sie is' ..."

Er sagte tatsächlich „fassinieren", was Elsbeth ihrerseits faszinierte.

„Technik ist die Anstrengung, Anstrengung zu vermeiden!", mischte sich sein älterer Vetter ein. „Hab' ich irgendwo gelesen."

„Ortega y Gasset!", kam es von Arno.

Für die Frauen an dem Kaffeetisch waren ein so schwieriger Satz und ein so schwieriger Name böhmische Dörfer.

„Wo vermeide ich beim Fliegen Anstrengung?", wollte Mutter schließlich wissen.

„Ja nun ... Laufen zum Beispiel!", kam es wieder von Emil.

„Mutter, du kannst unmöglich so schnell von München nach Berlin laufen, wie du fliegen kannst!", klärte sie ihr Sohn auf, „Falls du überhaupt das Laufen über eine so lange Strecke in Erwägung ziehen würdest."

„Quatsch! Ich hab die Eisenbahn, die is' jenauso schnell!"

„Eben nicht!", fielen alle drei Männer über sie her, aber Mutter blieb lieber auf der Schiene statt in der Luft.

„Und nu' wollen Sie also bei uns hier in München so 'n richtiger Flieger werden, ja?", fuhr Mutter fort, „Warum denn so weit weg von zu Hause? Findet sich denn in der Nähe Ihrer Eltern keene Jelegenheit, sich in die Lüfte zu erheben? Oder glauben Sie, dass die weniger Angst um Sie haben, wenn Sie weiter weg sind?"

Auch darüber schien sich der junge Mann noch keine Gedanken gemacht zu haben.

„Na deswegen doch nicht, Frau Angermaier!", mischte sich nun der ältere Vetter Emil erneut ein, weil der jüngere durch ein Stück Kuchen, das er sich inzwischen in den Mund geschoben hatte, an einer Antwort gehindert war.

„Na, warum d e n n ?"

„Auf dem Oberwiesenfeld haben wir doch auch eine Fliegerschule. Und weil jetzt grad' Semesterferien sind, kann er bei mir wohnen, ich mein' bei meiner Wirtin. Die Frau Figl hat jetzt im Moment ein Zimmer frei, weil der andere Student, der sonst drin haust, heimg'fahren is' ... "

„Haust, sagst du, Emil?", unterbrach Mutter. „Klingt mir nich' sehr nach Ordnung!"

„Na ja! Jedenfalls, bis der wieder kommt, muss der Henk eh wieder nach Aachen. Und so kann ich ihm München zeigen! Er wollt' es schon immer sehen, das Hofbräuhaus und vor allem das Deutsche Museum, klar! Und die alte Pinakothek und so ..."

„Das fügte sich wirklich grandios!", konnte nunmehr der jüngere Vetter bekräftigen, der inzwischen allen gekauten Napfkuchen in seine Speiseröhre befördert und mit einem Schluck Kaffee nachgespült hatte.

„Ein Sandwich-Zimmerherr also!", dachte Edda amüsiert, denn genau so würden sich ihre halbwüchsigen Enkel ausdrücken.

Die ganze Zeit über lauschte Elsbeth fasziniert dem fremdartigen Tonfall des Gastes und war sich gar nicht klar darüber, ob er ihr gefiel oder nicht. Ein langes A sprach er wie Ao aus, und so sagte er nicht Aachen, sondern Aochen, und er sagte auch nicht Flugzeug, sondern Fluchzeug und wurklich statt wirklich. Dennoch war er so gut erzogen, sich nur in einwandfreiem Hochdeutsch auszudrücken. Lediglich seine Begeisterung ließ ihn hin und wieder in diese fremdartige Tonmelodie schlittern.

„Und in der kurzen Zeit kann man das Fliegen lernen?", setzte Mutter wieder an.

„Warum nich'", kam es prompt und selbstbewusst zurück. „So Pi mal übern Daumen müsste es klappen!

Üben muss man dann natürlich immer! (Er sagte ‚ümmer'!) Später! Sein Leben lang!"

„Schnelle Bleiche, kommt mir vor!", meinte Mutter in einem Ton, in dem kein großes Vertrauen in das luftige Abenteuer ihres Gastes mitschwang.

Man redete dies und das über die grandiosen Flugzeuge, über die, die bereits geradezu durch die Lüfte stoben und die, die man noch konstruieren würde. Man redete über den genialen Erfinder Hugo Junkers und über die Zukunft der Luftfahrt schlechthin, die von dem jungen zukünftigen Flugzeug-Ingenieur in den leuchtendsten Visionen geschildert wurde. Die kamen seinen Zuhörern an diesem Nachmittag so unwahrscheinlich vor, dass sie ihn insgeheim einen Spinner nannten. Arno Angermaier konnte immerhin noch dies und jenes in seiner Vorstellung nachvollziehen, aber ein Spinner blieb dieser Henk Torsdorf für ihn trotzdem. Und Elsbeth? Elsbeth Angermaier ließ sich nur verzaubern von einem unglaubhaften Märchen der Lüfte, ohne im Entferntesten daran zu denken, dass sie vielleicht eines Tages auch einmal durch diese Lüfte reisen könnte! So unwahrscheinlich kamen ihr und der gesamten märzlichen Kaffeegesellschaft diese Geschichten des begeisterten Ingenieur-Studenten vor!

Von einem Ausflug nach Malching war inzwischen keine Rede mehr. Hingegen strebten die jungen Leute ins Kino. Schon gab es den Tonfilm, und in diesem Jahr, 1930, würde „Der blaue Engel" mit Marlene Dietrich entstehen.

Natürlich hatte Mutter nichts dagegen, dass Bette, in der Begleitung ihres Sohnes und ihres „Wunsch-Bräutigams" Emil gut aufgehoben, mit von der Partie war! Die hopste in den ersten Stock, um sich für den Ausgang fertig zu machen, während man sich aus der nun doch kühl werdenden Veranda in die Wohnküche zurückzog, wo es ein ebenso gemütliches Sofa gab. Mutter spülte das Geschirr und der liebenswürdige Emil half beim Abtrocknen. Wirklich ein Wunsch-Schwiegersohn!

Auf den Motorrädern brauste man erst durch die Stadt, dann – klar – zum Oberwiesenfeld, damals weit draußen vor München gelegen und seit 1972 das berühmte Olympia-Gelände. Elsbeth hockte hinter dem glücklichen Emil, glücklich ob der körperlichen Nähe seiner Beifahrerin, und Henk hinter dem ebenso glücklichen Arno, und der wiederum glücklich des Fahrtrausches wegen, in das ihn sein neues Motorrad versetzte.

Schließlich parkte man die Maschinen vor dem Lichtspielhaus in der Herzogstraße, indem man sie einfach auf das Trottoir schob und sie mit dem berühmten Ruck nach hinten zum Stehen brachte. Beleidigt drehten die ihre Vorderräder zur Seite. Keiner dachte daran, dass sie entwendet werden könnten! Damals nicht! Und sie wurden auch nicht entwendet.

Dann saßen sie alle im Dunkeln, Elsbeth brav zwischen ihrem Bruder und Emil. Alle drei lutschten Drops, die sie an der Kinokasse zusätzlich zu ihren Eintrittskarten erworben hatten. Das Papier raschelte, während sie die papierene Hülle der länglichen Rolle aufrissen und die bunten runden „Gutzerln" herauspulten. Sie hörten noch ein zischendes Pschtscht. Und: Selbstvergessen tauchten sie ein in die faszinierende Welt der flimmernden sich bewegenden Bilder und in eine dramatische Liebesgeschichte, die natürlich gut ausging!

Während die jungen Leute schließlich zu ihren Motorrädern zurückschlenderten, war es dunkel geworden. Straßenbeleuchtung? Trübe! War es Zufall, oder Absicht, dass Elsbeth, noch zitternd von der Liebesgeschichte auf der Leinwand, verspannt, mit nach vorn gezogenen Schultern, neben dem aufregenden zukünftigen Flieger einherging? Ach, der legte ganz einfach seinen rechten Arm um sie, zwang sie zum Stehenbleiben, drehte sie zu sich und ... küsste sie herrisch auf den Mund! Ohne ein Wort zu sagen, drehte er sie wieder zurück, nahm seinen Arm von ihren Schultern und ging schnellen Schrittes weiter, um seine Freunde zu erreichen. Elsbeth blieb erstarrt zurück. Ihr war, als hätte dieser Kuss diesen aufregenden Fremden ihr geradezu in ihren Leib gebrannt.

Erst viel, viel später gestand der ihr, dass er sich schon beim ersten Besuch bei der gastfreundlichen Familie Angermaier „jeradezu überjemangelt" gefühlt habe!

II

Die Gastwirtschaft zur Post in Malching ist ein behäbiges, breit dahingelagertes einstöckiges Gebäude, das mit seiner ganzen Front nach Süden blickt. Im Jahr 1930 war es freilich nicht so herausgeputzt wie heute, da es in seinem warmen Gelb in der Sonne geradezu funkelt. Der ganze erste Stock ist verputzt, seine aufgetragene gelbe Farbe weiß umrandet, das Erdgeschoss lediglich gemalt, sodass die Konturen der Flach-Rustika-Steine deutlich hervortreten.

„Wie mag es damals angestrichen gewesen sein?", fragte sich Edda, denn sie konnte sich aus ihrer eigenen Kindheit nur an etwas Schmuddeliges, Farbloses erinnern. Die weißen Umrahmungen der ebenfalls weiß gestrichenen Sprossenfenster, welche im gesamten ersten Stock geschwungene, schneckenförmige neubarocke Supraporten aus weißem Stuck aufwiesen, die zwischen ihren nach unten gerichteten Einrollungen jeweils eine senkrecht aufragende Muschelschale in strahlendem Weiß hielten, waren im Jahre 1930 noch nicht vorhanden. Aber die Sprossenfenster im Erdgeschoss konnte man auf einer Fotografie aus dem Jahre 1955 noch deutlich erkennen. Die gab es heute, im Jahre 2004, als Edda das Gasthaus besuchte, nicht mehr. Stilbrüchig waren sie gegen durchgehendes Glas ausgetauscht worden. Die fünf Walmgaubenfenster, die sich aus dem Satteldach hervorschoben, waren auf der Fotografie zu sehen, wie man auch hinter entlaubten Bäumen den lang gestreckten, niedrigen Anbau mit seinem angedeuteten Krüppelwalmdach ausmachen konnte. Zu der Zeit, da Edda ihren Roman beginnen ließ, waren sie ebenso wenig vorhanden, wie der Ausbau des Daches. Diese Zubauten waren Errungenschaften der Nachkriegszeit. Den niedrigen Anbau hatte man im Westen an das Haupthaus angefügt. Nach Norden schloss er einen fünfeckigen, in seiner Fläche unregelmäßigen und von Kastanien bestandenen Biergarten ab. Die prächtigen Bäume boten willkommenen Schatten gegen die von Süden einstrahlende Sommersonne. Straßenverlauf und wohl Grundstücks-Besitz-Verhältnissen ist diese gemütlich-unregelmäßige Gartenfläche zu danken.

Edda umrundete das Haus und sah an der Giebelfront unterhalb der Traufe ein beachtliches halbrundes Fenster, ebenfalls weiß umrandet und oberhalb des Halbrundes von einer weißen Muschel aus Stuck gekrönt. Darunter befanden sich in beiden Stockwerken jeweils zwei kleinere rechteckige Fenster, wobei jene des ersten Stocks von gleichem neubarocken Dekor umrahmt waren wie die auf der lang gestreckten Vorderfront.

In dieses behäbige Gasthaus, das inzwischen schon lange auch Hotelzimmer anbietet, hatte Cousine Paula also eingeheiratet. Wie Edda wusste, befand sich zu dieser Zeit im ersten Stock, wo nunmehr die Gäste übernachten, ein Saal für Hochzeitsfeiern, Faschingsbälle und andere Tanzvergnügungen, wohl auch für Leichenfeiern. Dieser Festsaal war nach dem Krieg in den Anbau umgezogen. Aber damals, als Eddas Geschichte begann, gab es ihn noch, und sie wusste von den ausgelassenen Faschingsfesten, die man hier vor dem Krieg feierte. Wochenlang wurde zuvor an den Kostümen getüftelt, gebastelt, genäht. Der ganze Ehrgeiz der Ballgäste, Männer wie Frauen und Mädchen, bestand darin, während der langen, bunten, aufregenden und aufgeheizten Faschings-Ballnacht, in der die Musik der örtlichen Blaskapelle brummte, selbstverständlich mehrmals von langen Brotzeitpausen unterbrochen, und in der die von Schweiß, Bierdunst und Rauch vernebelte Luft zum Schneiden war, nicht erkannt zu werden. Umso ausgelassener ließ sich's feiern, herumtoben und auf mancherlei Art freiherziger, drängender und ... auch freigiebiger sein. Denn das war das Prickelnde, das Aufregende: Es war nicht nur die Musik, es waren nicht nur die wirbelnden Walzer, die gesprungenen Polkas und die gestampften Zwiefachen, auch nicht nur die unterhaltsamen Polonaisen. Einzig die Verhüllung, die Maske, das „Maschkera" machte den Reiz des Faschings aus. Legenden woben sich um diese Bälle, wo einerseits Tränen der Wut und Enttäuschung flossen, wenn man trotz aller Bemühungen erkannt und enttarnt wurde, andererseits der Triumph sozusagen in eigener Person durch die Dorfgassen marschierte, wenn die Tarnung perfekt gewesen war. Niemals konnte man in der Stadt, in dem das Anonyme stets scheu lächelnd durch die Straßen huschte, in dieser Art den Fasching feiern!

Cousine Paula war eine fesche Frau, dunkelhaarig, dunkeläugig, von attraktiver Figur, von einigem Temperament und Lebenslust. Zu ihrem damaligen großen Kummer hatten ihr ihre Eltern, solange sie als junges Mädchen unter ihrem Dach lebte, verboten, ihre langen dicken Zöpfe abzuschneiden. Und da ihre Mutter ausgesprochen streng und zum Fürchten jähzornig und gewalttätig war, hatte die einzige Tochter es damals nie gewagt, das Verbot heimlich zu umgehen und die Familie mit einem modernen „Bubikopf" vor vollendete Tatsachen zu stellen. Nun, da sie in diesem weltfernen und weltfremden Nest lebte, konnte sie ihren Eltern ob ihres strengen Verbots nur dankbar sein, denn wer hätte in diesem Bauerndorf das Frisörhandwerk in großstädtischer Manier zu handhaben gewusst und ihr regelmäßig die Frisur modisch geschnitten? Die Bäuerinnen verbargen ihre Haare unter dunkelfarbigen, meist schwarzen Kopftüchern, am Werktag als Schutz vor der staubigen und schmutzigen Arbeit. Am Sonntag jedoch, da man zwar prächtiger aufgeputzt zur Messe ging, war der Haarschmuck in Demut verhüllt vor der Anwesenheit des Herrn. Paula hingegen legte ihre dicken geflochtenen Zöpfe dekorativ um den Kopf, wand ein Samtband dazu, oder sie schlang sich einen gewaltigen Knoten in den Nacken, den sie mit großen Haarnadeln befestigte. Und in der Kirche trug sie stets einen feschen Trachtenhut zum Festtagsdirndl oder, im Winter, zur warmen Lodenkotze, um die sie sogar, bei bitterster Kälte, einen echten Fuchskragen legte – das Höchste an Luxus, was man sich vorzustellen vermochte. Ein Kopftuch benutzte sie, zum Ärger ihrer Schwiegermutter, nahezu nie. Ihre Haarpracht wurde nur einmal im Jahr, nämlich im Spätsommer, einer Wäsche unterzogen, wenn die Septemberluft an sonnigen Tagen noch warm und trocken war. Dabei wurde reichlich Eigelb im nassen Haar verteilt und schließlich mit Essig nachgespült, eine Prozedur, die mehrere Stunden in Anspruch nahm. Sie wurde regelmäßig begleitet von den hämischen Kommentaren der eifersüchtigen und missgünstigen Kreszentia Schranner, der „Zens", Mutter ihres Angetrauten, die mit keifender Stimme, doch nuschelnder Aussprache hervorgestoßen wurden, und in denen die Worte „Prunksucht", „Eitelkeit", „Faulheit" und „Gefallsucht" mehr als häufig vorkamen. Selbst vor dem Wort „mannstoll" schreckte die Zens zeitweise nicht zurück, und das immer mit dem Zusatz: „Ich tät' mich Sünden fürchten!", wobei sie stets mindestens eine der sieben Todsünden meinte.

Paula verbrauchte reichlich klaren Alkohol, um den Ansatz ihrer Haarpracht in der übrigen Zeit reinlich zu halten. Selbst der Obstschnaps Marke „Eigenbrand" war nicht vor ihrem Zugriff sicher, was ihre Schwiegermutter zur Weißglut brachte, wenn sie dahinterkam. Sie ließ sich ihr Haar auch regelmäßig von einer Magd bürsten, derselben, die ihr auch bei der Haarwäsche zur Hand ging, was möglichst heimlich vonstatten zu gehen hatte ... Arme Paula!

Edda wusste: Cousine Paula konnte arbeiten wie ein Pferd, und die Butter hatte sie sich auch nie vom Brot nehmen lassen! Das lernt man in so einer Wirtschaft, wo langjährige Dienstboten ihre Rechte gegenüber einer jungen Eingeheirateten aus der Stadt geltend machen und sowieso alles besser wissen, und wo die Kriegerwitwe Kreszentia Schranner so viele Jahre das Regiment geführt hatte, dass sie darüber ein Herz aus Eisen bekam. So lag die Schwiegertochter mit ihr, der alten Schrannerin – aus heutiger Sicht war sie eher jung, aber ihr Haar war schon grau und schütter und ihr Gebiss lückenhaft – die meiste Zeit im Krieg, leider! Paulas Triumph: Sie hatte Handelsschule und beherrschte Stenografie, Schreibmaschineschreiben und, vor allen Dingen, Kopfrechnen aus dem Effeff!

Ach! Zwischen den beiden Frauen zermürbte sich auf Dauer der Schranner-Loisl, ihr Mann. Er war, so hatte man immer in der Familie gemunkelt, seiner Frau hörig, was ihn nicht davon abhielt, ihr ab und zu „eine zu donnern", wie sich Henk auszudrücken pflegte, nachdem er mit der Familie Angermaier und ihrer Verwandtschaft vertrauter geworden war.

Schon am folgenden Tag – noch befand man sich in der Osterwoche – ratterten zwei Motorräder Richtung Norden auf der Landstraße nach Malching, beide jeweils chauffiert von Arno Angermaier und Emil Mehltretter, und selbstredend hockten Elsbeth Angermaier und Henk Torsdorf jeweils auf den Rücksitzen. Ein mittlerweile frisch gebackener Bienenstich, nach speziell preußischem Rezept von Mutter hergestellt, war zwischen Bauch und Rücken der beiden Geschwister geklemmt und musste zusätzlich von Elsbeth mit ihrer rechten Hand festgehalten werden, während sie ihren linken Arm um den Leib ihres Bruders geschlungen hielt.

Vor dem Wirtshaus angekommen, brachte man mit einem Rückwärts-Ruck die beiden Krafträder, in der Einzahl auch kurz „Krad" genannt, vor dem Eingang in Stellung. Vom Fahrtwind durchgepustet und daher durchgefroren, betraten die jungen Leute, Arno und Emil in aufregend lange Kradmäntel und eng anliegende Kradkappen gekleidet, Elsbeth und Henk jeweils eine verwegene Mütze auf dem Kopf, die düstere, verrauchte, um nicht zu sagen grindige niedrige Wirtsstube, die nach abgestandenem Bier roch. Elsbeth rümpfte im Geheimen die Nase. Ein großer runder Kachelofen mit umlaufender

Ofenbank, auf welcher, mit einem leichten Tuch abgedeckt, ein Korb mit piepsend-zwitschernden Biberln, goldgelben Küken, stand, verbreitete allerdings eine anheimelnde Wärme. Begrüßt wurden sie von dem übergroßen mächtigen Rüden „Tassilo", dem „Wirts-Teifi", wie er im Dorf wegen seines langen dunkel gelockten Fells geheißen wurde, von Paula nach dem aufmüpfigen Herzog benannt, der Kaiser Karl dem Großen gehörig einheizte, ihm aber schlussendlich unterlag. Außer seinem Namen hatte der sonst gutmütige Tassilo nichts mit diesem Bayernherzog gemein, schon gar nicht mit dessen Widerborstigkeit und Intrigantentum, vielleicht aber mit dessen ungeheurem Appetit. Denn Tassilo, der Vierbeiner, war verfressen.

Ein paar Männer hockten an einem der blanken Tische an der Wand, an der alte Fotografien und Schützenscheiben, auch zwei verstaubte Rehg'wichtl hingen, spielten Karten und kauten oder sogen dabei an ihren gebogenen kurzen Pfeifen, die sie in ihre Mundwinkel geklemmt hielten. Sie alle trugen gestrickte Joppen und dunkle Trachten-Hüte, denn in Bayern ist es heute noch auf dem Land Sitte, in der Gaststube den Hut aufzubehalten. Reihum schmetterte einer nach dem andern, von dumpfem unverständlichen Brummeln oder einem markerschütterndem erleichterten Aufschrei begleitet, eine Karte mit gehöriger Wucht auf den Tisch. Arno trat sofort zu ihnen, um – geduldet – dem Spiel zu folgen. In der Nähe des Schanktischs stand ein Laufstall, in dem ein etwa einjähriges Kind vor sich hin brabbelnd vor sich hin spielte, dessen Geschlecht nicht auf Anhieb zu identifizieren gewesen wäre, hätte es nicht ein sauberes blaues Strampelhöschen über seinem beachtlichen Windelpaket angehabt, denn um sein Köpfchen kringelten sich dunkle Locken bis auf die Schultern. Blau war immer die Farbe der Buben, Rosa die von kleinen Mädchen. Das Kind richtete sich sofort auf und blickte über einem verschmierten Lätzchen mit sabberndem Mündchen interessiert auf die Eingetretenen.

„Da is' ja der Michi!", rief Elsbeth, stellte den Bienenstich auf den Schanktisch und bückte sich zu dem kleinen Buben, um ihn auf den Arm zu nehmen. Der streckte ihr seine Ärmchen erwartungsvoll entgegen. Tassilo knurrte.

„Von Mutter!", sagte Elsbeth leichthin über die Schulter hinweg zu der inzwischen in die Stube eingetretenen Wirtin, die, adrett in ein hochgeschlossenes, langärmeliges Dirndlkleid gewandet, die dunklen Zöpfe um den Kopf geschlungen und baumelnden Schmuck in den Ohren, das Kuchenpaket betrachtete. Sie rief den Hund mit einem „Pscht! Platz, Tassilo!" zur Ordnung, und alle sagten „Servus, Paula!", auch Henk Torsdorf, was die Wirtin sichtlich irritierte.

„Mei, is' der g'wachsen!", begeisterte sich Elsbeth an dem Kind, während die beiden Männer, nachdem sie sich ihrer Mäntel entledigt und die Mützen heruntergezogen hatten, Platz nahmen.

„Ein Bier?", wurden sie von der Wirtin befragt.

„Freilich, Paula! Eine Maß für mich!", gab der Emil Bescheid.

„Für mich auch!", kam es vom Arno, der noch in Mantel und Mütze, die Hände in den Taschen, am Kartentisch stand, und die ganze Männerrunde fiel ein: „Bring für uns auch noch a Maß, Wirtin!"

„Und Sie, Herr?", baute sich Paula in ihrer ganzen Pracht vor dem Fremden auf. Der sah ihr in die Augen, dass ihr das Blut zu Kopf stieg.

„Ja, bitte, auch ein Bier!", sagte er nach einer kleinen Weile!"

„Des is a Preiß!", kam es aus der Kartenspiel-Ecke, während wieder ein Blatt mit Schwung und Wucht auf den Tisch geworfen wurde.

„Ich komm schon!", rief Paula und dann: „Habt's Hunger? Dampfnudeln sind noch da! Fastenzeit is'! Mögt's davor eine Kräutel-Suppen?"

„Hast keinen Fisch aus der Isar, Paula?"

„Na, heut net! Keine Zeit zum Fischen! Die Leut sind beim Schlachten für Ostern!"

„Der Loisl auch?"

„Der auch!" Denn der Loisl war von Haus aus Metzger!

„Ja freilich!", kam es Edda sofort in den Sinn. Eine Metzgerei hatten sie ja auch, die Schranners, und die Wurstküche befand sich damals hinter dem Haus. Dort hantierte der Metzgergeselle Bartl oft zusammen mit dem Meister, wenn nicht gerade einer von ihnen auf irgendeinem Hof schlachtete. Dann war der Metzger dort jeweils den ganzen Tag beschäftigt. Was auf dem Hof nicht verbraucht wurde, das wurde auf dem motorisierten Dreirad in den Gasthof geschafft, wo man das frische Fleisch in den tiefen kühlen Gewölben abhängen ließ, die sich unter dem geräumigen Haus bis unter die Kastanien des Biergartens und auch nach hinten hinaus zogen, und wo man in der Räucherstube das in den Wurstkesseln zubereitete

Wurstbrät räucherte, nachdem es in die Därme gefüllt worden war. In den Darren hingen sie in Reihen, die Würste, und man musste aufpassen, dass die Mäuse nicht darüber kamen, und auch nicht die Katzen! Plötzlich erinnerte sich Edda an den Eishaken hinter dem Haus, an dem man im Winter im Freien das Wasser zu Eis gefrieren ließ, damit man es, wohl verpackt in Sand und Tannenreisig, in der wärmeren Jahreszeit in den Gewölben verteilte, um das Lagergut kühl zu halten. Auch hinter dem Haus breiteten drei Kastanienbäume Schatten spendend ihre mächtigen Kronen aus. Unter ihnen wurde in Fässern das Bier gelagert, das der Wirt „Zur Post", assistiert entweder von seiner missmutigen Mutter oder dem stets fröhlich gelaunten Gesellen Bartl, in kleinen Mengen selbst braute, wie es damals in den meisten Gastwirtschaften in Bayern üblich war. Vom Schnapsbrennen gar nicht zu reden! Ach, wie lange war das alles her! Beinahe 80 Jahre – fast mehr als ein Lebensalter!

Jetzt sah es Edda genau vor sich: das motorisierte Dreirad. Man redete von ihm nur vom „Bibi", weil es so klein war wie ein Küken von einem Auto. Da war die winzige enge dreieckige Fahrerkabine, gerade mal für eine Person passend, und darunter war das bewegliche Vorderrad mittig angebracht. Hinter die „Fahrer-Schachtel" schloss sich ein rechteckiger geschlossener Kasten an, sozusagen eine „Ladeschachtel", die man von hinten belud, und unter der die Hinterachse mit den beiden Hinterrädern montiert war. Nichts sah so lustig und puppig aus, wie wenn so ein Töff-Töff mit dem außergewöhnlich beweglichen Vorderrad mit Geknatter und Gestank gemächlich durch die Dorfgassen und über die Landstraßen ratterte. Selbstverständlich sah man diese Gefährte auch zuhauf in der Stadt. Und lange nach dem Zweiten Weltkrieg konnte man ihnen zum Beispiel noch in Italien begegnen. Nach München fuhren die Schranners damit jedoch nicht. Dieses kleine Auto wurde nur als Geschäftswagen benutzt. Außerdem stank es gewöhnlich nach Benzin und Fleisch, obgleich der Loisl darauf hielt, dass der Laderaum immer geputzt wurde.

Fuhr man, selten genug, in die Stadt, so nahm man den Zug. Wiederholt hatte Cousine Paula, ihr Kind in der Obhut seiner Großmutter zurücklassend, allein den Bummelzug bestiegen, der an jedem Dorf hielt und so langsam dahinzottelte, dass man versucht war, neben ihm herzulaufen. Sie fuhr immer vierter Klasse und pflegte dann auf der Holzbank, die sich an der Wand der Gepäckabteilung des letzten Wagens entlangzog, zu sitzen. Dort fühlte sie sich anonymer als in einem Abteil, dessen Enge sie außerdem beklemmte. In der Mitte lagerte und schwankte sperriges Gepäck, einschließlich des in Körben verstauten lebenden Federviehs. Kiepen und Körbe, Taschen und mittels Riemen verschnürte Koffer, Schachteln und runde Hutschachteln zockelten gestapelt in Paulas Gesellschaft nach München. Dort aber, kaum der ländlichen Idylle entronnen, fuhr Cousine Paula unverzüglich direkt vom Bahnhof mit der klingelnden Trambahn in die Kaufinger Straße, steuerte auf den feinsten und teuersten Laden zu, in dem man die schönsten Dirndlstoffe feilbot, um dort – ach tat das der Seele gut – Meter um Meter zusammen mit Spitzen und weißem Leinen zu erwerben. Glücklich bestieg sie nach dem Einkauf erneut die Tram, um kurz darauf bei den Angermaiers vorzusprechen und sich von Mutter zwei neue Dirndlkleider anmessen zu lassen. Denn Mutter konnte die schönsten Dirndlkleider nähen. Deren Sitz war einfach perfekt!

Einmal hatte Paula auch ihre Eltern besucht. Sie fand, das sei genug. Stets überlegte sie sich, ob sie einen Frisör aufsuchen sollte und stellte sich höhnisch das entsetzte Gesicht ihrer verhassten Schwiegermutter beim Anblick ihrer neuen sündhaften Stadtfrisur vor, womöglich noch mit einem kecken „Herrenwinker"! Es war nicht das Geld, welches sie dann doch davon abhielt, oh nein! Sie hatte genug eigenes, denn der Loisl versorgte sie mit mehr als ausreichendem „Nadelgeld". Die Raupe fraß an einem fetten Blatt, wie die Zens oft zeterte. Nein, Paula war ganz einfach viel zu schüchtern und fürchtete sich vor dem arroganten, überlegenen Getue der geschniegelten, geschmeidigen Schönheits-Epheben und den betörend duftenden schick frisierten Haar-Feen, die über „eine vom Land" nur die Nase rümpfen würden – dachte sie!

Es soll jedoch nicht verschwiegen werden, dass Cousine Paula einmal vor dem Besuch bei den Angermaiers den Beichtstuhl in St. Michael aufsuchte, um Vergebung für die Sünden zu erlangen, die sie dem Pfarrer von Malching besser nicht anvertraute!

Henk wurde darüber aufgeklärt, dass der Loisl der Ehemann der Wirtin war und Alois Schranner hieß.

„Aha!"

Sie begehrten alles, was die Küche zu bieten hatte, was herzlich wenig war, und Elsbeth, die den kleinen Buben wieder in seinen Laufstall setzte, neben den sich der unruhige Hund sofort in „Hab-Acht-Stellung" platzierte, entledigte sich ihres Mantels und ihrer Mütze und begann, von Mutter gut gezogen, sofort beim Aufdecken zu helfen. Es fiel niemandem auf, dass sie nicht nach ihren Wünschen befragt worden war. Als sie nichts mehr zu tun hatte, nahm sie das Kind wieder aus seinem Ställchen und setzte sich zu den Männern, wobei sie den Kleinen zu sich auf den Schoß nahm. Vor ihr stand ein großes Haferl mit stark duftendem Kaffee mit sehr viel Milch und sehr viel Zucker! Der Bub war ein ruhiges Kind und spielte brav mit einem Löffel vor sich hin. Der Hund seufzte und legte sich unter den Tisch und auf ihre Füße.

Zunächst wartete man auf das Essen und sprach deshalb erst einmal dem Bier zu. Niemand bemerkte, dass es eigentlich „stockfad" war, außer dem Gast aus Preußen, der sich seinerseits aus Höflichkeit bereitgefunden hatte, mit von der Partie zu sein, alles aber reichlich eingegurkt fand. Er wäre viel lieber allein in das Deutsche Museum gegangen – es war übrigens heute geschlossen – abgesehen davon, dass ihm eine Flugstunde – oder deren mehrere – noch lieber gewesen wäre. Doch für ihn war für heute bedauerlicherweise keine angesetzt. Das bevorstehende Osterfest brachte eben alles durcheinander. Er hätte auch durch die Stadt schlendern, vor sich hin streunen, strawanzen können. Kurz: Er wäre lieber „bei sich bei" geblieben, wie er insgeheim in seinem heimatlichen Idiom dachte. Doch, gut erzogen, würdigte er die Bemühungen seines Cousins, ihn in die Familie Angermaier einzuführen, damit er sich nicht so allein fühle. Als ob sich ein Mensch wie er jemals allein fühlen könnte!

Henk stand auf, hob das Tuch vom Korb auf der Ofenbank und warf einen gelangweilten Blick auf die piepsend-geschwätzige Gesellschaft, die dadurch ganz aufgeregt und merklich lauter wurde. Er ließ das Tuch wieder fallen – der frisch geschlüpfte Nachwuchs wurde sofort ruhiger und wisperte allmählich schläfrig vor sich hin. Henk trat an die gegenüberliegende getäfelte Wand, die in halber Höhe von einem Bord abgeschlossen wurde. Darauf waren verschiedene Krüge und Teller aufgestellt, bemalt, gebrannt, aus Zinn, aus Ton, sehr hübsch angeordnet. Seine Aufmerksamkeit erregte allerdings ein seltsames, ausgestopftes bepelztes Tier mit Hasenohren, einem kleinen Gehörn auf der Stirn, vier Beinen und Krallen an den Füßen.

„Du liebes Lottchen, was is' das denn?", entfuhr es ihm.

„Crisenus bavaricus!", antwortete Arno, der flüchtig aufgeschaut hatte.

„Crisenus was?"

„Ein ganz ordinärer Wolpertinger!", klärte ihn sein Vetter auf, „Solche Viecher hier gibt's bei uns in den Wäldern!"

„Das glaubste wohl selber nich'! Emil nimmt mich uff die Schippe, Arno! los! Klär mich uff!"

„Recht hat er!", grinste der Arni. „In unseren Wäldern kreuzt sich alles mit jedem. Das gibt's nur in Bayern!"

„Ulkiges Völkchen, ihr! Ihr habt se ja nich' alle! Wohl 'nen leichten Hau, wa?", kam es von Henk. „Sagt mal: w i e nennt ihr den Vogel?"

„Wolpertinger! Es gibt verschiedene, aber immer setzen sie sich aus mehreren Lebewesen der heimischen Wildbahn zusammen. Und das ist wahr!", dozierte sein Vetter.

Henk tippte sich mit seinem Finger an die Stirn, während die Kartenrunde dröhnend lachte und sich auf die Schenkel schlug.

„Geh her, Preiß!", riefen die Männer, „trink ein Stamperl mit uns!"

Doch der zukünftige Flugkapitän schüttelte arrogant seinen Kopf – Schnaps war ihm ein Gräuel – und wandte sich den Krügen und Tellern zu.

„Die würden meiner Frau gefallen!", sagte er, während er sie mit zurückgelehntem Kopf betrachtete.

Elsbeth hatte das Gefühl, als hätte sie ein Boxhieb in den Magen getroffen. Dabei hatte sie es doch gewusst! Recht hatte sie gehabt!

„Ach! Sie sind schon verheiratet?", fragte Paula, die gerade mit einer dampfenden Suppenterrine aus der Küche kam, verwundert. Ein Hauch von rohem Fleisch, heißem Butterschmalz, Kräutern und Zwiebeln umwehte sie. „Setzt euch nieder! Und einen Guten wünsch ich!" Sie stellte die Terrine vor ihre Gäste. Die junge Wirtin und der Fremde drehten sich beide gleichzeitig um und konnten nicht umhin, sich wieder tief in die Augen zu blicken.

„Und Kinder? Haben S' die auch schon?", fuhr sie spöttisch fort.

„Nee!", antwortete er, während ihm Elsbeth einen Teller füllte. Dabei konnte sie nicht verhindern, dass ihre Hand schon wieder zitterte. Zu blöd!

„Aber demnächst kriege ich eins!"

„Aha!", machte Paula, womit sie alles sagte, was sie sagen zu müssen glaubte.

„Da täuschen Sie sich man, meine Dame, falls Sie das denken, was ich denke, dass Sie es denken. Ich bin seit über einem Jahr verheiratet und hab 'ne prima ordentliche und jut erzogene Frau! Das is 'ne Ehe aus 'm Lexikon, wenn ich das sagen darf!"

Paula rümpfte die Nase und machte, dass sie in die Küche kam.

Nachdem die Suppe aufgetragen war, gesellte sich endlich auch der Arni wieder zu seinen Freunden und zu seiner Schwester. Die Suppe wärmte die kleine Gesellschaft gut durch. Man sprach auch tapfer den Dampfnudeln zu, wenngleich die von Mutter eine viel röschere Kruste hatten und auch die Vanillesauce daheim schmackhafter war. Als alle rundum satt waren, setzte sich auch die Wirtin zu ihren Gästen, nicht ohne vorher auch die Kartenspieler frisch versorgt zu haben. Man redete dies und jenes über die Familie. Dann wurde das Kind müde und musste gewickelt werden, was Elsbeth übernahm. Sie gab ihm auch das Fläschchen und legte es in sein Bettchen hinter dem Schanktisch in der Nähe des Ofens. Man hatte es hereingerollt, denn Paula wollte ihr Kind auf keinen Fall allein in irgendeinem Hinterzimmer lassen, solange es in der Wirtsstube so ruhig war.

„Kann man den Ballsaal besichtigen?", fragte der Magdeburger Gast unvermittelt, nachdem er sein Bier ausgetrunken und ein zweites verweigert hatte.

„Wenn S' mögen!", antwortete die Wirtin kokett, erhob sich und schwenkte ihren weiten Dirndlrock vor ihm her. Henk schmetterte ein „Hannemann, geh du voran!", zwinkerte seinen Freunden zu und stapfte hinter der Schönen her. Beide verschwanden in den Tiefen des Hauses, schauten in alle Zimmer, wechselten ein paar Worte mit einer Magd und stiegen schließlich die Treppe hinauf, wo sich der Saal über das ganze Stockwerk hinzog.

„Knorke!", fand Henk, umfasste unvermittelt die Wirtin und begann sie, eine gängige Walzermelodie summend

– es war die „schöne blaue Donau" – im Walzerschritt herumzuschwenken. Sie ließ sich willig lachend drehen und sagte dann, innehaltend:

„Wir haben auch ein Grammophon!" und, voll Stolz: „Es geht elektrisch! Es ist ein Hochzeitsgeschenk!", setzte sie noch hinzu.

„Na, denn los! Nix wie ran an die Bouletten!"

Zweisamkeit sucht Einsamkeit und genießt sie! Foxtrott, Walzer, ja, tatsächlich auch Englishwaltz, alte Schlager, es war genug Musik zum Tanzen da. Heute würde man die Melodien auf den verkratzten Schellackplatten, die der Apparat hergab, ohne weiteres als grässliche Katzenmusik bezeichnen. Doch wen interessierte das damals schon? Man war stolz auf das Gejaule. 20 Minuten lang, meist im Vier-Viertel-Takt, schwoften die beiden – man kann es nicht anders nennen. Einander umfassend wurde Paula sofort von ihrem Partner herrisch nach dem Takt hin und her geschoben, doch allmählich wurden die Tanzschritte weicher, wiegender. Die Tanzenden pressten sich immer mehr aneinander, glitten endlich wie ein Leib über die große, leere Tanzfläche, fühlten einander in ihren Körpern, quasi in jeder Körperzelle. Henk hatte den Geruch von Fleisch in seiner Nase. Den wird sie, dachte er flüchtig und auch leicht angeekelt, wahrscheinlich nie mehr los! Er schnupperte auch eine Spur von Kräutelsuppe in ihrem Kleid, von Küchengeruch überhaupt. Diese Düfte umwehten sie, zusammen mit dem Duft von Weib, wie ein Parfum. Paula nahm den bekannten Geruch von Bier in seinem Atem wahr. Sie roch seinen Schweiß und spürte seine Haut durch seine Kleidung hindurch. Und schließlich roch sie gar nichts mehr und verlor den Kopf. Sie war nur noch hirnloser Rhythmus, die Musik schmeichelte sich in ihren Leib, und sie fühlte benebelt, wie dieser sich öffnete. Dachte Henk? Wohl nicht mehr viel. Er fühlte die Hingabe ihres Körpers, und ohne viel Federlesens drängte er sie in die Ecke und fasste unter ihren Dirndlrock, während sie deutlich zu keuchen begann.

Ach, es war ein 5-Minuten-Unternehmen – flüchtig, im Stehen –, und als es vorbei war, drehte er sich einfach um, knöpfte sich und seine Kleidung zu und verließ den Saal. Verwirrt blieb Paula zurück. Aber viel Zeit blieb ihr nicht, über das über sie so plötzlich Hereingebrochene nachzudenken, denn – oh Gott – da hörte sie schon das Geknatter vom Bibi! Der Loisl kam heim!

„Nu lasst uns man die Hühner satteln, Jungs!", sagte Henk.

Da trat der Postwirt, noch angetan mit seiner bodenlangen Gummischürze über seiner fast bis unter die Achseln reichenden von Hosenträgern gehaltenen Arbeitshose und seiner verschmierten Joppe mit seinen verschmierten Gummistiefeln hinter den Schanktisch, um einen tiefen Zug aus dem Bierkrug zu nehmen. Elsbeth hatte ihn sofort gezapft, als sie den Chef des Hauses kommen hörte. Dann sagte der kurz:

„Grüß euch, Spezln! Ich komm gleich!", um sofort wieder zu verschwinden. Aus dem Kartenwinkel kam ein: „Servus, Würschtltupfer!" retour und alles verfiel wieder in Schweigen.

Nach einer kleinen Weile kehrte der Wirt frisch gewaschen mit feuchtem Haar und sauberem Gewand in die Wirtsstube zurück, gab den Gästen aus der Stadt nacheinander die Hand und sagte freundlich zu jedem:

„Grüß Gott nachher! Grüß dich! Ich wär' der Lois!" mit dem typischen bayrischen Konjunktiv, mit dem eine Tatsache unterstrichen wird. „Ich wär' der Wirt da herin. Habt's genug zum Essen g'habt?"

Der Fleischgeruch, den er verströmte, war deutlich wahrnehmbar und übertraf den seiner Frau bei weitem, da war nichts zu machen. Der Loisl war ein ruhiger Mensch, und ein wenig wortkarg war er auch. Jetzt, wo sie so herumsaßen, waren sie alle eigentlich einigermaßen mundfaul. Was sollte man auch groß reden! Zudem drohte es dunkel zu werden. Als man dann auch noch zu aller Schrecken die Stimme der Zens hörte, die gerade heimgekommen war, gab es nur eins: Aufbruch!

Händeschütteln und Umarmung der beiden Cousinen! Wer von ihnen beiden sollte der anderen zuerst schreiben? Man hatte sich doch eigentlich, schon der anwesenden Männer wegen, längst nicht alles gesagt! Elsbeth versprach, den schriftlichen Gedanken- und Erlebnisaustausch als Erste wieder aufzunehmen. „Morgen schon, Paula!", versprach sie. Paula nickte:

„Ja mach das!" und: „Erlebst ja mehr!"

Das schmerzte Elsbeth. Tat es der Paula vielleicht leid, dass sie, so jung wie sie war, zusammen mit einem uninteressanten Mann, fand Elsbeth, und einer Bissgurke von Schwiegermutter in Malching festsaß? Und würde sie dort, was Gott verhüte, vielleicht ein seelisch armes, verkrüppeltes Leben führen müssen? Elsbeth ahnte zwar, dass ihr ihre Cousine längst nicht alles anvertraute, denn Paula war stolz! Aber sie ahnte keineswegs etwas von den Dingen, die sie ihr eben nicht anvertraute!

„Macht's man alle schmuck!", sagte der Magdeburger Gast, zog als Erster seine Kradhaube über seinen Schädel, schlüpfte in seinen langen Mantel und verließ die Wirtsstube. Paula sah ihm nicht nach. Wozu auch? Wahrscheinlich würde sie ihn auch nie wiedersehen, dachte sie und trachtete, das Geschehene in ihren Gedanken einfach ungeschehen zu machen. Ohnehin würden Henk und sie einander ganz schnell vergessen.

Die Münchner verließen die Wirtsstube. Vor der Tür wurden die Motorräder angeworfen, indem man unendlich lange auf die Anlasser trat. Schließlich war ein gleichmäßiges Knattern zu hören, dann ein kurzes zwiefaches Aufjaulen, in das der Hund Tassilo unverzüglich einfiel und den kleinen Michi aus dem Schlaf riss, und unter mehrfachem Geheule, verursacht durch forsches Gasgeben, entfernte sich der Hauch der großen weiten Welt, der das Gasthaus „Zur Post" für eine kleine Weile durchweht hatte.

„Nix is' gewesen!", sagte Paula lautlos vor sich hin, während die Zens, ein dickes schwarzes dreieckiges Tuch um Kopf und Schultern, die Wirtsstube betrat und mit ihren flinken Augen gleich einen Blick auf ihren weinenden Enkel warf. Man muss zugeben, dass sie noch immer, trotz aller Strenge und Streitlust über die Jahre hin, ein hübsches Gesicht hatte.

„Was waren dann das für Leut?", wollte sie wissen und nahm das Kind auf den Arm.

„Ach, bloß aus München, Leut' von den Angermaiers!"

„So! Haben die sich wieder einmal umsonst vollg'fressen bei uns! Die Stadterer, verhungerte Bagage, die!"

„Geh' Mutter!"

„Weil's wahr is! Hast du einen Pfennig 'kriegt von denen?"

„Sie sind doch Verwandte!"

„Leider!"

So war sie, die Zens. Nein, ganz so war sie nicht. Denn ihre eigene Verwandtschaft durfte bei ihr in sich hineinschaufeln, was nur in sie hineinging.

„Bloß, weil's meine Leut' sind!", dachte die Paula, „Aber meine Tage werden kommen, und dann lass ich sie am ausgestreckten Arm verhungern, das Miestvieh! Das böse Weib! So wahr mir Gott helfe!" Dann fiel ihr der Fremde wieder ein.

„Gelangweilt hat er sich hier in unserer Gaststuben, wo nix los ist!", dachte sie voller Scham. „Was kann man so einem hier schon bieten, als ... Na ja!", seufzte sie.

Ein Objekt in seiner Langeweile war sie gewesen, mehr nicht ... Eine Frust-Beute! Würde man heutzutage sagen, dachte Edda.

III

„Um Gottes willen Kindchen! Was is' man los mit dir? Es wird doch nich' so weit ..."

„Ich weiß nich', Tantchen, ich glaube, es is ... oh ... oh ... ah ..." Und Karoline Torsdorf krampfte ihre Hände leise stöhnend auf ihrem Leib ineinander und starrte ihre Schwiegermutter angstvoll an.

„Nun lass mal gut sein, Karline, und freu dich, dass es nu losgeht. Und atme man schön durch und guck nich so wie ein Kaninchen, ja!"

Ottilie Torsdorf, die Schwiegermutter der jungen Frau und gleichzeitig ihre Patentante, legte ihr Stopfei beiseite, schob ihre Handarbeitsbrille in die Höhe bis über den Haaransatz, erhob sich, trat zur Tür des geräumigen Wohnzimmers, öffnete sie und rief in die dunkle Diele hinaus:

„Trine, sieh zu, dass du das Bett in der hinteren Schlafstube zurechtmachst. Ich glaube, bei der jungen Frau tut sich was!"

„Ach Jottchen neei!", schrie die Köchin, die aus Masuren stammte, und: „los, Minchen! Und jeh mir zur Hand! Es jeht nu man los! Die junge Frau wird nu bald müssen ins Liegen kommen!" Und sofort geriet die ganze riesige herrschaftliche Wohnung auf dem Sedanring Nr. 16, Hochparterre, in helle Aufregung.

„Nu macht man keine jüdische Hast hier, ja!", beruhigte die werdende Großmutter. „Man immer mit der Ruhe! Es is' besser, wenn wir erst mal auf und ab gehen. Komm, Karline!"

Doch Karoline Irene Torsdorf blieb auf dem geschwungenen Sofa sitzen und starrte ihre Schwiegermutter mit hochgezogenen Schultern verschreckt an.

„Ich kann nich', Tantchen!", flüsterte sie.

„Was heißt hier: Ich kann nich'?"

„Es is' ... weil es is' mir so komisch zwischen den Beinen, Tantchen!"

„Aha!", sagte die, und: „Nu mach man keine Fisimatenten und komm erst mal zur Toilette hin. Das is' alles ganz normal, da ist dir wohl die Blase aufjeplatzt, und nu will das Kleine bald kommen. Nu komm schon!"

Fürsorglich führte sie die junge Frau dahin, wo „der Kaiser zu Fuß hingeht", wie Karolines Schwiegervater, der Apotheker Dr. Heinrich Torsdorf, zu sagen pflegte.

„Haste denn nich' schon länger was gemerkt, Kindchen?"

„Nee, Tantchen! Eigentlich nich' so. Im Bauch krabbelt's ja immer mal, wenn das Kleine strampelt. Ein bisschen Grimmen, vielleicht!"

„Na mach dich erst mal schön sauber, und denn marschieren wir erst mal den Flur auf und ab."

„Klar!", mischte sich Trine ein, die gerade mit einem Arm voll Laken und einem Gummituch auftauchte. „Wenn und die Mutter is' in Bewegung, denn kommt das Kleine auch zu Wege, weil, es freut sich denn schon uff draußen, uff die schöne Welt, sozusagen, nich' wahr! Was is mit Krausen, Frau Doktor? Soll ich Minchen schon mal nach ihr schicken?"

„Langsam, Trine! So schnell schießen die Preußen nu auch wieder nich'. Und lasst das Feuer im Herd nich' ausgehen, dass wir genuch warmes Wasser haben, wenn es so weit is'. Und dass mir das Wasserschiff gefüllt is'!"

„Die Grude is' man immer an, Frau Doktor!", erwiderte die Köchin fast beleidigt. Die Damen Torsdorf hörten, wie der Pumpschwengel in der Küche über dem Ausguss in Bewegung gesetzt wurde. Minchen würde nun wohl zusätzlich Wasser aufsetzen.

„Denn is' es ja gut. Denn kannste ja Minchen ganz allmählich in Trab setzen!"

„Wirste Henk ein Telegramm schicken, Tantchen?", fragte Karoline. Nachdem die beiden Frauen eine Weile auf dem langen Flur auf und ab geschritten waren, kam das Kleine wieder zur Ruhe. Tante Ottilie nahm in ihrem Sessel Platz, griff sogleich nach dem Stopfei, das sie in ihren Nähkorb abgelegt hatte, und versuchte mit gerunzelten Brauen dickes Stopfgarn in die dicke lange Stopfnadel, die sie mit nahezu gestreckten Armen gegen das Fenster hielt, einzufädeln. In ihrer Aufregung, die sie, gut erzogen, wie sie war, verbarg, hatte sie ihre Brille auf der Stirn vergessen. Erst als die Sache mit dem Einfädeln überhaupt nicht klappen wollte, fiel sie ihr wieder ein.

„Wo hab' ich sie denn ...?", murmelte sie und fasste sich an die Stirn. Und: „Ach! Da ist sie ja! Na denn!"

Es war ein heller brutheißer Nachmittag Anfang August. Die Luft stand geradezu in den Straßen der alten Domstadt an der Elbe. Doch hier in der geräumigen Stube mit den schweren dunklen Möbeln, dem wuchtigen bis fast unter die Decke reichenden dunkelbraunen Kachelofen und den dunklen Plüschvorhängen vor den hohen Fenstern, welche nach Osten lagen, und einem kleinen hellen Erker, auf dessen Estrade ein schlanker Sessel, eine gepolsterte Fußbank und ein zierliches Tischchen standen, war es angenehm kühl. Von Ferne war das Gedudel eines Leierkastens zu hören, dazu der plärrende Singsang des Besitzers, eines Vaganten. Während seiner Darbietung addierte der wahrscheinlich im Geist längst die 10-Pfennig-Stücke zusammen, die man ihm, eingewickelt in Zeitungspapier oder in abgelegtes Packpapier aus dem Kaufmannsladen, zahlreich – so hoffte er – aus den zu dem engen Hof hin gelegenen Küchenfenstern zuwerfen würde.

„Aber ja, Kindchen!", antwortete die ältere Dame dann, als das Garn endlich durch das Öhr geschoben war. „Wenn das Kleine da is, schicke ich Minchen stantepe nach dem Postamt hin. Und ich wette, du kriegst umgehend ein wunderschönes Glückwunschtelegramm zurück, so mit Blümchen und so!"

Die junge Frau lächelte.

„Er freut sich doch auch so!", meinte sie verschämt, und: „Ach, ach Tantchen! Ich ... es ..." Sie erhob sich und schritt in dem kühlen Zimmer auf und ab. Tapfer, wie sie war, und in Gedanken bei ihrem Ehemann, untersagte sie sich einen Jammerlaut. Ihre Schwiegermutter stopfte inzwischen ungerührt weiter und warf nur einen verstohlenen Blick auf ihre Schwiegertochter.

„Das geht alles vorbei, Kindchen. Sei nich' bange, und denk' an deine arme Mutter! Siebenmal hat sie's durchgemacht, und alle Kinder gesund. Und dein Vater war nich' zimperlich mit ihr, hat sich jedes Mal einen anjetütert, und vorher is' er in den Wald, und einmal sogar auf die Jagd! Ich glaube das war bei ..."

Die ältere Frau Torsdorf zog die Fäden kreuz und quer über das Loch, durch welches das Stopfei schimmerte. Dabei dachte sie, dass es durchaus nicht ausgeschlossen war, dass Karlinchens Vater, Herr von Wentow, jedes seiner neugeborenen Kinder erst einmal doppelt gesehen haben könnte.

„Hoffentlich hatte er nicht jedes Mal so viel im Tee, dass er glauben musste, es lägen Zwillinge in der Wiege!", dachte sie in sich hineinschmunzelnd.

Inzwischen herrschte wieder Ruhe in Karlinchens Leib. So setzte sie sich und griff sich ihr Strickzeug.

„Und wie war's bei dir, Tantchen?", fragte sie.

„Normal eben!", antwortete ihre Schwiegermutter wegwerfend, „Nix Besonderes, und außerdem hab ich's, glaube ich, vergessen!" Was natürlich nicht ganz stimmte.

„Aber Henk! Henk war doch eine Steißlage!", warf Karoline nach der nächsten Wehe ein. „Hatte sich da nicht ein Ärmchen verhakt?", fragte sie angstvoll.

„Wo haste das denn her?"

„Henk hat's mir erzählt!"

„So!"

„Ja! Und Doktor Papenhagen hat mit seiner Hand den Arm rausgeholt, weil Henk ihn um seinen Kopf geschlungen hatte!" Karoline schauderte.

„Soso!"

„Stimmt's denn nich'?"

„Wird wohl so sein!"

„Man sagt, der Kaiser hat aus demselben Grund einen lahmen Arm gehabt. Sie haben ihn zu fest dran gezogen!", fuhr Karoline fort, stöhnte dann, sich krümmend, ganz leise kurz auf, erhob sich und lief weiter auf und ab … „Das stimmt doch, oder?"

„Ich glaube ja!"

Es klopfte an der Tür. Trine öffnete vorsichtig und sagte:

„Minchen hat nu nach Krausen hinjemacht, gnädige Frau, und weil und es sollte man doch auf die Schnelle sein, mit's Rad. Wenn und se is' zu Hause, kommt se bestimmt direktemang. Wenn und se is' es nich', denn werden wir erfahr'n, wo se is' und Mine kann se da aufsuchen."

„Is' in Ordnung, Trine! So eilt's nu auch wieder nich'! Ihr könnt es euch nachher in der Küche gemütlich machen, zusammen mit Frau Krause! Es ist doch genug Kaffee da? Und Milch und Zucker?"

„Aber man ja doch, Frau Doktor! Is' man alles längst vorbereitet für das jroße Ereignis! Und 'nen Kuchen für die Krausen is im Ofen. Se liebt doch Blechkuchen über alles! Und mit janz ville Schmand druff! Dafür jibt se doch ihre Seele her!"

„Denn vergiss man vor lauter Schmand die Wurstbrote nich', ja!"

„Keene Sorje, Frau Doktor, die Bemmen werden schon rechtzeitich fertich sein, wenn und Krausen hängt der Magen, nich' wahr."

„Dann is' es ja gut, Trine!"

„Na, denn wer'n wir woll in die Pötte kommen!", brummelte die Köchin und zog sich zurück.

Karoline seufzte, lehnte sich gegen den dunklen Schrank aus massivem Eichenholz und starrte auf den mächtigen Perserteppich zu ihren Füßen. Sie merkte, wie sich der Schweiß auf ihrer Stirn und in ihren Achseln sammelte, und wie er ihr den Rücken hinunterrann. Das geblümte kurzärmelige Hängekleid bekam allmählich dunkle Flecken, während sie die nächste Wehe geradezu überschwemmte.

Vor dem Fenster klingelte und quietschte eine Elektrische vorbei und übertönte den Leierkasten. Von der Großen Diesdorfer Straße kommend fuhr sie hier, in der Mitte des Sedanrings, unter Lindenbäumen von Wilhelmstadt in Richtung Osten nach Sudenburg. Schienen und Bäume waren eingegittert. Ein halbhohes Eisengitter mit kleinwürfeligem Muster schützte nicht nur die Straßenbahn vor dem Überqueren der Gleise durch Unbefugte, sondern auch diese selbst vor ihrem eigenen Übermut und Unverstand und somit vor Straßenbahnunfällen. Übrigens gab es auf dieser Strecke des Sedanrings zwei Durchgänge, sodass man die Schienen durchaus überqueren konnte. Die Kanten der unterbrochenen Gitter jeder Seite überlappten sich jedoch und ließen nur einen schmalen Zwischenraum frei, durch den man sich quasi hindurchschlängeln musste. Ein Kinderwagen zum Beispiel kam da nicht durch. Ein unbesonnenes Über-die-Gleise-Rennen sollte auf diese Weise vermieden werden. Außerdem machte die Elektrische, wie gesagt, klingelnd und quietschend einen Lärm, der nicht von schlechten Eltern war. Anwohner hörten ihn eigentlich nicht mehr, höchstens, wenn sie schlaflos waren und die Wagen nach 22 Uhr, in der nächtlichen Stille umso lauter, in das in unmittelbarer Nachbarschaft gelegene Depot einfuhren.

Nachdem Karoline also die Wehe überstanden hatte, betrachtete sie die ältere Dame, die ihre liebevolle Patentante und seit knapp einem Jahr – seit Henks 21. Geburtstag, um genau zu sein – auch ihre Schwiegermutter war. Eine bessere konnte sie sich überhaupt nicht wünschen, wusste sie. An ihr hing sie beinahe mehr, als sie einst an ihrer eigenen Mutter gehangen hatte, und sie hatte sich vorgenommen, sich in ihrer Ehe stets an sie als an ein Vorbild zu halten.

Ottilie Torsdorf sah stets aus wie aus dem Ei gepellt: das grau melierte feine gewellte Haar war nach hinten zurückgenommen und am Hinterkopf festgesteckt, wobei, wie Karoline genau wusste, ein „falscher Wilhelm" eine Haarfülle vortäuschte, die so nicht vorhanden war.

Eine Dauerwelle in einer Kurzhaarfrisur, wie sie ihre Schwiegertochter trug, lehnte sie indigniert ab. Ihre Kleider und Blusen in gedeckten Farben, und, wenn es hoch kam, in dezenten Mustern, trug sie, unabhängig von Jahreszeit und Wetter, stets hochgeschlossen, entweder von kleinen Rüschen oder von einem Krägelchen gesäumt, und oft war ein Samtbändchen um ihren Hals gebunden, wie es in ihrer Jugend Mode gewesen war. Nie hatte Karoline ihre Tante mit kurzen Ärmeln gesehen, auch bei größter Hitze nicht.

„Wenn es heiß ist, geht man eben nicht aus dem Haus und bleibt in der kühlen Wohnung!", war ihre Meinung. Von gesundheitsfördernder Sonneneinstrahlung hielt sie nichts. Die hielt sie eher für schädlich und Sportbesessenheit bei spärlicher Kleidung für anrüchig. Natürlich war sie in ihrer Jugend, wie die allermeisten jungen Mädchen, eine leidenschaftliche Tänzerin gewesen. Doch das war lange her. Selbstverständlich konnte sie nicht schwimmen, und was über das Spazierengehen hinausging, also Fortbewegungsarten wie Wandern und Radfahren zum Beispiel, fand sie einfach nicht damenhaft. Deshalb kam dergleichen für sie nicht in Frage. Sie war allerdings so einsichtig, zur Kenntnis zu nehmen, dass sich die Zeiten nach dem Krieg geändert hatten, und dass die Jugend einen Lebensstil für sich beanspruchte, der sich von dem, den man in ihren jungen Jahren für angemessen befand, unterschied.

„Frau Apothekerin Torsdorf" verströmte stets einen erfrischenden Duft von Eau de Cologne, jenem Kölnisch Wasser, von dem sie ein geradezu luxuriöses Depot angelegt hatte, da sich ihr Gatte, der Apotheker, erfreulicherweise in der Lage sah, diesen Artikel zu einem Vorzugspreis zu beziehen. Ohne den Hauch dieser bestimmten

Kölner Frische konnte sich Karoline ihre Tante überhaupt nicht vorstellen. Auf ihrer Frisierkommode stand immer ein gefüllter bauchiger Kristallflakon, welcher über einen kleinen kurzen lachsfarbenen Schlauch mit einem gleichfarbigen handlichen Ballon verbunden war, mittels dessen sie sich anzusprühen pflegte. In ihrer Güte ließ sie ihre Schwiegertochter übrigens daran teilhaben, die ihrerseits ein Faible für Lavendelseife hatte, ebenfalls über die Apotheke erhältlich. Von dem teuren französischen Parfum, das ihr der Apotheker vor gut 10 Jahren zu ihrem vierzigsten Geburtstag geschenkt hatte, tupfte sich die Apothekersgattin nur zu gesellschaftlichen Anlässen jeweils einen Tropfen hinter jedes Ohr. Sie ging mit dieser Kostbarkeit so sparsam um, sodass sie wahrscheinlich ihr ganzes Leben lang damit auskommen würde!

Die nächste Wehe ging über Karoline hinweg.

Tante Ottilie war schlank, um nicht zu sagen hager. Ihre schweren Ohrgehänge, die ihr, wie Karoline fand, gut zu Gesicht standen, hatten die Löcher in den Ohrläppchen schon leicht in die Länge gezogen. Die zeigten ob der Last, die sie zu tragen hatten, eine vorzeitige Welke, einen vorzeitigen Abnutz sozusagen. Dennoch: Die Tante war mit ihren gut 50 Jahren noch eine sehr hübsche Frau. Ihre Kleider waren schmal geschnitten und hielten sich in ihrer Länge nicht unbedingt an die Mode. Um ihren Hals baumelte meist ein altmodisches Lorgnon, das noch von ihrer Mutter stammte, und von dem sie sich nicht zu trennen vermochte. Und um die Taille trug sie stets einen schmalen Gürtel – man konnte sie sich ohne ihn überhaupt nicht vorstellen – an dem ein sogenanntes Ridikül hing, in dem sie ein Taschentuch und einen Schlüsselbund, etwas Geld, auch kleine Zettelchen, auf denen sie sich Notizen machte, und einen Stummel von

Bleistift aufbewahrte. Dieses altmodische Ding, welches eigentlich aus der Zeit um das Ende des 18. Jahrhunderts stammte, hatte sie aus ihrer Jugend, als man sie in ihrem Elternhaus zur Ehefrau und Mutter erzog, bis auf die heutigen Tage herübergerettet.

Nie ging sie ohne einen Hut und ohne Handschuhe aus dem Haus, mochte das Wetter sein, wie es wollte. Sie beschäftigte eine vorzügliche Schneiderin, von der auch ihre Tochter und ihre Schwiegertochter profitierten, und eine stadtbekannte Modistin. Sie hatte gelernt, einen großbürgerlichen Haushalt zu führen, denn sie stammte aus einem solchen. Sie sah darauf, dass die Familie an öffentlichen gesellschaftlichen Anlässen teilnahm und auch wahrgenommen wurde, auch, dass sie bei in ihren Augen wichtigen Leuten zu Gast war, und sie war bekannt für ihre eigenen Einladungen. Sie achtete stets darauf, dass eine gemischte, gebildete und unterhaltsame Gesellschaft bei ihr zu Tische saß, der sie ein tadelloses schmackhaftes Essen zu servieren pflegte. Auch an Kaffee, Wein, Cognac und Zigarren wurde nicht gespart. Alles in allem: Tante Ottilie war eine perfekte Hausfrau, und an ihrem Benehmen gab es überhaupt nichts auszusetzen.

Karoline litt und schwitzte.

Ansonsten sah die Tante darauf, dass die Kinder eher bescheiden erzogen wurden. Geschlemmt wurde bei den Torsdorfs nur zu hohen Festtagen. Mindestens zweimal in der Woche gab es Bückling, also geräucherten Hering, zum Abendbrot, damals ein „Arme-Leute-Essen", manchmal, eher selten, Schillerlocken oder geräucherte Kieler Sprotten, und, ganz selten, kleine Stückchen von geräuchertem Aal. Hingegen kamen einfacher weißer Käse und Harzer Roller auf den Tisch, auch mal Pottsuse und Schweineschmalz, dafür viel Milch, Obst und Gemüse und reichlich Butter auf dem rauen Schwarzbrot aus purem Roggen, dem „preußischen Kommissbrot". Henk und Karoline hassten die Graupen-, Erbsen- und Linsensuppen, die im Winter für sie viel zu oft serviert wurden, und die ewigen Mohrrüben. Sie liebten Bratkartoffeln, Grünkohl, Bratwurst, Leberwurst und fette Mettwurst, überhaupt alle Wurstsorten, die es selten genug gab, vor allem aber Kuchen!

„Preußen hat sich großgehungert!", pflegte die Mutter sie schon im Ansatz abzuwürgen, wenn sie bemerkte, nein eher erwartete, dass die Kinder das Gesicht verzogen, „Merkt euch das!" Das Stückchen Fleisch, das im Gemüse mitgekocht wurde, bekam zu einem Löwenanteil der Vater, der ja auch für die Ernährung der Familie verantwortlich war. Die Tante aß so gut wie nie Fleisch. Als die Kinder größer wurden und stark wuchsen, wuchsen auch die Lilliput-Fleisch-Rationen.

Das Kleine in Karolines Bauch drängelte.

Die Tante sah jedoch darauf, dass ihre Kinder die besten Schulen besuchten, dass sie ein Musikinstrument lernten, an kulturellen Veranstaltungen teilnahmen, mit Erfolg einen Tanzkurs absolvierten und, dass sie regelmäßig Sport trieben, den sie selbst, wie wir inzwischen wissen, mied. Alles musste in ihren Augen seine Ordnung haben, und sie wusste, dass sie mit diesem Ordnungssinn und ihrem gekonnten Familien-Management, wie man heute sagen würde, ihren Mann entlastete und ihren Kindern einen guten Start für das Leben bot. Selbstverständlich ließ sie ihrer Paten- und Pflegetochter Karoline dieselbe Erziehung angedeihen, die sie ihren eigenen Kindern zukommen ließ. Allerdings: Auch ein gewisser Dünkel war ihr zu eigen. Er schien bei ihr quasi angeboren zu sein, ohne dass sie jemals darüber nachgedacht hätte, dass sie einen haben könnte. Sie stammte aus einer bekannten Magdeburger Familie, hatte eine ordentliche Mitgift in die Ehe eingebracht, war also „gut eingesäumt gewesen". Ihr war bewusst, aus welchem Stall sie kam, wie sie zu sagen pflegte. Ende des vorigen Jahrhunderts hatte sie mit 18 Jahren den eher weniger betuchten jungen Apotheker Torsdorf geheiratet. Ihre Eltern waren zur Überraschung aller einverstanden gewesen, was zu allerhand Getuschel Anlass gab, denn der Auserwählte kam aus der tiefen Provinz, und man musste sich an den Gedanken seiner Herkunft erst gewöhnen. Auch sein Vater hatte eine Apotheke, war aber weniger wohlhabend, dafür kinderreicher. Was aber weitaus schlimmer war: Der rechte Fuß des Schwiegersohnes war deformiert: Der Apotheker, Herr Dr. Heinrich Torsdorf, hatte einen Klumpfuß, hinkte unübersehbar und lief auf einem hohen, verkürzten orthopädischen Schuh, der ständig knarzte. Es stand zu befürchten, dass diese Missbildung auf die zu erwartenden Kinder, insbesondere die Knaben, weitergegeben werden könnte. Denn der Klumpfuß ist erblich, wenn er auch dem rezessiven Erbgang folgt. Kein Wunder, dass sich die Eltern der jungen Ottilie die größten Sorgen machten. Allerdings war die Ehe der jungen Torsdorfs in den ersten Jahren kinderlos geblieben, sah man von zwei Knaben ab, die, zwar ohne irgendeine sichtbare Missbildung, nur wenige Tage überlebten. Erst 1904 wurde Frederika geboren, und vier Jahre später erblickte Hans-Heinrich – gesund – das Licht der Welt.

Karoline stöhnte leise und hielt ihre Hände an den Leib. Ihre Schwiegermutter warf einen Blick auf das große Zifferblatt der hohen Standuhr mit den schräg geschwungenen dunkelbraunen Zahlen, die aussahen, als wären sie mit der Hand gemalt und auch, als würden sie hintereinander herlaufen wollen. Ihr Augenmerk galt den in ihrer Mitte bauchig aufgetriebenen ebenso dunkelbraunen Zeigern: dem dicken, langen für die Stunden, der mit seiner federigen Spitze auf der ihm jeweils zugeteilten Ziffer verharrte und nur unmerklich weiterglitt, und, speziell, dem eiligeren, kleineren, pummeligen und kürzeren Minutenzeiger, der seine Ziffern mit seiner ähnlichen Spitze nur kurz berührte. Fast einschläfernd schwang das Perpendikel in dem hölzernen Gehäuse an der Messingkette mit einem Tak – Tak – Tak – Tak hin und her. Es war kurz vor 16 Uhr: Gleich würde die Uhr zweimal vier Schläge hintereinander tun, die ersten vier hell, die folgenden dunkel, etwa so: bing ... bing ... bing ... bing, und dann: b o n g ----- b o n g ----- b o n g ----- b o n g.

Vier Bong-Schläge gingen ja noch! Bei zwölfen hatte man das Gefühl, das Gebonge hört überhaupt nicht mehr auf!

Ottilie Torsdorf achtete auf den Zeitraum, der zwischen zwei Wehen verstrich.

Während der nächsten Wehe starrte Karoline auf die immer noch hübschen Hände ihrer Schwiegermutter und dann auf das geklöppelte cremefarbene Deckchen auf dem ovalen Tisch, auf dem eine Kristallschale stand. Hier wurden zur Herbstzeit Kernobst, also Äpfel oder Birnen, zur Schau gestellt, denn niemand durfte sich davon nehmen. Obst wurde den Familienmitgliedern zugeteilt: schrumpelige, aber herrlich aromatisch schmeckende Äpfel und schon leicht fleckige köstliche Birnen im Herbst und wunderbar süße Erd- und Himbeeren oder leicht säuerliche Johannis- und Stachelbeeren im Sommer. Rhabarberkompotte, wie überhaupt Obstkompotte, aber auch Apfel- und Pflaumenmus waren bei der Familie außerdem sehr beliebt. Das Übertreten einmal angeordneter Verbote wurde bei den Torsdorfs streng geahndet.

Das Kleine wurde immer ungeduldiger.

Viel strenger war es nach den Erzählungen der Tante im Pensionat zugegangen, in dem sie zwischen ihrem 15. und 17. Lebensjahr erzogen worden war, um, wie sie sagte, den letzten Schliff für das Leben einer „Dame abzukriegen". Und hier wurde Karolines Mutter, Kitty Bernitt, Ottiliens beste Freundin. Kitty, von einem Gut in der Börde stammend, war eine passionierte Reiterin und zunächst überhaupt nicht aufs Heiraten aus. Aber da sie auch nicht Lehrerin oder Diakonisse werden wollte, womit ihre Abneigung gegen die Ehe zu erklären gewesen wäre, blieb ihr das übliche Frauenschicksal letztendlich doch nicht erspart. Wie um sie endgültig zur Räson zu bringen, bekam sie sofort drei Söhne hintereinander, bevor Karoline Irene das Licht der Welt erblickte. Doch nicht genug: schon erschienen erneut zwei Söhne auf der Bildfläche, bis endlich noch einmal ein kleines Mädchen – ein Nachkömmling – das Schlusslicht bildete. Kurz darauf erlitt Kitty einen tödlichen Reitunfall. Karolines Vater, Gert von Wentow, war von dem Unglück so getroffen, dass er die Zügel seiner Wirtschaft, einem Gut, das sich dem Zuckerrübenanbau widmete, schleifen ließ und sich endgültig dem Alkohol zuwandte. Schließlich war er derart heruntergekommen, dass er gezwungen war, alles aufzugeben. Er verteilte seine Kinder in der Verwandtschaft und zog nach Berlin. Karoline von Wentow kam allerdings nicht bei Verwandten unter, sondern übersiedelte in den Haushalt der Torsdorfs. Ihre Patentante sah es als ihre Pflicht an, sich um ihr Patenkind zu kümmern.

Karoline trabte brav im Zimmer auf und ab, verstohlen beäugt von ihrer Schwiegermutter.

Der Sohn der Familie, Hans-Heinrich, den alle Henk nannten, war zur Zeit des Familienzuwachses ein schwieriger Junge, um nicht zu sagen ein Tunichtgut. Eigentlich war es nur der Geduld seiner Mutter verdanken, dass er zu den Streichen, die er aushecke und die selbstverständlich stets eine rigide Bestrafung nach sich zogen – kamen sie denn ans Tageslicht – nicht auch noch bockig wurde. Für Karoline begann eine aufregende und auch eine schwierige Zeit. Aufregend war es für die Kleine oft auch zu Hause auf dem Gut gewesen, schwierig war es anfänglich im Internat, wo das Heimweh die 10-Jährige schier umbrachte, aber so richtig aufreibend wurde es erst in Magdeburg, als der zwei Jahre ältere 14-jährige pubertierende Lausebengel sie auf alle mögliche Arten in die Enge zu treiben suchte, sie erschreckte, schikanierte, unterdrückte, zeitweise geradezu ausbeutete. Dass er ihr mehrere Maikäfer in ihre Zöpfe setzte, ihr einen toten Frosch, ein andermal eine tote Maus und zuletzt sogar eine tote Ratte ins Bett legte, um ihre Tapferkeit zu testen, wie er sagte, mochte bei der Schwester von fünf Brüdern noch eben angehen. Der hatte man übrigens beigebracht, dass Petzen ehrenrührig sei, und jede Petze ihr Leben lang der Verachtung anheimfalle. Henk beließ es nicht bei diesen Lausejungen-Streichen. Er blies ihr beim Frühstück heimlich Niespulver ins Gesicht, bevor er sich mit seiner Schultasche aus dem Staube machte, er versteckte ihr Zeichenheft, mauste ihr Nachthemd und verbarg es auf dem Hängeboden, wo sie es erst nach mehreren Tagen wiederfand, während sie sich mittlerweile jeden Abend, nackt zwischen den Laken bibbernd, bis zum Einschlafen ob der unkeuschen Bettruhe zu Tode schämte, von den Ausreden, die wegen des verschwundenen Wäschestücks erfunden werden mussten, gar nicht zu reden! Henk fesselte sie an den Küchenherd und fing an, das Feuer zu schüren bis die Flammen aus der Kochgrube schlugen und er sperrte sie in die Badestube ein und drohte, sie zu ertränken – wie, blieb unklar. Ach! Und noch vieles mehr tat er ihr an. Er bedrohte sie und er versuchte sie zu erpressen. Karoline presste die Zähne zusammen und erduldete jeglichen Tort, den er ihr antat, gestählt und trainiert von fünf Brüdern. Nicht selten stand sie diesem Familien-Banditen auch noch bei seinen Streichen, die er anderen spielte, bei, halb aus Furcht, halb aus Faszination. Sind die Unterdrückten und Gequälten nicht auch oft die Bewunderer ihrer Unterdrücker, ihrer Quäler? Können sie nicht auch die loyalsten Anhänger derer sein, vor denen sie zittern? War er, der unberechenbare Henk, nicht soundso oft auch großmütig und gnädig zu ihr, der Kleinen aus der bitteren Provinz? Und war sie ihm nicht unendlich dankbar, wenn er sie plötzlich und unerwartet mit seiner Huld überzog? Eines Tages kam Frederika dahinter, wie sehr er sie, die Jüngste, unter seinem Daumen hielt. Sie packte den Zappelnden mit eisernem Griff am Kragen, was sie öfter tat, zerrte ihn vor die Kleine und sagte zu ihr:

„Wenn du vor dem ooch nur eene Minute Bammel hast, Karline, denn biste selber schuld! Der Bengel darf dir gar nischt tun. Und wenn er dir doch was tut, dann sagste es mir. Ich haue ihn windelweich und sag's außerdem Papa, denn kriegt er noch einmal eenen ab!"

Vom Ehrenkodex des „Nicht-Verpfeifens" war da sonderbarerweise nicht die Rede! Nachdem sich Karoline genug darüber gewundert hatte, fand sie ihre Position gestärkt, was sie nur noch härter und eiserner machte. Und Henk schien allmählich zu merken, dass sie sich nicht mehr sehr vor ihm fürchtete. Umso mehr versuchte er, sie in die Enge zu treiben.

Karoline biss die Zähne zusammen.

Henk kriegte natürlich oft von seinem Vater einen ab. Immer, wenn er etwas angestellt hatte, verdrosch der ihn mit dem Kleiderbügel oder versorgte ihn mit Backpfeifen, und er belegte ihn mit Arreststrafen: Abendbrot-Entzug und Strafarbeiten, wie zum Beispiel „Aufsatz-Schreiben". Henk seinerseits brachte sich dazu, körperliche Schmerzen mannhaft zu ertragen, denn das diente in seinen Augen der Ertüchtigung. Ohnehin trug er mit Freunden Wetten aus, wer es zum Beispiel am längsten kopfunter an einem Ast hängend oder sich nur mit den Händen an einer Dachrinne festhaltend aushielt. Was das Einsperren anbetraf, so ersann sich Henk bei derlei Gelegenheiten neue Schandtaten, und Hungern ... Hungern machte ihm nicht viel aus. Das Aufsatz-Schreiben war schlimmer!

Das Kleine wurde ungeduldiger.

Obgleich Henk fast genauso groß war wie seine vier Jahre ältere Schwester und sicher auch stärker, denn er war ein begeisterter Sportler, hielt er still und sagte nichts, wenn sie ihn am Schlafittchen gepackt hielt. Vor Frederika hatte er einen Mordsrespekt. Sie war klug, sehr klug sogar, wollte unbedingt studieren und war ohnehin Vaters Liebling. Heute würde man seinen Hang zu üblen Streichen mit einem Mangel an Zeichen von Liebe und Zuneigung vonseiten seiner Eltern zu erklären suchen. Vielleicht verhielt es sich tatsächlich so, denn auch seine Mutter war eher gerecht als nachgiebig und eher pflichtbewusst als zärtlich. Karoline hingegen solidarisierte sich schließlich mit dem Lausebengel, stand zu ihm und für ihn Schmiere und ließ sich schließlich auch von ihm küssen.

„Nu biste meine Braut!", sagte der gerade mal 15-Jährige zu seiner 13 Jahre alten Verlobten, und: „Wehe, du guckst einen anderen an! Dann prügele ich dich windelweich, bis du nich' mehr sitzen und nich' mehr loofen kannst, und dann setzt dich die janze Familie an die Luft und du kannst sehen, wo de bleibst. Das schwöre ich dir. Und nu schwöre mir, dass du keinen anderen heiratest, nur mich!"

Karoline schwor, und er schwor es ihr genauso, dass er nämlich nur sie zur Frau nehmen würde. Und das galt auch, als sie beide in das heiratsfähige Alter kamen – zur Freude seiner Eltern.

Aber auch Karoline hatte ihren Triumph, denn sie besaß das Gedächtnis eines Elefanten, in dem alle seine Schandtaten gespeichert waren, die geheimen und die offenen. Zu gegebener Zeit wies sie gern gesprächsweise und wie beiläufig auf diese Leichen in seiner Truhe hin. Zwar rümpfte er darüber jedes Mal seine Nase, musste jedoch feststellen, dass er zunehmend mit seinen Schikanen bei Karoline keine Eule mehr aus einem Baum locken konnte. Mit ihrem Wissen konnte sie ihn in die Enge treiben, wenn sie wollte. Denn der Triumph der Unterdrückten ist ihre Erinnerung, so auch bei Karoline.

„Ach Tantchen!", konnte Karoline nicht umhin zu stöhnen! „Ich wollte, Henk wäre da!"

„Sei nicht albern!", antwortete ihre Schwiegermutter. „Männer haben bei so was nichts zu suchen! Das is' allein Frauensache!"

Die üblen Streiche und Gehässigkeiten hörten schlagartig auf, als Henk dahinterkam, dass er eine besondere Begabung für Mathematik, für naturwissenschaftliches Denken und ein hervorragendes technisches Verständnis hatte. Nicht, dass seine Eltern und seine Lehrer diese

Begabung nicht schon früher bemerkt hätten. Selbstredend hatten sie das, und sein Vater war auch stolz darauf. Doch dem Jungen gegenüber wurden seine besonderen Leistungen auf diesem Gebiet als selbstverständlich und erwartet gewertet. Henk kam erst langsam dahinter, dass er in manchem einfach besser, geschickter, klüger war als seine Kameraden. Doch erst als er eine selbst gebastelte Rohrpost von seinem Zimmer aus in Karolines Zimmer einrichtete, die mit Hilfe von umgebauten Luftpumpen funktionierte, dem er ein ebenso selbst gebautes Telefon folgen ließ und „Fernverbindungen" bis in den Küchenbereich und die Wohnräume ausweitete, begann man, ihn in der Familie positiver zu beurteilen.

Karoline liebte ihn längst. Sie hing an ihm. Sie bewunderte ihn: Sein mathematisches Verständnis, seine Intelligenz, sein Einzelgängertum, das sich mit der Zeit immer mehr herauskristallisierte. Ach, sie selbst war ja keine besondere Leuchte! Und wie oft musste sie ihn bei ihren Schularbeiten für Mathe, Physik und Chemie um Hilfe bitten, die er ihr, launisch wie er sein konnte, manchmal großzügig gewährte, ein andermal kaltherzig abschlug. Am meisten staunte sie darüber, wie trickreich er sein konnte – tricky – würde man heute sagen! Er dachte, sagte, tat Dinge, auf die sie selbst nie gekommen wäre, an die sie nicht im Entferntesten gedacht hätte und die, man muss es leider sagen, an dem ihr anerzogenen Gerechtigkeitsgefühl nicht selten rüttelten. Was ihn nicht interessierte, ließ er kaltblütig einfach fallen. Was er nicht kriegen konnte, war für ihn minderwertig, auch wenn er es zuvor heftig begehrt hatte. War er gefühlskalt? Oder ging es ihm ganz einfach um die Machtfrage: nämlich um das Beherrschenwollen, das Habenwollen, das Geltenwollen?

„Ach Jottchen neei! Was habe ich mir aber nu jerade wieder erschrocken!", schrie die Köchin, wenn es plötzlich neben ihr lautstark und schrill klingelte. Es dauerte eine Zeit lang, bis sie begriff, dass sie zwei büchsenähnliche Teile in ihre Hände nehmen, die eine – nur die eine ganz bestimmte – an ihr Ohr halten und in die andere hineinsprechen sollte.

„Ach Jungchen!", jammerte sie dann jedes Mal, „ich kann doch jetzt nich' reden! Da brennt mich ja die Stippe an, nich' wahr! Wie und ich soll da sagen, es jeht mir jut, wenn alles auf dem Feuer steht und brodelt. Wenn und es kocht die Suppe über möchte das Feuer ausjehen!"

„Bis später!", sagte Henk dann und ließ die Köchin keineswegs erleichtert zurück, denn sie fürchtete sich sofort wieder vor dem „Später" mit dem „Dingsda".

Henk legte noch weitere Telefonleitungen in die Nachbarschaft und in den Keller. Die Außenleitungen, die durch einen Fensterspalt führten, wurden bei großer Kälte eingezogen, die Fernverbindung war dann leider sozusagen witterungsabhängig unterbrochen. Dann baute er ein Radiogerät für sich und eines für Karoline, ließ dem ein Morsegerät folgen und lernte nebenher das Morsen, und schließlich begann er im Keller mit chemischen Substanzen, die er sich entweder in der Apotheke seines Vaters oder sonstwo verschafft hatte, zu experimentieren. Dort besuchte ihn auch sein Vater hin und wieder und bestärkte ihn in seiner Experimentierfreudigkeit, auch als er unerwarteterweise in eine Explosion geriet und sich einen Schnitt von einem zerberstenden Glaskolben im Gesicht zuzog. Schließlich erhoffte er sich seinen Sohn als seinen Nachfolger. Dass er und Karoline manchmal mit verrußten Gesichtern und verfärbten Fingern aus dem Keller auftauchten, regte schließlich niemanden mehr auf. Aufregender wurde es erst wieder, als sich Henk für die Fliegerei begeisterte und sich hinter dem Rücken seiner Eltern Zugang zu den Junkerswerken in der Leipziger Straße verschaffte. Nur seine Vertraute Karoline wusste davon. Es kam natürlich irgendwann heraus, und nach langer Diskussion erlaubte ihm sein Vater, dass er in den Ferien dort volontieren durfte. Henk war 17 Jahre alt, als für ihn endgültig feststand, dass er Flugzeugingenieur und Pilot werden würde. Die Apotheke interessierte ihn nicht die Bohne. Eine gemähte Wiese für Frederika, die ein glänzendes Abitur abgelegt hatte und schon in Vaters Apotheke Praktikantin gewesen war. In ihrer Freizeit hatte sie das obligate Herbarium angelegt, war also stundenlang in den Glacis, am Adolf-Mittag-See, im Rote-Horn-Park und im Biederitzer Busch auf Exkursion gewesen. Damals bestand sie nur noch aus Botanik und Botanisieren, wie ihr Bruder spöttisch feststellte. Nach ihrem Pharmazie-Studium in Göttingen war sie bereits Provisor in Vaters renommierter Apotheke in der Großen Diesdorfer Straße.

Die Klingel schrillte. Minchen öffnete und herein trat die Hebamme Frau Krause, rund und gemütlich, ihren kubisch geformten Hebammenkoffer in der linken Hand, die weiße Kittelschürze über dem rechten Arm.

„Tach'chen ooch!", sagte sie und betrat ohne viel Federlesens die dunkle Wohnung.

„Ich sach' gleich Bescheid!", beeilte sich Minchen und meldete die zurzeit zweitwichtigste Person bei der Hausfrau an.

„Man gut, dass Sie da sind, Frau Krause!" Tante Ottilie gab der Wehmutter die Hand.

„Nu ja doch, Frau Doktor! Na, denn woll'n wir doch mal kieken, ob sich die Sache gedeihlich entwickelt. Da is' ja das Frolleinchen! Wie jeht's denn, Madamchen? Wir sind schon mittenmang, wie?" Ihre dunkle Stimme wirkte sofort beruhigend auf alle Anwesenden, und ihr liebenswürdiges Lächeln drückte Optimismus aus.

Zusammen mit der Hebamme zogen sich die beiden Damen Torsdorf in die „Gebärstube" zurück. Karoline legte sich auf das Bett, und die Krause begann mit der Untersuchung, nicht, bevor sie demonstrativ Gummihandschuhe über ihre Hände gestülpt hatte. Sie nickte mit dem Kopf, setzte schlussendlich mit ihrer rechten Hand ihr hölzernes Hörrohr auf den gewölbten Bauch, presste leicht ihr rechtes Ohr darauf, ließ die Hand los und lauschte, während ihr linker Zeigefinger sich in einem Pendelrhythmus hin und her bewegte. Dann wandte sie ihr Augenmerk auf die Unterschenkel der Kreißenden und strich darüber hin, während sie oberhalb der Knöchel die Haut leicht eindrückte, nahm Karolines Hand, hielt sie sich an ihren eigenen runden Bauch und fühlte den Puls. Schließlich griff sie sich eines der Tücher, die sorgfältig aufgestapelt auf der vorbereiteten Wickelkommode lagen, und wischte ihr die Stirn ab.

„Nun können Se sich wieder erheben, Frolleinchen, und laufen se noch ein bisskan herum und vergessen Se nich, uff die Toilette zu gehen, bevor's richtig losgeht, ja." Die gemütliche Krause nannte alle Gebärenden „Frolleinchen". Das war ihre Art von „Egalité", und der Geburtsschmerz war in ihren Augen gerecht verteilt, egal ob ein armes versehentlich in ihr Unglück hineingerutschtes Mädel oder eine feine Dame gebar.

Trine lag schon auf der Lauer. Als Karoline das Zimmer verließ, wischte sie herein.

„Du kannst schon mal Kaffewasser zusetzen, es dauert noch 'n bisskin, bis ick allet uffjezeichnet habe! Denn können wir ausspannen", sagte die Krause über die Schulter hinweg. Die Krause sagte „Kaffe", und nicht Kaffee, wie alle. Darauf hatte Trine nur gewartet, denn sie war doch so gespannt wie ein Flitzebogen, was die bevorstehende Entbindung anging. Außerdem war der Kuchen schon aus dem Ofen.

„Ist alles in Ordnung, Frau Krause?", fragte die ältere Frau Torsdorf.

Die Krause wiegte den Kopf. „Sieht mich nach 'ne Steißlage aus, gnädige Frau, wenn ich mich nich' irren tu'. Bei der nächsten Untersuchung werde ich's wohl jenau wissen. Dann wär's vielleicht besser, Sie schickten zusätzlich nach Dr. Schossier."

„Ich werde in der Praxis Bescheid geben. Und nu machen Sie sich erst mal über den Schmandkuchen her! Unsere Trine fiebert ja geradezu, ihn loszuwerden!"

Selbstverständlich hatten die Torsdorfs einen eigenen Telefonanschluss. Dem Apotheker wurde fernmündlich bedeutet, er möge tunlichst die Nacht in der Apotheke zubringen.

Es wurde Abend und immer später und später. Die Krause vertilgte noch einige Butter- und Wurstbemmen und war endlich der Meinung, nun käme „die janze Chose in die Gänge", und man solle den Doktor benachrichtigen.

Es war schon Mitternacht vorbei, und die Krause hatte mehr als einmal ihr Hörrohr auf Karolines Bauch gesetzt, als das Kind tatsächlich mit dem Gesäß zuerst durch den Geburtskanal drängte, und Herr Doktor Schossier musste tatsächlich nicht nur ein, sondern beide Ärmchen, die nach oben geschlagen waren, herunterholen! Dann zog sich die Geburt hin, die Wehen ließen nach, die Krausen streichelte und klopfte Karolines Bauch und zwischendurch auch ihr Gesicht.

„Und nu schreien Se man richtig, Frolleinchen, und drücken, was Se können! Nu isses doch man bald zu Ende!"

Arme Karoline. Sie konnte schier nicht mehr, und es schien eine Ewigkeit zu dauern, bis endlich, endlich das Köpfchen zum Vorschein kam Die Krause und der Doktor waren dabei nicht schlecht ins Schwitzen gekommen. Ottilie, eine Schürze vorgebunden, hinter deren Latz das Lorgnon baumelte, die Ärmel hochgekrempelt und das Krägelchen geöffnet, half, verrichtete besonnen die Handreichungen, die man ihr auftrug und streichelte die Schwiegertochter. Immer wieder wusch sie ihr mit kaltem Wasser das Gesicht ab und betete insgeheim:
„Lieber Gott, hilf uns, mach, dass alles gut ausgeht! Lass uns nich' alleine in dieser schweren Stunde!"

Schließlich lag das Kind zwischen den Beinen der Mutter, wurde von Krause geschickt abgenabelt, wurde blitzeblau und machte keinerlei Anstalten, irgendeinen Schrei zu tun. Doktor Schossier packte das Kleine und klemmte die Füßchen zwischen die Finger seiner linken Hand, hob es hoch und klopfte es mit seiner Rechten vorsichtig auf den Rücken. Es tat sich nichts. Da nahm er beide Füßchen zwischen die Finger seiner beiden Hände und schwenkte das glitschige winzige Etwas kopfunter zwischen seine mächtigen Beine und von hier aus in die Höhe. Ottilie blieb das Herz stehen.

Und dann kam der Schrei!

„Nu nehmen Se mal, Krause!", sagte der Doktor, packte das Neue der Krausen in die Arme, setzte sich und wischte sich den Schweiß von der Stirn.

„Ich könnte noch 'nen Kaffe brauchen!", seufzte er und deckte die junge Mutter erst einmal zu.

Karoline war inzwischen ohnmächtig geworden.

„Campher, Krause!", befahl er und tätschelte ihr blasses Gesicht, „rechte Seitentasche!"

Es klopfte vorsichtig an der Tür, und Frederika brachte ein Tablett mit mehreren Tassen und einer Kanne Kaffee. Ottilie nahm ihr das Tablett ab und schob die Tochter wieder hinaus.

Man hielt auch der jungen Mutter den Kaffeeduft unter die Nase, nachdem der Geburtshelfer ihr eine Campher-Injektion verabreicht hatte, und tatsächlich: Sie öffnete kurz die Augen. Gleich darauf drehte sie den Kopf wieder zur Seite, ihre Lider senkten sich, und sie glitt ein weiteres Mal hinüber in eine Welt ohne Schmerzen. Ihr Gesicht leuchtete vor Blässe. Ihre Hände waren schneeweiß und kalt, und kalter Schweiß klebte in ihrem Haar, in ihrem Gesicht.

„Verdammt!", knurrte Doktor Schossier, als er nach einem Schluck Kaffee die Bettdecke wieder anhob. Ein Blutsee hatte sich zwischen Karolines Beinen gebildet, der sich schnell vergrößerte. Mittendrin lag die Nachgeburt.

„Das hat man jerade noch jefehlt! Hoch mit dem Becken und her mit den Tüchern so viel Se haben, und her mit dem Eis – Se haben doch Eis im Hause? – (der Eismann hatte gerade gestern geliefert) und drücken Se man fest, Krause!"

Wieder wurde eine Spritze aufgezogen und eine Injektion gesetzt. Tante Ottilie saß am Kopfende neben ihrer Schwiegertochter und wischte ihr immer wieder das Gesicht ab, streichelte und wärmte ihre Hände. Längst hatten sich einige Haarsträhnen aus der sonst so sorgfältig zurückgekämmten Frisur gelöst und der „falsche Wilhelm" war nahe daran, sich selbstständig zu machen.

„Breit' aus die Flügel beide,
oh Jesus, meine Freude,
und schließ' dein Küchlein ein!", betete sie, und immer nur diese drei Zeilen ... und dann nur:

„ ... und schließ' dein Küchlein ein ... und schließ' dein Küchlein ein ... ach Karlinchen!"

Das Blut rann weiter, trotz erneuter Injektion. Unaufhörlich sickerte es durch das Gebirge von Tüchern, Laken, Bettbezügen, durch alles, was Trine anschleppte und man der jungen Mutter zwischen ihre Schenkel stopfte. Und mit ihm rann das Leben aus Karolines jungem Körper. Als es endlich aufhörte zu bluten, hatte auch sie aufgehört zu atmen.

„Atonische Nachblutung. Meistens nich' zu stillen, gnädige Frau!", sagte der Doktor, „Die arme kleene Karline! Was is' mit dem Kind?"

Ja, was war eigentlich mit dem Kind? Die Krause hatte es nur kurz abgewischt, schnell in ein Tuch geschlagen und in den Stubenwagen gepackt, der, schleifchengeschmückt, in der Nähe stand.

„Zeich' man her, Krause, ob ooch alles dran is!"

Ein Würmchen von einem Kind! Halb blau, noch verschmiert und ganz verschrumpelt lag es da mit angezogenen Beinchen, die Fäustchen an der Brust, eingehüllt wie eine Mumie.

Die Krause packte es vollständig aus, wusch es mit warmem Wasser ab und wischte ihm die Augen aus.

„Alles dran an der Kleenen, Herr Doktor, die wird schon!"

„Wir werden 'ne Amme brauchen, Krause!"

„Ich hab' schon eene im Koppe. Das Beste wird sein, ich nehme die Kleene gleich mit nach der Nischken hin, die kennen Se doch ooch? Vor 'ner Woche hat se entbunden und Milch die Menge! Et reicht für fünfe! Wenn Se mich in ihrem Automobil mitnehmen könnten?"

Ottilie Torsdorf legte die Hand der Toten, die sie so lange gehalten hatte, auf deren Brust, drückte ihr die Augen zu und wandte sich dem Neugeborenen zu.

„Mir wäre es angenehm, wenn die Nischke mit ihrem eigenen gleich ins Haus käme, Frau Krause! Glauben Sie, das ließe sich einrichten?"

„Wie Se wollen, gnädige Frau! Denn sehe ich man gleich jetzt noch bei der Nischken vorbei, und denn kann se sich ooch unverzüglich uff den Weg machen. Wenn Se einverstanden sind, denn schicke ich einen von ihren Gören nach 'ner Droschke für sie und den Kleenen. Und soll ich morgen ooch gleich uff's Standesamt, Ihr Kleines anmelden?" Sie machte sich Notizen über Datum und Uhrzeit der Geburt.

„Ja, machen Sie das!", seufzte Ottilie.

„Und was soll ich eintragen lassen? Uff welchen Namen soll es denn jetauft werden, das Kleine?"

„Irene Karoline Torsdorf!", antwortete die Großmutter nach kurzem Nachdenken, obgleich sich die Eltern ganz andere Namen für ein kleines Mädchen ausgedacht hatten. Bloß: der fiel der übermüdeten Großmutter so auf Anhieb nicht mehr ein.

„In Ordnung!", erwiderte Frau Krause und schrieb auch den Namen auf, während Herr Dr. Schossier den Totenschein ausstellte. Sie blickte auf. Fast scheu berührte sie Ottiliens Arm.

„Und das andere, gnädige Frau, soll ich das man ooch gleich erledigen, wo ich doch nun schon uff dem Standesamt bin?"

„Seien Se so gut!"

„Nu kieken Se mal, Herr Doktor!", sagte die Hebamme Krause, als beide todmüde ihre schweren Taschen in das Automobil des Arztes wuchteten, „Nu jeht doch glatt schon die Sonne auf! Das is bei aller Misere doch ooch 'n jutes Zeichen, meinen Se nich'?"

„Wenn Sie das meinen! Denn wird's wohl so sein!", erwiderte er.

„Na, ja!", fuhr er seufzend fort, während er sich hinter das Steuerrad klemmte, „Wir beide, die wir so viel jesehen und mitjemacht haben, wir wissen immerhin ooch: und Weihnachten kommt doch trotzdem! Oder?"

IV

„Das scheint mir ja ein ganz schlimmer Finger zu sein, dein Henk!", brummte der Professor unter dem Frottee-Handtuch hervor, unter welchem er, brav den Anweisungen seiner Gattin gehorchend, seine angegriffenen Atemwege mittels Inhalationen zu kurieren suchte. Mit anderen Worten: Ansgar hatte sich auf seiner Reise durch Mittelamerika gründlich erkältet.

„Jetzt warte einmal ab und sei nicht so ungeduldig. Schließlich sind wir ja erst am Anfang der Geschichte!", beschwichtigte Edda. „Du tust ja nachgerade so, als hättest du nie einen Lausbubenstreich verübt, was ich mir übrigens nicht vorstellen kann!"

„Wie lang' muss ich eigentlich noch in diesem scheußlichen Dampf ausharren?", klagte der Professor, der Frage seiner Eheliebsten elegant ausweichend. „Und nach was stinkt dieses Zeugs eigentlich so penetrant? Gegen diesen Gestank hat ja kein einziger anderer Duftstoff auch nur die geringste Chance!"

„Hat er dann, wenn deine geschwollenen Schleimhäute wieder abgeschwollen und gesund sind – wenn du Glück hast!", schob sie geradezu hinterhältig nach. „Manchmal verschwindet das Riechvermögen anlässlich eines banalen Infektes völlig und für immer, wenn man Pech hat. Kommt gar nicht so selten vor!"

„Sag bloß!" Der Professor zog sich mit einem Ruck das Handtuch vom Kopf und schmiss es in eine Ecke. Sofort roch es im ganzen Zimmer stark nach einer Mischung aus Latschen-Kiefern-Öl und Eukalyptus.

„Das sind ja schöne Aussichten!"

„Solange du diesen Gestank, wie du dich auszudrücken beliebst, noch wahrnimmst, ist keine Gefahr im Verzug!"

Edda stand auf, holte geduldig das Handtuch aus der Ecke und strich ihrem Gatten liebevoll über seinen grauen Schädel, bevor sie diesen wieder verhüllte und die Nase des Patienten auf das Inhalationsgerät ausrichtete.

„Nun sag' schon, was hältst du davon?"

„Von was?"

„Na, von dem, was ich bisher geschrieben habe!"

„Schreib weiter!"

„Das ist keine würdigende Kritik, und das weißt du ganz genau. Deine Söhne hättest du nicht so abgespeist!"

„Das ist was ganz anderes!"

„Was ist daran anders?"

Erneut zog der Professor das Handtuch vom Kopf und wischte sich damit über sein Gesicht. Er richtete seine leicht geröteten Augen über seiner roten Triefnase auf seine Frau – „Es hat ihn schon arg erwischt, den armen Kerl!", dachte Edda – und sagte würdevoll:

„Söhne sind das eigene Fleisch und Blut, und man will nur das Allerbeste für sie! Also hilft man ihnen, wo man kann. Darum!"

„Aha! Dabei weiß kein einziger Mann auf dieser Welt mit hundertprozentiger Sicherheit, ob sein Sohn überhaupt sein Sohn ist!", antwortete Edda pikiert und ein wenig schadenfroh zugleich, zumal sie sich in dieser Beziehung nie hatte etwas zu Schulden kommen lassen und ihrer beider Söhne ihrem Vater verblüffend ähnlich sahen. Ansgar stellte beide Ohren auf.

„Willst du damit sagen, du hast mich jahrzehntelang hinters Licht geführt? Edda! Ich ... das ist ja ...!"

„Das will ich damit überhaupt nicht sagen, und das weißt du ganz genau! Außerdem erkennt jedermann zehn Kilometer gegen den Wind, dass deine Söhne deine Söhne sind! Ich will vielmehr damit sagen, dass ich es schäbig von dir finde, dich nicht darüber zu äußern, was ich bisher darzustellen versucht habe, bloß, weil ich deine Frau bin. Das ist geradezu demütigend!"

„So!" Der Professor zog das Handtuch wieder über seinen Schädel.

„Du willst eine Geschichte über deine Familie schreiben, von der du beklagenswert wenig weißt!", kam es dumpf unter dem Handtuch hervor, „Und ich sage dir: schreib weiter, weil ich spitz darauf bin, was du als Nächstes auf das Tapet bringen wirst, und nachdem es sich solchermaßen verhält, kann es ja wohl nicht so langweilig sein!"

Er tauchte wieder auf und fischte nach einem Papiertaschentuch, in das er sich geräuschvoll hineinschnäuzte. Gehorsam verschwand er sodann wieder unter seiner Deckung und brummte:

„Außerdem bin ich gespannt, wie lange du im Jahr 1930 verharren willst, ich meine, wie viele Kapitel noch? Bis Seite 500 vielleicht? Das ist ja wie bei ‚Warten auf Godot'!"

„Du brauchst gar nicht so zu übertreiben. Wenn du auch das Problem auf den Punkt gebracht hast. Ich weiß nämlich nicht recht, wie es jetzt weitergehen soll", antwortete seine Frau geknickt.

„Wieso nicht? Wenn ich dich richtig verstanden habe, so brennt diese Elsbeth darauf, diesen Tunichtgut zu ergattern! Warum beschreibst du nicht erst einmal die Beerdigung von dieser jungen Mutter, an der selbstverständlich auch dieser Arno teilnimmt, übrigens die Männer mit Zylinder ..."

„Bist du da sicher?"

„Ich denke schon!"

„Das müsste ich erst noch recherchieren, ob der damals noch in Mode war!"

„Tu das! Und dann lädt eben dieser Arno den jungen Witwer ein, wieder einmal nach München zu kommen, vielleicht zum Fasching, was wegen des Semesters natürlich nicht möglich ist, oder zum Oktoberfest, und der kommt, schon wegen der Fliegerei, und alle gehen auf die Wies'n und da passiert's dann."

„Und du glaubst, der Henk macht der Elsbeth gleich einen Heiratsantrag?"

„So gefühlskalt, wie du ihn geschildert hast, braucht der bloß eine Frau für den Haushalt und eine Mutter für seine Tochter, und ich nehme an, der kriegt jedes Weib herum! Da ist es dann wirklich wurscht, wann er letztendlich den Antrag macht!"

Erneut tauchte der Professor unter seinem feuchten Handtuch hervor, um nach einem weiteren Papiertaschentuch zu angeln. Es folgte wiederum ein geräuschvolles Säubern von Nasenhaupt- und, soweit physikalisch möglich, Nasennebenhöhlen.

„Ich sag' dir was, Edda!", grummelte er schniefend, „dein Henk scheint mir eine gefährliche Ähnlichkeit mit dem so hoch gejubelten Herrenmenschen Nietzschescher Provenienz zu entwickeln!"

„Was sein Lebensgefühl angeht, so magst du ja im Recht sein!", erwiderte seine Frau, „wobei ich mich wundere, wie gut du dich bei Nietzsche auszukennen scheinst. Was Henks politische Überzeugung angeht, so muss ich dich enttäuschen. Nach brauner Farbe wirst du späterhin vergeblich bei ihm suchen."

„Schade!", seufzte der Verschnupfte und kroch unter ein frisches Handtuch, denn Edda hatte das Durchfeuchtete über eine Stuhllehne gehängt. „Das wäre geradezu stimmig gewesen!"

„Du wirst doch nicht von mir erwarten, dass ich mich einer Schwarz-Weiß-Malerei befleißige! Dann kann ich ja gleich einen Lore-Roman schreiben!"

„Da sei Gott vor!", stöhnte ihr Mann.

„Eben! Und hab ich dir nicht gleich gesagt, du sollst das Buch mit mir zusammen schreiben?"

„Tun wir das nicht? Im Moment jedenfalls? Also, es bleibt bei meinem Vorschlag, die Elsbeth soll ihn sich so schnell wie möglich an Land ziehen, deinen Henk!"

„Schau'n wir mal! Dann seh'n wir's schon!", war die Meinung der schriftstellernden Gattin.

Frederika Torsdorf nahm ihren quasi zu einem gefühllosen Eisblock gefrorenen Bruder auf dem Bahnsteig des Magdeburger Hauptbahnhofes in Empfang. Der wunderte sich nicht einmal, dass seine Schwester extra auf diesen Bahnsteig gekommen war, um ihn abzuholen, was er normalerweise getan hätte, da das Betreten des Bahnsteigs damals und noch weit bis in die Nachkriegsjahre hinein den Erwerb einer Bahnsteigkarte für 10 Pfennige voraussetzte. Henk blieb stumm wie ein Stein, er wirkte reglos und hart wie ein Stein. Er verzog keine Miene, und sein Gesicht war die Maske eines innerlich Abgestorbenen, Mumifizierten, Versteinerten. Er ließ sich von seiner Schwester umarmen, er selbst umarmte sie nicht. Genau so verfuhr er mit seiner Mutter. Er wirkte wie ein kaltes

Schlaglicht, das alle Personen seiner Familie eisig an den Herzwurzeln traf, bis auch deren Herzen kalt und starr wurden. Er warf keinen einzigen Blick auf seine Tochter, so, als hätte er keine. Er glich einer Mumie, einer gefühllosen leeren Hülle.

„Er hat seinen Hass uff das arme Wurm ausjegossen, sach' ich dir, Nischken!", flüsterte die Köchin schaudernd. „Ihr Leben lang wird se damit zu tun haben, das arme Ding!"

Am Tag nach seiner Ankunft fand die Beisetzung der jungen Karoline Irene im Familiengrab der Torsdorfs auf dem Westfriedhof statt. Diese Grabstätte war von der Familie kurz nach der Hochzeit von Heinrich und Ottilie erworben worden. Zu einer Zeit, als viele heutzutage gängige und lebensrettende Medikamente unbekannt waren und man mit einer beträchtlichen Kindersterblichkeit zu rechnen hatte, war es angebracht, schon zu Beginn einer Ehe für ein Familiengrab zu sorgen. Und so war Karoline auch nicht die Erste, die hier zur Ruhe gebettet wurde, wenn auch die erste Erwachsene. Zwei kleine Kinder hatten die Torsdorfs bereits, wie man weiß, zu Grabe getragen, und beide hatten nur eine beklagenswert kurze Zeitspanne von nur wenigen Tagen heruntergelebt.

Wie von Ansgar richtig beschrieben, trugen alle dem Sarg folgenden tiefschwarz gekleideten Herren durchgehend schwarze Zylinderhüte auf ihren Köpfen. Vor dem offenen Grab wurden sie heruntergenommen und während der Ansprache des Pastors und der Grablege der Verstorbenen krampfhaft mit gekreuzten schwarz behandschuhten Händen vor den Bäuchen gehalten. Einige der Herren wischten sich heimlich mit ihren Taschentüchern über das Gesicht, denn es war immer noch brütend heiß. Die Gesichter der in Schwarz gewandeten trauernden weiblichen Angehörigen waren hinter dichten schwarzen Schleiern, die von ebenso schwarzen breitkrempigen Hüten allseits bis über die Schultern herabfielen, kaum zu erkennen. Es ist davon auszugehen, dass die Damen noch intensiver schwitzten.

Henk stand stumm neben seinen Eltern und seiner Schwester. Als der Sarg in der Tiefe verschwunden war, drehte er sich brüsk um und überließ es seiner Familie und den zahlreichen Leidtragenden des Von-Wentow-Clans, die Kondolenzbezeigungen der Trauergäste entgegenzunehmen, so, als würde er sich an die Einsicht des Philosophen Seneca halten, nach welcher der Tod erst durch die Klagen am Grabe sein Gewicht erhält. Doch gerade auf ihn traf diese Erkenntnis nicht zu! Allerdings vergrub er sein Leiden ganz tief im Innersten seines getretenen Herzens. Von dem Augenblick an, da er die bittere Botschaft des Unglücks-Telegramms aufgenommen hatte, von dem Moment an, als ihm voll bewusst wurde, dass ihm seine Karline genommen worden war, von genau da an war ihm, als würde er wie in einer Wäschemangel geradezu plattgewalzt. Doch so, wie auf dem Höhepunkt der Krise einer schweren Erkrankung unmittelbar darauf der Heilungsprozess einsetzt, sofern jene nicht auf den Pfad zum Tode abgleitet, so war Henk gewillt, sich auf keinen Fall dem Leiden hinzugeben, im Gegenteil: Er war willens, den ungeheuren seelischen Schmerz zu verdrängen.

Übrigens befand sich auch Arno unter den „Trauergästen". Und, wie Ansgar seiner Frau geraten hatte, lud er den jungen Witwer nach München ein.

Noch am Nachmittag wurde das Kind Irene Karoline von demselben Pastor getauft, der vor wenigen Stunden seine Mutter beerdigt hatte. Frederika hielt die Kleine, die keine Miene verzog. Ihr Vater würdigte sie keines Blickes. Doch Ottilie Torsdorf, an deren Hinterkopf der „falsche Wilhelm" die Frisur wie immer tipptopp zusammenhielt, beobachtete, wie ihr Sohn seine Lippen zusammenpresste. Daran erkannte sie, dass ihm zum Heulen zumute war. Neben ihrem ältesten Bruder Gert von Wentow jun. staunte die zehnjährige Albertine von Wentow, Karolines kleine Schwester, über die schwarzen Gestalten, die um das Taufbecken in der Pauluskirche herumstanden. Es war nicht die erste Taufe, der des Täuflings jüngste Tante beiwohnte, doch die beeindruckendste. Alle Taufgäste, die zugleich Trauergäste waren, würden ein Jahr lang schwarze Kleidung zum Zeichen ihrer Trauer tragen, zumindest würden sie durch Anheften eines schwarzen Trauerflors am Ärmel ihre Zugehörigkeit zur trauernden Familie Torsdorf demonstrieren.

In derselben Nacht kehrte Henk nach Aachen zurück. Bevor er in einem Taxi zum Bahnhof aufbrach, die Aktenmappe mit ihren hell glänzenden metallenen Beschlägen voll frischer Wäsche und einigen von Trine sorgfältig eingewickelten belegten Broten unter dem Arm, zog ihn seine Schwester Frederika in ihr Mädchenzimmer:

„Heirate so schnell wie möglich wieder, ja!", zischte sie ihm zu. „Es ist unserer Mutter nich' zuzumuten, dass sie dein Kind aufzieht. Dafür isse nicht mehr jung jenuch!"

„Man wird sehen!", brummte er zurück und drückte die lederne elegante Mappe stärker an sich.

„Nicht zu lange!" Und: „Schwierigkeiten dürftest du in dieser Hinsicht ja keine haben!", fügte sie spitz hinzu.

„Karline ist nich' zu ersetzen!", brummte er.

„Die nich', wohl aber die fehlende Mutter, also, mach dich auf die Suche, rat ich dir!"

„Das Pferd lässt sich nich' zur Tränke tragen!", gab er barsch zurück.

Der Besuch bei der Familie Angermaier fand erst zwei Jahre später statt.

Als Henk sein Studium beendet hatte, wollte er so weit wie möglich von zu Hause weg. Ihm schwebte eine berufliche Tätigkeit im Ausland vor, die in seinen Vorstellungen mit Abenteuern in der Fliegerei verknüpft war: irgendwo in der neuen Welt, irgendwo auf dem nordamerikanischen oder südamerikanischen Kontinent. Doch seine Mutter begann just um diese Zeit zu kränkeln, und Frederika trat erneut mit der vorwurfsvollen Miene einer missmutigen Sybille unter ihrer im Etonlook im Nacken hochgeschnittenen „Herrenfrisur" auf den Plan. Inzwischen hatte die ältere Schwester und Vaters Liebling nach Promotion und Approbation nicht nur die Führung in der väterlichen Apotheke an sich gerissen, die mittlerweile 30-Jährige hatte sich auch in privater Hinsicht verselbständigt. Überraschend und ohne lange Diskussionen hatte sie eines Tages die elterliche Wohnung verlassen und war mit ihrer Freundin, der jungen Ärztin Dr. Henriette Schossier, einer Tochter des Geburtshelfers ihrer kleinen Nichte, zusammengezogen. In den Augen ihrer konservativen Mutter war dieser Auszug unfassbar! Abgesehen davon, dass sie das Verlassen bequemen und geräumigen Wohnens im Hochparterre des Hauses am Sedanring Nr. 16 als Unsinn und überflüssig ansah, – immerhin war der Pumpschwengel in der Küche durch einen ordinären Wasserhahn ersetzt worden, und der Haushalt wurde noch immer durch Personal in Schwung gehalten, einschließlich des Heizens der hohen dunklen Kachelöfen im Winter – Ottilie empfand das Zusammenleben zweier junger Frauen ohne elterliche(!) Aufsicht, noch dazu in einer viel kleineren anonymen Etagenbehausung im modernen funktionalen und in ihren Augen äußerst hässlichen Bauhaus-Stil geradezu als anstößig. Zu ärgerlich: Diese emanzipierte Lebensweise der Freundinnen bot auch Anlass zu allerhand Getuschel.

Frederika hatte sich durchaus das Gehabe einer Chefin angeeignet und einen Kommando-Ton angewöhnt.

„Ich habe nu' mal keene Zeit jehabt!", nahm der junge Vater seiner Schwester den Wind aus den Segeln, bevor die so richtig loslegen konnte. „Wann hätte ich mich umtun sollen, kannste mir das vielleicht verraten? Drängele man nich' so, ja! Ich habe nu' mal keene Lust, mir unter Umständen ins eigene Bein zu schießen, indem ich den falschen Griff tue."

„Und an unsere Mutter denkste nich'?"

„Ich weeß nich' was du hast! Die Heinicken macht doch man alles janz vortrefflich! Und Mutter kann sie prima im Auge behalten! Beide! Die Heinicken und die Kleene!"

„Unsere Mutter hat keen jutes Herz. Sie braucht mehr Ruhe!" „So ein ruhiges Gör wie unseres jibt's in janz Machdeburch nich' noch mal! Und Mutter jibt se nich' her, das weiß ich jenau! Se hängt an ihr!"

Frederika ahnte nicht, dass Henk längst eine Strategie im Auge hatte. Schon während der ersten Unterredung der beiden Geschwister diese Angelegenheit betreffend, nämlich damals, als Karline gerade eben zu Grabe getragen war, war Henk flüchtig wie ein Windhauch das Bild der Elsbeth Angermaier durch den Kopf geweht, wie ihr der kleine Michi, Paulas Sohn, seine Ärmchen entgegenstreckte, und wie sie zärtlich das Kind aufnahm und sich mit ihm beschäftigte. Nicht, dass es ihn damals besonders berührt hätte. Nun aber, da er dabei war, sich selbstständig zu machen, ging ihm diese junge Frau nicht mehr aus dem Kopf: sie würde die richtige Mutter für seine Kleine sein! Wenn nicht sie, wer dann? Er, Henk, würde Arnos Einladung annehmen und sich diese Elsbeth noch einmal ansehen.

„Und denn suche ich mir 'ne jute Stellung und 'ne Wohnung und verdiene einträglich Kies und denn mach ich ihr auf jeden Fall noch 'n Kind! Denn is' se beschäftigt und ich hab meine Freiheit!", rechnete er sich kühl aus. „Mit jenuch Goldstaub haut das hin, denn ohne Brot, Wein und Feuer keine Liebe!", dachte er weise, wobei er das mit der Liebe ganz auf seine zukünftige Ehefrau bezog und am wenigsten auf sich selbst. Er, Henk, fühlte sich, was die Liebe anbetraf, seit Karlines Ableben ausgetrocknet wie ein verdorrtes Blumenbeet.

„Und denn kann ich hinjehen, wohin ich will!", dachte er weiter, „Auch nach Amerika, und denn kann mir das vorlaute Aas nich' mehr vorwerfen, ich würde Muttern ausnützen. Und das ewig besserwisserische Kindermädchen, die Heinnicken, spar'n wir auch ein! Die reibt Muttern sowieso halb auf. Vielleicht hat se obendrein noch 'ne anständige Mitgift, die aus Bayern! Na, wir werden das schon jebacken kriegen!"

Und so trug es sich zu, dass der frisch von der Technischen Hochschule entlassene Flugzeugingenieur just zum

Oktoberfest 1932 auf dem Rücksitz desselben Motorrads in der bayerischen Hauptstadt eintraf, in dessen Gesellschaft er damals vor zwei Jahren in der Osterwoche 1930 in das völlig belanglose Nest Malching gebraust war. Mit einem Rückwärts-Ruck brachte Arno das Krad vor dem Haus seiner Eltern im Vorgarten zum Stehen.

Zu Henks Überraschung saß sein Vetter Emil Mehltretter in einem handgestrickten grauen „Janker", einer Trachtenjacke also, in der Küche und half Mutter beim Einkochen, indem er Birnen schälte und viertelte. Mutter lachte und sagte fröhlich:

„Man jut, Sie mal wieder hier zu haben, Henk! Emil hat uns immer auf dem Laufenden jehalten. Dass Sie Ihre Frau verloren haben, tut uns allen sehr leid. Wie geht es der kleenen Tochter? Wissen Sie was? Ick habe Kaffeedurst! Aber nu' nehmen Se erst mal Platz! Tach ooch, mein Sohn! Man jut, dass ick jebacken habe! Nu sei mal stille, Memme, und mach artig Platz! Hierher!"

Denn die hässliche Töle war völlig aus dem Häuschen! Der Versuch, den erregten Hund in den Garten zu verbannen, schlug fehl, denn dort regte er sich noch viel mehr auf. Schließlich folgte er Arno in den oberen Stock und ließ sich dort halb erschöpft ausgiebig streicheln und beruhigen. Eine herzlich warme Gemütlichkeit hüllte den kühlen, blockierten, in sich verquarzten und versotteten jungen Henk Torsdorf ein.

„Hier gehe ich so schnell nich' wieder weg!", schoss es ihm durch den Kopf. Er pellte sich aus seinem Ledermantel, zog sich die enge Lederkappe vom Kopf und nahm neben seinem Vetter auf dem Küchensofa Platz, während er es Arno überließ, seinen kleinen Koffer vom Motorrad abzuschnallen.

„Geben Sie schon her, Frau Angermaier!", sagte Emil, nachdem er seinem Cousin kurz auf den Rücken geklopft hatte, legte sein Messer zur Seite und griff nach der Kaffeemühle, die Mutter gerade aufgefüllt hatte. Ein Duft frisch gemahlenen Kaffees begann sich in der Küche auszubreiten, auf dem Herd summte leise der Wasserkessel neben dem mächtigen zylindrischen verzinkten hohen Einweck-Topf, aus dem vorwitzig das Thermometer seinen Quecksilberfinger in die Luft streckte und von Mutter scharf im Auge behalten wurde. Henk wollte nach dem Messer greifen und sich am Birnenschälen beteiligen, was er zu Hause nie freiwillig getan hätte, aber Mutter ließ es nicht zu.

„In der Veranda ist es nicht mehr warm genug!", sagte sie. „Wir bleiben in der Küche! Da kann ich nebenbei bequem einmachen!".

„Ich richte gleich den Tisch her, Frau Angermaier!", versprach Emil beflissen und wurde von Mutter mit einem wohlwollenden Kopfnicken bedacht. Er hievte seinen mächtigen Körper in die Höhe, und Henk sah, wie sich eine leicht abgeschabte Bundhose aus hellbraunem Hirschleder, welche etliche dunkelbraune Flecken aufwies, um seine mächtigen Oberschenkel spannte. Wie er so dastand, sah er auch die breiten dunklen ledernen Hosenträger, von denen er wusste, dass sie auf dem Rücken nahezu zusammenliefen, um die Hose hinten bis über die Körpermitte hinaus hochzuhalten, vorne jedoch jeweils eher den Seiten zu am Hosenbund befestigt waren. Quer über der Brust waren sie nämlich durch ein mit glänzendem Metall beschlagenes Leder miteinander verbunden, welches nun unter dem Janker hervorlugte. Beeindruckend war der riesige viereckige Hosenlatz, welcher, von unten nach oben geschlagen, unterhalb der Gürtellinie mittels zweier Knöpfe gehalten wurde. Die ach so praktischen Reißverschlüsse waren zwar seit Mitte des 19. Jahrhunderts bekannt, doch bis in die zwanziger Jahre des zwanzigsten wurde an ihnen getüftelt, und die breite Anwendung in der Bekleidung kam doch eher erst ein gutes Jahrzehnt nach dem zweiten Weltkrieg auf. Offene und verdeckte Knopfleisten sorgten noch lange mittels dekorativer oder unauffälliger Knöpfe für das Verschließen und das „Halten" der Kleidungsstücke, Druckknöpfe, Haken und Häkchen eingeschlossen. Das An- und Auskleiden allein erforderte einen erhöhten Zeitaufwand gegenüber unseren modernen Zeiten, wo man sich geschwind ein T-Shirt über den Kopf zieht, in die Jeans fährt und diese mit einem Griff durch kurzen Zug nach oben verschließt. Auch die modernen ledernen Trachtenhosen werden durchwegs mittels des praktischen modernen „Krampensystems" verschlossen. Und die Hosenträger? Dekoration heutzutage!

Emils große kräftige Beine steckten in hellbeigen handgestrickten Kniestrümpfen mit vielen Zöpfen, sogenannten „Wadl-Strümpfen", und seine großen Füße in klobigen „Haferl-Schuhen", die an den Außenseiten verschnürt waren. Henk erinnerte sich gleich daran, wie er damals, vor zwei Jahren, seinen Vetter zum ersten Mal in der Tracht gesehen hatte. Er war so fasziniert, dass er sich nichts sehnlicher gewünscht hatte, als ebenfalls eine solche zu besitzen, wie das bei den meisten Nicht-Bayern der Fall ist. Doch er wusste auch, dass er sie in seiner Heimat nicht tragen würde, wollte er sich nicht einem spöttischen Belächeln aussetzen. Und dazu war er zu stolz. Was er nicht wusste war, dass es sich bei der „Ledernen" eigentlich um eine bäuerliche Arbeitskleidung handelte, die – man mag es kaum glauben, – im Sommer ohne Unterwäsche getragen wurde. Weit und luftig war die „Kurze", auch „kurze Wichs" genannt, die in der heißen Jahreszeit zur Anwendung kam. Sie bedeckte lediglich die halben Oberschenkel, und sie wurde in der Schlafkammer einfach „abgestellt", bevor man in die Bettstatt schlüpfte. Henk wäre schockiert gewesen!

Emil verteilte geschälte und ungeschälte Birnen in verschiedene Schüsseln.

„Wie bei Aschenputtel!", dachte Henk amüsiert.

„Wie geht's in Ihrer Familie!", fragte er höflich.

„Danke der Nachfrage, Henk! Wie immer! Bei uns jeschieht nischt Aufregendes!", erwiderte Mutter und verschwand kurz in der Speisekammer, von wo sie mit einem Blech voller Streuselkuchen zurückkehrte. Unbekümmert verschwieg sie das, was Henk am meisten interessierte, nämlich, dass ihre Tochter Elsbeth so gut wie verlobt war und dass der zukünftige Wunsch-Schwiegersohn sich bereits beim Einkochen nützlich machte.

„Du kannst man noch die restlichen Gläser mit den Birnen auffüllen, Emil! Und dass mir das Wasser drübersteht! Und verjiss den Zucker nich'! Denk' dran, dass die Gummiringe knochentrocken sein müssen. Und wisch' vorher die Ränder von den Gläsern ab! Da hängt ein trockenes Tuch am Herd!"

„Freilich, Frau Angermaier! Das läuft schon!"

Schließlich saßen alle vier gemütlich um den rechteckigen Küchentisch, Henk und Arno auf dem Sofa und Mutter und Emil einander gegenüber.

„Und? Was macht die Fliegerei, Henk?", fragte Mutter, nebenher immer auf den Weckkessel schielend.

„Ooch!" Henk kaute und schluckte. „Ich war ziemlich häufig oben!", er deutete mit seinem rechten Zeigefinger in die Luft.

„In Machdeburch befinden sich die Junkerswerke, müssen Se wissen, Frau Angermaier, und da bin ich regelmäßig in den Ferien jewesen und hab volontiert. Und dort is' auch 'n Flugplatz! Da konnte ich prima meine Flugstunden absolvieren. Da habe ich inzwischen auch eine Doktorarbeit anjefangen ... Und Kunstflieger will ich auch werden, hoffe ich!"

„Und? Kommen Se jut voran?", fragte Mutter, ohne sich festzulegen, ob sie die Doktorarbeit oder den Kunstflug meinte. „Emil! Schiel mal uff das Thermometer ...!" schob sie nach.

Emil erhob sich gehorsam und rückte den Weckkessel zur Seite, während sich Henk ein zweites Stück Kuchen auf den Teller legen ließ. Emil nahm wieder Platz und Mutter sagte:

„Prima, dass Sie gerade jetzt zu Besuch nach München kommen. Wir haben nämlich Oktoberfest, das fängt ja immer im September an. Deshalb nennt es sich ja auch so, wa!", setzte sie schalkhaft hinzu. „Und außerdem heißt es hauptsächlich „die Wies'n", weil es doch ursprünglich auf einer Wiese stattjefunden hat, damals, anlässlich der Verheiratung des bayerischen Kronprinzen!"

„Tatsache?"

„Tatsache! Wann war das bloß, Arno?"

„1810, Mutter, und ursprünglich war's bloß ein Pferderennen auf der Theresienwiese. Die Braut hieß nämlich Therese, Therese von Sachsen-Hildburghausen. Aber

Bier haben die Bayern bei jeder Gelegenheit gesoffen, damals wie heut. Was haltet ihr Herren von einem guten Schluck? Ich geh' zum Wirt vor und hol uns ein paar Halbe! Gehst mit Emil? Mutter, du magst doch bestimmt auch eine!" Und ohne eine Antwort abzuwarten, griff sich der Arno irdene farbig bemalte Steinkrüge, von denen einige auf dem Küchenschrank standen, schwenkte sie unter dem Wasserhahn über dem Ausguss, welcher sich neben der Tür zur Speisekammer befand, kurz aus und machte sich, begleitet von seinem zukünftigen Schwager, auf den Weg.

„Ich kann den Tisch abdecken, Frau Angermaier!", sagte Henk zu seiner eigenen Verwunderung.

„Ach lassen Se man! Außer Se wollen sich unbedingt nützlich machen! Und erzählen Se von Ihrer Tochter! Wie heeßt denn die Kleene?"

„Irene!"

„Irene! Soso! Is' wohl ein Name, der in Ihrer Familie vorkommt, wa?"

„Meine Frau hieß so, mit ihrem zweiten Namen", kam es mit gepresster Stimme. „Eigentlich sollte sie ja ... meine Eltern ... das heißt meine Mutter ..."

Mutter drehte sich vom Herd weg und nahm den jungen Mann ganz einfach in ihre Arme. Während sie ihn zärtlich streichelte spürte sie, wie er sich verhärtete, zurückzog und dann, ganz allmählich, in ihren Armen nachgab, immer weicher wurde, wie er die Schultern hängen ließ, wie er sie vorsichtig ebenfalls zu umarmen versuchte und sich doch nicht getraute, er, ein junger Mann, tapfer, mannhaft, stark ...

„Is man jut, mein Junge! Is man jut! So was lässt sich schwer verschmerzen, wenn überhaupt! Det dauert! Mein armer Junge, mein armer! Det dauert! Ick weeß et doch!"

Nie war Henk von seiner eigenen Mutter so zärtlich getröstet worden, nie! Er konnte sich jedenfalls nicht daran erinnern, dass Ottilie ihn einmal mit einer solchen weichen Wärme in ihren Armen gehalten hätte.

„Entschuldigen Se man, Frau Angermaier! Ich ..."

„Dem Schmerze muss man nachjeben, mein Junge! Man muss ihn ausleben. Tapferkeit is' da nich' jefragt."

„Ich bin mit ihr praktisch uffjewachsen, müssen Se wissen ..." Fast schluchzte er – beschämend für einen Mann mit 24 Jahren! Und dann brach alles aus ihm heraus: ihre gemeinsamen Jugendstreiche, ihre chemischen und physikalischen Experimente im Keller und in der großen, dunklen Wohnung, und wie sie sich schon versprochen hatten, als sie praktisch noch Kinder waren. Henk sprudelte nur so in seinem Magdeburger Idiom, immer intensiver wurde diese typische mitteldeutsche Klangfarbe, wo sich die Selbstlaute zunehmend verknautschten und sich immer häufiger selbst verfremdeten, wo sich das „S" verselbständigte und die mit ihm verquickten Zweitvokale rücksichtslos unterdrückte, indem es sich einfach verdoppelte, und wo sich die Mitlaute ganz einfach verschlucken ließen und sich Wem- und Wenfall seltsam vermischten.

„Uff meene Karline war immer Verlass, Frau Angermaier!"

„Is' ja man jut! Is ja man jut! Se bleibt doch immer bei Ihnen, solange se man in Ihrer Erinnerung is', und det wird se bleiben. Und Se haben doch die Kleene, Irenen!"

Sein Gesicht verhärtete sich.

„Wenn das Gör nich' wär', denn hätte ich Karlinen noch!"

„Und deshalb können Sie ihr nich' verjeben? Is' et nich' so? Das lassen Sie man besser sein! Schließlich sind Sie woll nich' so janz unbeteiligt am Zustandekommen von dem Kind! Henk! Mensch Henk! So dürfen Sie wirklich nich' denken! Das Kindken merkt det doch!

Mutter wurde ganz aufgeregt.

„Ich kann's ihr nich' verjeben. Das fällt mich schwer, Frau Angermaier."

„Eines Tages werden Sie, glauben Se man!"

Von einem zum anderen Augenblick stürzte Henk in einem steilen und harten Sturz in sich selbst zurück. In seinem verletzten Stolz suchte er sich zu sammeln. Er kam sich vor wie ein Seelenkrüppel Wie konnte er sich nur so gehen lassen! Seine Mutter und seine Schwester wären entsetzt gewesen! Sein Vater hätte ihn verachtet. Nicht nur er! Auch die Frauen seiner Familie! Voller Scham schwor er, sich sein Leben lang nie mehr in so eine klägliche Lage zu bringen! Sein Körper straffte sich, seine Muskeln schoben sich zusammen und er presste seine Lippen aufeinander. Nie mehr! Nie mehr! Schwor er sich.

Man hörte einen Schlüssel im Schloss der Haustür.

„Die Jungs mit dem Bier!", rief Mutter und blickte zur Küchentür.

Doch an Stelle schäumenden Bieres, frisch vom Fass gezapft, das von zwei jungen hoffnungsvollen Männern in mehreren Krügen hereingetragen wurde, hörten die beiden ein kurzes Rumoren im Flur. Dann wurde die Küchentür mit Schwung aufgestoßen und Elsbeth rief:

„Mutter, is' Arno ...?"

Der Satz blieb ihr im Halse stecken, und die junge Frau starrte den Besuch, der noch immer mitten in der Küche stand, an. Ihr Blick war von solch einer überwältigenden Intensität der Überraschung und des unendlichen Glücks zugleich, dass Mutter sofort wusste: Nun würde ihrer aller Leben einen Knick kriegen! Und: Jetzt fingen die Sorgen so richtig an!

„Oh mein Gott, Bette!" dachte sie, „Wer gegen den Wind spuckt, der spuckt sich selber ins Jesichte! Wenn se mir man jetz' nur nich' über den Deister jeht, das dumme Ding!"

V

Niemand konnte guten Gewissens behaupten, dass die junge, 23-jährige Elsbeth Angermaier eine Schönheit gewesen wäre, aber sie war doch – wohlwollend betrachtet – einigermaßen hübsch oder, wie ihr Vater hinter ihrem Rücken zu Mutter zu sagen pflegte: „ein ganz passables Stück Frau". Sie war makellos gewachsen, mittelgroß, mädchenhaft schlank, – eigentlich eher mager, was sich mit den Jahren geben würde – und sie hatte mittelblondes, mitteldichtes, feines leicht gewelltes Haar, das sie seitengescheitelt und modisch kurz geschnitten trug. Weißhäutig, wie sie war, wurde ihr sonst blasser Teint unter ihrer eher farblosen Frisur bei intensiverer Sonneneinstrahlung zu ihrem großen Kummer sofort krebsrot. Zum Glück hatte sich die Mode einer sogenannten gesunden Bräune der Haut in ihrer Jugend noch nicht recht durchgesetzt. Elsbeth jedenfalls suchte stets die Sonne zu meiden und geriet sich dieserhalb zur Sommerzeit, wenn es um das Beeren-Pflücken ging, regelmäßig mit ihrem Bruder in die Haare, dem „ihr dummes Getue auf die Ketten ging", wie er sich auszudrücken beliebte. Mutter drückte ihr dann stets ohne Kommentar einen breitkrempigen Strohhut auf das Haupt und scheuchte sie in die Erd-, Johannis-, Stachel- und Himbeeren.

Elsbeths hübsche Augen leuchteten tiefblau über einer zart geschwungenen feinen Nase. Ihre schmalen Lippen pflegte sie zusammenzupressen und nach unten zu ziehen, wenn ihr etwas gegen den Strich ging, sodass sie im Laufe der Jahre immer schmäler wurden, bis sie eines Tages eigentlich nur noch zu einem Strich geworden waren, dessen Enden sich deutlich in einem Bogen nach unten zogen. Das junge Mädchen war feingliedrig, sie hatte schmale Gelenke und wunderschöne Hände, die sie pflegte und, so ihr Bruder, „anhimmelte". Alles in allem war sie eine zarte Erscheinung, aber: Schön war sie nicht. Und, was die Sache noch schlimmer machte: Sie hatte so gar nicht die gehörige Portion von Sex-Appeal, dessen sich ihre um ein Jahr ältere Cousine Paula rühmen konnte. – Damals kannte man diesen Begriff natürlich noch nicht, man lernte ihn erst nach dem Krieg kennen! – Abgesehen davon oder auch infolgedessen, wie man's nimmt, war Paula inzwischen schon Mutter zweier Söhne! Elsbeth war viel zu naiv, um sich darüber klar zu werden, was ihr die Cousine voraus hatte und auf diesem Gebiet so erfolgreich machte.

Edda betrachtete die Fotografien der beiden Frauen, die just zu dieser Zeit anlässlich eines Besuches des Ehepaares Schranner in München aufgenommen worden waren. Sie studierte die resche Paula in ihrem stramm sitzenden Dirndlkleid, die mit einer selbstbewussten Miene, ein fesches Trachtenhütchen auf der Frisur, fast ein wenig frech in die Kamera lächelte. Sie verglich sie mit der jüngeren Cousine in ihrem eher gottesfürchtigen Dirndl, wenn man so sagen darf, und ihrem verschämt-schüchternen Lächeln im Gesicht unter einem runden Hut mit nach oben gerollter Krempe, der wahrscheinlich bei Wind mittels eines Gummibandes unter dem Kinn festgehalten wurde. Sie fragte sich, ob Elsbeth Paula um etwas beneidete, was ihr noch fremd und unheimlich war. Und sie beschloss, dass das Fräulein Angermaier in ihrem Familien-Roman noch immer auf keinen Fall mit ihrer Cousine tauschen wollte.

Während Mutter ihre Tochter heranreifen sah, wurde ihr zunehmend klar, dass der beklagenswerte Mangel an erotischer Ausstrahlung einige Unterstützung ihrerseits erforderte, um die Tochter einigermaßen gut unterzubringen. Was sonst sollte aus ihr werden? Ihren romantischen Träumen Vorschub zu leisten, hielt sie für geradezu lebensgefährlich. Andererseits: Sollte sie vielleicht eine vertrocknende Büro-Maus, alsbald grau, altjüngferlich und unscheinbar werden? Da sei Gott vor! Eine junge Frau in ihrem Alter sollte eigentlich schon längst verheiratet sein und sich um eine eigene Familie kümmern. Alle Welt dachte so, und Elsbeths Eltern dachten es erst recht. Ohnehin nähte und stichelte die Tochter in ihrer Freizeit, von Mutter angehalten und unterstützt, an ihrer Aussteuer, so, wie es ihre Freundinnen vor ihrer Heirat getan hatten, und immer ihre „heiligen Hände" im Auge behaltend! So rutschte Elsbeth allmählich und von ihr selbst eher unbemerkt in so etwas wie in ein Verlöbnis mit dem gutmütigen Emil Mehltretter hinein! Der gute Emil! Er war der Elefant in der Wohnküche der Angermaiers. Sie sahen ihn ständig, denn er war hier schon wie zu Hause, aber die Einzige, die ihn wirklich sah, war Mutter. Als raffinierte Diplomatin verstand sie es, den „Wunsch-Schwiegersohn" an die Familie zu binden. Schließlich brauchte sie nur noch die Hand auszustrecken, um ihn ins Zelt zu holen, so im Sinne von: „Es jeht nischt über eine jemütliche Wohnküche. Das is' praktischer der Kinder wegen!" Oder, etwas waghalsiger: „Haste dir eigentlich schon Jedanken übers zukünftige Wohnen jemacht? Sagen wir mal: die Schlafstube! Du willst doch auch mal heiraten, oder? Haste dich eventuell schon mal mit Bette darüber besprochen? Die hat 'nen juten Jeschmack!"

Als es einmal s o weit war, war ein Fluchtversuch seinerseits praktisch ausgeschlossen. Emil fühlte sich also in die Pflicht genommen, namentlich, seitdem feststand, dass er demnächst in seine Heimat nach Ingolstadt versetzt werden sollte. Ihm wurde klar, dass er die Schwester seines besten Freundes Arno heiraten würde. Und er hatte eigentlich auch nichts dagegen.

So war der Stand der Dinge, als an jenem „Wiesensonntag" im Jahre 1932 das Ehepaar Schranner die Wohnküche betrat.

Mit dem ersten Sonntags-Bummelzug waren die Schranners, selbstverständlich nach der Frühmesse, nach München gereist, – diesmal sogar in einem Coupé – um am Familien-Ausflug auf die „Wies'n" teilzunehmen, während die unwirsche Altwirtin Kreszentia Schranner, natürlich ebenfalls nach der Frühmesse, die Oberaufsicht über die Wirtschaft und ihre beiden Enkelsöhne übernahm. Nie hätte sie geduldet, dass die Schwiegertochter ohne ihren Ehemann und nur in Gesellschaft der Familie Angermaier auf das Oktoberfest ging. Den sündigen Städtern traute sie ohnehin nicht über den Weg, und dieser Familie erst recht nicht, weil die Hälfte der Familienmitglieder „lutherisch" und mithin „Ketzer" waren. Der Postwirt von Malching seinerseits, kleidsam in einen graugrünen Trachtenanzug aus Tuch, mit reichlich Silberknöpfen an der Joppe, gewandet, einen flachen dunkelgrünen Filzhut auf dem Kopf und einen Stock mit Silberknauf in der Hand, ging leidenschaftlich gern auf „die Wies'n". Der Stock, mit dem der Loisl herumfuchtelte, während er, selten genug, redete, faszinierte den jungen Henk. Und: Tatsächlich baumelte auch eine lange silberne Uhrkette über seinem angedeuteten Bierbauch.

Mutter setzte sich noch schnell ihren Hut auf, rückte ihn vor dem großen, rechteckigen Spiegel über dem Spülstein zurecht und befestigte eine Hutnadel. Keine rechtschaffene Frau würde das Haus ohne eine Kopfbedeckung verlassen! Dieser Spiegel stützte sich übrigens mit seiner unteren Leiste auf einen kräftigen Bolzen, während sein oberer Rahmen, gehalten von einer Schnur, welche an einen Haken geknüpft war, dem Betrachter in einem Winkel von wenigstens 30 Grad entgegenhing. Trat man weit genug zurück, so konnte man sich, wenngleich verkürzt, von Kopf bis Fuß betrachten und sein Outfit überprüfen.

„Schlimmer wird's immer!", sagte Mutter sarkastisch und rückte ihren Hut zurecht, wobei sie ihren Kopf vor dem Spiegel drehte wie ein Vogel, dessen Aufmerksamkeit auf ein Etwas gelenkt war, das er näher zu beäugen gedachte.

Auch die Männer dieser kleinen Gesellschaft trugen selbstverständlich Kopfbedeckungen, wie es damals üblich war: Vater auf seinem kurz geschorenen runden Schädel einen ovalen Hut, der mittlings in einer Längsfalte eingedrückt war, die jungen Herren – auch Emil und sein Cousin waren mit von der Partie – die immer noch modischen Schirmmützen.

Alle brachen in bester Stimmung auf. Nur Memme wurde von dem Wiesenausflug ausgeschlossen. Beleidigt trollte er sich in seine Hütte hinter dem Haus, rollte sich auf seiner alten, zerschlissenen Decke zusammen und litt still vor sich hin. Die Angermaiers und ihre Gäste hingegen marschierten, Vater an der Spitze und ebenfalls einen Spazierstock schwingend, in froher Erwartung zur Trambahnhaltestelle der Linie 6, die sie zur Theresienwiese bringen sollte. Patriotisch in den Landesfarben Weiß-Blau bimmelte die Tram, der Hauptachse Schwabings folgend, Richtung Süden und durch das Siegestor. Sie kurvte durch die Innenstadt und über den Marienplatz und hielt dabei unzählige Male an. Während der quietschenden Weiterfahrt ruckelte und schwankte sie gehörig, sodass sich die breitbeinig stehenden Fahrgäste in den über ihnen baumelnden Schlaufen krampfhaft festhalten mussten und die auf den Längsbänken Sitzenden während des Anfahrens und des Bremsens wie in den Kurven immer wieder gegeneinander gedrückt wurden. Wenngleich damals das Oktoberfest eher ein Fest für die Einheimischen und überhaupt längst noch nicht weltweit berühmt war, war die Tram voll, und der Schaffner hantelte sich mühsam durch den Pulk von Menschen. „Noch jemand ohne Fahrschein?" Er hatte alle seine Fahrgäste immer im Blick. Schwarzfahren war damals nicht so einfach, wie heute ... und außerdem unerhört!

Elsbeth, die im Gang zwischen Emil und Henk eingekeilt stand, wurde immer wieder gegen den einen oder den anderen gedrückt. Ohne, dass es ihr so recht zu Bewusstsein kam, nahm sie wahr, dass das Anlehnen an Emil eine „weiche Angelegenheit", das an Henk jedoch eine „aufregende Sache" war und ihr ein eigenartiges Kribbeln verursachte.

„Himmel und Menschen hier!", stellte Mutter, die Großstädterin, befriedigt fest, als sie endlich angekommen waren. Heutzutage würde man wohl eher von einem „Rinnsal" von Menschen sprechen.

Nach einem Spaziergang durch das bescheidene Getümmel auf der Festwiese wurden die Frauen von den Männern mit gebackenen Umhänge-Herzen geschmückt, die in rot glänzendes Papier gewickelt waren und auf denen in einer weißen Schrift aus Zuckerguss alle Zuneigung in den verschiedensten blöden Redensarten geschrieben stand. Die meisten wurden von Arno an den Schießbuden geschossen, der damit der unbestrittene Schützenkönig war. Er teilte seine Trophäen gerecht durch drei auf. Mutter wehrte sich zwar, wurde jedoch niedergestimmt und trug mannhaft und humorvoll die Liebeserklärungen ihres Sohnes auf ihrem stattlichen Busen. Schließlich ließen sich die alten Angermaiers in einem der Bierzelte zu einer Brotzeit und einer Maß Bier nieder, während die jungen Leute nach weiteren Abenteuern brannten. Henk sah sich in dem riesigen Zelt um und stellte staunend fest, dass viele Leute, die, so glaubte er, wohl eher dem ländlichen Umfeld und daher dem bäuerlichen Bereich entstammten, merkwürdige Tischsitten an den Tag legten. Auf großen Tellern oder Brettern, die ihnen die vollbusigen Kellnerinnen auf den Tisch geknallt hatten, „säbelten" die Männer Stücke von Wurst, Fleisch, Rettich, Käse oder Brot ab, spießten die Brocken mit der Messerspitze auf und steckten sie sich so in den Mund. Die Frauen hingegen grapschten mit der bloßen Hand nach den Stücken und verdrückten sie ohne Zuhilfenahme irgendeines Bestecks. Alle nahmen immer wieder viele, tiefe Schlucke aus hohen irdenen Maßkrügen, die ihnen dieselben drallen Kellnerinnen, die mindestens 12 von denen auf einmal zu schleppen in der Lage waren, über den blanken Tisch mit Karacho zuschlittern ließen. Von den Frauen wurden sie meistens mit beiden Händen umfasst, wenn sie sie hochnahmen, um zu trinken. Der Bierschaum, der an männlichen wie weiblichen Oberlippen haften blieb, wurde einfach mit dem Handrücken abgewischt. Hin und wieder kam auch ein „Schnäuztuch" zum Einsatz. Henk täuschte sich: Die gleichen Sitten befolgten auch die meisten Münchner Kleinbürger. Wirklich! Seine Mutter wäre vor Entsetzen in Ohnmacht gefallen, von den Sarkasmen seiner Schwester gar nicht zu reden! Zum Glück benahmen sich die Angermaiers zivilisiert, denn Mutter hatte sicherheitshalber ausreichend Besteck mitgenommen. Henk fragte sich, wie sich wohl die Essgewohnheiten der Schranners erweisen würden, wenn sich die jungen Leute später gemeinsam in dem Zelt niederlassen würden. Um es gleich vorwegzunehmen: Die kamen gar nicht dazu, sich schlecht zu benehmen, Mutters Besteckes wegen!

Eine zünftige Blasmusikkapelle, alle Mitglieder in kurzen schwarzen mit grünen Ornamenten verzierten Lederhosen und mit geschmückten Trachtenhüten auf ihren Köpfen, begannen alte und neuere Gassenhauer zu spielen. Ungerührt tafelten und schmatzten die Gäste weiter, als hörten sie den Lärm, den die Musiker veranstalteten, gar nicht.

„Ein ulkiges Volk, diese Bayern!", dachte Henk amüsiert. Er kam sich vor wie unter Exoten. Die Idee, dass seine zukünftige Frau in der mitteldeutschen Provinz vielleicht von Heimweh geplagt werden könnte, kam ihm nicht. Welcher junge Mensch, der nur sein eigenes Leben im Visier hat, denkt schon an die anderen?

„Und jetzt?", fragte Arno, „wonach ist dir, Henk? Was machen wir zuerst?"

Edda überlegte, ob es damals schon eine Achterbahn auf dem Oktoberfest gegeben haben könnte. Wenn ja, so würden die Freunde wenigstens eine Fahrt auf diesem Furcht einflößenden Ungetüm unternehmen, und Henk wäre der Erste, der sich darauf stürzte.

Und Elsbeth?

„Ich nicht, ich ... ich kann nicht ... mir wird schlecht!",
piepste sie.

„Fräulein Angermaier! Sie werden doch nicht kneifen!", erwiderte Henk fast ein bisschen spöttisch. „Sind Sie denn wenigstens schon einmal in so einem Ding gefahren?"

„Nein!", gab Elsbeth beschämt zu.

„Dann können Sie gar nich' mitreden!", fegte der smarte Magdeburger alle ihre künftigen Gegenargumente ganz einfach vom Tisch. „Ich sage Ihnen: Sie werden einen Rausch erleben, der sie süchtig danach macht! Also los, Kameraden! Auf drei dabei und rin in die Chose!"

„Ich glaube, ich eher nicht!", versuchte Elsbeth noch schwach zu protestieren. Es half ihr nichts. Schon hatte Henk sie am Ellenbogen gefasst und die Treppe hinaufgeschoben, während die übrigen Herren hämisch grinsten – auch Emil, man muss es zugeben – und Paula, die folgte, ihr zuflüsterte:

„Jetzt blamier uns ja net!"

So könnte es gewesen sein, und Edda stellte sich vor, wie die schadenfrohen jungen Herren die zarte Elsbeth ganz vorn platzierten, von Henk, der hinter ihr saß, kräftig umfasst. Die Arme schloss die Augen, presste ihre schmalen Lippen zusammen und zog sie immer mehr nach unten, während der Wagen langsam weit – ach, viel zu weit – nach oben kletterte. Sie starb fast vor Angst doch Henk drückte sie immer enger an sich, was gleichzeitig auch aufregend war. Aber dann: Urplötzlich sauste das Gefährt unter Gejohle und Gekreisch der übrigen Insassen mit ungeheurer Geschwindigkeit steil nach unten, während Elsbeth, vor Schreck die Augen aufreißend, stumm und voll Entsetzen in einen Abgrund starrte. Derweil hob sich ihr Magen und drohte, sich umzustülpen. Doch so weit kam er nicht, denn während Elsbeth nur noch aus einem Kampf ums Überleben bestand, war man unten angekommen, und der Wagen kletterte erneut.

„Knorke!" jubelte Henk.

Ach, das Martyrium wiederholte sich noch vier Mal. Alle schrien und johlten, natürlich auch, um die eigene Angst zu übertönen. Der Loisl, seinen Stock und seinen Hut zwischen seine Schenkel geklemmt, er, der eher Mundfaule, grölte voller Lust am lautesten, und die arme Elsbeth starb weitere vier Male fast einen qualvollen Tod. Als sie endlich wieder auf ihren Füßen stand, musste sie sich bei ihrem Bruder einhängen, um nicht einzuknicken, während der hämisch lächelnd bemerkte:

„Siehst es, Bettl, jetzt hast es auch fertiggebracht! Oder ist dir vielleicht schlecht?" Es war ihr schlecht, aber vor Henk hätte sie das niemals zugegeben.

Was, wenn es die Achterbahn damals noch nicht gegeben hat? Was kam dann als Erstes in Frage? Selbstverständlich das Kettenkarussell! Mit und ohne Achterbahn: Man strebte also dem Kettenkarussell zu!

„Nein!" dachte Elsbeth entsetzt. „Ich möchte lieber nicht!", piepste sie.

„Und warum nich', Fräulein Angermaier? Sie werden doch jetzt nich' bange sein vor so 'nem bissken durch die Luft segeln?"

„Mir wird aber schlecht!"

„Das glauben se wohl selber nich'!", kam es voll Verachtung von dem Mann ihrer Träume.

„Lass sie, Henk!", versuchte der Emil zu vermitteln, aber der hatte sich schon abgewendet und strebte, Cousine Paula im Schlepptau, die Stufen zur Kasse hinauf.

„Feigling!", war Arnos Kommentar. Es war nicht ganz klar, wen und was er damit meinte. Doch selbstverständlich bezog Elsbeth diesen verachtungsvollen Ausdruck sofort auf sich.

„Ich bleib' bei dir, Bettl!", sagte der gutmütige Küchenelefant, und Elsbeth, voller Scham, sah die köstlichen Felle eines aufregenden Flirts, die sie schon in greifbarer Nähe wähnte, zusammen mit Cousine Paula davonschwimmen. Da wusste sie: Es half ihr nichts, sie musste mit hinauf, musste in einem der schwingenden, hin und her pendelnden Sitze Platz nehmen, musste sich von einem jungen Mann mit einer Kette vor dem sonst unvermeidlichen Flug-Tod sichern lassen und ein fliegender Mensch werden. Mit zusammengepressten nach unten gezogenen Lippen, die Hände um die Ketten gekrampft, erwartete sie das Unvermeidliche, das sofort eintrat, als die Fliehkraft ihren fliegenden Sitz in die Umlaufbahn trieb, schneller und immer schneller und höher, immer höher! Die Übelkeit wurde stärker als die Angst, die sie würgte, und es ließ sich nicht verhindern, dass sie von ihrem fliegenden Sitz aus ihren Magen in die Tiefe über die Köpfe der von unten heraufstarrenden Leute entleerte. Sie wäre vor Scham am liebsten in den Boden versunken, was gerade jetzt vollkommen unmöglich war, denn sie flog ja durch die Luft.

„Sterben!", dachte sie. „Jetzt möchte ich wirklich sterben!", und hoffte gleichzeitig, Henk hätte nichts bemerkt. Selbstredend hatte er!

Als sie nach unendlich langer Zeit voller Qualen wieder auf ihren wackeligen Beinen stand, fischte sie einen süßen

Drops aus ihrer Handtasche, um wenigstens den ekelhaften sauren Geschmack aus dem Mund zu bannen, wodurch sich der Magen noch einmal hob. Zur nochmaligen Entleerung konnte er sich jedoch nicht entschließen, so, als ahnte er, dass erneut Schlimmes auf ihn zukam.

Glücklicherweise bekamen die jungen Herren Hunger. So schlenderten sie wieder auf das Bierzelt zu, in dem die Eltern saßen. Auf dem Weg dorthin schauten sie eine Weile dem Flohzirkus zu und feuerten den Emil beim „Haut den Lukas" an, der für ihn zu einem Triumph wurde. Sie lugten in das Hippodrom und betrachteten eine verwegene Figur, die, spärlich in flammend bunte wallende Tücher gehüllt und am übrigen Körper exotisch-grotesk bemalt, vor dem Varieté mit Hilfe einer Flüstertüte eine Dame ohne Unterleib anpries. Sie lachten auch über die possierlichen Pudel des Hundetheaters, die, auf den Hinterbeinen hopsend, in neckischen Kleidchen und lustigen Hütchen über den Schlappohren auf einem Podium für die nächste Vorstellung warben. Nichts Böses ahnend blinzelte Elsbeth, noch immer mit ihrer Übelkeit beschäftigt, das Riesenrad an, das die ganze Festwiese anheimelnd überragte, und hörte Paula begeistert ausrufen: „Und die Geisterbahn! Die machen wir auf jeden Fall auch noch, gell Herr Torsdorf?" Was Arno zu der Feststellung veranlasste:

„Ausgerechnet! Wo der keine Gelegenheit auslässt, eine Gelegenheit auszulassen! Und das Luder weiß das wahrscheinlich!" Zum Glück befand sich der Postwirt von Malching außer Hörweite! Aber Elsbeth fuhr es in die Knochen!

Just in diesem Moment kam der Fotograf auf sie zu.

„Meine Damen!", flötete er, „Meine Damen! Ach! Zwei wunderschöne Blüten umschwärmt von aufregenden Faltern! Bleiben Sie! Bitte, Bleiben Sie stehen und lassen Sie mich Ihre Schönheit betrachten! Ein Gemälde, möchte ich sagen! Wunderbar! Eine Augenweide schlechthin, wenn ich mich so ausdrücken darf! Und ein unvergesslicher Tag heute für Sie, möchte ich wetten! Bitte, lassen Sie es mich festhalten! Lassen Sie mich diese frohe Stimmung festhalten, in der Sie sich zweifellos befinden! Lassen Sie mich Ihre Schönheit festhalten! Lassen Sie sich von mir mit einer wunderbaren Erinnerung beehren! Wenn Sie im nächsten Jahr ... was sage ich, in den nächsten Jahren, wenn gar Jahrzehnten, wieder hierher kommen, so wird es nicht wie heute sein! Denken Sie daran, niemals steigt man ein zweites Mal in denselben Fluss, auch wenn man es tut und meint, es ist derselbe ..."

„Heraklit!", warf Arno ein.

„Wie meinen der Herr? Selbstverständlich! Die alten Griechen! Bitte bleiben Sie so! Lächeln Sie! Ja, so! Ganz ruhig! Und Sie, meine Herren ..."

„Schnösel!", machte Henk verachtungsvoll. „Ein Fluss auf der Festwiese! Toll! Möglichst noch die Isar!"

„Jetzt hast du aber schön gescheit übertrieben!", schmunzelte Ansgar, mittlerweile wieder gesund, den die Autorin dazu verdonnert hatte, sich die Fortsetzung ihres Romans anzuhören.

„Gar nicht!", gab Edda zurück, „Warum soll sich bei dieser Massenarbeitslosigkeit, die damals geherrscht hat, nicht ein gebildeter Mensch auf der Wies'n ein paar Groschen verdienen? Und zum Glück hat er verdient, denn sonst hätten wir hier diese Fotografie nicht!"

„Zeig her! Wahrscheinlich hat er sie ihnen nach ein paar Tagen zugeschickt, mit Rechnung vielleicht! Stell' ich mir vor. Mhm – Mhm! Das sind sie also, deine beiden Figuren! Ganz fesch! Im Dirndl hast du früher auch immer recht gut ausgeschaut!"

„Ach, früher!", seufzte die Eheliebste und steckte ihre Nase erneut in das Manuskript, um mit ihrer Vorlesung fortzufahren.

In der Brotzeit-Pause bei den Eltern im Bierzelt erholte sich das Fräulein Angermaier langsam wieder, wenn sie auch, trotz der Drops, an einem ungenehm klebrigen Mund und an einem mörderischen Durst litt.

„Bist ja ganz blass um die Neese, Bette!", stellte Mutter fest, während die Tochter vergeblich versuchte, ihre trockenen Lippen anzufeuchten.

„Kettenkarussell und Achterbahn, Mutter!", berichtete ihr Sohn. „Aber Henk war begeistert wie Bolle!"

„Da biste wohl über deinen eigenen Schatten gesprungen, was, mein gnädiges Frollein?", fragte Mutter ironisch und schob ihren Bierkrug ihrem Sohn hinüber. Der machte einen tiefen Zug, und Mutter fuhr fort:

„Ein Zeichen, dass du langsam flügge wirst!"

„Ganz recht!", pflichtete Vater bei. „Endlich traut sie sich was! Eine brav geschlagene Schlacht! Prost Tochter! Und weiter so! Die Toten zählen wir später!"

Die gehorsame Tochter langte nach Vaters Krug und tat einen tiefen Schluck.

„Hick!" machte sie, kaum dass er im Magen war. Entsetzt schlug sie sich die Hand auf den Mund.

„Hick!" Und noch einmal: „Hick! ... Hick! Hick!" Ihr wurde das Mieder eng, und der Schweiß rann ihr den Rücken hinunter. Mutter warf ihr einen strafenden Blick zu.

„Und nu schluck mal kräftig mehrmals hintereinander! Dann jeht es weg!", befahl sie. „Haste vielleicht zwischenzeitlich ins Glas jekiekt?"

„Nein, Mutter, ich ... hick!"

Wenn sie wenigstens über dem Magen und in der Taille ein paar Häkchen ihres Mieders aufhaken könnte! Aber das war unmöglich! Nicht hier in der Öffentlichkeit und schon gar nicht vor den Männern! Mutter würde ihr so ein schlechtes Benehmen ihr ganzes Leben lang nicht verzeihen! So würde sie wahrscheinlich demnächst ohnmächtig werden! Und dann würden die anderen ihr Mieder öffnen! Und das vor Henk! Nicht auszudenken!

„Zunge rausziehen und ein bisschen hinten kitzeln, das hilft allemal!", sagte der und zog ein nicht mehr ganz sauberes Taschentuch aus seiner Hosentasche.

„Oh Gott nein!" Elsbeth hielt sich wieder die Hand vor den Mund. „Hick! ... hick!"

„Zunge raus!", befahl Henk. Elsbeth presste die Lippen zusammen.

„Nun mach' schon und zier' dich net so!", wurde sie von Paula angeherrscht, die sichtlich irritiert darüber war, dass sie auf diesem Ausflug bisher noch nicht im Mittelpunkt gestanden hatte. Seit dem Betreten der Angermaier'schen Küche, fühlte sie sich zu ihrer Verwunderung und ihrem zunehmenden Ärger immer mehr an die Peripherie gedrängt.

„Halt' dich zurück, Frau!", brummte der Loisl gefährlich.

„Bitte, Fräulein Angermaier!" Das klang nach einem Befehl.

Elsbeth streckte Henk errötend ihre Zunge entgegen. Im Nu hatte der mit seinem Taschentuch die vordere Zunge gepackt und zog kräftig daran, während Elsbeth die Tränen in die Augen traten. Mit dem Stiel einer Gabel drückte er vorsichtig auf deren hinteren Teil. Elsbeth würgte. Henk ließ locker und zog wieder kräftig. Dann entglitt ihm Elsbeths Zunge. Sie verschwand auf der Stelle hinter fest zusammengepressten Lippen. Die Patientin würgte und schluckte mehrmals und wartete vergeblich auf den nächsten Schluckauf.

„Na, also!", stellte Henk befriedigt fest.

„Sie sind ja ein Tausendsassa, Henk!", stellte Mutter fest, „Wo haben Se das denn her?"

„Mein Vater und meine Schwester sind Apotheker, müssen Se wissen" – Alle wussten es längst! – „Da kriegt man manches mit, Frau Angermaier!"

„Und Sie, Henk? Haben Sie nie Lust jehabt uff's Pillendrehen?"

„Nee! Aber glauben Se man, dieses Thema war in meiner Familie ein jahrelanger Dauerbrenner! Es hing mir direkt zum Halse heraus. Insofern war meine Schwester glatt ein Segen! Meine Interessen hinjegen sind, wie Se wissen, die Luftnummern, aber richtige! Echte! Keine bildlichen sozusagen! Na, vielleicht hat meine Kleene mal Lust auf so was wie Salbenrühren! Und Botanisieren! Und was sonst noch so dazu jehört!"

„Vielleicht wird Ihre Schwester eines Tages auch mal Kinder haben!", warf Paula ein.

„Die? Unwahrscheinlich! Da is' nich' mit zu rechnen!" Niemand wagte zu fragen, warum.

„Und was kommt nu' noch?", wechselte Mutter höflich das Thema.

„Riesenrad und Schiffschaukel!", kam es prompt von Henk.

„Nein!", dachte Elsbeth entsetzt, „Nicht auch das noch!"

„Und die Geisterbahn, Tante!", setzte Paula hinzu.
„Ohne mich!", knurrte ihr Mann.
„Brauchst auch net! Da find't sich schon wer, der sich mit mir gemeinsam gruseln mag!"
„Das glaubst! Du bleibst da!"
„Werden wir schon seh'n!"
Weil es Elsbeth allmählich wirklich besser wurde und auch weil sie von dem peinlichen Schluckauf befreit war, wurde sie mutig. Sie nahm ein Stück Brot und ein Stück Käse und dachte weiter:
„Euch werd' ich's zeigen! Vater sagt immer: wenn man will, dann kann man! Und ich kann!"
Endlich brach man erneut auf.
Der Kelch der Schiffschaukel ging an Elsbeth vorüber, weil sich nämlich auch Paula weigerte, ihre Oberschenkel und vielleicht sogar ihren Schlüpfer mit den angeschnittenen Beinen zur Schau zu stellen. Vielleicht hätte sie sich nicht geweigert, wenn ihr nicht der Postwirt von Malching öffentlich gedroht hätte, ihr eine gehörige zu wischen, falls sie sich hier und jetzt unanständig zu produzieren gedachte. Dabei fuchtelte er zu Henks großem Vergnügen mit seinem Stock vor dem Gesicht seiner Gattin herum. Die strafte ihn mit Verachtung und einem „Ach lass mich doch in Ruh' und schau, dass du überhaupt in die Höh' kommst!", was die Männer in ein lautes Lachen ausbrechen ließ und den Loisl noch fuchtiger machte.
Doch nun waren die Freunde nicht mehr zu halten und wetteten, wer es zuerst bis zum Überschlag geschafft haben würde. Es waren Henk und Arno, die schnell an Höhe gewannen, während die beiden Schwergewichtler Mühe hatten, überhaupt so richtig hochzukommen. Endlich schafften sie es doch bis zu wenigstens einem einzigen

Überschlag. Elsbeth konnte die Überschläge gar nicht mit ansehen, während sie von der begeisterten Paula ständig geschubst und gerempelt wurde.

„Ich hab's ja gewusst, dass der Meine den Kürzeren zieht! Ha, das gönn' ich ihm!"

Ohne zu ahnen, dass seine Angetraute heimlich und schadenfroh über ihn triumphierte, spendierte der „Meine" befriedigt und voller Glück nach der Aufsehen erregenden Schaukel-Partie für die Frauen türkischen Honig.

Und dann kam sie endlich, die Geisterbahn! Die lag nämlich auf dem Weg zum Riesenrad. Und endlich kam Paula zum Zuge – glaubte sie. Doch ehe sie es sich versah, saß sie neben ihrem Cousin im Wagen und entschwand in der Dunkelheit. Emil verzichtete großzügig zugunsten seines Vetters auf die Gesellschaft seiner Quasi-Braut und leistete dem eifersüchtigen Alois Schranner Gesellschaft.

Während die beiden Herren in der Sonne herumkümmelten, sagte Henk in die Dunkelheit hinein:

„Da bin ich man gespannt, was da abgeht! Man hört ja wahre Gruselromane über diese Veranstaltung hier!" Schon griff eine Geisterhand nach ihnen und Elsbeth quiekte leise.

„Gruseln Sie sich, Fräulein Angermaier?"

„Nicht besonders!", hauchte sie und schloss vor Entsetzen die Augen vor einem Gerippe, das auf sie zukam, während aus der Dunkelheit ein markerschütterndes Geheul ertönte. Elsbeth wagte nicht, schutzsuchend nach ihrem Nachbarn zu greifen. „Das erwartet er vielleicht!", dachte sie und erschrak vor giftgrünen wabernden Gestalten, die sie mit einem höllischen Gelächter überzogen.

Dumpfe Trommelschläge und kreischende Musik! Erschreckende Monster, die vor ihren Gesichtern auftauchten, übel riechende Nebelschwaden – Pfui Teufel – glühende Augen und Feuerräder ...

„Ich sage Ihnen was, Fräulein Angermaier", sagte Henk in dieses Höllenspektakel hinein, „Ich werde Sie heiraten!"

Elsbeth glaubte in ihrem Schrecken nicht recht gehört zu haben. Also blieb sie stumm.

„Haben Sie mich verstanden, Fräulein Elsbeth? Antworten Sie!"

„Hier?"

„Wo sonst? Hier sind wir doch endlich mal allein!"

„Ich ... ich werde den Emil heiraten!", flüsterte sie.
„Das ist so gut wie ausgemacht."

Ihr Herz hämmerte wie in Raserei, dann begann es zu stolpern. Plötzlich setzte es ganz aus, und sie glaubte ohnmächtig zu werden. Doch bevor es so weit kam, hopste es erneut.

„Das glauben Se doch wohl selber nich'!", kam es neben ihr aus der Dunkelheit, „So gut wie! Das is' nich' versprochen!"

„Jetzt werde ich wirklich ohnmächtig!", konnte die Beinahe-Braut gerade noch denken. Weiter kam sie nicht, denn Henk küsste sie! – Richtig – nicht nur so leichthin, wie vor zwei Jahren nach dem Kino-Besuch, nein! Einfach so ganz richtig, wie eben ein Bräutigam seine Braut küsst. Anders jedenfalls, als sein Vetter Emil, mit dem sie ja eigentlich, betrachtete man es genau, wirklich doch noch nicht so richtig verlobt war. Kein Gespenst, kein Gejaule, kein Dunst konnte ihr nun noch etwas anhaben! Denn als sie wieder zu sich kam, spitzte schon die Sonne durch den Vorhang, der sich gleich darauf vor ihnen teilte. Und so entstieg vor aller Welt eine schüchtern-triumphierende Braut eines zukünftigen Kommodore dem Gruselwagen und blickte glücklich und ohne alle Übelkeit in das helle, sonnige Tageslicht! Sofort kam ihr der Gedanke:

„Mein Gott! Was wird Mutter dazu sagen!" Und schon wurde ihr der Magen wieder schwer.

„So, das hätten wir in der Kiste!", dachte Henk befriedigt, und:

„Nu kurbelt man eure dritte Übersetzung an, Jungs! Ab ins Riesenrad!", feuerte er seine Freunde an und federte ihnen voraus. Der Postwirt sagte zu seiner frustrierten Frau:

„Ein Hund is' er schon, der Preiß!" Und beide tappelten hinterher.

Sollte der geneigte Leser denken, Hans-Heinrich Torsdorf, genannt Henk, würde seine Verlobung mit Elsbeth Angermaier in trauter Zweisamkeit, zum Beispiel in einer Gondel des Riesenrads, feiern, so muss ich ihn enttäuschen. War es Absicht oder ein nicht zu verhindernder Zufall? In der Vierer-Gondel nahmen auch Emil, der treue Elefant, und die enttäuschte Paula Schranner Platz. Und es lässt sich außerdem nicht leugnen, dass die kecke Cousine am Geschaukele ihren Spaß hatte, auch vor aller Augen ungeniert ihr linkes Bein ganz dicht neben Henks rechtes gestellt hatte, wobei sie ihr Knie schamlos gegen seines drückte, während Elsbeth, mehr oder weniger stumm und mit zusammengepressten und nach unten gezogenen Lippen, neben ihrem gerade erst verflossenen Verlobten saß, der von seinem Pech natürlich noch nichts ahnte. Krampfhaft starrte sie auf den Kirchturm von St. Paul. Wen wundert's? Elsbeth litt an Höhenschwindel.

„Nur nicht nach unten schauen, Elsbeth! Sonst wird's dir wieder schlecht!", sagte der Küchen-Elefant fürsorglich. Und Elsbeth fragte sich:

„Wen soll ich denn jetzt nur heiraten?"

VI

„Na, eine romantische Liebesgeschichte scheint mir das ja gerade nicht zu werden!", seufzte der Professor augenfällig frustriert, streckte sich in seinem Sessel und ordnete seine langen Beine nebeneinander.

„Was hast du erwartet?", erwiderte seine Frau und klappte das Manuskript zusammen. „Habe ich jemals eine Andeutung gemacht, dass es eine werden könnte? Nun lass erst einmal die Familie in Schwung kommen!"

„Fragt sich, ob überhaupt noch was Besseres nachkommt!"

„Wie kommst du darauf, dass etwas Besseres nachkommen könnte? Haben die Menschen je von einer romantischen Liebe herunterbeißen können? Selten, würde ich sagen! Abgesehen davon, dass die Weltgeschichte wohl niemals eine ehrbare Person war! In so manchen Zeiten, die wir erlebt haben, war sie ganz schön besudelt und verkorkst. Da gerät vieles in die Welke! Ein lindes Lüftchen des Hochgefühls für einige Augenblicke – wenn du mich fragst – mehr ist in der Regel an Romantik nicht drin!"

„Ich frage dich aber nicht, jedenfalls nicht jetzt!", bemerkte der Gatte rüde und erhob sich. „Aber ich nehme doch an, dass du dich bei deiner Familiengeschichte einigermaßen an den Tatsachen orientierst! Oder?"

„Keine Sorge! Einen Grabstein werde ich nicht gerade auf die wirklichen Geschehnisse wälzen. Orientierung an ihrem Ablauf: Ja! Verfremdung: nicht ausgeschlossen! Wenngleich ich das Gefühl habe, die Geschichte könnte ein Eigenleben entwickeln, und dann habe ich es natürlich nicht mehr in der Hand."

„Ganz allein dein Ding, Edda, und der Besitz der Wahrheit ist nach Altvater Lessing lange nicht so schön wie der Weg zu ihr! Ich nehme an, dass dein Weg zu einer anderen Wahrheit führt, als man bei Familienchroniken so gemeinhin annimmt!" Er trat nun ungeduldig von einem Bein auf das andere.

„Exakt! Das kommt hin! Hoffe ich!", erwiderte seine Frau, „Und immerhin hast d u mich auf die Idee gebracht, einen Roman zu schreiben, falls du dich freundlicherweise erinnern würdest!"

„O.k.! Ich muss aufbrechen. Heute ist der Vortrag vom Kollegen Hermaneder in der Akademie. Wo ist eigentlich ...?"

„Wer hält die Einführung?", fragte Edda.

„Der langatmige Maierhofer, dieser eitle Fant! Wo ist ...?"

„Und langweilig ist der auch noch!"

„Das kann man laut sagen! Wo ist jetzt endlich ..."

„Was suchst du denn nun schon wieder?"

„Diese Liste, die mir die Frau Doktor ... na, du weißt schon ... Es ist zum Kotzen! Jetzt fällt mir doch glatt der Name nicht ein, die vom physikalischen Institut ... Ach Edda! Findest du nicht, dass ich in letzter Zeit ein bisschen vergesslich werde? Glaubst du, dass ich einen Alzheimer kriege?" Herr Professor Valponer ließ doch glatt den Kopf ein wenig hängen und sah seine Frau Trost erheischend an.

„Hör dich bei deinen Freunden und Kollegen um, und du wirst feststellen, dass es denen genauso geht wie dir, und mir übrigens auch – leider! Das ist eben das Alter!"

„Danke! Das hättest du mir auch nicht gerade ans Revers klatschen müssen!" Der Gatte wandte sich zur Tür, und Edda hatte das deutliche Gefühl, dass er ein bisschen eingeschnappt war.

„Ach Ansgar! Sei nicht so empfindlich!", rief sie ihm nach, „was meinst du, warum ich mich hiermit so abmühe ..."

„Mit was mühst du dich ab?" Er drehte sich um.

„Mit diesem Roman natürlich! Glaubst du, ich schreibe ihn so aus dem Handgelenk wie du früher deine wissenschaftlichen Bücher geschrieben hast?"

„Ich schreibe jetzt noch Fachartikel, wie du weißt!", erwiderte der Professor gekränkt. „Und außerdem habe ich trotz alledem immer noch ein hervorragendes Gedächtnis! Ein Mensch ohne Gedächtnis ist nämlich ein lebender Leichnam, um es einmal deftig auszudrücken, sage ich dir!"

„Natürlich! Deswegen suchst du ja auch die Liste! Und trainiert bist du obendrein! Wenn ich auch den Eindruck habe, dass es nicht mehr ganz so flutscht wie ehedem!"

„Sehr taktvoll von dir!", knurrte er, düster wie eine Regenwolke.

„Ach Ansgar! Mir geht es doch genauso! Manchmal weiß ich gar nicht mehr so recht, wo mir der Kopf steht: im Computer oder auf meinem Rumpf!"

„Das kann man ja wohl nicht vergleichen! Verdammt, wo ist jetzt diese Liste?"

„Die von der Königin?"

„Königer! Genau! So heißt die Dame! Wieso fällt mir das nicht ein? Dabei arbeite ich ja schon ein paar Jahre mit ihr zusammen!"

„Seit deiner Emeritierung! Um genau zu sein!"

„Eben! Und der Name war mir im Moment doch glatt wie weggeblasen! Kannst du das begreifen?"

„Ja!"

„Was heißt hier ja?"

„Ja heißt, ich begreife es. Aber mach' dir keine Sorgen! So ist nun mal das Alter. Und immerhin machst du doch das Beste daraus! Oder nicht?"

„Heute gibst du mir nicht schlecht Zunder!", schnauzte der Gatte, nun schon deutlich beleidigt.

„Und die Liste habe ich, glaube ich, in deiner Nachttischschublade gesehen, als ich heute früh deine Taschentücher eingeräumt habe!", legte seine Frau nach. „Aber ganz genau weiß ich es auch nicht mehr! Schau nach!"

„Das kann ich mir gar nicht vorstellen!", stöhnte der Gatte und fuhr sich über seinen kurzgeschorenen Haarschopf.

Die Liste fand sich tatsächlich in der Nachttischschublade des Herrn Professor, und Edda dankte Gott, dass sie nicht an einem obskureren Ort aufgefunden wurde.

„Schlimmer wird's immer!", dachte sie seufzend ...

Von derlei Sorgen war die 24-jährige Elsbeth noch meilenweit entfernt. Im frühen Frühjahr 1933 fand ihre Hochzeit mit dem 25-jährigen Flugzeugingenieur Dr. Hans-Heinrich Torsdorf in München in der Peterskirche am Viktualienmarkt statt. Die Trauung wurde nach katholischem Ritus vollzogen, nachdem der Bräutigam dem zugestimmt und auch eine katholische Erziehung der dieser Ehe entspringenden Kinder versprochen hatte. Damit wurde die bischöfliche Dispens für die kirchliche

Eheschließung erteilt, und Henk war das alles sowieso egal.

Als Trauzeugen fungierten weder der Bruder der Braut noch die Schwester des Bräutigams, im Gegensatz zur standesamtlichen Trauung, bei welcher Gelegenheit der Standesbeamte pflichtgemäß den Brautleuten ein Exemplar von Hitlers „Mein Kampf" überreicht hatte. Beide waren evangelisch getauft und daher im katholischen Ritus nicht zugelassen. Die Schranners übernahmen dieses Amt. Mutters ehemaliger Wunschbräutigam hatte sich ohnehin längst davongemacht und wandelte seinerseits in seinem neuen Wirkungskreis ernsthaft auf Freiersfüßen. Auch ein Elefant hat seinen Stolz!

Die Eltern des Bräutigams waren bei der Hochzeit nicht zugegen. Ihnen war die weite Reise nach Bayern zu beschwerlich, ganz abgesehen davon, dass die Torsdorfs von dem Gedanken, eine Exotin in ihre Familie aufnehmen zu müssen, nicht eben begeistert waren.

Elsbeths Brautzeit war auch eine Zeit der Trennung von ihrem Bräutigam gewesen. In dieser Zeit schrieb sie ihm lange Briefe voller romantischer Ergüsse, die er einigermaßen trocken beantwortete. Von der Verlobten wurden seine Briefe jedoch täglich voller Sehnsucht erwartet und mindestens 20-mal gelesen, wobei sie, bildlich ausgedrückt, jeden Buchstaben nach Zeichen seiner großen Liebe zu ihr absuchte. In Vertretung des abwesenden Liebsten war eines Tages Frederika Torsdorf zusammen mit ihrer Freundin Henriette angereist. Elsbeth erschrak zunächst vor der fremdartigen etwas harschen zukünftigen Schwägerin in strengem Kostüm, allzu kurz geschnittener scheitellos nach hinten gekämmter dunkler Frisur und hochmütig-kritischem Blick, vor dem sie sich ganz klein und hässlich vorkam. Frederika ihrerseits klein und hässlich vorkam. Frederika ihrerseits bemühte sich in keinster Weise darum, das „kleine Dummchen", wie sie ihres Bruders Zukünftige insgeheim nannte, aufzubauen. Mit Mutter allerdings verstand sie sich prächtig.

Alles, alle Geschehnisse, alle Gedanken, alle Sehnsüchte und Wünsche, eben einfach alles, war Cousine Paula von der einsamen Braut in langen mehrseitigen Briefen mitgeteilt worden.

Selbstverständlich gab es eine Hochzeitsnacht in einem bekannten Münchner Hotel. Elsbeth war im siebenten Himmel, wie Mutter erleichtert feststellen konnte. Eine Hochzeitsreise gab es nicht. Das junge Paar brach sofort nach Magdeburg auf.

Natürlich war der Abschied tränenreich, doch von herzzerreißend konnte keine Rede sein. Elsbeth war viel zu gespannt auf das neue Leben und viel zu glücklich. Es gab reichlich Umarmungen, die, man muss es leider eingestehen, von Cousine Paula schamlos ausgenutzt wurden, indem sie sich vielsagend an den Bräutigam drückte. Wenn sie glaubte, das würde außer dem jungen Ehemann niemand bemerken, so hatte sie sich geschnitten. Frederikas Adleraugen hatten es sofort erspäht! Außerdem kannte sie ihren Bruder nur zu gut.

„Ein Flittchen, diese Person aus diesem wahrscheinlich miesen Kaff!", schimpfte sie aufgebracht, als sie mit ihrer Freundin nach der Hochzeit in der Eisenbahn Richtung Schweiz saß. „Das riechste doch kilometerweit gegen den Wind! Die is' im Stande und bringt uns noch alle ins Unglück!"

„Reg dich doch nich' über so 'ne kleine Kleinigkeit auf!", beruhigte die junge gelassene Frau Doktor ihre aufgepuschte Reisegefährtin und räkelte sich gemütlich in den Polstern des Eisenbahnabteils, in dem die Damen die einzigen Passagiere waren. In Gedanken war sie nämlich schon in den Berner Alpen und auf den Skiern. „Bayern ist doch eine Weltreise weit weg von Machdeburch, und dieses miese Kaff allemal!"

„Wer weiß!", seufzte Frederika, „Mir jedenfalls ist diese Person unanjenehm! Überhaupt die janze Mischpoche dort, bis auf die Mutter! Übrigens, Jette, ich kann mir nich' helfen: bei dem kleenen Bengel hatte ich immer das Jefühl, der kiekt mich mit unseres Vaters Augen an. Is' dir das nich' uffjefallen?" Und Frederika wurde mit einem Mal wieder ganz aufgeregt.

„Deshalb musste nich' gleich so machdeburgerisch werden, Frederika, wenn du dir so was einbildest."

„Ich trau' den beiden alles zu! Alles!", schnauzte die empörte Schwester weiter und ahnte dabei nicht, dass das „Flittchen", wie sie Cousine Paula insgeheim fortan titulierte, sich seinerseits seiner Sache nicht sicher war! Damals, vor drei Jahren, als der plötzliche Besuch aus München die fesche Postwirtin man kann sagen in jeder Weise überraschte und im Ballsaal der Gastwirtschaft zur Post geradezu überwältigte, war sie kurz danach wieder einmal im Beichtstuhl von St. Michael in München gelandet. Denn diese Sünde wider das sechste Gebot konnte sie, trotz allen Beichtgeheimnisses, unmöglich dem Pfarrer von St. Severin in Malching anvertrauen. Ehebruch blieb eben Ehebruch, und auf diese peinliche Weise ganz besonders, auch wenn Paula sich noch in derselben Nacht ihrem Mann geradezu an den Hals geworfen hatte, um, wie sie sich einredete, ihm gegenüber etwas gutzumachen. In Wahrheit ging sie allerdings auf Nummer „sicher", falls das Abenteuer mit dem Magdeburger Fliegerhelden nicht ohne Folgen bleiben sollte. Selbstverständlich gab sie das vor sich selbst niemals zu. Dennoch: Hätte sie etwas Genaueres über menschliche Befruchtung gewusst, so hätte sie vielleicht gehofft, dass die eheliche Samenzelle die uneheliche kraft ihres ehelichen Rechts in die Flucht schlagen könnte!

Hingegen hatte Frau Doktors geschulter Blick eine verdächtige Deformation des rechten Füßchens bei Paulas Zweitgeborenem erspäht, nachdem seine Mutter ihn zwecks Windelwechsels aus seinem Sportwägelchen gehoben hatte, in dem der zeitweise unruhige Zweijährige nur widerwillig und unter Protest sitzen blieb. Obgleich Paula, bemüht, den Makel nicht offenbar werden zu lassen, diesen sogleich mit ihrer rechten Hand umschloss und umgehend mit dem Kind verschwand, war er Jettchen nicht entgangen. Doch sie schwieg, und, wer weiß, vielleicht hatte sie sich ja auch getäuscht!

Und Mutter dachte, während sie dem sich entfernenden und immer kleiner werdenden Zug, der allmählich einem schrumpfenden Wurm glich, seufzend nachwinkte „Na, denn, mein gnädiges Frollein! ‚Wenn schon jefahren werden soll, denn los!', sagte der Papagei zu der Katze, als sie ihn am Schwanz die Treppe hinunterzog!"

Die unendlich lange Bahnreise in den Norden trug weniger zu andauernden Glücksgefühlen der jungen Ehefrau bei. Man reiste dritter Klasse, saß auf Holzbänken und fouragierte sich aus einem von Mutter gepackten Picknick-Korb, was so gar nicht zu der frisch gelegten Dauerwelle passte, in der – fand Henk – seine Angetraute gar zu aufgemotzt wirkte. Über die vielen Stunden, in denen Henk hauptsächlich las und seine Frau aus dem

Fenster sah, wurde man ganz steif. Deshalb standen die jungen Leute hin und wieder abwechselnd auf und marschierten im Gang hin und her, um sich die Füße zu vertreten. Machte der Zug in einem Bahnhof Halt, öffnete Henk das Fenster, indem er kräftig an dem herunterhängenden dunkelbraunen gelochten Lederband zog, welches am unteren Fensterrahmen angebracht war. Er befreite damit einen kleinen rundköpfigen Stift aus glänzendem Metall aus einem Loch, durch welches er fürwitzig lugte. Gleichzeitig rutschte das Fenster herunter und das flache Lederband flutschte hinterher. Auf diese Weise konnte das Fenster je nach Bedarf teilweise oder vollständig geöffnet werden, indem man nämlich ganz einfach den Stift wieder durch eines der Löcher schlupfen ließ. Die jungen Torsdorfs streckten die Köpfe hinaus, genossen das Fächeln eines leichten Windchens und atmeten statt frischer Luft Dampf und Ruß ein, wobei sich zumeist einzelne kleine Ruß-Teilchen in ihren schweißfeuchten Gesichtern verfingen. Bei längerem Aufenthalt stiegen sie auch aus und betrachteten die fliegenden Händler, die Zeitungen, heiße Würstchen, Gebackenes und Süßigkeiten anboten. Nicht, dass sich die jungen Torsdorfs keine komfortablere Reise in einem gepolsterten Abteil hätten leisten können. Im Gegenteil! Harte Eier, Schinkenbrote und Thermosflaschen wären nicht unbedingt nötig gewesen. Man wäre auf der Reise keineswegs verhungert. Denn zur Hochzeit hatten sich die Eltern des Bräutigams sehr großzügig gezeigt. Doch der frisch gebackene Ehemann überzeugte seine Frau, dass man den Geldsegen besser auf einem Sparbuch deponiere, besser noch in Papieren anlege, wobei er sich über die Höhe der Summe ausschwieg. Elsbeth wusste von der Hochzeitsgabe aus einem an sie gerichteten und eher förmlich gehaltenen Brief ihrer Schwiegermutter. Sie erfuhr, dass das Geldgeschenk auf ein Magdeburger Bankkonto überwiesen worden war. Sie fand das ungeheuer elegant und beeindruckend. Ein Bankkonto! Sie hatte nie eines besessen, nur ein Sparbuch, in welchem eine beklagenswert bescheidene Summe von Angespartem verzeichnet war. Die Höhe der Hochzeits-Summe wagte sie nicht zu erfragen, und sie erfuhr sie auch nicht. Hingegen kannte sie auf Heller und Pfennig genau die Summe, die Vater ihr als Mitgift mit in die Ehe gegeben hatte. Diese war beileibe nicht berauschend, und es überraschte sie keineswegs, dass ihr Mann sofort seine Hand darauflegte und sie der Hochzeitsgabe seiner Eltern zuschlug.

„Behalte man dein Sparbuch für dich, Bette!", war Mutters Rat. „Man weeß et ja nie so jenau, wie die Zeiten werden, heutzutage!" Sie riet ihrer Tochter nicht, dieses Büchlein vor ihrem Mann zu verbergen, oh nein. Doch Elsbeth glaubte es herauszuhören. Und außerdem wusste sie genau, dass Mutter immer über ein geheimes „Nadelgeld" verfügte, das sie sich mit Näharbeiten verdiente und dessen wirkliche Höhe sie vor Vater stets verbarg. Dergleichen Heimlichkeiten empfand Elsbeth somit als normal, zumal ihr der Zugriff zu dem gemeinsamen Bankkonto verwehrt war, damals keine Ausnahme sondern eher die Regel.

Ihr Mann war also nicht bereit, sein eigenes „Klimper", welches er mit sich führte, für eine komfortablere Bahnreise auf den Kopf zu hauen.

„Ach wie schnell, bequem und elegant reist man doch heutzutage!", dachte Edda.

Für eine Münchnerin war die anhaltinische Domstadt Magdeburg nicht gerade eine Offenbarung, und schon gar nicht, wenn sie im Dunkeln dort eintrifft. Während der Zug in den Hauptbahnhof einfuhr befestigte die junge Frau nach einem letzten Zurechtrücken ihres modernen Hütchens ihren Gesichtsschleier aus weitmaschigem dunkelblauem Netz, der bis unter das Kinn reichte, mittels einer Schleife sorgfältig auf der hinteren Hutkrempe. Solcherart war Elsbeth nun bereit für das neue Leben. Geschoben von ihrem Ehemann gelangte sie zusammen mit dem inzwischen leeren Picknickkorb, ihrer Hutschachtel und ihrem von Lederriemen zusammengehaltenen geflochtenen Reisekoffer auf den großzügigen von Laternen beleuchteten Bahnhofsplatz. Hier wurde sie von Henk in eine quietschende Elektrische bugsiert.

Nein, Elsbeth sah vor Aufregung wirklich nichts, und wenn sie doch etwas gesehen hätte, so hätte sie es nicht registriert und schon gar nicht gewertet. So aufgeregt war sie. Als das junge Paar endlich unter Lindenbäumen, die ihre noch kahlen Äste abweisend in die Magdeburger Luft streckten, die Straßenbahn verließ, befand es sich nur wenige Schritte von der Wohnung der Familie Torsdorf entfernt. Elsbeth spürte ihren Herzschlag im ganzen Körper, schlotterte vor Lampenfieber und stolperte mit ihrem Gepäck ihrem Mann hinterher.

Vor dem Haus am Sedanring Nr. 16 erklommen die beiden Gatten fünf steinerne etwas ausgetretene Stufen. Henk öffnete die behäbige dunkelbraune Haustür mit einem Schlüssel. Gleichzeitig drückte er kurz auf einen der Klingelknöpfe, die an der rechten Seite der Türeinfassung angebracht waren.

„Man! Man! Man!", hörten sie die Köchin vom Treppenabsatz des Hochparterre laut flüstern. Es war kurz vor 23 Uhr, und das Haus schlief bereits. In dem geräumigen Treppenhaus roch es stark nach Bohnerwachs. Das junge Paar erklomm die letzten Stufen, dann fiel die Köchin unter einem weiteren Geflüster „Wenn und das is' man doch unser Jungchen!" Henk in die Arme.

Ein junges Dienstmädchen beäugte Elsbeth, die stehen geblieben war, mit großem Interesse und griff erst nach dem geflochtenen Reisekorb, als sie von der Köchin mit einem „Was hältste Maulaffen feil, du dummes Ding. Nu' greif dich mal nach die Bagage! Und verjiß man ja die Hutschachtel nich'!", angeraunzt wurde. „Und Sie, junge Frau!", fuhr sie, zu Elsbeth gewandt, mit zuckersüßem Flüstern fort, „Immer man rin in die jute Stube! Die Gnädige wartet schon!"

„Mama ist noch auf, Trine?", fragte Henk

„Aber man immer, Jungchen! Bloß was Herrn Papa is', der horcht schon an die Matratze, nich' wahr!"

Das war Elsbeths Empfang in Magdeburg.

In dem hohen kühlen Wohnzimmer, beleuchtet von einer nach unten gezogenen Hängelampe über dem großen ovalen Tisch, von dem eine aufwendig geklöppelte cremefarbene Decke allseitig weit herunterhing, und in dem sich die wuchtigen dunklen Möbel aus Eiche in verschwimmende braundunkle Schatten verloren, begegnete Elsbeth ihrer Schwiegermutter. Frau Torsdorf, die Ältere, saß in ihrem Sessel und hatte eine Handarbeit auf ihrem Schoß. Sofort sah Elsbeth den falschen Wilhelm! Wie flüchtig dachte sie an das üppige honigblonde Haar ihrer Mutter, in das sich seit kurzer Zeit immer mehr graue Fäden mischten und frech behaupteten. Das Haar ihrer

Schwiegermutter war in seiner Altersfärbung deutlicher fortgeschritten. Elsbeth begaffte das baumelnde Lorgnon auf Ottiliens Busen. Die ältere Frau Torsdorf sagte:

„Na? Habt ihr eine gute Reise gehabt?"

Elsbeth fuhr zusammen, bevor noch einer von ihnen antworten konnte! Aus der mächtigen Standuhr, deren schräg geschwungene dunkelbraune Zahlen aussahen, als würden sie hintereinander herlaufen wollen, erklang ein ... Bing ... Bing ... Bing ... Bing und kurz darauf ein: Bong ... Bong ... Bong ... Bong ... Und das elfmal in einem gleichmäßigen Hintereinander – eine Ewigkeit lang.

Frau Ottilie Torsdorf lächelte, erhob sich langsam, denn sie wartete das letzte „Bong" ab, und Elsbeth erspähte das Ridikül, das an ihrer rechten Hüfte baumelte. Die Dame des Hauses blickte sie an und sagte: „Willkommen in Magdeburg, meine Tochter! Und nu nimm erst mal deinen Hut ab!"

Während Elsbeth vor lauter Aufregung länger als gewohnt und unter den spöttischen Blicken ihres Mannes an der Schleife ihres Schleiers nestelte, ließ sich Mama von ihrem Sohn auf die rechte Wange küssen. Als ihre Schwiegertochter dann verlegen dastand, das modische Hütchen in der linken und den verdammten Schleier in der rechten Hand, mit der sie außerdem noch die Handtasche umkrampft hielt, wandte sie sich ihr zu. Noch ehe ihre Schwiegertochter einen höflichen Knicks machen konnte, nahm sie ihr Gesicht in ihre beiden Hände und drückte ihr einen Kuss auf die Stirn.

„Du sagst auch Mama zu mir. Ich denke, das passt sich am besten!", befahl sie. „Und nun seid man schön leise, damit ihr die Kleine nich' aufweckt!"

Erst bei diesen Worten kam es Elsbeth so recht zu Bewusstsein, dass sie von heute an eine Tochter haben würde. Mutters regelmäßige Hinweise und Belehrungen hatten sie in ihrer Verliebtheit nie erreicht, jedenfalls nicht dort, wo sie jetzt, in diesem Augenblick, durch diesen einen Satz getroffen wurde. Ihr wurde übel und schwindlig.

„Nanu? Is dir nich gut?", fragte ihre Schwiegermutter ungläubig und blickte missbilligend auf ihren Sohn. „War wohl die Reise 'n bisskien lang, wie? Trine soll ihr behilflich sein!" Und Trine, die ohnehin auf der Lauer lag, wurde gerufen.

„Nun denn, ab in die Koje mit die junge Frau, ja!", befahl die Köchin, als man ihr gebot, sich um das neue Familienmitglied zu kümmern.

„Und wir beide, Henk, wir trinken jetzt ein Glas Champagner auf Irenens neue Mutter!", versetzte Ottilie Torsdorf so optimistisch wie nur möglich.

„Und auf meine Hochzeit!"

„Was denn sonst?", erwiderte seine Mutter und holte zwei Kelchgläser aus dem hohen Glasschrank, nachdem sie eine der geschwungenen Glastüren geöffnet hatte. „Er liegt schon auf Eis! Kannste ihn stantepe holen!"

Während Mutter und Sohn Hochzeit und Wiedersehen auf ihre Weise feierten, half Trine der jungen Frau aus den Kleidern und hakte ihr das Korsett auf. Dann goss sie warmes Wasser aus einem großen sich nach oben verjüngenden Krug aus Porzellan, welcher mit einer Malerei sich schlängelnder Blumenranken in blassen Farben verziert war, über einen beachtlichen keck geschwungenen Schnabel in eine große runde ebenfalls porzellanene

Waschschüssel mit gleichem Dekor, deren verdickter Rand sich außerdem dekorativ wellte.

„Nu kieken Se man nich' wie die Schlange vor 'nem Karnickel, junge Frau, ja!", beruhigte Trine, „Aber Badestube is' heute Abend nich' mehr! Das, nich' wahr, stört den gnädigen Herrn! Und nu' kieken Se man hier! Das Pisspöttken befindet sich hier unten im Nachtschrank, nich' wahr, und der junge Herr hat sein eigenes. Schieben Se das Jefäß unters Bette, damit Se nich aus Versehen im Traume rintreten, ja! Wenn und Se wollen noch 'n Tee, ick mache Ihnen eenen, ja!"

Wenn Elsbeth irgendetwas Abenteuerliches erwartet hatte, dann mit Sicherheit kein Waschgeschirr und keinen Nachttopf im ehelichen Schlafzimmer! Und einen Tee wollte sie ganz bestimmt nicht mehr, schon des Potschamperls wegen, wie die Bayern seit Napoleons Zeiten ein derartiges Gefäß frei nach seiner französischen Bezeichnung („pot de chambre") nannten. Immerhin hatte Napoleon ihr Heimatland zum Königreich erhoben!

Als Henk sich neben sie legte, schlief sie so fest, dass sie seine Anwesenheit nicht wahrnahm. Und als sie schließlich morgens erwachte und ein dringendes Bedürfnis nach dem Potschamperl verspürte, hatte ihr Mann das gemeinsame Schlafzimmer schon wieder verlassen. Nolens volens benutzte die Arme das peinliche Gefäß, denn sie wagte nicht, sich auf die Suche nach der Badestube zu begeben. Auch ihr Gatte hatte sein „eigenes" benutzt, wie sie sogleich am scharfen Urin-Geruch feststellte.

Allerdings soll sogleich festgestellt werden, dass eine gewisse Örtlichkeit in dieser großen Wohnung nicht nur auf das Badezimmer beschränkt war. Oh nein! Es gab noch ein zweites, kleines „Häusl", wie es Elsbeth dann nannte. Und eine Wasserspülung mit einem mächtigen Spülkasten, der weit oben, fast an der Decke, frei auf einem weiß gestrichenen starren Fallrohr balancierte, welches ihn mit der weißen Schüssel verband, auf der wiederum eine braune „Brille" aus Holz zur Bequemlichkeit beitrug, gab es selbstverständlich auch! Und die war es, die den Herrn Doktor im Schlaf störte, dann nämlich, wenn man an der an einer Kette baumelnden Schlaufe kräftig zog. Sofort setzte ein ohrenbetäubendes helles Rauschen und Gurgeln ein, das bis in das Schlafzimmer des Hausherrn drang und sich über mehrere Minuten hinzog, um schließlich in ein immer leiser werdendes Stöhnen zu verrieseln ...

Elsbeth suchte in ihrem geflochtenen Koffer nach einem Morgenmantel, schlüpfte hinein und wagte sich auf den dunklen Hausflur. Sie hörte Frauenstimmen in dem ihr so fremdartigen Magdeburger Tonfall, und dazwischen zwitscherte ein Kinderstimmchen: Irene! Ihre Tochter! Tapfer ging Elsbeth den Stimmen nach, gelangte in die Küche und sah die Kleine in einem Kinderstuhl am Küchentisch sitzen: Ein kleines Blondchen mit feinen Locken, blauen Augen, einer Stupsnase, einem verschmierten Mund und einem Kinderlatz um den Hals gebunden. In der rechten Hand hielt es einen Löffel und im linken Arm ein kleines Stoffpüppchen. Neben ihr saß eine weibliche Person mittleren Alters mit geflochtenen Zöpfen, welche in Schnecken um ihre Ohren gelegt waren. Am Herd stand Trine, die sich umdrehte und freundlich grinste: „Kaffe is' man gleich so weit, nich' wahr, junge Frau!" Sie sagte „Kaffe" und nicht Kaffee, wie Elsbeth es gewohnt war.

„Henk is' schon aus 'm Hause und nach de Firma hin, falls Se nach ihm fragen sollten, hat er jesacht! Und das is' unsere Püppi! Was sagen Se nu?"

„Grüß dich Gott Püppi!", sagte Elsbeth zu der Kleinen und beugte sich hinunter. „Ich glaub', du bist eine ganz Brave!"

Püppi hörte zum ersten Mal Worte, die sie in ihrem ganzen kurzen Leben noch nie gehört hatte, und das in einem Tonfall, der ihr total fremd war. Sie war nahe daran, ihr Gesichtchen zu verziehen, aber die Faszination, die von dieser exotischen Person ausging, überwog. Also riss sie ihre blauen Augen auf und starrte die Fremde an.

„Püppi, sei man artig und gib der Dame dein Händchen, ja!", befahl die Person mit den geflochtenen Schnecken um die Ohren. Und Püppi erwies sich als folgsam, schmiss den Löffel auf den Tisch und streckte ihr Patschhändchen der Fremden entgegen. Dabei verzog sie keine Miene. Die „Geschneckte" stand auf und stellte sich als „Fräulein Heinicke, das Kinderfräulein" vor, deren Tage, nach Trines Ansicht, hier in diesem Hause gezählt sein würden.

Elsbeth setzte sich zu Püppi an den Tisch und begann ihr eine lustige Geschichte aus dem Stegreif zu erzählen, die sie sich ad hoc ausdachte. Püppi vergaß ihren Brei und hörte offenen Mundes zu, sodass Elsbeth ihr immer wieder einen Löffel davon in den Mund schieben konnte.

„Det jeht besser wie jedacht!", brummelte die Köchin erleichtert und vergnüglich in ihren Herd hinein. „Unser Jungchen hatte ne jute Hand mit die junge Frau! Dem Himmel sei Dank!"

„Opa!", sagte Püppi plötzlich und klatschte in die Händchen.

„Willkommen in Magdeburg, Elsbeth!", sagte ein älterer Herr fröhlich und kam hinkenden Ganges auf den Küchentisch zu, wobei ein gleichmäßiges knarzendes Geräusch nicht zu überhören war. Verwirrt stand Elsbeth auf, knickste und ließ sich von ihrem Schwiegervater umarmen. Er roch eigenartig nach einer Mischung von Ingredienzien und Tabak, und sein Schnurrbart kitzelte sie im Gesicht.

„Na, meine kleine Prinzessin!", wandte er sich sodann an seine Enkelin, „Den Morgenbrei noch nich' uffjejessen? Wo is'n der Junge?"

„Hat bereits in de Firma jemacht, gnädiger Herr, und Kaffe ist man ooch gleich fertig, ja!", antwortete die Köchin vom Herd her.

„Denn is et man jut, Trine, du kannst servieren. Und unser neues Familienmitglied erwarten wir denn in der Stube!"

Er nickte und verließ hinkend die Küche. Elsbeth sah, wie sich ein kurzer, hoher schwarzer Schuh unter dem rechten Hosenbein des Herrn Apotheker Torsdorf rhythmisch knarzend in Richtung Küchentür bewegte und schließlich, leiser werdend, im dunklen Flur verschwand.

„Allmächtiger!", dachte sie entsetzt, „Wenn das Mutter wüsste!"

VII

„Was man will, das kann man!" Das war stets Vaters Rede gewesen, und „Was man will, das kriegt man!" Das war Mutters Devise.

Was sich die junge Elsbeth Torsdorf um alles in der Welt gewünscht hatte, das hatte sie nun endlich bekommen: den Mann ihrer Träume und ihrer geheimen Leidenschaft, und der war im Übrigen ein beglückender Liebhaber. Seit ihrer gemeinsamen Hochzeitsnacht nannte er sie „Pettchen"! Man kann zwar nicht behaupten, dass Elsbeths Ehe mit Tamtam und Fanfaren vom Stapel gelaufen wäre. Die sie berauschenden Flitterwochen begünstigten jedoch die schwierige Eingewöhnung in die fremde Familie, keine Frage, und sie ließen der jungen Frau Fremdartiges, Unerwartetes, Merkwürdiges und Unverhofftes in einem eher milden, wenn nicht gar milchigen Licht erscheinen. Elsbeth war jung, optimistisch, neugierig und abenteuerlustig. Sie würde als Frau Henk Torsdorf, Gattin eines Helden der Lüfte, ein Leben führen, welches sie als Frau Emil Mehltretter, Ehefrau eines Gymnasialprofessors – ach, von ihren Eltern so sehr erhofft – in der bitteren Provinz an der Donau nicht im Entferntesten haben würde! ... dachte sie! Und hatte sie nicht ein neues Leben ersehnt, fern der kleinbürgerlichen Welt in einem eher an der Peripherie gelegenen Stadtteil der ehemals königlich-bayerischen Residenzstadt, die sie von Geburt an kannte, und die für sie alles andere als aufregend war? Ihr war ihre Geburtsstadt stets ein Selbstverständliches, ein eher schon Langweiliges gewesen, denn, man muss es beklagen, viel wusste sie nicht darüber, und das meiste kannte sie noch nicht einmal! Elsbeths Welt war klein geblieben, und weil sie klein geblieben war, glaubte sie in ihrer Naivität, das Große, das Außergewöhnliche befände sich in der Ferne, an einem ganz anderen Ort! Und wurde München bis weit in die späten Nachkriegsjahre hinein nicht gern und genüsslich, aber auch liebevoll, als ein Millionen-Dorf bezeichnet, von jenen nämlich, denen seine Perlen weit weniger bemerkenswert erschienen als die in ihren Augen mangelhafte Urbanität? Die angenehme Lebensart in dieser „nördlichsten Stadt Italiens" ließ sich zum Glück nicht hinwegdiskutieren, und als man die dörfliche Bayern-Metropole später ganz offen als die heimliche Hauptstadt der Bundesrepublik bezeichnete, war längst verdrängt, dass sie beklagenswerterweise zur Zeit des „1000-jährigen Reiches" auch einen Ruf als „Hauptstadt der Bewegung" hatte, welcher „Ehrentitel" ihr 1938 offiziell verliehen worden war. Elsbeth, die sich absolut nicht für Politik interessierte, wurde in ihrer neuen Heimat sofort mit dieser ihrer braunen Herkunft konfrontiert. Hatte doch erst vor wenigen Wochen die Machtergreifung stattgefunden. Aber „das Dummchen, das noch hirnlos und brav die Bayernpartei gewählt hatte", so Frederika, ihrerseits von der neuen Bewegung längst fasziniert, interessierte das nicht die Bohne, und für die blitzgescheite Tochter des Hauses war die junge Schwägerin ohnehin kein Gesprächspartner.

So weit – so gut! Für Heimweh war fürs Erste keine Zeit!

Was man will, das kriegt man! Ein Preis ist allerdings immer zu entrichten, denn: „Umsonst ist der Tod, und der kostet das Leben", sagt der Volksmund. Auch Elsbeth blieb davon nicht verschont. So sah sie sich schon bald genötigt, im Laufe der Zeit Münze um Münze auf den Tisch zu legen. Hatte sie also gegen ihre in ihren Augen langweiligen Jungmädchenjahre Aufregenderes eingetauscht? Das kann man zunächst getrost bejahen. War es das Aufregende, von dem sie geträumt hatte? Mitnichten! Von den Liebesnächten natürlich abgesehen!

Keinem romantischen unerfahrenen jungen Ding würde wohl einfallen, von einem Leben gegen den Strich zu träumen. Doch genauso begann das Leben der jungen Frau Torsdorf! Mit einem Leben gegen den Strich!

Nur wenige Tage nach Elsbeths Ankunft in der schummrigen großen Wohnung im Haus Nr. 16 am Sedanring, Hochparterre, wurde dem Kinderfräulein Heinicke auf Druck von Frederika und im Einvernehmen mit Henk gekündigt. Mit keinem Wort hatte man die junge Frau Torsdorf, also Püppis Stiefmutter, darüber informiert, geschweige denn, dass sie dazu befragt worden wäre. Elsbeth kam es auch gar nicht in den Sinn, dass sie eigentlich ungerechterweise übergangen worden war.

Das herbe Kinderfräulein, mittelgescheitelt und die Zöpfe in Schnecken um die Ohren festgesteckt – Elsbeth hatte sich gefragt, ob sie die in jenen Tagen moderne Haartracht eventuell auch als Schalldämmung trug, um das Kindergeschrei in ihren Hörorganen abzuschwächen – die Heinicken also, nicht mehr ganz jung, doch pflichtbewusst, stand zitternd vor der gnädigen Frau Ottilie Torsdorf im düsteren Wohnzimmer, durch das sich immerhin einige Strahlen der Frühlingssonne wagten, und nahm stumm ihre Kündigung entgegen, während die Standuhr unbeteiligt, doch unüberhörbar, pendelschwingend vor sich hintickte. Vor Aufregung und Ärger schwitzte sie unter ihrem kleingemusterten Wollkleid, über welchem sie stets eine blütenweiße Schürze mit reichlich altmodischen Rüschen trug. Immer äußerst korrekt hatte sie ganz besonders auf Sauberkeit, nicht nur von Klein-Irene, sondern auch ihrer eigenen Person Wert gelegt. Sechs solcher schneeweißer Schürzen besaß sie, von denen sie jeden Abend vor dem Schlafengehen in der Küche zur Erheiterung der Köchin zwei herauswusch und penibel stärkte und zwei inzwischen halbtrockene aufbügelte, während das letzte Drittel der Weißen in einem schmalen Schrank im Kinderzimmer, wo die Heinicken auch nächtigte, sorgsam aufeinandergelegt in Gesellschaft getrockneter Lavendelblüten ausruhte.

„Dabei kiekt se man selber jerade jenau so aus ihre Wäsche wie ihre jestärkte Montur, mit der se was hermachen will, nich' wahr!", spottete Trine. „Als ob se damit Kinderschitt wechzaubern mechte. Der bleibt ihr deswejen immer noch, bei aller Steife!"

Das alles nützte dem Fräulein nichts. Kein Wunder, dass es der strengen Heinicken ob des unerwarteten Rauswurfs die Rede verschlug.

„Sie müssen nicht besorgt sein, Fräulein Heinicke!", sagte Ottilie mit leiser kühler Stimme, mit der sie auf ihr schwaches Herz hinzuweisen pflegte, welches keinerlei Aufregung vertrug, und auf das sich die Familie inzwischen nach ihrem und Frederikas eisernen Willen eingeschossen hatte, „ich habe bereits einen neuen Platz für Sie besorgt. Es handelt sich um eine befreundete Familie in Sudenburg. Sie haben drei Knaben (oh Gott!), und man wartet schon auf Sie. Sie verstehen ... auf meine Empfehlung hin, wie Sie sich denken können!"

„Danke, gnädige Frau!" Das strenge Fräulein knickste, „Aber was wird aus Püppi? Ich meine aus Irene? Sie ist doch nich' mal drei und auch noch nich' janz sauber!"

„Beklagenswert, Fräulein Heinicke! Soweit ich mich erinnere, waren meine Kinder in dem Alter schon zuverlässig!"

„Das kann ich mir ...", die Heinicken biss sich auf die Lippen. Himmel! Da wäre sie doch um ein Haar ausgeglitten! Um Gottes willen! Nur ja jetzt nichts Dummes sagen, wo sie doch durch die Liebenswürdigkeit der Frau Apotheker sofort eine neue Stellung so gut wie sicher hatte und nicht vorerst in eine billige schmuddelige Pension mit kargem Frühstück und frugalem Mittagstisch ziehen musste, in der es dazu höchstwahrscheinlich Ungeziefer gab. Wanzen vielleicht! Igitt! Doch wo sollte sie sonst bleiben, bis sie etwas Neues gefunden hatte? Das war ohnehin nichts wie schwierig in den heutigen Zeiten der beängstigenden Arbeitslosigkeit! Auch das Fräulein Heinicke setzte große Hoffnung auf den Führer, der alles zum Besseren wenden würde, und dachte dabei gleichzeitig mit Grausen an drei freche Bengel, die ihr das Leben nach dem Sonnenschein Püppi zur Hölle machen würden!

„Nun gut!", wischte die Hausfrau in ihrer unterkühlten Güte den gerade noch zurückgehaltenen unverschämten Einwand beiseite. „Ich freue mich, dass ich Sie gut unterbringen kann. Und was meine Enkelin anbetrifft, so hat sie ja jetzt eine neue Mutter, die mit ihr nicht schlecht zurechtkommt, wie ich beobachtet habe."

Ottilie Torsdorf verschwieg, dass sie sich von der Köchin haarklein alles über ihre neue Schwiegertochter und deren Umgang mit Püppi berichten ließ. Und die Köchin lobte die neue junge gnädige Frau über den grünen Klee, schon deswegen, weil sie immer so hübsche selbst ausgedachte Märchen erzählte, wenn Püppi auf ihrem hohen Kinder-Stühlchen am Küchentisch saß und ihren Brei löffelte und sich sogar artig mit dem grässlichen Spinat füttern ließ. Die Köchin liebte diese Geschichten.

„Sie braucht kein Kinderfräulein mehr", fuhr die Apothekersgattin fort, „Deshalb bleibt mir nur, Ihnen alles Gute zu wünschen, Fräulein Heinicke! Und hier ist Ihr restlicher Lohn!"

Jetzt knickste die strenge Heinicken erneut, innerlich voller Wut und Grimm, nach außen hin jedoch mit einem geronnenen Lächeln. Sie nahm den Umschlag, der ihr mit diesen gütigen Worten überreicht worden war, in Empfang und steckte ihn in eine der Taschen ihrer reinweißen, gestärkt-gerüschten Schürze, wohl wissend, dass sie mit dem Inhalt kein Erkleckliches auf ihr mageres Sparguthaben, welches durch die Inflation vor gut einem Jahrzehnt zu einem Fast-Nichts zusammengeschrumpft war, draufbuttern konnte.

So wurde Elsbeth im Handumdrehen in die volle Mutterpflicht genommen, was bedeutete, dass sie ihre Neugier auf die neue Heimatstadt zügeln musste und zunächst nicht viel mehr sah als die Gegend um den Körnerplatz, bis zu dem und auf dem sie jeden Tag mit Püppi spazieren ging. „Atta-atta-Gehen" hieß das hier in der Kindersprache, was in Elsbeths Ohren eher afrikanisch klang. Suaheli vielleicht?

Indessen machte ihr Mann, wie ihr langsam dämmerte, keinerlei Anstalten, sich um eine eigene Wohnung für seine junge Familie zu kümmern. Das wunderte sie, denn Mutter, erfahren wie sie war, hatte immer auf das solide

Fundament eines eigenen Heimes für eine junge Familie hingewiesen, denn: „Alt und jung passt nu' mal nich' zusammen, Bette! Det musste dir merken!" Auch darauf hatte sich Elsbeth ganz besonders gefreut: Sein eigener Herr sein! Ja natürlich! Eigene Möbel! Eine eigene Küche! Und, nicht zu vergessen, ein eigenes Schlafzimmer! Sie hatte doch ihre Aussteuer, die noch immer in Kisten verpackt war, denn hier brauchte sie ja nichts davon.

„Hier ist alles vorhanden, mit dem du nach deinem Bedürfnis vorlieb nehmen kannst, mehr ist nicht nötig!", so ihre Schwiegermutter.

Und Elsbeth, die Mundwinkel nach unten gezogen, stellte sich das versteinerte Gesicht der kühlen Apothekersgattin vor, würde sich ihre Schwiegertochter zum Beispiel des kostbaren Meissener Porzellans bemächtigen, oder der feinen kristallenen Gläser, der geschliffenen farbigen Pokale, der duftenden Wäsche aus Damast, und mit diesen Kostbarkeiten umgehen wie Jule! Nicht auszudenken! Was also die eigene Wohnung anbetraf, so erhielt die junge Frau auf ihr unbekümmertes Fragen von ihrem Gatten zunächst überhaupt keine Antwort, was sie auf eine Geistesabwesenheit zurückführte. Immerhin war er mit der Konstruktion von Flugzeugen beschäftigt und erfand – glaubte sie voller Stolz – laufend neue! Auf ihr mutiges Insistieren hin kam allerdings ein ungehaltenes „Was haste, Pettchen? Passt es dir hier vielleicht nich'?", was einer kalten Dusche gleichkam. Elsbeth presste ihre Lippen zusammen und zog sie nach unten. Nun wusste sie: Von jetzt an hieß es für sie, sich in Geduld zu üben. Ohnehin war ihr Leben bereits eingetaktet, bestimmt durch Püppis Tages- und Nachtrhythmus. Es verlief in gleichförmigen gradlinigen Bahnen, deren Enden sich, wie es schien, erst im Unendlichen verbinden und verknoten würden. Wann und wie würde das geschehen? Das war vorerst nicht vorauszusehen.

Zunächst schlief Püppi im Schlafzimmer ihrer Großmutter, denn das nächtliche Alleinsein war sie ja nicht gewohnt. Die jungen Eheleute nachts zu trennen und der Stiefmutter die nächtliche Aufsicht aufzubürden, darauf kam niemand, nicht einmal Frederika. Das gehörte sich einfach nicht!

„Irgendwann werde ich eine eigene Wohnung haben!", sagte sich Elsbeth trotzig und dachte an das gemütliche Haus ihrer Eltern. „Die werden sich hier noch wundern! Was man will, das kriegt man, sagt Mutter immer. Ich muss erst mal ein Kind haben! Und das werde ich auf alle Fälle kriegen! Sieg oder Blut im Schuh!" Das war übrigens seit Jahren Arnis eiserne Regel.

So blieb es fürs Erste beim „Potschamperl" bei Bedarf, dann nämlich, wenn der Herr Doktor nächtens nicht gestört werden durfte. Und die Stadt an der Elbe blieb für Elsbeth auf das Fleckchen zwischen Sedanring und Körnerplatz in der Wilhelmstadt begrenzt. Zum Glück schlugen die Lindenbäume aus. Sie würden bald blühen.

Nichts also sah und nichts erfuhr die junge Frau über die berühmte Stadt Ottos des Großen, der im 10. Jahrhundert ganz in der Nähe des breiten Flusses an der Stelle der Kirche des Mauritiusklosters auf felsigem Grund einen prächtigen Dom errichten ließ. Sogar antike Säulen, die er aus dem Kaiserpalast von Ravenna mitgebracht hatte, ließ er als Ausdruck seines eigenen Kaisertums einfügen. Zugleich stiftete er damals das Erzbistum Magdeburg. 270 Jahre später wurde dieser kaiserliche Prachtbau durch Feuer zerstört. Doch an derselben Stelle entstand der bis heute berühmte, gewaltige Dom, für welchen erstmals in Deutschland gotische Baupläne verwendet wurden – eine große Herausforderung an die Bauleute jener Zeit! – Geweiht wurde das prächtige Bauwerk wiederum dem hl. Mauritius und der hl. Katharina.

Nichts erfuhr Elsbeth von der hl. Mechthild, die im 13. Jahrhundert als Begine in dieser Stadt lebte und wegen ihrer Dichtungen in niederdeutscher Sprache berühmt war. Selbst der Name Mechthild, der in den 30er Jahren Mode wurde, war ihr fremd. Erst recht wusste sie nichts davon, dass Magdeburg im hohen Mittelalter auch ein Mitglied der Hanse wurde. Nur ganz allmählich dämmerte ihr, dass ihre neue Heimat erzprotestantisch war, doch Protestantismus war ihr, wie wir wissen, nicht fremd und Martin Luther geläufig. Selbst von Tilly, den sie auch wegen seiner fromm-jesuitischen Erziehung den „geharnischten Mönch" nannten, und der während des 30-jährigen Krieges mit seinen Truppen 1631 die Stadt bis auf das Kloster unserer lieben Frauen, den Dom und einige Häuser um den Domplatz herum vollständig zerstörte, hatte sie in der Schule gehört, – sein Herz wurde, wie sie wusste, in der Gnaden-Kapelle in dem oberbayerischen Wallfahrtsort Altötting aufbewahrt. Von Otto von Guericke und seinen weltberühmten Halbkugeln wusste sie freilich nichts. Wenn sich die Familie unterhielt, schwirrten ihr immer wieder fremdartige Straßennamen um die Ohren, deren Bedeutung sie nicht kannte, die ihr auch niemand erklärte und die sie – man muss es leider beklagen – auch nicht interessierten.

Wäre ihr Schwiegervater nicht gewesen, Elsbeth hätte die am linken Elbufer hingelagerte gewaltige Mauritius-

Kathedrale mit ihrer hohen Doppelturmfassade, deren spitze Türme in der flachen Umgebung weithin zu sehen waren, und die sich so sehr von dem eher schlanken gotischen Münchner Liebfrauendom unterschied, unter Umständen erst am St. Nimmerleinstag zu Gesicht bekommen, wenn überhaupt! Und von ihrer neuen Heimat hätte sie herzlich wenig gesehen und so gut wie nichts darüber erfahren! Der junge Herr Dr. Torsdorf – mittlerweile hatte Henk seinen Doktortitel erworben – war selbstverständlich die Tage über ständig abwesend. Von Montag früh bis Samstag weit in den Nachmittag hinein – hier sagte man übrigens Sonnabend – saß er in seinem Konstruktionsbüro bei den Junkerswerken, und an Sonntagen „tobte er durch die Lüfte", wie sich Trine auszudrücken beliebte, oder er trieb sich im Hangar herum.

Es dauerte bis weit in den September hinein – das Laub der Lindenbäume begann sich bereits zu verfärben und raschelte leise im sanften Herbstwind – bis Elsbeth ihren ersten Ausflug an der Seite des Herrn Doktor Torsdorf Senior in die Innenstadt unternahm. Bis dahin hatte sie bereits zwei Abgänge gehabt und war dabei, trübsinnig zu werden. Jedes Mal, wenn sie voller Entsetzen das viele Blut sah, welches unerwartet ihrem Körper entrann, glaubte sie vor Kummer selbst sterben zu müssen ob des Verlustes werdenden Lebens, das sie mit aller Sehnsucht erwartete, auf das sie sich so sehr freute und das sich dennoch trotzig in einer Blutlache davonmachte, einfach so, als wolle es in der dunklen Wohnung am Sedanring Nr. 16 um keinen Preis sein Dasein fristen. Und Henk? Henk war beide Male überraschend ungehalten, und er wurde noch wortkarger seiner Frau gegenüber, als er es ohnehin schon war. Ach, was wusste denn Elsbeth von seinen Träumen, seinen Plänen! Er würde die Familie verlassen, sobald ein Kind geboren war, um in der neuen Welt oder sonst irgendwo, ganz weit weg jedenfalls, ein unabhängiges Leben zu führen und Abenteuer zu erleben! Daran dachte der junge Torsdorf unaufhörlich, hatte er doch, wie wir wissen, die junge Elsbeth nur deshalb zur Frau genommen, um sie zusammen mit seinen beiden Kindern, von denen sich das jeweils Jüngere, Keimende nicht für das Leben entschließen konnte, sich selbst zu überlassen. Die Schwiegereltern, namentlich Ottilie, machten erst recht kein Wesens um den Verlust der beiden nicht gewordenen Enkel! Sie hatten ja Püppi, ihren Liebling! Und Trine sagte jedes Mal:

„Macht nischt, junge Frau! Grämen Se sich man nich, ja! Es jibt, nich' wahr, in Kürze 'n Neues, und das wird was, ja!"

Frederika ihrerseits lächelte süffisant.

„Sogar zum Werfen isse zu doof!", äußerte sie ihrer Freundin Henriette gegenüber.

„Nu' man sachte, Riekchen, mach' mal halblang, ja!", antwortete diese sanft. „Habitueller Abort! Das hat man in sich, das is' wie blaue Augen und Fingerabdruck. Da kannste nischt machen! Sei man dankbar, dass ihr se für Püppi habt. Das haut ja woll hin, oder?"

Das musste auch Frederika zugeben.

„Und haste nich' jesacht, se kann so hübsche Jeschichten erzählen? Phantasie is' man doch auch 'n Jeschenk! Soo doof kann se denn auch wieder nich' sein!"

Und auch das musste Frederika seufzend zugeben.

„Vielleicht solltet ihr dem armen Ding mal was bieten!", fuhr Frau Doktor fort, „'nen Ausflug, 'ne Einladung oder so was. Deine Schwägerin muss ja trübsinnig werden, wenn man se immer bloß um den Körnerplatz kreiseln lässt! Wo se doch von Henk so jut wie jar nischt hat!"

„Sonst noch was!", giftete Frederika, „Meinem Bruder is' ja woll nich' zuzumuten, dass er sich zu Hause hingluckt und wartet, bis seine Anjetraute fröhlich is'! Und ihre Umstände, wenn se denn man hielten, kommen ja woll auch nich' vom Heilijen Geist! Nee, Jettchen, Ringelpietz is' nich'. Ich hatte in München den Eindruck, ihre Mutter hat ihr beijebracht, was Ehefrau und Stiefmutter sein heißt. Aber lass man, Jette, ich werde mit Papa reden. Der soll se mal mitnehmen uff 'n Bummel in die Stadt. Der kann ganz jut mit ihr, nennt se Schätzchen, wie findste das?"

„Aufs Erste janz tröstlich!", war die Meinung der jungen Frau Doktor.

Weitere Tröstungen kamen also nicht aus dem Haushalt Torsdorf. Wären nicht Mutters beruhigend-optimistische Briefe, Cousine Paulas weitschweifige Auslassungen über ihr Leben in dem belanglosen Nest Malching, Püppis sonniges Gemüt und – vor allem – die Nächte mit Henk gewesen, Elsbeth hätte vielleicht das Handtuch geworfen und wäre voller Kummer und Scham ob ihres ehelichen Scheiterns reumütig und mit hängendem Kopf nach München zurückgekehrt. Dass sie nicht in der Lage war, Henks Kinder auszutragen, schrieb sie ganz allein sich selbst zu. Und die anderen taten es selbstverständlich ebenfalls. Wer sonst sollte schuld sein? Sie hatte als Frau versagt, keine Frage! Sie war schuld! Sie ganz allein!

Die Linden begannen sich also schon zu verfärben, und Elsbeth kramte das Eleganteste, das sie besaß, aus der Hutschachtel, streifte sich auch ein paar hell-lederne Handschuhe über und posierte vor ihrer Schwiegermutter, die sie nicht ohne ihre Begutachtung aus dem Haus lassen würde. Die Schwiegertochter fand Gnade vor den Augen der strengen Gnädigen, Püppi hopste quietschend um ihre Mutti herum, und Elsbeth brach zu ihrem ersten Stadtbummel mit ihrem Schwiegervater auf. Herr Apotheker Dr. Heinrich Torsdorf, eher klein, rundlich und mit einem deutlichen „Hochplateau", welches er stets mit einem eleganten Hut vor Sonne und Wind zu schützen trachtete, – nie würde übrigens ein Herr ohne Hut das Haus verlassen, und war er kein „Herr", so trug er eine Mütze, die in der Regel eine „Prinz-Heinrich-Mütze" war – Herr Apotheker also pflegte immer eine „Droschke" – sprich ein Taxi – zu ordern, denn die Benutzung einer Elektrischen betrachtete er als unter seiner Würde. Angetan mit einem seiner dunkelgrauen Anzüge – er trug nur solche – worüber er einen hellgrauen Sommermantel geworfen hatte, und ausstaffiert mit dunkelgrauen Gamaschen über schwarzen Schuhen, – er trug ausnahmslos handgefertigte schwarze Schuhe, schon seiner Behinderung wegen, welche in diesem nachtfarbenen Schuhwerk weniger auffiel – nahm er leise ächzend im Fond des Mietautos Platz und klemmte seinen Spazierstock zwischen seine Knie. Augenzwinkernd beorderte er seine Schwiegertochter neben sich, indem er mit seiner linken flachen Hand auf die dunkelrote Polsterbank klopfte. Elsbeth ließ sich vom Chauffeur die Tür aufhalten, hielt ihren Hut fest und fand sich schließlich an seiner Seite. Sie empfand das alles als ungeheuer elegant und aufregend. Ottilie hegte den Verdacht, ihr Gatte wolle vor seiner Schwiegertochter womöglich trumpfen, was sie selbstverständlich missbilligte. Herr Doktor Torsdorf der Ältere ließ sich dadurch nicht abbringen. Er hatte sich vorgenommen, gemäß Frederikas Anweisungen, seiner Schwiegertochter in mehreren Ausflügen die wichtigsten Sehenswürdigkeiten nahezubringen.

Als Elsbeth erstmals den mächtigen Dom sah und bestaunte, erfuhr sie bei dieser Gelegenheit von ihrem Schwiegervater, welcher mit ihr langsam mit knarzendem Schuh und immer wieder stehen bleibend um den beeindruckenden Bau herumhinkte, dass ihre neue Heimatstadt auch als „Hochburg des Protestantismus" bezeichnet wurde. Leise ächzend ließ sich Herr Doktor schließlich im Inneren auf einer der Kirchenbänke nieder und hieß sie allein umherzugehen und alles genau zu betrachten, nachdem er sie auf dieses und jenes aufmerksam gemacht hatte. Auf einem der späteren Ausflüge zeigte er ihr auch das Denkmal des Herrn Dr. Martin Luther, der auch in Magdeburg flammende Predigten gehalten hatte.

„Und du, Schätzchen? Du bist Katholikin, nich' wahr?" Elsbeth bejahte.

„Na, 'ne merkwürdige Familie seid ihr ja!" fand der Schwiegervater. „Musste denn nich' jeden Sonntag in die Messe?"

Elsbeth senkte den Kopf. „Eigentlich schon, Papa."

„Und uneigentlich? Ich habe jehört, das is' 'ne Todsünde, wenn man sonntags die Messe versäumt, oder?"

Sie ließ den Kopf hängen.

„Ich zeige dir, wo du hinjehen kannst, wenn de willst, ja? Oder hat Henk es dir schon jesacht?"

Nein, Henk hatte natürlich nicht, und sein Vater hatte es auch befürchtet.

„Er hat's halt vergessen, Papa! Er hat doch so viel in seinem Kopf!"

„So! So!"

Das Luther-Denkmal befand sich vor der Johanniskirche.

„Denn weißte, Schätzchen, schon als Schüler hat Luther hier 'ne Zeit lang jelebt, lange, bevor er die Reformation in Jang jesetzt hat. Du weißt doch darüber Bescheid?"

Elsbeth nickte.

„'ne janze Reihe von Reformatoren waren hier!", fuhr der alte Apotheker fort, „Und se haben viel jeschrieben und Flugblätter sozusagen in die janze Welt jepustet. Deswegen hieß Machdeburch ja auch „Unseres Herrgotts Kanzlei!" Haste davon schon jehört?"

Nein, davon war im Religionsunterricht in München nie die Rede gewesen.

Staunend erfuhr sie, dass der berühmte Komponist Georg Philipp Telemann ein Kind dieser Stadt war. 1681 hatte er hier das Licht der Welt erblickt. Elsbeth kannte ihn vom Kirchenchor her und war geradezu stolz darauf. Es freute sie, dass sich ihr Schwiegervater darüber freute!

Ach, und die Kirchen! Es dauerte noch einige Monate, bis Elsbeth die für sie düsteren und grauen Kirchen, deren Ursprung zum Teil auf romanische und gotische Zeiten zurückzuführen waren, an der Seite ihres Schwiegervaters kennengelernt hatte, denn der alte Herr, der nun mit ihr von Zeit zu Zeit die Altstadt besuchte, konnte seines Klumpfußes wegen keinem längeren Spaziergang standhalten und pflegte mit seiner Schwiegertochter baldmöglichst in eine Konditorei einzuschwenken. Immer, wenn sie diese Kirchen besichtigen musste, dachte Elsbeth in Wehmut an die hellen, beschwingten, fröhlichen, sinnenfrohen barocken Bauten ihrer Heimat. Selbst der gotische Bau des Münchner Liebfrauendoms kam ihr heller und heiterer vor als die geradezu nüchternen Kirchen in ihrer nordischen Kühle. Doch sie hätte nicht sagen können, warum sie diese leise Traurigkeit befiel, denn niemand erklärte es ihr. Dennoch: Sie liebte den Domplatz, die eleganten Bürgerhäuser am Fürstenufer. Sie sah den „Magdeburger Reiter" auf dem „Ollen Markt", übrigens das einzige vollplastische Reiterstandbild des hohen Mittelalters in Europa, wie ihr Schwiegervater ihr erklärte. Sie bummelte mit ihm eine kurze Häuserzeile auf dem Breiten Weg, auf der Kaiserstraße oder am Hasselbachplatz entlang, bis er sie seufzend und ächzend wiederum in die nächste Konditorei zog. Um die Wahrheit zu sagen: Die Konditorei und die modisch gekleideten, Kuchen futternden Damen interessierten Elsbeth viel mehr als der 30-jährige Krieg und die Zerstörung dieser herrlichen Stadt Magdeburg, die einstmals wegen ihres Reichtums und Ansehens mit Paris gleichgestellt wurde. Das war ihr, gelinde gesagt, schnuppe.

Doch der alte Herr ließ nicht locker.

„Du musst alles behalten, was ich dir hier erzähle, damit du Bescheid weißt, Schätzchen!", ermahnte er sie. „Wenn dich deine Kinder eines Tages fragen, dann musste zu antworten wissen, ja!"

„Dafür haben sie dann doch dich, Papa, wenn ich überhaupt jemals ein Kind kriege." versuchte sie abzuwiegeln. „Du weißt doch alles! Und vielleicht auch Henk?"

„Verlass dich nich' drauf, ja! Und ein Kind wirste schon irjendwann kriegen! Aber was is', wenn du mal in Jesellschaft bist? Kannste dich denn unterhalten, wenn du nischt weißt? Ich jebe dir nachher zu Hause ein Buch. Das studierste janz jenau. Und ich werde dich abfragen! Du wirst doch nich' wollen, dass sich dein Mann mit dir blamiert, ja?"

Elsbeth schauderte. Auch das noch! Kein Kind und Konversation mit vornehmen Leuten. Und Henk müsste sich für sie schämen! Das fehlte noch. Dann lieber ein schwieriges Buch lesen!

Hin und wieder also, je nach dem, wie er Lust und Zeit hatte, aber doch eher selten, bestellte der Schwiegervater eine Droschke, fuhr mit der jungen Frau Torsdorf in die Stadt und humpelte mit ihr einige Sehenswürdigkeiten ab, lud sie – auch das wurde Tradition – in eine Konditorei ein. Oft sagte er: „Erzähl von dir, Schätzchen!"

Und manchmal sah er sie dabei ein wenig merkwürdig an.

„Macht dir dein Fuß wieder zu schaffen, Papa?", fragte sie ihn, und er pflegte zu seufzen und den Kopf zu wiegen.

„Ach! Schätzchen!" antwortete er zumeist, „Auch! Aber das is' nich' der Rede wert!"

Zu den Kaffeegesellschaften, zu denen Frau Ottilie Torsdorf hin und wieder in ihren kühlen Salon mit den steifen Möbeln und den ebenso steifen Vorhängen vor den hohen Fenstern, die nach Norden sahen, einlud, und vor denen Trine regelmäßig dem Zusammenbruch nahe war, wurde die Schwiegertochter nur kurz gebeten. Sie wusste, dass sie nur auf Fragen der älteren Damen antworten durfte, und sie wurde auch von ihrer Schwiegermutter jedes Mal diskret angewiesen, sich artig zu verabschieden, wenn sich die Damen nicht mehr für die junge Frau Torsdorf interessierten, die offensichtlich verdorrten Schoßes war. Über die bedauernswürdigen Abgänge verlor niemand ein Wort. Das gehörte sich nicht! Diese Kaffeekränzchen waren für Elsbeth stets wie Spießrutenlaufen. Immer in Angst, sich nicht korrekt zu benehmen, verhielt sie sich schüchtern und blieb wortkarg, nur, um sich später heulend auf das Ehebett zu werfen und buchstäblich vor Scham die Haare zu raufen. Doch das war alles nichts gegen die große Abendgesellschaft, die im Februar 1934 in der Wohnung am Sedanring 16 stattfinden sollte!

Bereits in der Adventszeit war hin und wieder davon die Rede, und davon, wie außergewöhnlich und aufregend diese Festivität sei, zu der man viele und wichtige Persönlichkeiten mit ihren Familien einladen würde. Schon zum Nikolaustag war die junge Frau Torsdorf bestens darüber informiert, dass man vorher tagelang das gesamte Silber putzen müsse, einschließlich aller silbernen Schälchen, Figürchen, Leuchter und anderer glatter und geschwungener Gegenstände, die auf Kredenzen und Tischchen herumstünden, auch, dass man das gesamte feine teure Porzellan aus Meissen und allerhand Nippes vorsichtig spülen und mit weichen Tüchern abzureiben habe, dass alle, aber auch alle Gläser poliert würden, bis man sich darin spiegeln könne – wieso eigentlich? – dass die Wohnung auf Hochglanz gebracht würde, und dass auswärtiges Personal engagiert werde, einschließlich eines teuren Kochs und einer Buffet-Mamsell, die bereits einen Tag vorher das Regiment übernehmen und selbstverständlich alles, aber auch alles strengstens kontrollieren würden. Die Köchin und Minchen seien dann vollständig in die Ecke gestellt und würden nur zu den niedrigsten Handreichungen herangezogen. Selbst die unerbittliche Standuhr würde zum Schweigen verdonnert werden!

„Eine Soiree, Frau Torsdorf, so elejant wie nur was, nich' wahr! Se werden sich zu wundern haben!", kündigte die Köchin ehrfürchtig an. Sie kam auch gar nicht auf den Gedanken, ob ihrer Degradierung anlässlich eines solch außergewöhnlichen Ereignisses zu schmollen.

Inzwischen verlief das Weihnachtsfest ähnlich wie daheim in München. Püppi, allein schon wegen des Adventskalenders, den Elsbeth ihr gebastelt hatte, und wegen der Weihnachtsgeschichten, die sie ihr erzählte, längst aus dem Häuschen, strahlte, ein Püppchen im Arm, in den Lichterbaum und sang ein Weihnachtsliedchen vor, das die Stiefmutti ihr beigebracht hatte. Diese Puppe hatte ihr nicht das Christkind gebracht, wie das in Bayern der Fall gewesen wäre, oh nein, hier war es der Weihnachtsmann in seiner Freigiebigkeit! – Zum Glück kam die Köchin rechtzeitig dahinter, dass die junge Stiefmutter im Begriffe war, die geliebte kleine Enkelin des Hauses mit ketzerischen papistischen Weihnachtsgeschichten zu verseuchen und zu verwirren. – Am Klavier saß Frederika, spielte Weihnachtslieder, die Familie sang und brummte dazu, und Henk legte seiner Gattin ein goldenes Kettchen um den Hals. Mehr Geschenke gab es nicht, das war in dieser Familie nicht üblich. Alle umarmten sich, und Elsbeth war vor Rührung den Tränen nahe. Zuvor hatte die Familie in der Pauluskirche am Weihnachtsgottesdienst teilgenommen, ebenso die Köchin und Minchen. Nur Elsbeth und Püppi waren zu Hause geblieben. Niemand verlor ein Wort darüber, dass die junge Frau Torsdorf selbst an diesem hohen Festtag nicht in ihre Kirche ging. War Elsbeth fromm? Um der Wahrheit die Ehre zu geben: Sie war nahe daran, es zu werden!

Doch schon bald wurde von nichts anderem gesprochen, als von der „elejanten Soiree", an der man selbstverständlich in Abendgarderobe teilzunehmen habe.

Elsbeth besaß kein Abendkleid. Deshalb teilte sie eines Abends bei Tisch unbekümmert mit, sie werde sich in den nächsten Tagen in der Stadt nach einem Stoff umsehen, damit sie sich ihre Abendgarderobe selbst anfertigen könne. Das Nadelgeld, das Henk ihr regelmäßig gab, und das Frederika abfällig „Naschgeld" nannte, hatte sie brav zur Seite gelegt. Wie sollte sie auch etwas ausgeben? Der Körnerplatz gab in dieser Hinsicht nichts her, und auf den Stadtausflügen war sie selbstverständlich ihres Schwiegervaters Gast. Sie fragte daher höflich, wann die Mama ihr „einkaufsfrei" geben könne. Der Apothekersgattin fiel ob solchen unglaublichen Ansinnens beinahe das Abendbrotmesser aus der Hand. Stumm legte Frau Apotheker Torsdorf das Messer neben den Teller und richtete ihren kühlen Blick auf ihre Schwiegertochter.

„Mach dir in dieser Angelegenheit keine Sorgen, meine Tochter!", sagte sie in ihrer gewohnten kühlen Strenge, „Wir werden zusammen Frau Jerschke aufsuchen. Sie ist eine vorzügliche Schneiderin, hat einen exquisiten Geschmack und eine reichhaltige Stoffauswahl!"

Elsbeth presste ihre Lippen zusammen und zog sie nach unten.

„Du bist woll nich' janz bei Trost, Pettchen!" herrschte sie später ihr Gatte an. „In diesem Hause wird nich' selbst jenäht. Man lässt nähen! Merk' dir das, ja!"

Immerhin ließ sich die Schwiegermutter zwei Wochen später dazu bei, zusammen mit ihrer Schwiegertochter in einer herbeigerufenen Droschke auf den Breiten Weg zu fahren, um in einem teuren Geschäft ein paar teure Abendhandschuhe und einen kostbaren noch teureren Schal zu erwerben, nachdem bei der „vorzüglichen Schneiderin" der Stoff ausgesucht und der Schnitt des Festgewandes festgelegt worden war. Elsbeth fügte sich dem „exquisiten Geschmack" von Frau Jerschke. Sie war nach einem weiteren Abgang wieder schwanger. Doch dem hatte die betuliche Schneiderin, deren „exquisiter Geschmack" allerdings über jeden Zweifel erhaben war, noch nicht Rechnung zu tragen.

Schlimmer wird's immer!

Nach allerlei Aufregungen, welche allerdings die Hausfrau in ihrer kühlen Unnahbarkeit nicht aus der Ruhe zu bringen vermochten und welche sie souverän mit ihrer leisen Stimme, die unmissverständlich auf ihr angegriffenes Herz hinwies, im Nu zu glätten verstand, nach zwei Nervenzusammenbrüchen der Köchin, nach dem Engagement einer Frisöse, die morgens ins Haus kam, um die Damen mit einer festlichen Haartracht zu versehen, wobei bei der Hausfrau ein weiterer „zweiter Wilhelm" zum Einsatz kam („die Gnädige hat mehrere davon, müssen Se wissen, Frau Torsdorf!", so die Köchin), nach peinlich genauer Revision der Abendgarderobe der Herren des Hauses, allen feinen Geschirrs und gewienerten Bestecks und nach einem einfachen Mittagsmahl mit Pellkartoffeln und weißem Käse, bei dem die Hausherrin zum wiederholten Mal darauf hinwies, dass man sich beim Festessen zurückzuhalten habe, ein Hinweis, der speziell an ihre Schwiegertochter gerichtet war, denn die anderen Familienmitglieder wussten seit Jahren, dass die Herrlichkeiten des Buffets für die Gäste gedacht waren, und nicht für die Gastgeber, ... nach all dem, also, war es endlich so weit! Selbst der junge Herr Doktor hatte sich nicht verspätet, was zu befürchten gewesen war, denn er hasste derlei Festivitäten seit vielen Jahren und aus tiefster Seele. Heute jedoch sprühte er geradezu vor Eleganz und Esprit. Schüchtern und verloren hingegen fand sich seine junge Eheliebste nach den Begrüßungsritualen mit seinen stereotypen Höflichkeits-Floskeln, mit seinen „gnädige Frau" und gelegentlichen Handküssen, die sie steif und verkrampft entgegennahm, sehr bald von seiner Seite gedrängt. „Mutter hätte sich gekringelt!", dachte sie inmitten einer murmelnd-schwatzenden Gästeschar, unter denen sie an diesem und jenem Revers das Partei-Abzeichen bemerkte, ohne es eigentlich richtig wahrzunehmen. Selbstbewusste Stimmen verkündeten sogar stolz, dass ihre Besitzer zu den „alten Kämpfern" gehörten, doch an Elsbeth, die natürlich wusste, dass dieser Begriff eine Zugehörigkeit zur Partei seit den frühen 20iger Jahren bedeutete, flogen diese Stimmen wie flatternde orientierungslose Vögel vorbei, ohne dass sie sich die Mühe machten, sich in ihrem Gehirn niederzulassen, ebenso, wie das übrige Geraune und Geschwatze auch. Vielmehr schwitzte sie, eher hirnlos, vor Angst, sie könne etwas falsch machen. Selbst Frau Jerschkes dezente, wirklich elegante, teure Creation, die schon wegen des frugalen Mittagsmahls wie angegossen saß und in der man sich absolut wohlfühlen konnte, vermochte ihre Aufregung nicht zu dämpfen. Von Hunger oder wenigstens Appetit auf die Herrlichkeiten des üppigen Buffets konnte keine Rede sein! Steife ältere Herren in schwarzen Abendanzügen und hohen weißen Krägen hockten wie alte aufgeplusterte, angezauste Krähen mit hängenden Schultern in den tiefen Sesseln, rauchten Zigarren, tranken Wein oder Cognac und beäugten sie unübersehbar lüstern. Geschmeidige jüngere Männer, die herumstanden oder wohlerzogen mit übergeschlagenen Beinen auf hochlehnigen Stühlen saßen, schienen sie, während sie sich unterhielten, spöttisch zu begutachten, so wie man ein Pferd zum Beispiel begutachtet, oder ein Motorrad. Dieser oder jener machte den Eindruck, als könne er ohne weiteres mindestens eine Flasche, wahrscheinlich aber mehrere, „auf Ex" ziehen. Die älteren Damen, von denen bei den meisten ein wenigstens ansatzweise vorhandener „Witwenbuckel" die abgelebten Jahre anzeigte, blickten, wie gewöhnlich, streng, und tatsächlich hielten zwei würdige Matronen jeweils ihr Lorgnon irgendwie über ihre Nasen und taten so, als würden sie die junge Frau Torsdorf liebenswürdig-teilnahmsvoll betrachten. Doch sie taten, wie gesagt, nur so, ganz einfach, weil ihre Liebenswürdigkeit lediglich anerzogen und außerdem nicht damit zu rechnen war, dass die Entfernung zwischen den Gläsern und ihren Augen die korrekte Sehschärfe zu vermitteln vermochte. Und von der Hochnäsigkeit der jüngeren Frauen wollen wir erst gar nicht reden! Besaß eine von ihnen doch glatt die Unverschämtheit, mit aufgesetztem Lächeln vor Elsbeths Ohren deren Abendrobe schlichtweg als „gediegen" herunterzumachen! Noch schlimmer: War diese womöglich ein „Lavabel"? Niemand hatte Mitleid mit der jungen Frau Torsdorf! Ihr kam vor, als befände sie sich in einem Nebenzimmer, dessen Türe weit geöffnet war und alle Welt schritte vorbei, um sie anzustarren. Nach Beendigung des Defilees würde man die Türe wieder schließen und sie, uninteressant, wie sie war, würde ein für alle Mal dem Desinteresse anheimfallen. Ein Glück, dass die arme Elsbeth brav Papas Buch studiert hatte, und ein noch größeres Glück, dass auch ihr Bruder zu der Gesellschaft geladen war. Allerdings grinste der sie unverfroren unverschämt an und fragte:

„Na, Bettl! Wie g'fällt's dir denn in der großen Welt? Denk' dran: Sieg oder Blut im Schuh!"

Doch seine kleine Schwester rümpfte tapfer die Nase und antwortete von oben herab:

„Das siehst ja! Pfundig ist's! Und besser könnt's nicht sein!" Wenn seine Anwesenheit auch so etwas wie ein bisschen Heimat und ein Gran Sicherheit vermittelte, letztlich war auch er keine Hilfe.

Ach! Bei aller dezenten Eleganz der Frau Jerschke: Die junge Frau Torsdorf machte keine gute Figur!

„Armer Henk!" dachte sie, innerlich zitternd. „Jetzt wird er tagelang nicht mit mir reden!"

Dem war erstaunlicherweise nicht so.

„Für Jesellschaften biste nich' jeeignet, Pettchen!", meinte er, als er sich noch in derselben Nacht über sie hermachte. „Eher fürs Bette!"

Das war wie ein Peitschenhieb.

„Gell, ich hab' dich blamiert, Henk?", konnte sie gerade noch flüstern. Eine Antwort erhielt sie nicht mehr.

Noch zwei weitere Abgänge erlitt die junge Elsbeth Torsdorf. Seitdem sie in der düsteren Wohnung am Sedanring 16 ihr erstes Kind verlor – ach, es war ja noch lange keines, noch nicht einmal ein richtiger Fetus, nur ein Embryo, der sich aus einem Zellhaufen heraus vergeblich zu einem richtigen Menschen hochzukämpfen suchte, und auch bei den drei folgenden war es ja nicht viel mehr! Seit diesem traurig-blutigen Ereignis bis zu dem Beginn ihrer fünften Schwangerschaft kam kein Mensch auf die Idee, einen Frauenarzt hinzuzuziehen. Warum auch? Er würde eine Kur verordnen, irgend so was mit Moorbädern, wusste Frederika von ihrer Intim-Freundin Henriette. Und das hielt die Familie für überflüssig, noch dazu, wo man gar nicht wusste, ob so eine Kur überhaupt helfen würde.

„Rausjeschmissenes Geld, wenn du mich fragst, Mama!" Damit wischte Frederika jede Diskussion über eine Behandlung ihrer unglücklichen Schwägerin vom Tisch. Und Henk beschloss, – so oder so – sich in Amerika umzutun.

Auch Elsbeth dachte weniger an einen ärztlichen Rat als an einen geistlichen Beistand. Und so machte sie sich endlich auf, um die Kirche von St. Sebastian aufzusuchen.

Elsbeths Schwiegervater hatte sie auch zu dieser katholischen Kirche geführt, die nach dem Krieg, nämlich 1949, zur Bischofskirche wurde. Die Zwiebeltürme, die man ihr nach dem 30-jährigen Krieg aufsetzte, erinnerten die junge Frau sofort an die Türme ihres heimatlichen Domes in München mit seinen „welschen Hauben" und vermittelten ihr so ein gewisses Heimatgefühl. Sie erfuhr, dass das Sebastians-Stift, das bis auf das 11. Jahrhundert zurückging, in frühen Zeiten das vornehmste nach dem Dom war. Deshalb wurden die Erzbischöfe am ersten Tag nach ihrem Tode hier aufgebart, um erst dann – nach einer zweiten Aufbarung im Kloster Unserer lieben Frauen – im Dom beigesetzt zu werden. Als Elsbeth zusammen mit ihrem Schwiegervater die nüchterne spätgotische Hallenkirche betrat, zu der im 15. Jahrhundert der ursprüngliche romanische Bau umgebaut worden war, und sich auch brav bekreuzigte, überkam sie mit aller Macht die Wehmut und das Heimweh nach ihren südlichen heimeligen hellen, fröhlichen Kirchen.

„Hier biste nu zu Hause, Schätzchen!", ermunterte sie der Apotheker und ließ sich leise ächzend auf einer der Kirchenbänke nieder. Obgleich Elsbeth nach einem Rundgang niederkniete, um heißen Herzens um die Erfüllung ihres Kinderwunsches zu beten, fühlte sie sich keineswegs zu Hause und betrat diese Kirche nach diesem ersten Besuch vorerst nicht mehr. Nun, da sie wieder schwanger war und um ihr Kind bangen musste, trieb es sie geradezu dorthin.

„Ich habe zu wenig gebetet!", dachte sie. „Ich habe die Messe mehr als 1½ Jahre lang versäumt und nur an mein eigenes Glück gedacht. Ich habe gehofft, ich könnte es allen recht machen, aber ich habe in Sünden gelebt, mich der Wollust hingegeben und es niemandem recht gemacht. Gott straft mich, indem er mir meine ungeborenen Kinder nimmt, er straft mich, indem er mich vor der Familie demütigt und mir meinen Mann fremd werden lässt!". Diese beiden letzten Gedanken blitzten plötzlich wie eine Erleuchtung in ihrem Kopf auf! Keinen einzigen kleinwinzigen Augenblick lang war ihr diese Erkenntnis bisher gekommen. Auf den Schlag hatte Elsbeth das, was man heutzutage ein „Aha-Erlebnis" nennt.

„Ich brauche Vergebung, oh Gott! Vergib mir und schenke mir ein Kind!", betete sie.

Wie überall fand auch in St. Sebastian das Beichthören samstags nachmittags statt. So auch an diesem grauen Novembertag 1934, als sich Elsbeth anschickte, in ihrer Ehe- und Kinds-Not auf Vergebung ihrer Sünden und die Gnade Gottes zu hoffen. Mehrere Beichtstühle gab es in der hohen schummrigen Kirche, und drei waren besetzt, was einerseits an den nach außen geschlagenen Vorhängen über den Halbtüren, durch die der Priester den Beichtstuhl betrat, auszumachen war, wie auch an den Reihen der Beichtwilligen zu beiden Seiten der breiten, hölzernen Gehäuse. Elsbeth reihte sich in eine der Warteschlangen ein. Es war üblich, dass abwechselnd einmal rechts, dann wieder links jeweils ein Beichtkind ebenfalls hinter einem dunkelgrünen, dichten Vorhang, der das Sündenbekenntnis verhüllen sollte, verschwand und vor einem Gitter, durch welches die Stimme des kaum sichtbaren Priesters zu vernehmen sein würde, niederkniete.

„Gelobt sei Jesus Christus!", hörte Elsbeth eine unbekannte leise männliche Stimme in einem ihr fremden Tonfall, als sie sich endlich hinter dem dunklen Vorhang auf ihre Knie niedergelassen hatte.

„In Ewigkeit! Amen! In Reue und Demut will ich meine Sünden bekennen ..." Pause!

„Nun, meine Tochter?", kam es geduldig doch in einer klaren, wenn auch harten fast kehligen Aussprache durch das Gitter. Keine verwurschtelten, verwässerten und halb verschluckten Silben, keine verbogenen Wörter, sondern offene Vokale und harte Konsonanten! Der Priester im Beichtstuhl kam aus einer ganz anderen Gegend! Elsbeth wusste ja nicht, dass die arme Magdeburger Diaspora, dem Erzbistum Paderborn zugehörig, mangels eigenen

Nachwuchses auch von westfälischen Geistlichen versorgt werden musste.

„In Demut und Reue ..." begann Elsbeth erneut.

„Sprechen Sie, meine Tochter!" Das R rollte in der Kehle dieses fremden Geistlichen „Sprechen Sie sich aus! Was haben Sie auf Ihrem Herzen! Was quält Sie?"

„Meine Kinder, Hochwürden! Das heißt, ich verliere sie immer, schon ganz früh, ich meine, bevor sie überhaupt ... ich meine ... ich habe gesündigt!", flüsterte sie. ... Pause.

„Sie sagen, Sie haben gesündigt und verlieren Ihre Kinder? Verstehe ich recht? Sie verlieren sie, bevor sie das Licht der Welt erblickt haben?"

„Ja, Hochwürden, und schon ganz früh, ich meine, ganz ... sehr früh!"

„Waren Sie dabei allein, oder haben Sie sich helfen lassen, meine Tochter?"

„Helfen? Was meinen Sie ...? Ich bin dabei doch immer allein ..."

„Sie haben sie getötet, Ihre Kinder, woll?"

„Ich ... ich ... ich bin ganz allein schuld, weil ich ... ich meine ... weil ich doch so ein sündiges Leben führe!"

Der Priester hinter dem Gitter seufzte in sich hinein. „Die Liebe höret nimmer auf!", dachte er, „Aber welche! Jedenfalls nicht die, die der hl. Paulus meinte!"

„Sie kommen aus Bayern, woll?", fragte es leise durch das Gitter.

„Ja!", antwortete sie flüsternd, „Aus München." ... Pause. In dieser Pause erinnerte sich der junge Priester kurz und freudig an seine beiden Semester in der lebensfrohen bayerischen Stadt.

„Und was hat Sie hierher geführt?"

„Mein Mann ist von hier, von Magdeburg."
„Sie sind also verheiratet?"
„Ja, Hochwürden!"
„Na wenigstens das!", dachte der Beichtvater milde. „Und Ihr Mann, ist er eigentlich auch katholisch?" ... „Dann müsste ich ihn wahrscheinlich kennen!", dachte er weiter.

Elsbeth errötete. „Nein, Hochwürden! Aber wir haben katholisch geheiratet, und er hat auch versprochen, dass unsere Kinder Katholiken werden. Nur ... wir haben bisher noch keine, weil ... "

„Ihr Mann will also keine Kinder, und er zwingt Sie ..."

„Henk?", sie fauchte geradezu aufgebracht. „Mein Mann und ich, Hochwürden, wir wünschen uns nichts sehnlicher als ein Kind. Und er hat doch schon eine Tochter aus seiner ersten Ehe! Nur ich, bei mir ..."

„War er verwitwet oder geschieden?", wollte der Beichtvater sicherheitshalber noch wissen, nachdem er innerlich erneut geseufzt hatte. Diesmal war es ein Seufzer der Erleichterung, weil er – oh sündiger Gedanke! – gottlob auf dem Holzweg gewesen war. Der junge Vikar aus einem Dorf im Sauerland hatte wieder einmal das Schlimmste angenommen, denn dieses Schlimmste kam leider viel, viel zu häufig vor. Doch das Schlimmste trifft auch nicht immer zu! Kein Wunder, dass der junge Geistliche, zunächst verblüfft, sich nun, in sich hineingrinsend, die ganze Ehemisere der Elsbeth Torsdorf erzählen ließ.

„Dem Herrgott sei Dank!", frohlockte er stumm. „So dramatisch ist dat ganze Jedöns denn doch nich'. Du lieber Gott da oben, was bilden sich die Leute oft für einen Kokolores ein!"

„Und nun beichten Sie mal Ihre Sünden, meine Tochter, woll!"

„Aber ich habe doch alle ..."

„Sind Sie da ganz sicher?"

Nein, das war sie natürlich nicht, und daher kramte sie noch dies und jenes hervor und vergaß vor lauter Aufregung, dass sie sich so lange des Besuchs der hl. Messe enthalten hatte. Doch der junge Vikar wusste das längst und sprach deshalb durch das Gitter:

„Sie sollten regelmäßig die heilige Messe besuchen, meine Tochter, und den Leib des Herrn empfangen, woll. Und geben Sie sich der heiligen Muttergottes anheim! Ich bin überzeugt, dass sie die richtige Anlaufstelle für Sie ist, woll. Zur Buße beten Sie drei Ave Maria und am Montag gehen Sie zu einem Arzt, möglichst zu einem Frauenarzt! Das wäre doch noch schöner, wenn euch Gott kein Kind schenkt."

„Und Sie glauben daran, Hochwürden?"

„Was ich glaube, ist uninteressant, woll! Wichtig ist, was Sie glauben, meine Tochter! Sie müssen fest daran glauben, dass Ihnen in diesem Augenblick der Lossprechung auch was geholfen wird, woll! Und denken Sie daran, meine Tochter, die Reise von einer kleinen verzweifelten Seele zu einem sich in unserem allgütigen Gott geborgen fühlendem Gotteskind kann sehr kurz sein, aber der Weg von einem verschüchterten, unsicheren Niemand zu einem selbstsicheren, aufrechten Jemand, der ist immer lang und mühsam, woll! Ich denke, da haben Sie noch ein ganz Teil zu tun, woll. Aber Sie sind schon auf der Strecke, woll. Ego te absolvo!"

Der Priester murmelte und sprach Elsbeth auf Latein von ihren Sünden frei, hob seine Hand und spendete seinem Münchner Beichtkind durch das Gitter hindurch seinen Segen. Elsbeth bekreuzigte sich, erhob sich, verließ das intime Gehäuse und glitt in eine Kirchenbank, um die drei Ave Maria zu beten, eine Buße, die sie nach all ihren schweren Sünden, wie sie meinte, viel zu leichtgewichtig fand. Vielleicht war hier bei den Protestanten der Herrgott nachsichtiger, als im katholischen Bayern? Als sie sich wieder von ihren Knien erhob, warf sie noch einen letzten Blick auf den Beichtstuhl, in dem sie gerade von ihren Sünden freigesprochen worden war. Ein Schild war oben über dem mittleren Vorhang angebracht. „Vikar Ludger Brackmann" las sie. Ludger! Das passte geradezu zu seinem regelmäßigen „Woll!"

„Ich bin auf dem Weg zu einem Jemand!", frohlockte sie beglückt, als sie sich an diesem dämmerigen feuchten November-Spätnachmittag auf den Heimweg machte. Insgeheim zweifelte sie allerdings daran, ob sich die aufmunternden Worte des fremden Geistlichen in der harten, sympathischen Aussprache mit der Auffassung der Kirche von einem demütigen Christenmenschen wohl vertrügen.

Ist der Zufall nicht oft auch das längst Fällige? Als Elsbeth schließlich den Sedanring entlang beschwingt geradezu nach Hause schwebte, kam ihr im Herbstnebel Frau Dr. Henriette Schossier auf dem Fahrrad entgegen. Ihre Arzttasche hatte sie in den Gepäckträger geklemmt.

„Tach'chen, Frau Torsdorf!", sie winkte fröhlich und hüpfte vom Velociped! „Wie jeht's man immer so?"

Der nächste Erkenntnisblitz flog durch Elsbeths Kopf. Ein Arzt! Hatte der Priester nicht gesagt, sie solle einen Arzt aufsuchen? Doch sie kannte keinen anderen als die sanfte, ruhige Henriette, die Freundin ihrer Schwägerin.

Henriette hatte das Fahrrad gegen ihren Körper gelehnt, nachdem sie sich leicht breitbeinig hingestellt hatte. Während sie mit ihrer linken Hand die Lenkstange hielt, zog sie sich mit ihren Zähnen den Handschuh von ihrer Rechten, und Elsbeth nahm allen Mut zusammen und sagte, während sie einander die Hände drückten:

„Guten Tag, Frau Doktor! Ich ... es ... Darf ich am Montag vielleicht zu Ihnen in die Ordination kommen?"

„Klar, man, aber wenn Se wollen, denn können Se ooch gleich mitkommen. Ich bin auf dem Wege dahin!"

Jettchen Schossier, 32 Jahre alt, arbeitete in der Praxis ihres Vaters, die sie einst übernehmen würde, wenn der alte Herr geruhte, sich einmal zur Ruhe zu setzten, womit, so wie die Dinge lagen, noch lange nicht zu rechnen war. Wie ihr Vater war sie praktische Ärztin und Geburtshelferin. Während ihrer Klinikzeit in der Charité in Berlin – dort hatte sie auch studiert – hatte sie sich ausreichende Kenntnisse auf dem Gebiet der Frauenheilkunde angeeignet. Also kletterte Elsbeth, nachdem sie Hut, Mantel, Handschuhe, Schuhe und Tasche abgelegt und sich ihres unaussprechlichen Kleidungsstücks entledigt hatte, in sonst voller Montur, das heißt mit in der Taille aufgeknöpftem, hochgeschobenem Kleid, mit Korsett, Strumpfhaltern und dicken Strümpfen schüchtern und voller Scham zum ersten Mal in ihrem Leben auf einen gynäkologischen Untersuchungsstuhl. Es war furchtbar peinlich und nicht auszudenken, wenn die Ärztin ein Mann gewesen wäre! Da lag sie also, die gespreizten Beine auf den Beinstützen, und gab den Eingang zu ihrem Unterleib frei. Henriette, nunmehr angetan mit einem weißen hochgeschlossenen Kittel mit Bündchen-Kragen, der auf ihrem Rücken mittels Bändern zusammengehalten wurde, wusch indessen ihre Hände in einer Waschschüssel aus Emaille, die in einem geschwungenen stählernen Gestell hing, und aus der es deutlich und penetrant nach hochprozentigem Alkohol roch. Sie streifte ein paar gelbliche Handschuhe über, drang vorsichtig mit zwei Fingern ihrer rechten Hand in diesen schutzlos dargebotenen Zugang in Elsbeths Inneres ein und tastete dieses behutsam aus, während sie mit ihrer Linken auf Elsbeths nacktem Unterbauch herumdrückte.

„Ich kann nischt Besonderes finden, Frau Torsdorf, da drinne is' man alles janz normal!"

„Aber das kann doch nicht sein!", jammerte die Patientin, „Warum kann ich denn kein Kind austragen?"

„Das is' Veranlagung! Dafür kann niemand was!", antwortete Frau Doktor und lehnte sich ohne weiteres gegen Elsbeths fixierten rechten Oberschenkel und legte ihren Arm darauf, ungeachtet des noch immer schutzlos offenliegenden geöffneten Eingangs zu dem, das der Fortpflanzung dienen soll.

„Kann man denn da gar nix machen, Frau Doktor?", klagte die in der unbequemen Haltung Aufgebahrte.

„Man kann's probieren", antwortete Henriette.

„Mit was?"

„Sich ins Bette legen, stille halten, mindestens bis Weihnachten, aber wahrscheinlich wär' länger noch besser!"

Elsbeth riss ihre Augen auf. „Sie glauben wirklich, dass ich mein Kind behalten kann, wenn ich mich so lange ins Bett lege?"

„Das is' die einzije Möchlichkeit, die ich sehe!", antworte Jettchen sachlich. „Und Enthaltsamkeit natürlich!

Das is' ja wohl selbstverständlich. Nicht leicht bei Henk, was?"

Frau Dr. Schossier nahm ihren Arm von Elsbeths rechtem Bein, zog sich die Handschuhe von den Händen, legte sie beiseite, schlüpfte aus dem weißen Mantel und tauchte erneut ihre Hände in die emaillierte runde Schüssel. Dabei sagte sie:

„Sie können sich wieder anziehen." Und trocknete ihre Hände ab. Dann griff sie nach den Handschuhen, die wie weggeworfene gelbe Würmer verloren auf einem Beitischchen lagen, stülpte sie irgendwie um, setzte jeden von ihnen an ihren Mund und pustete hinein. Sofort nahmen sie ihre gewohnte Form an und Jettchen warf sie in die Schüssel.

Elsbeth, die wieder mühsam von dem Marterstuhl heruntergeklettert war, kam sich indessen vor wie ein nagelneuer Mensch.

Frei von Sünden und voller Hoffnung auf ein Kind segelte sie geradezu nach Hause und legte sich sofort zu Bett, nicht ohne vorher der Köchin zuzurufen:

„Ich muss liegen, Trine, und ich kann die nächste Zeit überhaupt nich' mehr aufstehen! Wenigstens bis Weihnachten, aber wahrscheinlich noch länger!"

Der gesamte Haushalt ging erst einmal in die Knie.

Dann kam endlich Henk heim.

„Ich muss mindestens bis Weihnachten liegen!", verkündete seine Frau aus dem Ehebett heraus, „wahrscheinlich länger. Und ich muss enthaltsam leben! Dann können wir unser Kind kriegen!"

„Wer erzählt dir denn so 'nen Blödsinn?", fragte der Gatte verblüfft.

„Jettchen Schossier! Sie hat mich untersucht! Jetzt haben wir Hoffnung, Henk! Wir können ein Kind haben! Freust du dich?"

„Nich' unbedingt!", brummte der muffig durch die Zähne und griff nach seinem Schlafanzug. „Da werde ich wohl ausziehen müssen!", verkündete er, und: „Aber wehe, das haut nich' hin! Dann drehe ich der Lesbenzicke den Hals um!"

VIII

„Aha! Und wie geht's jetzt weiter? Lässt du deine Heldin von nun an monatelang im Bett liegen und an die Decke starren?", fragte Ansgar gelangweilt, wobei er immerhin höflich ein Gähnen unterdrückte. Seiner Frau entging seine Langeweile allerdings nicht, denn sie beobachtete, wie sich seine Nasenflügel weiteten und sich sein Mund leicht verzog. Statt jedoch ob seiner mangelnden Begeisterung indigniert zu sein, hatte sie Mitleid mit ihm. Für so einen quirligen und geistig anspruchsvollen Menschen wie ihren Gatten war das Anhören eines ihn nicht die Bohne interessierenden Textes wahrhaft eine Tortur.

„Literarische Helden gibt es doch gar nicht mehr!" antwortete Edda nachsichtig. „Kennst du vielleicht einen? Oder kannst du mir auf Anhieb eine Heldin in der modernen Literatur nennen, ich meine so eine im Sinne einer echten Heroine? Wie Jeanne d'Arc bei Schiller zum Beispiel?"

Ansgar konnte nicht und wollte erst recht nicht.

„Wenn deine Heldin nun schon eine bedauernswerte Antiheldin ist, dann schau wenigstens, dass sie bald aus dieser düsteren Sedan-Höhle in eine etwas luftigere und hellere Behausung wechselt", antwortete er ungeduldig, „Sonst kommt sie nie zu einem Kind, so, wie ich das sehe. Das arme Wurm macht in dieser Finsternis ja gar nicht erst die Augen auf, wo es doch eigentlich das Licht der Welt erblicken sollte. Ich hoffe, der Bösewicht Henk ergreift jetzt endlich einmal die Initiative!"

„Ob er nun ein Bösewicht war, will ich dahingestellt sein lassen, das halte ich für eine Frage der Definition. Ein Egoist war er auf alle Fälle, und die Initiative ergriff er tatsächlich!"

„Na also! Endlich!"

„Nicht, was du denkst, mein Lieber! Und schon gar nicht Umzug! Auf der Stelle besorgte er sich nämlich einen Job bei den Boeing-Werken in Seattle, was, wenn schon Amerika, nicht weiter weg sein konnte. Und im frühen Frühjahr schiffte er sich ein."

„Interessant! Ich frage mich, wann er seine Frau darüber informierte. Lag sie da noch flach oder war sie schon wieder auf den Beinen?"

„Ziemlich bald nach Weihnachten und sie lag noch, wobei er natürlich von einer Geschäftsreise sprach, über deren Notwendigkeit er sie ausdrücklich in Kenntnis setzte. Sie mag auch anfänglich als eine solche geplant gewesen sein. Selbstverständlich ließ er keinerlei Einwände ihrerseits gelten. Das erste „Aber" wischte er sofort vom Tisch und verließ umgehend das eheliche Schlafzimmer, das er ohnehin nur zu Blitzbesuchen zu betreten sich angewöhnt hatte. Damit war jede Diskussion abgewürgt."

„Mit anderen Worten: Deine Antiheldin hätte auch gar nicht gewagt, noch einmal eine anzukurbeln."

„Natürlich nicht! Und erst recht nicht, als er bereits seine Schiffs-Passage in der Tasche hatte und die Liege-Therapie beendet war. So gut kannte sie ihn inzwischen, um zu wissen, dass dies zwecklos sein würde! Dass ihre Liebe auf keinen Fall zu einem Gefängnis werden dürfe, weder für ihn noch für sie, aber ganz besonders für ihn, und ihre Ehe auch nicht, das mag sie damals bereits bedacht haben. Möglicherweise hatte Frederika in ihrer taktvollen Art gelegentlich eine entsprechende Bemerkung fallen lassen."

„Was durchaus zu ihr passen würde! Keine positive Figur, diese Frederika!"

„Wart's ab!"

„Und dieses arme bedauernswerte Blümchen von junger Ehefrau, der diese famose Familie immer mehr den Hals zuzudrücken scheint!", fuhr der Professor sarkastisch fort, „Da rudert sie wie der Frosch in der Milch um ihre Niederkunft in der Hoffnung, die wird zur Butter, auf der sie in die Freiheit hüpfen kann. Ob sie den echten Durchblick hatte, ist sicher zu bezweifeln! Aber immerhin, ein gewisses Quäntchen Weisheit scheint vorhanden gewesen zu sein! Wahrscheinlich war es eher ein Instinkt!"

„Instinkt oder Intellekt!", entgegnete seine Frau, „Hat sich erst einmal ein Fünkchen Einsicht, sozusagen als Undercover, in das Bewusstsein eingeschleust, und ist vielleicht – sogar – auch kurz bedacht worden, so hat sich's auch schon eingenistet. Das bedeutet allerdings noch längst nicht, dass es auch schon verinnerlicht wurde. Immerhin neigt es dazu, bei gegebener Gelegenheit seine Nase hervorzustrecken und sich bemerkbar zu machen, unter Umständen sogar, penetrant zu werden."

„Und dann hat das arme Individuum daran zu kauen!"

„So ist es, und manche Menschen erkranken daran."

„Psychosomatik?"

„Genau!"

„Echt krank? Nicht eingebildet?"

„Echt! Von einer Erkrankung abgesehen, hat es aber auch sein Gutes, meine ich."

„Inwiefern?"

„Insofern, als man sich zum Beispiel einer Situation, die sich unversehens und ganz unbemerkt eingeschliffen hat, hin und wieder bewusst wird. Tauchte also bei der von hier auf jetzt flach liegenden Elsbeth während ihrer einsamen Bettlägerigkeit ab und an der Gedanke auf, sie könne womöglich selbst in einem Gefängnis ihrer Liebe sitzen – in diesem Falle kann man wohl eher von Liegen sprechen, und gefangen war sie ja wirklich, im Gegensatz zu Henk – taten sich für sie folglich mehrere Möglichkeiten auf."

„Nämlich?"

„Akzeptanz oder Hader, zum Beispiel! Sozusagen hopp oder topp."

„Hader mit wem oder was?"

„Mit ihrem Schicksal natürlich!"

„Das hat sie sich ja immerhin selbst eingebrockt!"

„Umso schlimmer!"

„Pfiffig! Ich bin allerdings der Meinung, auch der Ehemann saß intra muros – auch aus eigener Entscheidung."

„Aber mit Türen nach draußen!"

„Zugegeben! Und hätte deine Antiheldin dieses Fünkchen Erkenntnis, von dem du sprichst, nicht gestreift, so hätte sie ihre Abhängigkeit, soweit ich das verstehe, gar nicht als Gefängnis sondern unter Umständen sogar als ganz gemütlich empfunden?"

„Genau! Aber Henk, der seine Frau vielleicht für dumm wie Brot hielt und sie in seinem Egoismus noch nicht einmal so richtig wahrnahm, gab ihr ja in diesen Liegemonaten mehr als Gelegenheit, darüber nachzugrübeln."

„Nun übertreibst du aber, Edda! Wieso sollte er sie nicht wahrnehmen? Immerhin hat er doch Blitzbesuche im ehelichen Schlafzimmer gemacht. Da muss er sie doch gesehen haben."

„Ansgar! Mit den Augen ja, sonst nicht!"

„Was heißt hier sonst nicht? Mit dem Unterleib wohl auch, so wie ich das verstanden habe!"

„Ansgar! Ich muss schon bitten! ... Aber, du kennst doch die Geschichte mit den überfahrenen Hasen oder Igeln?"

„Was meinst du?"

„Na, x-mal siehst du die Kadaver überfahrener kleinerer Tiere auf den Straßen, aber erst, wenn du selbst einmal einen Hasen überfährst, oder einen Igel, siehst du ihn richtig! Weil es dich nämlich berührt! Das meine ich. Henk sah seine Frau nicht und seine Tochter Irene auch nicht."

„Und seine erste Frau, die Karoline? Sah er die, um bei deinem Bild zu bleiben?"

„Natürlich! Bei der war es ganz anders, die hat er gesehen und, wenn man es sogar im übertragenen Sinne biblisch ausdrücken will, erkannt!"

„Und die arme Karline saß nicht im Gefängnis ihrer Liebe?"

„Und wie! Und wacker! Aber hallo! Nur, sie fand es dort gemütlich. Sie hatte es nämlich verinnerlicht und gar nicht mehr gemerkt, dass sie zu einer Sklavin ihrer Liebe geworden war!"

„Liebe sei ein Kind der Freiheit, habe ich irgendwo einmal gelesen ... "

„Eben! Erich Fromm?"

„Könnte sein, könnte auch nicht sein. Hatte Karline Angst vor Henk?"

„Ich denke schon!"

„Und Püppi?"

„Püppi auf jeden Fall. Ihr Vater brauchte sie mit seinem Blick zu streifen, dann begann sie schon leicht zu zittern. Aber er sah sie selten, und noch seltener sah er sie an. Er nahm es ihr eben immer noch übel."

„Was nahm er immer noch übel?"

„Den Tod ihrer Mutter. Und auch, dass er hier in der elterlichen Wohnung festsaß und nicht ausfliegen konnte."

„Na, das scheint ja jetzt zu klappen. Und deine bedauernswerte Antiheldin? Befindet sie sich schon in der Haderphase oder noch davor? Ich bin der Meinung, es wäre höchste Zeit, sie träte in sie ein! Oder ist sie gar in die gefährliche Akzeptanz hinübergedriftet?"

„Da sei Gott vor! Von dort aus wäre der Weg zur Verinnerlichung nur kurz. Hat man sich nämlich mit etwas abgefunden, dann könnte das Akzeptierte sehr bald nicht einmal mehr als unabänderlich angesehen werden, sondern als das einzig Richtige! Ohne Alternativen! Die werden überhaupt nicht mehr in Betracht gezogen, schlimmer, können gar nicht in Betracht gezogen werden! Das ist ja das Abenteuerliche im Umgang mit dem Unbewussten! In dieser Phase liegt die Chance, krank zu werden, nahe an hundert. Und was verinnerlichte Meinungen angeht, so tut man sich außerordentlich schwer, sie zu ändern, insbesondere, wenn sie einem schon in der Kindheit oder in der Jugend eingehämmert werden, was übrigens auch auf die Massen zutrifft. In Diktaturen zum Beispiel! Manipulation, wie du weißt! Kennen wir alles. Sollte das Individuum eines Tages oder zu gegebener Gelegenheit intellektuell zu der Einsicht kommen, dass es mit dieser oder jener Betrachtungsweise falsch liegt, oder dass wenigstens auch andere Ansichten ihre Berechtigung haben, so taucht die verinnerlichte Meinung stets als Erstes im Bewusstsein auf und winkt verführerisch. Jeder kennt das. Erst nach einem willentlich und bewusst vorgenommenen Gedankengang tritt sie schamhaft und freudlos den Rückzug an, um bei der nächstbesten Gelegenheit gleich wieder vorwitzig hervorzulugen. Deshalb ist das Erlernen kritischer Betrachtung der Dinge in der Jugend so wichtig. Das nur nebenbei. In Bezug auf Henk und ihre Ehe mit ihm verhielt es sich bei Elsbeth natürlich nicht so.

„Aha! Ich bitte um Aufklärung. Akzeptanz nein, also Hader ja?

„Von wegen! Es gibt einen dritten Weg!"

„Oha! Und der wäre?"

„Ansgar, ich bin enttäuscht!"

„Wieso das? Worüber denn?"

„Ich hatte gehofft, du konntest aus dem bisherigen Text entnehmen, dass deine Blume zwar eine eher duldsame Person war – immerhin wurde sie von einer energischen, tatkräftigen und keine Widerrede duldenden Übermutter erzogen, und schüchtern war sie auch – dass sie aber gleichwohl in ihrer Zielstrebigkeit, die ihr eben diese Übermutter vererbt hatte, das selbst gesteckte Ziel nie aus den Augen verlor. Das habe ich doch herübergebracht, oder nicht? Mit und ohne Instinkt.

„Hast du, Edda! Du kannst beruhigt sein! Nun klär mich über die dritte Variante auf! Sieht mir nach Überlebenskampf aus, oder?"

„Und du schwindelst nicht aus purer Höflichkeit?"

„Ehrenwort! Und wenn ich's täte, dann nur aus Angst vor dir!"

„Was?"

„Warum nicht? Was ein alter Mann am wenigsten brauchen kann, ist eine völlig nutzlose Szene über Leute, die lediglich deiner Phantasie entsprungen und reine Fiktion sind! Also was ist? Heraus mit der Offenbarung!"

„Seit wann kokettierst du mit deinem Alter? Das ist ja ganz neu! Bisher hast du dich von ihm stets voll Entsetzen abgewandt. Zudem weißt du ganz genau, dass das, was ich hier in den Computer hineinhaue, nicht immer reine Phantasie ist. Noch bin ich von der Familiengeschichte nicht ganz abgewichen! Und was die sogenannte dritte Variante angeht, bitte sehr, ich verweise auf die Fortsetzung dieses Manuskripts, und ich hoffe, du wirst selber draufkommen. Hast du übrigens etwas gegen den Instinkt einer lebenstüchtigen Frau?"

„Warum sollte ich? Und was würde das nützen, wenn nicht? Aber da haben wir es wieder! Während der Mann tatkräftig das Leben anpackt und sich zum Beispiel nach Seattle zu Bocings oder jetzt sogar in die Küche begibt, um das Abendessen zu richten, braucht die Frau ihren Auftritt, ganz besonders, wenn sie eine Autorin ist! Sei so gut, Edda!", fuhr Ansgar versöhnlich fort, „Schreib weiter und lies es mir gelegentlich wieder vor!" Und er verschwand in die Küche.

„Scheibenkleister!", dachte Edda und erlitt einen Gemütsknick. Sie klappte ihr Manuskript zusammen und folgte ihrem Gatten, um ihm behilflich zu sein.

Schließlich saßen beide einträchtig an ihrem kleinen Frühstücks- und Abendbrottisch in der warmtonigen gemütlichen Küche. Die tief stehende Abendsonne spielte mit ihren letzten Strahlen durch das von wildem Wein umrankte Küchenfenster auf der Tischplatte und auf dem Geschirr in einem Muster von Licht und Schatten. Und Edda, in Gedanken bei der Familie Torsdorf in der düsteren Wohnung am Sedanring Nr. 16, konnte bei der Betrachtung dieser Lichtspiele der Sonne nicht umhin, auf das vorige Gespräch zurückzukommen:

„Ich hab den Eindruck, Ansgar, du betrachtest meine Elsbeth als ein armes harmloses Hascherl ohne Scharfsinn, nur weil sie nicht intellektuell war und nicht politisch dachte, und weil sie die erschütternden Umwälzungen, die im ganzen Land im Gange waren, nicht interessierten. Sie dachte eben pragmatisch und war flexibel. Außerdem wollte sie die Frau eines Helden sein und ein Kind haben. Und was man will, das kriegt man, wie auch immer!"

„So, so!", kam es aus Ansgars vollem Mund.

„Bist du vielleicht nicht dieser Meinung?"

„Dazu möchte ich mich im Moment nicht unbedingt äußern!", antwortete er, nachdem er alles heruntergeschluckt hatte, während er nach der Teetasse griff. „Mir kommt nur vor, als sei auch deine Anti-Heldin, falls deine Darstellung stimmt, nicht ganz frei vom Tunnel-Blick gewesen, der uns Männern immer vorgeworfen wird. Ich nehme an, du wirst im weiteren Verlauf der Geschichte auf dieses Thema eingehen! Und jetzt möcht' ich unbedingt noch kurz in die Zeitung schauen, bevor die Nachrichten im Fernsehen kommen!" Und er trank seine Tasse leer.

Da lag sie also, die junge Elsbeth Torsdorf, in ihrem Ehebett, das sie sich noch nicht einmal selbst hatte aussuchen dürfen. Ruhig ausgestreckt oder mit angewinkelten Beinen, gleichsam wie hineinzementiert in das mit Kissen bestückte auf vier Beinen ruhende Rechteck grübelte sie in die Dämmerung, die den ganzen Tag über in diesem grauen Novembermonat nicht weichen wollte, und die sich am frühen Abend in eine schwarze Nacht verwandelte. Die wiederum ließ sich durch das ach so bescheidene Nachttischlämpchen nur auf das Spärlichste ausleuchten. Helle Neonlichter, gar gleißende Spotlights, kannte man damals noch nicht, weshalb man auch irrtümlich der Meinung war, vieles Lesen bei künstlichem Licht verderbe die Augen. Es waren eher die Kopfschmerzen, die auftraten, verursacht durch die Anstrengung, über längere Zeit mittels einer Funzel einen Text zu entziffern. Hätten reichlich Besucher ihre Aufwartung bei der werdenden Mutter gemacht und sie unterhalten, wäre diese „Quarantäne" wesentlich erträglicher gewesen. Leider fühlte sich die Arme geradezu hineingeschoben in ihre Schwangerschafts-Einsamkeit, in ein Leben sozusagen in Seitenräumen, besser: in einem Nebenraum, und der Anzahl der Stipp-Visiten, die nahezu ausschließlich von den Familienmitgliedern und von Frau Dr. Henriette Schossier absolviert wurden, waren beklagenswert wenige. Der ewig rauschende Volksempfänger, der entweder krächzende oder klirrende Stimmen, oder aber kratzige Musik in das Zimmer spie, und den ihr Henk mittels eines langen Kabels und einer noch längeren Antenne, die sich die Wände entlangschlängelte, auf einen Beistelltisch postiert hatte, war stundenlang ihre einzige Gesellschaft.

In den wenigen Tagen nach der Heimkehr von ihrem Arztbesuch bei Jettchen standen wiederholt Telegrammboten vor der Wohnungstür am Sedanring Nummer 16 und übergaben eilige Depeschen, nachdem zuvor Frederika, „mit's Rad" zur Post eilend, dort ebensolche Dokumente aufgegeben hatte. Dann wurde ein Koffer gepackt, und die Schwägerin verschwand mit Püppi und der Weihnachtspuppe von der Bildfläche. Zwei Tage später tauchte sie allein wieder auf und sagte:

„Alles in Ordnung, Mama! Wir können in Ruhe die anderen Umstände der bayerischen Schwägerin abwarten."

Was den Verbleib ihrer Stieftochter anging, so hielt sich die Familie gegenüber der Bettlägerigen bedeckt. Und selbstverständlich wurde sie auch vor Püppis Übersiedlung nach Irgendwohin weder aufgeklärt noch überhaupt zu Rate gezogen. Aufgrund schmallippig-spärlicher Auskünfte auf Fragen nach dem Verbleib des Kindes erfuhr Elsbeth nur etwas von irgendwelchen Verwandten von Püppis verstorbener Mutter, was sie kränkte. Wäre die Köchin nicht gewesen, die regelmäßig in die „Krankenstube" kam, wie sie sagte, um die Mahlzeiten zu servieren – obgleich „Schwangerschaft keine Krankheit ist!" wie Henriette Schossier immer wieder betonte, „auch in diesem Falle nicht!" – hätte die junge Frau die Verwandtschaftsverhältnisse zwischen den Torsdorfs und den von Wentows nicht durchblickt. Obgleich ihre Schwiegermutter streng darauf achtete, dass sich Trine bei ihrer Schwiegertochter ja nicht verplauderte, wurde Elsbeth über alles bis ins Kleinste in Kenntnis gesetzt einschließlich der Familiengeschichten, über welche die Köchin genüsslich in ihrer breiten ostpreußischen Ausdrucksweise Bescheid geben konnte.

„Wenn und Se woll'n darieber was wiss'n, nich' wahr, wie die Gnädige damals ... denn sage ich jetz' uff mein Jewissen ..." und so weiter ... und so weiter ... So erfuhr die werdende Mutter eine Menge über die Vorgänge in der Apothekersfamilie Torsdorf in diesen Liege-Monaten, und das in der Interpretation der Köchin.

Trotzdem und trotz der Vorfreude auf das Kind zogen sich im Laufe dieser unendlich langsamen Wochen Elsbeths Mundwinkel meistens in einem Bogen nach unten, und nur anlässlich der eiligen Visiten ihres Mannes verwandelte sich ihr schmaler Mund zu einem eher schüchternen Lächeln. Ach, es plagte sie erneut das schlechte Gewissen gegenüber Henk der verordneten sexuellen Enthaltsamkeit wegen. Schon wieder hatte sie Schuld! Dass der Gatte sich anderweitig schadlos halten könnte, darauf kam sie nicht! Darauf hatte Mutter sie nicht vorbereitet.

Was tat sie also den ganzen lieben langen sonnenlosen Tag? Sie tat das, was zu jener Zeit und Jahrhunderte vorher und noch viele Jahre nach ihr alle werdenden Mütter taten: Sie häkelte und strickte für das zu Erwartende, nachdem sie von ihrer Schwiegermutter dazu angehalten und mit entsprechenden Garnen versorgt und auch kontrolliert wurde. Sie schrieb seitenlange Briefe an ihre Cousine Paula und kürzere an ihre Eltern. Mutter schickte indessen ein Paket voller Babysachen, die sie selbst angefertigt hatte, und denen auch diese und jene Süßigkeiten und Weihnachtsgebäck beigelegt waren, „Schmankerl" also, was Ottilien ihrerseits kränkte und sie letztendlich zu dem mit schneidender Stimme vorgetragenen Ausrutscher hinreißen ließ:

„Ich denke nicht, dass die Familie Torsdorf zu den Ärmeren gehört, die sich keine Kinderausstattung leisten kann!" Und das mit hochgeschobener Brille über der in Falten gelegten Stirn und eifersüchtig glitzernden Augen. Und mit scheelem Blick auf die „Münchner Zuckerln": „Und denke daran, mein Kind: Der Weg über die Zunge ist kurz!" Elsbeth schämte sich und war nahe daran, sich zu entschuldigen. Doch sie schwieg und übergab der Schwiegermutter alle übersandten Süßigkeiten und Weihnachtsplätzchen, die ihr später selbstverständlich einiges davon zuteilte.

Die Apothekersgattin war es auch, die ihre Schwiegertochter eines nachmittags, halb im Bett sitzend, den Oberkörper gegen mehrere Kissen gelehnt – die musste ihr Trine hinter ihren Rücken gebracht haben, diese unverschämte Intrigantin! – mit aufgestellten Beinen und einen Schreibblock gegen die Oberschenkel gestützt, schreibend vorfand.

„Briefschaften, meine Tochter?"

Elsbeth sah sie an und bewegte verlegen die Schultern.

„Ach, Mama!", antwortete sie, „Ich schreibe nur ein paar Geschichten auf, die mir so einfallen, für Püppi und für das Kleine, wenn es sie einmal versteht!"

„Ach ja? Darf ich das lesen?"

„Es ist eher ein Krikel-Krakel, Mama!", entschuldigte sich die Schwiegertochter, zog gehorsam einige Blätter aus der Nachttisch-Schublade und reichte sie an die spröde Apothekersgattin weiter. Auf diese Weise erfuhr der Haushalt am Sedanring 16, dass man dort ein schriftstellerndes Familienmitglied beherbergte.

„Du bist ja ein Tausendsassa, Schätzchen! Ich bin überwältigt!" Voller Begeisterung hinkte einige Tage später der abendliche Besuch mit dem unverkennbaren knarzenden Geräusch durch die Tür, ließ sich leicht ächzend auf der Bettkante nieder und tätschelte die Schulter der Schwiegertochter, wobei seine Finger sie in verdächtiger Nähe des Dekolletés kraulten. „Wir haben alle alles und mit jroßem Verjnüjen jelesen!" schwatzte er dabei, „Jib's zu: Trine, diese hinterhältige Person, hat davon jewusst, oder?"

Elsbeth zog die rechte betätschelte Schulter nach vorn.

„Na ja, Papa, ich hab doch ein bisserl Papier gebraucht. Sie hat's mir halt besorgt."

„Hättste man 'n Wörtchen zu mir jesacht! Haste denn noch jenuch?" Sie hatte.

„Keen Mumpitz?", fragte Frederika ungläubig, als sie davon erfuhr und grapschte nach den Blättern.

„Is man Tatsache keener, Fräulein Doktor!", so Trine im Brustton der Überzeugung und geradezu aufgeblasen von Stolz und Wichtigtuerei. Hatte sie doch in ihren Augen durch die Organisation von Kissen und Schreibpapier den beginnenden Ruhm der jungen Frau Torsdorf sozusagen initiiert!

„Se schreibt andauernd, wenn se nich' strickt oder häkelt!", sagte die Köchin ehrfürchtig, und unversehens stieg die bayerische „Zweckschwiegertochter" in den Augen des Torsdorf-Clans. Elsbeth, die mit ihrer literarischen Beschäftigung niemals im Traum daran gedacht hätte, in dieser Familie Eindruck machen zu wollen, hatte davon nicht die geringste Ahnung, abgesehen von dem Geschwatze ihres Schwiegervaters, das sie nicht ernst nahm. Aber die neugierige Köchin war schließlich auch nicht auf den Kopf gefallen.

„Hätte ich ihr nich' zujetraut, Mama!", habe Frederika zugegeben, wie sie getreulich in der „Krankenstube" berichtete, als sie das Frühstück aufbaute.

„Und Henk, mein Mann? Hat er auch einen Blick in die Blätter geworfen, Trine?"

„Unser Jungchen? Man, der doch nich'! Aber wenn und er hätte die Zeit dazu jehabt, nich' wahr, denn hätte er! Janz jewiss doch!"

Man mag es nicht glauben, aber er hatte, zumindest flüchtig. Und er fand die Schwangerschaftsbeschäftigung seiner Angetrauten voll knorke. Die kam ihm gut zu Pass, denn umso unbeschwerter konnte er sich aus dem Staube machen.

„Das passt sich wie die Hand in den Muff!", dachte er zufrieden. „Nu hat se jenuch zu tun, wenn ich wechbleibe!" Langeweile würde seine Angetraute nicht haben. Na also! Ganz in seinem Sinne!

„Mach man weiter, Pettchen! Fabel du man schöne vor dich hin! Du stellst noch 'n Märchenbuch uff die Beene!" ermunterte er sie. Kein Mensch auf der ganzen weiten Welt hätte die junge Elsbeth so aufzubauen vermocht, wie ihr Mann! Sie war einfach glücklich! Ach, sie ahnte noch nicht, dass ihr seit der Eheschließung zugeschüttetes Selbstbewusstsein, welches schon durch die geistliche Aufmunterung des Priesters vor einigen Wochen im Beichtstuhl ein Lichtlein angezündet hatte, um sich an das Tageslicht hervorzuarbeiten, und das mit Henks hingeworfenen Worten geradezu eine unerwartete Luftzufuhr erlebte, welche ein helles Aufleuchten zur Folge hatte, dass dieses Selbstbewusstsein um sein Flämmchen noch lange würde kämpfen müssen. Es würde mühsam werden, das flackernde Ding ständig am Leuchten zu halten.

Mit der Zeit verblasste Püppis liebe Gestalt in Elsbeths Erinnerung. Immer deutlicher sah sie ein Kind mit Henks dunklen Augen, seinen schwarzen Pupillen und seinen dunklen Haaren vor sich, und sie schrieb für dieses Kind, ohne dass ihr diese Tatsache so recht zu Bewusstsein kam.

Indessen lebte Klein-Irene, auf Initiative von Frederika, die sich, wie immer, durchgesetzt hatte, auf einem Gut jenseits der Elbe bei ihrem Onkel. Karolines ältester Bruder Gert von Wentow Junior hatte dort eingeheiratet und war inzwischen Vater von zwei eigenen kleinen Kindern. Seine jüngste Schwester Albertine, jene Albertine, die bei der Beisetzung ihrer armen großen Schwester Karoline und bei Irenes Taufe zugegen gewesen war, lebte bei ihm. Sie war jetzt 14 Jahre alt. Doch als Püppi in Begleitung ihrer Tante Frederika eintraf, hielt sie sich in demselben Internat auf, indem schon ihre Mutter Kitty und deren Freundin Ottilie, verheiratete Torsdorf, erzogen worden waren.

Für Püppi indes begann eine herrliche Zeit. Es ist wahr, dass sie in den ersten Tagen vor lauter Heimweh trotz guten Zuredens fast nichts aß, und das, was man sie gezwungen hatte zu schlucken, wieder hervorwürgte. Es ist auch wahr, dass sie wortlos und blass, ihre Weihnachtspuppe an sich gedrückt, in irgendeiner Ecke kauerte. Das Ehepaar von Wentow war noch zu jung und Tante Ulrika mit ihren eigenen beiden Kleinkindern, von denen das Jüngere ein Säugling war, zu sehr beschäftigt, als dass sie mit einer Vierjährigen, die man aus ihrer gewohnten Umgebung herausgerissen und in der Fremde allein gelassen hatte, hätte umgehen können. Der Mamsell Klothilde Mager, die auch so mager war, wie sie hieß, fiel die Appetitlosigkeit und die Blässe des Kindes auf, nachdem das Zimmermädchen ihr gemeldet hatte, man habe eine Bettnässerin zu Gast. Daraufhin nahm sie sich des Kindes an. Nachdem man der Kleinen zwei junge Kätzchen in den Arm gelegt, und nachdem sie Fröbe, der große Wolfshund, vor dem sie zuerst schreiend geflüchtet war, abgeschleckt hatte, nachdem Onkel Gert sie auf Anraten seines Verwalters vor sich auf den Rappen Männe gesetzt hatte und mit ihr auf dem Gutshof umhergetrabt war, dass sie vor Angst und Vergnügen kreischte, und nachdem sich Tante Ulrika von ihr beim Wickeln des Stammhalters Gertchen „helfen ließ" und mit ihr zusammen ihrem Töchterchen Ruthild, „Ruttchen" genannt, Kinderlieder vorsang, nachdem also die ganze Familie beschlossen hatte, diesem weiblichen Seitentrieb derer von Wentows mit dem Namen Torsdorf mit verwandtschaftlichen Beweisen der Zuneigung und des guten Willens zu begegnen, empfand das kleine Mädchen plötzlich ein ungeheuer glückliches Gefühl der Freiheit! Und das Bettchen blieb trocken. Püppi konnte auf dem großen Gutshof und im Park herumlaufen, wo und wie sie wollte, beschützt von Fröbe natürlich, der stets ein Auge auf sie hatte, der Arme! Er wurde dadurch zu einem gestressten Hund, hatte er doch auch den Nachwuchs seiner eigenen Familie zu bewachen und zu beschützen. Kein Mensch kümmerte sich um Püppis Erziehung, denn Tante Ulrika war mit ihren 21 Jahren fast selbst noch ein Kind. Man packte einen Stapel Bilderbücher aus Großmutter Kittys Tagen, die vor dem Konkurs gerettet worden waren, vor sie hin, und die Kleine, die schon einige Buchstaben und Zahlen kannte, ließ sich von dem Sohn des Verwalters, Ingolf Mahlke und seinem Freund Friedhelm, Sohn eines der Landarbeiter, die restlichen erklären. Sie begann zu buchstabieren und zu lesen.

Kurz vor dem Weihnachtsfest wehte eines Spätnachmittags eine junge blonde Frau in Elsbeths Schlafstube, deren gelocktes Haar zu einer verwegenen Frisur geschnitten war. Sie verströmte in ihrer Lebhaftigkeit eine solche Frische, sodass diese das düstere Zimmer geradezu zu erhellen schien.

„Tach Frau Torsdorf! Gaspari mein Name. Und ich soll man Grüße ausrichten von der Jemeinde St. Sebastian und janz speziell von Herrn Vikar Brackmann!" Damit wickelte sie einen in Buntpapier eingeschlagenen Tannenzweig aus, an dem drei kleine Weihnachtssterne aus Stroh befestigt waren, legte ihn ohne viel Federlesens auf das Nachttischchen, wobei sie ein Buch beiseiteschob, und fischte in ihrer Tasche nach einer roten Kerze. Die nestelte sie in den Zweig, nachdem sie das Buntpapier gefältelt und daruntergeschoben hatte. Sodann setzte sie sich ungeniert zu Elsbeth auf die Bettkante.

„Von Herrn Vikar Brackmann, sagen Sie?"

„Klar doch, und ich soll man zusehen, wie es Ihnen so jeht!"

„Ich kenne den Herrn Vikar doch gar nicht!"

„Aber er kennt Sie!", kam es frisch fröhlich zurück „Sind Sie krank?"

„Eigentlich nicht. Aber ich muss liegen."

„Ach!" Pause. Marlene Gaspari war zu gut erzogen, um nach der Ursache des Liegen-Müssens zu fragen, doch Elsbeth war viel zu stolz auf ihre werdende Mutterschaft, sodass sie mit gesenktem Kopf verschämt flüsterte, nachdem sie zuvor die Lippen in ihren schmalen Mund hineingezogen hatte:

„Es is' weil ... damit's hält."

„Verstehe!", nickte der blonde Besuch, obgleich er nichts verstand. „Schon lange?", wagte er dennoch zu fragen und schaute sie aus großen graublauen Augen an.

„Fast sieben Wochen! Aber ich muss mindestens noch ... ach noch ganz lange!"

„Und überhaupt nich' 'n bissken zwischenmang uffstehen und 'rumlaufen?"

Elsbeth sah sie groß an: „Unmöglich! Zu gefährlich!", sagte sie.

Marlene Gaspari begann es zu gruseln. Ach, sie war ja noch so jung und unbedarft und eigentlich mehr fürs Forsche und Jugendbewegte. Daher schwärmte sie auch für die neue Zeit und wäre zu gern eine BDM-Führerin gewesen. Leider sei sie zu alt, viel zu alt, weit über 18 Jahre, das Höchstalter für ein BDM-Mädel. Beklagenswerterweise sei sie nämlich schon fast 21, plapperte sie! Und Zöpfe habe sie ja nun auch längst keine mehr, wie es sich für ein richtiges Jungmädel gehörte, aber dafür eine Dauerwelle! Und sie sänge im Kirchenchor von St. Sebastian. Nebenbei sei sie Propstei-Sekretärin, erzählte sie stolz, ganztags, voll beschäftigt, zusammen mit ihrer verwitweten Mutter. Sie kenne alle Gemeindemitglieder. Und genau aus diesem Grunde sei sie hier, denn die Recherchen des Herrn Vikar Brackmann hätten ergeben, dass Frau Torsdorf auch zur Propstei-Gemeinde St. Sebastian gehöre.

„Ach!"

Eben! Und nun könne sie guten Gewissens berichten, dass sie, Frau Torsdorf, verhindert sei, die Sonntagsmesse zu besuchen, weil sie ständig im Bett liegen müsse. Sie würde das so weitergeben.

„Ich habe in München auch im Kirchenchor gesungen!", glaubte sich Elsbeth einigermaßen rechtfertigen zu können.

Das quirlige Fräulein Gaspari hopste geradezu auf dem Bett vor Begeisterung. „Sie müssen man unbedingt zu uns in den Chor kommen, wenn Se wieder rumlaufen können, Frau Torsdorf, ja? Herr Vikar Brackmann leitet unseren Chor. Welche Stimmlage?"

Wie gesagt, Fräulein Marlene Gaspari hatte den Grund der Liege-Therapie nicht begriffen!

Während die beiden jungen Frauen die einzelnen Messen durchnahmen, in denen sie schon mitgewirkt hatten, auch einzelne kurze Partien zusammen sangen, öffnete sich die Schlafstubentür erneut und herein trat Arno Angermaier.

„Ja, was ist denn da los! Servus Bettl! Was macht die Kunst? Bist du auch brav?" Der junge Mann klopfte seiner Schwester brüderlich auf die rechte Schulter. Dann wandte er sich der fremden jungen Dame zu und betrachtete fasziniert ihre verwegen-asymmetrische Frisur. Marlene war regelrecht in die Höhe geschossen, ihre graublauen Augen wurden noch runder, und zu Arnis größtem Vergnügen machte sie sogar einen angedeuteten Knicks, was ihr sofort leid tat, schon, weil es so gar nicht zu ihrer Coiffure passte.

„Mein Bruder, Herr Angermaier!", stellte ihn Elsbeth der jungen Propstei-Sekretärin vor, „Arni, das ist Fräulein Gaspari. Sie kommt von der Kirche St. Sebastian und schaut, wie es mir geht. Stell dir vor, der Herr Vikar hat sie extra geschickt!"

Der Bruder zog einen Stuhl heran, ließ sich ungeniert auf ihm nieder und sagte: „Setzen Sie sich doch wieder, Fräulein Gaspari. Das ist gemütlicher und vermutlich auch gesünder für die Beine. Meine Schwester muss halt eine Zeit lang liegen, aber es ist nicht so schlimm! Schaut eh so gesund aus wie ein Apfel, gell Bettl?" Was stimmte. Und er knuffte sie brüderlich.

„Wir danken für Ihren charmanten Besuch," fuhr er fort, „Und die Grüße vom Herrn Vikar, die er doch hat ausrichten lassen, nehme ich an? Sie lieben den Gesang?"

Falls dieser selbstsichere junge Mann mit dem unverschämt bezaubernden Lächeln die Absicht hatte, sie, Marlene Gaspari, mit Spott zu überziehen, bitte sehr! Nicht mit ihr. Also blieb die junge Dame, der, man muss es eingestehen, die Knie ein klein wenig zitterten, schon aus Daffke stehen, rümpfte die Nase und antwortete kühl:

„Der Besuch war meine Pflicht, Herr Angermaier! Und welcher Gemeinde gehören Sie an?"

„Hier in Magdeburg gibt's, glaub' ich, nicht so viel Auswahl, was Ihre Fakultät betrifft!"

„Da ist noch ...", begann der Blondschopf aufzuzählen, bis er gerade noch rechtzeitig begriff, was der junge Mann eigentlich sagen wollte. Zum Glück fiel er ihr unhöflich ins Wort:

„Geben Sie sich keine Mühe, gnädiges Fräulein, ich gehör' zu den anderen, sagen wir, ich bin dem Dom zugehörig!"

„Ach! Ja denn ... Ich möchte nich' stör'n. Ich glaube, ich muss wohl gehen!"

„Dann tät' ich Sie gern begleiten, wenn es Ihnen nix ausmacht. Es schneit übrigens!"

Fräulein Gasparis' Herz hopste ganz deutlich und sie musste schlucken. Dennoch antwortete sie tapfer.

„Is' man nich' nötig, Herr ..."

„Angermaier, wenn's beliebt. Notwendig wär's nicht, aber dantschiger wär's!", antwortete der grinsend im uns bereits bekannten bayrischen Konjunktiv.

„Da ... was????" Marlene Gaspari war geradezu hingerissen von der südlichen Einfärbung in der Aussprache des jungen Mannes, die ihr bei seiner Schwester gar nicht so sehr aufgefallen war! Gegen eine weitere Unterhaltung mit ihm hätte sie eigentlich nichts einzuwenden gehabt. Obgleich sie der Meinung war, dass selbstverständlich sie in einem einwandfreien Hochdeutsch parlierte, hätte sie seinen Plaudereien liebend gern weiter gelauscht! Ach, wie viele Dialekte, Ausdrücke, Ausdrucksweisen die Sprache der großen deutschen Dichter in Wahrheit beherbergte, sollte den Volksgenossen nur wenig später bekannt werden, als sich die Menschen deutscher Zunge durch Krieg, Evakuierung, Flucht und Vertreibung so recht durcheinandermischten. Fräulein Gaspari wusste übrigens, was sich gehörte und sagte deshalb:

„Denn möchte ich mich man verabschieden, Frau Torsdorf, ja, und ich wünsche man jute Besserung!" Damit schüttelte sie Elsbeths Hand und drehte sich zur Zimmertür ... „Und wie jesacht: es is' man nicht' nötig ..."

„Gehst du Weihnachten heim?", konnte Elsbeth ihren Bruder gerade noch fragen, während er ihr noch schnell einen Klaps gab.

„Ja, ja, ich glaub' schon!" Und schon eilte er durch die Tür hinter der blonden Pfarrsekretärin her. Beinahe hätten die beiden die neugierige Trine umgerannt. Arni konnte gerade noch der Blonden beim Hineinschlüpfen in einen beachtlichen Mantel behilflich sein. Während er sich seinen eigenen überzog, sah er mit Vergnügen, wie sie sich einen abenteuerlich aussehenden Hut auf die Frisur stülpte und fast bis über die Ohren zog.

„Geh' weiter, Trinerl, schaun S' halt nicht so verkehrt! Und Servus auch!" Er wusste, dass die Köchin speziell diesen Gruß goutierte und ihn sich sozusagen auf der Zunge zergehen ließ. Der fröhliche Schwager ihres Jungchens besaß längst ein Sofakissen in ihrem Herzen.

Ils sont tombés amoureux, von einem Augenblick zum anderen, die Hormone!!!", dachte Edda, während sie gedankenvoll auf den Bildschirm starrte. Und: „Bin gespannt, wie sich das entwickeln wird." Denn, das musste sie nun doch zugeben: Ihre Figuren begannen, wie Ansgar schon angedeutet hatte, ein Eigenleben zu entwickeln. Mit anderen Worten: Sie liefen Gefahr, sich nicht mehr an der historischen Wahrheit zu orientieren. Sie, Edda, war dabei, ein Leben aus ihrer Phantasie heraus zu beschreiben.

Niemand erfuhr, auf welche Weise Fräulein Gaspari die Bettlägerigkeit von Frau Torsdorf bei ihrem Report in der Gemeinde interpretiert hatte. Wie auch immer! Nur kurze Zeit später – noch befand man sich in der Adventszeit – stand Herr Vikar Ludger Brackmann vor der Wohnungstür. Als Minchen, die ihm öffnete, die schwarze Gestalt mit einem rabenschwarzen Hut auf dem Kopf und eine ebenso schwarzen Aktentasche unter dem linken Arm erblickte, hätte sie vor Schreck die Türe fast wieder zugeschlagen. Zitternd und knicksend bat sie den fremdartigen Herrn herein. Wie ihr beigebracht worden war, wollte sie ihm – allerdings mit größter Überwindung – auch aus dem schwarzen Mantel helfen, was er zum Glück ablehnte. Immerhin ließ er zu, dass sie von ihm dieses Kleidungsstück, seinen schwarzen Schal und den schwarzen Hut entgegennahm. Das alles balancierte sie so vorsichtig, als seien sie bei der geringsten Bewegung entflammbar, und brachte sie in der Garderobe unter. Dann führte sie den „Schwarzen" in den Salon, bat ihn dort Platz zu nehmen und hechelte vorerst in die Küche, wo sie verschreckt auf einem Küchenstuhl niedersank.

„Na, du dumme Gans, was is'n passiert? Kiekst ja aus die Wäsche, als hätt'ste den Jottseibeiuns persönlich zu Jesichte jekriecht!", spottete die Köchin.

Minchen nickte. „Aber 'nen langen Rock hat er nich' an, bloß 'n janz schwarzen Anzuch! Und janz hochjeknöpft!", flüsterte sie. „Janz schwarz und janz hoch jeschlossen bis janz oben ..." Sie schluckte und japste... „Und bloß hier inne Mitte, hier, so anne Kehle ..." Minchen fasste sich an den Hals „... So, hier, da siehste bloß so 'n 'janz bisschen von 'nem weißen Kragen! ... Satan! Weiche von mir! Er isses!"

„Quatsch!" Nun musste sich auch Trine setzen. „Das haste man jeträumt! Oder haste vielleicht 'nen Ferdefuß jesehen? So ähnlich wie beim jnädigen Herrn?"

„Was? Unser Herr Doktor hat ... is' ...?"

„Haste oder haste nich'?"

„Nee! Hab ich nich'! Ich hab' doch da nich' hinjekiekt! Hätte mich ooch nich' jetraut!"

„Haste der Gnädigen schon Bescheid jejeben?"

„Nee! Ich kann nich'! Ich grusele mich man zu dolle!"

Also übernahm die Köchin diese Aufgabe.

Zuerst begab sie sich in den Salon, wo sie einen ansehnlichen jungen schlanken Herrn in dem von Minchen beschriebenen Aufzug in einem Sessel sitzen sah. Zurückgelehnt, die Beine ordentlich und wohl erzogen nebeneinander gestellt, die Hände im Schoß locker gefaltet und neben dem Sessel besagte Aktentasche auf dem Teppich lächelte er sie an, erhob sich sofort und verbeugte sich.

„Vikar Brackmann!" sagte er, „Ich glaube, ich habe die junge Dame vorhin verschreckt, was ganz und gar nicht meine Absicht war, woll. Ich würde gern Frau Elsbeth Torsdorf ..."

Trine schielte sicherheitshalber auf seine schwarzen Schuhe, an denen sie keinerlei Auffälligkeiten feststellen konnte, knickste und sagte:

„Ich werd' Sie erst mal der Gnädigen melden, ja?"

Damit machte sie kehrt, segelte in die Küche und schnauzte:

„Also, 'nen Ferdefuß hat er nich', du dummes Ding!"

Sodann begab sie sich in das Wohnzimmer, wo die

Standuhr sich just in diesem Moment bemüßigt fühlte, vier helle Schläge bing ... bing ... bing ... bing ... und gleich danach fünf dunkle bong ... bong ... bong ... bong ... bong von sich zu geben. Die ganze Zeit über, da die Standuhr das Sagen hatte, war, wie man weiß, kein Gespräch möglich. Also trippelte Trine unterdes von einem Fuß auf den anderen.

„Was haste denn, Trine? Du machst mich ja ganz hippelig mit deiner Zappelei?", kam ihr Frau Torsdorf zuvor, indem sie ihre Brille über die Stirn schob.

„Gnädige Frau, im Salon sitzt ein ... ein ..."

„Na wer? Nu sprich schon! Hat es dir die Rede verschlagen?"

„Also, gnädige Frau, ich muss schon sagen, nich' wahr, er sieht man ooch jut aus, ich mechte sagen, er macht was her, nich' wahr, und höflich ist er wie ... na ja, wie 'ne Eins, man trotzdem ... man mechte es nich glauben! Janz normal, sozusagen, nich' wahr! Wenn er och so janz anders klingt, wenn er spricht. Ich meene, nich' so wie unsereins, ja."

„Na?"

„Ein katholischer Pfaffe, gnädige Frau, und er mechte die junge Frau besuchen, sacht er!", flüsterte sie.

„Du kannst gehen, Trine, danke!", antwortete Ottilie kühl. „Ich kümmere mich selbst darum!"

Beleidigt zog die Köchin ab, allerdings mit der Absicht, die Begegnung zwischen der jungen Frau und dem schwarzen Priester auf jeden Fall zu belauschen. Inzwischen fasste sich Frau Ottilie an den Kopf, um den Sitz des falschen Wilhelms zu überprüfen und begab sich in den Salon.

Der Vikar erhob sich erneut und verbeugte sich.

„Vikar Brackmann von St. Sebastian, gnädige Frau!", sagte er. Ottilie hielt ihm ihre Rechte hin, die er ergriff und freundschaftlich schüttelte.

„Bitte, nehmen Sie Platz, Herr Vikar!" Sie setzte sich ebenfalls in einen der Sessel. „Sie kennen meine Schwiegertochter?"

„Ich bin ihr vor einigen Wochen einmal begegnet, gnädige Frau! Sie ist doch nicht ernsthaft krank?"

„Ernsthaft nicht, nein. Wurde Ihnen denn nicht von ihr berichtet, nachdem ihr die junge Frau aus Ihrer Gemeinde einen Besuch abgestattet hatte?"

„Berichtet schon, doch was konfus, woll!"

Auch Ottilie lauschte fasziniert dem so andersartigen Idiom in deutscher Sprache. Es gefiel ihr.

„Nun, denn soll sie es Ihnen selbst sagen, wenn sie es für richtig hält. Es kommt mir nicht zu, mit Ihnen darüber zu sprechen. Sie vermissen Sie beim Gottesdienst, nicht wahr, Herr Vikar? Ich habe den Eindruck, sie ist nicht besonders gottesfürchtig."

„Ob jemand Gott mehr oder weniger gefällig ist, darüber steht niemandem von uns ein Urteil zu, woll! Ich denke, der Herr liebt uns alle!"

„Die Päpstlichen sind und bleiben raffinierte Diplomaten!", dachte Ottilie und freute sich daran. „Es beglückt mich, dass Sie mich, die ich in Ihren Augen eine Ketzerin bin, mit einbeziehen, Herr Vikar!"

„Oh, Mutter Kirche hat einen geräumigen Schoß, woll, und für eine Umkehr ist es nie zu spät! Denken Sie an die Arbeiter im Weinberg!" Seine Augen glitzerten spitzbübisch.

„Ich werde darüber nachdenken!", schwindelte sie und wusste, dass er wusste, dass sie schwindelte. Er gefiel ihr.

„Ein prüdes Weib des Potiphar!" schmunzelte er in sich hinein, während er ihr in die „Krankenstube" folgte.

Elsbeth rührte beinahe der Schlag, als sie die schwarz gekleidete Gestalt mit dem weißen Stehkragen, welcher ihn eindeutig als einen katholischen Pfarrer auswies, und dem freundlich lächelnden Gesicht erblickte. Verlegen griff sie nach dem Ausschnitt ihres Nachthemdes und zupfte ihn in die Höhe, während Ottilie den Priester mit einem „Herr Vikar Brackmann von St. Sebastian möchte dich besuchen, mein Kind!" vorstellte. In dem Augenblick, als dieser sie mit einem „Guten Tag Frau Torsdorf, wie geht es Ihnen" begrüßte, wusste sie, wen sie vor sich hatte.

„Nun denn, ich denke, ich sehe Sie später, Herr Vikar!", verabschiedete sich die Schwiegermutter, bevor Elsbeth überhaupt antworten konnte, „Ich hoffe, Sie trinken eine Tasse Tee mit mir!"

„Das Weib des Potiphar!", dachte der Vikar erneut, während er sich artig bedankte und den verheißenen Tee natürlich annahm.

„Es geht mir sehr gut, Hochwürden!", antwortete Elsbeth aus ihrem Bett heraus. Es war ihr furchtbar peinlich, dass sie in dieser Situation allein mit ihm im Zimmer war. Also, nach Walzertanzen war ihr da wahrlich nicht zu Mute. Was würde wohl Henk dazu sagen, wenn er davon erfuhr? Und er würde! Würde er toben? Sie hatte nie erlebt, dass er vor Wut tobte. Das also vielleicht nicht, aber, was schlimmer war, vielleicht würde er sie in der nächsten Zeit nicht besuchen, nicht mit ihr sprechen! Oh Gott!

Auch der junge Vikar zog ungeniert den Stuhl heran, auf dem Bruder Arno vor kurzer Zeit gesessen und sich wahrscheinlich in die Pfarrsekretärin verguckt hatte, und ließ sich in einem höflichen Abstand von der Bettkante darauf nieder. Er nahm seine schwarze Aktentasche auf den Schoß, öffnete sie und zog einige Bücher heraus.

„Ich dachte, ich sehe mal vorbei, wo Sie doch am Liegen sind, woll!", sagte er, „Vielleicht benötigen Sie einen geistlichen Beistand, liebe Frau Torsdorf, oder vielleicht was Lesestoff? Zum Beispiel, wenn die Hand vom vielen Schreiben zu müde und das Häkeln zu langweilig wird, woll? Ihre Bettlägerigkeit bedeutet doch nichts Ernstes?"

„Ich habe Ihren Rat befolgt, den Sie mir damals gegeben haben, Hochwürden!", antwortete sie gepresst.

Er nickte und versuchte sich zu erinnern, was für ein Rat das gewesen sein könnte. Schließlich kann kein einziger Priester auf der ganzen weiten Welt alle Sünden seiner zahlreichen Beichtkinder im Kopf haben. Dass er die junge Frau überhaupt aufgespürt hatte, lag daran, dass ihm ihr süddeutscher Akzent aufgefallen war, den er vorher bei noch keinem Beichtkind gehört hatte, und – und daran hatte er sich schon von Berufs wegen zu erinnern – dass sie offensichtlich in einer Mischehe lebte.

„Noch am gleichen Tag hab ich mich untersuchen lassen, und die Frau Doktor hat gemeint, wenn ich ein paar Monate liegen bleibe, kann ich diesmal mein Kind behalten. Ich bete jeden Tag darum! Mein Mann und ich sind sehr glücklich!" Was, wie wir wissen, nur zum Teil stimmte. Bei dem Vikar begann es allmählich zu dämmern.

„Wie haben Sie mich überhaupt gefunden?", fuhr Elsbeth fast flüsternd fort.

„Dass Sie mich mit Hochwürden tituliert haben, war mir eine große Hilfe, woll. Das ist hier bei uns nicht üblich. Alles andere war eine Sache der Bürokratie. Einfach war es nicht, darf ich sagen. Und dreimal war es ein Blindgänger! Dreimal haarscharf an der Kante daher und zum Greifen nah! Aber knapp dran vorbei ist auch daneben!" Er lachte. „Frauen sind nun mal nich' leicht festzunageln, scheint mir! Das kennen wir aus dem Paradies, woll? Ich sage man immer: Frauen, ein anderer Planet! Aber nu habe ich Sie! Ich habe gehört, Sie schreiben an einem Märchenbuch?" Er legte die Bücher, die er mitgebracht hatte, auf das Nachttischchen. Elsbeth verspürte ein angenehmes Rieseln in ihrem ganzen Körper. Dass ein katholischer Geistlicher so locker sein konnte, hätte sie sich nie vorstellen können.

„Das haben Sie gehört? Von wem denn?" Sie schlug ihre Hand vor den Mund. „Verzeihen Sie bitte!", flüsterte sie. „Ich benehme mich ungehörig."

„Es spricht sich eben herum, woll!", antwortete er, ihre Entschuldigung außer Acht lassend. Er schielte nach ein paar voll gekritzelten Blättern. Instinktiv legte Elsbeth ihre Hand darauf.

„Ach, das ist nichts! Das ist nur für meine kleine Stieftochter. Sie ist gerade bei Verwandten, wissen Sie, weil ich mich doch jetzt nich' um sie kümmern kann."

„Darf ich?" Er hielt seine Hand hin. Da musste Elsbeth sie ihm überreichen, die Krikel-Krakeleien, wollte sie nicht unhöflich sein.

Er überflog ihr Geschreibsel. „Stimmt!" sagte er.

„Was stimmt, Hochwürden?"

„Dass das hübsche Märchengeschichten sind. Wenn Sie erlauben, würde ich sie mir gern was ausleihen, mit der Schreibmaschine abschreiben lassen und hektographieren. Schwester Regildis, die leitet unseren Kindergarten, müssen Sie wissen, wird begeistert sein, wie ich sie kenne, und Fräulein Gaspari – die wird das alles in die Maschine schreiben, woll – kann sie Ihnen morgen, spätestens übermorgen zurückbringen!" Das klang, als dulde Hochwürden keine Widerrede.

„So gut sind die Geschichten doch gar nicht, und wer hat denn gesagt, dass sie hübsch sind?"

„Es ist mir eben zu Ohren gekommen!" Er lächelte verschmitzt. „Sie überlassen mir die Blätter, woll? Wir haben da einen ganz Teil bedürftiger, kinderreicher Familien in der Gemeinde, die sind arm dran, und die sollen auch was davon haben! Sie haben doch nichts dagegen, woll?"

„Wenn Sie meinen, Hochwürden? Wirklich ... ich ..."

„In Ordnung!" Und er stopfte alles, was er kriegen konnte, in seine schwarze Aktentasche. „Und Sie schreiben weiter, woll?"

„Schon. Aber was Sie so für Ihren Kindergarten brauchen, muss da nich' auch immer das liebe Jesulein drin vorkommen?", fragte sie, nun – zu ihrer eigenen Überraschung – geradezu mutig geworden.

Der Vikar musste herzhaft lachen. Sie stimmte ein.

„Nicht unbedingt, woll, aber hin und wieder wär's vielleicht nicht schlecht. Versuchen Sie sich an Ihre eigene Kindheit zu erinnern."

„Ich war nicht bei den Ordensschwestern im Kindergarten!"

„Na, denn! Und nun zu etwas anderem: Haben Sie vielleicht den Wunsch, die heilige Beichte abzulegen?"

Nun war Elsbeth vollständig überrumpelt! Er seinerseits grinste. „Nicht viel gesündigt, seit dem letzten Mal, woll? Wenn man hier so im Bett still zu liegen und sich Märchen auszudenken hat, kann nicht viel passieren, woll? Nicht in Taten, wahrscheinlich auch nicht in Worten, aber vielleicht in Gedanken? Na, einen ganz Teil hatten wir ja beim letzten Mal, woll?"

Elsbeth legte ihre Stirn in Falten und versuchte auf die Schnelle ihr Gewissen zu erforschen, aber der Herr Vikar war schon aufgestanden. Er rechnete offensichtlich nicht mit einem beichtwürdigen Sündenregister, weder was die lässlichen und schon gar nicht, was die schweren Sünden anging. Wahrscheinlich dachte er an den Tee und das erfrischende Geplänkel mit dem prüden Weib des Potiphar.

„Gott segne Sie, meine Tochter!" sagte er beim Abschied, „Und denken Sie daran, die Liebe ist das Einzige, das sich vermehrt, wenn man es verschwendet, woll! Sie sind auf einem guten Weg! Gott mit Ihnen!"

„Ein Exorzist, Mama! Mit einem Exorzisten trinkst du Tee! Das ist ja das Hinterletzte!", schnaubte später Frederika, als sie davon erfuhr. „Ich bin erschüttert, Mama! Weißt du denn überhaupt, mit wem du es da zu tun hattest? Und hast du denn gar nicht an dein schwaches Herz gedacht?"

„Was hat mein schwaches Herz damit zu tun, wenn ich mit einem interessanten Herrn Tee trinke, Exorzist hin oder her?", fragte ihre Mutter dagegen.

„Du weißt, dass du dich in keinster Weise aufregen darfst!" Erzürnt knallte die Tochter ihren Sack voll Schmutzwäsche in die Küche, damit Minchen ihn in die Waschküche hinuntertrage, denn für den folgenden Tag wurde die Waschfrau erwartet.

„Ich habe mich nich' aufgeregt, sondern bestens unterhalten!", antwortete ihr ihre Mutter kühl.

„Abstauber!" war Henks Kommentar, als er von dem Besuch unterrichtet wurde. „Das sieht den Papisten ähnlich. Man immer zusehen, wo es was zu holen jibt! Man immer abkupfern! Nu verbreiten se Pettchens Jeschreibsel in ihrem Verein ohne einen Heller für herzujeben! Na ja, die Kirche hat einen großen Magen, das wissen wir ja." Übrigens nahm er seiner Frau den Besuch des Pfaffen nicht übel.

„Wenn und wir hätten jewusst, dass das so jefracht is, was unsere junge Frau da in ihrem Bette so vor sich hin schreibt, nich' wahr, denn hätten wir es man ooch nach St. Paulus hinjeben können!", seufzte Trine. „Und nu isses zu spät!"

Alle Kindergeschichten, die Elsbeth in den folgenden Wochen aufschrieb, wurden in einer ganzen Reihe von Exemplaren vervielfältigt und fanden im katholischen Kindergarten und unter den ärmeren Familien ein Zuhause. Später sollte auf Betreiben des Vikars tatsächlich ein Kinderbuch daraus werden, welches der Erzbischöfliche Verlag zu Paderborn, in dem auch das „Liboriusblatt" erschien, herausgab. Elsbeth erfuhr auf diese Weise, dass der hl. Liborius, einst Erzbischof zu Le Mans in Frankreich, der Schutzpatron der Paderborner Erzdiözese war, nachdem kostbare Reliquien dieses bemerkenswerten Heiligen im 9. Jahrhundert in diese deutsche Stadt gelangt waren.

Was die junge Frau Torsdorf anging, so schwebte sie geradezu über den Kissen! Auf den Wolken ihres erstarkten Selbstbewusstseins wagte sie auch wieder von der eigenen Wohnung zu träumen. Sozusagen ein luxuriöser Sommernachtstraum!

„Wenn ich alles Geld, das ich auf die Seite gelegt habe" – es befand sich unter ihrer Unterwäsche im Schrank – „ganz einfach auf mein Sparbuch tue, sodass ich es eigentlich gar nicht mehr habe und ausgeben könnte und überhaupt noch mehr spare, dann könnte ich Henk vielleicht doch zu einer eigenen Wohnung überreden, bevor wir das Kind kriegen, und überhaupt ... und er muss ja vielleicht gar nichts drauflegen und ..."

Sie kramte in ihrer Nachttischschublade, wo sie ganz zuunterst ihr Sparbuch aufbewahrte. An die 1000,00 Reichsmark hatten sich dort über die Jahre angesammelt, angefangen von kleinen Geldgeschenken zu den Festtagen zwischen Taufe und Firmung, einer kleinen Summe, die sie von einer Tante geerbt, und dem, was sie selbst zurückgelegt hatte. Das also hatte sie mit in die Ehe gebracht, nicht wenig Geld, wie sie wohl wusste. Sie fischte das Büchlein heraus und klappte es genüsslich auf, um sich an dem Ersparten zu delektieren. 3000,00 Reichsmark plinkerten ihr entgegen. Elsbeth starrte verdutzt auf diese Riesensumme. Sie schnürte ihr regelrecht den Hals zu. Sooo viel Geld! Die Eltern! Mutter! Das war eindeutig Mutter! Und hatte Mutter nicht zum Abschied gesagt, sie solle ihr Sparbuch hüten wie ihren Augapfel? Und das mehrmals! Ach, wo hatte sie, die undankbare Tochter, ihre Augen gehabt! Nur immer ihren Mann hatte sie angeschaut und angebetet und darüber die Liebe der Eltern ganz vergessen! Dabei hatten die doch selber Schulden, wegen der Hypotheken, die auf dem Haus lagen! Und nun das! Die ungeheure Summe von 2000,00 Reichsmark hatten die Lieben ihr zur Hochzeit geschenkt, ohne ein Sterbenswörtchen davon zu erwähnen. Sie ahnte nicht, dass der wahre Grund der elterlichen Heimlichkeit deren Sorge vor einem Zugriff des Schwiegersohnes auf die Mitgift gewesen war. Elsbeth empfand nur deren große Liebe, und ihr liefen die Tränen voller Dankbarkeit über das Gesicht.

Plötzlich hüpfte ihr Herz! Die Wohnung! Da war sie endlich und zum Greifen nah.

„Schau dir das an Henk!", triumphierte sie, als er zur Türe hereinkam, und wedelte mit ihrem Sparbuch in der Luft herum! „Schau dir das an! Jetzt können wir uns endlich eine eigene Wohnung leisten! Eine Wohnung für uns beide und für Püppi und das Kleine! Ach Henk!"

Mutters, wie wir wissen, unausgesprochener Rat, den Besitz des kostbaren kleinen Büchleins besser vor dem Gemahl geheim zu halten, hatte sie in dem Moment des Jubels glatt vergessen!

Der traf den Ehemann, wie wir wissen, auf dem falschen Bein.

„Damit biste man jetz' in der Lage, ein Haus zu machen, Pettchen!" antwortete er, ohne sich weiter zu dem grandiosen Fund in der Nachttisch-Schublade seiner Frau zu äußern, und blätterte in dem Sparbuch.

„Ach, Henk! Was redest du! Vier Zimmer, das genügt doch, oder besser fünf, was meinst du? Und natürlich ein Badezimmer und eine große Diele, und etwas, damit man eine Schaukel für die Kinder aufhängen kann! Und alles ganz hell, ich meine, helle und freundliche Tapeten! Weißt du, was Mutter immer gesagt hat: Das Geld muss unter die Pferde!"

„Ach ja?"

TEIL II

IX

„Wie einst Lilli Marleen!", dachte die junge Frau, die an jenem trüben Novembernachmittag 1941 auf dem grauen, nebeligen, nur spärlich beleuchteten Bahnsteig stand und auf den Militär-Zug aus dem Süden wartete. Ein Telegramm, in dem die Ankunftszeit des Militärtransports mitgeteilt worden war, steckte zusammengefaltet in ihrer Handtasche, die an ihrem linken Unterarm hing. Den breiten Kragen ihrer dreiviertellangen Jacke aus dunkelrotem Fuchspelz trug sie hochgeschlagen, sodass er die Ohren vor dem nasskalten Wind auf dem zugigen Bahnsteig schützte. Ihr modischer Hut aus hartem Filz erinnerte in seiner kegelartigen hohen Form mit abgeflachter Spitze über der schmalen Krempe – man könnte fast sagen – an ein Halali. Unter der Pelzjacke trug sie einen dunklen Rock aus dickem Stoff, ihre schlanken Beine steckten in dicken, dunklen Strümpfen und ihre Füße in derben, dunkelbraunen, geschnürten Schuhen mit halbhohen Absätzen.

„Wenn sich die späten Nebel dreh'n, da woll'n wir uns jetzt wiedersehen ... wie einst Lilli Marleen!" Sie wusste, dass der Text dieses späteren absoluten Kriegs-Hits nicht ganz authentisch war. Im Großdeutschen Reich eigentlich, von Joseph Goebbels seines „unheilvollen Charakters" wegen verboten, ließ er sich dennoch in seinem

Siegeszug über alle Kriegsschauplätze bis in den fernen Pazifischen Ozean nicht aufhalten. Dass die „Lilli Marleen" übrigens ein solch großer Erfolg an allen Fronten bei Freund und Feind wurde, war nicht zuletzt auch Feldmarschall Rommel zu verdanken, dem das Lied so gut gefiel, dass er es nach der Besetzung des Balkans vom Soldatensender Belgrad aus bis zu seiner Truppe nach Nordafrika ausstrahlen ließ.

Die schmalen Lippen der jungen Frau waren in einem flachen Bogen leicht nach unten gezogen, und über ihrer Nasenwurzel ließ sich eine angedeutete senkrechte Falte wahrnehmen, die sich im Laufe der Jahre immer mehr vertiefen sollte. An ihrer Hand hielt sie ein sechsjähriges kleines Mädchen in einem dunkelgrünen Lodenmäntelchen, das ihm seine Münchner Großmutter geschenkt hatte. Bis auf das kleine Gesicht war der Kopf eingemummelt in ein rotes handgestricktes Mützchen – eins links, eins rechts – mit einer ebenso roten Bommel auf dem Kopf. Die Mütze, tief über die Stirn gezogen, lief unterhalb der Ohren in zwei Troddeln aus, die unter dem Kinn der Kleinen zu einer Schleife geschlungen waren. Ein Schal aus derselben Wolle – eins links, eins rechts – trug das Kind, das brav neben der jungen Dame und mit ihr wartete, um seinen Hals geschlungen. Seine Enden baumelten über das zweireihig geknöpfte gerade Mäntelchen. Unter diesem lugten die Kinderbeine in einer dunkelroten – eins rechts eins links – handgestrickten Gamaschenhose hervor, die oben höchstwahrscheinlich bis unter ihre Schultern reichte, deren untere Enden jedoch jeweils in einer Lasche über dem Rist der kleinen Füße auslief. Diese wurden mittels eines Gummibandes, das jeweils unter die kleinen dunkelbraunen geknöpften

Halbschuhe gezogen war, fixiert. Um den Hals des kleinen Mädchens schlang sich die rote Schnur eines ebenso roten Muffs, der vor ihrem Bauch baumelte und in den es seine kleinen Hände, die in Rot gestrickten Handschuhen steckten, vergraben konnte. Es soll nicht verschwiegen werden, dass die Magdeburger Großmutter die Kleine so rot bestrickt hatte.

Das Kind wagte nicht zu fragen, ob der Onkel aus Ingolstadt, der, wie sie wusste, ebenso wie ihr Vater Soldat war und sich auf dem Weg an die russische Front befand, noch lange auf sich warten lasse. Dass er mit diesem Zug nach Russland fahren würde, hatte sie aufgeschnappt, als ihre Mutter anlässlich eines Besuchs in der Apotheke Tante Frederika von dem Zwischenaufenthalt von deren Vetter Emil Mehltretter in Magdeburg informierte. Die Tante hatte leider keine Zeit, ihren Cousin auf dem Bahnsteig zu begrüßen, denn sie musste die Stellung in der Apotheke halten. Die Provisoren waren längst eingezogen, und weibliche Angestellte mit entsprechender Bestallung gab es damals auf dem „Arbeitsmarkt" so gut wie gar nicht. Sie waren so rar wie roter Mohn in der Wüste. Dummerweise war auch noch Herr Dr. Heinrich Torsdorf Senior ausgefallen, weil er zu Hause mit einer Thrombose in seinem rechten Unterschenkel festlag und sich um Himmels willen nicht bewegen durfte, damit er ja keine Embolie bekam. Außerdem hatte die Tante noch ganz andere Sorgen, wie die Kleine erlauscht, allerdings nicht so recht verstanden hatte. Sie nämlich fand das ganz in Ordnung, dass Frau Dr. Schossier, Tante Jettchen also, aus der Wohnung, in der sie etliche Jahre zusammen mit Tante Frederika zusammengelebt hatte, ausgezogen war. Sie hatte nämlich den lieben und netten jungen Doktor

Lösche geheiratet, der zwar ein elend langer Lulatsch, um nicht zu sagen ein regelrechter Hungerturm, doch ein gesuchter Kinderarzt war. Die Kleine kannte ihn gut, denn er hatte sie wiederholt besucht, als sie selbst, erst von den Masern, später auch von den Windpocken heimgesucht, gezwungen war, das Bett zu hüten. Dass diese Heirat beide Eheleute vor Verunglimpfung und Ehrabschneidung, den jungen Mann aufgrund des berüchtigten Paragrafen 175 sogar vor Schlimmerem, bewahrte, konnte sie natürlich nicht wissen. Zumindest war der Ahnenpass korrekt! Das hatte sie auch aufgeschnappt. Was war ein Ahnenpass? Ihre Mutter erklärte es ihr, auch, dass jede Familie einen vorzuweisen habe, damit jüdisches Blut erfasst und somit dingfest gemacht werden konnte. Was mit diesem dingfesten jüdischen Blut im Folgenden geschah, darüber schwieg man sich in der Familie aus. Man wusste zwar nichts Genaues, aber man ahnte Übles. Besser, man sprach nicht darüber. Am Ende stieß einem aufgrund volksverhetzenden Getuschels gar selbst Übles zu. Im Übrigen: Es gibt immer Dinge, über die spricht man eben nicht!

Selbstverständlich waren die Ahnen der Familie Torsdorf in all ihren Verzweigungen untadelig, die der Familie Angermaier, soweit zurückverfolgbar, ebenso. Frederika, die, obgleich lupenrein arisch, ob ihrer Beziehung zu Jettchen Schossier selbst sozusagen auf Messers Schneide tanzte, konnte auch nicht umhin – betrachtete sie die Angelegenheit nüchtern – die Zweckheirat ihrer Freundin gutzuheißen. Schwierige Zeiten waren für die sogenannten Außenseiter der Gesellschaft angebrochen, die mit ihren schrillen Merkwürdigkeiten, denen Frederika so gern anhing, die „Spießer", wie sie höhnte, vor den Kopf stießen: das Tragen von Marlene Dietrich-Hosen und den noch immer maskulinen „Herrenschnitt" zum Beispiel, das Rauchen süß duftender Orientzigaretten in langen, dekadent wirkenden Zigarettenspitzen, das sonntägliche gemeinsame Umherfahren mit ihrer Busenfreundin auf dem Tandem im Glacis oder am Adolf-Mittag-See in Rotehorn, überhaupt das stete Auftreten zu zweit auf Gesellschaften und öffentlichen Veranstaltungen wie Theater und Konzerten oder Pferderennen in Herrenkrug. Um der Wahrheit die Ehre zu geben: Sie hatten es nie übertrieben, die beiden jungen Frauen, schon ihrer beider Eltern und der angesehenen Berufe wegen, denen ihre Väter und nicht zuletzt sie selbst nachgingen. Die, man kann eher sagen, „verschämten Provokationen" waren aber nun keine Marotten eines lesbischen Paares mehr, über die man höflich oder achselzuckend hinwegsah, sofern man sie überhaupt wahrnahm: – laissez faire laissez vivre – heutzutage war das eher ein Grund zur Feme! Allein der Rückgang des Apothekengeschäftes wäre schon eine Katastrophe gewesen. Dennoch: Feuer auf dem Dach! Frederika war ob der „Zweckhochzeit" ihrer Freundin wochenlang krank, übergab sich ständig und hielt sich nur mühsam auf den Beinen. In ihrer Verlassenheit kehrte die sonst so Kampfeslustige mit gestutzten Flügeln in ihr Elternhaus auf dem Sedanring 16 zurück, denn beide Freundinnen wagten nicht, sich gegenseitig in der ehemals gemeinsamen Behausung zu besuchen. Jettchen war in die Wohnung ihres Angetrauten gezogen, der zum Glück nie mit diesem oder jenem seiner Mignons zusammengelebt hatte. Dort begegneten sich die Freundinnen hin und wieder, doch ihre erotischen Hochgefühle wurden erheblich von Eifersucht und Argwohn, von

Traurigkeit und Sehnsucht nach Vergangenem gedämpft. Kein Wunder also, dass Frederikas Begeisterung für den Führer trotz ihrer Parteizugehörigkeit nachgelassen hatte.

An der jungen Frau Torsdorf war es also, sich auf den Weg zu machen, um den alten Jugendfreund und Quasi-Verlobten Emil Mehltretter auf seinem Weg in den Osten anlässlich seines Zwischenaufenthaltes in Magdeburg zu begrüßen. Schließlich legte auch ihre Schwiegermutter Ottilie Torsdorf, schlank und gegürtet wie eh und je, noch immer das „geschwächte" aber taugliche Herz wie eine Standarte vor sich hertragend, mit ihren 61 Jahren inzwischen vollständig ergraut und in ihrem deutlich gefälteten Antlitz von noch strengerer Würde, sie also legte keinen Wert darauf, diesen Neffen zu begrüßen. Der Sohn einer angeheirateten Schwägerin, welche sie lediglich zu ihrer eigenen Hochzeit flüchtig kennengelernt hatte, war ihr nie begegnet und daher fremd.

„Denn lasse man ihren ollen Liebhaber treffen, bevor er an die Front macht, Mama!", kam es süffisant von Frederika, die einen strafenden Blick ihrer Mutter ob solch proletenhafter Ausdrucksweise einheimste.

Seit ihrer Verlobung mit seinem Vetter Henk hatte Elsbeth Mutters ehemaligen Wunschschwiegersohn trotz mehrer Besuchsreisen nach Bayern nicht mehr getroffen. Dass es unter Umständen ein peinliches Wiedersehen sein könnte – auch ein Elefant hat ja seinen Stolz, wie wir wissen – kam ihr nicht in den Sinn. Dazu war sie viel zu unkompliziert und im Moment auch viel zu aufgeregt. Ihr Mann, Henk, hatte erst vor etwa zwei Monaten, wie sie wusste, seinen Cousin in Ingolstadt besucht, als er selbst auf dem Flugplatz in Oberschleißheim stationiert war. Der Umgang der beiden Vettern miteinander war so freundschaftlich wie eh und je gewesen, zumal sie auch über die Jahre von Henks Aufenthalt in Amerika in einem lockeren Briefwechsel miteinander gestanden hatten. Über das Ergehen der Torsdorf'schen Ehe war Emil daher einigermaßen informiert. Er konnte sich ausrechnen, dass es seiner Jugendfreundin ihre ersten Ehejahre gründlich verhagelt hatte.

In diesen Kriegszeiten kannte man die Ankunft von Sonderzügen nur so ungefähr, und stundenlanges Warten war nicht ausgeschlossen. Die junge Frau trat in die Nähe einer Laterne, um das Telegramm noch einmal – zum wie vielten Mal? – zu studieren. Die Kleine trippelte indessen in ihren Schuhchen ein wenig hin und her und bewegte die Zehen. Sie hatte kalte Füße.

„Wenn sich die späten Nebel dreh'n, werd ich bei der Laterne steh'n wie einst Lilli Marleen!" Die junge Frau faltete das Telegramm wieder zusammen und stopfte es in die rechte Tasche ihrer Fuchsjacke. Ein Lautsprecher kündigte die Ankunft des Militärzuges an, was noch längst nicht bedeutete, dass der Erwartete nun endlich einfahren würde. Doch war die Wartezeit wenigstens abzusehen. Tatsächlich betrug sie noch länger als eine halbe Stunde.

Endlich!

„Achtung! Achtung! Auf Bahnsteig drei fährt ein der Sonderzug nach Warschau! Achtung! Achtung! Treten Sie von der Bahnsteigkante zurück! Achtung! Achtung! Zurücktreten von der Bahnsteigkante! Der Sonderzug nach Warschau fährt auf Bahnsteig drei ein!" Es kam Bewegung in die wartende Menge. Man hörte ein zunächst immer lauter werdendes leidenschaftliches beinahe bösartiges dunkles Stampfen, Fauchen und Zischen: „Psch ...

Psch ... Psch ...", welches sich jedoch zunehmend beruhigte und schließlich in einem schwächelnden: ... ... „Pschschsch ... pschschschsch ... pschschschschsch ... ..." erschöpfte. Das sich langsam nähernde Ungetüm von Lokomotive war von den dunklen Dampfwolken, die es aus seinem Schornstein stieß, fast eingehüllt. Eigentlich sah man nur seine Schnauze und undeutlich die großen Räder, die mittels eines sich bewegenden Gestänges am Rollen gehalten wurden. „Räder rollen für den Sieg!", stand überall auf dem Bahnhofswänden angeschlagen. Das kleine Mädchen kannte diesen Slogan – würde man heute sagen – denn sie konnte schon ein bisschen lesen, und ihre Mutter half ihr immer beim Buchstabieren. Hier sah man sie also rollen, die Räder, und am Sieg zweifelte so gut wie niemand, abgesehen von den Lautlosen, jener unbekannten kleinen? großen? Menge der Stummen, die es natürlich nicht wagten, lauthals am Sieg zu zweifeln. Ihre Anzahl war somit unbekannt. Man ahnte, dass sie mit dem Einmarsch der deutschen Armee in die Sowjetunion sprunghaft in die Höhe geschnellt war, zumindest bei denen, die sich an die Niederlage Napoleons in Russland und an seinen schmählichen Rückzug erinnerten. Der tragische Untergang des Franzosen und seiner grande armée war ihnen immerhin im Geschichtsunterricht eingebläut worden. Doch die Stummen, die Lautlosen, schwiegen wohlweislich weiterhin.

In den riesigen Dampfwolken wurde die dämmerigtrübe Bahnhofshalle und in ihr alles und jeder noch mehr eingenebelt, als es zuvor schon der Fall gewesen war, sodass man beinahe nichts mehr unterscheiden konnte. Aus dieser grauen wabernden Trübung tauchten kurze Zeit nach Halt des Zuges zuerst einige Gestalten in Uniform auf, die sich suchend umblickten, dann wurden es immer mehr und noch mehr und noch mehr. Die Soldaten, die meisten mit den sogenannten „Schiffchen" auf dem Kopf, einige aber auch mit runden Schirmmützen, glitten regelrecht aus der unsichtbaren Feuchte des Novembernebels und der Rauchwolken, welche die Geräusche zudem noch dämpften. Die junge Frau reckte den Hals. Endlich, endlich gewann eine langsam und bedächtig wirkende große Gestalt Kontur, welche über die Menge der vielen anderen Menschen suchend hinwegblickte.

„Emil! Da ist der Onkel Emil, Immi!" rief die junge Frau dem Kind an ihrer Seite zu und stellte sich auf die Zehenspitzen. Die Kleine schluckte und biss wütend die Zähne zusammen. Sie hasste es, wenn die Mutter sie Immi nannte, weil es jedermann sogleich an die Putzmittel ATA und IMI erinnerte. Dabei hieß sie doch Imma, benannt nach ihrer Münchner Großmutter, deren Name zwar ganz altbacken Emma war. Schwester Regildis von St. Sebastian hatte die Kleine allerdings dahingehend aufgeklärt, dass die hl. Emma von Bremen mit der hl. Imma, ebenfalls von dort, identisch sei. Ein und dieselbe Person, also! Somit trage sie, Imma, den Namen ihrer Großmutter. Imma war versöhnt. Wenn sie einmal groß sein würde, nahm sie sich vor, würde sie die Verhunzung ihres Namens zu Scheuersand auf keinen Fall dulden. Sie würde das Putzmittel ganz einfach verbieten. Oder sie würde den Führer bitten, es zu tun. Tante Frederika wie auch Trine waren mit ihr übrigens einer Meinung, und die Tante rügte die Mutter immer, wenn sie das Wort Immi aus deren Mund hörte, während Trine ihrerseits dann stets deutlich hörbar vor sich hinbrummelte. Keiner sonst nannte sie so! Eben!

Mittlerweile ruderte die junge Frau mit ihrem linken Arm, die Tasche in der linken Hand, in der Luft herum. „Emil!" rief sie, „Emil! Hier!" und zerrte die Kleine dem uniformierten Riesen entgegen. Der große Soldat in seiner graugrünen Uniform, das „Schiffchen" auf dem Kopf, weiße „Spiegel" am Kragen, die sich auch an den Schultern wiederholten und ihn als einen Angehörigen des Heeres auswiesen, kam eilig in seinen Knobelbechern, den halbhohen groben Stiefeln, herangepoltert. Sein Gesicht, soweit in der trüben Luft sichtbar, beglänzte sich geradezu, er breitete seine Arme aus, nahm die kleine Imma hoch, drückte sie an seine breite Brust, dass sie alle Knöpfe seiner Uniform durch das einigermaßen derbe Lodenmäntelchen noch hindurch piekten, und sagte:

„So groß bist du schon, Mädi!" Und „Servus Bettl!"

„Emil!" Sie sank geradezu an ihn hin, obgleich er die auch nicht mehr so kleine Imma noch auf dem Arm hielt. Doch Emils Arme waren lang und stark. Also umfasste er auch die alte Freundin und drückte sie an sich. Die junge Frau lachte und seufzte in einem:

„Mein Gott, Emil! Dass ich dich wiederseh'!"

„Und auf diese Weise! Ich mein', bei d e r Gelegenheit!", antwortete der Soldat trocken und stellte das Kind wieder auf den Boden. Elsbeth schluckte. Dass der Emil an die russische Front musste, das wusste sie natürlich, aber war es ihr wirklich bewusst? Hatte sie es in Wahrheit nicht eigentlich verdrängt und nur das Wiedersehen mit ihm in den Vordergrund ihrer Erwartung geschoben? Vielleicht freute er sich ja gar nicht, sie hier zu treffen, hier auf dem zugigen, nebeligen dampfverhüllten Bahnsteig, wo er wie ein Fels in der Brandung der heranwogenden Menge standhielt, sie und das Kind an sich gedrückt, während er dabei wahrscheinlich an seine eigene Frau und an seine eigenen Kinder dachte.

„Geh'n wir halt in den Wartesaal! Komm, Bettl!", sagte er nun ganz nüchtern, „Wird eh nicht so viel Platz sein dort."

Sie fanden ein Eckchen, das der Emil beinahe allein ausfüllte. Er nahm Imma auf den Schoß, damit sie überhaupt sitzen konnten. Die schmale Elsbeth drängte sich eng an ihn, denn neben ihr drängelte sich eine andere Frau an sie, was ihr nicht angenehm war. Imma überlegte, dass für ihre ältere Schwester Irene, die noch immer alle Püppi nannten, überhaupt kein Platz gewesen wäre, hätte sie mitkommen dürfen, es sei denn auf dem Fußboden, wo man es sich inzwischen auch auf Gepäckstücken unter herumstehenden Soldaten bequem zu machen suchte. Doch Püppi erledigte unter Aufsicht ihrer Großmutter ihre Schularbeiten, ließ sich von ihr die Englisch-Vokabeln abhören und beim Aufsatz helfen. Der schwerwiegendste Hinderungsgrund war allerdings die spätnachmittägliche Teilnahme am DJM-Treffen, denn Püppi war mit ihren elf Jahren inzwischen ein begeistertes Jungmädel. Da musste selbst – zum Ärger ihrer Großmutter – die anberaumte Klavierstunde klein beigeben und ausfallen. Püppi hatte also keine Zeit. Dabei wäre sie so gern mitgekommen, um diesen echten fremden Onkel aus Bayern kennenzulernen, von dem ihre Stiefmutter nach Ankunft des Telegramms so viel erzählt hatte. Doch die auf preußisches Pflichtbewusstsein ausgerichtete Großmutter ließ erst gar keine Diskussion über eine großzügige Umplanung des Nachmittags aufkommen, auch nicht aufgrund dringender Familienangelegenheiten, wie ihre Schwiegertochter schüchtern anzufragen wagte. Pflicht ist Pflicht! Sie bestand auf der prompten Erledigung aller anstehenden Schularbeiten und auch auf der Teilnahme an dem Treffen des Deutschen Jungmädelbundes. Auf die angekündigte Ankunftszeit des Militärzuges konnte man sich heutzutage, wie sie ironisch anmerkte, ohnehin nicht verlassen.

In dem Wartesaal dritter Klasse stank es fürchterlich nach Zigarettenqualm, Schweiß, alten, nie gelüfteten Kleidern, lang getragenen verschwitzten Socken, versifftem Schuhwerk, schlechter Atemluft, auch abgestandenem Bier, ranzigen Margarinebroten, nicht mehr ganz frischem Fisch und heißem Ersatzkaffee aus Thermosflaschen. Die Luft war zum Schneiden, schon des vielen kalten Zigarettenrauchs wegen. Außerdem war es kalt, denn von Heizung war keine Rede, und wenn sich die Tür öffnete, stob ein kalt-feuchter zugiger Windstoß zwischen die Wartenden, der sie frösteln machte, sodass sie automatisch ihre Schultern hoben, die Köpfe einzogen und an ihren Krägen zupften. Insofern war die sich andrängelnde Frau an Elsbeths rechter Seite eher ein willkommenes Wärmeöfchen, allerdings mit Odeur. Wie in einer Kirche oder einer Synagoge standen die Holzbänke in Reihen hintereinander, und an den Wänden, auch unter den hohen Fenstern, zogen sich die gleichen Bänke hin. Auf solch einer an die kalte Wand geschobenen Holzbank hatten Elsbeth und ihr alter Freund Platz gefunden. Imma jammerte leise und bewegte ihre Zehen, die sie vor Kälte schmerzten.

„Was hast denn, Mädi?" fragte der Onkel voller Teilnahme und ganz in dem Tonfall ihrer Mutter.

„Kalte Füße, gell Immi?", antwortete die an ihrer statt. „Sie hat halt gern kalte Füß'."

Sofort zog der freundliche Onkel die Gummibänder über die Kinderschuhe, knöpfte diese auf, zog sie dem Kind von den kleinen Füßen und rieb und wärmte sie mit seinen großen Händen, sodass sie alsbald angenehm zu kribbeln begannen. Imma wurde müde und machte – vergeblich – die größten Anstrengungen, dem Gespräch zwischen ihrer Mutter und ihrem Onkel zu folgen. Der hatte schließlich ihre gewärmten Füßchen unter seinen mächtigen Soldatenmantel genommen und nach seiner Pfeife in der Brusttasche seiner Uniform geangelt.

„Hast es net leicht g'habt mit dem Henk, gell Bettl?" sagte der Onkel endlich und zündete die Pfeife umständlich an. Mit Quisquilien, sprich einem „small talk", gab man sich in diesen schweren Zeiten nicht ab, und schon gar nicht der Ingolstädter Onkel. Eher verharrte man miteinander im Schweigen.

„Ach geh! Das kann man so oder so auffassen, aber so schlimm ist's auch wieder net g'wesen!", wiegelte Elsbeth ab, und ihre Mundwinkel zogen sich nach unten. „Ich hab' doch g'wusst, dass das Fliegen absolut das Seine war. Zuerst das Fliegen, und dann erst alles andere! Das haben wir doch schon in München g'spannt, damals, wie der Henk noch Student war, weißt' es noch, Emil? Und wie er immer nur davon g'redet hat?" Selbstverständlich erinnerte sich der Emil daran, wahrscheinlich besser als die einsame Ehefrau des Barons der Lüfte.

Imma versuchte die Ohren zu spitzen, doch trotz aller Anstrengung senkten sich ihre Lider nach einigem mühsamen Blinzeln unerbittlich über ihre müden Augen, und nach wenigen Minuten war die Kleine eingeschlafen.

„Und die ganze Zeit, die er in Amerika war, hat er uns gut versorgt!", fuhr Elsbeth, ihren Mann eisern in Schutz nehmend, fort. „Und dass er jetzt an der Front is' ... na ja, wie der Krieg ausgebrochen is', da is' er auf der Stell' zurückgekommen, um seinem Vaterland beizusteh'n! Das macht man doch so! Das is' doch ehrenvoll, gell, wenn man sich freiwillig meldet? Und jetzt is' er an der Westfront, Aufklärung!", fuhr sie stolz und eifrig fort, als seien die Verdienste des Gatten auch die ihren, wenn auch nur ein klein wenig. Dass sie mit diesen Worten seinen Vetter, der sich nicht freiwillig zum Kriegsdienst gemeldet hatte, um seinem Vaterland beizustehen, zu einem Mann zweiter Klasse degradierte, bedachte sie nicht. Und der nahm es ihr auch nicht übel.

„Ruhmsüchtig und todesmutig durch die Leichtigkeit der Luft preschen und ein paar Loopings als Zugabe! Ich kenn' ihn doch!" dachte er.

„Geh, Emil, wie viele Familien machen das mit, dass sie ihre Männer an der Front haben! Oder wenigstens einen!", fuhr Elsbeth geradezu begeisternd fort. „Deine doch auch! Und der Loisl aus Malching is' auch im Krieg. Vermisst soll er sein, hat sie vor einiger Zeit g'schrieben, die Paula. Hast' inzwischen was g'hört von ihm?"

Jetzt stieß der Onkel weitere nicht unangenehm riechende Rauchwolken in die abgestandene Luft, was nicht unbedingt zur Besserung von deren Qualität beitrug. Viele Menschen, ausschließlich Männer, rauchten in diesem übervölkerten Saal, in der diese Luft langsam „zum Umfallen" wurde.

Nein, der Onkel hatte nichts von dem Vermissten gehört. Sein Vetter Henk hatte der Cousine Paula hin und wieder einen Besuch von Schleißheim aus abgestattet.

Sicher hätte er ihm Neuigkeiten von dem Vermissten berichtet, wären denn welche zu berichten gewesen. Doch, wie gesagt, der Besuch des Vetters in Ingolstadt hatte ja schon vor zwei Monaten stattgefunden. Von einem dieser Besuche hatte der Gatte seiner Angetrauten – sicherheitshalber – in einem seiner Briefe geschrieben, in jenem nämlich, in dem er auch von seinem Besuch bei ihren Eltern berichtet hatte. Von mehreren Visiten im Gasthof zur Post wusste Elsbeth nichts. Auch die Cousine hatte sich darüber ausgeschwiegen! Also verspürte die junge Frau einen leisen Stich in der Magengegend, als sie in diesem Moment wie beiläufig davon erfuhr. Wie ihr sofort klar wurde, handelte es sich hierbei keineswegs um eine Tatarenmeldung.

„Das hätt' ich mir ja denken können!", dachte sie bitter. Doch sie ließ sich nichts anmerken. „Die arme Paula!", sagte sie also so teilnahmsvoll wie möglich. „Jetzt muss sie allein mit der zänkischen Bissgurken von Schwiegermutter die Metzgerei und die Wirtschaft umtreiben! Der alte Drachen! Galle soll ja konservieren, sagt man!"

Der Onkel paffte. „Da is' nimmer so viel los in der Gastwirtschaft, seit Krieg ist. Die Männer sind eingezogen, und die Weiber geh'n net ins Wirtshaus. Die paar alten Krauterer, die da noch herumhocken! Die machen den Kohl auch net fett! Und der Bartl is' schon auch noch da! Wenn er jetzt auch allmählich alt wird, sagt der Henk, aber er kann schon noch! Und gemetzgert muss noch werden, wenn auch alles streng kontrolliert und überwacht wird. Is' doch alles rationiert! Das Fleisch wird auch in Malching zugeteilt und gibt's nur auf Marken! Wie alles und überall! Weißt es ja, gell! Schwarzschlachten: unmöglich, sagt der Henk! Da wird sofort denunziert!", setzte er leise hinzu.

Elsbeth seufzte. Achtgeben! Vorsichtig sein!, hieß es bei den heutigen Zeiten. Nix Falsches reden, und ja nix Verbotenes tun! Sie wusste Bescheid. Beide schwiegen.

„Und was den Giftbeutel von Malching angeht," fuhr der Emil schließlich fort, „Du wirst es net glauben, Bettl! Die Zens is' zahm g'worden wie ein Osterlamm, sagt der Henk. Wie sie die Nachricht gekriegt haben, dass der Loisl abgängig is', is' sie vollkommen zusammengebrochen. Sie hat am ganzen Körper gezittert, sagt der Henk, und dann hat sie sich ins Bett g'legt, hat nix zu sich g'nommen, hat nix g'redt und is' nimmer aufg'standen. Der Pfarrer hat kommen müssen. G'nutzt hat's nix. Man hat gedacht, jetzt ist's aus mit ihr." Elsbeth konnte sich absolut nicht vorstellen, wie ihre Cousine bei der verhassten Schwiegermutter auf dem Bettrand saß und ihr mit Bitten und Betteln ein paar Löffel Suppe einzuflößen versuchte. „Die hätt' sie glatt verhungern lassen!", dachte sie nicht ohne Schadenfreude.

„Was du nicht sagst! So genau weiß ich das ja gar net! Davon hat die Paula ja gar nix g'schrieben! Freilich! Seitdem der Loisl an der Front is', hat sie fast gar keine Zeit mehr zum Schreiben", nahm sie die Freundin nun doch wieder in Schutz. „Nur dass er vermisst is', der Loisl, das hat sie mir kurz mitgeteilt, und dass die Zens ganz aus dem Häusl sei deswegen und auch, dass sie ein paar Tage krank war." Das war's also! Geschmissen, umgeworfen hatte es das zänkische bigotte Weib! Elsbeth konnte sich das jetzt alles ganz gut vorstellen, was sie nach Paulas knappem Bericht nicht gekonnt hatte. Über Gefühle ließ man sich damals nicht groß aus, weder mündlich noch schriftlich. Tatsachen wurden nüchtern und nur als Tatsachen mitgeteilt. Auch Henks Briefe behielten stets den nüchternen Tatsachen-Ton bei, der sie von Anfang an, seit ihrer Brautzeit, ausgezeichnet hatte. Kein Jubel, kein Seufzer, keine Kommentierung von Fakten, von Geschehnissen, wurde zu Papier gebracht, sei es im privaten oder gar gesellschaftlichen Bereich – da sei Gott vor!

„Sie is' doch am End' wieder aufg'standen, die Zens, oder? Sonst wär' sie ja verhungert, der Kreuzteufel." Elsbeth grinste.

„Freilich is' sie wieder raus aus dem Bett, aber mit der Arbeit ist's nix mehr! Sie hockt nur herum und betet in einem fort den Rosenkranz oder kniet in der Kirche und steckt Kerzen an, dass ihr der Bub wieder heimkommt, sagt der Henk. Der Pfarrer hat sie schon gemahnt, dass sie Kerzen sparen soll! Die sind auch rationiert, schließlich! Sie schaut nach nix, und eigentlich ist ihr alles wurscht. Kannst dir vorstellen, wie ruhig es da geworden is', in der Post! Kein unwirsches Gezänk mehr, keine Auftritte! Die Paula tut einfach so, als wär' der alte Feuerdrachen gar nimmer da, sagt der Henk!"

„Oh mei! Das mit der Zens, das magst schier net glauben. Vielleicht hat sie sich derweil wieder aufgerichtet, die alte Giftwurzen, und schikaniert wieder alle und jeden."

„Mag sein ja, mag sein nein, is' ja schon einige Zeit her, seit der Henk bei uns in Ingolstadt war. Die Paula fährt jetzt übrigens mit dem Bibi umeinander! Und ihr Älterer sei ein ganz fleißiger Bub und seiner Mutter schon eine große Hilfe."

„Mei, der Michi!" die Elsbeth musste lächeln, als sie an den kleinen Buben von damals dachte, als der noch im Laufstall spielte. Elf Jahre war das her! „Das mag man sich gar net vorstellen, dass der Bub schon so groß is'. Wem schaut er denn gleich? Dem Loisl oder seiner Mutter?"

„Davon hat der Henk nix g'redet!"

Und nach einer ganzen Weile des gemeinsamen Schweigens nach diesem unbeholfenen Dialog, bei dem so Vieles unausgesprochen blieb: „Mein Gott, die Paula! Hast du sie mal g'sehen? Bei der Zens tät ich ja sagen, der g'schieht's recht, dass es sie so erwischt hat, wenn's nicht grad um den Loisl wär'! Aber die Paula hat das net verdient!" meinte Elsbeth.

Dazu schwieg der Emil und sog wieder an seiner Pfeife.

„Hast du sie mal g'sehen in der ganzen Zeit, die Paula?" fragte sie erneut.

Nein, das hatte der Emil nicht. Er hatte sie überhaupt nicht wiedergesehen.

„Und du?", fragte er

„Schon. Ich war ja schon ein paarmal in München mit dem Kind und hab' die Eltern besucht. Da ist sie dann einige Male für ein paar Stunden mit dem Zug gekommen. Aber die Kinder hat sie nie dabei g'habt. Ich hab ihr immer vorher g'schrieben, dass wir kommen, und ich tät' gern ihre Kinder sehen. Aber jedes Mal hat sie g'sagt, die Zens duldet's nicht, und der Loisl auch nicht, also, solang er noch daheim war, freilich. Warum, das weiß der liebe Herrgott. Aber jetzt is' die Immi größer. Wenn ich im nächsten Jahr wieder hinunterfahr', dann besuch' ich sie."

Auch dazu schwieg der Emil. Schon, weil er auch nicht wusste, warum die Kinder keinen Ausflug nach München machen durften, und überhaupt: Was wusste man schon, was im nächsten Jahr sein würde?

„Und was is' mit dem anderen, dem jüngeren Buben?" hub Elsbeth wieder an. „Den hab ich nur einmal g'sehen, damals auf meiner Hochzeit. Grad' mal zwei Jahr' war er damals. Und im Wagerl is' er g'sessen. Hat der Henk was von dem geredet?"

„Von dem Loisl zwo? Ein netter Bursch! Sehr g'scheit, sagt der Henk, soll wohl aufs Gymnasium, nach Freising." Dann Schweigen.

„Haben dich deine Eltern hier in Magdeburg übrigens mal besucht?", hub der Emil wieder an.

„Mein Vater nie. Aber Mutter war einmal da, damals, bevor die Immi auf die Welt gekommen ist und ich in die neue Wohnung gezogen bin. Du musst wissen, dass wir über zwei Jahre lang bei meinen Schwiegereltern g'wohnt haben, der Henk und ich."

„Aha!"

„Aber ich fahre schon so zwei- bis dreimal im Jahr nach München, mit der Kleinen."

„Und was is' mit der Großen? Ich meine Henks Ältere?"

„Das lässt meine Schwiegermutter nicht zu, dass ich sie mitnehm'. Sie eifert. Sie hat Angst, Püppi möcht's bei meinen Eltern g'fallen, und das wär' furchtbar! Sie rufen sie Püppi, weißt."

„Aha!"

Die Begegnung glich einem Rencontre zweier Königinnen! Damals, als Mutter im Jahr 1935 an einem Frühsommerabend behäbig und schwer atmend in dem dunklen Flur stand, den aus Stroh geflochtenen „Arme-Leute-Koffer" und die Hutschachtel neben sich auf den Boden getürmt und, flankiert von ihren beiden Kindern, die hagere strenge Hausfrau breit anlächelte, durchschaute sie diese auf Anhieb. In dem Augenblick, als Ottilie mit gefrorener Mine der Schwiegermutter ihres nach Amerika entwichenen Sohnes höflich ihre kühle rechte Hand hinstreckte und Mutter sie packte und kräftig drückte – absichtlich ein bisschen kräftiger, als höflich – prallte die Welt des Kleinbürgerlichen mit der des dünkelhaft-akademisch-Etablierten gewissermaßen zusammen. Beide Frauen wären sich unter normalen Umständen nie begegnet, wären ihre Kinder nicht gewesen. Und wären sie sich doch begegnet, nie und nimmer hätten sie miteinander Umgang gepflogen. Beide wussten sofort, dass sie sich nie verstehen würden. „Schlimmer wird's immer!" dachte Mutter, und: „Arme Bette! Kein Wunder, dass se sich hat legen müssen, damit se 'n Kind kriegt!"

„Willkommen in Magdeburg, Emma!", sagte Ottilie höflich, während ihre Fingerknöchel schmerzten, und wünschte voller Zorn die Großmutter aus München mitsamt ihrem Gepäck und ihren Kindern auf den Mond.

„Man jut, dass ick endlich da bin, Ottilie. Und lass man gleich alles Jestelze beiseite! Schönen Dank für die Einladung!" ... Ottilie konnte sich beim besten Willen nicht erinnern, Emma Angermaier jemals eingeladen zu haben ... „Und nu' macht man keene Umstände, wa! Ick bin ... ach, könnte ick mir setzen?"

Das war zu viel für Ottilie, die perfekte Hausfrau und Gastgeberin, die ob ihres geflüchteten Sohnes ohnehin ihre Verlegenheit zu verbergen trachtete! Ohne den Besuch erst in das Wohnzimmer zu bitten, um ihm eine Erfrischung anzubieten, wies sie ihre Schwiegertochter und deren Bruder wütend an, ihre Mutter sogleich in ihr Zimmer zu führen. Es war Frederikas Zimmer, aber die lebte ja zu der Zeit noch mit ihrer Freundin zusammen. Während sich der Gast aus München in den hinteren Teil der dunklen Wohnung zurückzog, hörte sie ihn ihr zu Hohn und Strafe trompeten: „Janz hübsch schummrich habt ihr's hier!"

„Nu wollen wir uns erst mal nach 'ner Wohnung für die junge Familie umtun, wa!", verkündete Mutter am folgenden Tag bei Tisch, womit die Torsdorfs aus allen Wolken fielen. Von solcherart Ansinnen hatten sie bis jetzt noch nichts gehört.

„Unserer Schwiegertochter gefällt es nicht mehr bei uns?", fragte Ottilie pikiert. „Das ist mir neu!"

„Wat denn, Ottilie, haste denn ooch so lange bei deine Eltern jewohnt, wie du jung verheiratet warst? Ick hatte das zu meiner Zeit nich' nötich!" Hier gilt es anzumerken, dass Mutter absichtlich so recht berlinerte, denn sie hatte sofort bemerkt, dass dieser Slang ein Ärgernis für Ottilie war, abgesehen davon, dass sie sich mit dem Vergleich ihrer beider jungen Ehen mit der verärgerten vornehmen Hausfrau auf ein und dasselbe Niveau begab. „Und nu' erst recht!" dachte sie, „Wenn se schon meine Bette so piesackt!"

„Natürlich nicht! Das waren ja auch andere Verhältnisse, damals!", giftete die Angesprochene zurück, „Dass unser Sohn für eine Zeit lang im Ausland für ihn wichtige berufliche Erfahrungen sammeln will, war uns schon immer bekannt, nicht wahr, Heinrich?"

Heinrich zappelte ein bisschen herum und brummelte unverständlich etwas vor sich hin.

„Mir nich!", sagte Mutter streng, „Und ick weeß ooch nich, ob meine Bette et jewusst hat, wa. Ick hätte se sonst jewarnt, se soll sich allet noch mal überlejen. Nu isses ma passiert, und ick bin hier, damit det Kleene jut uff die Welt kommt und inne schöne helle Wohnung mit viel Licht und bunte Blumen uffwächst." Damit schweifte ihr Blick verächtlich über die verstaubten Blätter eines dunklen, eher schmächtigen Gummibaums, dem man in dem schattigen Speisezimmer die Gelegenheit zustand, ein Dasein zu fristen.

Ottilie kochte vor Zorn. Das klang so, als würde alle Schuld an Karolines Tod und auch des vorzeitigen Ablebens der ungeborenen Kinder allein auf ihre Schultern gebürdet. Schon an diesem ersten Besuchstag standen die Zeichen auf Sturm!

Ottilie war viel zu gut erzogen, um das Tischtuch zu zerschneiden. Sie nahm sich vor, den Kriegsschauplatz am Ende ehrenvoll zu verlassen und stand alle kommenden Scharmützel wütend und mit zusammengebissenen Zähnen durch. Der Apotheker genoss amüsiert die Gefechte der beiden Königinnen und weidete sich geradezu daran. Er gönnte seiner Angetrauten von Herzen, dass ihr jemand zeigte, was eine Harke ist, wenn man sie schwingt. Hatte sich doch die Gattin bisher stets nur hochmütig und siegesgewiss auf die ihre gestützt!

„Du darfst sie nich' plagen, Mutter", versuchte Elsbeth zu glätten, wenn die Wogen gar zu hoch gingen, „Sie hat ein schwaches Herz, und außerdem wirst du es mit Frederika zu tun kriegen. Die nimmt's mit jedem auf, der ihrer Mutter zu nahe tritt!"

„Na, denn werd' ick mir man bremsen!", meinte Mutter gutmütig und machte es sich zu Ottiliens Verdruss bei Trine in der Küche gemütlich. „Lassen Se mir ma' in Ihre Pötte gucken, Sie Königsköchin! Hier riecht's man sternemäßig schön!"

„Und es wird Ihnen man ooch schön schmecken, nich' wahr, gnädige Frau, Se werden's jewahr werden!"

„Nu lassen Se man die Gnädige weg! Mit so was hab' ick nischt am Hut, wa. Wir sind nich' aus so hochjestelltem Hause, ja!

„Unser Jungchen hat man mächtig jeschwärmt von Sie und München überhaupt!", bemerkte Trine dagegen.

„Ick hoffe man bloß, er hat von meiner Elsbeth jenau so jeschwärmt!", dachte Mutter

„Wenn du so liebenswürdig sein würdest, Emma, und könntest dich mehr des Hochdeutschen befleißigen!" flötete Ottilie, „In meiner Familie, und ich darf sagen, schon in meinem Elternhaus und auch in dem meiner Großeltern wurde sich stets um ein gepflegtes Deutsch bemüht. Selbstverständlich erst recht in Gegenwart der Kinder! Ich nehme an, du bist dessen doch mächtig? Schließlich bist du ja in Berlin zur Schule gegangen!"

„Eben! Und aus diesem Grunde bin ick ooch keen Joethe, der hessisch jebabbelt hat! Und der Kaiser hat man janz bannich berlinert. Und was nu mit Schillern is, der quatschte schwäbisch, weißte das denn nich, Ottilie? Jedem das Seine! Und von Kindern kann ick im Moment sowieso weit und breit nischt vor die Brille kriegen!" ... So in der Art scharmützelten die beiden Matriarchinnen zum Vergnügen des Hausherrn und des Personals toujours hin und her. In Frederikas Gesellschaft riss Mutter sich allerdings zusammen, obgleich Elsbeth stets auf das Schlimmste gefasst war. Das schwache Herz der Hausfrau war eben doch keine zu vernachlässigende Waffe!

Frederikas Besuch begann mit einem „Heil Hitler, Tante Emma, und Tachchen ooch!", womit sie sich zum Ärger der Hausfrau nicht eben der deutschen Hochsprache bediente, die diese als Familienschatz so angepriesen hatte.

„Tach, Frederika!" „Man schön, dich wiederzusehen! Du bist doch nich' am Ende inne Partei?!" Und Mutter umarmte sie herzlich. „Na, schließlich musste selber wissen, was du machst!"

„Ich kann deine Befürchtungen zerstreuen, Tante! Ich bin nich'!"

„Is aber nich' ausjeschlossen, dass es so weit kommt, so wie ick das sehe!"

„Ich weiß nich', Tante! Wahrscheinlich wird es so weit kommen! Es geht um die Apotheke, weißte! Papa will nich', und da werde ich wohl müssen! Sekt oder Selters, wie man so sagt. Ich muss an das Jeschäft denken. Muss ja nich' sein, dass wir wegen so was uff'n Sand kommen! Außerdem haben wir dem Führer viel zu verdanken, das musste zugeben, Tante! Seit er die Geschicke des Volkes lenkt, geht es den Leuten jeden Tach besser. Jedenfalls isses so bei uns hier in Machdeburg. Und der Führer soll schließlich wissen, dass wir hinter ihm stehen, ich auch!"

„Ein Volk, ein Führer!", sagte Mutter.

„Eben!", antwortete Frederika.

Ob dieses zur Schau gestellten Opportunismus knirschte Ottilie Torsdorf geradezu mit den Zähnen. Sie neigte nämlich eher dem zweiten Reich unter den letzten Kaisern zu, als dass sie sich mit dem von einem fremdländischen Emporkömmling als glorreich angekündigten Dritten anfreunden konnte. „Wo keine Götter sind, da walten die Gespenster!" pflegte sie zu sagen, und Frederika parierte jedes Mal: „Na, Mama und ihr Novalis! Passt wie die Faust uff's Auge!"

Während der private Kleinkrieg auf den verschiedensten Schauplätzen hin und her wogte, sich vom Sedanring 16 in einzelne zu besichtigende Wohnungen und in verschiedene Möbelgeschäfte verlagerte, – Ottilie ließ sich nämlich ein Mitspracherecht schon aus strategischen Gesichtspunkten nicht nehmen – kamen sich die beiden Kontrahentinnen allmählich – oh Wunder – näher. Die Torsdorfs ihrerseits zeigten sich in monetärer Hinsicht großzügig, und auch Mutter beherbergte keinen Igel in ihrer Tasche. Mit ihrem unverwüstlichen Berliner Humor nahm sie ganz selbstverständlich hin, dass ihr Portefeuille nicht so prall gefüllt war wie das der Familie Torsdorf. Ottilie, den finanziellen Triumph natürlich als Etappensieg für sich verbuchend, musste einsehen, dass dieser sich nicht bezahlt machte. Das Ausspielen der monetären Übermacht als Stärkung ihrer Streitkräfte wäre von ihrer Familie nur als peinlich, wenn nicht gar unappetitlich, empfunden worden. Über Geld überhaupt zu sprechen, das gehörte sich einfach nicht. Ein Pyrrhussieg? Sei's drum.

Zwischen den beiden Königinnen wandelte die junge Frau Torsdorf, schon längst wieder auf den Beinen, gerundeten Leibes und wie eine Märchenprinzessin einher. Auch unter Ottiliens gemildertem Blick drehte sich von nun an alles um die Zukunft des Ungeborenen, von dem sie hoffte, dass es wenigstens ein Sohn sein würde. Jettchen Schossier hatte per Zufall die helle luftige Wohnung am Sedanring 19 im zweiten Stock ausfindig gemacht. Vier helle Zimmer mit warmgelben dunkel abgesetzten Kachelöfen, eine ausreichend geräumige Diele, eine bequeme Küche mit Gasherd – darüber kniff Ottilie die Lippen zusammen, während Mutter in Jubel ausbrach –

ein Badezimmer mit einem runden hohen Badeofen und ein für damalige Verhältnisse geräumiger Balkon mit Blick in einen ausgedehnten begrünten Innenhof, der eher einer kleinen Parkanlage glich. Das Haus gehörte zu einer modernen weiträumig angelegten Siedlung, welche zwei Häuserblocks umfasste und die großzügige Grünanlage umschloss. Die aneinandergebauten hellbeige verputzten zweistöckigen Häuser waren samt und sonders auf ihrer Innenseite bis unter die Dächer mit wildem Wein bewachsen. In dem Innenhof standen viele Laubbäume auf dem nahezu durchgehenden Rasen, der nur durch schmale mittels viereckiger heller Platten gepflasterte und von feinem Kies eingesäumte Wege unterteilt war. Das Betreten des Rasens war natürlich verboten. Das wussten die Bewohner und, vor allen Dingen, auch ihre Kinder. Doch gab es eine Sandkiste, eingetieft in eine umlaufende flache Bank, auf die man zuerst klettern und von dort aus in den weichen Elbsand hopsen musste. Bequeme Bänke luden handarbeitende Mütter oder Großmütter zu einem Schwatz ein, während sie die im Sand buddelnden Kleinen beaufsichtigten. Die Größeren wurden von den Küchenfenstern oder von den Balkonen aus im Auge behalten und mit lauter Stimme zur Ordnung oder zum Essen gerufen. Zwischendurch warf man dem Nachwuchs die Bemmen als Zwischenmahlzeit durch die geöffneten Fenster zu. An drei Standorten befand sich jeweils eine Riege mehrerer hintereinander angeordneter breiter stabiler Teppichstangen aus massiven graublau gestrichenen und ineinandergefügten Bohlen, die noch dazu unterteilt waren und sich daher herrlich zum Spielen und Herumturnen eigneten. Über die untere Bohle entrollte man normalerweise die kurzen Läufer, über die oberen warf man – ja man warf – die schweren gerollten langen und, weitaus häufiger, die ob ihrer Last fast nicht mehr zu schulternden breiten die Zimmer nahezu ausfüllenden teuren oder billigen bunten Teppiche. Die mussten oft zu zweit über die Treppen und an die Orte ihrer Reinigung geschleppt und über die oberen Bohlen gewuchtet werden. Das Teppichklopfen war wegen des Lärms, den es verursachte, nur an bestimmten Tagen in der Woche erlaubt, und an diesen Tagen entstaubten die Hausfrauen, das Haar von über der Stirn verknoteten Kopftüchern geschützt, durch heftiges Klopfen diese gewebten, geknüpften Schätze ihrer Fußböden mit solcher Kraft, dass ihr stakkatoartiges Echo von den Häuserwänden widerhallte. Trotz eines Staubsaugers im Haushalt kein Teppichklopfen? Das war undenkbar und ein Makel für jede Hausfrau!

Ottilie war versöhnt, denn erstens war diese Wohnung keine Eroberung der Angermaiers und zweitens zog die Schwiegertochter lediglich auf die andere Seite des Sedanrings, würde also jenseits der Straßenbahnschienen wohnen. Die Wohnung, hatte, das musste sie im Innersten zugeben, ihre Vorteile, wenn sie in ihren Augen auch zu klein war. Und: Das erwartete Enkelchen, von dem sie dringend hoffte, dass es ein gesunder Junge mit wohlgeformten Füßchen sein würde, wäre in ihrer Nähe.

Elsbeth war selig und berichtete umgehend nach Amerika. Vom Krieg der Mütter um die Einrichtung berichtete sie nicht. Während der tobte brach sie wiederholt in Tränen aus. Deshalb malte Mutter schließlich Ottilien in drastischen Farben die Gefahren einer drohenden Frühgeburt oder wenigstens einer entsetzlichen Missbildung aus, wobei sie alle ihr zu Verfügung stehenden verbalen und semantischen Waffen einsetzte, und in denen in der Hitze des Gefechts der Klumpfuß, dabei auf den Apotheker anspielend, erstmals erwähnt wurde. Damit wendete sich Ottiliens Kriegsglück. Sie knickte ein, gab sogleich klein bei und stellte ihre Argumente des besseren Geschmacks aufgrund ihrer besseren Erziehung fortan in die Ecke. Doch auch auf dem Gebiet des Mobiliars gab es, ähnlich wie bei der Wohnungsfindung, sozusagen einen Deus ex machina: Marlene Gaspari war es gegeben, den Frieden jeweils, wenn auch immer nur für kurze Zeit, wiederherzustellen. Sie hatte eben auch einen guten Geschmack und war entweder so einfältig, die Kämpfe, die im Verborgenen geführt wurden, nicht zu bemerken oder so schlau, sie einfach zu ignorieren. Im Übrigen war sie inzwischen mit Arno „beinahe" verlobt und schon deswegen an einem harmonischen Gang der Dinge bei den Torsdorfs interessiert.

„Man, Ottilie! Haste denn nie jefühlt, wie et is, wenn dich 'n Schmetterling uff die Bluse sitzt oder een Marienkäfer über den Arm krabbelt, oder eene Katze um deine Füße streicht oder dir 'n Hund die Hände leckt. Man, Ottilie, und wie jemähtes Gras riecht, und der Sommer überhaupt, und wie es is', wenn du voller Schweiß und janz kaputt bist, wenn du een Eimer Beeren jeflückt hast und denn dich bloß noch in die Wiese schmeißen willst oder in die Hängematte, um in den Himmel und nach die Vögel zu kieken? Man, Ottilie, ihr vermodert ja förmlich in eurer düsteren Bude. Keen Wunder, dass dein Sohn abjerückt is'!"

Die beiden Großmütter saßen in der durchsonnten Wohnstube des Hauses Nummer 19 und schielten alle Augenblicke in den Stubenwagen, in dem das Neugeborene schlummerte. Kein Junge, wie Ottilie bitter zur Kenntnis nehmen musste, sondern – leider – ein selbstverständlich wohl geratenes Mädchen.

„Emma, ich muss schon bitten! In meiner Familie schmeißt man sich nicht einfach in die Wiese, sondern geht gesittet in ihr spazieren und pflückt artig Blumen."

„Wenn überhaupt!", brummte Mutter leise.

„Und lass meinen Sohn aus dem Spiel!", fuhr Ottilie fort. „Und tu außerdem nicht so, als würden wir keinen Vogelgesang bemerken! Im Glacis, das dir übrigens so gut gefällt, schlagen im Mai unzählige Nachtigallen, zum Beispiel!"

„Kennste von deiner Jugend, wie? Is aber een Unterschied, ob du et bloß bemerkst, den Jesang, oder ob du ihn ooch jenießt und dir daran erfreust, Ottilie, ob er dir janz einfach glücklich macht. Uff det Glücke kommt et an!"

„Auf die Pflicht kommt es an, meine Liebe! Darauf, dass du deine Pflicht tust, die dir auferlegt ist."

„Nu komm bloß noch an und behaupte, Freude is' 'ne Sünde und nich' jottjefällig! Brich dein Herze uff, Ottilie!"

Jetzt beugten sich beide Großmütter wortlos über den Stubenwagen und betrachteten ihr gemeinsames Enkelchen. Immerhin hatten sie das Kriegsbeil oberflächlich begraben und der Kleinen beide ihren Namen gegeben. Vikar Brackmann hatte sie zwei Tage nach der Entbindung im Krankenhaus Sudenburg auf die Namen Imma Ottilie getauft. Taufpatin war die spätere Tante des Täuflings, Marlene Gaspari. Sie hielt das Kind über das Taufbecken. Neben den Großeltern Torsdorf und der Großmutter Angermaier waren selbstverständlich auch Tante Frederika und Onkel Arno zugegen. Der Vater und die

Schwester der Jüngsten aus der Familie Torsdorf hatten jedoch bei der kleinen Feier gefehlt. Dr. Hans Heinrich Torsdorf befand sich weit weg in Amerika und Püppi hielt sich noch immer jenseits der Elbe bei ihren Verwandten, den von Wentows, auf.

„Servus Emil!" Den Kragen seines langen Mantels hochgeschlagen und die Hände in den aufgenähten Manteltaschen stand der Mann vor der kleinen Gruppe und grinste sie unter seinem tief in die Stirn gedrückten Hut an. „Wie geht's so, alter Spezl?"

„Du alter Gurkenvogel, Servus!" Der Emil stand auf, setzte das noch schlafende Kind seiner Mutter auf den Schoß und umarmte seinen Freund mit seinen langen Armen auf das Herzlichste. „Arno! Wie's geht? So wie es einem halt geht, wenn sie einen zum Vaterlandsverteidiger einberufen! Ich bin dabei, mir eines auf die Militärkappen hauen zu lassen! Ich seh', du weilst noch unter den Zivilisten!"

„Ich wär' schon längst an der Front, wenn ich nicht alleweil zurückgestellt worden wär'. Dreimal schon! Kriegswichtiger Betrieb bei uns! Wir müssen auf unsere Weis' auf den Endsieg schauen! Die Bettl hat's dir sicher schon erzählt!"

Sie hatte nicht, wie wir wissen. Stattdessen sagte sie: „Magst dich nicht setzen, Arni?" und sie machte Anstalten, das Kind zu wecken, um es auf den Boden zu stellen.

„Bleib' sitzen, Bettl! Und setz du dich wieder, Emil! Hast ja heut' noch viel vor! Und erzähl, wie es dir so geht, alter Spezi!"

Ja, was sollte der Emil da groß erzählen, nachdem er sich wieder zwischen Elsbeth und eine alte Frau mit

Kopftuch eingequetscht hatte: dass er inzwischen Oberstudienrat in Ingolstadt war und drei Kinder hatte, alles Buben, und dass er ein Haus bauen wolle und einen Volkswagen bestellt hatte und dass eigentlich alles ganz zufriedenstellend sei und er bisher nichts wie Glück gehabt habe, auch mit seiner Frau! Aber nun müsse er eben nach Russland und kein Mensch wisse ... Er zuckte mit seinen Schultern und sah seinen Freund vielsagend an. Der ließ, ohne seinen Kopf zu drehen, seine Augen hin und her gehen, mit dem „Deutschen Blick", wie man sagte, dem Freund Einhalt gebietend. Wie alt seine Buben seien, lenkte er sofort ab. Neun, sieben und sechs, und der jüngste sei gerade in die Schule gekommen, erfuhr er. Und was er, Arno so mache, wurde er gefragt, und ob er verheiratet sei. Ja, das sei er, antwortete der Freund, und er habe zwei Kinder, einen Buben und ein Mädchen vier und drei Jahre alt. Ja, was sollte man sonst noch reden? Er habe halt den Freund noch einmal sehen wollen, sagte der Arno, nachdem man leider so lange nichts voneinander gehört habe, und er hoffe, dass er die Freundschaft so recht auffrischen könne, wenn der Emil von der Front zurück sei, und er bitte, ihm zu schreiben und ...

„Wenn ...", sagte darauf der Emil. Na ja, viel Feind, viel Ehr! Das habe damals der Kaiser zu Beginn des Ersten Weltkriegs gesagt, und man wisse ja, wie das ausgegangen sei, und Russland, das sei ja wohl der lodernde Wahnsinn ... Der Arno stieß mit seinem rechten Knie gegen das linke seines Freundes, und seine Schwester geriet trotz der Kälte ins Schwitzen.

„Halt den Mund, Emil!", zischte Arno. Der ehemalige Küchenelefant versuchte sich zurückzulehnen. „Dass du so daherreden magst, Arno!", antwortete er leise.

„Weißt schon, warum!", flüsterte der zurück. „Feind hört mit! Oder weiß man das zu Ingolstadt net?"

Sein Freund grinste schwach und deutete auf die alte Frau neben sich! „Schwerhörig!", murmelte er.

„Achtung! Achtung! Auf Bahnsteig drei ist der Sonderzug nach Warschau abfahrbereit. An alle Militär-Personen, die mit diesem Sonderzug nach Warschau weiterfahren, ergeht der Befehl, sich unverzüglich auf dem Bahnsteig bei ihren jeweiligen Offizieren und Unteroffizieren zu sammeln und erst auf Befehl umgehend und zügig einzusteigen. Der Zug fährt nach dem Einsteigen aller Offiziere ab. Achtung! Achtung! An alle Militärs des Sonderzugs nach Warschau ..."

„Schon rief der Posten: Sie blasen Zapfenstreich, es kann drei Tage kosten! Kamerad, ich komm' ja gleich ..."

Die Lautsprecherstimme schnarrte dröhnend mit voller Lautstärke ohne Unterlass weiter, und man verstand das eigene Wort nicht mehr. Emil Mehltretter aus Ingolstadt erhob sich.

„Auf nach Russland und Pfüa' God' miteinand!" Er streckte seinen riesigen Körper und schaut aus seiner Höhe auf seine alte Jugendfreundin hinunter. „Mag's Gott net zulass'n, dass wir eines Tag's für all das Unrecht büßen müssen, das so vielen Menschen angetan wird!", raunte er.

„Wie meinst' das?", raunte Elsbeth bestürzt zurück. Ein Wunder, dass sie den Freund bei dem Lärm überhaupt verstanden hatte.

„Weißt es eh!", antwortete der Emil laut und vernehmlich und fischte in der Tasche seines Militärmantels nach einem Zettel.

„Bettel!", rief er dann, um gegen die misstönende Stimme aus dem Lautsprecher anzukommen. „Der Henk hat mir erzählt, du hast eine Märchensammlung zusammeng'stellt. Magst nicht meinen Kindern ein Exemplar schicken. Ich tät' dich sehr darum bitten!"

„Aber Emil! Das ist doch nix Besonderes, nur so für die Kinder hier, wenn deine Frau das liest, da mag ich mich ja blamieren!"

„Tu mir die Lieb', Bettel, ich bitt dich drum! Da ist die Adresse!" und er schob ihr flugs den Zettel in ihre linke Jackentasche. Dann nahm er sie in seine Arme. „Versprichst du's?"

Jetzt liefen der Bettl die Tränen über das Gesicht, während sich Imma auf dem Arm ihres Onkels Arni erstaunt die Augen rieb. Warum weinte die Mutter? „Ich versprech's! Und wenn du wieder daheim bist, dann machst einen rechten Verriss, gell?"

„Ich komm nimmer heim!" Der Emil drehte sich um, schlug seinem Freund auf die Schulter, „Servus, und schau auf dich!"

„Da sagten wir auf Wiederseh'n, wie gerne wollt' ich mit dir geh'n, mit dir, Lilli Marleen!" Er drängte sich durch die Menge.

„Schau du auf dich!", schrie Arno in das Chaos hinein und versuchte, seine Schwester im Schlepptau, ihm zu folgen. Aus der Menge der Soldaten hörte man ununterbrochen Befehle schreien, und im Nu leerte sich der Bahnsteig.

„Emil!", schrie Elsbeth und winkte mit einem weißen Taschentuch in ein Nirgendwo. Fast hölzern bewegte ihr Bruder neben ihr mit starrer Mine seinen Arm, seinen Hut in der Hand. Emil, der ehemalige Küchenelefant, sah die beiden winken, bis sie ihm unsichtbar wurden. Sie sahen ihn nicht in dem Pulk von Soldatenköpfen, die sich jeweils aus den Fenstern drängten, und von denen einer wie der andere aussah.

„Und sollte mir ein Leid gescheh'n, wer wird bei der Laterne steh'n mit dir, Lilli Marleen? Mit dir ..."

Emil fiel nur wenige Wochen später im Zuge der russischen Gegenoffensive im bitterkalten März 1942 bei Rschew, einem Ort, von dem niemand bisher gehört hatte. Seiner Frau teilte man mit, er habe einen verwundeten Kameraden aus dem Feuer holen wollen, als ihn das feindliche Geschoss traf. Seine bayrische Heimat hat er nie wiedergesehen.

X

Im März 1942 wurde Henk hinter der Kanalküste abgeschossen. Ein britischer Abfangjäger hatte den Fieseler Storch während seines Aufklärungsfluges ins Visier und unter Beschuss genommen. Während Henks Maschine ins Trudeln geriet, mit ungenehmer doch eindeutiger Zielrichtung nach unten, gelang es ihm, wie, das versteht ohnehin kein normaler, erdbehafteter Mensch, auszusteigen und sich mit dem gefalteten Fallschirm auf dem Rücken in das von pfeifenden Geschossen durchpeitschte Nichts zu werfen. Er raste in die Tiefe, während er an der Reißleine zerrte. Doch nachdem sich die Fallschirmseide rasch gespannt hatte, schwebte er unter dem Schirm, wenn auch nahezu unbeweglich und – man muss es zugeben – nicht ohne einen ekstatischen Höhenrausch – elegant der Erde entgegen. Da erwischten den Fallschirm noch vor der Landung die Geschosse eines feindlichen Tieffliegers, sodass der Wind durch die so plötzlich zerfetzte Seide fuhr. Wie ein fallender Stein schlug Henk reichlich unsanft auf noch gefrorenem Boden auf. Sofort begann – völlig unerwartet – in seinem Unterleib ein schier unerträglicher Schmerz zu wühlen, gleich einer wütenden Bestie, welche dem Inferno entsprungen schien. Zugleich hatte er das Gefühl, er müsse alles, was sich in seinen Eingeweiden befand, unter sich lassen, doch er konnte nicht. Da waren nichts als Schmerzen ... Schmerzen ... Schmerzen ... Und jeder Atemzug tat ihm zusätzlich weh. Sein Schädel brummte, und sehr schnell stellte er fest, dass er seinen linken Arm nicht mehr bewegen konnte. Jeder Versuch sich seiner Hilfe zu bedienen rammte gegen eine Sperre, die ihm seine linke Schulter schmerzhaft zu Bewusstsein brachte. Wie er sich – ein chaotisches Bündel von Gurten, Stoff und Schmerzen – unter der durchlöcherten Seide seines Luftschirms krümmte, dachte er zum ersten Mal in seinem Leben ernsthaft an sein Ende und daran, dass er vielleicht Karline wiedersehen würde. Erstaunt stellte er fest, dass er sich darüber freute. Da war nichts von kosmischem Erschrecken, von Todesangst ... hingegen gesellte sich zu dieser Vorfreude eine Gleichgültigkeit gegenüber seiner nun wahrhaftig prekären Lage, und in seinem durch den Aufprall geschundenen Körper breitete sich trotz aller Schmerzen eine entspannte Gelassenheit aus. Henk sah in den Himmel, sah die zerfaserten Wolken, blickte in eine Weite, die sich verheißungsvoll dehnte und dehnte und dehnte ... und mit den Gedanken: „Ich werde sterben!" und „Ich werde Karline wiedersehen!", schwanden ihm die Sinne ...

Als er wieder zu sich kam, tat ihm nichts mehr weh, hingegen fühlte er sich von Kopf bis Fuß grässlich eingeengt, und ihm war schlecht. Langsam wurde ihm klar, dass sein Brustkorb eng umwickelt war, dass er vom Bauchnabel an abwärts in einer starren nahezu steinernen Hose steckte, die gerade einmal die Körperöffnungen frei ließ – das allerdings merkte er erst später – und dass sein Unterkörper in der Schwebe gehalten wurde. Sein linker Arm, in einer Schlinge und zusätzlich geschient, schwebte ebenfalls und zwar über seinem Brustkorb, und er ließ sich weiterhin nicht bewegen. Eine freundliche Rotkreuzschwester benetzte vorsichtig seine Lippen. Noch bevor er wieder einigermaßen denken konnte, tasteten sich auch schon die Schmerzen mit jedem Atemzug erneut vorsichtig und diskret an ihn heran, so, als würden sie um Entschuldigung bitten wollen, dass es sie noch gäbe. Er hatte einen fürchterlichen Durst.

„Sie händ' Glück g'hätt, Herr Major!", kam es in unverfälschtem Schwäbisch von den vollen Lippen in einem molligen Gesicht unter der gefältelten Haube, welche die dunkelbraunen Locken nur teilweise bedeckte.

„Ich bin die Schweschter Bärbel! Und Sie send hier auf dem Hauptverbandsplatz! Ich schau' scho auf Sie!". Und sie gab ihm vorsichtig einen winzigen Schluck zu trinken.

Alles an ihr entzückte ihn.

„Und wie bin ich hierhin jekommen, Schwester ... Bärbel?", stöhnte er.

„Mer händ Se halt g'funde! Und mit dem nächschte Lazarettzug komme Sie nach hinten ins Frontlazarett und später in die Heumat, zum Gsondwerde, Herr Major! Wir brauche Sie noch! Für den Endsieg! Sie wisse scho! Und mehr zum Trinke gibt's jetzt net, sonst müsse Se alles wieder ausspeie! Wege der Narkose, die Se g'hätt hend!"

„Aber ich kann mich ja gar nicht bewegen, Schwester! Du lieber Gott! Was haben Se denn alles mit mir anjestellt? Und mir ist sowieso so schlecht!"

„Wir händ' Se bloß a bissle herg'richtet und a bissle eing'richtet und a bissle eingegipst. An Beckebruch hend sie sich eing'handelt, und a paar Rippebrüch', und ihr'n linke Arm hend Sie sich aus'kugelt g'hätt! Des werd' scho wieder!"

Da trat der bebrillte Stabsarzt in einer Aureole aus Äther, Karbol, vergälltem Alkohol und Zigaretten und angetan mit einem grauweißen blutbespritzten Mantel über Breecheshosen und Schaftstiefeln an die Pritsche des Blessierten, befühlte die Gipshose, sagte: „ausreichend trocken, Schwester Bärbel!", sagte sodann ganz wie nebenbei „Heil Hitler, Herr Major, glimpflich abgelaufen!", befühlte dessen Stirn, ohne die braungelockte Schwester groß nach der Temperatur zu fragen, sagte weiterhin: „kann mit dem nächsten Transport weg" und „Gute Besserung!" und wandte sich der nächsten Pritsche zu.

„Eigentlich für uns unvorstellbar, wie sich das damals alles abgespielt hat!", seufzte Ansgar. „Mein Vater war auch verwundet, im Osten, aber er hat nie viel darüber gesprochen. Es waren eher die Heldentaten, die aufs Tapet kamen, wenn vom Krieg die Rede war. Die Verwundung hat zwar zum Heldentum gehört, der Schmerz wohl weniger, denn davon habe ich nie was gehört, nur davon, wie man sich vor Erfrierungen geschützt hat und dass und wie man dem Gevatter Tod ausgekommen ist!"

„Ein Waschlappen, ein Leimsieder, ein Softie, ein Weichei wäre er gewesen, hätte er sich damals in seinen Kriegsberichten auf seine Leiden kapriziert, so wie das in unserer heutigen klagsamen und Mitleid erheischenden Gesellschaft in Mode gekommen ist!", antwortete seine Frau, „Und wahrscheinlich hätte er sich damit auch der Lächerlichkeit preisgegeben! Über derlei sprach man eben nicht! Abgesehen davon: Wer vermag sich schon in die Schmerzen eines Mitmenschen hineinzuversetzen? Und in seinen mörderischen Durst? Infusionen kannte man ja damals noch nicht! Und trinken konnte, zum Beispiel bei Bauchverletzungen, lebensgefährlich sein. Also wohl niemand! Zum Glück hat die Natur dafür gesorgt, dass ausgestandene Schmerzen schnell in Vergessenheit geraten!", setzte sie hinzu.

„Da magst du Recht haben, Edda! Harte Zeiten – harte Burschen, kann man da nur sagen! Unsere Altvordern waren halt überhaupt härter im Nehmen!"

„Schon deswegen, weil sie es irgendwie wussten, dass Jeremiaden nix wie kräftezehrend sind und gar nix nützen!", antwortete Edda, „Wo man doch zum Überleben alle seelische und körperliche Kraft braucht! Wozu also soll das Lamentieren gut sein? Es macht eher alles schlimmer, und anziehender wird so ein Jammerlappen auch nicht! Schon gar nicht, wenn er ein Held sein will!"

„Das klingt ja nicht gerade nach Empathie und Mitgefühl!", spottete der Gatte.

„Da irrst du dich! Empathie hat nichts mit Mitjammern und Mitleiden zu tun, sondern mit dem Sich-Hineindenken in die Situation des anderen und mit der Überlegung, was man für ihn tun, ihm helfen, ihn aufbauen kann. Die Lebenserfahrung lehrt, dass zu jeder Gesundung auch die Hoffnung und ein Optimismus gehört. Das kannst du mir glauben! Und je mehr, desto besser!"

„Ich glaub's ja! Dennoch bin ich der Meinung, dass das sogenannte Heldentum vorwiegend von der Jugend und anderen kindlichen Gemütern angestrebt wird. Und ein Indianer kennt eben keinen Schmerz, das weiß jeder Bub! Das wird ihm sofort ins Gedächtnis gerufen, wenn er auch nur das Gesicht verziehen will! So war's zu meiner Zeit! Heut' wär's uncool, wenn ich mich nicht irre! Helden leiden stumm, wie die Tiere. Bei denen verhält es sich genauso."

„Eben! Aber so eng würde ich das auch nicht sehen und das mittlere Lebensalter gnädig mit einbeziehen, wenngleich ich die Erfahrung gemacht habe, dass es physiologischerweise am schmerzempfindlichsten ist! Und man muss auch bedenken, dass zu Zeiten, als sich die Medizin noch nicht so vieler Leiden siegreich bemächtigt hatte, das schmerzhafte Siech-Sein eher als ein Makel betrachtet wurde, ein Schicksal, in das man sich klaglos fügte! Und stell dir einen Kriegs-Helden vor, der seine im Kampf erworbenen Narben, die wohl in allen Kulturen stets Ehrenzeichen waren, mit geschmerztem, mitleiderheischendem Gesicht vor sich her getragen hätte! Undenkbar!"

„Und die Alten, Edda? Ich glaub', die alten Leute haben immer schon gern ihre Krankheiten vor sich und den anderen ausgebreitet! Tut es nicht ihrer Seele gut?"

„Da hast du durchaus recht!"

„Sag' ich doch! Denk' doch an den „eingebildeten Kranken" von Molière! Der hat bestimmt ehrlich gelitten. Und ganz besonders, verzeih mir, denk' an das weibliche Geschlecht! Wenn ich mich da nur an meine Großmutter erinnere!"

„Im Alter tut einem so Vieles und Verschiedenes weh! Leider! Und die Hoffnung, dass es besser wird, ist halt auch nicht grad üppig! Eher besteht die Aussicht auf eine stetige Verschlimmerung. Das ist der Unterschied zur Jugend, die allen Grund hat, an die Gesundung zu glauben, Ausnahmen mal eben beiseite gelassen! Auch wenn man es nicht wahrhaben will, man spürt's halt doch im Alter: Abrieb und Chronizität, eines bedingt das andere! Und dabei einen Optimismus an den Tag zu legen, ist schließlich weitaus schwieriger. Denk nur an deinen ewigen Ischias! An deine ausgemergelten Bandscheiben! Und wir Frauen, Gott sei's geklagt oder gepriesen – wie man's nimmt – wir Frauen beobachten uns halt mehr als die Männer. Das ist in der Regel so! Es ist übrigens kein Wunder, wenn ein alter Mensch in seiner Hoffnungsarmut leicht in eine Altersdepression hineinrutscht, die sich dann mit dem Wehdam ein gegenseitiges Aufschaukeln liefert. Lachen und Freude sind die beste Medizin, sagt man! Wenn deine Enkel da sind, tut dir auch nichts mehr weh!"

„Mir tut überhaupt nichts weh! Im Moment jedenfalls!", antwortete Ansgar steif. „Und außerdem könnten wir diese Teekannengespräche auch wieder auf Eis legen!"

„Gern! Und wenn's dich beruhigt: Ausnahmen bestätigen wie immer die Regel!"

„Na, dann kommen wir hoffentlich mit derlei „gespeicherten Weisheiten" bei entsprechenden Gelegenheiten würdig über die Runden! Ich für mein Teil steige jetzt auf das Trimm-dich-Rad und radele mir meinen persönlichen Optimismus an!"

„Tu das! Und schwelge im Hochgefühl deiner ausgeworfenen Endorphine!"

Als die junge Frau Torsdorf erfuhr, dass sich ihr Mann im Lazarett in Bamberg befände und dort noch einige Zeit lang zum Zwecke seiner Genesung verbringen müsse, ging sie zum Frisör und ließ sich eine neue Dauerwelle legen. Wieder zu Hause betrachtete sie sich wütend im Spiegel, denn sie kam sich vollkommen verhunzt und entstellt vor. Dennoch verspürte sie eine gewisse Befriedigung, sich in der Welt der verwundeten Helden in einem Lazarett mit einem runderneuerten Kopf als Gattin eines mutigen Fliegermajors zu präsentieren. Sie lieferte die beiden Torsdorf'schen Töchter am Sedanring Nummer 16 ab, erwarb eine Fahrkarte und machte sich, ausreichend verproviantiert, auf die Reise in den Süden.

Angesichts aller zu erwartenden Widrigkeiten, mit denen man im vierten Kriegsjahr zu rechnen hatte – zählte man die siegreichen Monate des Jahres 1939 mit – war es opportun, sich gut zu versorgen. Nachdem die englische Luftwaffe zu Beginn des Krieges ihre Bombenlast lediglich auf feindliche kriegswichtige Anlagen abgeworfen hatte, waren die Alliierten – seit dem vergangenen Winter bekriegte man sich auch mit den Vereinigten Staaten – auf flächendeckende Bombardements geschlossener Wohngebiete übergegangen. Auch Züge wurden nicht verschont. Mit einer preußisch-deutschen Pünktlichkeit der Reichsbahn war daher nicht unbedingt zu rechnen. Militär- und Lazaretttransporte jeglicher Art hatten ohnehin allemal Vorrang und somit Vorfahrt. Übrigens weiteten sich mit dem Kriegseintritt der USA die kämpferischen Auseinandersetzungen bis in den pazifischen Raum aus und wurden so zu einem Weltkrieg. Japan gehörte bekanntlich zu den Achsenmächten und war ebenso imperialistisch ausgerichtet wie die Führung des „Großdeutschen Reiches". Das interessierte die Angehörigen dieses Reiches wohl weniger, wenn sie es denn überhaupt erfuhren, und wo man diesen pazifischen Raum zu suchen hatte, wussten auch längst nicht alle. Ach, man war mit seinen eigenen „Kriegszuständen" im kleinen Alltag zu sehr beschäftigt.

In einer Zeit der Eintopfsonntage, der Winterhilfssammlungen, vorwiegend für frierende und erfrierende Frontkämpfer in der russischen Weite im vergangenen unvorstellbar kalten Winter, der Bezugsmarken für Lebensmittel, Kleidung und Brennmaterial, der Bewirtschaftung von allem und jeglichem also, in einer Zeit der Mangelwirtschaft von Luxusgütern, wie z.B. Kolonialwaren, zu denen Kaffee, Schwarzer Tee, und fremdländische Gewürze zählten, sodass sich der Begriff „Ersatz" zu einem Begriff des alltäglichen Gebrauchs einschliff, in einer Zeit, in der einem zu jeder Tages- und Nachtzeit das: „Bam Bam Bam Booom ..." in die Knochen fahren konnte, welches der Großdeutsche Rundfunk über die Volksempfänger herrisch in Stuben, Büros und Fabrikhallen tonte mit der Ankündigung „feindliche Kampfverbände im Anflug über ... " und des jederzeit zu gewärtigenden durchdringend-aufdringlichen Auf-und-Ab-Jaulens „wuiauu ... wuiauu ... wuiauuu" der Sirenen, die sich auf beinahe jedem Dach befanden und so die eindringlich-ohrenbetäubende Warnung ausstießen, man möge sich vor der feindlichen Gefahr in Luftschutzkellern und -Bunkern in Sicherheit bringen, in so einer heute unvorstellbar verrückt gefahrvollen Zeit hatte man sich auf alles gefasst zu machen! Man befand sich im Krieg, und man wusste nicht, ob man ihn überleben würde.

Nachdem Elsbeth in einem stickigen Abteil einen Sitzplatz ergattert hatte, saß sie dort eingekeilt zwischen einer Dicken und einer Dünnen. Die vierte Person in der Reihe war ein älterer Herr, dessen Anzug ihm unverkennbar zu groß geworden war, und gegenüber drückten sich zwei Paare aneinander, die Männer in Wehrmachtsuniformen, und allesamt stumm wie Fische. Nicht lange dauerte es, bis die Dicke in einer geflochtenen Tasche herumwurschtelte und ein Paket hervorkramte, aus dem sie ein Käsebrot aus braunem Ölpapier wickelte und zu verzehren begann. Es duftete nach „Harzer Roller" und – man konnte es fast nicht glauben – nach Schweineschmalz! Daraufhin raschelte es im ganzen Abteil. Brote wurden ausgepackt, Thermosflaschen wurden aufgeschraubt und schwarzbrauner Muckefuck in diverse Becher eingefüllt. Alles kaute, alle schmausten, bis auf den älteren Herrn, der am Fenster saß und, sich höflich abwendend, durch die Scheibe auf die auf und ab tanzenden Telegrafendrähte sah.

„Ham Se ooch Hunger? Woll'n Se vielleicht 'n Ohnmachts-Happen abhaben?"

Die Dünne, die neben dem älteren Herrn saß, präsentierte ihm ein Klappbrot auf einem Stück Papier, beides einer Stanniolhülle entnommen, die sie sogleich sorgsam über eine kleine Kugel aus Stanniol wickelte. Stanniol war kriegswichtig und musste gesammelt und abgeliefert werden. Die Dicke verschmauste mittlerweile ein Stück geräucherten Hering.

Der ältere Herr verbeugte sich höflich im Sitzen, wobei er den Eindruck vermittelte, er sei nahe daran aufzustehen, um die Höflichkeitsbezeigung korrekter ausführen zu können. Und er nahm an.

„Der hat ooch Kohldampf!", raunte die Dünne Elsbeth ins Ohr, während sie ihre Nachbarin zur Rechten mit dem Ellenbogen anstieß. „Na, schmeckt's denn?" posaunte sie fröhlich in die Runde, und alle nickten und kauten und schlürften und schluckten und seufzten zufrieden. Auch der alte Herr. Die Stimmung begann sich aufzulockern, und die Dünne fragte ihren Klappbrot-Gast:

„Na, wo machen Se denn hin, mein Herr?"

Der alte Herr „machte" in den Süden, ins Thüringsche, zu seiner Tochter, denn in Berlin, wo er eigentlich zu Hause sei, sei er unglücklicherweise ausgebombt. Ja, er reise allein, denn seine Frau sei bei dem Angriff leider ums Leben gekommen. Er habe bei seinem Sohn vorübergehend Unterschlupf gefunden, als er buchstäblich „nackt und bloß" auf der Straße stand, mit Nichts in den Händen außer dem sogenannten Sturmgepäck, das er im Luftschutzkeller dabei gehabt habe. Seine Kinder hätten ihn gedrängt die Hauptstadt zu verlassen, auch wenn sich nun dort das Grab seiner lieben Frau befände. Und seine Tochter habe genügend Platz, um den pensionierten Vater aufzunehmen. Er freue sich auf seine Enkel. Und vielleicht vermochte er auch noch ein klein wenig nützlich zu sein, denn er sei Lehrer von Beruf gewesen, Gymnasialprofessor, und jetzt seien doch so viele junge Lehrer eingezogen worden und an der Front. Da könnte er vielleicht noch gebraucht werden. All das zog ihm die Dünne aus der Nase. Die Mitreisenden nickten zustimmend und drückten ihr Bedauern über den tragischen Verlust der Lebensgefährtin des alten Herrn aus, nicht ohne mächtig und hasserfüllt auf den infamen Feind zu schimpfen, der sich erfrechte, Bomben auf unschuldige Zivilisten abzuwerfen. Dass die Deutschen ihrerseits Bomben abwarfen, wurde nicht weiter erwähnt. Und der alte Herr schwieg dazu. Man befand sich im Krieg! Eben!

Ach, was heißt hier Krieg! Und noch dazu Weltkrieg!

„Das Aas von Schwiejertochter hat doch glatt dem ollen Herrn nich' eene Wurststulle mit uff die Reise mitjejeben! Wie finden Se das?", flüsterte die Dünne erzürnt in Elsbeths Ohr. „Ich wette, das Miststück hat ooch noch 'n

Teil von seine Lebensmittelmarken einbehalten! Nich' zu fassen!", japste sie.

Bei einem erneuten Halt des Zuges – man befand sich selbstverständlich in einem D-Zug, dennoch vermag man sich heute im Zeitalter des ICE nicht vorzustellen, mit welcher Langsamkeit so ein „Direktemang" von einem Ort zum anderen rollte – bei einem erneuten Halt also stiegen die Dicke und eines der Paare aus. Neue Passagiere besetzten die frei gewordenen Plätze. Der Schaffner riss – zum wie vielten Male? – die Abteiltür auf und kontrollierte mit dem strengen Blick der Obrigkeit die Reisenden und deren Fahrkarten, winzige braune Kärtchen, in die er ein Loch knipste. Er sagte stets „Heil Hitler", wenn er die Tür wieder zuschmiss.

„Ooch so 'n Tausendprozentiger!", flüsterte die Dünne erneut in Elsbeths rechtes Ohr. Die biss die Lippen zusammen, zog sie in einem Bogen nach unten und senkte unmerklich den Kopf. Dann erhielt sie einen erneuten Stups in ihre rechte Seite.

„Wo machen Se denn hin, Kindchen? Ich für mein Teil bin uff'm Wege zu meinem Ollen ins Lazarett, ihn 'n bissken uffbauen, hat woll schwer was abjekricht, was mir so mitjeteilt wurde. 'ne Krankenschwester hat's mir jeschrieben!"

„Ich auch! Ich meine, ich bin auch auf dem Weg ins Lazarett", wisperte Elsbeth.

„Sie ooch? Ihr Gatte, ham se dem ooch 'ne Klatsche uff 'n Deetz jeknallt?"

Elsbeth nickte.

„Und wohin?", fragte die Dünne.

„Bamberg."

„Oh Mann! Das trifft sich ja prima!", jubelte die Dünne, „Janz meene Richtung! Da bleiben wir zusammen bis zum bitteren Ende! Brandlhofer! Ich bin Elvira Brandlhofer. Mein Oller is' 'n Österreicher! Das hat er nu' von seinem Anschluss, dass er nu ohne Beene daliecht!"

„Da möchte ich doch sehr bitten!", mischte sich ein Herr ein, der zwar graue Haare hatte, aber dafür noch reichlich jung aussah.

„Da müssen Se jar nich' bitten!", keifte Elvira Brandlhofer zurück, „Sie haben ihre Beene noch, was ich so sehe. Und alle anderen wahrscheinlich ooch. Und ich weeß nich, was nich noch alles in der Jegend hin is bei meinen Adolf. Jawoll, Adolf heeßt er, meen Oller, wie unser Führer, und ob seine Manneszier noch funktioniert, das muss sich erst noch rausstellen. Denn kann ich man in die Röhre kieken. Und vom Mutterkreuz kann ich dann noch nich' mal mehr träumen, wo mir man jerade noch een Jör fehlt zu den vieren. Wieso sind Sie eigentlich nich' an der Front, so wie Sie aussehen, mein Herr?!"

Betretenes Schweigen.

„Unerhört!", fauchte der Angegriffene in die Stille hinein und fuhr in die Höhe. „So jemandem wie Ihnen muss ich ja wohl nicht erklären, dass ich in der Heimat unabkömmlich bin und warum!" Er griff über sich im Gepäcknetz nach seinem Koffer, den er so wütend herunterwuchtete, dass alle vor Schreck die Köpfe einzogen, warf sich seinen unübersehbar eleganten Mantel über den Arm, riss die Abteiltür auf, zwängte sich hindurch und schmiss sie wieder mit Karacho zu.

Das betretene Schweigen hielt an.

„Vielleicht is' er nich' kv! Weil er krank is' …", mischte sich der Soldat schließlich ein, „und er will's nich zujeben!"

„Das gloobe ich nich'! Sieht mich nich' danach aus! Schämen soll der sich! Meen Oller hat keene Beene mehr und der markiert hier den jroßen Onkel!" Und Elvira Brandlhofer begann hemmungslos zu schluchzen. Elsbeth nahm sie in ihre Arme und streichelte sie. „Vielleicht ist es ja gar nicht so schlimm mit ihrem Ollen", dachte sie, aber sie wagte nicht, es laut auszusprechen. Stattdessen sagte sie: „Jetzt muss er ja nicht mehr an die Front, Ihr Mann, jetzt kann er zu Hause bleiben!"

War das überhaupt ein Trost?. Sie versuchte sich vorzustellen, wie es sein würde, wenn Henk nicht mehr kv, also nicht mehr kriegsverwendungsfähig wäre. Und wer sagte ihr eigentlich, ob er nicht auch durch seine Verwundung untauglich für den Kriegsdienst geworden war? Würde sie darüber nicht unendlich glücklich sein? Oder? Sie erschrak und dachte an seinen letzten Heimaturlaub, den er über Weihnachten und Neujahr in Magdeburg verbracht hatte. Gesehen hatte sie ihn da selten, jedenfalls tagsüber. Die Nächte, ach die Nächte waren noch immer so beglückend wie eh und je, wenn sie denn nicht durch Fliegeralarm unterbrochen wurden, der ihn, den herrlichen Gatten und Liebhaber, Gott sei es geklagt, jedes Mal geradezu zu elektrisieren schien. Er weigerte sich auch stets, mit ihr und den Töchtern den Luftschutzkeller aufzusuchen, und sie stand mehr Ängste aus, ihm könne durch zerstörerische Bomben etwas Ernsthaftes zustoßen als wenn sie ihn an der Front wusste.

„Ach ja? Warum eigentlich?", fragte Ansgar dazwischen.

Edda klappte das Manuskript zusammen, beließ jedoch ihren rechten Zeigefinger zwischen den Seiten.

„Ganz einfach!", antwortete sie, „Das, was sich an der Front abspielte, war für die Daheimgebliebenen unvorstellbar. Was nicht konkret zu fassen ist, ruft zwar unbestimmte Ängste hervor, die allerdings im Alltag leichter zu verdrängen sind. Und besteht nicht immer die Hoffnung, dass sooo weit weg' schon nichts passieren würde? Es ist die akute Gefahr, die einen Menschen in Panik geraten lässt, dann, wenn er ihr direkt ins Gesicht blickt, denke ich mal. Für Elsbeth war der Gatte ohnehin der unbesiegbare Fliegerheld."

„Na, jetzt ist ihm eben doch an der Front ganz schön Ernsthaftes zugestoßen!", bemerkte Ansgar trocken, „und was die sogenannten beglückenden Liebesnächte angeht, so hast du dich noch nicht darüber geäußert, ob weiterhin Aussicht auf dieselben für die arme gerupfte Ehefrau besteht!"

„Wie ernst es also wirklich um ihn steht, das wird sich erst noch herausstellen!", dachte Elsbeth beklommen.

Es dauerte noch viele Stunden, bis die beiden jungen Frauen endlich ihr Ziel erreicht hatten. Auf dieser Reise kamen sie, die vom gleichen Schicksal Betroffenen, einander näher. Ach! Wie viele Leidensgenossinnen gab es nicht in diesem Krieg auf allen Seiten und bei allen Kombattanten?

Als Elvira Brandlhofer und Elsbeth Torsdorf in Bamberg ankamen, war es längst dunkel. Vor wenigen Tagen war die Uhr umgestellt worden, denn wie schon im ersten Weltkrieg so sollte auch in diesem Krieg durch das „Längen" des Tageslichts Energie eingespart werden. Mit anderen Worten, man war schon sehr spät dran.

„Und jetzt?", fragte Elsbeth und merkte, wie ihre Beine durch das lange Sitzen trotz zweimaligen Umsteigens, währenddessen man sie sich vertreten konnte, schwer geworden waren. Wie Klumpen fühlten sie sich an.

„Bahnhofsmission!", antwortete Elvira forsch, „die lassen einen nich' im Regen stehen! Komm'n Se man, Kindchen."

Es stellte sich heraus, dass die beiden jungen Frauen nicht die einzigen waren, die ihre verwundeten Männer im Lazarett besuchen wollten und nun in der Bahnhofsmission auf der Suche nach einem Nachtquartier vorstellig wurden. Das war aber kein Problem, denn man war drauf eingerichtet. Tatsächlich standen eine Reihe einheimischer Frauen bereit, die ein Zimmer oder irgendwelche Schlafgelegenheiten anzubieten hatten. Die meisten von ihnen hatten ebenfalls ihre Männer an der Front. Im Nu ergatterten Elsbeth und ihre Reisegefährtin eine düstere Stube mit zwei Schlafstellen, eher ein Kabäuschen, wie Elvira feststellte, denn sie waren sich gleich einig geworden, dass sie möglichst zusammenbleiben und auch die Rückreise wieder gemeinsam antreten wollten. Zwei durchgelegene Sofas, die einem schier das Kreuz brachen, ein wackeliger Waschtisch mit einer angeschlagenen Waschschüssel und einem mit Wasser gefüllten Krug und ein gemeinsamer Nachttopf! Der Krieg machte bescheiden, und beide Frauen waren todmüde!

„Denn wollen wa uns man hier einpferchen!", meinte Elvira, was sie unverzüglich taten.

„Anfangs war er ja Kommunist, mein Oller!", flüsterte Elvira aus ihrer Schlafkoje in die Dunkelheit hinein, „Na ja, er war armer Leute Kind, wie unsereins ooch! Keen Wunder also. Aber jute Arbeet haben einem die Kommunisten nich' verschafft. Immer bloß Agitprop und sich die Hacken abloofen mit Flugzettel und so. Da machte es sich beim Adolf schneller. Und der hat ooch immer jesacht, dass wir ein Volk sind, alles eens, ob arm oder reich, ob hoch oder niedrig. Das hat jezogen. Keen Wunder, dass er so'n Zulauf hatte. Und nu' ham' wir den Salat!"

„Sie sollten vorsichtiger sein, Frau Brandlhofer!", flüsterte Elsbeth zurück. „Sie reden sich noch um Kopf und Kragen. Das hätte heute in der Eisenbahn auch schiefgehen können. Ich weiß von etlichen, die abgeholt worden sind, weil sie vorwitzige Reden geführt haben."

„Se haben ja recht, Kindchen!", seufzte es zurück.

„Glauben Sie, dass hier viele Juden jelebt haben?", kam es nach einer kleinen Weile erneut aus der Dunkelheit zu ihr hinübergeflüstert.

Elsbeth erschrak.

„Vielleicht?", flüsterte sie zurück. „Warum fragen Sie?"

„Warum? Weil, wenn hier ooch viele jelebt haben, denn sind se ooch verschleppt worden, und ich frage mich, wohin die alle diese vielen Menschen hinverfrachten tun."

„Arbeitslager!"

„Klar, se müssen ja irjendwo hin, und essen und trinken müssen se ooch. Speziell, wenn se zur Zwangsarbeit einjezogen sind."

Elsbeth antwortete nicht.

„KZ nennt man se ooch, die Lager, ham Se davon jehört, Kindchen?", kam es erneut durch die Dunkelheit geflüstert.

„Ja!"

„So'n Aufwand! Finden Se nich? Bloß weil diese Leute keene Arier sind. Volksfeinde sind se, sagen se."

„Es ist ein Unrecht, Frau Brandlhofer!", flüsterte Elsbeth zurück und erschrak vor ihrer eigenen Courage.

„Een janz Großes!", flüsterte die zurück, während ihre Zimmergenossin ihren einstigen Jugendfreund in voller Größe in seinem langen Uniformmantel vor ihrem geistigen Auge sah. Plötzlich wusste sie genau, was er mit seinen Abschiedsworten in dem Magdeburger Bahnhofswartesaal gemeint hatte.

„Hoffentlich müssen wir nicht dafür eines Tages büßen! Glauben Sie an so was, Frau Brandlhofer?"

„An ausgleichende Jerechtigkeit? Nee! Wir sind alle in Jottes Hand, und seine Wege sind nich' zu durchblicken. Aber wenn wir büßen müssen, denn wird's schrecklich, das sage ich Ihnen!"

Und nach einer kleinen Weile:

„Nu' aber jenuch jeschwafelt! Nu' wollen wir uns endlich mal jemütlich uff's Ohr lejen!"

Doch von erquicklicher Nachtruhe konnte keine Rede sein, denn sie waren nicht allein in der engen Bleibe. Kleine schwarze platte Tierchen, im muffelnden Bettzeug beheimatet, gingen des Nachts auf die Jagd nach süßem Blut, und als unsere Heldenfrauen nach kurzem Schlummer wieder erwachten, waren sie auch reichlich zerstochen.

„Hier bleibe ich nich'!", bestimmte Elsbeth am nächsten Morgen.

„Machen Se man keenen Aufstand, Frau Torsdorf, jetzt schrubben wir uns erst ma, und denn putzen wir uns heraus und nischt wie ran an die Bouletten! Das andere kriejen wir später!" Und während die forsche Elvira Brandlhofer ihr Nachtzeug und die Betten in das offene Fenster zum Auslüften legte, liefen ihr wieder die Tränen über das Gesicht. Arme Elvira!

Sie waren nicht weit vom Bahnhof untergekommen, in einem Viertel mit niedrigen, windschiefen Häuschen. „Ein Kleinbürgerviertel, eher eine Arme-Leute-Gegend, aber ganz kuschelig!", dachte Elsbeth, als sich die beiden Frauen nach einer Tasse Muckefuck und einem klebrigen Brot mit dünn gestrichener Margarine und köstlicher selbst gemachter Marmelade, wofür eine Brotmarke zu hinterlegen war, auf den Weg machten. In der Nähe ihres Nachtquartiers erhob sich eine gedrungene zweitürmige Kirche vor einem geräumigen Platz, gemauert aus grauen Steinen und versehen mit runden Hauben. St. Gangolf war das älteste erhaltene Kirchengebäude der Stadt, am rechten Ufer der Regnitz gelegen und einen gehörigen Fußmarsch von dem berühmten Kloster Michelsberg entfernt. Diese doppeltürmige elegante graue Klosterkirche mit ihren in die Länge gezogenen hohen Spitzen lag, eingelassen in eine weiträumige dreiflügelige mehrstöckige Klosteranlage, jenseits des Flusses auf einem Berg. Nach dem weltberühmten Dom Kaiser Heinrichs des Zweiten, des letzten Sachsenkönigs, – der auch Herzog von Bayern war, wie Elsbeth von ihrem Schwiegervater erfahren hatte – und seiner Gemahlin Kunigunde von Luxemburg war das Kloster St. Michael das bekannteste Wahrzeichen der Stadt Bamberg. Seine Gebäude umschlossen einen hellen Garten mit weiten Rasenflächen, eingefasst von niedrigen gestutzten Hecken. Eine große elegante Freitreppe mit geschwungener Balustrade, geschmückt mit Engeln und Aposteln, führte zum Hauptportal der Kirche mit ihrer ebenso eleganten barocken Fassade. Hinter der gesamten Anlage befand sich eine großartige, gemauerte Terrasse, die einen überwältigenden Anblick der Stadt, namentlich des gewaltigen Domes, erlaubte, und unter der sich Terrassengärten hinzogen. Seit mehr als 100 Jahren dienten die Klosterbauten als städtisches Altenheim, geführt von den barmherzigen Schwestern des Hl. Vinzenz von Paul, doch ein Teil von ihnen wurde nun als Lazarett genutzt. Das Hauptlazarett, untergebracht in einem Palais, lag allerdings zu Füßen des Michelsberges.

„Da werden wir wohl hoch machen müssen!", seufzte Elvira.

„Aber erst mittags!", antwortete Elsbeth. „Besuchszeit is' erst ab zwei! Kommen Sie mit in den Dom, Frau Brandlhofer? Wo wir doch schon mal hier sind? Und kalt isses außerdem!"

„Sie sind woll mächtig fromm, wa?", fragte die zurück. „Aber wenn Se denn meinen, in Jottes Namen!"

Doch dann kamen beide aus dem Staunen nicht mehr heraus: über die Eleganz des weitläufigen Domplatzes auf dem Domberg und die beeindruckende Kathedrale mit ihren beiden Hochchören! Das hatte Elvira noch nie gesehen, und Elsbeth auch nicht. Die junge Frau Torsdorf erinnerte sich ihrerseits, dass der Magdeburger Reiter eine imposante frei stehende Figur war. Die Magdeburger sahen in ihm Kaiser Otto I, zumal sie die ihn begleitenden doch kleiner gehaltenen Frauengestalten als seine beiden Gemahlinnen Adelheid und Editha identifizierten.

Die Kunsthistoriker allerdings sind sich bis heute darob nicht sicher. Der ebenso berühmte Bamberger Reiter befand sich dagegen innerhalb des Domes in halber Höhe eines Pfeilers und war mit diesem fest verbunden. Der Sage nach war er das Abbild des Ungarnkönigs Stephan, der als Heide in den Dom einritt, um dort, überwältigt von Glanz und Feierlichkeit des christlichen Kultes, selbst Christ zu werden. Man sagt aber auch, dass der Reiter das staufische Königtum verkörpere.

Obgleich die Sonne schien, war der Märzwind eisig. In den Vorgärten hielten Schneeglöckchen und Märzenbecher mit ihren bescheidenen und doch beglückenden weißen Blüten tapfer dagegen. Die beiden Leidensgenossinnen nahmen nach ihrem Besuch auf dem Domberg einen frugalen Imbiss in einer düsteren Caféstube ein – natürlich auch hier nach Abgabe von Lebensmittelmarken – und machten sich sodann an den Anstieg auf den Michelsberg.

„Du grüner Hering! Pettchen! Was hat dich denn geritten, dass du so plötzlich hier auftauchst?", kam es aus einer Liegestatt mit aufgebauter Konstruktion aus Gips und Metall. „'ne leckere Frisur ham se dir ja hinjetrimmt!" Der überraschte „aufgehängte" Fliegerheld, anders konnte man seine „Lage" wohl nicht nennen, schaute mit gerunzelter Stirn seine Eheliebste streng an. „Wie kommste denn überhaupt hierher?"

„Mit dem Zug!"

„Na klar! Und jetzt kannste 'nen Helden in Gips beäugen! Wer hat dich denn auf die Idee jebracht, die Kinder alleene zu lassen und sich uff die lange Reise zu bejeben?"

„München ist weiter!"

„War das Frederikas Idee?"

Frederikas Idee war es natürlich nicht. Die war eher dagegen gewesen, der Kinder wegen, die man deshalb der herzschwachen Mama aufgebürdet hatte, und Henk stieß natürlich sofort in dasselbe Horn. Elsbeth schluckte und zog die Mundwinkel nach unten.

„He, Kamerad, du hast ja mächtigen Zulauf!", zischelte es fröhlich aus dem Nachbarbett, in dem sich ein zur Hälfte einbandagierter Kopf der Besucherin zudrehte. Elsbeth versuchte tapfer ihren Schrecken zu verbergen, der ihr beim Anblick dieses Monsters in die Glieder gefahren war. Neben dem gewaltigen Verband verbarg der Verwundete nämlich auch noch sein rechts Auge unter weißem Mull, welcher wiederum unter einer schwarzen Klappe hervorlugte, und unter dieser hing sein Gesicht, genauer: seine rechte Gesichtshälfte, im wahrsten Sinne des Wortes herunter. Ein Zyklop, Polyphem persönlich, blickte sie an! Das Ehepaar überhörte den Einwurf geflissentlich, nur Henk machte eine schnelle Kopfbewegung nach rechts und presste die Lippen zusammen. Der andere verzerrte sein Antlitz, indem er mit seiner linken Gesichtshälfte grinste.

„Schnappen Sie sich da mal 'nen Stuhl, gnädige Frau, bevor ihn der nächste Besuch requiriert. Bei Henk is' nich' so viel Platz auf seinem Bett!", zischte der Einäugige erneut. Elsbeth, die Mühe hatte, ihn zu verstehen, gehorchte und lächelte.

„Nu erzähl mal, Pettchen, wie geht es Mama?"

Gehorsam zählte Elsbeth flüsternd alles auf, was man ihr zu Hause aufgetragen hatte, bis ihr plötzlich einfiel, dass sie sich noch gar nicht nach dem Befinden ihres Gatten erkundigt hatte. Der winkte ab. „Nicht der Rede wert!", sagte er großspurig, „Kommt alles wieder in Ordnung, wird mir jesacht, und ich werd' ooch wieder fliegen können!"

„Der is einfach nich' zu halten!", kam der genuschelte Kommentar aus dem Nachbarbett. „Der redet von nix anderem als von Flugmotoren. Beten Se man, dass Se den bald wieder in die Luft kriegen, gnädige Frau!"

„Pettchen! Hiermit stelle ich dir Herrn Hauptmann Domain aus Potsdam vor, mehrfach ausjezeichnet, und damit er endlich mal seine feuchte Klappe hält. Axel! Das ist meine Frau! Und nu' sei bloß höflich!"

Der Hauptmann richtete sich auf und versuchte im Bett so etwas Ähnliches wie eine Verbeugung. „Anjenehm! Mir ist zu Ohren gekommen, dass Sie eine große Autorin sind und schon zwei Bücher veröffentlicht haben!". Elsbeth lächelte, neigte ebenfalls den Kopf und antwortete:

„Das ist nun wirklich gar nicht der Rede wert! Es sind ja nur Kinderbücher, Allerwelts-Schnick-Schnack, was ich halt so unserer jüngeren Tochter erzähle. Wenn sie es schön findet, dann schreibe ich es auf. Es ist nichts Besonderes!"

„Sie sollten Ihr Licht nich' unter'n Scheffel stellen, gnädige Frau!", antwortete der Hauptmann, drehte seinen Kopf zurück und starrte mit seinem gewunden Auge an die Zimmerdecke.

„Vielleicht is' der Krieg bis dahin zu Ende, ich meine, bis du ganz wiederhergestellt bist?", knüpfte Elsbeth vorsichtig an ihr Gespräch von vorhin an.

„Da wäre der Endsieg aber rasch einjetreten, was Henk?", kam es wieder vom Nachbarbett.

„Halt den Mund, sag ich dir!", schimpfte Henk hinüber.

„Wir glauben alle daran, dass der Endsieg bald da ist!", antwortete Elsbeth indessen tapfer.

„Klar doch!", kam es ebenso feucht-forsch von nebenan.

Der junge Hauptmann richtete sich erneut auf, ließ seine Beine aus dem Bett hängen, griff nach einem Stock, der über dem Geländer des Fußendes des Bettes hing, und machte Anstalten, das Bett zu verlassen. Elsbeth erhob sich und fragte höflich, ob sie für einen Moment das Zimmer verlassen solle, wobei sie schon an der Tür war. Henk nickte ihr zu, und sie trat in den Flur hinaus. Wenige Minuten später erschien der Hauptmann in seinem Militärmantel über seiner Krankenkleidung und auf seinen Stock gestützt, nickte und versuchte zu lächeln. Er hielt ihr die Tür auf. So ging sie wieder hinein und setzte sich auf den Stuhl.

„Na, wenigstens is' er taktvoll und jut erzogen!", sagte Henk. „Kopfschuss! Hinterm Ohr rein und davor wieder raus. Jetzt is' er taub und noch schwindelig, deswegen braucht er den Stock, und sein Gesichtsnerv ist ooch hin. Nu' behält er seine Fratze sein Leben lang, sagen die Ärzte."

Elsbeth schauderte. „Und sein Auge?", flüsterte sie.

Das muss er sein Leben lang schonen und salben, sonst trocknet es ihm aus!" erklärte Henk.

„Mein Gott! Und seine arme Frau! Is' er verheiratet?"

„Verlobt mit so 'nem Blitzmädel, aber die war noch nich' hier. Und er will ooch jar nich', dass se kommt!"

Elsbeth fragte sich, ob ihr Mann gewollt hatte, dass sie kam!

„Und nu erzähl weiter, Pettchen!", befahl der indessen.

„Sie haben mindestens einen Fremdarbeiter aufgehängt, wegen Meuterei oder so was ...", flüsterte Elsbeth.

„Wer? Wo? Was faselst du da?", fragte Henk ungläubig.

„Polte!" Elsbeth bewegte die Lippen, aber Henk verstand, dass es der große Betrieb unweit ihrer Wohnung war. „Und alle mussten zuschauen, alle Fremdarbeiter, und ich glaube die Deutschen auch, aber das weiß ich nich' so genau!"

Henk war sprachlos.

Eine ganze Weile schwiegen sie wie ein altes Ehepaar, das sich schon lange nichts mehr zu sagen hatte.

„Wie geht es Papa?", fragte Henk endlich.

„Ganz gut!", antwortete seine Frau und verschwieg wohlweislich, dass ihr Schwiegervater wiederholt die Stirn gehabt hatte, ihr unmissverständliche Anträge zu machen. Schon aus Gewohnheit lugte sie deshalb stets aus ihrem Schlafzimmerfenster im zweiten Stock, wenn von unten die Klingel betätigt wurde, und, konnte sie es einrichten, verleugnete sie sich, wenn sie ihren Schwiegervater vor der Haustüre warten sah, die sich nur mittels eines elektrischen Summers öffnen ließ. Anfangs hatte sie es nicht glauben wollen, obgleich es ihr immer unangenehm war, wenn der alte Apotheker sie betatschte, doch im Laufe der Zeit war er anzüglicher und anzüglicher geworden ... Ach Heinerich, mir graut vor dir! Mit niemandem konnte sie darüber reden. Noch nicht einmal im Beichtstuhl hatte sie sich ihrem Freund Herrn Vikar Brackmann anzuvertrauen gewagt! Übrigens war der mittlerweile auch an der Front.

Nachdem die beiden Eheleute noch dies und jenes Belanglose gesprochen hatten, wobei Elsbeths literarische

Ambitionen bewusst ausgelassen wurden, kehrte der kopfverletzte Hauptmann zurück und machte es sich wieder in seinem Bett bequem. Elsbeth hatte sich bei seinem Erscheinen sofort erhoben und war wieder für einen Moment auf den Flur gegangen.

Endlich lagen beide wieder brav in ihren Betten. Als sich die Tür erneut öffnete, schauten also beide automatisch und erwartungsvoll in die Richtung, die für sie das Tor in die Freiheit und zum erneuten Heldentum war.

„Heißa!", knirschte es vom Bett des Hauptmanns Domain. Nun drehte auch Elsbeth, die inzwischen wieder auf ihrem Stuhl Platz genommen hatte und mit dem Rücken zur Tür saß, ihren Kopf. Die eintretende Dame, angetan mit einem weiten Lodenmantel und einem kecken Trachtenhut auf dem Kopf, zögerte, doch nachdem sie vom Hauptmann fröhlich mit einem „Nu kommen Se man rin in die jute Stube! Se sind hier ja beinahe wie zu Hause!", begrüßt worden war, war kein Rückzieher mehr möglich.

Paula Schranner, Cousine Paula also, betrat die Szene, nickte dem vorlauten Major zu und sagte scheinheilig:

„ Ja Elsbeth! Ja da schau her! Da bist du ja!", und es fehlte nicht viel und sie hätte noch „Ja, wo kommst denn d u her!" gestaunt, aber das verkniff sie sich rechtzeitig.

Die junge Frau Torsdorf war wie vom Donner gerührt. Ungläubig starrte sie ihre Cousine an und brachte kein Wort heraus.

„Servus Paula!", sagte Henk, anscheinend unbeeindruckt.

„Ja, Paula!", würgte Elsbeth endlich hervor, „Ja liegt denn der Loisl auch hier im Lazarett?"

„Mein Mann is' leider immer noch vermisst!" antwortete Paula mit so viel Würde wie möglich. „Ich will aber nicht stören! Ich wollte dir nur noch behüt dich Gott sagen, Henk!"

„Der Himmel möge dich ebenfalls behüten, Paula!", antwortete Henk ohne eine Miene zu verziehen.

Gerade, als Cousine Paula, die inzwischen ganz blass geworden war, dem verwundeten Fliegerhelden die Hand zum Abschied reichen wollte, erschien eine weiß gekleidete barmherzige Schwester mit einer sorgfältig und kompliziert gefältelten spitzen Haube auf dem Kopf, deren Flügel auf dem Rücken unter ihrem Schwesternkittel zusammengehalten wurden. Während sie ihren rechten Zeigefinger und ihren rechten Ringfinger in den Weihwasserkessel, der neben dem Türstock angebracht war, tauchte, um sich zu bekreuzigen, wurde sie mit einem spöttisch-forschen „Heil Hitler, Schwester Leonarda und Gott segne Sie" von ihren Patienten begrüßt. Schwester Leonarda griff in ihre Kitteltasche und holte zwei Fieberthermometer hervor. Dabei zwinkerte sie ihren beiden Patienten unmerklich zu, wobei sie mit der Spitze ihrer Haube diskret auf die beiden Frauen deutete. Elsbeth entging das nicht. Sie spürte, wie ein wehes Gefühl in ihr Herz tropfte, und wie das wehe Gefühl immer weiter anschwoll und schier unerträglich wurde. In diesem Augenblick durchschrillte eine laute Klingel das ganze Gebäude: Ende der Besuchszeit! Beide Herren steckten sich ihre Thermometer unter die Achsel und die Schwester sagte streng zu den beiden Frauen: „Ich darf Sie bitten! Kommen Sie morgen wieder!" Und im Nu standen die beiden Cousinen vor der Tür.

Der Garten war noch immer von der schon im Westen stehenden Sonne beschienen. Elsbeth sah Elvira auf einer der Stufen sitzen, die zum Kirchenportal hinaufführten, obgleich es doch noch so kalt war.

„Warten Sie denn hier auf mich, Frau Brandlhofer?" fragte sie besorgt, ohne ihre Cousine zuvor vorzustellen. „Wir wollten uns doch wieder in dem Café treffen!" Elvira nickte nur stumm.

„Is' was passiert?"

Erneutes Nicken.

„Was denn um Himmels willen?"

„Mein Adolf!", brachte Elvira tonlos hervor, „Embolie! Mein Adolf und Embolie! Jestern is er verschieden. Ich kann's eenfach nich' glooben! Soo 'n Mann! Soo 'n Kerl! Und Embolie! Und nu is er nich' mehr! Und morjen is' die Beisetzung, ich ...!"

Elsbeth setzte sich neben die trauernde Witwe und nahm sie wieder in ihre Arme. „Ich bleibe bei Ihnen, Frau Brandlhofer. Ich lasse Sie da nicht allein. Ich lasse Sie doch nicht allein am Grab stehen, nein, das lasse ich doch nich' zu!"

So kam es, dass Elsbeth in einem Telegramm an den Sedanring Nummer 16 die Verzögerung ihrer Heimkehr ankündigte. Nachdem ihr ihre Cousine Paula anvertraut hatte, dass sie ein Kind von Henk erwartete – „Ich hätt's Euch ja niemals g'sagt, wenn der Loisl nicht vermisst wär' und ich nicht mehr aus und ein wüsst', aber ich musst' mich doch mit dem Henk besprechen, das begreifst du doch, oder?" – besuchte sie ihren Mann kein zweites Mal.

XI

Im Juli 1942 sollte Elsbeth gemeinsam mit ihrer Tochter Imma, ihrem Bruder Arno und ihrer Schwägerin Marlene, sowie deren Kindern nach Bayern reisen, um mit ihnen, wie schon in den vergangenen Jahren, einen gemeinsamen Urlaub in Bayrischzell zu verbringen. Püppi würde nicht mit von der Partie sein, wie sie bisher auch kein einziges Mal dabei gewesen war, wenn der Angermaier'sche Clan in die bayerische Heimat reiste. Die fast 12-jährige Püppi interessierte Bayern nicht. Sie zog es vor, ihre Ferien, wie stets, bei den von Wentows auf deren Gut jenseits der Elbe zu verbringen, wo sie sich wirklich zu Hause fühlte. Ihren Wünschen wurde auch dieses Mal stattgegeben, anderenfalls sie ohne Widerrede hätte gehorchen müssen.

Obgleich eine Torsdorf fühlte sich Püppi nie wirklich den Magdeburger Torsdorfs zugehörig und auf dem Sedanring zwischen den Häusern Nummer 16 und Nummer 19 eher hin und her geschoben. Unter den strengen Blicken der harschen, mageren, inzwischen leicht gebeugten, wie stets nach Eau de Cologne duftenden und noch immer herzschwachen Großmutter Ottilie mit dem unvermeidlichen falschen Wilhelm auf dem Kopf, dem baumelnden Lorgnon auf dem mageren Busen und dem Ridikül am Gürtel, unter der meist distanzierten, fast unnahbaren Miene des vielbeschäftigten Großvaters, der sie dennoch hin und wieder – und das eher verschämt – mit einer Zärtlichkeit betrachtete, die sie irritierte, und unter den eher prüfenden, und – wie ihr schien – kaltherzigen

Augen ihrer rüden Tante Frederika einerseits und der mehr pflichtbewussten als liebevollen Fürsorge ihrer Stiefmutter andererseits fühlte sich Püppi als eine mutterlose Randexistenz. Jedenfalls würde sie es später einmal so formulieren. Ihre Großeltern waren zu alt, als dass sie mit dieser Enkelin im beginnenden schwierigen Alter in liebevoller Nachsicht hätten umgehen können. Ohnehin kamen sie aus einer strengen Welt der Zucht und Ordnung und brachten kein Verständnis für Nachgiebigkeiten auf. Tante Frederika hatte wenig Zeit und verlangte stets und strikt völlige Unterwerfung! Und die Stiefmutter? Die versuchte, ihr Bestes zu geben, wie übrigens alle Beteiligten der Meinung waren, sie würden ihr Bestes geben. Doch Püppi spürte genau, dass die jüngere Schwester von Elsbeth geliebt, sie hingegen nur sorgsam gepflegt und aufgezogen wurde. Bei den von Wentows war das Kind glücklich, und so durfte sie sich auch gleich am ersten Ferientag in Begleitung ihrer Stiefmutter und ihrer kleinen Schwester auf die Reise machen. Man versprach ihr auch, sie erst am letzten Ferientag wieder abzuholen. Für die Wentow'schen Verwandten war es inzwischen selbstverständlich, dass die Nichte aus Magdeburg alle großen Ferien und sogar die Osterferien bei ihnen verbrachte. Zu deren Glück war der Genesungsurlaub des Vaters nach seiner schweren Verwundung erst in die Zeit nach dem Auferstehungsfest gefallen, denn sonst wären die Frühlingsferien auf dem Wentow'schen Gut für Püppi selbstverständlich ausgefallen. Nur zu gern hätte sie auch ihre Weihnachtsferien auf dem Gut verbracht, zumal sie aus Erzählungen wusste, dass das Weihnachtsfest dort zu den Höhepunkten des Jahres zählte. Zu ihrem geheimen Kummer ließen dies weder die Großeltern noch Tante

Frederika noch die Stiefmutter zu. „Was würde Henk dazu sagen?", hieß es allgemein. Man war davon überzeugt, er würde toben, erführe er davon, und die gesamte Familie des Mangels an Verantwortung und der Lieblosigkeit seiner Erstgeborenen gegenüber bezichtigen. Und außerdem war er ja am letzten Weihnachtsfest für eine Woche auf Fronturlaub und daher zu Hause gewesen! Doch nun war Sommer, und Püppi jubelte den Wentows entgegen, die sie kommentarlos erwarteten. Nur Tante Ulrika erlaubte sich die trockene Bemerkung: „Ich glaube, die sind man immer froh, wenn se die Kleene los haben!" Darauf antwortete ihr Mann, der noch nicht eingezogen war, nicht.

Elsbeth freute sich so sehr auf die Reise und auf die geliebte bayerische Alpenlandschaft, nach der sie immer Sehnsucht empfand, wenn sie an ihre Heimat dachte. Sie freute sich auf die gemeinsamen Bergtouren, welche die Erwachsenen zu unternehmen gedachten, auf gemütliche Plauschereien und Geklatsche auf Berghütten oder im Garten der Pension, in der sie alle logieren würden. Sie freute sich auf die Wirtsleute, Ludwig und Theresia Rossbach – er ein schon älterer Herr und in seiner Heimat ein bekannter Kunstmaler, sie, erheblich jünger, eine Schönheit und zudem eine vorzügliche Köchin und Kennerin der einheimischen Küche. Sie freute sich auch auf deren halbwüchsigen Sohn, der regelmäßig seine Ferien bei seinen Eltern verbrachte und auch auf die übrigen Pensionsgäste, schon deshalb, weil sie neue Menschen kennenlernen würde. Denn, wie schon erwähnt, die beiden Familien weilten nicht zum ersten Mal in den Sommerferien in Bayrischzell: für Elsbeth eine Idylle am Fuße des Wendelsteins!

Wenn sie an diese bevorstehende Reise dachte, erschnüffelte sie, die in einem Dunst von Industrieabgasen einer Industriestadt mit seinem künstlichen Riechmix lebte, der sich im Übrigen im Verlauf der Bahnreise nach Süden in der Gegend um Halle/Merseburg noch erheblich steigern würde, sodass er praktisch nicht mehr zu „überriechen" war – erroch sie also förmlich den frischen Duft der Alpenblumen und der Alpenkräuter. Sofort sah sie als Erstes das helle Blau der zarten Glockenblumen und der Teufelskrallen vor sich, dann das tiefe Blau der Enziane. Sie stellte sich das leuchtende Gelb des Läusekrauts und des Nelkenwurz vor und das zarte Weiß der Berg-Kuhschellen und des Berghahnenfußes. Sie sah ihn vor sich, den roten Klee, und sofort erinnerte sie sich an die Bergwiesen mit vielen, unzähligen weiteren zarten Blüten in den verschiedensten Farben vom tiefen Violett bis zum hellen Weiß, deren Köpfchen um diese Jahreszeit mit den Gräsern im sanften Bergwind sacht hin und her schaukelten und sich von einer Unzahl von Insekten umsummen und von Schmetterlingen umflattern ließen. Sie dachte an den Almenrausch, der im Latschengestrüpp seine leuchtenden Blüten der Sonne entgegenstreckte, und natürlich auch an das Edelweiß, welches weit über der Baumgrenze und auch dort, wo es keine Latschen mehr gab, also hoch oben, bescheiden in Felsspalten und auf trockenen Geröllhalden wuchs und manchmal nur nach schwierigen Kletterpartien gefunden wurde. Als sichtbare Trophäe steckte sich der waghalsige Bergfex dieses „Jagerbleaml" an den Hut oder schenkte die wachsartige Blume seiner Liebsten, seinem G'schpusi. Man sagt, das Edelweiß sei die Lieblingsblume des Führers, wusste Elsbeth.

Sie dachte an Buckelwiesen und an Kuhweiden, deren Umzäunung man mittels eines hölzernen Drehkreuzes durchbrach oder mittels eines hölzernen Überstiegs überwand – ein oder zwei Stufen hinauf, dann hinüber und wieder ein oder zwei Stufen hinunter – oder mittels eines hölzernen Gatters durchschlüpfte, in dessen Angeln sich eine Feder befand, sodass es von selbst wieder zufiel, nachdem man es geöffnet hatte und hindurchgegangen war. Während man über die Weide ging, wurde man von braunem Fleckvieh begafft. Die beachtlichen Kuhglocken bimmelten leise, wenn diese sanften, wenn auch manchmal eigensinnigen Geschöpfe, von denen ein jedes eines dieser schmalen Glocken um den gedrungenen Hals trug, ihre Köpfe drehten, und sie bimmelten, wenn die Herde genüsslich an Gras und Kräutern zupfte. Sie bimmelten auch, wenn die Kühe wiederkäuend im Gras lagen und ihre Köpfe schüttelten, um Fliegen abzuwehren, während ihre Schwänze aus dem gleichen Grund um ihre Leiber schlugen. Eine jede Glocke hatte ihren eigenen lieblichen Klang. Vereint bimmelten sie durch das Tal, wenn die Tiere, deren Weide sich in der Nähe der Höfe befanden, abends gemächlich stallwärts trotteten, um gemolken zu werden, und dabei ihren dampfenden Kot aus ihren Hinterteilen entleerten, der als weicher Kuhfladen zu Boden klatschte. Halbwüchsige verhinderten durch leichte Klapse mit ihren Stecken ein verschrecktes Ausbrechen einzelner Tiere. Das Vieh, das den Sommer über auf den Almen weidete, wurde dort von Sennerinnen und Sennern versorgt. Auch sie gedachte man auf den Bergwanderungen zu besuchen und dort genüsslich frisch gemolkene Milch zu trinken.

Elsbeth dachte an schroffe Felsen, sie dachte an rauschende Wasserfälle, an Gumpen und an klare eiskalte Bergseen. Und gleich sah sie den Soinsee vor sich. Sie dachte an die Überquerung von flachen Bergbächen, in denen man von Stein zu Stein hüpfte, an zünftige Brotzeiten aus dem Rucksack auf Berghütten oder einfach nur auf Wiesen, auf denen man lagerte, auf plötzlich auftauchenden Holzbänken, die zum Betrachten der Landschaft einluden, oder auf harten Felsbrocken. Sie dachte an das Trainsjoch, von dem aus man auf den Thiersee blickte, dachte an den Tatzelwurm, an die Gegend des Sudelfelds, an den Wendelstein und an all die anderen Hausberge dieser Gegend. Sie dachte an die Bäckeralm und an den Zipfelwirt. Sie dachte an die sich plötzlich zusammenbrauenden Sommergewitter, deren Grollen und Krachen in den Bergen um so vieles bedrohlicher klang als auf dem flachen Land, und sie stellte sich das heftige Rauschen des Gewitterregens, aber auch den tagelangen Schnürlregen, vor, da die Wälder sich mit der Feuchtigkeit vollsogen und die Temperatur akut abstürzte. Strickjacken, Janker, Wollstrümpfe und Regenkotzen gehörten daher unbedingt in das Reisegepäck, wie man sich überhaupt im Gebirge tunlichst zwiebelschalenförmig kleidete und stets entsprechend ausgerüstet war. Wenn sie an all das dachte, tat ihr das Herz weh, und sie geriet in die Versuchung, sich zu fragen, warum sie sich eigentlich überhaupt noch in Magdeburg aufhielt und dort auf einen Ehemann wartete, der sie mit größter Wahrscheinlichkeit andauernd betrog. Dann pflegte sie die Mundwinkel bogenförmig herunterzuziehen und die Zähne zusammenzupressen. Über der Nasenwurzel erschien die sich immer tiefer eingrabende senkrechte Falte, sozusagen als sichtbare Narbe der über die Jahre erlittenen Schmache und Demütigungen.

Die Antwort kannte sie genau: Es war Püppis wegen! Als sie damals, vor neun Jahren, in St. Peter zu München dem jungen Flugzeugingenieur Dr. Hans Heinrich Torsdorf angetraut wurde, hatte sie ihm ihre eheliche Treue bis in den Tod versprochen. Das schloss einen Ortswechsel während turbulenter Kriegszeiten nicht unbedingt aus. Warten konnte sie schließlich auch in Bayern auf ihren Mann. Doch sie hatte ihm auch versprochen, seinem Kind eine Mutter zu sein. Und solange Püppi ein Kind war, hatte die junge Frau Torsdorf unter Heimweh in Magdeburg auszuharren.

Elsbeth wusste, dass ihr die Freude, heimzukommen, schon fast das Herz sprengen würde, wenn hinter Thüringen die ersten heimatlichen Laute an ihr Ohr drangen, die sich im bayerischen Norden allerdings des fränkischen Zungenschlags bedienten. Immer, wenn sie dann von München aus mit dem Bummelzug dem Gebirge näher kam, wenn sie, den Kopf aus dem Zugfenster gestreckt, nur noch aus Schauen, Hören und Riechen zu bestehen schien, wenn sie von fern die Kuhglocken und die Kirchenglocken läuten hörte, wenn sie die Zwiebeltürme der kleinen Dorfkirchen ausmachen, die Frauen im Dirndl, die Zöpfe um den Kopf gelegt, und die Männer in der kurzen Ledernen, in Wadlstrümpfen und in Haferlschuhen erblicken würde, manche den Steinschlag-Hut, andere wiederum den Trachten-Hut auf dem Kopf, und der oft geschmückt mit einem beachtlichen Gamsbart, wenn sie die Menschen auf den Wiesen das intensiv duftende Heu mit großen Rechen zusammennehmen, mit Heugabeln auf Heuwagen laden oder das Heu zusammenbinden und Heumandl aufstellen sah, dann zerriss es ihr schier den Brustkorb vor Glück. Immer war das so! Das wusste sie schon vorher: Das Gebirge enttäuscht nie! Niemals!

„Und eines Tages werde ich wieder hier in Bayern leben, das schwöre ich!", flüsterte sie dann vor sich hin und dachte an die glücklichen Tage ihrer Jugend, in denen man zwischen Mai und November oft in aller Sonntagsfrühe, den Rucksack auf dem Rücken und den Bergstock in der Hand, auf die Bahn hetzte, mit dem Zug in das Gebirge fuhr und am Ankunftsort noch schnell für wenige Minuten in die Sonntagsmesse hineinschaute. Dort knieten sie, die frommen und die scheinheiligen Dorfbewohner in ihrer Sonntagstracht! Barhäuptig die Männer, die Frauen in ihrem steifen Sonntagsgewand, das Brusttücherl um die Schultern und die Zöpfe im Nacken zu einem Knoten gewunden, der mit Haarnadeln aus Horn festgesteckt war. Sie trugen den runden Trachten-Hut mit schmaler Krempe so kerzengrade auf dem Kopf, dass man den Haaransatz an der Stirn nicht sah. Keine Frau betrat eine Kirche ohne eine Kopfbedeckung! Dort knieten sie also, fein säuberlich nach Geschlechtern getrennt: die Männer rechts, die Frauen links.

Nach einer glückvoll-schweißtreibenden Tour über acht bis zehn Stunden kamen die jungen Stadtleute in ihrer fast beseeligend-bleiernen Müdigkeit spätabends wieder daheim an. Nicht, dass dies sehr oft, zum Beispiel an beinahe jedem Sonntag, vorgekommen wäre! Doch dieses Rare, Einmalige war es, das die Erinnerung so bewegend, so plastisch, und daher so unvergesslich machte. Manchmal blieb man auch über Nacht in einer Hütte. Das war allerdings nur im Urlaub möglich, denn der Samstag war ja ein normaler Arbeitstag.

Das alles also hatte Elsbeth wegen eines attraktiven Witwers mit Kind aufgegeben! Man fasse sich an den Kopf! Doch halt! So ganz stimmte das nicht. Es ging ja damals um viel mehr! In die Welt hinaus wollte die junge unerfahrene Elsbeth, so wie man auch hoch hinaus will, wenn man einen Berggipfel erklimmt. Den mächtigen Rhein wollte sie sehen, sie wollte interessante Städte kennenlernen und das Meer erleben. Auf Schiffen wollte sie fahren und in Zügen durch fremde Länder reisen. Genau das hatte sie gewollt: diesen Mann, diesen Henk, und mit ihm die große weite Welt! Um die Erfüllung dieses Lebenswunsches war es ihr gegangen, hatte sie insgeheim gezittert und gebetet! Und wo hatte es sie hin verschlagen? Wo war sie in Wahrheit gelandet? In einem Käfig war sie gelandet, wo sie quasi zu einer Nebenfigur in ihrem eigenen Leben geworden war, wo man über ihren Kopf hinweg über sie bestimmte und ihren eigenen Atem wegschluckte, sodass ihr selbst geradezu die Luft wegblieb. Um genau das hatte sie in ihrer Dummheit und Unwissenheit insgeheim gebetet! Ihre Mundwinkel zogen sich nach unten.

„Um nichts werden so viele Tränen vergossen wie um erhörte Gebete und wie um erfüllte Wünsche!", hatte sie einmal irgendwo gelesen. Nun, die Tränen hatte sie immer tapferer zurückgehalten, obgleich sie wahrhaftig arm dran war, um mit Vikar Brackmanns Worten zu reden. Aber sich nur noch hinlegen und vor sich hin verwittern, danach war ihr oft. Und ohne den Vikar wäre es vielleicht sogar so weit gekommen. Der Gute! Heimlich betete sie für ihn und für seine gesunde Heimkehr aus dem Krieg. Hatte er ihr nicht geholfen, ein Kind zu bekommen, indem er dringend eine ärztliche Untersuchung anempfahl?

Und hatte er ihr nicht geholfen, die Gitterstäbe ihres Käfigs ein wenig auseinanderzubiegen, sodass sie sich nunmehr von Zeit zu Zeit hindurchzwängen konnte? – Ach, sitzt der kleine Fink nicht tausendmal lieber auf einem dürren Ästchen als in einem goldenen Käfig? – Hatte er nicht dafür gesorgt, dass sie eine Kinderbuch-Autorin geworden war? Eine Veröffentlichung ihrer Bücher war selbstverständlich nur mit schriftlicher Zustimmung ihres Mannes möglich! Ohne diese Zustimmung wäre diese zu einer Zeit, da eine Frau nicht ohne Weiteres über sich selbst bestimmen durfte, niemals zustande gekommen! – „Da ist Musik drin in dem, wie Sie schreiben! Frau Torsdorf!" hatte der Vikar gesagt. „Auf dieser Tastatur spielen Sie mal weiter, woll!" Und hatte er nicht darauf gedrungen, dass sie unter ihrem Mädchennamen veröffentlichte? Nie wäre sie selbst darauf gekommen, auf diese Weise für eine Weile durch das Gitter des Käfigs zu schlüpfen und so ihrer eigenen Identität näher zu kommen. Keine Frage, dass die Familie Torsdorf darob zuerst baff und noch lange Zeit gehörig schockiert gewesen war.

„Das macht se jeradewegs aus Daffke, Mama! Das garantier' ich dir!", war Frederikas wütender Kommentar, „Der Name Torsdorf is' ihr nich' jut jenuch! Man möchte meinen, sie käme aus 'ner Intellektuellen-Familie! Alles Poeten dort oder so! Dabei sollteste man das Interieur bei denen sehen! Allein schon diese kleenbürjerliche Küche! Von Büchern keene Spur! Ich sage dir, wäre se nich' bei uns jelandet, se hätte nie eine einzije Zeile jeschrieben! Keenen eenzjen Buchstaben! Das verdankt se alles uns! Uns janz alleene!"

„Mäßige dich, meine Tochter!" Das war alles, was die vornehme Frau Torsdorf darauf antwortete, wobei sie weniger Frederikas Gehässigkeit, als vornehmlich ihren Magdeburger Zungenschlag rügte. Sie empfand ihn als widerwärtig und um nichts weniger als kleinbürgerlich, eher noch als proletarisch. In ihren Augen kam eine solche Ausdrucksweise einer promovierten Akademikerin nicht zu. Doch, wie wir mittlerweile wissen, verfiel ihre Tochter sofort in den Magdeburger Slang, wie man heutzutage sagen würde, wenn sie sich aufregte.

Für Henk betete Elsbeth nicht. Mit einer gewissen Gleichgültigkeit dachte sie an die Wochen seines Genesungsurlaubs, als sie selbstverständlich allen ehelichen Pflichten nachkam, die von ihr erwartet wurden, auch den nächtlichen, in denen der faszinierende Liebhaber, der er noch immer war, an seiner nach Liebe ausgehungerten Ehefrau einiges gutmachen durfte.

„Jut, dass er endlich mal wieder im Lande is', Jettchen!", hatte Frederika befriedigt festgestellt, „Da wird se man wieder jehörig durch die Mange jedreht, damit se mal wieder mitkricht, wo oben und unten is und uns nich' noch völlig überschnappt!" Worüber ihre Freundin nur schmunzeln konnte.

Über Henks außereheliche Beziehungen verlor seine Frau übrigens kein Wort, auch nicht über die zu ihrer Cousine Paula, von der sie annahm, er wisse noch nicht einmal, dass sie darüber im Bilde war. Selbstverständlich war der Gatte auch diesmal tagsüber ständig unterwegs, und den Kindern, die nach dem Vater, den sie so selten sahen, fragten, erklärte sie, dass er auch in seinem Fronturlaub für den Endsieg arbeite, weil er eben etwas Besonderes sei, ihr Vater! Der innere Abstand zu ihrem Mann hatte sich seit seinem Aufenthalt in Amerika wie ein expandierendes Universum vergrößert, und das in einer

Geschwindigkeit, welche sozusagen proportional zur Entfernung war. Der Urknall fand in dem Moment statt, in dem ihr klar wurde, dass er sie eigentlich nach schamloser und hinterhältiger Benutzung, wenn nicht gar Abnutzung, verlassen hatte, wenn er auch immer noch ihr Mann war. Hätte Elsbeth etwas von Astrophysik gewusst, hätte sie es genau so formuliert.

In der letzten Zeit hatte sie mit einer gewissen Befriedigung festgestellt, dass ihr Leben praktisch in zwei parallelen Bahnen verlief: Zum einen war sie die treue Ehefrau, die brav auf die Heimkehr ihres heldenhaften Gatten wartete, die an seinen Kindern alle Mutterpflichten sorgsam erfüllte und sich nach außen hin in die Familie Torsdorf einordnete und sich ihren eingeschliffenen Regeln unterwarf. Parallel dazu lebte sie ihre eigene Identität, indem sie ihre Seele in ihre Kreativität hineinlegte und auf diese Weise plötzlich und überraschend, wie in einem Aufzucken eines Blitzstrahls, zu Erkenntnissen über ihr Selbst gelangte, zu denen sie durch den Schmerz allein nie gelangt wäre. Eher unbewusst suchte sie Gedankengänge, die ihr während des Schreibens wie von selbst zugänglich wurden, in für Kinder verständlichen Geschichten darzustellen. Wie gern hätte sie mit Vikar Brackmann darüber gesprochen. Sie wusste, er würde sie verstehen. Erst viele Jahre später wurde ihr klar, dass sie durch das Schreiben frei geworden war. Es gilt anzumerken, dass die Torsdorfs, solange sie lebten, nie begriffen, dass sich ihre zahme Schwiegertochter von dem Augenblick an, da sie sich stur für Monate ins Bett legte und einen Bleistift und ein Stück Papier in die Hand nahm, von ihnen zu emanzipieren begann. Sie schmückten sich mit ihrem Namen, als dieser tatsächlich zu einem Schmuckstück geworden war, auch, nachdem ihr Leben allmählich in einen Trümmerhaufen verwandelt wurde.

Wie schon in den vergangenen Jahren sollte die Familie Angermaier mit ihren beiden Kindern nach ihrer Ankunft auf dem Münchner Hauptbahnhof die Eltern auf dem Bahnsteig nur kurz begrüßen, und gleich darauf zum Holzkirchner Flügelbahnhof hetzen, um den Anschlusszug nach Bayrischzell zu erwischen. Das bedeutete, dass alle bereits mitten in der Nacht in Magdeburg den D-Zug bestiegen hatten und auch, dass die Kinder, ihrem täglichen Rhythmus entrissen, teils übermüdet, teils aber auch völlig überdreht waren. Elsbeth indessen sollte mit ihrer Imma einige Tage bei den Eltern bleiben und dann nachkommen, wohingegen die Angermaiers ihrerseits wieder eher aus Bayrischzell abreisen und ihre restlichen Urlaubstage in München zu verbringen gedachten. Auf diese Weise konnten alle Magdeburger während ihres jeweiligen Münchenaufenthaltes im Elternhaus wohnen, anderenfalls es angesichts der Anzahl der Personen zu eng geworden wäre. Elsbeth würde also gemeinsam mit ihrer Tochter noch einige Tage allein in dem behäbigen dreistöckigen nach Süden ausgerichteten Haus der Rossbach'schen Pension mit seinen Erkern und Holzbalkonen logieren. Auf einem der überdachten Balkone mit seinem gedrechselten durchbrochenen Geländer würde sie in Nachbarschaft eines unruhig sprudelnden Wildbachs, der unmittelbar neben dem abfallenden Garten einen Wasserfall bildete, an ihrem neuesten Buch arbeiten. Etwa zwei Meter tief fielen die Wasser, nachdem sie mit erheblicher Geschwindigkeit bergab gegurgelt und, über weiße fast rundgeschliffene Kiesel strudelnd, dort angekommen

waren, von wo sie sich seit Ewigkeiten mit gleichmäßigem Rauschen hinabstürzten. Vor Urzeiten schon hatten sie unten ein Bett gefunden, in dem sie hurtig plätschernd weiter nach Süden, einem größeren Wildbach zu, eilten. Das ununterbrochene Rauschen des kleinen Wasserfalls vermittelte eine Gelassenheit, eine fast körperlich spürbare Zeitlosigkeit, in die sich die gehetzte, gequälte Seele betten konnte, um alle fünfe gerade sein zu lassen.
Doch es sollte alles ganz anders kommen!

Freilich standen die Eltern, wie erwartet, auf dem Bahnsteig, Mutter in Hut und leichtem Mantel, auf ihren Regenschirm gestützt, und Vater einen ungeheuren bepackten Rucksack auf dem Rücken. Elsbeth erschrak, als sie sah, wie sehr die beiden seit ihrem letzten Besuch vor einem Jahr gealtert waren. Namentlich Mutter gefiel ihr gar nicht. Alle Freude war augenblicklich durch den Anblick der beiden Alten getrübt. Vater war jetzt 65 Jahre alt und Mutter zählte 61 Jahre. Nach der herzlichen Begrüßung nahm Vater seinen Rucksack herunter und verhieß für alle Butterbrezen! Butterbrezen in dieser Fülle im vierten Kriegsjahr! Die Kinder jubelten, wurden aber sofort ermahnt, die Schmankerln erst auf der Zugfahrt zu schmausen, denn es gehörte sich nicht, in der Öffentlichkeit zu essen! Außer in der fahrenden Eisenbahn.

„Du ebenso, Imme!", sagte Mutter, „Du darfst die Breze ooch im Zuch essen. Deine Mutti bleibt alleine bei uns in München. Du kommst später mit den anderen zu den Großeltern! Und bange sein jibt's nich, was Imme?"

„Ja, aber Mutter! Warum?", fragte Elsbeth verwirrt.

„Es is' was einjetreten, und da isses nützlich, wenn du erst mal alleene bei uns bist, Bette. Keene Widerrede. Und nu macht man, dass euch der Zuch nich' durch die

Lappen jeht, Arni! Besprochen wird allet später!" Imma kam überhaupt nicht zu Wort. Sie wurde von ihrer Mutter umarmt und von ihrer Tante mit fortgezogen, denn der Angermaier-Clan setzte sich sofort in Bewegung und hetzte mit Kind, Koffer und Rucksack davon. Alle winkten sich noch einmal zu, dann drehte sich Mutter zu ihrer Tochter um, verlagerte die Spitze ihres Regenschirms und sagte:

„Es is' noch 'ne Breze im Hause, brauchste nich' bange sein, Bette!"

„Aber Mutter! So wichtig ist das doch nicht!"

„Wieso? Du hast dich doch immer so druff jefreut!"

„Schon! Für euch sind doch hoffentlich auch noch welche da?"

„Lass man!", winkte Mutter ab.

Als die drei schließlich aus der Bahnhofshalle traten, wobei Mutter die ganze Zeit über ihren Regenschirm wie von ungefähr als einen Spazierstock benützte, sagte Elsbeth schüchtern:

„Immi wird Heimweh haben! Und zum Anziehen hat sie auch nix! Das habe ich doch alles hier im Koffer drin. Wie stellst du dir das vor, Mutter?"

„Heimweh muss jeder mal erleben!", antwortete Mutter, postierte sich an der Trambahnhaltestelle und stützte sich erneut auf ihren Schirm, wobei sie ihr rechtes Bein unter ihrem langen Rock unmerklich entlastete. „Erst recht in diesen Zeiten!", fuhr sie fort, „Mach dir man keenen Kopp! Das Kind hat ja seine Tante und seinen Onkel, und Marlene lässt se nich' im Stich! Und was die Anzieherei anbetrifft, ihre Sachen schicken wir gleich los. Vater jeht morgen man gleich mal uff die Post. Im Rucksack is' jenuch für die ersten Tage drin, is' ja Sommer und warm jenuch, und 'nen Schlafanzug hab' ich ooch noch schnell jenäht!"

„Vielleicht weint sie ...", bemerkte Elsbeth schüchtern.

„Vielleicht am ersten Abend, denn nich' mehr, glaub's mir. Und außerdem jibt's Schlimmeres!"

„Mutter! Das kannst du doch nicht einfach so sagen. Warum wolltet ihr das Kind denn nich' haben? Es hat euch doch nichts getan! Um Gottes willen, Mutter! Vater! Was ist denn passiert?"

„Nu komm erst einmal heim!", mischte sich Vater ein. „Und dann machen wir gemütlich Brotzeit auf der Veranda! Und dann schlafst dich erst mal aus! Dann ziehst du dir eines deiner netten Dirndl an, die du immer so gern hast und die bei uns im Schrank hängen. Die passen dir sicher noch, bist eh eher mager, Kind!"

„Aber Vater!"

„Ja mei!" seufzte er, „Die Zeiten sind halt net danach, dass man sich rund mampfen könnt', wohl auch nicht bei euch droben in Magdeburg! Mutter hat ja schon gesagt, dass sie wieder genäht hat für die Kinder! Die werden schauen, die Zwutscherln, wenn sie den Rucksack aufmachen, da vergeht der Immi sogar das Heimweh, wenn es sie überhaupt überkommt ... Und vielleicht ist ja bei der ganzen Näherei auch für dich was abg'fallen, was dir g'fallen könnt'! Schau'n mer mal! Da schau! Da kommt ja schon die Trambahn!"

„Wieso hat sie bei dem Wetter überhaupt einen Regenschirm dabei?", dachte Elsbeth, während sie hinter ihrer Mutter in den Straßenbahnwagen stieg.

„Hat's denn bei euch geregnet?", wisperte sie Vater zu, stellte ihren Koffer auf der Plattform ab und hielt sich am Griff der Schiebetür fest, durch die das Wageninnere geschlossen werden konnte, die aber jetzt, zur Sommerzeit, geöffnet war.

„Nein! Warum?"

„Mutter hat ihren Schirm dabei!"

Vater, der neben ihr stand, sah sie streng an.

„Wo schaust jetzt du hin, frag' ich dich, Bettl. Mutter stützt sich auf den Schirm. Sie hat Schmerzen beim Laufen. Hast' es net g'sehen?"

Elsbeth errötete und schielte in den Wagen, wo Mutter auf der rechten Seite auf der längs verlaufenden hölzernen Sitzbank einen Platz gefunden hatte. Das Herz tat ihr weh!

„Wieso? Und wo?"

„Im rechten Knie!", antwortete Vater. „Mal ist es besser, mal schlimmer. Aber sag nix! Mutter will nicht, dass darüber geredet wird, außer sie spricht selber davon!"

„Ohne meine kleine Immi heimzukommen, vergällt einem die ganze Freude!", dachte Elsbeth, während Vater in der Dämmerung erst das Gartentor aufschloss und sich dann an der Haustür zu schaffen machte. Elsbeth fiel sofort auf, dass Vater die Außenlaterne, die neben der Haustür angebracht war, ausgeschaltet ließ. Um diese Jahreszeit wurde sie sonst in ihrem Abendlicht von einem Geschwader von Mücken und aller Art anderer Insekten umschwärmt. Nicht so in diesen Zeiten des Krieges, wo ganz andere Geschwader, bombenbeladene Geflügelte, durch die Verdunklungsverordnung in die Irre zu führen waren. Mutter erklomm ächzend die Stufen. Bevor sie noch ganz oben war, wurde die Türe von innen geöffnet und vor ihnen stand Cousine Paula in einem geblümten, weiten, einfachen Hängekleid, welches ihre fortgeschrittene Schwangerschaft trotz kargen Lichts keineswegs verbergen konnte. Mit anderen Worten: Cousine Paula stand kurz vor ihrer Niederkunft.

Elsbeth erstarrte. „Jetzt falle ich gleich um!", konnte sie gerade noch denken. Dann wurde sie von Mutter mit der Krücke ihres Schirms vorwärtsgeschubst. Mechanisch betrat sie den Hausflur, ohne so recht etwas zu sehen, und Mutter folgte ihr.

„Grüß dich Gott, Bettl!", sagte Paula und schloss die Haustür hinter den Heimgekehrten. Mutter stellte ihren Schirm in den Schirmständer, dann zog sie sich zwei Nadeln aus ihrem Hut, nahm ihn herunter und hängte ihn seufzend an einen Garderobenhaken. Vater half ihr aus ihrem Staubmantel, den sie immer trug, wenn sie zu dieser Jahreszeit aus dem Haus ging, mochte das Wetter sein wie es wollte.

„Nu' komm man rin in die jute Stube!", ermunterte sie die noch immer wie zu einem Eisblock erstarrte Tochter, und „Paula, haste denn den Tisch schon uff der Veranda jedeckt?" Elsbeth blieb weiterhin einfach sprachlos! Denken konnte sie überhaupt nicht, es war, als hätte ihr jemand das Hirn ausgeschüttet und als wäre ihr Schädel völlig entleert.

„Es ist alles parat, Tante!", antwortete Paula und legte sich ihre gespreizten Hände von hinten auf die Hüften, wobei sich ihr gewölbter Leib weiter vorstreckte, „Und Bier hab ich auch schon heim getan!"

Elsbeth sah, dass die Leibesfrucht dabei war, sich zu senken. „Sie hat nicht mehr viel Zeit!", dachte sie und „Wahrscheinlich wollten die Eltern Paulas wegen meine Immi nicht hier haben!" Und das war ihr nun sehr recht.

„Und du gehst nach oben, gnädiges Frollein (!), und wäschst dir die Hände! Und pass uff, dass det Verdunk-

lungsrollo nach unten jezogen is und keen Licht nach draußen jerät!", befahl Mutter ihrer Tochter, während sie selbst ihre eigenen Hände unter den Wasserhahn in der Küche hielt und dann nach der grauen Bimssteinseife in einer Seifenschüssel griff, welche an der Wand befestigt war. „Und mach flott! Vater wird man hungrig sein!"
Als Elsbeth mit frisch gewaschenen Händen und durchgekämmtem Haar die niedere Glasveranda betrat, waren die Schiebefenster der Gartenfront ein wenig nach oben geschoben, sodass sie unten einen Spalt frei ließen, durch den die Sommerabendluft angenehm hereinfächelte. Inzwischen war es dunkel geworden, aber es war eher eine helle Dunkelheit, wie sie um diese Hochsommerzeit bei sternklarem Himmel vorherrscht. Der Mond war im Zunehmen begriffen, und die glutrot blühenden Geranien in den vor den Fensterbrettern befestigten Blumenkästen, von Mutter jedes Jahr selbst gezogen, lugten in einer noch tieferen, fast schwärzlichen Röte durch die Scheiben. In den Winkeln der Veranda ließen hellgrüne Asparaguspflanzen in Töpfen, die man oben auf dort befestigte kleine Bretter gestellt hatte, ihre langen Wedel weit herunterhängen. Der getigerte dickköpfige Kater Herr Klauke lag schnurrend auf der Sofalehne, bereit, seinen geschmeidigen Körper auch auf eine menschliche Schulter zu verlagern in der Hoffnung, es möge etwas für ihn abfallen. Die kurzhaarige und spitzohrige Straßenmischung Memme gab es längst nicht mehr, und der dicke Kater Herr Klauke war auch nicht mehr der Allerjüngste.

„Wieso Herr Klauke?", unterbrach Ansgar die heimische Autorenlesung, „Ist der Familie kein besserer Name für einen bayerischen Kater eingefallen? Und hältst du dich eigentlich immer noch an deine Familiengeschichte, Edda?"

„Längst nicht mehr, Ansgar. Ich bin schon lange auf eine ganz andere Schiene gesprungen!"

„Warum denn das?"

„Das hat sich eben so ergeben. Die Figuren haben ganz schnell ihre ursprüngliche Authentizität verloren und ein Eigenleben begonnen. Da kann man einfach nichts machen, das ergibt sich so."

„So! So! Und ein großer Unbekannter wirft unsichtbare Bänder um deine Figuren und verknotet sie miteinander. Schau nur zu, dass du die Fallhöhe selbst bestimmst, falls du an einen Abgrund gerätst, vor dem es kein Vor und kein Zurück mehr gibt! Mit anderen Worten, ich hoffe, du vergaloppierst dich nicht!"

„Du kannst einen wunderbar aufbauen, mein Lieber!"

„Ich warne dich nur!"

„Danke sehr!"

„Was ist jetzt mit dem Kater Herr Krause?", fuhr der Gatte einigermaßen missmutig fort, denn auch er hatte Schmerzen, und ausgerechnet auch in seinem rechten Knie.

„Klauke, Ansgar, nicht Krause! Und was soll mit ihm sein? Er ist einfach ein Kater und lebt bei den alten Angermaiers, na und?"

„Sein Name, Edda! Wie kommt er zu diesem Namen?"

„Ganz einfach! Mutter war der Meinung, er schaue sie genau so an wie Herr Klauke sie immer angeschaut habe."

„Welcher Herr Klauke? Und wann?"

„Als sie ein junges Mädchen war und sie den Eindruck hatte, er wolle sie anmachen, wie man heutzutage sagt."
„Und wie hat er sie angeschaut, dieser Herr Klauke?"
„Taxierend und ein bisserl hinterfotzig!"
„Aha!"

Mutter hatte inzwischen auf ihrem Verandastuhl Platz genommen, auf dem sie immer saß und auf dem sie auch schon gesessen hatte, als ihr Schwiegersohn Henk zum ersten Mal auf dem nunmehr leicht angeschmuddelten, leicht durchgesessenen Verandasofa Platz genommen und überschwänglich von der Fliegerei geschwärmt hatte. In der Dunkelheit rieb sie sich ihr rechtes Knie. Der ohnehin nicht eben strahlenden Küchenlampe hatte man zusätzlich mittels eines Handtuchs von ihrer bescheidenen Leuchtkraft genommen, sodass man noch nicht einmal von einem Schummerlicht sprechen konnte. Die Familie vesperte mehr oder weniger im Dunkeln.

„Mir is so, als müsste ick heute Abend wieder 'nen Heublumenumschlag machen!", seufzte Mutter, „Vielleicht schlägt det Wetter um, was meinste, Vater? Wär' schade um die Kinder in Bayrischzell. Hat der Mond 'n Hof?"

Er hatte nicht.

Vater brummelte vor sich hin und Mutter schob heimlich ein Stück Papier unter ihren Teller.

„Heublumen, sagst du?", fuhr Ansgar wieder dazwischen. „Von Heublumenumschlägen hast du mir bisher nie was erzählt, Edda! Warum mache ich denn keine?"

Und er bewegte seinen rechten Unterschenkel auf und ab. Dann stand er auf und schüttelte sein rechtes Bein.

„Weil du eine Gelenkmaus hast, und das vergeht in der Regel wieder von selbst. Das hat dir doch der orthopädische Kollege auseinandergesetzt. Genauso gut kannst du Quarkumschläge mit Wodka machen. Mit höchstprozentigem – hat der nicht 35% oder 40%, wenn ich nicht irre? – na, wenn schon, denn schon!"

„Das geht auch? Warum sagst du mir das nicht? Haben wir denn überhaupt einen im Haus? So einen hochprozentigen Wodka meine ich. Und haben wir einen Topfen?"

„Einen Topfen sicher, nach dem Schnaps musst' schon selber schauen! Aber helfen wird es nicht, wenn du nicht daran glaubst."

Sie verschwieg wohlweislich, dass sie im Keller unter ihrem Sortiment an Putzmitteln auch eine Flasche mit 70%igem Isopropyl-Alkohol lagerte.

„Soll ich nun weiterlesen oder nicht?", fuhr sie daher ungerührt fort. Interessiert es dich überhaupt noch?"

„Eigentlich nicht! Aber von mir aus, lies weiter! Schon weil ich hören will, was es mit Mutters Knie auf sich hat!"

„Ach Ansgar! Sei mir nicht böse, aber du hast auch ein Talent, etwas zu einem Thema zu machen! Mutter hat eine klassische Arthrose, wie es viele im Alter haben. Das Knie ist jetzt nicht so wichtig! Wichtig ist das Telegramm!"

„Welches Telegramm?"

„Die Sache ist die, am Nachmittag ist ein Telegramm aus Magdeburg angekommen, das ist eben das Papier, das Mutter heimlich unter ihren Teller geschoben hat."

„Und das zieht sie heraus, wenn alle endlich sitzen und sich mit Butterbrezen und Geselchtem voll stopfen und Bier in sich hineinschütten ..."

„Ansgar! Ich möchte schon sehr bitten! Von voll stopfen kann schon mal überhaupt keine Rede sein! Kriegsjahr!"

Der Professor bewegte seinen Unterschenkel in seinem maroden Kniegelenk erneut auf und ab. „Irgendwie wird es dann besser!", sagte er fast zweifelnd.

„Sag ich ja! Gelenkmaus! Die wird sich verschlupfen!"

„Also, wann wird das Telegramm vorgelesen?"

„Geduld, mein Lieber!"

„Paula ist schon seit fast zwei Monaten bei uns und hilft mir fleißig beim Nähen!", sagte Mutter, als endlich alle saßen und noch bevor ihre Tochter zu Wort kam.

„Du bist aus Malching fort, Paula?", fragte Elsbeth fassungslos.

„Was glaubst denn du?", erwiderte ihre Cousine, „soll ich daheim so rumlaufen und mich zum Gespött machen? Wo doch der Lois vermisst ist! Was hast du für eine Ahnung! Mir wär's ja nicht um die Zens, dem alten zerfressenen Besen, mit der tät ich leicht fertig werden, so, wie die beieinander is'. Aber mir ist's um den Lois und die Buben. Was glaubst, was los wär' daheim! Anspucken täten's mich, die Leut'! Am Pranger tät ich steh'n. Das könnt' ich nie und nimmer den Buben antun! Nie mehr könnt' ich ihnen in die Augen schau'n, abg'sehen davon, dass das ganz schlecht wär' fürs G'schäft!"

„Das hätt' sie schon vorher bedenken sollen, bevor sie mit dem Henk das Poussieren ang'fangen hat!", dachte

Elsbeth nicht ohne Häme und überlegte, wie die Cousine ihre schändliche Schwangerschaft wohl im Beichtstuhl vorgebracht hatte.

Wie wir durchaus annehmen können, hatte die Postwirtin ihre weiteren Verfehlungen gegen das sechste Gebot wohl nicht dem Pfarrherrn von St. Severin in Malching, sondern wieder einmal in einem Beichtstuhl in St. Michael zu München bekannt. Ob sie die nötige Reue aufgebracht hatte, soll dahingestellt bleiben.

„Und die Buben?", fragte Elsbeth dann, „Hast du sie daheim bei der Zens gelassen?"

„Der Michi ist ja schon groß und geht der Zens und dem Bartl fleißig zur Hand. Der is' eine rechte Hilfe. Der wird sowieso die Post einmal übernehmen und ein guter Metzger werden, wenn die Zeiten wieder normal sind!"

„Und der kleine Loisl?"

„Der is' in Freising im Internat. Der is' ja auch schon groß. Der hat's im Kopf, haben der Lehrer und der Herr Pfarrer g'sagt. Der wird vielleicht studieren, so wie der ...!" Die Cousine biss sich auf die Lippen.

„Wie der Henk, hat sie sagen wollen!", dachte Elsbeth und meinte:

„Wird ein ganz schönes Stück Geld kosten, das Internat in Freising."

Darauf antwortete die Paula nicht.

„Warum bist du nicht bei deinen Eltern?"

„Jetzt lass man, Bette!", mischte sich Mutter ein und rieb weiterhin ihr rechtes Knie. „Und stoß man jefälligst in deine Jehirngrütze vor! Du weißt janz jenau, dass die ihre Tochter stantepe vor die Tür jesetzt hätten, so wie die Verhältnisse nu ma' sind. Wir wissen doch alle, dass se mit Paula übers Kreuze leben. Da war se man besser

hier bei uns ufffjehoben. Und se hat mir ooch viel jeholfen, ooch im Garten, und die Babysachen hatte se man ja noch alle von ihren Jungs. Hast du übrigens deine noch?"
Eine hinterhältige Frage, wie sich sogleich herausstellen sollte, denn Mutter setzte nunmehr zu folgender Rede an:

„Du wirst begreifen, meine Tochter, dass deine Cousine ihr Kleines nich' hier in München kriegen kann. Se muss ja irgendwann wieder nach Hause. Vorerst gilt se als krank, und se liegt hier in München in der Lungenklinik und is' ansteckend und darf keenen Besuch haben. Anders war das nich' zu machen, und wir haben ooch lange darüber nachjedacht, wie wir die Chose deichseln können, schon der Post wegen, die sie doch ab und an nach Hause schreiben musste. So, und wenn se nu' entbunden hat, denn jeht se umjehend nach Hause, aber ohne Kind. Det jeht nu' mal nich, wo doch ihr Mann vermisst is, da beißt die Maus keen' Faden nu ma' nich' ab. Kapierste det, Bette? Na also! So, nu wirste mit Paula so schnell wie möglich nach Magdeburg zurückfahren, damit se dort ihr Kind kriegt und wieder nach Hause kann. Dann hat se alles wieder uff der Reihe und im Karton!"

„Ich?"

„Ja du, gnädiges Frollein, und niemand anderes. Es ist ja höchste Eisenbahn, was nich' zu übersehen is!"

„Aber sie kann doch allein irgendwohin fahren und ihr Kind kriegen!", maulte die Tochter.

„Und an das Kind denkste nich'?", fragte Mutter streng. „Und was aus ihm werden soll?"

„Dooooch!" kam es zögernd, „Wenn sie es nicht mit heimnehmen kann, muss sie es irgendwo abgeben?"

„Eben! Also behältste es erst mal bei dir, bis wir weitersehen. Is ja das Kind von deinem Mann!" Mutter seufzte. Schlimmer wird's immer.

Elsbeth verschlug es die Rede. Das war ja wahrhaftig pfiffig eingefädelt!

„Das geht nich', Mutter!" japste sie, als sie sich endlich wieder gefasst hatte.

„Wieso nich'? Klar jeht das, wenn de willst. Sollen wir das arme Wurm in ein Waisenhaus jeben? In so 'ne Lebensborn-Einrichtung, meinste? Oder sollen wir es vielleicht aussetzen? Womöglich noch mit 'nem Kissen ersticken? Allet schon da jewesen! Mach deinen Mund zu und nimm mal deinen Grips zusammen und denk scharf nach: einen Torsdorf! Und einfach so verschwinden lassen? Wo doch Henk längst Bescheid weiß? Und abjesehen davon: Kannste das mit deinem Jewissen vereinbaren, Bette? Wenn ja, denn erklär mir die Welt!"

In der dunklen Veranda verbreitete sich plötzlich eine Atmosphäre, als läge eine Leiche unter dem Tisch. Herr Klauke roch sie sozusagen als Erster, sprang herunter und maunzte an der Tür. Elsbeth erhob sich und ließ ihn in den dunklen Garten. Ihre Beine waren wie Pudding.

„Der hat's gut!", dachte sie wütend. „Kümmert sich keinen Deut um seinen Nachwuchs! Immer bleibt alles an uns Frauen hängen. Aber ich will nicht. Nicht mit mir!"

„Bitte, Bettl!" Die selbstbewusste, sonst so übermütige Paula tat jetzt ganz klein. „Bitte, lass mich jetz' net im Stich! Ich mach's wieder gut, ich schmeiß' dir ganz g'wiss auch mal ein' Stein in deinen Garten! Ich schwör's dir! Hilf mir, ich bitt' dich!"

„Unmöglich!", antwortete die tapfer, „Unmöglich, Paula! Das kannst du nie und nimmer von mir verlangen.

Erst techtelst du mit meinem Mann und dann hängst du mir auch noch euer Kind auf. Einfach so! Aus'm Hut, sozusagen! Was habt ihr euch denn da für Wolken zusammengeschoben, frag ich mich? Ich darf gar net daran denken, was der Henk sagt, wenn er aus dem Feld heimkommt. Von meinen strengen Schwiegereltern erst gar net zum reden! Und ... ach Gott! Wenn ich erst noch an meine Schwägerin denk'! Unmöglich! Und Henk wär's nun mal nicht recht!"

„Woher magst du das wissen?", begehrte die Cousine auf. „Vielleicht hat er Freude an dem Kind!"

„Freude? Das kann ich mir beim besten Willen net vorstellen! Der und sich über einen Bankerten freuen! Das glaubst du ja selber nicht!"

„Dich habens' wohl mit 'nem Klammbeutel gepudert, wie? Mein Kind wird ein eheliches Kind sein und kein Bankert!", antwortete die Paula gefährlich leise. „Mein Kind wird einen ehrlichen Namen haben, Bettl! Merk dir das! Und wenn ich es jetz' net haben kann, dann kann ich's vielleicht später mal haben, wenn der Lois heimgekommen ist. Dann werd' ich mit ihm reden. Lass mich nur machen!"

„Wenn der Lois sich daran freut, soll's mir recht sein. Aber glauben tu' ich's net. Der Henk jedenfalls wird toben, wenn er es daheim vorfindet, da kannst Gift drauf nehmen, Paula. In der nächsten Stunde noch gibt er's fort!"

„Da bist du aber ganz schön auf dem Holzweg!", kam es triumphierend zurück, „Erstens hat er garantiert mehrere Ableger, da mag ich meinen Kopf für wetten, und zweitens zahlt er meinem kleinen Loisl das Internat!"

Elsbeth starrte ihre Cousine an, als sei sie vom Affen gebissen.

„Wie kommt mein Mann dazu, deinem Sohn das Internat zu zahlen?" Sie hatte das Gefühl, ihr sei plötzlich ein gewaltiger Knödel im Hals stecken geblieben und nehme ihr die Luft weg. „Was hast du ihm denn da aufgeschwätzt?", flüsterte sie.

„Nix hab ich ihm aufg'schwätzt! G'sehen hat er, dass mein Loisl sein Sohn ist."

„Bist du noch bei Trost? Wie kann er das sehen?"

„Ganz einfach! Er hat einen Klumpfuß, es ist sein rechter Fuß, und der Henk hat g'sagt, das sei in seiner Familie erblich, und es sei ein Glück, dass er selbst keinen hat. Zweimal musste mein kleiner Herzibub operiert werden! Und tapfer war der, das darfst' mir glauben, Bettl! Wie sein Vater!"

Für den „Herzibub" hätte Elsbeth ihre Cousine erwürgen können!

„Sei vorsichtig mit dem, was du sagst, Paula!"

„Und außerdem ...", fuhr die ungerührt fort, „ist mein Sohn blitzgescheit. Das hat er nicht von meinem Alten, vom Lois hat er das garantiert nicht, da leg' ich meine Hand ins Feuer!"

„Du hast also mit meinen Mann schon früher poussiert! Du ..."

„Ach reg' dich doch net auf!", fiel ihr ihre Cousine ins Wort, „Damals war doch von dir noch längst net die Red'!"

Das war einfach zu viel. „Jetzt sieht Pettchen aus wie Pflaume!", würde Henk in aller Schadenfreude triumphieren, wäre er hier. „Wieso gerate immer ich ins Hintertreffen?", dachte seine Frau, „Wieso eigentlich bin ich immer

Opfer? Die Postwirtin mandelt sich auf wie eine Lichtgestalt mit einem fidelen Unterleib, und ich hab's auszubaden! Aber die hat sich geschnitten! Mit mir nicht! Nie und nimmer!"

„Jetzt hört endlich mit der Streiterei auf!", mischte sich Vater ein und nahm noch einmal einen tiefen Schluck aus seinem Krug. Er wischte sich den Schaum vom Mund und fuhr fort: „Zwiebeln muss man schälen, auch wenn's Tränen kostet. Das hab ich euch Kindern schließlich beigebracht, wenn du dich erinnern würdest, meine Tochter! Ihr zwei setzt euch also übermorgen in den Zug und fahrt hinauf nach Magdeburg!" Denn in Bayern sagt man „hinauf" oder „droben", wenn der Norden gemeint ist, und der Süden ist immer „da unten", also „drunten". „Es gibt keine andere Lösung! Wie man's auch anschau'n mag! Also keine Widerrede, Bettl!", setzte er hinzu, und wenn ein Familienoberhaupt etwas beschloss, dann hatte man sich daran zu halten, namentlich, wenn man eine Frau war. Auch im Jahre 1942! Mitten im Krieg! Punkt!

„Jetzt hast du dich wahrhaftig vergaloppiert, Edda!" triumphierte der Professor. „Mir kommt die Geschichte unglaublich vor!"

„Was ist daran unglaublich? Du weißt doch, dass sich zwischen dem Henk und der Paula etwas zusammengeschoben hatte, falls du so liebenswürdig wärst und dich an den Besuch in Malching erinnern könntest, damals 1930!"

„Das meine ich doch gar nicht, Edda! Aber einer Frau in dem Zustand eine solche Strapaze einer Bahnreise über so viele Stunden auf einer harten Bank in einem stickigen Abteil zuzumuten! Das glaubt dir doch niemand!"

„Was glaubst du, unter welchen Strapazen Frauen oft früher ihre Kinder bekommen haben? Noch zu meiner Zeit haben Bäuerinnen in den abgelegenen Berg-Tälern auf dem Feld geboren, mitten unter der schweren Arbeit, und noch am selben Tag ging's damit weiter! Und sag jetzt nur nicht, das sei unmöglich! Das war möglich, denn ich weiß es aus authentischer Quelle. Das wird auch in deiner Heimat der Fall gewesen sein, mein Lieber. Du hättest deinen Vater fragen sollen. Der war schließlich auch mal Lehrer in so einer abgelegenen Gegend und hat einen Durchblick gehabt. Freilich! Männer ziehen sowieso gleich den Kopf ein, wenn von so Geheimnisvollem wie Kinderkriegen die Rede ist, und suchen sofort das Weite. Und was glaubst du, was auf der Flucht aus dem Osten los war? Glaubst du, da haben die Frauen keine Kinder gekriegt, und dazu die Russen im Kreuz?"

„Edda! Ich bitte dich!"

„Eben! Ich sag's ja! Männer! Kopf einziehen und wegschauen! Aber um es gleich vorweg zu nehmen: Als die beiden Cousinen endlich im Zug saßen, – denn nach längerem Hin und Her blieb Elsbeth letztendlich nur die Rolle des Goldfischs im Glas, der nach Luft schnappt und herumrudert, und der dennoch seinem Schicksal nicht entkommt – da schaute sie zu, dass sie es der Schwangeren auf der Reise so kommod wie möglich machte. Obgleich ihr Paula wirklich gehörig in die Suppe gespuckt hatte, kämpfte sie mit Zähnen und Klauen für sie: um einen guten Platz im Abteil, um genug frische Luft, darum, dass sie genug zu essen und zu trinken hatte – Mutter hatte sie im Übrigen gut verproviantiert – und so halt. Als ein SS-Heini ihnen unverschämt kommen wollte, erinnerte sie sich sofort an Elvira Brandlhofer und verwies den Großkotz umgehend an seinen Platz an der Front, wo ihrer beider Männer für Führer, Volk und Vaterland kämpften, wie sie keifte, und wo er sein Fell bitteschön für so jemanden wie ihre Cousine hinzuhalten habe, die dabei war, eben diesem wunderbaren Führer ein Kind zu schenken! Paula war sprachlos."

„Das bin ich mit der Zeit auch!", sagte Ansgar. „Und der SS-Heini?"

„Der auch!"

„Ach was!", staunte Ansgar.

„Dazu kam der Schock!"

„Welcher Schock?"

„Erinnerst du dich an das Telegramm?"

„Richtig! Wann erfahren wir etwas darüber?"

Ein einziger Münchner Tag war Elsbeth vergönnt, nur ein Tag, um sich an den Gedanken zu gewöhnen, dass ihr Magdeburger Leben praktisch wieder von vorn anfing. Von nun an würde sie wieder und wieder dieselben alten Kreise der Kinderpflege ausschreiten: Windeln waschen, Fläschchen anwärmen, einen kleinen Schreihals beruhigen, Abendliedchen singen und immer um das Wohlergehen des Winzlings bangen. Die Gitterstäbe des Käfigs würden wieder zusammenrücken. Und die Bayrischzeller Idylle war fürs Erste in weite Ferne gerückt. Elsbeth ahnte nicht, dass diese dabei war, für immer aus ihrem Leben zu verschwinden, denn als sie viele Jahre später wieder einmal in den Ort am Fuße des Wendelsteins kommen sollte, konnte sie nur wehmütig feststellen, dass sich dort in der Zwischenzeit alles verändert hatte. Nur mit Mühe war die ehemalige Pension Rossbach überhaupt auffindbar. Herr Rossbach, der Kunstmaler, war längst verstorben, doch schon vor ihm war sein Sohn 17-jährig an der Front, die damals bereits mitten durch das ehemalige Großdeutsche Reich verlief, gefallen. Und seine schöne Mutter war auch längst für immer fortgegangen.

Elsbeth begleitete ihren Vater auf die Post, sie half ihrer Mutter in der Küche, und sie putzte das Haus von oben bis unten. Mit ihrer Cousine redete sie fast den ganzen Tag lang nichts.

Nachdem man endlich alles erledigt hatte, was zu erledigen war und die Frauen ihr Reisegepäck bereits im Flur abgestellt hatten, saß die Familie an dem warmen Sommer-Spätnachmittag gemütlich im Garten zusammen, und Mutter hatte, wie immer und jeden Tag Kaffeedurst – man erinnere sich! Die Schatten wurden unmerklich länger und die Zeit wurde immer enger. Die Amseln begannen ihr abendliches Lied zu flöten und ...

„Ja?", drängte Ansgar.

„Kannst du dich eigentlich noch an den Zichorienkaffee erinnern, Ansgar?", fragte Edda, „An diesen Muckefuck, an diese braune Plürre, die aus heutiger Sicht mit Kaffee überhaupt nichts gemein hatte?"

„Freilich!"

„Weißt du eigentlich, dass dieser Kaffee-Ersatz aus der getrockneten und gemahlenen Zichorienwurzel hergestellt wurde, einer Wegwarte, habe ich gelesen, und das schon Ende des 17. Jahrhunderts in den Niederlanden?"

„Wo wächst das Zeug denn?"

„Du wirst dich wundern! Hier bei uns in Europa! Unter anderem. Echter Kaffee war wohl damals immens teuer, nehme ich an! Ende des 18. Jahrhundert soll es in Preußen schon 19 derartiger Zichorie-Kaffeefabriken gegeben haben. Der richtige Boom war allerdings Napoleons Kontinentalsperre zu danken!"

„Und dem Zweiten Weltkrieg!"

„Dem Ersten wahrscheinlich auch!"

„Ganz sicher!"

Als es, trotz Kaffee-Ersatz sozusagen, so recht gemütlich war, zog Mutter besagtes Papier unter ihrem Teller hervor.

„Gestern ist ein Telegramm aus Magdeburg angekommen, kurz bevor wir zum Bahnhof aufgebrochen sind, um euch abzuholen, Bettl!", sagte Vater mit ernster Miene.

„Ein Telegramm? Was für ein Telegramm?"

„Ich kann schon mal das Geschirr hineintragen!", sagte Paula ungewohnt taktvoll.

„Kannst da bleiben, Paula!", antwortete Vater, „Es trifft dich auch!"

Paula ließ sich auf ihren Stuhl sinken, und Elsbeth sah, dass ihre Hände zitterten. „Sie hat es heimlich gelesen", fuhr es ihr durch den Kopf. Sie selbst hatte plötzlich das Gefühl, als winde ihr jemand einen harten Riemen um ihren Brustkorb.

„Das Telegramm war an uns gerichtet, deswegen haben wir es auch aufgemacht und gelesen und uns entschlossen, euch den Inhalt erst heute mitzuteilen. Vorwiegend betrifft es dich, Bettl!"

„Mich?"

„Lies es vor, Mutter!", befahl Vater. Und Mutter las:
„Henk südlich Woronesch abgeschossen vermisst Frederika."

In diesem Augenblick sprang Herr Klauke Mutter auf den Schoß.

„Wenn man zu lange in den Abgrund hineinblickt, dann blickt der Abgrund zum Schluss in dich hinein!", dachte Elsbeth schaudernd „Das habe ich doch irgendwo gelesen ... aber wo?"

„Weeßte's nich mehr, Pettchen?", schien Henk ihr hinterhältig zuzuflüstern, „Biste mal wieder zu dumm, was zu behalten? Nietzsche war's, und bei Abgründen konnte der mitreden!"

XII

„Hab' ich's dir nich' von Anfang an prophezeit, Jettchen, dass uns dieses Flittchen noch ins Unglück stürzen wird", ereiferte sich Frederika.

„Nu mach man langsam, Riekchen! Und reg' dich runter! An diesem Unglück, wie du sagst, ist ja wohl dein hehrer Bruder zu fuffzig Prozent beteiligt, oder siehste das anders?"

„Woher weiß ich das so jenau, frage ich dich? Ich kann glauben, was se sacht oder ooch nich'! Beweisen, dass er's war, der ihr das Ei in den Korb jelecht hat, das kann niemand!"

Die beiden Freundinnen lagen unbekleidet in gewohnter zärtlich-trauter Zweisamkeit an diesem unerwartet verregneten Ferien-Sonntag Anfang August 1942 eng aneinandergekuschelt auf dem breiten, hochbeinigen aus schwerem Holz gedrechselten dunkelbraunen Lotterbett, wie Jettchen es nannte, das sie von ihrer Großmutter geerbt, und welches Frau Dr. Henriette Lösche, geb. Schossier, mit in die Ehe und in ihr eigenes Schlafzimmer gebracht hatte. Herr Dr. Lösche, der von Imma und vielen kleinen Patienten so sehr verehrte Herr Dr. Carl-Werner Lösche, befand sich derzeit weit weg an der russischen Front, allerdings nicht in der vordersten Linie. Der beliebte Kinderarzt litt nämlich seit seiner aus politischen Gründen arrangierten Eheschließung an einem äußerst empfindlichen Magen und vertrug die Hälfte nicht. Also war er in einem Magenbataillon gelandet und betätigte sich dort als Arzt, wo er sich in der Etappe vorwiegend mit internistischen Krankheitsbildern und – verständlicherweise – im Besonderen mit Magenpatienten beschäftigte. Einerseits war es dem „Hungerturm" gar nicht so unangenehm, der ehelichen Festung entkommen zu sein, nicht, weil ihm die Neigung seiner Frau zu der strengen und unduldsamen Apothekerin ein Dorn im Auge gewesen wäre. Im Gegenteil. Litt er doch selbst unter der Trennung von seinem Mignon, der seinerseits an der Südfront in Nordafrika kämpfte, und von dem er hin und wieder ein mit lockeren Sprüchen durchsetztes unverfängliches Feldpostbriefchen erhielt. Homoeroten lebten zu dieser Zeit gefährlich, und es galt, sich sorgfältig zu tarnen. So war in diesen Briefschaften auch hin und wieder von verführerischen glutäugigen Beduinenfrauen die Rede, die sich traditionell nicht verschleierten, ihre Glutäugigkeit durch reichliche Anwendung von Kajal betonten und mit ihren hennagefärbten roten Handflächen, sowie mit ihrer gesamten Mitgift in Form von goldenen Arm- und Fußreifen und mächtigen wippenden Ohrringen die Blicke auf sich zu lenken wussten. Bei derartigen Schilderungen verspürte Herr Dr. Lösche einen einer Knetmasse ähnlichen Klumpen in seinem empfindlichen Magen, der ihn boshaft daran erinnerte, dass ihm in diesen Kriegszeiten nichts erspart zu bleiben schien. Was also seine Ehe anging, so litt der zartfühlende und musisch begabte Kinderarzt eher an der Tüchtigkeit seiner Ehefrau und ihrem rigorosen Perfektionismus. Er bewunderte sie, und er war auch stolz auf sie. Er wusste nicht, dass auch sie ihn ob seiner sanften Art und seiner Geduld bewunderte und verehrte, denn ach, es gab keinen einzigen Augenblick der Intimität in dieser Zweckehe, in dem die kameradschaftlich miteinander umgehenden Gatten sich dieser gegenseitigen Hochachtung wenn nicht gar einer gewissen Zuneigung hätten versichern können. (Übrigens war der Begriff „Kameradschafts-Ehe" damals durchaus geläufig.) Mit anderen Worten: Herr Dr. Carl-Werner Lösche litt seiner Frau gegenüber ganz einfach an Minderwertigkeitskomplexen und hatte überhaupt keinen Grund dazu. Aber das wusste er leider nicht.

„Kannste dir vorstellen, dass diese Sumpfblume zwei Tage nach ihrer Niederkunft einfach so verschwunden is'? Weg war se!", ereiferte sich Frederika weiter, „Wie vom Erdboden verschluckt! Und die Kleene soll se zuvor überhaupt nich' anjefasst haben. Keinen einzjen Blick hat se drauf jeworfen. Wie se ihr das Kind haben anlejen wollen, am Tage darauf, da hat se sich einfach umjedreht und hat jesacht: Nee, ich kann nich' und ich will nich' und man soll 'ne Amme nehmen. Und nu kommst du, Jettchen!"

Henriette Lösche griff nach der Zigarettenschachtel auf dem Nachttisch, entnahm ihr zwei wertvolle Glimmstängel – auch Zigaretten waren ja rationiert – und zündete sie an. Dann reichte sie einen davon ihrer Freundin, sog den Rauch des zweiten, den sie sich zwischen ihre Lippen hielt, tief ein, blies nachdenklich runde Kringel in die Luft und fragte dann:

„Und wie ging die Sache weiter?" Denn sie kannte ihre Freundin und wusste, dass diese sich erst einmal ihren Zorn von der Seele reden musste.

„Es is' ja normalerweise 'n Glück, Jettchen, dass Henk sich längst in seiner Wohnung ein Telefon einjerichtet hat. Henk ohne Telefon! Nich' auszudenken! In diesem Falle war's allerdings eher 'n Missgriff. Jedenfalls is' meine Schwägerin sofort vom Krankenhaus anjerufen worden, und ob se 'ne Ahnung hätte, wohin Madame verschwunden sein könnte, und ob se bei ihr zu Hause einjetroffen sei und was man nu' mit dem Kind anfangen soll. Das Biest hat hinterhältigerweise Henks Telefonnummer anjegeben."

„Das ist im Krankenhaus so üblich, Riekchen!", antwortete Henriette und rauchte ruhig weiter, während Frederika ihre Zigarette nervös zwischen ihren Fingern hin und her rollte. „Man muss immer wissen, welche Angehörige man bei Vorkommnissen zu benachrichtigen hat. Wen hätte diese Dame sonst angeben sollen? Deine armen alten Eltern etwa? Oder dich?"

Darauf ging Frederika nicht näher ein. Indessen fuhr sie fort:

„Kannst d u dir vorstellen, Jette, wie eine Mutter ihr Neugeborenes einfach so im Stiche lässt, noch nich' mal ankiekt und denn mir nischt dir nischt abhaut. Was is' das bloß für ein Mensch, frage ich dich, der zu so was fähig is'?"

„Einer, der janz schwer in der Bredouille is, Riekchen. Nein, normal isses nich', da haste Recht. Wieso isse überhaupt hierher jekommen, um das Kind zu kriegen? Doch wohl zu dem Zwecke, es hier zu lassen, oder nich'? Se muss es verbergen, sage ich dir. War es nich' so, dass se in so 'nem winzigen Nest zu Hause is, wo jeder jeden kennt? Und verheiratet isse doch ooch, wenn ich mich recht erinnere." Und natürlich tat sie das. „Und Kinder! Eins hatte se damals doch mindestens, als wir auf Henks Hochzeit waren."

„Se hat zweie, und der Mann is' vermisst."

„Eben! Da haste's ja! Ich sage dir, sie hat janz recht jetan, dass se das Kind nich' anjekuckt hat. Das hätte ihr nachher noch mehr das Herz zerrissen. Das Leiden jetz' ist ohnehin groß jenuch."

„Na, nu' übertreib man nich'!", gab Frederika zurück.

„Stell dir vor", fuhr Henriette fort, „deine Schwägerin käme plötzlich mit 'nem Kuckucks-Ei an, jetzt, wo dein Bruder auch vermisst is?"

„Erstens kann meine Schwägerin überhaupt keine Kinder kriegen, es sei denn, sie legt sich wieder monatelang ins Bette, andernfalls verliert se die, wie du weißt." antwortete Frederika. „Erst neulich war wieder was los, nachdem Henk auf Urlaub war. Sie redet ja nich' mehr darüber, seit sie uff Nummer 19 wohnt, aber wir haben's zufällig mitjekriegt, über Püppi. Und zweitens: Henk würde sie hochkantig rausschmeißen, wenn se mit so was ankäme! Das is' so klar wie Kloßbrühe!"

„Und? Wie jeht es jetz' weiter?"

„Du wirst es nich' glauben, Jettchen, aber da hat doch meine Schwägerin glatt verlangt, der Familienrat soll bestimmen, was nu' mit dem Kind jeschieht! Nachdem sie sich mir anvertraut hatte, selbstverständlich! Reine Wichtigtuerei von der!"

„Und?"

„Ich hab's verhindert!"

„Sag bloß! Also wissen deine Eltern nich', dass sie ein neues Enkelkind haben?"

„Und ein außereheliches dazu! Nee! Das bricht Mama das Herze, sage ich dir!"

„Irgendwann werden sie es erfahren!", meinte Henriette ungerührt.

„Denkste! Das muss noch lange nich' sein! Den Schiefer zieht sich die Familie Torsdorf nich' ein, solange ich was zu sagen habe! Das wäre ja noch schöner! Da könnte ja jedes Minchen und Tinchen antanzen und von irgendwelchen außerehelichen Kindern meines Bruders faseln!"

„Und wo is' das Kind jetz'?"

„Bei seiner Amme! Das janz große Glücke war ja, dass zufällig im selben Krankenhaus eine Frau 'ne Totjeburt hatte. Untröstlich war se, lässt sich denken, aber Milch hatte se jenuch, nachdem die Kleene mal dran war. Sie hat se erst mal mit zu sich nach Hause jenommen. Wohnt ooch nich' so weit weg. Solange jestillt werden muss, is die Kleene ers' mal aufjeräumt."

„Wieder ein Mädchen also! Henk hat Schwein jehabt! So is' der Kelch an allen vorüberjegangen!" sagte Henriette und dachte an den Knaben in dem Sportwägelchen, den die Cousine der Braut auf Henks Hochzeit dabei hatte, und daran, wie seine Mutter das Füßchen des Kleinen in ihrer Hand zu verbergen trachtete. Aber sie, Henriette, hatte es, wie wir wissen, sofort gesehen. Sie schmunzelte. Der arme vermisste Ehemann aus dem nichtssagenden Kaff dort in Bayern hatte bereits ein Torsdorf'sches Kuckucks-Ei in seinem Nest und hatte es nicht gemerkt. Oder hatte er nur so getan? Wer wusste das schon?

„Weil er angeblich ein Büchselmacher is', wie sich meine bayerische Schwägerin auszudrücken beliebt? Na ja, der Kelch, den du meinst, der is' zwar vorüberjegangen, aber der Beweis, dass das Kind ein Torsdorf is, ooch, das musste zujeben, Jettchen!"

„Wo du recht hast, haste recht, Riekchen!" gab die Herzensfreundin zu, und: „Und anerkennen muss er die Kleine sowieso nich'!", fuhr sie fort, „Ooch, wenn sie hundertmal seine Nase und seine Augen und sonst noch was von ihm haben sollte! Habt ihr's schon jetauft?", fragte sie ihre aufgebrachte Freundin.

„Klar doch! Noch im Krankenhaus, und wieder papistisch! Ehe unsereins zum Zuge kam, war's schon passiert!"

„Und? Wie heißt se, die Kleene?"

„Du wirst es wieder nich' glauben: Sybille Elisabeth, wie find'st 'n das?"

„Schön! Wie sind se denn da drauf jekommen?"

„Is' unserer Märchentante einjefallen, wie du dir denken kannst. Die is' ja ooch Taufpatin. Wenn du allerdings glaubst, sie hätte sich in die Antike versenkt, denn biste uff'm Irrweg, Jettchen! Sie bezieht sich nämlich uff die erste Gemahlin Karls des Großen, die von einem abjewiesenen Liebhaber des Ehebruchs anjeklagt worden sei. Sehr sinnig, find'ste nich?"

„Rache is' süß!", antwortete die Freundin. „Und die heimliche noch süßer!", dachte sie bei sich.

In diesem Augenblick klingelte durchdringend das Telefon in der Diele, und Frau Dr. Schossier erhob sich seufzend, schlüpfte in ihr Negligé, ging aus dem Schlafzimmer und hob draußen den Hörer ab.

„Ich komme!", antwortete sie einer aufgeregten Stimme in ihn hinein. Sie legte auf, kehrte in das Schlafzimmer zurück und warf einen Blick durch das Fenster.

„Es hat uffjehört zu regnen, Riekchen! Ich nehme das Fahrrad. Adieu!" Damit entschwand sie erneut, um sich auf den mit klagend-hysterischer Stimme angeforderten Hausbesuch zu begeben.

Der Ehemann der Amme und Pflegemutter der kleinen Bille, Arthur Grusius, befand sich – wie sollte es auch anders sein – ebenfalls im Feld. Er war ein Bauingenieur und damit beschäftigt, Start- und Landebahnen in unmittelbarer Nähe hinter der Ostfront, also in Russland, zu errichten und auszubauen. Seine Ehe war bisher kinderlos geblieben. Kein Wunder, dass sich seine junge Frau Melitta, die sich nach seinem letzten Heimaturlaub zu ihrem größten Entzücken guter Hoffnung gefühlt hatte, nach der niederschmetternden Nachricht, sie habe ein totes Kind zur Welt gebracht, umso mehr mit all ihrer Liebe an die kleine Bille klammerte und sie hütete, pflegte und nährte, gerade so, als wäre sie ihr eigenes. Ihrem Mann wagte sie gar nicht zu berichten, dass sie ein ihm untergeschobenes Kind aufzog, nachdem seines sich dem Leben nicht hatte stellen wollen, während er indessen für das Dritte Reich und seine kleine Familie seine Haut zu Markte trug. Um die Wahrheit zu sagen: Frau Grusius konnte sich schon bald nicht mehr vorstellen, dass sie das kleine Mädchen eines Tages wieder hergeben sollte. Wie ihr Mann in seiner Feldpost kundtat, freute er sich „unbannig" über die Kleine und auf seinen nächsten Heimaturlaub, in dem er sie kennenlernen und in seinen Armen halten würde.

Anfangs besuchte Elsbeth Frau Grusius und das Kind regelmäßig. Glücklicherweise wohnte die Pflegemutter jenseits der Bahnüberführung in der Helmstedter Straße, eine Adresse, die mit der Straßenbahn vom Sedanring aus günstig zu erreichen war. Elsbeth musste ehrlicherweise zugeben, dass es die kleine Sybille nicht besser hätte treffen können, denn mit Sicherheit hätte sie, die Stiefmutter, diese Fülle an Liebe und Hingabe für die Stieftochter nicht aufgebracht. Auch Geld, welches ihr von Elsbeth für ihre Mühen angeboten worden war, wollte Frau Grusius um keinen Preis annehmen. Immer, wenn die junge Frau Torsdorf zu Besuch kam, fuhr sie auf deren Bitte hin die Kleine in ihrem Kinderwagen spazieren. Diesen Spaziergängen schloss sich die Pflegemutter übrigens nie an.

„Die ist froh, wenn sie in Ruhe Windeln waschen und ihren Haushalt auf Vordermann bringen kann!", dachte Elsbeth und schubste das Gefährt die Straße entlang, innerlich dankbar erleichtert, dass ihr dieses Los fürs Erste erspart geblieben war.

Da sich die Verhältnisse für die junge Frau Torsdorf also so unerwartet günstig anließen, bat diese die Eltern, die kleine Imma länger zu behalten. Sie würde selbst vor Ablauf der großen Ferien nach München kommen und sie wieder abholen. Elsbeth kam gar nicht auf die Idee, dass ihr von ihrer Cousine eventuell eine Verantwortung für den Säugling aufgebürdet worden war, der sie eigentlich hätte zögern lassen müssen, sich in diesen nicht ungefährlichen Zeiten so schnell wieder auf eine so lange Reise zu begeben. Sie dachte nur an ihre Eltern und an Mutters lädiertes Knie, welches deren Reisebeweglichkeit ebenso einschränkte wie ihre Beweglichkeit überhaupt. Sie dachte an ihre eigene Tochter und machte sich also zu Ferienende auf die Reise nach München. In der Gegend von Leuna geriet der Zug überraschend in einen Luftangriff. Die Reisenden stürzten aus den Waggons und hasteten zu einem Hochbunker, der sich glücklicherweise in der Nähe befand, während bereits abgeworfene Bomben noch in der Luft durch lautes Pfeifen Angst und Schrecken hervorriefen, bevor sie einschlugen. Seit nahezu zwei Jahren waren im Rahmen des Bunkerprogramms überall im Reich zusätzliche Schutzräume errichtet worden, um der Bevölkerung vor Bombenangriffen Zuflucht zu gewähren. Außerdem wurden auch die Kellerräume und Waschküchen sozusagen „bombensicher" gemacht, indem „eiserne Türen" in Kellergänge eingezogen wurden, um dem Feuer den Weg des „Weiterfressens" abzuschneiden, aber auch, indem provisorische Durchbrüche zu Nachbarkellern gemauert wurden, die im Falle einer Verschüttung mittels eines bereitliegenden Vorschlaghammers durchbrochen werden konnten, um so einen Weg für die Verschütteten in einen vermeintlich sicheren Schutzraum frei zu machen. Überall wurden Eimer, gefüllt mit Sand, aufgestellt, denn das von den Phosphor-Bombem verursachte Feuer, welches den Boden entlangkroch, ließ sich nicht mit Wasser löschen, sondern musste mit Sand „zugedeckt" werden. Und es wurden ebenso mit Wasser aufgefüllte Eimer aufgestellt, in denen „Klatschen" ihren Stiel wie Finger in die Luft streckten. Mit diesen Klatschen sollte auf das „normale" Feuer bei Brandentwicklung eingeschlagen werden, um es zu ersticken! Unverzichtbar die Gasmaske! Sie wurde über den Kopf gestülpt, auf dem sie dann so eng anlag, dass sie auf diese Weise die Wangen regelrecht zusammendrückte. Ihr etwa kleinhandtellergroßer silbriger Filter ragte mehrere Zentimeter waagerecht in die Luft, was dem ganzen Ungetüm ein kriegslüsternes, angriffslustiges Aussehen verlieh. An Aliens dachte bei ihrem Anblick damals niemand. Die Existenz von Marsmenschen war noch nicht im allgemeinen spekulativen Denkbereich eingenistet. Als Gasmasken-Ersatz sollten feuchte Tücher zum Einsatz kommen, die man sich im Bedarfsfalle vor das Gesicht zu halten hatte! Und ach! Die Luftschutz-Apotheke. Sie hing an jeder Luftschutz-Keller-Wand und war aus heutiger Sicht beklagenswert mager bestückt: 5%ige Natriumbikarbonat-Lösung, um Brandwunden zu behandeln, Verbandwatte, ein wenig Mull ... na ja! Krimskrams! Lächerlich eben, um nicht zu sagen: der blanke Hohn! Während Elsbeth also nach einem Dauerlauf über die Gleise in dem Hochbunker untergeschlüpft war und stumm auf das Ende des Angriffs wartete, dachte sie an den großen Bunker, der in ihrem Stadtviertel in Magdeburg den gesamten Körnerplatz einnahm. Zwischendurch krachte es fürchterlich und die Insassen des Bunkers zogen die Köpfe ein. Geredet wurde kaum, höchstens geflüstert! Was sollte man auch groß reden, angesichts der Gefahr? Und: Schließlich wusste man doch nicht, wer neben einem saß, und was der dachte und vielleicht denunzierte!

Endlich, endlich ertönte das Sirenengeheul der Entwarnung.

Der Zug war von den abgeworfenen Bomben überhaupt nicht getroffen worden, der Bunker allerdings umso mehr, doch hatte er, seiner Bestimmung gemäß und zur Erleichterung aller dem Bombardement standgehalten, was die braunen Getreuen unter den Insassen außerordentlich befriedigte und sie zu optimistischen Äußerungen veranlasste, die keiner hören wollte. Verletzt wurde ohnehin niemand. Nach etlichen Stunden konnten die Passagiere endlich weiterreisen. Verschwitzt, übermüdet und halb verdurstet kam Elsbeth weit nach Mitternacht in München an. Ihr Vater hatte die vielen Stunden auf dem Hauptbahnhof auf sie gewartet, zwischendurch ein Schläfchen im Wartesaal gehalten und ebenfalls einen Fliegeralarm überstanden.

In ihrer Heimat erlebte Elsbeth keinen Fliegerangriff. Ihrem ersten Luftangriff war die dörfliche Bayernmetropole bereits 1940 ausgesetzt gewesen, als eine einzige Bombe und ausgerechnet in den Englischen Garten fiel. Auch in der Nähe des Elternhauses war ein Hochbunker errichtet worden, den zu erreichen, setzte man sich in Trab, wenigstens eine Viertelstunde in Anspruch nahm, sodass man sich schon bei Voralarm auf den Weg zu machen hatte. Die Eltern zogen es vor, wie ihre Nachbarn auch, die bisher eher spärlichen Luftangriffe in ihrem eigenen Keller zu überstehen, dessen Luft-Schutz allerdings eher ein Witz war. Doch ernsthaft brenzlig war es in diesem Stadtviertel bislang nie gewesen.

Während ihres Aufenthaltes in München kam auch Cousine Paula einmal in die Stadt. Sie brachte ein ordentliches Stück geräuchertes Fleisch für die Angermaiers mit. Kein Wort der Verwunderung über Elsbeths Aufenthalt im Elternhaus kam über ihre Lippen. Nach ihrem Kind erkundigte sie sich nicht.

„Lass man jut sein, Bette!", beruhigte Mutter, „Sie weeß, dass es die Kleene jut hat. Ich hab' sie's wissen lassen, nachdem du mir alles jeschrieben hast. Und es is' ja ooch ne jute Lösung ers' ma!" Und sie schob ihrer Tochter ein Bündel Banknoten über den Küchentisch zu. „Von Paula, für die Kleene!", erklärte sie. Wieder in Magdeburg angekommen, legte Elsbeth sogleich ein Sparbuch für Sybille Elisabeth Torsdorf an, bezahlte das Geld der Kindsmutter darauf ein und legte gewissenhaft an jedem Monatsersten im Namen ihres Mannes eine kleine Summe dazu. Schließlich zog sie ihre Schwägerin ins Vertrauen, und auch Frederika bezuschusste regelmäßig mit einem Betrag das Guthaben der jüngsten Torsdorf-Tochter auf besagtem Sparbuch.

Die beiden Stiefschwestern der Sybille Schranner, Irene und Imma Torsdorf, erfuhren von deren Existenz nichts.

„Komm ma' nach hinten!", wurde Elsbeth eines Tages von ihrer Schwägerin aufgefordert, als sie in der Apotheke in der Großen Diesdorfer Straße vorsprach, um sich Ohrentropfen für ihre Imma mischen zu lassen, denn es war inzwischen Spätherbst geworden und die Saison der Erkältungskrankheiten hatte bereits eingesetzt. Die Rezeptur der Ohren-, Kinder- und praktischen Ärzte der

Umgebung war den Apothekern in diesem Stadtviertel in Fleisch und Blut übergegangen. Sie mixten sozusagen blind, und die wirkungsvollste Solutio für die Kinderohren hatte der Senior Dr. Torsdorf schon längst ausgetüftelt. Antibiotika gab es im Dritten Reich nicht. Das Wundermittel Penicillin befand sich in angelsächsischer Hand.

„Hinten", das war das allgemeine Büro, wobei es anzumerken gilt, dass der Senior-Chef in einem eigenen und weitaus eleganteren residierte, als in dem, welches die Junior-Chefin und das übrige Personal benutzten.

„Setz dich ma da hin, Pettchen!" Elsbeth nahm auf einem ungepolsterten Stuhl Platz, dessen Rohrgeflecht bereits einige kleine Risse aufwies, so, als hätten Mäuse daran geknabbert. Frederika in ihrem weißen Kittel mit Stehkragen, der mittels Knöpfen und seitlich angenähten langen Bändern im Rücken zusammengehalten wurde – ein anderes Modell kannte man zu dieser Zeit und auch noch Jahre später überhaupt nicht – und noch immer mit ihrem maskulin wirkenden Eton-Haarschnitt, ließ sich währenddessen in einem angeschmuddelten Sessel hinter einem alten Schreibtisch nieder. An zwei Wänden des Büros befanden sich bis zur Decke hinauf Regale, auf denen sich Bücher, reichlich Schachteln, Ständer mit Reagenzgläsern, Glaskolben, Töpfchen, Tiegelchen, Mörser und Retorten in verschiedenen Größen, ein ausgedienter Bunsenbrenner sowie ein aufgeschlagener Atlas in schönster Unregelmäßigkeit abwechselten. In dem Atlas waren, wie Elsbeth wusste, die Frontverläufe mit verschiedenfarbigen Buntstiften eingezeichnet. In die dritte Wand war ein Fenster eingelassen, und die gegenüberliegende Tür führte in den Verkaufsraum. Auf dem Boden dieser Hinterstube türmten sich Schachteln neben achtlos hingeworfenem Packpapier. Frederika bemerkte, wie die

Frau ihres Bruders amüsiert ihren Blick über das „geniale Tohuwabohu" schweifen ließ und ärgerte sich. Das faule Luder von Praktikantin hatte wieder einmal nicht aufgeräumt, was nicht weiter aufgefallen wäre, wenn die Schwägerin nicht gerade jetzt auf dem leicht lädierten Stuhl säße! Denn Frederika, die es für unter ihrer Würde gehalten hätte, selbst einmal aufzuräumen, nachdem sie die Hürde ihrer eigenen Praktikantenzeit vor vielen Jahren genommen hatte, pflegte großzügig über solcherart Unordnung „hier hinten" hinwegzusehen. In dem zu jeder Jahreszeit düsteren Verkaufsraum allerdings herrschte, dank ihres strengen Regiments, peinliche Ordnung und ausreichende Sauberkeit.

„Ich habe mir das alles überlegt!", hob Frau Dr. Torsdorf an, während sie sich zurücklehnte und mit ihrer rechten Hand in ihrer Kitteltasche mit dem Parteiabzeichen spielte. Das hatte sie nämlich immer parat und trug es auch privat stets bei sich, um sich damit bei Bedarf als gute Nationalsozialistin zu legitimieren. Es kam immer auf die Kundschaft an, wie sie ihrem Vater gegenüber versicherte, und manchmal war es eben opportun, das Abzeichen bei der Hand zu haben. Und, wie gesagt: Homoeroten lebten damals gefährlich, und denunziert war man schnell.

„Was hältste davon, Pettchen, wenn wir deine Cousine bitten, sie soll ihre Kleene zur Adoption freijeben, und wir sehen zu, dass die Grusius se adoptiert."

Elsbeth schluckte. „Ich weiß nicht ...", meinte sie unsicher. „Ich glaub', das geht nich' so ohne Weiteres ..."

„Wieso meinste nich'?"

„Na ja, der Herr Grusius hat doch keine Ahnung, dass die Bille nicht sein Kind ist!"

„Ach du grüne Neune!", staunte Frederika. „Sie hat ihm nich' jeschrieben, dass sein eigenes Kind jar nich jelebt hat?"

Elsbeth schüttelte den Kopf. „Und der Lois müsste doch auch einverstanden sein, die haben doch sofort heraus, dass die Kleine sein ehelich geborenes Kind ist, wenn man das Ganze erst mal in Gang setzt. So ein Kind hat dann doch auch Papiere, meinst du nich', Frederika? Zumindest einen Geburtsschein. Und die Lebensmittelkarten und Bezugscheine! Und dann muss doch der Vater eben auch einverstanden sein, glaube ich."

„Ich dachte, der is' vermisst"?

„Schon! Aber wenn einer vermisst is', dann rechnet man doch damit, dass er wieder heimkommt, oder? Man hofft es doch wenigstens! Das tun wir doch beim Henk auch, gell?"

„Rechnen und hoffen is' 'n Unterschied!", stellte Frederika fest. „Hoffen tun wir allemal, aber rechnen können wir damit nich' hundertprozentig, und das weißte jenau!"

„Wie viel Prozent rechnest du denn?"

„Bei wem? Bei meinem Bruder oder bei diesem Wirt? War der nicht auch noch Fleischer?"

„War er!"

„Und wo is' er vermisst?"

„Auch irgendwo im Osten!"

Frederika seufzte. Fürs Erste schwieg sie. „Ein Schuss ins Knie, also!" dachte sie bei sich.

„Ich sehe schon, dass wir da erst ma' nich' weiterkommen!", meinte sie nach einer kleinen Weile zu ihrer Schwägerin. „Es bleibt uns nischt anderes übrig, als alles so zu belassen, wie es is' und zu hoffen, dass die Grusius mitmacht."

„Herr Grusius, Frederika! Bei ihr habe ich keine Bedenken. Aber wenn sie ihm alles beichtet … Ich meine, sie muss nich', von jetzt auf gleich jedenfalls nich', und dann wären wir alle erst einmal fein heraus. Aber irgendwann muss sie, spätestens, wenn die Bille in die Schule kommt! Dann kommt's raus."

„Also weißte, Pettchen! Bis dahin jibt's jewiss keene Lebensmittelkarten und keene Bezugscheine mehr!", warf Frederika ein.

„Vielleicht kriegt ja die Frau Grusius auch noch mal ein eigenes Kind. Bei der is' Polen doch längst nicht verloren. Die is' doch erst 25, glaube ich. Also viel älter is' die nicht. Und zum Schluss haben wir Glück und der Herr Grusius will die Bille auch nich' mehr hergeben, wenn er sich schon mal an sie gewöhnt hat."

Frederika seufzte:

„Hoffen wir's!"

„Schlimmer wird's halt, wenn der Lois heimkommt, und wenn der das alles erfährt! Und wenn die Bille zur Adoption frei gegeben werden soll, dann erfährt er es auf jeden Fall!", fuhr Elsbeth fort und über ihrer Nasenwurzel erschien die altbekannte senkrechte Falte „Mein Gott! Dann is' erst was los!" Und sie fuhr in ihrer Aufregung mit ihrer Hand durch die Luft, die ihrer Schwägerin eindeutig zu verstehen gab, dass es im Hause Schranner auch schon einmal richtig handfest zugehen konnte.

„Klar! Pack schlägt sich und verträgt sich! Das is'n alter Hut!" dachte die Apothekerin und übersah dabei ihren eigenen Hochmut.

„Es kann aber auch sein, dass meine Cousine ihr Kind zurückhaben will", fuhr Elsbeth fort. „Vorausgesetzt, sie hat ihren Mann versöhnt, nachdem er heimgekommen is', was ich mir aber nicht so recht vorstellen kann."

„Wieso das denn plötzlich? Wozu sonst wäre sie denn so einfach mir nix dir nix von der Entbindungsstation verschwunden, ohne mit jemandem darüber zu reden?"

„Wahrscheinlich hat sie sich deswegen heimlich aus dem Staub gemacht, weil ihr das alles peinlich ist und sie sich schämt. Da ist sie einfach geflohen. Sie hatte Angst, wie so ein Tier, das sich in die Enge getrieben fühlt. So stell' ich's mir vor!"

Frederika staunte über den gesunden Menschenverstand ihrer Schwägerin. Dennoch sagte sie, süffisant lächelnd:

„Vor wem sollte sie denn Angst haben, frage ich dich?", und beide brachen fast gleichzeitig in ein befreiendes Lachen aus!

„So schlimm ist es bei den Torsdorfs also!", sagte die Apothekerin endlich, „Na ja, was man nich' sündigt, das muss man nich' lernen. Nu lernt se eben, deine Cousine! Aber nu erzähl ma", fuhr sie fort, „Wie du darauf kommst, dass sie ihr Kind wiederhaben will."

„In München, vor ihrer Niederkunft, hat sie so was verlauten lassen, und dass sie es später einmal wiederhaben möchte, wenn sie mit ihrem Mann geredet hat. Ich glaube, es ist deswegen, weil sie Henk so sehr liebt ..."

„Sag bloß!"

„Doch, das glaube ich!"

„Ich habe deine Cousine – entschuldige – doch eher für so was wie 'ne läufige Hündin jehalten. Und nu geh' nich' gleich an die Decke und kiek nich', wie 'ne einjenähte Kartoffel. Se kann ja vielleicht nischt dafür. Nymphomanie nennt man das. Und Henk hat schon immer jenommen, was er jekricht hat. Anbrennen ließ der nie was, aber das weißte ja selber! Und Jelegenheit macht Liebe!"

Frederika war eben an Taktlosigkeit nicht zu übertreffen. Und Elsbeth fühlte sich innerlich wie mit Eiswasser übergossen. Sie zog ihre Mundwinkel herunter, und ihre Schwägerin merkte, dass sie diesmal zu weit gegangen war.

„Lass man, Pettchen!", sagte sie versöhnlich, „Nimm's nich' übel. Ich weiß ja, dass du an ihr hängst, wahrscheinlich immer noch, obgleich se dir so weh jetan hat!"

„Henk genauso!"

„Klar! Wenn er ooch mein Bruder is'! Er is' nu ma' so, und Männern sieht man immer mehr nach als uns Frauen, die mehr für die Tugend zuständig sind, oder wenigstens sein sollen!" Ausgerechnet Frederika!

„Aber nu sach' ma' ..." fuhr die fort, „Wenn nu dieser Fleischer so, na ja, sagen wir mal, so jähzornig is', wie will es deine Cousine da anstellen, dass sie ihr Kind zurückkriegt?"

„Ich sage dir, Frederika, die is' schlau, der fällt schon was ein, wenn sie es unbedingt zurückhaben will. Die Bille heißt immerhin Schranner und käme in eine Familie!"

„Du könntest trotzdem mal bei der Grusius auf den Busch klopfen, meinste nich?", war Frederikas Meinung. „Wo se doch nu wirklich so tut, als wär's ihr eigenes."

„Ich denke, wir könnten doch alle weiterhin einfach so tun, als wär's ihr eigenes. Dann müssten wir auch nicht die Eltern aufregen. Und so könnten wir abwarten, bis der Henk heimkommt und ihn dann fragen."

„Oder was deine Cousine ihrem Mann erzählt, wenn der wieder eintrudelt."

„Eben!"

So blieb fürs Erste alles beim Alten. Und Arnos Kommentar? „ Mei! Wer hätt' jetzt das gedacht, dass die

Paula plötzlich drei Väter für ihr Kind hat! Das kommt in meinen Augen einem Wolpertinger bedenklich nahe!"

„Wieso gleich drei?", fragte seine Schwester irritiert.

„Na ja: der Grusius, der Henk und der Lois!"

„Geh' weiter!", antwortete sie, aber beide mussten doch grinsen.

Nachdem die kleine Sybille also so gut aufgehoben und „verräumt" war, wie Arno meinte, wurden Elsbeths Besuche in der Helmstedter Straße spärlicher. Als sie sich im späten Frühjahr 1943 wieder einmal auf dem Weg zu Frau Grusius gemacht hatte, um nach Paulas Tochter zu sehen, bemerkte sie in der Straßenbahn ein bekanntes Gesicht unter einem ungeheuren Hut, das sie ungeniert fixierte. Als die Fremde gewahr wurde, dass die von ihr angestarrte Dame mit dem dezenten, eleganten Hütchen, die ihr gegenüber am anderen Ende des Wagens saß, sie erkannte, lächelte sie sie über die ganze Breite ihres Gesichtes an. Elvira Brandlhofer! Jene resolute Person, mit der Elsbeth vor einem Jahr auf ihrer Fahrt nach Bamberg im selben Abteil gesessen hatte, und die im Lazarett erfahren musste, dass ihr Mann dort unmittelbar vor ihrer Ankunft an einer Lungenembolie gestorben war! Da traf sie die ehemalige Reisegefährtin also wieder, und das in einem Magdeburger Straßenbahnwagen! Elvira, die eine unübersehbare, vollgestopfte Tasche auf ihrem Schoß hielt, machte eine heftige Bewegung mit ihrer rechten behandschuhten Hand, welche signalisieren sollte, Elsbeth solle doch mit ihr zusammen an der nächsten Station aussteigen. Doch Elsbeth schüttelte ihren Kopf und hob bedauernd ihre Schultern. Sie war längst mit Frau Grusius fest verabredet und sollte die kleine Bille spazieren fahren. Darauf erhob sich Elvira sofort von ihrem

Sitz und hantelte sich an den über ihrem Hut hin und her baumelnden Schlaufen zu ihr vor, indem sie ihre beträchtliche Tasche ohne Umstände geschickt über den Schößen der sitzenden Fahrgäste balancierte, die ihrerseits ihre Köpfe zurückrissen und ihre Hände abwehrend hoben. Schließlich ließ sie sich neben Elsbeth nieder, nachdem Mitreisende auf ihrer Bank zusammengerückt waren.

„Es tut mir furchtbar leid, aber ich habe so gar keine Zeit, jetzt im Moment, Frau Brandlhofer", sagte Elsbeth endlich, nachdem sich beide Frauen gegenseitig ihrer Freude über das zufällige Zusammentreffen versichert hatten. „Wissen Sie, ich bin fest auf die Uhr verabredet!"

„Wo machen Se denn hin, Frau Torsdorf?", posaunte Elvira in das Geklingel der Straßenbahn hinein.

„In die Helmstedter Straße!"

„Denn begleite ich Sie 'n Stücke!"

„Ja, Das wäre freilich schön! Leben Sie denn jetzt in Magdeburg?" Denn Elvira kam ursprünglich aus Wanzleben, einem kleinen Ort in der Magdeburger Börde.

„Nee! Ich bin man bloß bei meine Schwester zu Besuch. Wie jeht es Ihnen, und was macht der berühmte Fliegerheld, Ihr Mann?"

„Der is' vermisst!"

„Ach nee! Tut mich wirklich leid. Wo denn?"

„Im Osten! Russland!"

Elvira seufzte mitfühlend.

„Und Sie? Wie geht es Ihnen, Frau Brandlhofer?"

„Ooch, nich' so schlecht. Ick werde demnächst wieder heiraten! Was sagen Se nu'? 'n Ollen! Und noch dazu kriegsversehrt! Aus 'm Weltkriege! Den können se mich nich' mehr so schnell wechnehmen und inne Truppe einziehen. Und mein Mutterkreuze kriege ich außerdem ooch noch."

Die in der Nähe sitzenden Fahrgäste hörten fasziniert zu und nickten mit dem Kopf. Nur ein ganz alter Herr, der aber offensichtlich noch über ein ausgezeichnetes Gehör verfügte, meinte:

„Da machen Se sich ma nich' allzu große Hoffnung, meine Dame! Der Führer braucht alle!" Und als alle Umsitzenden peinlich berührt schwiegen, fuhr er – wie entschuldigend – fort:

„Heimatschutz ist auch eine sehr ehrenvolle Aufgabe!"

Doch Elvira, wie wir wissen, nicht auf den Mund gefallen, nickte mit dem Kopf, dass ihr ungeheurer Hut wippte und pflichtete ihm bei:

„Eben! Heimatschutz, und da hat mein Kalle unsereins zur Seite! Jeder, wo er hinjehört!" Nein, da konnte man beim besten bösesten Willen absolut keine Volksverhetzung hineininterpretieren.

Bis die beiden Damen ihre Haltestelle erreichten hatten, hatten Elsbeth und die Hälfte der Fahrgäste alles Neue über „meinen Kalle" und Elviras gegenwärtigen und zukünftigen Kindersegen erfahren.

„Und nu habe ich jenuch jeschwatzt! Nu erzählen S i e man, Frau Torsdorf!" wurde sie von ihrer alten Reisegefährtin aufgefordert, während beide nach Verlassen der Straßenbahn zu Fuß weitergingen und Elsbeth sich erboten hatte, einen Henkel der Tasche zu übernehmen, damit die sich zu zweit leichter tragen ließe. Dies wurde von Frau Brandlhofer strikt abgelehnt. Also erzählte Elsbeth von ihren Kindern, von Püppi und Imma also ...

„Und wo haben Se die jetzt? Ich meene, es kann doch jederzeit Fliegeralarm sein, und so Kinder alleene zu Hause!"

„Die sind nicht allein, Frau Brandlhofer. „Meine Kleine ist bei meiner Schwiegermutter, sie wohnt gerade gegenüber, und die Große hat irgendwas bei den Jungmädeln. Gruppenstunde oder so. Die sind schon gut aufgehoben, die beiden ..." Elvira nickte mit dem Kopf.

Elsbeth blieb stehen. „Ich bin jetzt da!", sagte sie. „Wir müssen uns erst mal verabschieden! Wie lange bleiben Sie? ... Sie besuchen mich doch ... ?"

„Was? Hierhin müssen Se? Das trifft sich ja einmalich! Hier wohnt 'ne olle Bekannte von mir ooch. Und ich bin man jerade im Begriffe, ihr 'nen Besuch abzustatten!" Frau Brandlhofer setzte ihre Tasche ab und hob die behandschuhte Hand, um einen Klingelknopf zu drücken.

„Wohin müssen Se denn?"

„Zu Grusius!"

„Das trifft sich man knorke! Is mich meins ooch!"

Zu Elsbeths Verblüffung fielen sich Elvira Brandlhofer und Melitta Grusius herzlich in die Arme. „Sie müssen wissen, Frau Torsdorf", sagte Elvira, „Unsere Mette hier, die kenne ich schon von kleenuff. Was meine Mutter war, die war in ihrem Elternhause Waschfrau, wa', Mette? Und jetz' ham wir uns schon einige Jahre nich' jesehen!" Elvira riss sich ihren ungeheuren Hut vom Kopf und warf ihn auf ein Tischchen, das im dunklen Flur stand. „Höchstens ma' zu Weihnachten 'ne Karte! Und ab und zu 'nen Brief! Mehr war bis jetz' nich' drin! Wie es so is ... der Kinder wejen. Und nu' erzähl ma', Mette, wie es deinen Leutchen so jeht. Is' doch alles in Ordnung mit Vater und Mutter? Sind se jesund, die beeden?"

„Sie sind schon lange nich' mehr hier, in Magdeburg! Schon ein paar Jahre nich' mehr!", antwortete Frau Grusius kurz.

„Ach nee! Das haste mir ja bisher verschwiejen!" Elvira bekam ganz große runde Augen und den Mund nicht mehr zu: „A- ... ab- ... abjehauen?", flüsterte sie fast tonlos, doch Elsbeth verstand sie dennoch.

Darauf antwortete Frau Grusius nicht, und Elvira, die sich heimlich auf die Lippen biss, feuerte daraufhin fröhlich drauf los, als hätte sie sich nicht gerade fast verplappert. Oder hatte sie doch?

„Und nu lass mich ma die Kleene ankieken!", trompetete sie fröhlich, „Man, is die niedlich! Und janz der Vater!", setzte sie hinzu und zwinkerte heftig mit ihren Augen. „Das hat sie auch verschwiegen!", dachte Elsbeth.

„Ach Elvira, den haste doch nie kennengelernt!", sagte Frau Grusius mit spitzbübischer Miene.

„Hochzeitsfoto!", konterte die zurück, „Glaubste vielleicht, ich hätte da nich' jenau hinjekiekt, Mette?"

Als Elsbeth von ihrem Spaziergang mit der kleinen Sybille zurückkehrte, zog Elvira gerade einen kleinen Blechkuchen aus dem Ofen – Bienenstich! In ihrer gebauchten ungeheuren Tasche hatte sie den fertig vorbereiteten Kuchen mitgebracht und ihn hier in der Grusius'schen Küche nur schnell in das Backrohr geschoben. Sie hatte auch Milch dabei, die dem Muckefuck eine hellere Farbe verlieh und mehr vortäuschte, als in ihm drin war. Und überhaupt versuchte der Besuch aus der Börde eine Gemütlichkeit zu verbreiten, schäkerte mit der kleinen Bille und ließ nicht zu, dass sich Elsbeth bald verabschieden wollte.

„Ich muss jetzt aber wirklich heim, der Kinder wegen, Frau Brandlhofer," insistierte die endlich, „Man wird sich sonst wegen meines Ausbleibens Sorgen machen. Und wenn tatsächlich Fliegeralarm kommt ..."

„Denn komme ich man mit!", sagte Elvira versöhnlich. „Was meine Schwester is', die wird ooch schon zu Hause warten. Bis ich man bis Buckau komme, das dauert!"

Es folgte ein herzlicher Abschied, verbunden mit Elsbeths Versprechen, zu dem heute fest vereinbarten Termin wiederzukommen, denn in der Grusius'schen Wohnung gab es kein Telefon. Verbindungen konnten also lediglich per Post, per Telegramm, per Boten – meist Kinder – oder durch persönliches Vorsprechen aufrechterhalten werden. Elvira ihrerseits gab ihre feste Zusicherung, gleich nach ihrer Hochzeit mit ihrem Kalle erneut bei ihrer Buckauer Schwester „einzufallen" und bei „ihrer Mette" unverzüglich „auf der Matte zu stehen".

Während nun die beiden Frauen zu der Straßenbahnhaltestelle wanderten, blieb Frau Brandlhofer plötzlich stehen und sagte unvermittelt:

„Se müssen wissen, Frau Torsdorf, ich habe die Kleene belabert, dass se mit dem Kind zu mir nach Hause kommen soll. Ich habe Platz jenuch, jetzt wo wir alle in das Haus von meinem Kalle umziehen. Da könnte se prima meine Wohnung haben. Hier in der Stadt wird es zu jefährlich, mit die Flieger und so. Das is' nischt für so'n kleenes Kind! Ich bin hier schon bei meine Schwester im Luftschutzkeller jesessen. Also, ich weeß, wie das is. Und alleene isse außerdem, meine Mette, wo nu' die Eltern in Amerika bei ihrem ausjewanderten Sohn sind."

„Und, was meint Frau Grusius dazu?", fragte Elsbeth erschrocken.

„Se zieht mich nich so richtich. Dabei weeß ich janz jenau, dass das janz im Sinne von dem Grusius is', wenn man es dem so richtig klarmacht. Welcher Familienvater will nich' seine Lieben in Sicherheit wissen? Könnten Sie mich da nich ma 'n bissken nachhelfen, Frau Torsdorf? Wie lange kennen Sie meine Mette überhaupt?"

„Seit die Kleine da ist. Meine Cousine hat zur selben Zeit im Sudenburger Krankenhaus entbunden, in der Frau Grusius ihr Kind bekommen hat. Glauben Sie, dass es so schlimm wird mit den Angriffen, Frau Brandlhofer?"

„Aber man allewege! Das is' so sicher wie das Amen inne Kirche, sacht mein Kalle! Und die Kinderlandverschickung ha'm wir doch ooch schon 1½ Jahre, oder? Die ha'm wir doch wejen die feindlichen Flieger bei die Großstädte, sacht mein Kalle Und sind die Angriffe nu' wenijer jeworden? Nee! Und 'ne Großstadt is' doch Machdeburch wohl ooch, oder? Und bei die ville Industrie, sacht mein Kalle!"

„Sie sind zu pessimistisch, Frau Brandlhofer, der Führer ..."

„Nu lassen Se den ma beiseite, Frau Torsdorf, und hören Se mich ma jut zu!", wisperte Elvira „Meine Kleene hat Angst, so alleene, wie se is, ob se nu hier bleibt oder mit zu mein Zuhause kommt. Abjesehen davon, dass se ooch manchmal so'n bissken hilflos und töricht is'. Ich kenn' se! Und auf dem Lande is' es allemal sicherer. Und außerdem hat se denn uns!" Frau Brandlhofer sah sich um.

„Ich nehme an, Se wissen mit die Familie nich' so Bescheid, wie?"

„Kommen Sie bitte zu mir heim!", sagte Elsbeth bestimmt, denn gerade fuhr die Straßenbahn klingelnd um die Ecke.

„Se werden sich wundern! Jerade das is mein Wunsch seit 1913!" antwortete Elvira.

Und so betrat Elvira Brandlhofer die Wohnung am Sedanring 19. Die beiden Töchter waren noch nicht zu Hause.

„Man, Sie haben ja 'nen Eisschrank, Frau Torsdorf!" staunte Elvira.

„Ja, aber jetzt brauche ich ihn nur als Vorratsschrank. Jetzt ist es ja kühl genug, und viel Vorräte hat man ja bei diesen Zeiten eh nicht. Aber im Sommer, da kommt der Eismann einmal in der Woche mit seinem Pferdefuhrwerk vorbei und bringt uns eine Stange Eis. Wir haben auch eine kleine Eismaschine, so eine, die man mit der Hand drehen muss, wenn Sie das kennen. Da machen wir unser Speiseeis selbst, für die Kinder."

„Mannomann! Das wäre ooch was für meine Gören. Und 'n Klavier ham Se ja ooch! Elejant!"

Bis Elvira alles genau betrachtet hatte – einschließlich der Fotografien des Herrn Doktor Torsdorf in Uniform und der Kinder, versteht sich – war der Tisch gedeckt und die Damen taten sich an dünn gestrichenen Margarine- und Mettwurstbroten und Kamillentee aus der Torsdorf'schen Apotheke gütlich.

„Zur Sache!", sprach Elvira endlich. „Meine Mette hat jesacht, dass Sie 'ne janz jute Freundin sind, und dass man Ihnen vertrauen kann. Ich weeß das ja ohnehin. Ich hab' das schon vor einem Jahr bemerkt. Na ja, wenn man so was zusammen durchmacht, wie wir beede!" Sie zwinkerte ein bisschen mit ihren Augen.

Elsbeth blieb fast das Herz stehen. Um Gottes willen, auf was hatte sie sich da eingelassen? Und was würde Frederika sagen, wenn sie da in eine üble, vielleicht sogar in eine politische Geschichte geriet?

„Die Sache ist nämlich die", setzte der Gast von neuem an, starrte der Gastgeberin ins Gesicht und verfiel augenblicklich in ein in ihren Augen lupenreines Hochdeutsch:

„Meine Mette hat jüdische Großeltern mütterlicherseits. Die hatten ein Textiljeschäft, schon in der dritten Generation, altes jüdisches Jeschäft, können Se sich denken. Und der Vater von meine Mette hat da einjeheiratet. Nu' sind die alten Juden schon verstorben. Sie haben beide Selbstmord jemacht, vor ein paar Jahren, als die janze Chose anfing, brenzlich zu werden. Ich weiß, dass diese Tatsache, so, wie sie bei meine Mette vorliegt, nach den Rassengesetzen nich' gefährlich ist, noch nicht, meine liebe Frau Torsdorf. Und den Behörden ist sie ja auch bekannt, wie Sie sich denken können. Ich bin schon lange in Sorge um Mettes Eltern jewesen, schon des Jeschäftes wegen, und deshalb bin ich ja jetzt ooch jekommen, weil ich es nich' mehr ausjehalten habe. Zu schreiben jetraut man sich bei die Zeiten ja nich'. Mette ooch nich', wie Se bemerkt haben werden. Heute hat se mich nu' alles verklickert. Nun jut, die Altchen haben Jott sei Dank rechtzeitig nach Amerika, nach ihrem Sohn hin, jemacht. Doch wer weiß, was nach dem Endsieg wird, wo doch seit jeraumer Zeit so heimlich alle Juden verschwinden. Deportation sagt man. Weg sind se, wie vom Erdboden verschluckt! Oder wissen Sie, wo die abjeblieben sind?"

„Nein!"

„Eben Und das janze Zeuch von diese Menschen wird ooch beschlachnahmt! "

„Aber wenn sie sich schon solche Sorgen machen, dann ist Frau Grusius in so einem kleinen Ort vielleicht schlechter dran. Da weiß dann doch ein jeder Bescheid, Frau Brandlhofer!"

„Tut es hier auch, glauben Se man! Der Blockwart weiß es, weil, der hat es ihr schon uff den Kopf zu jesacht. Zum Glücke unter vier Augen! Dennoch: Wenn der es weeß, denn wissen es alle anderen ooch bald, da bin ich mich sicher. Meine Mette hat mich vorhin alles brühwarm erzählt, als Sie mit Billeken uff Tour waren. Nee, nee, sie muss mit zu mich nach Hause! Das is' sich man so klar wie Kloßbrühe. Werden Se mich behilflich sein, Frau Torsdorf?"

„Allmächtiger!" dachte Elsbeth, „Was wird dann aus der kleinen Bille? Am Ende weiß dieser Blockwart auch Bescheid über Sybille Elisabeth Schranner, und dass sie gar nicht die Tochter der Melitta Grusius ist? Vielleicht nimmt er ihr das rein arische Kind eines Tages weg, nur weil sie, Melitta, jüdische Großeltern hat? Abgesehen davon: Ohne Kind wird die Frau Grusius wahrscheinlich überhaupt nicht aus Magdeburg weggehen!

„Frau Torsdorf! Nu' sagen Se schon!"

„Ich weiß nicht recht, Frau Brandlhofer. Bestimmt haben Sie recht, dass man die Kinder vor den Luftangriffen schützen muss. Wir haben es hier bei uns auch schon überlegt ..." – Was überhaupt nicht stimmte! – „Selbstverständlich will ich gern mit ihr darüber reden! Doch das wirkliche Leben ist bekanntlich das, das man nicht preisgibt. Und wie sieht das zum Beispiel bei Ihrer Mette aus?"

„Wie meinen Se das?"

„Ich frage mich: Will sie hierbleiben, auf ihren Mann warten und in der Zeit sozusagen den Kopf in den Sand stecken? Mit anderen Worten: Will sie leiden? Oder will sie kämpfen? Was meinen Sie, Frau Brandlhofer? Immerhin kennt Ihre Mette doch ihre Situation auch, oder? Sie muss sich doch Gedanken gemacht haben, nach allem, was in ihrer Familie passiert ist!"

„Hat se garantiert nich', so wie ich se kenne! Und wenn, denn nur een janz paar. In solche Sachen isse 'n bissken töricht, will ma' sagen, nich' so lebenstüchtig. Keen Typ für die Achterbahn, würde mein Kalle sagen. Ich sage Ihnen was, Frau Torsdorf: Wir beide werden sie janz einfach überrumpeln. Wir marschieren jemeinsam hin und packen, mir nischt dir nischt, ihre Sachen zusammen, schnappen uns die Kleene und ab die Post! Und das mit die jüdischen Großeltern, das lassen wir stiekum beiseite, einverstanden?"

„Ich ... ich muss darüber nachdenken, das geht alles so schnell. Wenn es so weit ist, helfe ich selbstverständlich, das ist ja klar! Sie werden mich auf jeden Fall verständigen, gell? Und ich rede mit ihr. Ich besuche sie in den nächsten Tagen. Ich schreibe ihr gleich noch heute, dass ich komme."

„Ich habe jewußt, dass Se een prima Kumpel sind, Frau Torsdorf! Benachrichtigen Se mich umjehend!"

„Aber ja, sofort! Das verspreche ich Ihnen!"

„Jut! Das hätten wir jebacken! Schreiben Se man bloß: Umzuch klappt! Das jenücht! Und nu' mach ich mich man uff die Socken! Und nach Buckau hin ..."

„Was redeste da?" Frederika ließ beinahe ein kleines dunkelbraunes Fläschchen mit einer Tinktur fallen, welches sie in ihrer linken Hand hielt, während ihre rechte mit Schwung und Routine die Kurbel der Ladenkasse in Bewegung setzte. Das Geldschubfach sprang auf. Frederika starrte wie geistesabwesend mit gerunzelter Stirn auf die Scheine und die Münzen. Plötzlich hob sie den Kopf und strahlte ihre Schwägerin an.

„Man Pettchen! Was Besseres als eine Evakuierung der Grusius mit der Kleinen in die Börde kann uns doch jar nich' passieren!"

Elsbeth hatte mit keinem Wort die jüdischen Großeltern der Melitta Grusius erwähnt. Schließlich soll man nicht alle Eier in einen Korb legen, wie Mutter zu sagen pflegte, auch dann nicht, wenn sie am Faulen sind.

XIII

Voralarm – Vollalarm – Entwarnung ... Voralarm – Vollalarm – Entwarnung ... Voralarm – Vollalarm ...
Wenn die Sirenen ihre markerschütternden Signale auf und ab heulten, dann befanden sich die feindlichen Bomber keine 300 km mehr entfernt! Vollalarm! „Feindliche Verbände im Anflug auf ... ", warnte es aus dem Volksempfänger nach einem „Bom ... Bom ... Bom ... Baaam!" Und das bedeutete: Haste was, kannste mit allem, was schon griffbereit lag, hinein oder hinunter in die Schutzräume: in die Bunker also, oder in die Luftschutzkeller. Längst lag das Sturmgepäck bereit: Koffer, Bündel, Rucksäcke, um in der Eile geschnappt und mitgeschleppt zu werden: „Überlebensgepäck", falls die häusliche Bleibe einen Volltreffer erhielt und man „zum Teil" oder, schlimmer noch, „total" ausgebombt wurde. Falls man zur Zeit des Angriffs überhaupt zu Hause war! Nächtens war das in der Regel der Fall. Bereits zur Hälfte angekleidet fuhren die Menschen beim Geheul der Sirenen, auf das sie eigentlich schon während des Einschlafens gewartet hatten, hoch, zogen sich hastig noch mehrere Kleidungsstücke über, dazu vielleicht noch zwei Mäntel übereinander, und stülpten sich die Mütze über und packten oft noch den Hut oben drauf. Manche Frauen setzten sich sogar nicht nur einen, sondern gleich zwei Hüte übereinander auf, und einige, man mag es nicht glauben, sogar drei, nur, um zu retten, was zu retten ging. Man fror ohnehin, weil man, insbesondere bei dem immer häufiger nächtens einsetzenden Luftalarm, schon aus Schlaf-, aber

auch aus Nahrungs-Mangel grundsätzlich fror. Unter dem Geheul der Sirenen wurden die ebenfalls halb angekleideten Kinder aus dem Bett gezerrt und eingemummelt. Einen kleinen Rucksack auf dem Rücken, ein Köfferchen in der Hand und den Teddy im Arm wurden die Größeren von ihnen die Treppen hinunter und in die Luftschutzräume gezogen und geschubst, während die Großen schleppten, was sie schleppen konnten und die Erwachsenen, in der Regel die Mütter oder die Großmütter, die Kleinen zusätzlich zu ihrem Gepäck auf dem Arm trugen. Dies alles ging unter den wachsamen Augen und der Regie des Luftschutzwartes vonstatten, der für den reibungslosen Ablauf der Schutzmaßnahmen für die Zivilbevölkerung seines Bereichs, des Miethauses oder des Wohn-Blocks, verantwortlich war. Wohnungen durften nicht verschlossen werden, damit erforderlichenfalls jeder jederzeit eindringen und Brandbomben löschen oder eventuell dort Verschüttete, die es nicht mehr bis in den Keller geschafft hatten, bergen konnte. Geklaut wurde im Großen und Ganzen nicht. Wer traute sich bei dem Inferno schon auf die Straßen? Das waren nur diejenigen, die unter dem Geheul der Sirenen im Dauerlauf zu den Bunkern unterwegs waren und keine Zeit hatten, an das Klauen zu denken, wenn es ums Überleben ging. Die durch die Dunkelheit zuckenden und tanzenden Lichtstrahler der Flak, diese überlangen Lichtfinger, die den Himmel nach feindlichen Flugzeugen absuchten, um sie abzuschießen, nahmen die flüchtenden Menschen nur wie nebenbei wahr. Was die Hausbewohner anging, so hatte der autoritäre Luftschutzwart ein scharfes Auge auf sie. Wer hätte da ein Stibitzen gewagt? Abgesehen davon, dass die Strafen für Diebstahl, noch dazu während eines

Luftangriffs, sollte man erwischt werden ... na ja! Drakonischer ging es nicht mehr!

Zunehmend wurden die größeren deutschen Städte auch tagsüber den feindlichen Luftangriffen ausgesetzt. Die arbeitende Bevölkerung – immer mehr kriegsdienstverpflichtete Frauen arbeiteten in Fabrikhallen, in Büros, im öffentlichen Verkehr und in Ämtern, denn die Männer befanden sich ja an der Front, waren gar gefallen oder vermisst – die Werktätigen also und die Schulkinder retteten sich sodann in die örtlichen Schutzräume, bangten und beteten insgeheim, dass ihr Zuhause nichts abbekam von der tödlichen Fracht an Brand-, Spreng- und Splitterbomben, welche die anglo-amerikanischen Todesengel über Industrieanlagen und die Zivilbevölkerung in den Großstädten entleerten, eine Hoffnung, die sich gar zu oft nicht erfüllte.

Im Februar 1943 hatte der Propagandaminister Joseph Goebbels in einer zündenden Rede im Berliner Sportpalast zum totalen Krieg aufgerufen. Kurz vorher war Stalingrad gefallen und das Kriegsglück der Deutschen begann sich zu wenden.

„Eine furchtbare Schlappe für den GRÖFAZ, den größten Feldherrn aller Zeiten!", sagte Edda, „Wo er seinem Volk ohne Raum doch ständig eingeredet hat, es müsse sich nach dem Osten hin ausbreiten!"

„In unseren Augen heutzutag' einfach unfassbar! Man kann sich das alles gar nicht mehr vorstellen!", bemerkte der Professor.

„Ich schon!", erwiderte seine Frau, „Ich hab's mitgemacht. Und ich hab's noch im Ohr, wie dieser Hinkefuß,

– Mutter Angermaier sagte insgeheim immer: Dieser doppelzüngige Satan lügt wie eine Zeitung – wie dieser vermaledeite Gottseibeiuns, schrie: Wollt ihr den totalen Krieg? Und aufgepeitscht durch dieses rhetorische Geschrei schrien die bestellten Jubel-Perser siegestrunken zurück, dass sie ihn wollten! Kannst du dich nicht mehr daran erinnern? Die Rede wurde doch im Rundfunk übertragen!"

„Du hast nie davon erzählt, Edda! Davon, dass du im Luftschutzkeller oder im Luftschutz-Bunker gesessen bist. Übrigens hat meine Mutter bei solchen Übertragungen wie der Goebbels-Rede das Radio grundsätzlich ausgedreht. Uns Kinder hat's nicht interessiert. Wir hatten andere Dinge im Kopf, wie sich denken lässt, und unser Vater war ja an der Front."

„Wozu sollte ich dir von meinen Kindheitserlebnissen erzählen, Ansgar? Das war ja längst vor unserem gemeinsamen Leben! Du hast solche Schrecken in deiner ländlichen Idylle, wenn ich sie mal so nennen darf, nicht erlebt und kannst die Angst und das Grauen der Menschen, die diesen Angriffen ausgesetzt waren, niemals nachempfinden. Nicht zu reden von ihrer Verzweiflung und ihrer Trauer um die, die in den Bombenangriffen umgekommen waren. Und außerdem: Auch das Verdrängen kann ein Schutz für die Seele sein. Wie hätten die vielen, vielen Menschen, die über die Jahrtausende hinweg schlimme Kriegsschicksale erlitten haben, – ob nun schuldig oder schuldlos, sei dahingestellt – wie hätten sie sonst überleben können? Die Generation unserer Eltern und auch noch unsere Generation hat eigentlich nie über ihre schrecklichen Erlebnisse geredet. Die Leute haben sich beharrlich geweigert, sie an sich heranzulassen. Sie haben sie in sich verschlossen und den Schlüssel vergraben. Auch wenn es ihnen, ich meine den Eltern, auch vorgeworfen wird: Sie hatten ein Recht, zu schweigen, sonst hätten sie das Leben danach, das für sie zum Glück ein „Aufwärts aus dem tiefen Tal" bedeutete, nicht ertragen können."

„Aber sagen die Psychologen nicht, man soll sich seinen belastenden Erinnerungen stellen und sie aufarbeiten, weil man sonst krank wird?"

„Ich frage dich, wie hätten diese vielen Millionen und Abermillionen von Kriegsgeschädigten, Flüchtlingen, Vertriebenen und Gefangenen Zeit und Gelegenheit zum Aufarbeiten finden sollen, wo es nur um das nackte Dasein und später um den Aufbau eines neuen Lebens ging? Abgesehen davon, dass die Psychoanalyse und die Psychotherapie damals in Deutschland wahrhaftig noch in den Kinderschuhen steckte. Psychotherapie ist etwas für eine spätere, kommodere, vielleicht auch eine sensiblere Generation, sage ich dir!"

„Das ist wirklich deine Meinung, Edda?"

„Da wunderst du dich?"

„Allerdings! Doch, wie ging nun die Geschichte der Torsdorfs weiter?"

„Ziemlich dramatisch in diesen dramatischen Zeiten, wie du dir denken kannst, mein Lieber!"

Sehr bald nach Elvira Brandlhofers Besuch in Magdeburg ging mit ihrer und Elsbeths Hilfe der Umzug der Kleinfamilie Grusius nach Wanzleben vonstatten. Die Luftangriffe sorgten rasch für die Einsicht der jungen, ohnehin unsicheren Melitta Grusius, dass die Geborgenheit in einem Landstädtchen unter Elviras schützenden

Fittichen den Ängsten im zunehmenden Bombenkrieg vorzuziehen war. Sybille Elisabeth Schranner verschwand aus dem Dunstkreis der Familie Torsdorf.

Auch diese Familie befand sich mehr und mehr in Auflösung. Henk war nach wie vor vermisst. Püppi leistete nur schwachen Widerstand, als man sie in das Internat jenseits der Elbe verfrachtete, in dem schon ihre beiden Großmütter erzogen worden waren, und in dem sich auch ihre Mutter kurzfristig aufgehalten hatte, so lange sich nämlich Großvater von Wentow in der Lage sah, die Kosten für diese Lehranstalt zu tragen. Unter normalen Verhältnissen hätte sich Henks Älteste heftig gegen diese „Evakuierung", wie sie ihren Umzug nannte, gewehrt. Träumte sie doch davon, einmal BDM-Führerin zu werden! Ihr von Ferne angebeteter Vater, der Fliegermajor, der Kriegsheld, sollte stolz auf seine Älteste sein! Wenn er sich auch stets befleißigt hatte, sie nicht groß zu beachten! Dann verschwanden nach und nach auch ihre Schulfreundinnen, die mit ihr zusammen bei den Jungmädeln Sport trieben, musizierten und in nationalsozialistischen Ideen geschult wurden, streng nach der Doktrin: „Du bist nichts! Dein Volk ist alles!" Püppi sah ein, dass sie, um ihren Traum verwirklichen zu können, eigentlich ihr Leben retten musste, obgleich sie es natürlich und ohne mit der Wimper zu zucken für Führer, Volk und Vaterland hingegeben hätte.

„Nu mach man halblang, Püppi! Und übertreib' nich so!", war Trines Kommentar zu Püppis großspuriger Opferbereitschaft.

Nachdem Henks Älteste mit ihrem Gewissen, was ihren verhinderten Opfermut anging, ins Reine gekommen war – immerhin wurde die Evakuierung der Kinder von Staats wegen betrieben – freundete sie sich mit dem Gedanken an ein Internatsleben an. Sofort war sie davon überzeugt, dass sie dort eine der Besten in ihrer Klasse sein würde, so, wie sie auch in ihrer Magdeburger Klasse die Beste war! Und schon sah sie sich in eine Führungsposition aufsteigen, die sie selbstverständlich ganz nach dem Willen des Führers ausfüllen würde. Elsbeth wagte gar nicht, ihr ihre Flausen aus dem Kopf zu treiben, um nicht selbst durch unbedachtes Geplapper ihrer Stieftochter ins Gedränge zu geraten. Sie hoffte nur, ihre Tochter Imma würde sich zu gegebener Zeit nüchterner Zurückhaltung gegenüber dem braunen Fanatismus ihrer Schwester befleißigen. Es kam nie zu dieser Entscheidung. Bevor Imma an die Jungmädeln und braune Ideologien ernsthaft denken konnte, war der Krieg zu Ende und das nationalsozialistische Reich zusammengebrochen. Doch das Wenige, das man ihr in der Schule vier Jahre lang an nationalsozialistischem Gedankengut eingeimpft hatte, war immerhin ausreichend genug, um erst durch ein über die Jahre andauerndes Umdenken nach dem verlorenen Krieg ausgemerzt zu werden, obgleich ihre Mutter zuvor manches hatte vorsichtig neutralisieren können.

„Du hast recht, Edda!" sagte Ansgar nachdenklich. „Ist es nicht unglaublich, wie stark sich faschistische Ideen in der kurzen Zeit in einem Volk festsetzen können!"

„In nur etwa fünfundzwanzig Jahren! Und das in mehreren Völkern, man kann sagen, in ganz Europa! Abgesehen davon, dass sich der Faschismus auch als ein Bollwerk gegen den Kommunismus betrachtete."

„Eben! Und beides seien Krankheiten, von denen Nationen infiziert werden, hat ein amerikanischer Politiker zur Zeit des Vietnamkrieges einmal bemerkt."

„Na, Püppi, haben sie dich nu' ooch uff die Koppel jeschickt?" War Trines Kommentar zum Thema Internat, und: „Sei man froh, dass du von hier wech machen kannst! Denn biste in Sicherheit!"

„Man kann überall seinem Volk dienen, Trine!", belehrte Püppi die Köchin.

„Na, lass man jut sein!" brummelte die verdiente Dienerin versöhnlich, entschlossen, sich nicht auf ein politisches Glatteis führen zu lassen.

„Se kommt immer mehr nach Frederiken!", dachte sie bei sich. „Wolle der liebe Jott, dass se nich' so herrisch wird!"

Im Übrigen war Püppi selig, dass die Entfernung zwischen dem Internat und dem von Wentow'schen Gut um ein gutes Stück geringer war, als die zum Sedanring.

Auch die achtjährige Imma musste in Sicherheit gebracht werden. So fügte es sich vortrefflich, dass sich ein Dorf südlich von Magdeburg gefunden hatte, in dem nicht nur Marlene Angermaier und ihre beiden Kinder, sondern auch Elsbeth mit ihrer Tochter bei einem Großbauern Unterschlupf finden konnten. Zu Elsbeths Entsetzen hatte ihr ihre Schwägerin Marlene gestanden, dass ihr Mann, Arno Angermaier, vor einigen Wochen in die Partei eingetreten war.

„Aber warum denn?", fragte seine Schwester bestürzt. „Hat es etwas mit seinem Beruf zu tun?"

„Eben nich'!", ereiferte sich die Schwägerin, „Das is'ja das Fatale! Bequatscht ha'm se ihn, und rumjekriecht hat ihn dieser unanjenehme Zellenleiter, der alle Nase lang des Abends vor der Wohnungstür stand und sich nich' hat abwimmeln lassen. Arno werde jebraucht, hat er immer jetönt, weil er in der Heimat sei und nich' an der Front! Er müsse auch was für sein Volk tun, quasi als Ausgleich! Und jetzt is' er Blockwart und muss Geld für die Partei einsammeln! Wie findste das? Ich hab's ja 'ne janze Weile lang verhindern können, weil ich immer dabei jewesen bin, wenn der Fiesling aufkreuzte. Aber an dem Abend ..." Marlene, längst keine begeisterte Anhängerin des Tausendjährigen Reiches mehr, heulte regelrecht auf und ballte ihre Fäuste. „An dem Abend war ich ... im Kino! Der weiße Traum! Ein Traum, sage ich dir! Und ich komme nach Hause und denn das! Meine Mutter hätte fast 'nen Anfall jekriecht, wie se das mitjekriecht hat!"

„Ich bin baff!" Elsbeth rang förmlich nach Luft. Wenn das Mutter erfährt!

„Baff!" Marlene lachte kurz auf. „Ich! Ich bin zerstört, kann ich dir sagen. Ich bin fassungslos! Was is' nur in den Mann jefahren, wo wir doch jahrelang nischt wie darüber jeredet haben. Wenn das Propst Heitkamp erfährt!"

„Ich würde das nicht herumposaunen!", sagte Elsbeth, „Das braucht niemand in der Gemeinde zu wissen. Und deine Mutter wird auch nichts erzählen, oder? Von mir jedenfalls erfährt niemand was. Kein einziger Torsdorf oder Wentow! Und die Eltern in München auch nicht!"

„Danke, Bette!", schluchzte Marlene Angermaier.

„Gib Marlene deine Tochter auf alle Fälle mit!", befahl Frederika ihrer Schwägerin. „Aber du musst selbstverständlich hier bleiben!"

„Was fällt dir ein, Frederika? Ich soll Immi weggeben? Wo sie doch so schmächtig is' und so oft so schlecht isst und so oft Ohrenschmerzen hat? Nein, das geht auf keinen Fall! Ich kann sie nich' ohne mich fortlassen. Außerdem, sie war noch nie allein fort von daheim! Das Kind wird mir krank!", widersetzte sich Elsbeth mit Verve.

„Nu hör mal gut zu, Pettchen!" Frederika, die seit Neuestem im eleganten Büro ihres Vaters residierte, welches mittlerweile auch leicht heruntergekommen war, richtete sich hinter dem Schreibtisch auf und ergriff ein Lineal, mit dem sie in der Folge erregt in der Luft herumfuchtelte:

„Erstens", fuhr sie fort und klopfte mit dem Lineal auf die Schreibtischplatte, „Erstens war se im Sommer 1942 wenigstens zwei Wochen lang alleene bei deinem Bruder und seiner Familie in Bayrischzell und danach ebenso zwei oder drei Wochen lang alleene bei deinen Eltern! Oder irre ich mich da? Ohne dich war sie janz alleene in Bayern! Isse da vielleicht vor Heimweh jestorben? Oder is' ihr sonst ein Leids jeschehen? Siehste! Nu' hab dich nich' so! Erst mal ist se mittlerweile älter und denn wirste mir doch nich' weismachen wollen, dass du das Kind hier dem zu erwartenden Bombenterror auszusetzen jedenkst, oder? Der Krieg is' noch nich' zu Ende, leider Jottes, und bis zum Endsieg kann's noch 'n Weilchen dauern, wenn die Wunderwaffe, von der immer die Rede is', nich' bald kommt! Und Henk würde es niemals zulassen, dass auch nur eines seiner Kinder durch Nachlässigkeit in Lebensjefahr jerät. Der würde außer sich jeraten, wenn er davon erführe!" Immer, wenn sich Frederika aufregte, verirrte sich ihre Zunge in den Magdeburger Konsonanten-Mischmasch und verschnurbelte die Vokale, was regelmäßig Ottiliens Zorn erregte.

„Wie kommst du denn darauf, dass ich sie hier lasse?" erregte sich Elsbeth nun ihrerseits, „Ich gehe selbstverständlich mit. Das Bauernhaus dort ist groß genug, sagt der Arno, und ich kann gut mit der Immi dort unterkommen, ganz gleich, wie eng es wird. Hauptsache, wir bleiben zusammen! Und schreiben und arbeiten kann ich dort auch!"

„Wie kannste in heut'jer Zeit, mitten im totalen Krieg, an deine Märchen denken, frage ich dich?" Frederika fuhr mit dem Lineal durch die Luft „In welcher Welt lebst du denn?"

„Wieso? In derselben wie du und wie wir alle, natürlich. Wir gehen doch auch ins Kino und schauen uns Marika Rökk und Zarah Leander an! Sind die Filme keine Märchen?"

„Also hör' mal! Das kannste doch nich' vergleichen!"

„Wieso nicht? Das sind Märchen für Erwachsene, und ich mache Märchen für Kinder, und vielleicht wird sogar irgendwann einmal ein Kinderfilm daraus, wer weiß?"

„Jetzt biste vollkommen überjeschnappt, Pettchen! Wer hat dir denn diesen Floh ins Ohr gesetzt? Wieder einer von deiner heilijen Sebastians-Jemeinde?"

„Und wenn? Und überhaupt, warum soll ich nicht ein bisschen Geld verdienen, nachdem die Bücher so gut gehen?"

„Nu' halt man die Luft an! Biste vielleicht schlecht versorgt? Das mach'ste mir nich' weis, dass du bei dem Sold eines Fliegermajors nich' rumkommst, schon gar nich', wo man nich' weiß, wie man Geld ausjeben soll, wo es nicht jibt und wo sich nicht tut. Oder haste vielleicht 'ne jeheime Quelle für schwarze Bezugsscheine? Haste vielleicht von denen janz klammheimlich ein paar und Milch an Land jezogen für ich weeß nich' was und wie viel?"

„Schmarren!"

„Ja Schmarren!", fauchte die aufgebrachte Schwägerin und schlug mit dem Lineal leicht auf ihre linke Handfläche, „Ich sage dir was, Pettchen, schlag dir das man alles janz schön aus deinem Koppe. Von wegen einfach alles in die Tonne schmeißen! Du bist hier unabkömmlich. Wer, frage ich dich, soll auf Henks Wohnung und auf sein Eigentum aufpassen und so viel wie möglich retten, falls es zum Schlimmsten kommen sollte? Findeste nich', dass das janz alleine deine Flicht is'? Oder willste mir alles unterbürsten mich damit ooch noch belasten, wo ich den Laden hier in Schwung halten muss und zu Hause alles am Halse habe?"

Frederika schmiss das Lineal auf den Schreibtisch, und Elsbeth musste zugeben, dass die Augen ihrer Schwägerin sehr müde und das Gesicht der 39-Jährigen welk aussahen. Es waren ja nicht allein die häufigen Nächte im Luftschutzkeller, wobei die meisten der feindlichen Verbände zum Glück lediglich über die Stadt hinwegbrummten und Kurs auf Berlin nahmen, um dort ihre Bombenlast abzuladen. Für die überarbeitete und übermüdete Frederika waren es auch die Nächte in der Apotheke, in denen sie den verängstigten Angehörigen akut Erkrankter übernächtigt und barsch die verordneten Rezepturen bereitstellte, und in denen sie im Falle eines Bombentreffers möglichst viel zu retten hoffte. Längst hatte sie in Papas

Refugium ein mobiles Klappbett aufgestellt, welches Elsbeth hochgeklappt an einer Wand stehen sah, und auf dessen Abdeckung Schachteln, Fläschchen und Skripten zuhauf ein geniales Durcheinander darboten.

Von Unversehrtheit dieser Offizin mochte man indessen schon gar nicht mehr reden, nachdem wiederholt Druckwellen, verursacht durch Bombenexplosionen, das Schaufenster zerstört hatte, von den Fenstern der hinteren Räume ganz zu schweigen. „Und das nächste Mal nagele ich die Bude janz zu!", schnaubte Frederika beim dritten Mal, was der Luftschutzwart schlichtweg nicht zuließ. „Nee, Frau Doktor, solange wa noch an Glass rankommen – er sagte tatsächlich Glass – so lange kieken wa noch ins Freie und in die Straße! Und Elektrizität spar'n wa ooch!", bestimmte er streng. „Reiner Zweckoptimismus von dieser Figur!", schimpfte Frederika.

„Apropos zu Hause, Pettchen," schwang diese weiter ihr verbales Florett, wobei sie wieder in ein gepflegteres Deutsch verfiel, „Du solltest es als deine Pflicht ansehen, dich auch ein bisschen mehr um Mama und Papa zu kümmern, wenn Imma evakuiert ist. Bei diesen schwierigen Zeiten haben es die beiden Altchen wahrhaftig nich' leicht, und du kannst mir die Sorge um ihre Befindlichkeit und ihre Behaglichkeit, wenn man von einer solchen überhaupt noch reden kann, nicht einfach so mir nichts dir nichts aufbürden und dich still und heimlich verflüchtigen, indem du es dir auf dem Lande gemütlich machst! Kuscheln mit einjebautem Lagerfeuer, meinste! Die Hände vors Jesichte, sich in die Märchen träumen und hin und wieder die Natur jenießen! Denkste! Du weißt jenau, wie es um Mamas Herz bestellt is', und Papa sitzt jetzt mehr oder weniger rum und macht uff hilflos. Es wird dir außerdem nich' entgangen sein, dass Trine ooch immer tüttelicher wird. Die schafft das alles ooch nicht mehr alleene, und das Pflichtjahrmädel dreht sowieso schon durch, wenn es bloß klingelt."

„Aber ..."

„Nischt aber! Jetzt wird hier nich' lange herumjekobert!", bügelte Frederika ihre Schwägerin nieder, „Du wirst dich also nich' so janz einfach verkrümeln und deine Familie jewissenlos für sich in Feuer und Schwefel schmoren lassen! Du bleibst hier! Kapiert?"

Die geschurigelte Elsbeth war wie vor den Kopf geschlagen. Brav war sie in die düstere Apotheke gepilgert, deren Düsterheit niemandem mehr auffiel, nachdem sich das ganze Volk an Dunkelheit gewöhnt hatte. Sie war gekommen, um ihre Schwägerin zu informieren, dass sie sich mit ihrer kleinen Imma auf das Land zurückziehen würde. Und schon schmiss diese Person ihr kraft ihrer Autorität, die ihr inzwischen niemand mehr streitig machte, noch nicht einmal ihre strenge Mutter und schon gar nicht ihr Vater, einen Prügel vor die Füße.

Keine Frage, dass es ihr auch dieses Mal gelang, ihre kleine Schwägerin weich zu klopfen. Der gehörige Gemütsknick, den Elsbeth erlitt, mündete sofort in ein schlechtes Gewissen, denn vor dem Starken ist der Schwache immer schuldig. Zerknirscht wagte Elsbeth daher keinen Widerspruch, auch nicht aus Angst vor Henk und dem Donnerwetter, welches er über sie hereinbrechen lassen würde, hätte sie sich den Anordnungen seiner Schwester nicht gefügt. Sie wagte noch nicht einmal an Widersetzlichkeit nur zu denken. Sie gab sich drein, doch es graute ihr.

„Not gegen Elend!" seufzte sie, und „Schlimmer wird's immer, wie Mutter sagt."

In dem großen, weitläufigen Dorf Kösskau in der Magdeburger Börde, in welches die Familie Angermaier evakuiert wurde, waren ein Rittergut und eine Anzahl von behäbigen, reichen Bauernhöfen beheimatet. Letztere konnte man fast als kleine Güter bezeichnen, da ihre Besitzer viele Morgen Land fruchtbaren Bodens besaßen. Als Elsbeth ihre Tochter dort besuchte, staunte sie über das geradezu herrschaftliche Haus der Familie Altensleben, in dem ihre Verwandten und ihre Tochter untergebracht waren. Unter einem geschwungenen, grau eingedeckten Walmdach sah sie einen einstöckigen lang gestreckten Klinkerbau. Sein hoher Sockel war, ebenso wie Teile der vier Kanten des Hauses, wie auch die unregelmäßigen breiten Umrandungen der beiden Türen zu Abstellräumen auf der Hofseite und deren oberhalb des Sockels eingelassene Fenster, dekorativ-herrschaftlich in Grau verputzt. Denselben Putz wiesen die beiden umlaufenden Gesimse auf, welche die Fassade auflockerten. Das untere verlief unterhalb des Hochparterres, das obere setzte dieses und den ersten Stock mit ihren jeweiligen Zeilen von hohen zweiflügeligen Doppelfenstern gegeneinander ab. Die ganze Architektur bezeugte den Wohlstand von mindestens drei Generationen und wirkte auf den ersten Blick gediegen. Doch der Putz war mittlerweile merklich verschmutzt und bröckelte an einzelnen Stellen unübersehbar. Auch führten auf der Hofseite zwei nur schlampig gemauerte Stufen, neben denen tagtäglich Milchkannen, die Öffnung nach unten, zwecks Austrocknung an der Hauswand lehnten, und auf deren oberer ein

Schuh-Abkratzer eingelassen war, zu der geschnitzten Haustür. Deren beide Türflügel waren hälftig verglast und zusätzlich mit einem dekorativen Eisengitter versehen. An der Straßenfront gab es keinerlei Einlass in das Haus. Dieses betrat man also auf der Hofseite auf einem Steinfußboden, der sich über etliche Steinstufen bis in die Küche fortsetzte. Entsprechend den hohen Fenstern befanden sich in dem Haus ausschließlich hohe und überraschend große Räume, welche die achtjährige Imma an die hohen Zimmer ihrer Großeltern am Sedanring Nr. 16 erinnerten. In den ersten Stock, wo sozusagen die „Prachtzimmer" lagen, welche die Altenslebens für die Evakuierten räumen mussten, gelangte man über eine breite Holztreppe mit einem gediegen geschnitzten Geländer. In eines dieser „guten Zimmer" hatte Schwägerin Marlene die Möbel ihres eigenen Herrenzimmers, des Kinderzimmers und eines Teils ihres Schlafzimmers locker und wohnlich verteilt, Immas kleine Kommode und ihr Bett eingeschlossen. Weitere Räume des ersten Stocks wurden von zwei evakuierten Familien aus dem Rheinland, die es schon eher hierher verschlagen hatte, und einer Österreicherin mit Kind bewohnt, und alle waren sich untereinander nicht grün! Unter dem Dach befand sich ein geräumiger, hoher Dachboden. Die Familie Altensleben, – der Bauer, die Bäuerin und ihr kleiner Sohn, ein Spätkömmling übrigens, denn seine Eltern waren vergleichsweise alt – sowie ihre drei Mägde, davon zwei polnische Fremdarbeiterinnen, verteilten sich im unteren Stockwerk, dem Hochparterre also. Dort befand sich auch die große Küche. Am Rande des riesigen Herdes, in dem tagsüber stets ein mächtiges Feuer loderte, und auf dem neben den Mahlzeiten für die Mitglieder des Hofes unentwegt Schweinefutter gekocht wurde, drängelten sich vormittags die evakuierten Frauen. Der penetrante Geruch aus dem Schweinekessel, die Hitze und die Enge am Herd waren ein ständiger Anlass zu ewigem Gezänk! Ein „Schweine-Stress" sozusagen!

Zu den übrigen Räumen des Hochparterres hatten die Evakuierten keinen Zutritt.

Die Großeltern, die alten Altenslebens, hatten sich in ein kleineres Haus außerhalb des Dorfes, umgeben von reichlich Land, zurückgezogen. Sie nannten das Anwesen ihre „Plantage". Zu Besuch kamen sie nie, denn sie lagen im Krieg mit ihrer Schwiegertochter und wechselten mit ihr kein Wort! Iddi, ihr kleiner Enkel, den Imma anfangs nie anders als mit umgebundenem Latz und mit weißlich verschmiertem Mund sah, denn Iddi wurde vorwiegend mit frischer Milch, weißem Käse und Griesbrei ernährt, ahnte nichts von diesem Familienkrieg. Sein Vater nahm ihn manchmal mit, wenn er mit dem Pferdefuhrwerk oder mit dem Traktor hinter dem Rücken seiner Frau seine Eltern besuchte. Die erfuhr es umgehend aus dem Mund ihres kleinen Sohnes, und schon war wieder eine Schlacht im bäuerlichen Eheschlafzimmer im Gange, die verbal vorwiegend von Lore Altensleben bestritten wurde, was die gewitzten evakuierten Frauen prompt von den nicht minder gewitzten Polinnen erfuhren.

Alle männlichen Erstgeborenen der Familie Altensleben wurden seit Generationen auf den Namen Friedrich getauft, auch Iddi, der anfangs das Wort „Fritz" nicht aussprechen konnte. Außerdem wurde ja sein Vater von seiner Mutter so gerufen – mit schriller Stimme übrigens: „Friiiitz!" Der Name Iddi blieb ihm, dem derzeit Jüngsten der Altenslebens, sein Leben lang. Seine beiden jüngeren Onkel kämpften an der Front.

Wäre es nicht kriegsbedingt heruntergekommen gewesen, man hätte dieses geräumige Haus durchaus als herrschaftlich bezeichnen können. Wenngleich mit bunten Sommerblumen bepflanzte Blumenkästen vor den Fenstern, wie sie vor den Bauernhäusern in Elsbeths Heimat gebräuchlich waren, fehlten, so vermittelte doch ein üppig wuchernder Knöterich an der Hauswand der Hofseite im Verein mit der nicht mehr zu übersehenden stellenweisen Verwitterung eine heimelig gemütliche Atmosphäre, welche durch allerhand neben dem Eingang abgestellten oder flüchtig hingeworfenen Krimskrams, wie schmutzige Schuhe, Holzpantinen, Gummistiefel, Schmutzlappen neben gewaschenen und aufgehängten Unterhosen, abgestellte Obstkistchen und derlei mehr, unterstrichen wurde. Es lässt sich denken, dass die glücklichen frei laufenden Hühner, Gänse und Enten ihren Anteil zu der angeschmutzten Idylle beitrugen.

In den weitläufigen, kopfsteingepflasterten Hof gelangten die Fuhrwerke durch eine breite Toreinfahrt neben dem Haus, von der eine schmale Pforte als Personendurchgang abgeteilt war. Umgeben war das Haus an drei Seiten von einem schmalen, schlampig zementierten Trottoir, welches lediglich an der Gartenseite, der Hinterseite also, fehlte. Der große Garten, in den man durch eine enge schmiedeeiserne Tür gelangte, welche des umherstreunenden Federviehs wegen ständig verschlossen war, wurde zum Hof durch einen ebensolchen schmiedeeisernen Zaun abgegrenzt, dessen hohe Stäbe sich regelmäßig mit halb hohen abwechselten. Alle waren pfeilartig zugespitzt, damit keine Henne, und schon gar kein Hahn auf den Gedanken kam, auf dem Zaun zu landen und in unbefugte Gefilde vorzudringen. An der Hofseite des Zauns hatte man flüchtig gezimmerte Kaninchenställe aufgestellt. Die Kaninchenhaltung war in den Endkriegs- und den Nachkriegszeiten im ganzen Land verbreitet. Konnte man genug Futter für die Tiere sammeln, eine Aufgabe, die meistens den Kindern zufiel, so hatte man zu essen und nebenbei auch wärmende Felle.

Neben der Einfahrt schloss sich die riesige Scheune an. Die Remise für den Traktor und die landwirtschaftlich genutzten Wagen, einen großen Leiterwagen, sowie einen Kastenwagen auf Gummirädern, letzterer dreiseitig aufklappbar, befand sich gegenüber der Einfahrt. Gezogen wurden diese Wagen von zwei Pferden, deren Stallungen sich unmittelbar daneben, also gegenüber dem Wohnhaus befanden. In ihrer Nachbarschaft wurden einige Kühe gehalten. Tatsächlich war die große Scheune beeindruckend. Hier parkten auch landwirtschaftliche Geräte, wie der Pflug, die Egge, die aus heutiger Sicht altmodische Sämaschine und die ebenso altertümliche Mähmaschine. Alle diese Geräte wurden entweder von den Pferden gezogen, oder man hängte sie an den Traktor. Der Besitz eines Traktors war zu jener Zeit ein Zeichen von bemerkenswertem Wohlstand. Ein Knecht, ein älterer schmächtiger graugesichtiger Mann, der stets eine Prinz-Heinrich-Mütze auf dem Kopf trug, arbeitete ebenfalls auf dem Hof. Er allein war mit der Pferdepflege betraut. Imma kam nie dahinter, wo er schlief, oder ob er eine Familie hatte, was wahrscheinlich war. Er ließ sie manchmal auf dem Rücken der rotbraunen Stute Lise reiten, und die Kleine spürte die wohlige Körperwärme des großen Tieres und griff glücklich in seine lange schwarze Mähne, während es brav auf dem Hof im Kreis trottete und mit seinem schwarzen Schwanz die lästigen Fliegen verscheuchte.

Alle Wirtschaftsräume waren bis zur selben Höhe wie das Wohnhaus aufgemauert, was dem so hoch eingefriedeten Besitz etwas Strenges, Abwehrendes verlieh. Da war keinerlei Ähnlichkeit mit den lang gestreckten Gehöften des Alpenvorlandes, in denen das Wohnhaus oft unmittelbar in die Stallungen und in die Scheune überging, sodass sich Wohn- und Wirtschafträume unter einem Dach befanden, und die entweder als Einödhöfe frei in die Landschaft gelagert oder in ein unregelmäßiges Haufendorf eingefügt waren. Es gab auch keinerlei Ähnlichkeit mit den stattlichen Vierkanthöfen, die sich immerhin noch zu einer Seite hin weit öffneten und stets vom Hof aus den Blick in die Endmoränen-Landschaft frei gaben.

Beeindruckend auf dem Altensleben'schen Hof war auch der riesige Misthaufen zwischen den Ställen und dem Gartenzaun, meist bevölkert von den zum Hof gehörenden Hühnern, rotbraunen Italienern. Dahinter lagen das Plumpsklo, das von allen menschlichen Bewohnern des Hofes benutzt wurde, gefolgt vom Schweinestall. Später fragte sich Imma, ob die wohlhabenden Altenslebens nicht auch ein WC in ihrem geheim gehaltenen Wohnbereich hatten. Die nächtens benutzten Nachttöpfe leerte man ganz einfach über dem Misthaufen aus. Gänse und Enten wurden nachmittags von Kindern auf den Anger außerhalb des Dorfes und zu einem kleinen Teich auf die Weide geführt. Dieser speiste sich aus einem Bach, an dessen Ufern die Wasservögel bereits eifrig zu zupfen begannen, bis sie endlich den Weiher erreichten und glücklich in ihm herumpaddelten. Diese Gegend nannte man „Hinter den Essen", also hinter den „Kaminen", eine Idylle für die Kinder, die nebenbei das schwimmende und grasende Federvieh hüteten. Selbstverständlich betätigte sich auch Imma häufig als „Gänseliesel".

Auch ein großer Hund, Bello, gehörte zum Hof, Er kam nie ins Haus, er bewohnte seine eigene Hütte. Tagsüber lag er angekettet vor ihr und döste vor sich hin, nachts lief er frei herum und lebte sein Hundeleben aus. Allerdings nahm ihn der Bauer oft mit, wenn er auf seine Felder fuhr, sogar, wenn er zu den Bauernschaftsversammlungen ging, denn der Altenslebens'sche Hund war sprichwörtlich gutartig und ein „Gesellschafts-Tier".

Selbstverständlich lebte auch eine ganze Armee von Mäusen auf dem Altensleben'schen Hof, und die Altensleben'schen Katzen hatten gut zu tun. Auch Ratten hatten es sich auf dem Anwesen gemütlich gemacht. Wo das Auge Gottes ruht, da gedeiht das Vieh, sagt man. Ob das Auge Gottes wohlwollend auf dem Hab und Gut der Altenslebens ruhte, darüber lag keine Aussage vor.

Immerhin, das also war Immas Welt in der Zeit vom Spätherbstherbst 1943 bis in den Sommer und die Erntezeit 1945 hinein. Sie ging in die Dorfschule, in der drei Klassen gleichzeitig in einem Raum unterrichtet wurden, sie besuchte den Kommunionunterricht in der eiskalten Dorfkirche, welche sich Protestanten und Katholiken in ökumenischer Eintracht – damals schon! – teilten. In ihr feierte sie im Frühling 1944, am „Weißen Sonntag", ihre hl. Erstkommunion. Ihre Mutter war extra zu Besuch gekommen und brachte ein Kettchen und einen langen Brief von ihrer Magdeburger Großmutter mit. Der war in Ottiliens gestochener, strenger Handschrift geschrieben.

Die Buchstaben sahen wie Soldaten aus, und der belehrende Inhalt war durchaus im strengen Ton eines Exerzierreglements gehalten. Tante Frederika hatte das Kränzchen und die Kommunionkerze gestiftet, und von der Münchner Großmutter stammte das von ihr genähte weiße Kleid. Es war ein wenig kurz geraten, und Immas magere Beine schauten wie zwei dünne gerade Stecken darunter hervor. Ihre klobigen, geschnürten braunen Schuhe waren viel zu groß und betonten die Magerkeit der Beine umso mehr.

Obgleich die Altenslebens zweifellos zu den begüterten und gesellschaftlich herausragenden Familien des Ortes gehörten, hatte sich zum Ärger von Lore Altensleben der bescheidene, wortkarge Fritz Altensleben, ein großer, hübscher dunkelhaariger Mann in den Vierzigern, geweigert, sich zum Bauernschaftsführer ernennen zu lassen, indem er es ablehnte, ein PG, also ein Parteigenosse zu werden. Statt seiner wurde der Landwirt Wilhelm Bode ernannt, nicht ganz so wohlhabend und nicht ganz so angesehen wie die Altenslebens, deren zusätzlicher und unübersehbarer Makel die zänkische Bäuerin war. Willi Bode war braun, linientreu und nicht auf den Mund gefallen. Bei jeder Zusammenkunft der Bauern wies er nachdrücklich auf die Bedeutung des volkswichtigen Nährstandes hin, wie sich der Bauernstand des Dritten Reichs nannte, was insbesondere in diesen Kriegszeiten von Belang war. Seine Frau Hede war selbstverständlich – zum Grimm von Lore Altensleben – Bauernschafts-Frauenführerin.

In der Schule saß Imma neben Gunhild, die ihre Busenfreundin wurde. Zusammen mit ihrer Mutter, ihren drei jüngeren Schwestern und ihrem Kindermädchen war

Gunhild auf dem Rittergut untergebracht. Gunhilds Vater war in Magdeburg ein sehr prominenter und einflussreicher Mann. Durch diese Freundin kam Imma oft auf das weitläufige Gut, in welchem es so viele und wunderbare Ecken zum Spielen gab. Imposant war das Schloss, ein dreigeschossiger, aufgelockerter, eleganter Bau, dessen Seitenflügel leicht zurückgesetzt waren. Es beherbergte eine unvorstellbare Anzahl von Zimmern, die in jedem Flügel und dort wiederum in jedem Stockwerk jeweils von einer anderen Höhe waren, sowie eine ganze Reihe von Wirtschaftsräumen, Korridoren, Kellern, und Speichern. Die Wirtschaft, man staune, wurde von einer Mamsell geführt, genau so, wie man so etwas vom Hörensagen her kannte! Sie dirigierte das Hauspersonal und die Gutsmägde. Das Schloss war bei weitem größer, als das Wohnhaus des von Wentow'schen Gutes jenseits der Elbe. Selbstverständlich war es den Mädchen verboten, sich in ihm herumzutreiben. Ohnehin spielten sie am liebsten im warmen Schafstall, dem zufolge Imma immer wieder Flöhe mit nach Hause brachte, die Tante Marlene geduldig verfolgte, um ihnen den Garaus zu machen. Wiederholt bekam Imma auch den Gutsherrn zu Gesicht, einen großen, starken Mann, eine Hermann-Göring-Gestalt, stets gekleidet in lederbesetzte Breecheshosen, immer in blank geputzten schwarzen Stiefeln, eine Reitgerte unter dem rechten Arm und eine elegante Mütze auf dem Kopf. Er fuhr mit einer Kutsche auf seine Felder, und man munkelte, er würde seine Gerte auch über die polnischen und ukrainischen Fremdarbeiter pfeifen lassen, wenn er sie der Faulheit oder gar der Sabotage verdächtigte. Hier, auf dem Gut, waren sie zu sehen: jede Menge Männer und Frauen aus Polen und Russland.

Die Bäuerin Lore Altensleben, eine von Natur aus hübsche, schwarzhaarige Enddreißigerin mit dunkelgrünen Augen und einer angedeuteten Himmelfahrtsnase, stand dem Rittergutsbesitzer, was sadistische Machtausübung anging, in nichts nach. Ihr bevorzugtes Objekt waren allerdings weniger die beiden Polinnen, Marija und Danuta, die sich vermutlich auf ihre Weise zu wehren wussten, als die deutsche Magd Gertrud, ein geradezu bejammernswertes, gehetztes, verhuschtes, hilfloses, unterwürfiges Stück Mensch! Keiner kam allerdings auf die Idee, dieser armen, dem Sadismus der Bäuerin ausgelieferten Kreatur mit Mitleid zu begegnen. Dem wäre die gejagte Gertrud wahrscheinlich auch nur mit Unverständnis gegenübergestanden. Sie redete mit niemandem, und sprach man sie an, so lächelte sie nur scheu und hilflos und redete bestenfalls unzusammenhängendes wirres Zeug. Wie das arme späte Mädchen, das schon Mutter Natur auf das Herzloseste vernachlässigt hatte, auf den Hof gekommen und hier zu einem terrorisierten Geschöpf geworden war, wusste wahrscheinlich nur die Bauernfamilie selbst. Es kümmerte sich auch niemand darum, und der Bauer, auch er seiner Frau, wenn auch in anderer Weise, unterworfen, tat in seiner Machtlosigkeit nichts, um die arme Gertrud vor ihrer Peinigerin zu schützen.

Mit Fug und Recht ließ sich behaupten, dass diese Ärmste unter den Armen eine unansehnliche Person, wenn nicht gar ein hässliches Geschöpf war. Unter ihrem spärlichen, geringelten, roten Haarwuchs lugte an vielen Stellen die blanke Kopfhaut hervor. Sommer wie Winter angetan mit einem dunklen steifen Arbeitskleid, über das sie eine dunkelblaue verwaschene steife fleckige Schürze gebunden und bei Kälte eine uralte Strickjacke gezogen hatte, und Sommer wie Winter angetan mit schwarzen wollenen Strümpfen, war sie in ihren Holzpantinen, den Oberkörper leicht nach rechts vorgeschoben, und immer einen schmuddeligen Wischlappen in einer ihrer fahrigen aufgesprungenen Waschfrauenhände, den lieben langen Tag mit hochrotem Kopf und am ganzen Körper zitternd im Dauerlauf unterwegs.

„Gertruuuud!", klang es gellend über den Hof, und schon fuhr die Geschundene erschrocken zusammen – jedes Mal erschrak sie, wenn die herrische Stimme ihrer Peinigerin in ihre Ohren schrillte – fuhr herum, ließ alles stehen und liegen und rannte in ihren Holzpantinen geduckt los, um Tadel und neue Befehle entgegenzunehmen. Sie kam nie dazu, eine Arbeit ruhig und richtig zu Ende zu führen, weil sie nichts wie gescheucht wurde, was natürlich den Zorn der ebenfalls schwarz gekleideten blau beschürzten und schwarz bestrumpften Bäuerin doppelt erregte. Zwischendurch weinte die arme Gertrud auch still in sich hinein. Gewehrt hat sich diese bejammernswerte Sklavin, soweit sich Imma erinnern konnte, nie.

„Das ist ja geradezu unglaublich!", fuhr der Professor dazwischen. „Jetzt übertreibst du aber wirklich, Edda!"

„Mitnichten! Wenn ich es nicht selbst erlebt hätte, könnte ich es auch nicht glauben und schon gar nicht beschreiben. Wie ein verlorenes Vögelchen, das man aus dem Nest geworfen hatte, so kam sie einem vor. Aber: Macht macht machthungrig! Und nimmer satt! Wusstest du das nicht?", fragte seine Frau dagegen. „Dann schau dich nur einmal richtig um, und du wirst überall und immer wieder offene oder verdeckte Machtstrukturen entdecken, die der menschlichen Würde spotten!"

„Da kriegt man ja als ehemaliger Chef direkt ein schlechtes Gewissen!"

„Aber immer! vielleicht auch als Vater?"

„Edda!"

„Beruhige dich! Genau wie du war ich über viele Jahre hinweg Chef und bin bis heute Eltern!"

„Ein tolles Thema, das du da aufwirfst!"

„Warum nicht? In meinem langen Leben habe ich – wie du – über vieles nachgedacht und manches gelesen. Was den Machthunger angeht, so sind wir alle gefährdet, denn der scheint genetisch fixiert zu sein. Ihm können nur Vernunft, Achtung vor Abhängigen – auch vor Tieren, nota bene! – oder entsprechende gesellschaftliche Strukturen entgegensteuern."

„Ich muss zugeben, da ist etwas dran!"

„Und was machtlüsterne Diktatoren jeglicher Couleur angeht, so kann ihnen eigentlich nur die Natur selbst den Garaus machen, indem sie diese mit schlimmen Krankheiten und Tod schlägt und erschlägt!"

„Und die Unterdrückten?"

„Man sagt, in Diktaturen ist das Wertvollste das Gedächtnis der Geknechteten. Man schlägt sie und erlaubt ihnen nicht zu weinen. Im Krieg durften die Eltern noch nicht einmal um ihre gefallenen, ihre verlorenen Kinder trauern, erinnerst du dich? Also wird sich jede erlittene Unbill in ihrem Gedächtnis eingraben, und wenn dem Unterdrücker letztendlich auf welche Weise auch immer der Garaus gemacht ist, tanzen sie auf seinem frischen

Grabe, während sie sich an alles erinnern! Und verfallen dann derselben Droge! Der Macht!"

„Bemerkenswert, Edda! Du bist also der Meinung, jeder von uns schikaniert mit Lust seinen Nächsten? Ich meine, mit Betonung auf Lust?"

„Wenn der ihm dazu die Gelegenheit gibt und das gesellschaftliche Umfeld entsprechend ist, ist zumindest die Versuchung sehr groß. Außerdem befinden wir uns in meiner Geschichte in der Zeit des Herrenmenschentums."

„Langsam schwant mir, dass dies das Thema deines Romans zu sein scheint!"

„Hallelujah"

„Was ist mit solchen Menschen wie dem bedauernswerten Würstchen wie diese Gertrud? Ich kann sie mir beim besten Willen nicht auf dem Grabe tanzend vorstellen."

„Solche Menschen pflegen ihren Unterdrückern die Hand zu küssen und sich für ihn zu opfern."

XIV

„Is' man richtich jut, Kindchen, dass Se nu' wieder zu Hause hinkommen, nich' wahr, Frau Torsdorf! War 'ne Riesenidee, mechte ich sagen!", schnurrte die alte Köchin, während sie sich am Ehebett der jungen Torsdorfs zu schaffen machte, dem Bett, in dem Elsbeth nach Frederikas Worten ihre Tochter Imma ausgebrütet hatte. Während Trine die Bettwäsche ausbreitete, strahlte sie über ihr ganzes altes breites verrunzeltes Gesicht. „Sie braucht jetzt doppelt so lange wie früher, bis sie alles fein säuberlich eingezogen und zurecht gelegt hat!", dachte Elsbeth. „Wie alt ist sie jetzt eigentlich? Sechzig Jahre vielleicht? Oder noch älter?"

„Nu wer'n wir wieder 'n bisskin Schwung inne Bude kriegen, nich' wahr!", plapperte Trine weiter, schüttelte das Kopfkissen auf, stellte es aufrecht an die obere Bettkante und versetzte ihm mit einem leichten Schlag genau in seiner Mitte einen dekorativen Knick. „Was unsere beiden Altchen sind, die igeln sich man schon lange ein, jeder in seine Stube. Se sitzen da und sind nahe dran, durch die Fenster zu flennen, nich' wahr! Und unsereins hat die jrößte Mühe, alle beede zusammen zum Mittag- und zum Abendbrot zu kriegen, Se werden's nich glauben, Frau Torsdorf! Wenn und se sitzen da zu Tische, da piepst keener von denen keen einzijes Wort. Passt sich das? Das passt sich doch nich'! Die Jnädige stochert bloß im Essen rum, und was der Herr Doktor is', der schaufelt in sich rein, was er kriegen kann, was ja heutzutage ooch nich' jerade ville is'. Und alle beede schweigen sich an wie versteinerte Götter, sacht Frau Doktor."

Elsbeth brauchte das auch gar nicht zu glauben, sie wusste es. Schon lange wusste sie es. Und was die oberschlaue Frau Doktor anging, so hätte sie die am liebsten erwürgt. So mir nichts dir nichts hatte sie ihr die versteinerten Götter angedreht. Sie hatte es fertiggebracht, dass ihre kleine Schwägerin wieder auf Nummer 16 einzog und sich nur einmal am Tag erlaubte, kurz auf Nummer 19 nach dem Rechten zu sehen. Wie begraben kam sich Elsbeth in der düsteren lautlosen Wohnung vor, deren Stille nur durch das „Bing ... Bing ... Bing ... Bing" und das „Bong ... Bong" der alten Standuhr im Wohnzimmer unterbrochen wurde, das wie eine unheimliche Botschaft aus einem dunklen Mausoleum klang.

„Und was das Schlimmste is'", fuhr die alte Dienerin fort, „Se sind nich um die Welt in den Luftschutzkeller zu kriegen, nich' wahr! Nich' für ville Jeld und zehn Ferde, sage ich Ihnen! Se ziehen sich an, jawoll, und vor dem zu Bett gehen ziehen se sich ooch jar nich groß aus. Machen wir ja alle nich'! Aber denn setzen se sich jeder alleene in seine Stube in sein' Sessel rin und warten uff das Ende! Wie wenn se's nich' im Kreuz hätten, ooch noch in'n Keller runterzusteigen. Wissen Se was?", plapperte sie weiter, „Ich denke, die Gnädige is' sich zu fein, sich neben alle die Leute da unten zu setzen! Jenau! Das isses, wenn Se mich fragen! Dabei warten se ooch uff die Heimkehr von unserem Jungchen, sollte man meinen, jenau so wie wir alle, nich' wahr? Wie woll'n se das denn erleben, wenn se ihr eijenes Leben so uff's Spiel setzen, frage ich Sie?"

Auch das alles wusste Elsbeth längst.

Nicht dass das Leben bei und mit den Schwiegereltern an sich schwierig gewesen wäre. Im Gegenteil! Die alten

Torsdorfs lebten bescheiden und anspruchslos, von ihren geradezu luxuriösen Wohnverhältnissen einmal abgesehen. Man hätte sie als pflegeleicht bezeichnen können, wenn man diesen Ausdruck damals schon gekannt hätte. Der nunmehr 66-jährige Apotheker pflegte am Vormittag nach dem Frühstück in seinem Sessel zu sitzen, in dem er nachts die über ihn hindonnernden feindlichen fliegenden Kampfverbände überstanden hatte, und in der Zeitung oder in Büchern zu blättern. Er räsonierte nicht, er klagte nicht. Auch nicht darüber, dass seine feinen Zigarren aus Kuba, von denen er sich jeden Tag nach dem Mittagessen eine genehmigt hatte, endgültig ausgegangen waren. Die leeren Zigarrenschachteln aus feinem dünn geschnittenem duftendem Holz hatte er alle aufgehoben. Zweckentfremdet taten sie nicht nur Dienst bei Trine in der Küche, bei Ottilie im Nähkörbchen und im Schreibtisch des Hausherrn, sondern auch in der Apotheke. Nach dem Mittagsschlaf kleidete sich der alte Herr Dr. Torsdorf stadtfein an, setzte seinen Hut auf, griff nach seinem Spazierstock und pilgerte leicht hinkend mit seinem immer noch knarzenden orthopädischen Schuh in die Apotheke in der Großen Diesdorfer Straße, Bombendrohungen hin oder her. Dort begrüßte er seine Tochter, die er auf diese Weise regelmäßig sah und störte, begrüßte mit äußerster Höflichkeit die beiden weiblichen Angestellten, die Frau Provisor und die Praktikantin, begrüßte jovial lächelnd die Kundschaft, die in der Regel aus Frauen bestand, die sich durchweg geehrt fühlten, sah sich ein bisschen verloren um, ließ sich auch hin und her schieben und machte sich dann wieder auf den Heimweg.

„Komm mit, Schätzchen!", lud er seine Schwiegertochter jedes Mal ein, wenn sie sich gerade in seiner Nähe aufhielt. Doch Elsbeth entzog sich seiner Gesellschaft, die ihr nach wie vor unangenehm war. Denn immer noch versuchte er, sie an allen möglichen Körperstellen zu betatschen, wobei er sich immer weniger Zurückhaltung auferlegte und ihr in seiner senilen Distanzlosigkeit auch schon ohne weiteres zwischen die Beine gegriffen hatte. Danach stand Elsbeth nicht an, nächtens ihre Schlafzimmertüre abzuschließen.

Was ihre Schwiegermutter anging, so verbrachte Ottilie ihre Tage im Wohnzimmer in Gesellschaft der Standuhr. Immer noch den falschen Wilhelm auf dem Kopf, zu dessen Fixierung mittlerweile mehr Harnadeln vonnöten waren als früher, und der dennoch meist fürwitzig durch ihr dünnes graues Haar hervorlugte, war sie mit der Zeit noch hagerer geworden und sah nahezu heruntergehungert aus. Noch immer verbreitete sie einen diskreten Duft von Kölnisch Wasser, denn dieses Depot war, im Gegensatz zu den kubanischen Zigarren, noch nicht ausgegangen. Noch immer trug sie ihr Ridikül mit den unverzichtbaren Utensilien am Gürtel und ihr altmodisches Lorgnon auf der Brust. Im Gegensatz zu ihrem Mann ging sie nie aus. Auch sie pflegte flüchtig und eher uninteressiert in der Zeitung zu blättern und las dafür umso länger in der Bibel und in der Tageslosung, um sich zu erbauen, wie sie betonte. Dabei verlor sich ihr Blick oft zwischen den Zeilen, wenn sie nicht überhaupt die Brille herunternahm, einen Bügel zwischen die Lippen schob und, immer noch kerzengerade, den Kopf erhoben, auf die Gardine starrte, als wolle sie durch sie und durch das Fenster hindurch etwas in ihr Blickfeld holen, das unendlich weit entfernt war. Es war ein „Sich-gehen-Lassen" ein „Insich-selbst-Hineinschrumpfen" ohne irgendeinen Gedanken, ohne irgendein Gefühl.

„Das geht mir manchmal genauso!", brummte Ansgar.
„Mir auch!", antwortete seine Frau, „Und ich muss mich immer am Riemen reißen, um mich wieder zurückzuholen."
„Es ist so angenehm!"
„Ja!", sagte sie, „ der Kopf ist vollständig ausgeleert und das Ich, so wie wir es gewohnt sind, scheint sich eine Auszeit genommen zu haben."
„Genau so!"
„Auch so ein Symptom des Alterns!"
„Du bist wieder einmal brutal, Edda!"
„Leider!"

Während sich der Doktor des Nachmittags auf seinem Spaziergang zur Apotheke befand, schrieb seine Frau Briefe. Im Grunde genommen bestand ihre Hauptbeschäftigung im Briefeschreiben. Sie schrieb unendlich viele und unendlich lange Briefe: an ihre noch lebenden Freundinnen, an alle noch lebenden Verwandten und hier im Besonderen an ihre beiden Enkeltöchter, die sie jedes Mal ermunterte, ihr schriftlich zu antworten. Von den beiden letztgenannten Personen erhielt sie die wenigsten postalischen Nachrichten, was sie erzürnte.
„Aber Mama!", suchte sie Elsbeth zu besänftigen, „Die beiden haben doch so viel zu tun, namentlich Püppi! Du weißt doch, wie sie sich bei den Jungmädeln reinhängt! Nimm es ihr nicht übel!"

„So viel Zeit muss sein, um einer alten einsamen Großmutter ein paar Zeilen zu übersenden!", beklagte sich die nunmehr 64-Jährige, die zur damaligen Zeit wirklich alt war. „Immer lege ich einen frankierten Briefumschlag bei. Faulheit nenne ich das, und deine Tochter bleibt dabei nicht ausgenommen."

„Aber Mama! Sie ist doch noch so klein! Mit acht kann man doch wirklich noch keine langen Briefe schreiben!"

Im Übrigen hegte Elsbeth den Verdacht, dass in Ottiliens Briefen immer dasselbe stand.

Längere Gespräche mit ihrer Schwiegertochter suchte die Apothekersgattin nicht, und für die Belange der Hauswirtschaft interessierte sie sich auch nicht mehr, seitdem Elsbeth wieder eingezogen war. Weit weg in der Vergangenheit flimmerten und glimmten sie noch, die regelmäßigen Kaffeekränzchen mit den hochmütigen, wohlerzogenen Damen, und die eleganten Soirees, die den Torsdorf'schen Haushalt einst regelmäßig an den Rand des Zusammenbrechens geraten ließen. Kein Lärmen und kein Singen der Enkeltöchter und ihrer Spielgefährten, kein Weinen, kein fröhliches Lachen, kein Gehüpfe und schon gar kein Herumtoben mehr! Auf Nummer 16 herrschte sozusagen Grabesstille. Glücklicherweise fand Elsbeth kaum Zeit, sich in dieser veritablen Gruft, in der die versteinerten Götter hockten und auf Henks Heimkehr hofften, zu graulen.

„Junge Frau, sagen Se mich doch ma de Luftlage!", wurde zu einer stehenden Redewendung und mutierte schnell zu einer Metapher für nahezu alle Lebensfragen. War man tatsächlich auf den Straßen unterwegs, war eine Antwort unter Umständen auch lebensrettend, da man sich bei entsprechender verbindlicher Auskunft in den nächsten Luftschutzbunker oder in das nächste Haus und dort in den Luftschutzkeller flüchten konnte. Ohnehin bewegten sich vorwiegend Frauen auf den Straßen, bestenfalls noch alte Männer und wenig Kinder.

Sobald Imma evakuiert war, beschäftigte Frederika die junge Frau Torsdorf nicht nur im Haushalt ihrer Eltern, sondern auch in der Apotheke.

„Wenn du dich nich' von mir anstellen lässt, werden se dich kriegsdienstverflichten, und denn kannste in 'nem Betrieb Granaten zusammenschrauben, vielleicht in der anjenehmen Jesellschaft von KZlern", erklärte sie ihrer Schwägerin.

„Was redest du da?", fragte Elsbeth bestürzt und zog ihre Mundwinkel nach unten.

„Sag' bloß, du sitzt neben der Tasse und hast mal wieder keine Ahnung!", antwortete die Apothekerin von oben herab.

„Davon weiß doch niemand!"

„Niemand kannste nich' sagen! Jettchen und ich wissen es, zum Beispiel! Und logisch is' es außerdem! Wie soll die Kriegs-Produktion funktionieren, wenn nich' solche Leute einjesetzt werden, nachdem die Mannschaften an der Front sind?"

„Wir haben ein KZ hier in Magdeburg?"

„Direkt nich', aber seit kurzem so was wie 'n Außenlager! Bei mir kannste übrigens schon mal die janze Buchführung übernehmen!", fuhr Frederika fort, „Ich bin mit den Büchern janz weit hintendran. Höchste Zeit, dass da jemand Ordnung reinbringt. Und denn könnteste mir abends 'n bissken beim Abwasch helfen. Bei dem Tollpatsch, der sich zurzeit damit abjibt, habe ich bald mehr Glassplitter als sauberes und ordentliches Glaszeuch! Und nu' mach' nich' so 'n Jesicht! Das is' keen Grund, mit dem Koppe unterm Arm rumzulaufen!"

Eingehüllt in einen weiteren Nebelfetzen des Schicksals machte sich Elsbeth also schon früh morgens im Personalbüro, in dem es anfangs noch immer aussah wie ein Minenfeld, doch in das unter ihrer Ägide der Glanz einer nie gekannten Ordnung einzog, über die Geschäftsbücher, ordnete Rezepte, Lieferscheine und Rechnungen und trug das Journal nach. Dann stellte sie sich nach Lebensmitteln an, trug alles brav in den Sedanring Nummer 16, lud das Erstandene bei Trine in der Küche ab und rannte sodann auf Nummer 19 hinüber, indem sie sich durch die schmalen Durchgänge des Gitters schlängelte, das, wie wir wissen, die Straßenbahnschienen eingrenzte. Sie überquerte die Gleise, sah nach der Post – kein Feldpostbrief! – kontrollierte den Torsdorf'schen Haushalt auf Nummer 16, ging dem ebenso tollpatschigen wie lustlosen Pflichtjahrmädel zur Hand und trabte in die Apotheke, um Frederika in einem Henkelmann ihr Essen zu bringen. Dann hetzte sie zurück, setzte sich brav zu den Schwiegereltern an den Mittagstisch und versuchte – vergebens – eine Unterhaltung in Gang zu bringen, nachdem Ottilie sie ob ihrer regelmäßigen Unpünktlichkeit strafend angeblickt hatte. Meistens stellte sie sich nachmittags wieder irgendwo an, um etwas auf Bezugsmarken zu ergattern, war im Übrigen tieftraurig und spülte jeden Abend neben den verschiedensten Tiegeln, Schüsseln Schalen, Mörsern, Tellern und Teetassen aus Steingut und Porzellan sorgsam Gläser, Glaskolben, Reagenzgläser, Pipetten, Petrischalen und Phiolen, ohne dass jemals ein Teil durch ihre Schuld zu Bruch ging. Der Destillierapparat musste außerdem sorgfältig in eine Kiste gesetzt und zusammen mit dem Bunsenbrenner und allen gereinigten Glaswaren in einem stählernen Schrank, der mittels Schiebetüren zu verschließen war, verstaut werden, damit diese Kleinodien um Himmels willen einen Bombentreffer auf das Haus in der Großen Diesdorfer Straße unbeschadet überstanden. Diesen Schiebeschrank hatte Frederika in weiser Voraussicht längst anfertigen lassen.

Sonntags besuchte Elsbeth die heilige Messe zu St. Sebastian in der Innenstadt, was sie wie eine Erholung dünkte und ihrer bekümmerten, ausgelaugten Seele guttat. Hier traf sie auch Freundinnen oder hörte Neuigkeiten von Vikar Ludger Brackmann, der noch unversehrt an der Westfront Dienst tat und seinem Propst und dem ganzen Pfarrhaus per Feldpost über sein Ergehen Rapport gab. Sehr selten fuhr sie in das Dorf, in dem die Angermaiers evakuiert waren, um ihre Tochter zu sehen und sie zu ermahnen, ihren beiden Großmüttern zu schreiben. Sie selbst kam nicht mehr dazu, an einem begonnenen Manuskript weiterzuarbeiten.

„Was hört man denn so vom Kegel in der Provinz?", fragte Frederika an einem Sommerabend im späten August 1944. Sie lehnte am Labortisch, kramte eine Zigarettenschachtel aus ihrer Kitteltasche, klopfte sich eine bröselige Zigarette auf ihrer linken Handfläche heraus und griff nach der Streichholzschachtel, die neben dem Bunsenbrenner lag, während ihre Schwägerin die ausgespülten Reagenzgläser mit ihrer Öffnung nach unten in die Ständer ordnete. „Wenn ich nich' irre, dann müsste der mittlerweile ooch an die zwei Jahre alt sein."

„Die Sybille ist zwei. Aber ich habe jetzt länger nichts gehört. Der letzte Brief stammt vom April, glaube ich. Da wurde mir mitgeteilt, dass der Grusius gefallen is'!"

„Sag' bloß! Man, jetzt muss ich mich aber setzen! Wieso sagste mir das jetz' erst? Weiß deine Cousine Bescheid?"

„Ich denk' schon. Ich hab's Mutter geschrieben."

„Ein Problem haben wir jetzt wenigstens aus der Welt!", sinnierte Frederika, die sich tatsächlich gesetzt hatte und, die Zigarette zwischen den Lippen, eine schmutzige Untertasse zu sich heranzog, um sie als Aschenbecher zu benutzen.

„Was meinst du?"

„Na, den Grusius. Der erfährt's jetz' im Himmel, dass seine Frau ihm das Kind von deiner Cousine unterjeschoben hat. Oder hat sie es ihm vielleicht jesacht, wie er auf Fronturlaub war?"

„Ich glaube nicht. Aber sie hat noch einmal ein Kind bekommen, einen kleinen Buben!"

„Und der lebt?"

„Der lebt und is' quietschvergnügt, was ich so gehört habe!"

„Und sie hat nich' jeschrieben, dass sie Henks Kind jetz' nich' mehr will, wo sie doch ein eijenes hat? Wenn es denn überhaupt Henks Kind is'!"

„Nein, das hat sie nicht!"

„Wir können ohnehin jetz' nischt machen, noch dazu, wo wir nu' erst Recht im totalen Krieg sind!"

„Eben!"

Denn der Reichspropagandaminister Joseph Goebbels hatte am 3. August abermals den totalen Krieg ausgerufen, nachdem sich alle Fronten auf das Deutsche Reich zubewegt hatten: Im Juni war die Invasion der Alliierten in der Normandie erfolgreich verlaufen, die Amerikaner befanden sich bereits in Süditalien und die Russen, immer weiter westwärts vorstoßend, hatten schon die polnisch-russische Grenze überschritten. Wie ausgebeulte konzentrische Kreise näherten sich die eingezeichneten Fronten auf Frederikas Europakarte in dem immer noch offen daliegenden Atlas kontinuierlich dem Großdeutschen Reich. Bis Ende September würde es so schlimm kommen, dass man alle wehrfähigen Männer zwischen 16 und 60 Jahren zum Volkssturm einberief. Dennoch wurde nur von der zu erwartenden Wunderwaffe und vom Endsieg geredet, insbesondere, da der Führer das Wohlwollen der Vorsehung, von der er oft sprach, nach dem misslungenen Attentat am 20.Juli für sich in Anspruch nahm.

„Bim ... Bam!", meldete sich die Ladentür, und noch ehe Frederika sich erhoben hatte, hörte man Frau Dr. Schossiers Stimme mit einem:

„Lasst man! Ich bin ja hier wie zu Hause!" Und die Besucherin klappte ohne Weiteres den Teil des Ladentisches hoch, der diesen bündig zur rechten Seitenwand abschloss, schlüpfte hindurch und ließ ihn hinter sich wieder herunter. Dann betrat sie das Labor, aus dem sie bereits die allabendliche Betriebsamkeit des Säuberns und des Aufräumens wahrgenommen hatte.

„Tach'chen ooch!" Frau Doktor warf sich auf einen zweiten Stuhl. „Man! War das wieder 'n Tach!" und sie streckte ihre Beine aus. „Na, wie is die Luftlage? Gibt's was Neues?"

„Klar doch, Jettchen! Willste 'nen Lungenhappen?"
„Aber immer!"
Frederika schüttelte abermals eine bröselige, leicht verknautschte Zigarette aus der zerknitterten Schachtel und reichte sie ihrer Freundin, die ihrerseits nach den Streich-

hölzern griff und die schmutzige Untertasse zu sich heranzog.

„Schießt los!"

„Du wirst dich wundern. Der Grusius is' jefallen!"

„Ach nee! Jetzt hat also Henks Tochter keenen Vater mehr und Grusius' Tochter nur janz vielleicht einen! Haben se schon ihre Machdeburger Wohnung beschlagnahmt?"

„Weiß ich nich"', antwortete Elsbeth.

„Und was is' mit Ihrer Wohnung, Frau Torsdorf?"

„Was heißt hier Wohnungen beschlagnahmen?", zeterte Frederika dazwischen, „Warum denn so was?"

„Fliegergeschädigte und Ausgebombte aufnehmen, Riekchen. Wenn ich Pech habe, setzen Se mir ooch bald jemanden rein, wo Carl-Werner an der Front is' und wir ohnehin so viel Platz haben. Und wenn du Pech hast, müssen deine Eltern ooch ran!!

Frederika verschlug es die Sprache.

„Ich weiß!", sagte Elsbeth in die Stille hinein und zog die Kiste vor, in die der Destillierapparat verstaut werden sollte.

„Vorsichtig, Pettchen!", kreischte Frederika, als ihre Schwägerin das heilige Getüm anhob, was sie jeden Abend tat, sodass Elsbeth schon lange nicht mehr zusammenfuhr, wie das anfangs bei dieser allabendlichen Prozedur der Fall gewesen war. „Und was heeßt hier, Fliegerjeschädigte? Die wollen Henk seine Wohnung wegnehmen und Mama fremde Leute in die Stube setzen? Proleten vielleicht?"

„Riekchen!", mahnte Henriette mit einem Gran Süffisanz in der Stimme, „Wir sind alle Volksjenossen! Ein Volk – ein Führer! Ob Arbeiter der Faust oder Arbeiter der Stirn, alles eene Soße, und ohne nur den winzigsten Rangunterschied! Wir arbeiten alle für den Endsieg. Das weißte doch!"

„Endsieg! Ha! Dass ich nich' lache! Doch nich' ohne die Wunderwaffe. Es wird bald allerhöchste Zeit, dass wir die kriegen! Sonst können wir hier unseren Giftschrank ausleeren und uns man gleich entleiben. Aber ich lasse nich' zu, dass die Eltern jestört werden!"

„Da wirste nischt machen können, Riekchen! Außerdem muss ich weiter! Hausbesuch! Zum Glück sitzt Papa noch in der Sprechstunde. Ihr habt nicht zufällig noch 'nen Schluck Tee für so 'ne abjearbeitete Doktorsche?"

Sie hatten. Frau Doktor schlürfte ihn genüsslich. Elsbeth bemerkte zum ersten Mal, dass Henriettes aschblondes Haar, das sie am Hinterkopf zu einem Knoten geschlungen trug, deutlich an den Schläfen zu ergrauen begann. Sie schielte zu Frederika hinüber, doch an deren kurz geschnittenem dunklen Schopf war kein einziges graues Fädchen sichtbar.

„Nicht zu fassen! Gallenkolik! Bei diesen Zeiten. Man möchte glauben, die Leute haben hintenrum und klammheimlich 'ne schwarze Speckseite jehortet!" Henriette Schossier stellte die leere Tasse auf den Labortisch, drückte ihre Zigarette aus und machte sich dann mit einem „Macht's man jut!" wieder „uff die Socken".

Im Spätherbst 1944 begab sich Elsbeth erneut auf die Reise nach München, diesmal in Begleitung ihres Bruders. Vater war ganz plötzlich verschieden. Elsbeth war wie vor den Kopf geschlagen, als sie das Telegramm erhielt. Vater war krank gewesen? Warum hatte Mutter ihr das nicht geschrieben? Er hatte doch nie geklagt, war immer gleichmäßig freundlich und nie missmutig gewesen. Sofort telegrafierte sie zurück, dass sie kommen würde. Die Eltern besaßen kein Telefon, abgesehen davon, dass ein Ferngespräch, das man beim Fernamt anzumelden hatte, beinahe genauso lang dauerte wie ein Telegramm. Elsbeth machte sich also auf ihre letzte „Kriegsreise" in den Süden. Selbstverständlich wagte niemand, sie davon abzuhalten. Trine unterstützte sie, Ottilie nahm ihre Abreise schweigend zur Kenntnis und der alte Doktor sagte: „Komm bald wieder, Schätzchen, und lass mich nicht allein!"

Die Geschwister nahmen noch am selben Abend den Nachtzug. Auf dem Bahnhof nahm Elsbeth wie nebenbei das „Kohlenklau-Männchen" auf mehreren Plakaten wahr: Ein runder, hinterlistiger Kobold mit Zipfelmütze und einem Sack Briketts auf dem Rücken, die er gerade volksfeindlich-verwegen von den Güterwagen stibitzt hatte. Dabei besaß er noch die Stirn, einen bösartig anzublinzeln. Selbstverständlich würde dieser Frechling keinen einzigen aufrechten Volksgenossen dazu verführen, es ihm gleichzutun! Dachte man! Vielleicht heute, Ende des Jahres 1944! In naher Zukunft nicht mehr.

Wegen feindlicher Fliegerangriffe mussten die Geschwister dreimal jeweils in der Nähe einer größeren Stadt unfreiwillige Aufenthalte auf freier Schienenstrecke in Kauf nehmen. Durch die Zugfenster sahen sie die Christbäume am nächtlichen Himmel stehen, jene Leuchtmarkierungen, mit denen vorausfliegende Aufklärer für die nachfolgenden Bomberwellen die Zielareale markierten, ein unheimliches, ein makabres, ein unvergessliches Schauspiel.

Auch München war schon einer ganzen Reihe von Luftangriffen ausgesetzt gewesen. Namentlich in den Sommermonaten Juni und Juli 1944 wurde die Stadt zum größten Teil durch Großangriffe zerstört. Die Geschwister waren erschüttert über das Ausmaß der Ruinenlandschaft, das sie am folgenden Mittag schon während der Einfahrt des Zuges in den Hauptbahnhof zu Gesicht bekamen. Auf der Trambahnfahrt nach Schwabing bot sich ihre Heimat als ein einziges Trümmerfeld. Von den bombengeschädigten Häusern waren oft nur noch die Grundmauern stehen geblieben. Unzählige ausgebrannte Fensterhöhlen blickten von unzähligen ausgebrannten Ruinen wie unheimliche schwarze Augen aus einer düsteren unterirdischen Welt auf die geschlagenen Menschen, welche die Stadt noch nicht verlassen hatten. Ganze Straßenzüge der Innenstadt waren verschwunden, und die weitläufige Residenz existierte nur noch als ein weitläufiger Steinhaufen, aus dem traurige Mauerreste – vergebens – an eine glanzvolle Vergangenheit zu erinnern suchten. Wie klagend streckten die zerbombten Kirchen die Ruinen ihrer Türme in die Luft. Die Stadt der bayrischen Könige, Bayerns Hauptstadt, die „Hauptstadt der Bewegung" war zu einer apokalyptischen Trümmerlandschaft geworden. Sie lag da wie ein angebrannter Kadaver.

„Ihr werdet eure Städte nicht wiedererkennen!" Das waren die großspurigen Worte des Gründers und Führers eines Tausendjährigen Reiches gewesen, des Mannes, der für Architektur schwärmte und eigentlich Künstler hatte werden wollen. In welch grausiger Weise sollte er Recht behalten!

Obgleich Vater nun nicht mehr da war, war Mutter, abgesehen von Herrn Klauke, nicht allein im Haus. Das ebenerdige Wohnzimmer war seit dem letzten Großangriff an eine mittelalterliche alleinstehende kriegsverwitwete ausgebombte Trambahnschaffnerin vermietet, die drei Zimmer im ersten Stock bewohnte ein ebenfalls ausgebombtes älteres Ehepaar, – zwei freundliche, vor sich hindorrende, schutz- und hilflos wirkende Wesen – während in der Dachkammer fürs Erste ein obdachloser alter Lehrer untergekrochen war, den man zum Schuldienst „eingezogen" hatte.

Die Geschwister erfuhren von ihrer schon vor ihnen eingetroffenen Cousine Paula, dass der Tod ihren Vater im Schlaf ereilt hatte. Mutter hatte ihn am frühen Morgen leblos in seinem Bett entdeckt. Mutter verlor darüber kein Wort. Durch den plötzlichen Verlust des Menschen, mit dem sie nahezu vierzig Jahre gut zusammengelebt hatte, war sie so geschockt, dass sie fürs Erste noch nicht einmal trauern konnte. Stumm verrichtete sie alle gewohnten Hausarbeiten weiter wie bisher ... automatisch ... mit abwesendem Blick ... wie ein hirnloses Wesen.

Ohne Kommentar duldete sie, dass Elsbeth und Paula in Vaters Bett neben ihr nächtigten. Arno wurde in der Küche auf das Sofa gebettet. Es war sonst kein Platz im Haus. Herr Klauke verbrachte die Nacht auf der Jagd und verschlief die traurigen Tage in einem Sessel.

Die Größe der Trauergemeinde auf dem Friedhof hielt sich in Grenzen. Während der Sarg in die Grube hinabgelassen wurde, heulten schon wieder die Sirenen, und nach einem schnellen Gebet fanden sich alle im Luftschutzbunker wieder, wo sich die Trauernden aus Platzmangel eng aneinanderdrückten und ein jeder von ihnen hoffte und betete, er möge sein Haus bei der Heimkehr unversehrt vorfinden. Bereits am selben Abend reiste Arno wieder ab. Auch Paula drängte nach Hause. Elsbeth blieb.

„Gut, dass du noch da bleibst, Bettl!", sagte Paula beim Abschied zu ihrer Cousine. „Ich frag mich nur, warum du mit deinem Kind nicht längst zu mir gekommen bist. In Malching hättet ihr beieinanderbleiben können, und heim zu deiner Mutter wär's nicht weit gewesen. Ich hab' doch Platz genug für euch, meinst net?"

Elsbeth seufzte und über der Nasenwurzel erschien die senkrechte Falte. „Doch, schon! Ich hab' damals dran gedacht, als ich die Immi hab' fortgeben müssen. Ich hab' mich nicht getraut, so, wie wir beide zum Henk stehen. Und überhaupt! Wär's gut gegangen? Kaum! Oder?"

„Ah geh' weiter!"

„Doch! Doch! Und das Kind allein so weit weggeben? Nie und nimmer! Da hätt' ich's ja gar nimmer g'sehen. Ganz abgesehen davon: Die Torsdorfs hätten gemauert und es nie zugelassen, speziell nicht Frederika! Sie hätten es nie verstanden, dass ich geh' mit dem Kind, ohne in Magdeburg auf den Henk zu warten. Und jetzt ist sowieso alles längst zu spät. Dem Kind kann man so eine gefährliche Reise nimmer zumuten! Wo man nie weiß, wann genau man ankommt und ob überhaupt! Und Tiefflieger, die auf die Züge schießen, soll es auch geben! Außerdem: Ich muss mich um die Schwiegereltern kümmern! Und in Magdeburg weiterwarten bis der Henk heimkommt."

„Wenn'st meinst!"

„Ja schon! Und lang kann doch dieser Krieg nimmer dauern, Paula! Und Frederika kann ich jetzt auch net hängen lassen! Außerdem: Glaubst du, der Zens wären begeisterte Freudentränen gekommen, wenn ich plötzlich mit dem Kind vor der Tür gestanden wär'?"

„Ach die! Die hat nix mehr zum sag'n! Und dazu hat sie von nix eine Ahnung! Aber was is' mit deiner Mutter? Die lasst' jetzt allein? Das begreif' ich net, Bettl! Die steht dir doch jetzt wahrhaftig näher als die gekrampften Torsdorfs mitsamt dieser überspannten Schwägerin!" Dass Paula ihrerseits ihre eigenen Eltern über die Jahre „allein gelassen" hatte, wurde nicht weiter erwähnt. Sie hatte ihnen noch immer nicht verziehen, dass sie von „denen" damals vor die Türe gesetzt worden war.

„Ich bleib' schon noch!"

„Das ist gut! Wie geht's dem Kind?"

„Bille? Gut, glaub' ich. Sie sind alle drei in Wanzleben bei der Elvira, du kennst sie ja von Bamberg her. Da ist nix zum sag'n, mein ich. Die Wohnung von der Grusius in Magdeburg ist zerbombt. Volle Pulle, sagt man da droben in Magdeburg. Also bleibt die Grusius dort, wo sie jetzt ist, bis auf Weiteres jedenfalls."

„Behüt' dich Gott, Bettl! Und komm bald wieder! Und denk dran: nur der Not keinen Schwung lassen!"

„Behüt' dich der Himmel, Paula!"

Nachdem Elsbeth also in München blieb, erlebte sie Mitte Dezember einen schlimmen Luftangriff auf ihre Heimatstadt. Neben Mutter, die das Inferno stumm und unbeteiligt wie ein steinerner Götze an sich vorübergehen ließ, kauerten Elsbeth und das ältere Ehepaar in Todesangst zitternd in dem völlig lächerlichen Keller, während das Haus die ganze Zeit über, solange der Angriff andauerte, bebte und zwei Sprengbomben in den Garten einschlugen. Als die nervlich zerrüttete Hausgemeinschaft endlich mit zitternden Knien unter dem lang gezogenen Geheul der Sirenen, welche die Entwarnung ankündigten, ins Freie trat, lag dicker Qualm über der Stadt, und sie nahm den typischen eigenartigen Brandgeruch wahr.

Die Stadt brannte wieder. Und wieder brannten Häuser. Menschen verbrannten, Tiere verbrannten und Menschen waren verschüttet. Wieder wurden Menschen obdachlos und herrenlose Tiere irrten umher. Menschen suchten Menschen, Menschen gruben in Trümmern und suchten nach ihrer Habe, packten das, was sie fanden auf Handwagen und Schubkarren und karrten es nach irgendwo ins Nirgendwo. Tagelang roch es nach kaltem Brand. Noch einige Jahre später sah Imma die beiden großen Bombentrichter in Garten ihrer Großmutter, die tief in die steinige Erde des Isar-Hochufers hinunterreichten. Die Trambahnschaffnerin war übrigens woanders untergekrochen und überlebte dort. Paulas Eltern überlebten die Katastrophe nicht. Sie wurden verschüttet. Erst Tage später fand man ihre Leichen, zusammen mit denen der übrigen Hausbewohner. Als Paula von dem Bombentod ihrer Eltern erfuhr, waren diese bereits in einem Massengrab beigesetzt. Der Zimmerherr tauchte nach dem Angriff nicht mehr auf.

Mutter drängte auf Elsbeths Abreise. Imma sollte zu Weihnachten nicht ohne ihre Mutter sein müssen. Das sechste Kriegsweihnachten! Und jedes Christfest war trauriger als das vorangegangene! In die meisten Familien hatte der Krieg inzwischen Lücken gerissen! Bei den Torsdorfs war es Henk, der Lichtträger der Familie, der Träger des Ritterkreuzes erster Klasse, der unerreichte Kriegsheld seiner Kinder und der fliegende Halbgott ohne Fehl und Tadel, zu dem er in den Augen seiner kummervollen Eltern geworden war. Elsbeth hegte den Verdacht, dass die beiden eher um ihn trauerten als um ihn bangten. Die jüngeren Frauen seiner Familie sahen diese Lichtgestalt etwas differenzierter. Seine Schwester hatte in ihrem Inneren stets seine Unarten und Gemeinheiten parat, wenn von „diesem Flegel", wie sie ihn hin und wieder bei sich nannte, die Rede war, und seine Frau fragte sich insgeheim, ob er eine oder mehrere russische Geliebte hatte. Ach, was wusste man schon von Russland und dem Krieg dort? Dass Henk gefallen sein könnte, glaubten beide nicht.

Paula hatte die zündende Idee, ihren ältesten Sohn, den 15-jährigen Michi, zu Mutter nach München zu schicken. Der Michi wollte wie sein Vater Metzger werden und später einmal die Gastwirtschaft zur Post in Malching und die dazugehörige Metzgerei übernehmen. Seine pfiffige Mutter hatte doch tatsächlich in München eine Lehrstelle für ihn aufgetan. Der liebenswürdige und abenteuerlustige 15-Jährige wurde der ideale Gefährte für Mutter, die er aus ihrer versteinerten Traurigkeit herauslockte, sie sozusagen auftaute und ihr in diesen schweren Zeiten sogar das Lächeln wiederschenkte. Sie berlinerte mit ihm, dass er sich den Bauch hielt vor Lachen, und sie umsorgte ihn, wie er bei sich daheim nie umsorgt und verwöhnt worden war. Ständig hatten die beiden etwas zu kichern. Den vor sich hindorrenden Herrschaften im ersten Stock glich der blonde fröhliche und liebenswürdige Bub einem spitzbübischen Barockengel aus St. Peter, und die mittelalterliche Trambahnschaffnerin war regelrecht verliebt in ihn.

Zusammen mit Herrn Klauke schlief der Michi in der Küche. Weit vor dem Morgengrauen erhob er sich und legte brav sein Bettzeug zusammen. Leise und rücksichtsvoll kleidete er sich an, fütterte den Kater, der ihm maunzend um die Beine strich, und versuchte mit leerem Magen das Haus zu verlassen. Das ließ Mutter freilich nicht zu. Ehe er es sich versah, stand sie in einem zerschlissenen Morgenmantel vor dem Gasherd, machte ihm die Magermilch heiß und schmierte sein Frühstücksbrot und humpelte in der Küche hin und her. Sie fuhr ihm über die Haare, während er alles hinunterschlang, den satten, sich putzenden Kater auf dem Schoß, und schäkerte mit ihm. Jeden Morgen, auch bei grimmiger Kälte, schwang er sich auf Arnis altes Fahrrad und radelte noch im Dunkeln über holprige bombengeschädigte Straßen Richtung Milbertshofen in „seine Metzgerei". Vorsichtig wich er unterwegs einer ganzen Reihe von Bombentrichtern aus und hopste dennoch über spitze Steine unter dem Schnee. Kein Wunder, dass er mindestens einmal in jeder Woche, wenn nicht öfter, den Fahrradschlauch flicken musste! Bis er dazu kam, benutzte er Elsbeths Fahrrad, das seinerseits mehr als einmal einen Plattfuß hatte.

Sehr lang hielt diese Idylle nicht an: Der Michi wurde zum Volkssturm eingezogen. Immerhin konnte er weiter bei Mutter wohnen und, wenn es sein Dienst am Volk erlaubte, in der Metzgerei arbeiten.

Am 10. Mai 1631 feierte eine ungezügelte Soldateska nach einer sechswöchigen Belagerung in der nur schlecht verteidigten Stadt Magdeburg eine „Feuerhochzeit", deren ungeheuerliches Ausmaß die ganze Welt aufhorchen und erschauern ließ. Das unter der Bevölkerung angerichtete Blutbad erforderte damals mehr als 20 000 Opfer. Am 16. Januar 1945 legte ein Bombenangriff von 800 Flugzeugen die Stadt innerhalb von 40 Minuten in Schutt und Asche. Man zählte 16 000 Tote, 11 000 Verletzte und 190 000 Obdachlose. Magdeburg schien für alle Zeiten ausgelöscht. Den Feuerschein der brennenden Stadt sahen die Altenslebens von ihrem Dachboden aus. Entsetzt beobachteten sie und ihre Evakuierten den massierten Angriff aus der Luft. Imma sah die Christbäume am Himmel stehen, bevor die Hölle losbrach. Sie würde sich ihr Leben lang daran erinnern.

Selbstverständlich befanden sich die Polinnen nicht auf dem Dachboden. Machte sich irgendjemand Gedanken, was diese gefangenen und verschleppten Frauen empfanden, als sie den Widerschein des Feuers am Himmel sahen? Und was flüsterten sich die übrigen Fremdarbeiter im Dorf heimlich unter zusammengebissenen Zähnen zu? Sie flüsterten doch untereinander? Sie sahen sich doch bedeutungsvoll aus den Augenwinkeln an? Konnten sie überhaupt anderes erhoffen als eine schmähliche vollständige Niederlage der Deutschen, oder? Und dachten diese Deutschen, die von den Alliierten von Tag zu Tag mehr in die Enge getrieben wurden, überhaupt an ihre Gefangenen und deren geheimen Triumphe, die sie angesichts der unzähligen Kampfverbände empfanden, die über ihren Köpfen am Himmel hinweg donnerten? Dachten sie daran, dass deren Hoffnung auf Freiheit täglich wuchs angesichts all der Gerüchte, die sie damit in Verbindung brachten und die sich in Windeseile unter ihnen verbreiteten ähnlich einem Fluss, der über die Ufer tritt und sich in unzähligen Rinnsalen über das Land ausbreitet? Dachten die, die täglich auf die versprochene Wunderwaffe hofften, nicht hin und wieder auch an die Rache derjenigen, die sie zu Untermenschen entwürdigt hatten, wie die Propaganda nicht aufhörte, zu betonen. Denn der

Slawe war in den Augen des germanischen Herrenmenschen ein Untermensch. Und wer machte sich da schon die Mühe ihn zu verstehen, und überhaupt, wer konnte schon Polnisch oder Russisch?

Auch die arme, geschundene, hilflose Gertrud befand sich selbstredend nicht auf dem Dachboden. Sie hatte sich unter ihrer fadenscheinigen Bettdecke verkrochen.

„Hörst, man möcht' meinen, die Bagage hätt' grad Lust am Untergang!", schimpfte die Österreicherin, während alle wieder vom Dachboden herabstiegen. Schon lange hatte man den Verdacht, diese Person sei dem Führer gram. Wenn sie nicht gar Schlimmeres in ihrem Herzen hegte.

Elsbeth hatte sich mit Trine und dem schlotternden Pflichtjahrmädel in den Luftschutzkeller von Nummer 16 geflüchtet, der zwischen den Kohlenkellern der Mieter und der Waschküche lag. Da hockten sie schicksalsergeben, die Hausbewohner, mit eingezogenen Köpfen, die Gasmasken griffbereit, das Sturmgepäck zu ihren Füßen und den Rücken feucht vom kalten Angstschweiß, während der Todesengel durch die Stadt ging. Die Detonationen ließen ihre Leiber beben und ihre Haare sich aufrichten. Einige beteten laut, während ihre Zähne klapperten. Auch Elsbeth betete, leise. Sie betete um die Unversehrtheit ihres Bruders Arno und ihrer Schwägerin Frederika, und sie betete für Henks Kinder, falls sie selbst diesen Angriff, der auch in dem tiefen Keller von Nummer 16 voller Grauen war, nicht überleben sollte.

Als die Angehörigen des Torsdorf'schen Haushalts nach dem Luftangriff heil und unversehrt im Schein der Taschenlampen die Wohnung betraten, war diese mit Splittern übersät. Zusammen mit Haufen von Glasscherben lag aller Nippes zerbrochen und verstreut auf Möbeln und Fußböden, auf Fensterbänken, auf Betten, auf dem Herd, in der Badewanne, in den Toilettenschüsseln und in Waschbecken herum. Die brandige Luft, welche die Feuer in der brennenden Stadt in diesem kalten Januar erhitzt hatten, fuhr durch die geborstenen Fenster, von denen keines verschont geblieben war. Sie brachte die Verdunklungsrollos zum Schwingen, sodass sie wie aufbegehrend arrhythmisch gegen die Fensterrahmen klatschten. Im Schein der stets griffbereiten Stearinkerzen, welche die Heimkehrenden sofort entzündeten, wobei sie der Wind anfangs immer wieder zum Verlöschen brachte, sahen sie die Bescherung. Das Pflichtjahrmädchen heulte und jammerte bibbernd und zähneklappernd nach seiner Mutter. Trine, noch in Mantel und Hut, schob sie fürs Erste in ihr Zimmer, säuberte, so gut es im Kerzenschein zu machen war, ihr Bett, schüttelte das Laken, die Kissen und das Federbett aus und packte sie hinein.

Inzwischen hatte Elsbeth ihren Mantel abgelegt. Sie begab sich in die Küche und holte einen Besen, um einen Weg durch die Scherben zu bahnen und Umgestürztes wieder aufzurichten.

„Nu lassen Se man!", schimpfte die Köchin, riss ihren Hut vom Kopf und nahm ihr, noch im Mantel, den Besen aus der Hand, „Machen Se sich man lang, Kindchen und lassen Se die olle Trine ran!"

„Kommt nicht in Frage!" widersetzte sich Elsbeth und suchte nach der Kehrschaufel und dem Handbesen, während Trine im Flur mit gleichmäßigen Bewegungen die Scherben zu Haufen fegte. An der offenen Wohnzimmertür hielt die alte Köchin inne.

„Geh'n Se man da erst ma nich' rin, Kindchen!" flüsterte sie und hielt eine Kerze hoch. Elsbeth trat neben sie und starrte in dem flackernden Licht in die dunkle Stube. Dann machte sie kehrt und holte sich noch eine der brennenden Kerzen aus der Küche.

In ihrem Sessel zusammengesunken saß Ottilie Torsdorf mit rosigem Gesicht, die Augen weit aufgerissen, die Augäpfel nach oben gerollt und den Schoß voller Glassplitter. Ihr Hut war verrutscht, und ein feiner Duft von Bittermandelöl entströmte ihrem leblosen Leib.

Die Köchin schnupperte. „Riechen Se das, Kindchen?" Sie lehnte den Besen gegen den ovalen Tisch mit der leeren Obstschale. Kein verschrumpelter Apfel, keine verhutzelte Birne lag darin! Ach! Schon lange nicht mehr! Die Köchin legte ihre Hand auf Ottiliens Stirn. „Wird schon kalt!", sagte sie sachlich, und: „Nu hat se die Kapsel aus ihrem Nähkorb doch jeschluckt! Ich werd mich ma nach Herrn Doktor umsehen!"

Elsbeth entfernte sorgfältig im Schein der Kerze die Glassplitter von Ottiliens Mantel und schüttelte den Hut aus. Sie spürte ein Schluchzen in ihrer Kehle, doch sie presste ihre Lippen zusammen und zog die Mundwinkel nach unten. Die Köchin kehrte zurück.

„Herr Doktor ooch!", sagte sie und: „Denn werde ich ihn ooch ers' ma sauber machen!"

Elsbeth verschloss die Augen ihrer Schwiegermutter, setzte ihr den Hut wieder ordentlich auf, legte ihre Bibel in ihren Schoß und faltete die toten Hände darüber.

„O Herr! Gib ihr die ewige Ruhe und lasse dein ewiges Licht leuchten über sie!", betete sie und schlug das Kreuz. Sie nahm die Kerze, die sie auf dem Tisch abgestellt hatte, und ließ ihren Blick durch die verwüstete totenstille Stube schweifen. Er blieb an der Standuhr hängen! Das war es: Kein Tak ... Tak ... Tak! Stumm, unbeweglich und endgültig zeigte das Perpendikel nach unten. Kein Tak ... Tak ... Tak, als wolle es sich für alle Zeit verweigern, weiterhin in endloser Fron hin und her zu schwingen. Kein Tak ... Tak ... Tak! Nie mehr würden die pummeligen Zeiger über die geschwungenen Ziffern gleiten, jene Ziffern, die immer so aussahen, als wollten sie hintereinander herlaufen. Kein Tak ... Tak ... Tak und kein Bing ... Bing ... Bing und kein Bong ... Bong mehr! Das Gehäuse der Uhr war abgeschlossen, und weiß der liebe Himmel, wo der Schlüssel aufbewahrt wurde! Warum war die Uhr überhaupt stehen geblieben? Waren die Explosionen daran schuld oder hatte Ottilie sie noch vor ihrem Hinscheiden zum Stehen gebracht?

Elsbeth kehrte um und begab sich in das Zimmer ihres Schwiegervaters. Er saß in ähnlicher Haltung da und roch ebenfalls nach Bittermandelöl. Der Hut war ihm in die Stirn gerutscht. Elsbeth verschloss auch ihm die Augen und setzte den Hut ordentlich auf seinen Kopf, nachdem sie ihn ausgeschüttelt hatte. Dann faltete sie seine Hände auf dem Schoß, den Trine von den Splittern gereinigt hatte, und betete leise. Die inzwischen ins Zittern gekommene alte Dienerin sah sie das Kreuz schlagen.

„Ooch das noch!", seufzte sie in sich hinein. „Jetz' muss noch 'ne Papistin für se beten, weil niemand sonst da is!", und sie faltete ebenfalls stumm ihre Hände, die sich sogleich verkrampften, während sich ihre Schultern hoben und sich ihr ganzer Körper zusammenzog.

Elsbeth zog einen Stuhl heran, kippte ihn, um seine Sitzfläche von den Splittern zu befeien und setzte sich vor den Toten.

„Warum, glauben Sie, haben sie das getan, Trine? Sie haben doch so auf Henk gewartet!"

„Nee, Kindchen! Das is' das, was unsereins nich' so richtig glauben kann. Der Doktor vielleicht, aber die Gnädige hat immer zu mich jesacht, der Junge lebt nich' mehr. Sie hat nich' mehr jewartet. Und ich sage: wenn doch, gnädige Frau? Und sie sacht: denn is er nich mehr wie früher und nich' mehr mein Junge. Aber ich will Ihnen was sagen, Kindchen: Das is' alles Mumpitz. Was der richtige Grund is, wenn Sie mich fragen, das is' ein janz anderer. Der richt'je Grund is' Rache. Pure Rache!" Und die alte Köchin begann nun auch noch mit ihren Zähnen zu klappern und am ganzen Körper sichtbar zu zittern.

„Mein Gott!" Elsbeth fuhr hoch und schob sie auf den Stuhl.

„Beruhigen Sie sich, Trine! Ist ja schon gut! Ich werde Sie jetzt in Ihr Zimmer bringen, Ihr Bett herrichten, und Sie ruhen sich aus, gell? Wenn Sie sich ausgeruht haben, sehen wir weiter! Sie folgen mir doch, gell?"

Die arme Trine schüttelte ihren Kopf und zitterte weiter.

Elsbeth säuberte einen zweiten Stuhl, setzte sich vor die Köchin und nahm deren alte, verschrumpelte Hände in die ihren.

„Rache! Es is' ihre Rache!", murmelte die inzwischen völlig aus der Fassung Geratene.

„Mein Gott! Jetzt dreht sie durch!", dachte Elsbeth, „Aus Rache sollen sich die beiden umgebracht haben? So ein Schmarren! Rache an wem und Rache für was? Freilich, der Doktor hat hier Zyankalikapseln aufbewahrt. Erst kürzlich hat er sie mir gezeigt. Damit du weißt, wo sie sind, Schätzchen, hat er gesagt, für den Ernstfall!"

„Rache! Das war ihre reine Rache! Ich werde Rache atmen, Trine, hat se mich immer wieder jesacht! Mein is die Rache, spricht der Herr!", stieß die entsetzte Köchin erneut aus einer rauen, wie ausgetrockneten Kehle hervor, als käme ihr immer mehr das ganze Ausmaß der Katastrophe zu Bewusstsein. „Mein Jott! Ach Jottchen nei! Mir wird janz komisch! Wo hab' ich bloß meine Tropfen! Ach hier sind se ja!" Und sie fingerte aus ihrer Manteltasche ein Fläschchen hervor, schraubte es mit zittriger Hand auf, schnüffelte daran, tropfte aus ihm zitternd auf ihre Zunge und schnüffelte noch einmal, bevor sie das Fläschchen wieder verschloss.

„Rache, Trine? Was für eine Rache? Was meinen Sie mit Rache?"

„Weil er sie entehrt hat, deswejen!", flüsterte Trine. „Sie hat immer jesagt, sie wird's ihm heimzahlen, dass sie ihn hat zum Mann nehmen müssen mit dem vermanschten Flunken, vor dem se sich immer so jegrault hat. Eben! Weil er sie entehrt hat. Und heute hat sie's jemacht, ich schwöre's Ihnen, Kindchen. Jehasst hat se ihn ihr Leben lang wejen die Unehre, die er ihr anjetan hat auf irjend so 'nem Ball, wo se janz jung war und von nischt ne Ahnung jehabt hat. Durch ihr janzes Leben hat sie den Hass jeschleppt wie 'ne jeheime Last. Und heute hat se ihn jezwungen! Ich wette, sie hat ihm mit Jewalt die Kapsel einjejeben und ihm den Mund zujehalten und die Neese ooch, dass er se zerbeißt. Jede Wette! Weil sie selbst nich' mehr hat leben wollen! So war das!"

„Und Frederika?", flüsterte Elsbeth.

„Die weeß et ooch! Ich sage: is mich keen Wunder, dass die nischt mit Männern zu tun haben will! Obgleich ich das nu ooch wieder übertrieben finde!"

„Du lieber Gott! Unglaublich!", stöhnte Elsbeth, umgeben von Splittern und Scherben.

XV

„Frau komm mit!" Püppi, die sich in der Scheune versteckt hatte, wühlte sich in das Stroh und bedeckte sich vollständig mit seinen Büscheln. Als sie die beiden Flüchtlingsfrauen schreien hörte, hielt sie sich die Ohren zu. In das Geschrei hinein hörte sie ein höhnisches Gelächter aus Männerkehlen, bemerkte, wie das Schreien der beiden in ihrem Versteck aufgestöberten Frauen plötzlich verstummte, als würde ihnen der Mund zugehalten, nahm das bekannte Rascheln wahr, ein Grunzen, ein Stöhnen und Wimmern, vernahm Männerstimmen in der fremden, feindlichen Sprache, gurgelnd und grölend, mit vielen Zischlauten, erlauschte angstvoll in das Geröhre und Geraune hinein das Absingen fremdartiger Lieder vor der Scheune und – plötzlich – raue geschriene Befehle. Sofort entstand erneut ein hastiges Rascheln und Zischeln, dann ein wirres Durcheinandertrampeln von Soldatenstiefeln, das sich durch die kleine Scheunentür, die in dem großen Tor eingelassen war, entfernte. Und dann vernahm sie das hemmungslose Schluchzen der beiden gequälten und erniedrigten Frauen.

„Frau komm mit!" Es war das vierte Mal, dass Püppi aus ihrem Versteck heraus die Vergewaltigung der Frauen auf dem von Wentow'schen Gut erlebte. Tante Ulrika, die Tapfere, hatten sie als Erstes aufgegriffen. Nachdem sie den übrigen Frauen die verschiedenen Möglichkeiten, sich auf dem Hof und im umgebenden Gelände zu verbergen, gezeigt hatte, hatte sich die Tante selbst nicht groß versteckt. Viermal hintereinander waren sie über sie hergefallen. Tante Ulrika ließ diese Schmach über sich ergehen, ohne sich zu wehren, mit zusammengebissenen Zähnen und ohne auch nur einen Laut von sich zu geben. Jedes Mal ging sie freiwillig mit und ließ es mit sich geschehen. Püppi, die anfangs gar nichts Genaueres wusste, die eigentlich überhaupt keine rechte Vorstellung davon hatte, was der Feind, der so plötzlich und unerwartet mitten auf dem Gutshof stand, mit der Tante anstellte, Püppi war ungeheuer stolz auf sie. Eigentlich hatte sie ja damit gerechnet, dass die feindlichen Soldaten Tante Ulrika erschießen würden. Sie rechnete sogar damit, dass der Feind sie alle hier auf dem Gut jederzeit erschießen würde.

Alle: Das waren die alten Männer, die bis zuletzt dem Volkssturm angehört und, in Püppis Augen zu deren Schande, das Vaterland nicht bis zum letzten Blutstropfen verteidigt hatten, sondern mit einem an eine Stange gebundenen Bettlaken dem Feind entgegengegangen waren. Dagegen hatten die jugendlichen Volksstürmler, auch Püppis alte Freunde Ingolf und Friedhelm, lauthals protestiert. Als sie daher drohend mit ihren Gewehren und Panzerfäusten herumfuchtelten, waren sie zu ihrer Überraschung von den Fremdarbeitern überwältigt worden. Püppi kochte vor Zorn.

Alle: Das waren auch die Evakuierten und die Frauen aus dem Flüchtlingstreck, welcher hier auf dem Gut zum Stehen gekommen war, und das waren die Kinder, die auf dem Gut lebten: die Einheimischen, die Evakuierten und die Flüchtlingskinder. Die Kinder der Fremdarbeiter kamen in Püppis Überlegungen nicht vor. Ach, und sie, Püppi, würde wohl auch erschossen werden. Auf diese Weise kam sie letztendlich doch noch dazu, ihr Leben für den Führer hinzugeben. Dann würde sie selbst zwar den Endsieg, der durch die erwartete Wunderwaffe errungen werden würde und an den sie fest glaubte, leider nicht mehr erleben. Denn Püppi wusste ja genau, dass der Rückzug der Deutschen Wehrmacht nur eine „planmäßige Frontverkürzung" war, wie man ihn damals offiziell nannte. Am erwarteten Endsieg änderte sich nichts. Der war gewiss.

Sich Einzelheiten ihres ruhmreichen Endes vorzustellen wagte Püppi allerdings nicht, denn mittlerweile hatte sie Angst. Als die Tante nach dem ersten Mal nach einiger Zeit, während der alle um sie gebangt hatten, wiederkam, sagte sie nur:

„Wenn du dich nicht wehrst, tun sie dir am wenigsten weh!" und zuckte mit den Schultern.

„Frau komm mit!" Inzwischen wusste Püppi, dass das, was mit den Frauen geschah, nachdem der Feind sie aus ihren Verstecken gezerrt, vor sich her gestoßen und niedergeworfen hatte, nach ihrem Kreischen und Wimmern zu urteilen, viel schlimmer war, als erschossen zu werden. Deshalb war sie ja so stolz auf ihre Tante. Doch Püppi wurde in diesen Tagen in ihrem Versteck zu ihrem Entsetzen auch Zeuge dieses Schlimmen, und seitdem musste sie jedes Mal die Augen fest zusammenkneifen und sich die Ohren zuhalten. Ganz besonders gestern, als drei Soldaten ihre junge Tante Albertine in die Scheune stießen, sie mehrmals vergewaltigten, um sie danach wie einen nassen Sack liegen zu lassen. Dabei war Albertine krank. Die gesamte Kriegszeit, seit sie 19 Jahre alt war, hatte sie an der Front zugebracht und als Braune Schwester die verwundeten deutschen Soldaten gepflegt. Dann wurde sie selbst schwer verwundet. Sie erlitt eine Granatsplitterverletzung und einen Lungensteckschuss. Püppi wusste, dass einige Splitter in ihrem rechten Arm stecken geblieben waren, dass die Finger ihrer rechten Hand deshalb ständig kribbelten, und dass die junge Tante Schmerzen in ihrem Arm hatte, wenn sie ihn bewegte. Aufgrund des Geschosses in ihrer Lunge geriet sie schon bei geringer Anstrengung rasch außer Atem. Albertine war durch ihre Verwundung nicht mehr kv, also nicht mehr kriegsverwendungsfähig, und daher endgültig in die Heimat zurückgekehrt. Kurz zuvor hatte sie noch an der Front einen jungen Offizier, Eduard von Busche, geheiratet. Es war eine schnelle, eine Kriegstrauung. Der junge Ehemann war inzwischen vermisst.

Albertine hatte immer noch wie leblos dagelegen, als erneut eine Horde angetrunkener Rotarmisten durch das Gut polterten. Die Russen haben eine wackere Zuneigung zum Alkohol, pflegte Onkel Gert zu sagen, und man wusste inzwischen, dass die Soldaten alles in sich hineinschütteten, was nur irgendwie nach Alkohol roch. Püppi fragte sich, ob es für sie alle nicht besser gewesen wäre, Onkel Gert wäre bei ihnen geblieben, hätte das Kommando des Volkssturms übernommen und sie verteidigt, statt schließlich doch noch an die Front zu gehen. Wahrscheinlich hätte dann kein Russe gewagt, einen Stiefel auf den Gutshof oder gar in das Gutshaus zu setzen – dachte Püppi, wo doch die feindlichen Soldaten auch noch alles mitgehen ließen, was glitzerte und was ihnen gefiel. Püppi wusste nicht, dass Tante Ulrika bereits im Herbst ihren Schmuck, alles Silber, das wertvolle 36-teilige Meissener Service und wichtige Dokumente heimlich nächtens im Garten tief unter den Erdbeeren und in den Gemüsebeeten vergraben und alles mit Mulch und

Laub abgedeckt hatte. Den Plünderungen durch die Rotarmisten brachte sie daher dieselbe äußere Gemütsruhe entgegen wie den Schändungen der deutschen Frauen auf dem Gut. Und das war wahrlich voll gestopft und voll gepfropft mit den Evakuierten und den Flüchtlingen aus Ostpreußen, sodass sich die Wentow'sche Familie mittlerweile in zwei Zimmern zusammengepfercht hatte!

Die betrunkenen Soldaten hatten die mit hochgeschobenem Rock bewegungslos daliegende Albertine nur leicht mit dem Stiefel angeschubst, sie jedoch sonst in Ruhe gelassen. Als die angesäuselte Soldateska schließlich den Hof endgültig verlassen hatte, hatten sich die Frauen wieder hervorgewagt und die Geschundene in das Haus getragen.

In dem Moment, als Püppi nun endlich Hoffnung auf das Verlassen ihres Verstecks schöpfen konnte und sie sich deshalb von den Strohbüscheln zu befreien suchte, erschienen erneut einige Soldaten auf dem Hof. Die kurz zuvor geschändeten Flüchtlingsfrauen vergruben sich in ihrer panischen Angst in Windeseile erneut im Stroh.

„Frau komm mit!" Entsetzt starrte Püppi in das unrasierte Gesicht unter dem Helm. Der Ivan packte sie an den Armen und schmiss sie auf dem Stroh auf ihren Rücken ... Vier Soldaten glitten über sie, während sie ihre dünnen Beine mit Gewalt auseinanderspreizten ... Als alles vorüber war, war Irene Torsdorf längst ohnmächtig und blutete nicht nur wegen der Verletzungen ihres fast noch kindlichen Unterleibes, sondern auch, weil ihr erster Monatsfluss in Gang gekommen war. Sie war 14 Jahre alt.

Von dem Tag an, als Püppi mit vier Jahren in den Kindergarten kam, hatte man ihr bis zum heutigen Tag den Hass auf die Volksfeinde der Deutschen eingebläut, seien es Juden, Franzosen, Engländer, Polen, Russen ... überhaupt alle Feinde des Volkes. Doch dieser Hass war im Grunde aufgesetzt, anerzogen, sozusagen flach verwurzelt. Nachdem Irene Karoline Torsdorf von Rotarmisten mehrfach vergewaltigt worden war, senkte sich eine dieser Wurzeln in die Tiefe ihrer Seele. Sie verdickte sich, verzweigte sich um ein Vielfaches, und ihre Enden verloren sich in der unendlichen Endlichkeit ihres Unbewussten, während mit der Zeit und über die Jahre hin alle übrigen Wurzeln allmählich verdorrten. Irene Karoline Torsdorf würde die Russen – alle Russen – pauschal bis zu ihrem Lebensende aus tiefster Seele hassen, denn der Hass hatte sich in sie für alle Zeit eingefressen.

Magdeburg war bis zum 01. Juli 1945 eine geteilte Stadt. Am 18. April besetzten amerikanische Verbände den linkselbischen Westteil. Am Elbestrom machten sie Halt. Sowjetische Truppen nahmen am 01. Mai die östlichen Stadtteile rechts des Flusses ein. Da das Gut der von Wentows, die man inzwischen in nur noch eine Stube zusammengedrängt hatte, ostelbisch gelegen war, verblieb auch Püppi weiterhin unter russischer Besatzung. Das schändliche Martyrium einer Vergewaltigung musste sie nicht noch einmal durchmachen, nachdem sich sehr rasch eine russische Kommandantur auf dem Gut etabliert hatte und damit Ordnung eingekehrt war. Auch die übrigen Frauen blieben verschont. Mit der Zeit erfuhr man, dass in der Sowjetarmee jede Menge Politkommissare, Politoffiziere, dafür sorgten, dass in der Truppe das kommunistische Gedankengut ständig präsent war und Reaktionäres und deren geheime Vertreter rigoros ausgemerzt wurden.

Noch im selben Frühjahr wurde Püppi eingesegnet.

Kösskau lag westlich der Elbe. Die 9-jährige Imma, zwar ein Kind noch, erlebte die Eroberung durch die amerikanischen Streitkräfte dennoch wie eine Befreiung. Hatten die Erwachsenen Angst vor der fremden, feindlichen Soldateska – sie hatte keine. Bevor sie überhaupt einen GI zu Gesicht bekam, hörte sie aus dem Volksempfänger eine fremdartige aufregende Musik. Obgleich die Rhythmen, Tonfolgen und Harmonien ebenfalls dem Viervierteltakt folgten, klangen sie so ganz anders als die gewohnte selbstbewusste, siegverheißende deutsche Marschmusik oder die eingängigen Schlagermelodien aus den beliebten Tonfilmen der Dreißiger- und der Kriegsjahre. Und Welten im wahrsten Sinne des Wortes lagen zwischen ihr und dem wehmütigen Gesang, den Imma später immer wieder von den russischen Soldaten hörte, wenn sie im Gleichschritt durch die von Trümmern gesäumten Straßen ihrer Heimatstadt Magdeburg marschierten. Als sie am Tag der Eroberung diese in die Glieder fahrende optimistische Musik hörte, war ihr, als breche ihr das Herz auf. Erst viel später wurde ihr klar: Es war eine Freiheitsmusik in mitreißenden Rhythmen. Und sie kam aus Amerika.

Nein, Imma war kein Hasenfuß. Als der schwarzhäutige Soldat in dem Altensleben'schen Haus im schummrigen Licht die Treppe, die in den ersten Stock führte, heraufkam – er trampelte und polterte nicht, denn seine weichen geschnürten Stiefel machten keinen Lärm! – bemerkte sie, dass ihr Onkel Arni, der sich nach Kösskau geflüchtet hatte, sein Parteiabzeichen von seinem Revers riss und es flugs ganz hinten in einer Schublade verschwinden ließ.

Imma hatte also keine Angst vor diesem fremden, riesigen Soldaten mit dem schwarzen Gesicht unter dem Helm, der so ganz anders, viel flacher, aussah, als der Helm der deutschen Wehrmacht. Der Fremde grinste sie an und sagte wie nebenbei: „How are you?", was aber eher so klang, als würde ein Klops in der Kehle dieses Mohren hin und her rollen. Imma hätte ihn ohnehin nicht verstanden. Nach dem Motto: „Geh'n wir's an! Und so leicht lass'n mir uns net tupf'n!", holte die Österreicherin beherzt ein charmantes wienerisches Englisch hervor und fungierte als unzureichende Dolmetscherin „Hörst!" sagte sie hinterher mit stolz geschwellter Brust, „A so a schiach's Englisch hob i mein Leb'n no net g'hört!"

Nein, Imma hatte wirklich keine Angst, denn sie war ja noch ein Kind, das nur die Dinge in seinem kindlichen Kopf hatte, die ihr beigebracht worden waren. Allerdings wurde ihr bald klar, dass sie sich nie mehr vor den Tiefﬂiegern zu fürchten hatte, vor jenen unheimlichen geﬂügelten Ungetümen, die in den letzten Wochen, unter ohrenbetäubendem Getöse im Tiefﬂug anpreschend, aus geringer Höhe auf alles geschossen hatten, was sich aufrecht bewegte. Hörte man sie kommen, warf man sich sofort zu Boden, möglichst in eine Ecke, in einen Graben oder unter einen großen Baum, wenn es einem nicht gelang, sich in ein Haus zu ﬂüchten. Imma fragte sich, ob ihr Vater im fernen Russland ebenfalls in solch einem todbringenden Flugzeug so beängstigend nah über dem Boden ﬂog und auf Russen schoss, während sie voller Angst hin und her liefen. Immas Lehrerin hatte sich in ihrer fanatisch-vernagelten Überzeugung bis zuletzt redliche Mühe gegeben, den Hass auf den Feind weiter zu schüren und den Heldentod durch Beschuss als ehrenvoll darzustellen. Imma konnte natürlich nicht ahnen, dass das Leiden der Deutschen noch längst kein Ende gefunden hatte. Doch sie ahnte, dass den Menschen, den einfachen Volksgenossen, eine seelische Bürde genommen war. Und das hatte auch mit dieser neuen Musik zu tun.

Ansonsten gab es, nachdem die Amerikaner erst einmal da waren, eine Menge Überraschungen, über die sich Imma nur wundern konnte. Erstaunt stellte sie fest, dass die Mohren völlig normal und vollständig bekleidet waren. Sie waren also keineswegs nackt, sie trugen mitnichten nur ein Baströckchen, so, wie es Imma in Büchern aber auch auf Heiligenbildchen bei Schwester Regildis in der Gemeinde St. Sebastian gesehen hatte. Neger, Schwarze, das wusste sie, musste man immer und auf alle Fälle missionieren, damit auch sie in den Himmel kämen. Nun war sie angesichts dieser so ganz anderen Mohren einigermaßen verwirrt, kam aber für sich zu dem Schluss, dass die ihre Mission wahrscheinlich schon hinter sich hatten.

Weißhäutige und schwarze Soldaten, von denen man den Eindruck hatte, sie alle seien Hünen und wohlgenährt, saßen lässig nebeneinander in merkwürdigen offenen Fahrzeugen, die man Jeep nannte, und die wie Fahrzeuge vom Mond aussahen. Und die Katholiken unter ihnen saßen auch nebeneinander in der Kirche, feierten zusammen mit den katholischen Deutschen das Hochamt, und alle zusammen sangen das „Te Deum laudamus!" Ihre Stahlhelme lagen während des Gottesdienstes auf ihrem Schoß, und so konnte Imma ihre radikal kurz geschorenen Köpfe betrachten. Ob weiß oder schwarz, ob blond oder dunkelhaarig, die Militärfrisur bewirkte, dass sie sich alle untereinander ungemein ähnlich sahen.

Wenn die Soldaten zu Fuß unterwegs waren, so legten sie eine so ganz andere Gangart an den Tag als die zackigen deutschen Soldaten, so, als würden sie sich ein wenig in den Gelenken wiegen. Und die Eroberer hatten auch merkwürdige Essgewohnheiten, denn sie nahmen zur großen Verwunderung der Einheimischen Eier und Milch in Form von Pulver zu sich, das sie zuvor in Wasser auflösten. Dasselbe taten sie mit Kaffee, den sie ebenfalls als feines Pulver mit sich führten. Dass sie scharf auf frische Eier und frische Milch waren, war verständlich, und die Bäuerin Lore Altensleben scheuchte die bedauernswerte rotgesichtige Gertrud in ihren Holzpantinen, die sich nach wie vor an ihren schmuddeligen Lappen klammerte, nicht nur ständig in den Hühnerstall auf Eiersuche, sondern über den ganzen Hof. Das war die Altensleben'sche Spielart von Fraternisation, denn aus guten Gründen war die bösartige Lore den Eroberern gegenüber freigiebig. Die evakuierten Frauen und Kinder halfen der Gescheuchten bei der Suche nach den Eiern, was von der Bäuerin nicht gern gesehen wurde, fürchtete sie doch den Diebstahl dieser kostbaren Güter. Es wurde nichts gestohlen!

Für alle völlig überraschend verschenkten die fremden Soldaten Schokolade, die berühmte Cadbury-Schockolade, und – man staune – Kaugummi an alle Kinder. Sie selbst schienen ständig dieses zähe süße gummiähnliche Zeug in ihrem Mund hin und her zu schieben und darauf herumzukauen, was ihrem gemurkelten und geknödelten Englisch in den Augen der Österreicherin geradezu etwas Neandertalerisches verlieh. Die Soldaten erstanden die Milch und die Eier, welche sie in ihren Helmen davon trugen, für Roastbeef in Konservendosen, das ihnen wahrscheinlich mittlerweile zum Hals heraushing, für Ei- und Milchpulver und, ach!: für starke schwarze Zigaretten und manchmal auch Pulverkaffee, ebenfalls in heißem Wasser aufzulösen, nach dessen Genuss das Herz im Halse und doppelt so schnell schlug!

Inzwischen posierten die beiden jungen Polinnen, Marija und Danuta, strahlend wie Schneeköniginnen, in der Unterwäsche ihrer ehemaligen deutschen Herrin. Stolz wie Blücher schoben sie ihre beträchtlichen Busen, nun gehalten von hautfarbenen Büstenhaltern, über den Hof. Man hätte meinen können, sie hätten noch nie ein solches Kleidungsstück an ihren Leibern getragen, und vielleicht verhielt es sich auch so. Zudem hatten sie alle Unterröcke, die im Haus vorhanden waren, an sich gebracht. Freiwillig wurde ihnen alles übergeben, was sie begehrten und stolz entgegennahmen. Ach, es war ja wenig genug und Kriegsware obendrein! Danuta und Marija zeigten sich in diesen lauen, sonnigen Frühlingstagen in dieser überraschenden Dessous-Eleganz, die für sie offensichtlich der Höhepunkt an Eleganz überhaupt war, auf dem Hof und in den Dorfstraßen. Undenkbar, dass man so wunderhübsche Kleidungsstücke nur zum „Unterziehen" benutzte. Arbeiten auf dem Hof, noch dazu in diesem feinen Outfit, kam für die beiden polnischen Mädchen selbstverständlich nicht mehr in Frage. Kein Fremdarbeiter würde auch nur noch einen einzigen Handstreich für einen Deutschen tun, wenngleich Danuta und Marija auch weiterhin freundlich und keinesfalls rachsüchtig oder bösartig waren. Ohne das Land groß mit Klagen zu überziehen, machten sich deshalb die deutschen Frauen, die Österreicherin und auch Onkel Arni über die Feld-

und Gartenarbeit her. Onkel Arni konnte zu Immas größtem Erstaunen sogar Trecker fahren. Die deutschen Kinder mussten helfen.

Als Imma ihre Freundin Gunhild im Schloss besuchen wollte, um mit ihr alle diese interessanten Neuigkeiten und Eindrücke zu besprechen und mit ihr zu spielen, wurde sie auf der Dorfstraße plötzlich von fremden Jungen mit Steinen beworfen und in einer fremden Sprache beschimpft. Das kam ihr völlig überraschend. Auf diese Weise erfuhr sie, dass es auch Fremdarbeiter-Kinder im Dorf gab, welche die Jahre über im Verborgenen gelebt hatten. Dann hörte man, – hinter vorgehaltener Hand – dass der Schlossherr von seinen polnischen Zwangsarbeitern umgebracht worden sei. Zuvor sei seine Frau mit ihren Kindern geflohen. Kulissengeflüster? Genaueres erfuhr man nicht.

Nein, zu Vergewaltigungen kam es bei den amerikanischen Eroberern eigentlich nicht. Jedenfalls erfuhr man nichts darüber, während man sich von den Russen wahre Horrorgeschichten erzählte. Allerdings waren die Angehörigen der US Army von den deutschen „Frauleins" begeistert, und obgleich Fraternisation natürlich verboten war ... Tja! Man weiß ja, dass in schlimmen Zeiten ein jeder zusehen muss, wo er bleibt ...

„Es hat keinen Zweck, groß nach einer verlorenen Goldtruhe zu jammern!", hatte sich die mutige Frederika gesagt, nachdem ihr in dem bitterkalten Januar des letzten Kriegsjahres das ganze Ausmaß der Katastrophe zu Bewusstsein gekommen war. Der Selbstmord der Eltern: ein herber Schlag! Dennoch war er für die Tochter nicht so unerwartet eingetreten, wie man annehmen möchte. Die Torsdorfs waren nicht die Einzigen, die damals im Geheimen Gift auf die Seite gebracht hatten. Dazu zählten auch Frederika und ihre Freundin. Es gab viele Menschen, die sich ein Weiterleben nach einer verheerenden Niederlage des Dritten Reiches, nach dem Verlust geliebter Menschen, nach dem Verlust der gesamten Habe, nach der Zertrümmerung aller Illusionen und jeglicher Zukunftsaussichten nicht vorstellen konnten. In Frederikas Augen war die Entscheidung ihrer Eltern, ein für sie nicht mehr lebenswertes Leben zu beenden, nur konsequent und akzeptabel.

„Edda, jetzt glaube ich, du hast dich wieder einmal ein bisserl vergaloppiert!", bemerkte der Professor.

„Wieso?"

„Du schilderst die Tochter, als betrachte die den Tod ihrer eigenen Eltern erschreckend nüchtern. Hatte sie sich nicht mit ihrer Mutter besonders gut verstanden? Und hast du nicht auch anfangs erwähnt, dass sie ihres Vaters Liebling war?"

„Du hast recht! Doch was erwartest du? Dass Frederika alles und sich selbst fallen ließ und verrückt wurde aus lauter Kummer und Schmerz? Das war nicht ihre Natur, schon gar nicht in diesen Zeiten, in denen jeder zu jeder Stunde zu Tode kommen konnte! Die Menschen lebten doch mit dem Tod. Er saß sozusagen ständig mit am Tisch. Stets war man auf ein gewaltsames Ende gefasst, ein Zustand, den man sich doch heutzutage gar nicht mehr vorstellen kann."

„Stimmt! Erst, wenn man sich zu erinnern sucht bemerkt man, wie radikal sich die Zeiten geändert haben, und die Denkungsart mit ihnen. Kein junger Mensch kann heute nachvollziehen, dass der Heldentod über Jahrtausende etwas Ehrenvolles, wenn nicht gar Wünschenswertes war.

„Vor noch einem halben Jahrhundert, zu unseren Lebzeiten also, war das der Fall, und das eben wollte ich beschreiben. ‚Süß und ehrenvoll ist es, für das Vaterland zu sterben.' Den Horaz haben wir doch schon in der Schule gelernt. Und die Auffassung, einen Suizid als ebenso ehrenvoll zu betrachten, wenn sich äußere Umstände gegen die persönliche Einstellung zum Leben wenden oder zu einer verzweifelten Situation führen, oder wenn ein Weiterleben mit der persönlichen Ehre nicht mehr zu vereinbaren ist, das kennen wir doch auch seit der Antike, Ansgar! Denke an die großen Dichter seit den alten Griechen ..."

„Unsere heilige Mutter Kirche ist aber schon gar nicht dieser Auffassung!"

„Natürlich nicht! Aber sie hat ja über die Jahrhunderte auch nicht ihre Hand über alle Menschen dieser Erde gehalten. Den Freitod konnte sie jedenfalls nicht ausmerzen. Davon abgesehen: Sich im Alter in einer geradezu ausweglosen Situation zurechtzufinden ... gib's zu! Das ist sehr schwer, wenn nicht gar unmöglich!"

„Wobei wir im vorliegenden Falle ein völlig anderes Motiv für den Selbstmord der alten Torsdorf haben, zumindest ..."

„Aus der Sicht der Köchin!"

„Wie? Stimmt sie nicht?"

„Was weiß ich?"

„Ah so!"

Mit dem Verlust ihrer Eltern stand Frau Dr. Torsdorf nicht allein. Abgesehen von den unzähligen Magdeburgern, die durch den Großangriff am 16. Januar 1945 Angehörige verloren hatten, ja ganze Familien ausgelöscht wurden, hatte auch ihre Freundin Jettchen, die schon seit vielen Jahren mutterlose Frau Dr. Schossier, das Ableben ihres Vaters zu beklagen. Der alte Doktor war ebenfalls bei diesem Angriff ums Leben gekommen. Beide Freundinnen waren außerdem total ausgebombt. Während sich Henriette, die sich zu Beginn des Angriffs auf einem Arztbesuch befand, in den Bunker auf dem Körnerplatz flüchten konnte, erhielt das Haus, in dem sich die Praxis der Schossiers befand, einen Volltreffer. Herr Dr. Schossier wurde verschüttet und konnte später nur noch tot geborgen werden. Die Wohnung der Lösches war ein Opfer der Brandbomben. Von einer Luftmiene geradezu zerrissen wurde auch das Haus in der Großen Diesdorfer Straße, in dem sich die Torsdorf'sche Apotheke befand, die restlos zerstört wurde. Der Stahlschrank im Labor war darob so beleidigt, dass er sich nicht mehr öffnen ließ und viel später einmal aufgeschweißt werden musste. Sein Inhalt war danach zum Wegschmeißen. Doch Frederika hatte vorgesorgt und im Keller einen zweiten Stahlschrank mit kostbarem Inhalt gehortet, der sich nach dem Bombardement sogar öffnen ließ und überraschenderweise nur wenige Scherben zum Inhalt hatte. Der zweite Destillierapparat, das heilige Stück, hatte gut verpackt zusammen mit der Apothekerin überlebt! Und überlebt hatten auch die Ingredienzien, die Pulver und Tinkturen, die Pillen und Pastillen, die Salben und Lotionen, die Tiegel und Krüge, die Flaschen, gefüllt mit Säuren, Aceton,

Äthanol, vergälltem Alkohol und ein gut Teil der Laborausstattung.

„Damit habe ich wieder einen Fuß im Steigbügel!" hatte Frederika zufrieden konstatiert und war unabsichtlich absichtlich auf das zersprungene und mit dem Konterfei nach unten auf dem scherbenübersäten Boden liegende Hitlerbild getreten.

„Lass man, Pettchen, wenn das Haus ooch jebrannt hat, wir alle werden uff alle Fälle weiter heiße Suppe essen! Und was dich betrifft: Nu biste echt jefordert. Jetzt nischt wie Umziehen nach Nummer 16 hin und Jette kommt mit. Mit dem, was se retten konnte, kann se noch prima ordinieren!"

In null Komma nix hatte die tüchtige Apothekerin einen Leiterwagen organisiert – das Organisieren war nicht nur das Gebot der Stunde sondern im gesamten ehemaligen Reich auch der nächsten Jahre – und die drei Frauen hatten zusammen mit Jettchens Sprechstundenhilfe und der Provisor'schen keuchend und mal frierend, mal schwitzend alles, was gerettet worden war, in ungezählten Fuhren zum Sedanring Nummer 16 gekarrt, denn Pferdefuhrwerke waren nach dieser Horrornacht so gut wie nicht zu bekommen, von Kraftwagen für Zivilpersonen gar nicht zu reden. Außerdem: Wie hätten sie auch in den zertrümmerten Straßen überhaupt durchkommen sollen?

Als alles noch längst nicht eingerichtet und geordnet, die Möbel zusammengeschoben oder als Arzt- oder Apotheker-Inventar umfunktioniert worden war, waren Elsbeth und die alte Trine zusammen mit ihren wenigen Habseligkeiten in die Nummer 19 umgesiedelt. Zum Glück hatte sich in diese Wohnung nur eine einzige

Brandbombe verirrt, die sofort von dem gewieften Luftschutzwart gelöscht werden konnte, und zu einem weiteren Glück war bisher nur eine einzige obdachlose Person eingewiesen worden, nämlich das ältliche Fräulein Grete Heinicke!

„Die Heinicken!" Seit einigen Jahren hatte sie im Reichswaisenhaus eine besondere Stellung inne, denn sie war damals, nachdem sie von Ottilie Torsdorf so schändlich entlassen worden war, unverzüglich in die Partei eingetreten, um, wie sie sagte, „Endlich mal zu Potte zu kommen und sich nicht immer nur ausnutzen zu lassen!" Um was für eine Stellung es sich in dem Waisenhaus wirklich handelte, ließ sich – wie man sich denken kann – unter diesen besonderen Umständen, da der Endsieg in so weite Ferne gerückt schien, nicht genau eruieren. Gestärkte gerüschte Schürzen trug die Heinicken jedenfalls nicht mehr, aber: „Tipptopp und wie aus'm Ei jepellt kiekt se noch immer aus die Wäsche, nich' wahr?", stellte Trine fest.

Die alte Standuhr, seit jenem Schreckensbombardement des 16. Januar verstummt, behielt ihren alten Platz im ehemaligen Wohnzimmer der alten Torsdorfs bei. Nur, dass diese muffige Stube nun zu einem Verkaufsraum der provisorischen Offizin auf dem Sedanring Nummer 16 umgewandelt worden war, nachdem man, wie überall in der Wohnung, die zersprungenen Glasfenster vorläufig mit Brettern zugenagelt hatte, die erst nach und nach durch Glas ersetzt werden konnten. Die verstaubten Portieren vor den hohen Fenstern verdeckten, zerschlissenen Träumen einer zerschlissenen Vergangenheit gleich, gnädig diese Provisorien und mühten sich noch im Schummerlicht um vornehme Eleganz.

Mit dem Selbstmord des Diktators am 30. April 1945 und der bedingungslosen Kapitulation der Deutschen Führung am 08. Mai war das Dritte, das Tausendjährige Reich endgültig zu Ende. Oder, wie Trine sagte:

„Jott sei Dank! Nu' is' der böse Jeist endjültich in die Flasche zurück, und hat sich hoffentlich mit sie dorthin jemacht, wo noch nich' mal der Feffer wächst!"

„Feige aus dem Staube hat er sich jemacht!", warf Frederika höhnisch ein, „Ich hoffe, der brutzelt jetz' in der Hölle! Na ja, wer Wind sät wird Sturm ernten! Den hat er nu' jehabt! Aber die Pampe, in die er uns jesetzt hat, die können wir nu' alleene und ohne ihn auslöffeln!"

„Was redeste groß, Riekchen?", fragte Henriette, „Der geborene, enttäuschte und verbitterte Verlierer pflegte doch immer schon seine Mitmenschen in sein Unglück mit hineinzureißen, allein aus Rache gegen alles und alle! Damit kann er ihnen auch prima die janze Schuld an seiner Misere in die Schuhe schieben. Auch eine Art Lust am Untergang!"

„Was Se nich sagen, Frau Doktor!", staunte die Köchin.

„Ich habe gehört, der Führer hat einzig und allein dem deutschen Volk die Schuld an der Niederlage gegeben. Das Volk habe versagt und daher den Sieg nicht verdient", warf Elsbeth ein.

„Na siehste!" unterstrich die Frau Doktor.

Über zehn Millionen Soldaten der Deutschen Wehrmacht gerieten zum Ende des Krieges in Gefangenschaft.

„Und nu können wir uff unser Jungchen hoffen!" frohlockte Trine.

Noch bevor Imma wieder in den Sedanring Nummer 19 zurückkehrte, hatte sich die Besatzungssituation im linkselbischen Magdeburg geändert.

„Da biste baff, was Imme?", wunderte sich die alte Köchin zusammen mit Henks Zweitgeborener über ein neues Militär. Die „Tommys", die Armee seiner Majestät, des englischen Königs, hatten die Amerikaner abgelöst und waren als nunmehrige Besatzungsmacht in die Stadt eingezogen. Die Soldaten seiner Majestät waren zwar durchgehend weißhäutig, doch auffallend viele unter ihnen trugen eine geradezu zwittrige Uniform: auf dem Kopf runde Tellermützen mit einer Bommel in der Mitte, ein korrektes khakifarbenes Uniformblouson, dazu einen farbig karierten kurzen Faltenrock, der gerade einmal bis zu den Knien reichte, graubraune Wadenstrümpfe und ordentliche hohe geschnürte Militärstiefel. Jeweils ein Gewehr über der rechten Schulter patrouillierten sie zu zweit im saloppen Gleichschritt durch die zerbombten Straßen der Stadt.

„Das sind Schotten!" klärte Frederika ihre Nichte auf, während sie nach einer Pipette griff. Sie steckte sie in eine braune Flasche, nahm das obere Ende in den Mund und sog sie mit einer Flüssigkeit voll, wonach sie diese, mit dem Zeigefinger die oberen Öffnung verschließend, erst prüfend ansah, sodann mit gerunzelter Stirn ein klein wenig in die braune Flasche zurücklaufen ließ, indem sie den Zeigefinger anhob, um sie sodann langsam, immer mit dem Finger auf die Öffnung tippend, Tropfen für Tropfen in einen Glaskolben rinnen zu lassen, den sie mit einer Holzzange über dem Bunsenbrenner hielt und ständig leicht schüttelte. „Man hat ja immer jewusst, dass die Tommys jerne 'nen Spleen haben ..."

„Wirklich, Tante Frederika?"

„Tatsache! Aber es macht sich zum Kugeln. Jerade so, als würden die Bayern in der Sepplhose in den Krieg ziehen."

„Na, zum Kämpfen wer'n se sich wohl ordentlich anziehen!", lautete der Kommentar der Köchin, „Und man mechte sagen, was man will, se sind anständige Leute, nich wahr! Wenn und die Russen uns bloß nich' übern Hals kommen, ja!", setzte sie seufzend hinzu.

„Warum sollen die Russen denn kommen, Trine?"

„Ach Liebchen, wer weiß, was die mit uns vorhaben, nich wahr? Wir sind jetz' ein jeschlagenes Volk, und die können mit uns machen, was se wollen!"

Der 30. Juni 1945 war ein herrlicher Sommertag und ein Sonnabend. Die Kinder hatten in Erfahrung gebracht, dass die englischen Soldaten am späten Nachmittag auf dem Sportplatz, der hinter der Berthold-Otto-Schule am Sedanring lag, ein großes Fest veranstalten würden. Deutsche Erwachsene durften selbstverständlich nicht daran teilnehmen, doch die deutschen Kinder durften Zuschauer sein. Nachdem der Festplatz schräg gegenüber dem Haus Nummer 19 lag, war Imma selbstverständlich von Anfang an dabei.

In dieser schullosen Zeit der langen, hellen Tage – zum Glück, der immer wieder plötzlich auftretenden Stromsperren wegen, war die im Krieg eingeführte Sommerzeit beibehalten worden – in diesen Tagen also, in denen die Mütter Trümmer räumten oder stundenlang nach den zugeteilten kargen Lebensmitteln ohne großen Nährwert anstanden, genossen die Kinder viel Freiheit. Natürlich wurden auch sie zum Anstehen geschickt, auch Imma, und Tante Frederika fand immer wieder Gelegenheit, sie für sich einzuspannen. Dennoch war auch viel Zeit zum Streunen und Spielen.

Imma hatte noch nie einen so fröhlichen und aufregenden Aufmarsch musizierenden Militärs gesehen wie anlässlich dieser Festlichkeit auf dem Sportplatz, wobei die Schotten, wie sich denken lässt, in ihren Kilts und mit ihren Dudelsäcken am spektakulärsten und exotischsten wirkten. Abwechselnd zu eingängigen Militärmärschen erklang in der immer tiefer sinkenden Abendsonne aus ihren merkwürdigen Sackpfeifen eine fremdartig helle, beinahe klagend-jaulende Musik während des Auf- und Abmarschierens in Reih und Glied, des Schwenkens, des Innehaltens und des sich erneut In-Marsch-Setzens.

Als das Tagesgestirn endgültig unterging, standen plötzlich eine ganze Reihe großer Lastwagen am Rand des Platzes. Während die Militärmusikanten, nun im Stillgestanden, unverdrossen weiterbliesen, bestieg ein Soldat nach dem anderen die Ladeflächen der Laster, bis schließlich auch die Musiker hintereinander ihre Instrumente unter den Arm klemmten und ebenfalls aufstiegen. Dann machten sie sich alle miteinander davon. Ein Wagen nach dem anderen verschwand in der Dämmerung. Die Kinder streunten nach Hause ... Über Nacht herrschte – wie immer – Ausgangssperre.

Am folgenden Tag – am 1. Juli, einem Sonntag, und es herrschte noch immer Ausgangssperre – war der Himmel bedeckt und es regnete. Den Sedanring entlang zogen neue Besatzungstruppen mit ihren Militärlastern und mit Pferdefuhrwerken, kleinen wendigen Panjewagen, die von kleinen zähen Pferden gezogen wurden, und in denen die Soldaten im Stroh saßen. Nach den schmucken Briten sahen die Truppen aus dem Osten, die nun über die Elbe gestoßen waren, eher ungewaschen und ein wenig verfilzt aus. Entsetzt blickten die Menschen aus ihren Fenstern auf den endlos langen Zug sowjetischen Militärs, der im stundenlang herniedergehenden Regen beinahe lautlos, ohne Musik und Tara und nur unterbrochen von hin und wieder aufheulenden Motoren und Pferdegetrappel, unter ihren Fenstern vorbeizog, wobei die Armee auch noch tüchtig eingenässt wurde.

„Du lieber Himmel!", seufzte Henriette Schossier, „ich komme mir vor wie im 13. Jahrhundert, wie die Mongolen einjefallen sind! Haste jesehen, Riekchen, wie viele von denen da eindeutig asiatisch aussehen? Ich sage dir: jetz' kommen die Steppenvölker über uns und helfe uns der liebe Jott, dass se nich' über uns Frauen herfallen. Ansonsten gloobe ich, wir dürfen uns ranmachen und möchlichst schnell Russisch lernen! Haste übrijens ooch davon jehört, dass schon viele abjehauen sein sollen und nach 'm Westen jemacht haben?" Denn schon lange hatte sich hartnäckig das Gerücht gehalten, dass Mitteldeutschland den Russen zugeschlagen werden sollte.

Die westlichen Alliierten hatten also von ihnen eroberte Gebiete gegen eine Präsenz im ausschließlich von der Sowjetarmee eroberten und vollkommen zerbombten und zerschossenen Berlin eingetauscht. Väterchen Stalin legte seine Hand auch auf das Anhaltinische und auf Thüringen. Von da an war die gesamte sowjetische Besatzungszone wie in einen kalten, grauen asiatischen Nebel gehüllt. So empfand es Elsbeth, und das Kind Imma verspürte so etwas wie eine Klammer um ihre Brust. Eine neue, eine andere seelische Bürde?

Diejenigen, die rechtzeitig und oft aus gutem Grund „nach 'm Westen hin jemacht hatten", hatten gut daran getan, denn abgesehen davon, dass es tatsächlich auch im westelbischen Teil der Stadt und im übrigen neu besetzten Land noch einmal zu vereinzelten Vergewaltigungen und auch Plünderungen kam, setzte sehr schnell die stalinistische Variante der Vergeltung ein: Viele Menschen wurden abgeholt und verschwanden. Schließlich hörte man von Lagern, in denen sie interniert wurden, um für ihre nationalsozialistische Vergangenheit zu büßen. Zu ihnen gehörte auch die Heinicken, die sehr bald vorgeladen und gleich abtransportiert wurde, der arme Unglückstropf, und zu ihnen gehörte auch Arno Angermaier, der doch dummerweise reichlich spät in die Partei eingetreten und leider sofort zum Blockwart avanciert war. Obgleich ihn seine Frau Marlene auf Knien angefleht hatte, sich rechtzeitig in den Westen abzusetzen, war er, der sich keiner persönlichen Schuld bewusst und daher mit seinem Gewissen im Reinen war, geblieben!

Zusammen mit diesen beiden Personen verschwanden viele Menschen, Unbekannte und Prominente, für mehrere Jahre, wenn sie nicht in den Lagern, die von den Nationalsozialisten als Konzentrationslager eingerichtet worden waren, und die nun von den Kommunisten übernommen wurden, oder gar in Sibirien vor Hunger und Krankheit umkamen.

Langsam aber kontinuierlich trafen die Heimkehrer ein, ausgemergelte graugesichtige geschlagene, vielfach versehrte Soldaten, deren Siegeslorbeer schon längst welk geworden war. Auch Vikar Brackmann kehrte – er allerdings unversehrt – zurück und reihte sich ein in die hungernde und frierende Bevölkerung. Von Henk sah und hörte man nichts.

„Ich durfte dort sein, wo der liebe Gott wohnt, woll!" raunte er, vor lauter Glück strahlend, nur seinen engsten Vertrauten zu. Der Vikar war von Anfang an in eine Sanitätseinheit an der Westfront abkommandiert worden und hatte nach der Besetzung Frankreichs genügend Zeit gefunden, auch das wunderbare Paris, dessen Kirchen, Schlösser, Paläste und Kunstwerke zu bewundern. Quer durch Frankreich war er sogar bis nach Bordeaux vorgestoßen. Er hatte nur geschaut und gestaunt und alles in sich aufgesogen. Die Mühen, die Strapazen des Rückzugs über den Rhein, die schweren Verwundungen und den Tod seiner Kameraden durchstand er mit Gottvertrauen und zusammengebissenen Zähnen, stets bereit, ohne Zaudern sein Leben zu opfern, um seine blessierten Kameraden durch das Feuer zu schleppen, die Toten zu begraben und für sie zu beten. Als er endlich wieder in seine Pfarrei St. Sebastian zurückgekehrt war, verdrängte er seine schlimmen Erlebnisse, so wie es viele Soldaten taten. Hin und wieder gestattete er sich, von Paris, von Frankreich, von den herrlichen gotischen Kathedralen, den beeindruckenden Boulevards und den Kunstwerken, die noch dort verblieben waren und die er sehen durfte, zu träumen. Gott war ihm gnädig gewesen, er hatte ihm einen lebenslangen Traum geschenkt, in dem er bis an sein Lebensende schwelgen konnte.

„Was macht Ihre Schriftstellerei, Frau Torsdorf?", fragte er flüsternd, als er Elsbeth in der dunklen Kirche St. Sebastian traf. „Sind Sie noch am Schreiben?"

„So gut wie nicht, Herr Vikar!", musste Elsbeth, ebenfalls flüsternd, antworten.

„Sie sollten Ihr Talent aber nicht verdorren lassen, woll! Auch nicht in diesen Zeiten!", mahnte er, und „Wie geht es Ihrem Mann, dem schneidigen Piloten?"

„Wir hören nichts von ihm. Vermisst!"

Denn Henk kam noch immer nicht nach Hause.

„Russki nix Kultura!", sagte Imma stolz auf dem Sedanring Nummer 16 in Tante Frederikas Apotheke. Nur, dass der Sedanring nun nicht mehr den Namen Sedanring trug, sondern ganz profan als Westring von der Wilhelmstadt nach Sudenburg führte. Der preußische Militarismus, der nach Meinung der Sieger seit Generationen – praktisch seit dem großen Kurfürsten – im deutschen Volk eingebrannt war, musste auf allen Ebenen ausgemerzt werden. So verschwand auch die für die Deutschen berühmte siegreiche Schlacht bei Sedan von 1870 gegen die Franzosen, bei den alten Leuten selbstverständlich noch bestens im Gedächtnis, in die Schwärze einer zu verdrängenden Vergangenheit.

„Wie kommst du darauf, Imma? Das is' natürlich Unfug. Auch die Russen sind ein altes Kulturvolk! Vielleicht nich' so alt wie wir Deutschen, aber immerhin!", antwortete die Tante streng.

„Aber die russischen Soldaten behaupten das doch, oder nich'? Nur weil sie keine Wasserhähne haben und keine Toiletten mit Wasserspülung kennen und denken, sie können ihre Kartoffeln inne Kloschüssel waschen? Und dann, stell dir vor, Tante Frederika, dann haben sie jezogen, und die Kartoffeln waren weg! Manche jedenfalls!" schränkte sie gleich ein. „Wie findeste das, Tante Frederika?"

„Auf dem platten Lande hat man nich' überall 'ne Wassertoilette, auch bei uns nich', und nich' in Frankreich und vielleicht auch nich' in Amerika.

„Und bei den Tommys?"

„Ooch nich'! Nehme ich ma' an. Und bist d u vielleicht in Kösskau uff'n Spülklo jegangen? Siehste! Und Brunnen mit Pumpschwengel gibt es bei uns auch jede Menge. Oder haste so was noch nich' jesehen?"

„Doch, aber ..."

„Und von den russischen Soldaten kommen eben die meisten von den Dörfern, und von weit her, sogar aus Sibirien und der Mongolei und Kirgisien und Kasachstan und ... und ..."

„Russland is'n großes Land, nicht wahr?"

„Unvorstellbar groß! Einfach riesig!"

„Da hat Vati wohl einen sehr weiten Weg bis nach Machdeburg?"

„Sehr weit. Deshalb dauert es auch so lange, bis er endlich zu Hause is'."

„Und wenn er vielleicht ooch versprengt war, denn dauert es noch länger, nich' wahr? Denn muss er doch erst seine Kameraden suchen, und wenn er sie überhaupt nich' findet, weil sie schon unterwegs nach Hause sind, denn muss er sich den Weg nach Deutschland janz alleine suchen, nich' wahr, Tante Frederika? Meinste, er muss zu Fuß gehen, wenn er zum Beispiel kein eigenes Flugzeug mehr hat?"

„Das wollen wir doch nich' annehmen!"

„Wenn er eins hätte, wäre er doch längst da!"

„Wahrscheinlich!"

„Und Fahrrad fahren können se ooch nich', die Russen!" fuhr Imma nach einer kleinen Weile fort und räumte einige etikettierte Flaschen in eine alte Kommode aus dem Haushalt der alten Tordorfs. Obgleich es schon spät war, längst neun Uhr vorbei, war es noch einigermaßen hell, denn inzwischen war in der sowjetisch besetzten Zone die Moskauer Zeit eingeführt worden, und in Moskau herrschte ebenfalls Sommerzeit.

„Das Fahrradfahren ist eben in Russland nich' so verbreitet wie bei uns!", erklärte die Tante ihrer Nichte. Die streunenden Soldaten requirierten tatsächlich alle Fahrräder, derer sie habhaft werden konnten und balancierten zur geheimen Belustigung der Bevölkerung unbeholfen auf diesen Zweirädern herum. Diese mutigen Marodeure trugen auch meistens stolz eine Reihe von goldenen Armbanduhren um beide Handgelenke, begehrte Plünderungsobjekte, die sie, ebenso wie die Fahrräder, den auf den Straßen dahinhuschenden geschlagenen Feinden einfach abnahmen.

„Dafür essen se nur Speck und Kartoffeln und trinken Schnaps und machen Musik und singen und sind fröhlich!", plauderte Imma weiter.

„So? Woher weißte das denn?"

„Das weiß ich von den Russen, die unter uns wohnen. Mit dem Offizier, Major is' der, sagt Mutti, habe ich schon manchmal jesprochen. Der is' janz nett! So! Und sein Bursche, der spielt den janzen Tag auf'm Schifferklavier und singt dazu! Sonst seien sie janz handsam, sagt Frau Schreiber, bloß das Jedudele auf der Quetschkommode, das jinge ihr auf die Nerven, hat se einmal jesagt. Aber sonst sagt se nich' viel."

Frau Schreiber war eine alte Dame, deren Wohnung ein Stockwerk tiefer unterhalb der Torsdorf'schen Wohnung lag. Hinter vorgehaltener Hand erzählte man sich, dass ihr Sohn ein ganz hohes SS-Tier sei und sich in Russland aufhalte. Sie selbst sei eine „alte Kämpferin" und schon 1923 beim Hitlerputsch in München dabei gewesen. Ihr war nun ein russischer Major und sein Bursche zugewiesen worden. Aufgrund ihrer familiären Situation und ihrer Vergangenheit, wenn denn beide der Wahrheit entsprachen, hätte sie es schlechter treffen können.

„Bei uns wohnen jetz' ooch Juden im Hause!", plapperte Imma weiter.

„Ach nee! Wo wohnen die denn?"

„Im Parterre! Sind ooch nette Leute. Gar nich' so, wie man sich Juden sonst so vorstellt."

Frederika verkniff sich selbstverständlich, danach zu fragen, wie man sich Juden „sonst so" vorzustellen habe und sagte stattdessen:

„Und? Wie sehen se so aus?"

„Janz normal, und schön anjezogen. Mutti sagt, die Frau habe janz bestimmt ihre Haare jefärbt. Und wenn se kochen, denn riecht es herrlich durchs janze Haus. Man kricht da richtich Hunger. Aber se wollen nich' bleiben, se wollen dahin, wo Juden schon immer zu Hause sind, sagen sie."

„Woll'n se nach Palästina?"

„Ich glaube ja, wo sie eben immer schon zu Hause sind, sagen se, wo se der liebe Gott hinjeschickt hat. Ins jelobte Land, sagt Vikar Brackmann."

„Na, fast 2000 Jahre waren se da eben nich' zu Hause, das war ja ihr Malheur die janze Zeit über!"

„Wieso?"

„Das erklär' ich dir ein ander' Mal, Imme. Das is' für heute Abend zu kompliziert. Wisch man eben da drüber, da is' jekleckert!"

„Aber du wirst es mir erklären?"

„Aber ja! Ich schwöre!"

„Wann kommt Püppi nach Hause?", fragte Imma weiter und wischte den Fleck weg.

„Wenn die Schule anfängt. Was haste denn da überhaupt für Schuhe an?"

„Aus Bakelit. Hat Mutti organisiert, zusammen mit Schwimmseife. Und wann fängt se an?"

„Was meinste?"

„Na, die Schule!"

„Was weiß ich! Im Herbst vielleicht, wenn der Sommer vorbei is'", antwortete Frederika, die langsam nervös wurde, ungeduldig.

Am 01. Oktober wurde in Magdeburg an 35 Schulen der Unterricht wieder aufgenommen.

Sofort setzte die sozialistische Umerziehung ein – beginnend beim Geschichtsunterricht, wie sich denken lässt – welche in Elsbeths Augen mit nationalsozialistisch-diktatorischen Verhaltensmustern so manches gemein hatte. Abgesehen davon, dass man die Schüler auf die Felder in der Umgebung der Stadt zum „Stoppeln", also zum Ährenlesen aussandte, sie auch bei Enttrümmerungsarbeiten einsetzte, wobei Imma und ihre Mitschüler einmal mit ansehen mussten, wie ein älterer Schüler unter einer einstürzenden Mauer begraben wurde, während er – wohl um sich zu retten – über einen riesigen Trümmerhaufen sprang, begann von Neuem das Marschieren der Kinder und Jugendlichen im Gleichschritt unter Absingen sozialistischer Lieder durch die zertrümmerte Stadt.

„Wie beim Hitler!", bemerkte Elsbeth unverblümt vor den Ohren der Töchter in Erinnerung an die nationalsozialistische Jugendbewegung im Dritten Reich und deren Gleichschritt, was Püppi, inzwischen wieder auf dem Westring zu Hause, immer noch kränkte.

Von Henk, dem Vater, war noch immer kein Lebenszeichen eingetroffen. Wie Elsbeth von ihrer Cousine Paula erfuhr, blieb auch der Loisl weiterhin verschollen.

Und so wartete Elsbeth in Magdeburg weiter auf ihren Mann, während sie ihren Schwägerinnen zur Seite stand, jede der drei Frauen auf ihre Weise eine der Kriegsgeschädigten unter vielen Kriegsgeschädigten der an diesem Weltkrieg beteiligten Völker: den Obdachlosen, den Kriegsgefangenen, den Waisen, den Verschleppten, den Darbenden, den Gemarterten, den Vertriebenen, den Gefolterten, den Heimkehrern, den Flüchtlingen, den Geschundenen, den Kriegerwitwen, den Verarmten, den Versehrten, den Ausgebombten, den Hungernden, den Ermordeten, den Trauernden, den Gefolterten, den Frierenden, den Zerstreuten, den Geschändeten, den Heimatlosen, den Verstümmelten, den Weinenden und den Mutigen ...

In dieser Zeit des Überlebenskampfes unter Hunger und Kälte setzten die sowjetischen Besatzer in ihrer Zone zur Verhinderung von Seuchen ihre Impfaktionen ein.

„Nanu?", fragte Ansgar.

„Also, wenn ich mich an diese Zeit erinnere", antwortete seine Frau, „dann habe ich immer das Gefühl, ich sei in der Schule andauernd geimpft worden. In der Reihe Anstehen zum Spritzen! Und warten, bis man drankommt! Ein grässliches Gefühl! Welches Kind hat nicht einen Heidenrespekt vor der Injektion? Und erst recht in der damaligen, medizinisch unaufgeklärten Zeit?"

„Na, ich weiß nicht! Ich glaub' da geht's so manchem Erwachsenen noch heute so!" antwortete der Professor.

XVI

„Stoi! Stoi!" Einige Schüsse knallten in der Schwärze der Novembernacht 1947 durch die kalte Luft. Die kleine Gruppe duckte sich mit ihrem Gepäck im Unterholz in den Schnee, und Imma wusste, dass sie keinen Muckser machen durfte. Die Menschen wagten kaum zu atmen. Voller Angst und mit gehörigem Herzklopfen hörten sie die rauen Stimmen der russischen Grenzsoldaten: „Dawai! Dawai! Dawai!" Die hatten offensichtlich einige der „schwarzen" Grenzgänger geschnappt und scheuchten sie nun zurück. Zurück in den Osten! Dort würden diese Illegalen eingesperrt werden – für einige Stunden, wahrscheinlich für den Rest der Nacht, einige von ihnen vielleicht für mehrere Tage, vielleicht wurde dieser oder jener sogar interniert – für eine unbekannte Zeit in ein Lager gesteckt, für Tage, für Wochen, für Monate, vielleicht für Jahre? Und, wenn es für einen ganz böse ausging, dann wurde der, den es traf, sogar verschickt, weit in den Osten verbannt, verurteilt zur Zwangsarbeit. Sibirien war das Schreckenswort. Sibirien war das Allerschlimmste, was einem passieren konnte!

Keiner konnte voraussagen, was unter Umständen ihm, was Mitgliedern seiner Familie, was seinen Freunden, was jetzt oder gleich, was morgen oder übermorgen vielleicht geschehen könnte. Nichts war in nur irgendeiner Weise berechenbar, nichts war verlässlich. Es verhielt sich vielmehr so, als geschehe alles nach der launenhaften Willkür eines Unbekannten. „Schikane" nannten es die Leute, wenn es sich dabei – im Verhältnis zu den Prankenhieben des Schicksals – um Geringfügigkeiten handelte, die das Leben in Hunger und Kälte zusätzlich erschwerten. Diese Willkür hatte die Herrschaft über das Dasein von Millionen im gesamten neu geschaffenen Ostblock inne. Diese Menschen waren unberechenbaren, unabänderlichen Tatsachen ausgeliefert!

„Und über wie viele Jahrzehnte in diesem unglückseligen 20. Jahrhundert!", bemerkte Ansgar, der wieder einmal zum Zuhören verdonnert worden war.

„Seit Lenin!", antwortete seine Frau, „Seitdem die Bolschewiken die Macht in ihren Händen hielten. Die Frage nach den Verhältnissen unter den Zaren bleibt offen."

„Darüber wissen wir nicht viel!", seufzte Ansgar resigniert. „Doch wünschenswert scheinen sie mir eher auch nicht gewesen zu sein! Und die Verhältnisse in den übrigen Diktaturen Europas hat man wohl ebenfalls differenziert zu betrachten!"

„Nun denn", fuhr seine Frau fort, „die Tatsachen bestimmten also noch immer das Leben der Familien Torsdorf und Angermaier und das des ganzen besiegten Volkes. Von Selbstverwirklichung des Individuums keine Spur! So etwas kannte man damals ohnehin nicht!"

„Es erhebt sich die Frage, weshalb sich die Leute im Winter – es war doch Winter, oder? – bei Kälte und Schnee in die von dir aufgezählten Gefahren des illegalen Grenzgangs begeben haben", bemerkte der Professor.

„Ganz einfach, weil die Nächte lang und dunkel waren!" antwortete Edda. „Um auf diesem Schleichweg durch den Wald in den Westen zu gelangen, brauchte man Stunden! Natürlich konnte die grüne Grenze mit

Mut und Pfiffigkeit an etlichen anderen Stellen auf dunklen Wegen überwunden werden, aber allen schwarzen Grenzgängern wurde stundenlanges Laufen abgefordert. Eine ganze Reihe von Schleppern schleusten die Menschen hinüber und herüber. Und die – das lässt sich denken – bewältigten diese Strapaze auch nicht gerade im Dauerlauf, unterernährt, wie sie waren. Alles hatte im Übrigen in absoluter Stille vonstatten zu gehen. Selbst das Flüstern war verboten. Und der Schnee dämpfte natürlich zusätzlich. Der illegale Grenzverkehr zwischen der russisch besetzten Zone und den Zonen der Westalliierten spielte sich zu jeder Jahreszeit ab, aber die dunklen Nächte waren sicherer", fügte sie hinzu.

„Aha!"

Imma war 12 Jahre alt und übermüdet. Während sie im Schnee hockte, dachte sie daran, wie ihre Schwestern gemütlich in ihren Betten lagen und schlummerten. Und mit diesen Gedanken schlief sie selbst sofort ein.

Einige Zeit später wurde sie wieder wachgerüttelt, und weiter ging es. Imma, einen Rucksack auf dem Rücken, stolperte mit nassen, kalten Füßen in den undichten Schuhen neben ihrer Mutter her, die einen Koffer und eine Tasche schleppte. Sie bemühte sich, tapfer die Zähne zusammenbeißend, ihre Augen in der Schwärze der mondlosen Nacht offen zu halten und sich auf die Münchner Großmutter zu freuen. Durch den weißgrauen Schnee war der unbekannte Weg, auf dem ein Fähnlein aus fünf Frauen und drei Kindern einem Schleuser folgte, zum Glück genügend ausgeleuchtet. Die Frauen und die Kinder trugen Mäntel, von denen einige unübersehbar aus getragenen umgearbeiteten Militärmänteln entstanden waren. Die Kinder hatten handgestrickte Bommelmützen über ihre Ohren gezogen, und ihre Hände steckten in vom Schnee durchfeuchteten Fäustlingen, während sich die Frauen handgestrickte Schals um den Kopf gewickelt und über der Stirn verknotet und lederne Fingerhandschuhe aus besseren Zeiten über ihre klammen Hände gestreift hatten. Alle befanden sich auf dem Weg zu Verwandten oder zu ihren Männern und Vätern, die aus der Kriegsgefangenschaft in die Westzonen entlassen worden waren, und die ihrerseits nicht in das von den Russen besetzte Gebiet zurückkehren wollten.

Für eine Reise von Magdeburg nach München dürfe man gut und gerne bis zu drei Tage einkalkulieren, hatte man Elsbeth instruiert, was sich letztendlich als korrekt herausstellte. Habe man Glück, so ginge es etwas schneller. Das war auf dieser Reise nicht der Fall. Der Fußmarsch über die grüne Grenze begann im Osten am Rande des Harzes hinter dem Ort Walkenried und führte nach Ellrich, das schon im Westen, im britisch besetzten Gebiet, lag. Sobald der Führer flüsterte, man habe die Gefahrenzone nun überwunden und die russische Zone endgültig hinter sich gelassen, wurde für alle das Gepäck viel leichter, obgleich es sich natürlich in seinem Gewicht nicht geändert hatte. Trotz Müdigkeit und kalter schmerzender Füße beschleunigten die Frauen ihre Schritte, zogen die Kinder hinter sich her und strebten erleichterten Herzens dem Bahnhof Ellrich zu. Hier begann das Warten in einer langen Schlange vor dem Fahrkartenschalter und dann auf den nächsten Zug, der schon deshalb überfüllt sein würde, da illegale Grenzgänger zuhauf im kleinen Wartesaal, in der nicht viel größeren Bahnhofshalle und vor dem Bahnhofsgebäude mit und auf ihren Gepäckstücken der Weiterreise harrten. Der Bahnsteig durfte erst kurz vor Einfahrt des Zuges betreten werden. Die Rumpffamilie Torsdorf hockte in der Halle auf ihrem Gepäck, und der Schlepper sammelte diskret eine neue Kundschaft ein, die auf dem umgekehrten Weg, nach Osten, war.

Püppi war nicht mit von der Partie. Nur, weil die 17-jährige Püppi freiwillig auf die Reise in den Westen verzichtet hatte, konnte sich Elsbeth überhaupt in dieses Abenteuer begeben, um nach drei Jahren endlich wieder einmal ihre alte Mutter zu besuchen, die tapfer und ergeben ihren Kummer über das Verschwinden ihres Sohnes in ein Nirgendwo ertrug. Viele Bewohner der russisch besetzten Zone wagten dieses Abenteuer, denn die Chance, unbehelligt durchzukommen, war, das muss man zugeben, groß. Püppi blieb also zu Hause und nahm, zusammen mit Trine, die kleine 5-jährige Schwester Sybille in ihre Obhut. Denn Sybille Elisabeth Schranner lebte seit dem Sommer 1946 am Westring Nummer 19.

Der Schock, den der Brief der Melitta Grusius im Frühjahr 1946 ausgelöst hatte, war ein beträchtlicher gewesen.

„Sehr geehrte Frau Torsdorf!" hieß es da, „Meine Eltern und mein Bruder betreiben unsere Auswanderung nach Übersee!" Das wäre ja nicht das Malheur gewesen, hätte Sybille Elisabeth mit auswandern dürfen. Doch die Misere war die, dass die Amerikaner Sybille Elisabeth Schranner nicht bei sich haben wollten. Weil sie nun mal keine Grusius war, durfte sie nicht in ihr Land einwandern.

„Die Kleene is' wie 'n Bumerang, nich' wahr?", fand Trine, „Zuerst war'n wir alle froh, dass se uffjeräumt war, und nu' ham wir se wieder!" Die liebe, gute alte Trine! Aufgrund chronischen Hungers war sie nun so verschrumpelt wie ein Bratapfel.

„Hunger kenne ich nich'!", pflegte sie zu sagen und schob alles den Kindern zu, „Alte Leute ham keen'n Hunger nich' mehr!"

„Das stimmt nicht!" warf Ansgar ein, der immer einen guten Appetit hatte, wenn ihm nichts wehtat.
Edda beachtete seinen Einwurf nicht.

Etwas mühselig schlurfte die alte Köchin von in der Frühe bis in die Nacht in ihren ausgetretenen wollenen Galoschen in der Wohnung auf Nummer 19 herum, bemüht, alles in Ordnung zu halten und damit ihrem Dasein noch einen Sinn zu geben. Hin und wieder musste sie sich für eine kleine Weile setzen, um „sich Mannomann und ach Jottchen neei – zu verschnaufen!", wie sie sich stolz süddeutsch ausdrückte.

Und die mittlerweile 38-jährige Elsbeth Torsdorf, die ausgepumpt in der Walkenrieder Bahnhofshalle auf ihrem Koffer saß und auf einen Zug nach Northeim wartete, sah die alte Köchin vor sich, wie sie, die kleine Bille an der einen und das Einkaufsnetz in der anderen Hand, in ihrem langen altmodischen grauen Mantel, ihren uralten runden Hut mit eingerollter Krempe und einer großen braunen Schleife auf dem Kopf, in ihren ausgetretenen halbhohen, geschnürten Schuhen unbestimmter Farbe und schiefen Absätzen zum Körnerplatz pilgerte, um sich dort beim Konsum um Lebensmittel anzustellen. Denn um diese Zeit saß Püppi ja in der Schule, und nachmittags war in der Regel alles ausverkauft und nichts mehr zu bekommen.

Wäre Sybilles Tante Frederika damals, als der Grusius'sche Brief eintraf, noch in Magdeburg wohnhaft gewesen, so hätte sie sich ob des Troubles, den man doch ständig mit dieser Cousine aus dem nichtssagenden Nest in Bayern hatte, wieder aufregen und vor ihrer Freundin und vor ihrer Schwägerin hämisch ausbreiten können. Doch Tante Frederika befand sich zu der Zeit nicht mehr in der einst stolzen und nun zertrümmerten Stadt Kaiser Ottos des Großen.

Eines Tages war Tante Frederika verschwunden.

Nun verschwanden damals immer wieder Menschen. Die einen entwichen in den Westen, die anderen verschwanden irgendwo in einem Nirgendwo in einem Lager. Die Leute nahmen es, bis auf die Angehörigen freilich, achselzuckend zur Kenntnis. War die Apothekerin nicht in der Partei gewesen? Eben! Entweder war ihr der Boden zu heiß geworden, oder man hatte sie abgeholt.

Frederika hatte ihre Behelfs-Offizin am Westring Nummer 16 mit Erfolg geführt und nebenbei mit ihrem geretteten Destillierapparat heimlich eine Produktion – so für den Hausgebrauch – aufgenommen. Als der Hausmeister, ein wegen seiner Verwundung verfrühter Frontheimkehrer, für die Frau Apothekerin einen tropfenden Wasserhahn repariert hatte, wurde ihm ein Gläschen angeboten. Der hilfsbereite Menschenfreund kippte die milde Gabe in einem Zug herunter, riss Mund und Augen auf, atmete tief durch und ächzte unsicher, doch höflich: „Frau Doktor, darf ich mich setzen?"

Das konnte beim besten Willen nicht geheim bleiben!

Als Imma wieder einmal ihrer Tante in deren Behelfs-Labor, ehemals die Torsdorf'sche herrschaftliche Küche, zur Hand ging, kam es zwischen den beiden zu folgendem folgenschweren Dialog:

„Na, Imma, was machen denn so deine Freunde, die Russen, auf Nummer 19?"

„Ooch, nischt Besonderes. Nur heizen tun se nich'. Die frieren nich'. Mutti sacht, das kommt davon, weil se so viel Schnaps trinken und ewig Speck essen."

„So, sacht se das?"

„Ja! Aber Frau Schreiber, die friert dafür janz dolle!"

„Und dein Freund, der Major? Der friert ooch nich'?"

„Nee! Aber vielleicht wärmt er sich ja da auf, wo er sich immer aufhält, inne Kommandantur. Meinste, die heizen da, Tante Frederika?"

„Vielleicht?"

„Bei uns in der Schule sind se ooch schon Kohlen klauen jegangen!"

„Ach nee! Da kann man nur hoffen, der Major kricht das nich' in die falsche Kehle!"

„Ooch, das macht dem nischt, der is' nich' so! Erst neulich hat er jesacht: Tante macht Schnaps! Nix gut für Tante! Stimmt das Tante Frederika? Du machst Schnaps?"

Der beschuldigten Tante wäre fast ein Glaskolben zu Boden gegangen. Imma konnte ihn gerade noch auffangen.

„Wann hat er das jesacht, Imme?" flüsterte Frederika, „Wie lange is'n das her?"

„Weiß nich'!", flüsterte Imma zurück, obgleich sie nicht einsah, warum man nun flüstern musste. „Vielleicht gestern oder vorgestern? Oder doch letzte Woche?"

„Du musst doch wissen, wann er das jesacht hat!"

Imma presste die Lippen zusammen und zog sie in einem Bogen nach unten. „Wie ihre Mutter!", schnaubte Frederika in sich hinein. „Is' mir bisher noch jar nich' so uffjefallen!"

„Nu' sach schon!"

Imma legte die Stirn in Falten und dachte scharf nach.

„Du kannst nach Hause!", brach die Tante ungeduldig in ihre Überlegungen hinein.

„Ich glaube, es war Mittwoch!", flüsterte Imma, suchte ihre Sachen zusammen und verließ das sogenannte Labor.

„Jetz' hänge ich doch glatt am Fliegengitter!", japste Frederika entsetzt und starrte wie abwesend auf den grauen Spülstein, ohne ihn wirklich zu sehen „Und wenn ich jetz' Pech habe, denn bleibe ich noch am Kleister vom Fliegenfänger kleben, doof wie ich bin!"

So trug es sich zu, dass die 42-jährige Frederika von jetzt auf gleich, ohne viel Gepäck, doch mit all ihren Dokumenten, in der Kälte „mit's Rad Richtung Berlin machte", denn sie wagte nicht, in Magdeburg in einen Zug zu steigen. Erst unterwegs hievte sie sich und ihr Fahrrad in das bereits beschriebene Gepäckabteil eines Personenzuges nach Berlin. In Köpenick schlüpfte sie, ausgekühlt wie ein Eisblock, steif wie ein Stock und hungrig wie ein Bär, bei einem Studienfreund in dessen halber Ruine von Apotheke unter und radelte am nächsten Tag in den amerikanischen Sektor der ehemaligen Reichshauptstadt. Dies war zu jener Zeit ohne Weiteres möglich, was man sich heutzutage, nach dem Mauerbau, ebenso wenig vorstellen kann, wie man sich damals vorstellen konnte, dass jemals eine undurchdringliche Mauer den östlichen Teil des ehemaligen Großdeutschen Reiches vom westlichen für länger als ein Vierteljahrhundert rigoros abnabeln würde. Auch in Westberlin gab es einen Studienfreund, der in der Nähe von Wannsee wohnte und überraschenderweise nicht ausgebombt, noch nicht einmal angedeutet fliegergeschädigt war. Die Schwarzmarkt-Beziehungen dieses gerissenen ehemaligen Kommilitonen verhalfen Frederika zu einem Zuzug nach Westberlin, was an ein Wunder grenzte, und zu einer düsteren, feucht-kalten Kammer in einer ständig nach aufgewärmtem Kohl riechenden grindigen Wohnung in einem Hinterhaus in Wedding mit einer bemerkenswert schmalen Bettstatt mit durchgelegener muffelnder Matratze – und zu einer Verschnaufpause. Frederikas Welt, die so plötzlich und unerwartet Kopf stand, trachtete so, langsam wieder auf die Füße zu kommen.

Im Übrigen hätte keiner darüber Auskunft geben können, was der Apothekerin aus Magdeburg zugestoßen wäre, wäre sie geblieben. Wahrscheinlich noch nicht einmal der russische Major!

Elsbeth kramte aus ihrer Tasche zwei gestrichene Brote für Imma heraus. Es duftete nach Majoran, den sie auf ihrem Balkon in einem Kasten gezogen und für den Winter getrocknet hatte, und der einem undefinierbaren Brotaufstrich aus Graupen, Trockengemüse und einer ebenfalls selbst gezogenen Zwiebel beigemischt war. Fett war in dem Aufstrich so gut wie gar nicht vorhanden, ein Gran merkwürdig riechendes exotisches Öl vielleicht. Aber das war nur die eine Stulle. Die zweite war – welch ein Luxus – mit kaltem Rührei aus Eipulver, in Wasser angerührt, belegt. Denn kurz nachdem Melitta Grusius mit ihrem kleinen Sohn nach mehrwöchiger Überfahrt in New York angelandet und von ihrem Bruder abgeholt worden war, setzte der Segen der Care-Pakete für die Familie Torsdorf ein. Es war, als würde die kleine Sybille auf eine verschlungene undurchschaubare Weise in Dankbarkeit eine Wiedergutmachung dafür leisten, dass man sie von Anfang an der Fürsorge einer liebevollen Pflegemutter überlassen und nicht als Bastard sogleich an den Rand der Torsdorf'schen Familie gedrängt hatte. Nicht, dass dieser Care-Segen häufig über die hungernden Torsdorfs niedergegangen wäre – auch die kinderreiche Familie in Wanzleben musste bedacht werden! Elvira, verwitwete Brandlhofer, nunmehr verheiratete Kunze, hatte es doch immerhin noch bis zum Mutterkreuz geschafft und war sogar darüber hinausgeschossen! Dieser also hin und wieder hereinbrechende US-Segen bestand in Milch- und Eipulver, in Maismehl, in Dosenfleisch, in Kakaopulver, in einem merkwürdig riechenden Öl in Konservendosen, in Schokolade und – wie herrlich! – in echtem schwarzem Kaffee, ebenfalls in Pulverform! Und in Kinderkleidung!

Imma schniefte.

„Hoffentlich wird mir das Kind jetzt nicht krank!" dachte Elsbeth besorgt und zog ihre Mundwinkel in einem Bogen nach unten. „Das geschähe dir nur recht!", würde Frederika meckern, „Was ziehst du Henks Tochter in so ein gefährliches und ungewisses Abenteuer hinein, Pettchen!" Elsbeth konnte nicht umhin zuzugeben, dass sie Frederika vermisste. Auf Umwegen war ihr mündlich zugetragen worden, dass sich die herrische und zu Sarkasmen neigende Schwägerin in Westberlin aufhielt. Dem Himmel sei Dank! Sie wusste, dass Henriette Schossier nach und nach einige Pakete an eine Berliner Adresse geschickt hatte, die im Wesentlichen Frederikas Kleidung enthielten, in denen wiederum die Freundin, in Kleidertaschen verborgen, jeweils eine Nachricht von Elsbeth über das Ergehen der Torsdorfs und Liebesgrüße von „Deinem Dich liebenden Jettchen" übermittelte! Das „liebende Jettchen" hatte die Freundin inzwischen auch schon zweimal in der zerbombten, zerschossenen ehemaligen Reichshauptstadt besucht und aufregende Geschichten mitgebracht. Von Henk und auch vom Schranner Loisl gab es keine Lebenszeichen. Was Arno Angermaier anbetraf, so hatte Elsbeths Schwägerin Marlene von einem der wenigen zurückgekehrten ehemaligen Häftlinge in Erfahrung gebracht, dass der mit ihm in einem der verschiedenen Lager zusammen gewesen war. Über die Zustände dort, über die Ernährung, über das Leben in den Lagern überhaupt, schwieg sich der Heimkehrer aus. Ob Arno Angermaier nun noch lebte, war nicht bekannt. Auch von der Heinicken hörte man nichts. Was den liebenswerten Kinderarzt, Herrn Dr. Carl Werner Lösche anging, so hatte der seiner Frau mitgeteilt, dass er in Westdeutschland zu bleiben gedachte, wo er fürs Erste gestrandet war, und wo er Fuß zu fassen hoffte. Derzeit arbeitete der ausgehungerte Hungerturm auf einem Bauernhof in Niederbayern. Es blieb unklar, ob er überhaupt eine Wiedervereinigung mit seiner Gattin anstrebte, und es blieb auch unklar, ob sein Mignon den Krieg überlebt hatte.

Der auf die Familie Torsdorf rieselnde amerikanische Segen beschränkte sich nicht nur auf die Übersendung von Naturalien und Bekleidung, sondern war auch geistigen Inhalts, der sich eines Tages pekuniär auswirken sollte. Melitta Grusius hatte nämlich die von Elsbeth bisher veröffentlichten Kinderbücher mitgenommen. Ohne dass die Autorin davon nur den blassesten Schimmer hatte, begann die Grusius'sche Schwägerin sofort damit, sie ins Englische zu übersetzen und zu veröffentlichen.

Elsbeth schraubte eine mitgebrachte Thermosflasche auf und gab ihrer Tochter lauwarmen Kräutertee zu trinken. Die Kräuter stammten aus der Torsdorf'schen Apotheke. Durch Frederikas Umsicht waren auch sie in der grausamen Bombennacht am 16. Januar 1945 gerettet worden. Nachdem auch Elsbeth einen Schluck genommen hatte, schickte sie das Kind hinter den Bahnhof, um sich irgendwo im Freien noch einmal zu erleichtern, bevor – endlich ein Zug einfahren würde.

„Wo geht's denn hin?", fragte eine der Frauen, die mit zu Elsbeths Grenzgänger-Crew gehört hatte, und die einen recht unternehmungslustigen Eindruck machte. Unter ihrem um den Kopf gewundenen Schal lugte eindeutig ein mit Wasserstoffsuperoxyd blond gefärbter Haarschopf hervor.

„Nach Süden", flüsterte Elsbeth.

„Also zu den Amis!", bekräftigte die Fremde, „Haben Sie denn 'nen Interzonenpass?"

„Einen Interzonenpass? Nein!", antwortete Elsbeth bestürzt. Das Herz rutschte ihr vor Schreck ganz weit nach unten.

„Ohne Interzonenpass kommen Sie nicht von der englischen in die amerikanische Zone!" wurde sie von der Blondierten aufgeklärt, während sie sich ihre selbst gestrickten Pulswärmer zurechtzupfte. „Sie sind wohl das erste Mal unterwegs, wie?"

Elsbeth nickte beklommen. „Haben Sie denn einen?"

„Klar!", antwortete die andere, als sei der Besitz eines Interzonenpasses das Selbstverständlichste von der Welt.

„Passen Sie auf!", fuhr sie fort. „Ich sehe, Sie haben ein älteres Kind dabei! Ist das Ihr Kind?" Elsbeth nickte wieder. Nicht nur der fehlende Interzonenpass, auch Imma würde wahrscheinlich eine unüberwindliche Hürde sein, fürchtete sie.

„Wissen Sie, es ist nämlich so", fuhr die Blonde fort, „in Bebra werden alle ohne Ausnahme aus dem Zug gescheucht, und wenn alle draußen sind, stellen sich die Amis vor die Zugtüren und lassen niemanden rein, der keinen Interzonenpass hat. MPs! Da kommen Sie so auf keinen Fall durch!"

„MPs?"

„Militärpolizei!"

„Dann kann ich ja wieder umkehren!"

„Quatsch!", antwortete die Blonde. „Wer wird denn gleich die Flinte ins Korn werfen und aufgeben? Wir haben doch das Kind! Wie alt ist es denn?"

„Zwölf!"

„Zwölf! Na, zum Glück ist es nicht groß. Das wird von den Amis in dem Gedrängele glatt übersehen, möchte ich wetten. Passen Sie auf: Wir drei, Sie und ich und das Kind, wir bleiben ganz dicht zusammen. Ich werde als Erstes in den Zug steigen, und die Kleine bleibt bei mir. Und Sie bleiben ganz hinten, am Ende von der Schlange. Wenn ich kontrolliert bin, gebe ich der Kleinen meinen Pass, und sie schlüpft zu Ihnen durch, und dann haben Sie auch einen – geborgt, natürlich!"

„Und das soll klappen? Haben Sie denn kein Bild in Ihrem Pass?"

„Klar habe ich 'n Bild in meinem Pass, aber erstens guckt bei dem Gedränge keiner von den Texas-Boys genau hin und zweitens ist es bis dahin schon wieder reichlich duster. Wir Frauen haben doch alle dieselben Kopftücher auf! Und der Bahnhof ist miserabel beleuchtet, wie alle Bahnhöfe, kann ich Ihnen versichern. Ich kenne ihn! Ich sage Ihnen, wie soll man da ein Konterfei erkennen! Keine Sorge! Das klappt! Ich mache das doch nicht zum ersten Mal! Sie müssen nur wissen, wie ich heiße, falls Sie gefragt werden, und wo ich geboren bin und wann, und wo ich wohne und wo ich hin will. So einfach ist das!"

„Mhm!", bestaunte Elsbeth die Lässigkeit, mit der diese Mitreisende das schwierige Problem der zweiten illegalen Grenzüberschreitung anging.

„Aber wir sagen es der Kleinen erst, wenn wir in Bebra aus dem Zug sind. Die muss das jetzt noch nicht wissen! Klar? Ich heiße Hilde Fröbel und komme aus Halberstadt, und Sie?"

„Elsbeth!", antwortete Elsbeth, „Elsbeth Torsdorf. Und meine Tochter heißt Imma. Wir sind aus Magdeburg.

„Also Elsbeth! Und mein Geburtsdatum ist der 3. März 1916. Wo wollen Sie denn überhaupt hin?"

„Nach München."

„Dann sagen Sie München, wenn Sie gefragt werden. Ich steige in Würzburg um."

„Und wenn ich hinter Würzburg noch einmal kontrolliert werde? Ich meine, wenn jemand nach meinem Interzonenpass fragt?"

„Werden Sie nicht! Keine Angst! Wollen Sie denn in Bayern bleiben?"

„Ich glaube nicht!", antwortete Elsbeth unsicher.

„Versuchen Sie zu bleiben! Der Osten ist ein kaputtes Grundstück, in den die Russen nichts reinschießen werden!", versicherte die mit einer guten Portion Hausverstand gesegnete Hilde Fröbel.

„Sie meinen, hier im Westen wird es besser?"

„Wenigstens atmet es sich leichter! Aber wenn Sie denn schon zurück müssen, dann versuchen Sie den Grenzübergang Helmstedt-Marienborn. Das ist nicht so ein langer Marsch wie der von Walkenried nach Ellrich! Ich mache den hier wahrscheinlich auch nicht mehr."

„Wollen Sie denn nicht hier im Westen bleiben? Ich meine, Sie haben doch den Interzonenpass!"

„Klar! Bloß noch nicht jetzt! Ich muss noch mal zurück. Und Sie müssen zusehen, dass Sie sich in München sofort einen Zuzug und einen Pass organisieren!"

„Das halte ich für ausgeschlossen!" antwortete Elsbeth geknickt, „München ist praktisch total zerstört, in der ganzen Stadt liegt so gut wie kein Stein mehr auf dem anderen!"

„Wenn Sie eine Bleibe nachweisen können, ist es vielleicht gar nicht so schwierig. Haben Sie jemanden, der Sie aufnehmen kann? Oder vielleicht kennen Sie sogar jemanden auf dem Lande? Wenn Sie keinen Wohnraum brauchen, geht es dort meistens leichter und schneller. Aber wenn das nicht hinhaut, dann müssen Sie über Hof zurück, da kommen Sie gleich von den Amis zu den Russkis, es sei denn, Sie finden wieder jemanden, der Sie in Bebra durchschleust. Und nun gucken Sie mal nach Ihrer Kleinen! Ich passe hier schon auf alles auf. Sie müssen sicher auch mal, und ich nachher auch. Da können Sie vielleicht auch auf mein Gepäck aufpassen! Und nicht vergessen: 3. März 1916!"

Die wohlerzogene Elsbeth wagte natürlich nicht zu fragen, warum die famose Hilde, offensichtlich eine routinierte Grenzgängerin, in den Osten zurückstrebte. Damals hatten viele Menschen so ihre Geheimnisse ...

„Wie die Heringe in der Sardinenbüchse", so Hilde, standen sie später dicht an dicht auf dem Gang des unbeheizten Zuges, der mit reichlich Unterbrechungen nach Northeim zuckelte. Dort hielt ein erneuter Aufenthalt über Stunden die Reisenden fest, bevor sie in einen Zug nach Würzburg umsteigen konnten. Durch muntere Gespräche, durch das Erzählen lustiger Geschichten und durch heiteres Witze-Reißen wurde das lange Warten unterhaltsam verkürzt.

„Im Ernst?", fragte Ansgar dazwischen.

„Na, ohne Humor kannst du so was doch nicht durchstehen, oder?", antwortete seine Frau, „Schon gar nicht, wenn du dabei andauernd Kohldampf schiebst!"

„Fahren Sie zu Ihrem Mann?", wollte Hilde Fröbel wissen.

„Zu meiner Mutter", erzählte Elsbeth. „Mein Mann ist vermisst!"

„Mist!", kommentierte Hilde. „Seit wann denn?"

„Seit Sommer 42!"

„Na, ich hoffe, Sie haben nicht die ganze Zeit auf dem Trockenen gesessen!" meinte die geblondete Hilde, „Allerdings: Männer sind rar heutzutage! Doch das sollte Sie nich' verdrießen!" Und ihre blaugrauen Augen zwinkerten verständnisvoll.

Elsbeth, der man die eheliche Treue, namentlich die der Ehefrau, eingebläut hatte, auch wenn der angetraute Ehemann sich seinerseits diese Tugend nicht zu eigen machte, entsetzte sich ob solch leichtfertiger Anschauungen. Dennoch hörte sie beschämt zu, denn sofort kam ihr der russische Major, Jewgenij Schurow, in den Sinn, dem sie mit Sicherheit erlegen wäre, hätte sich die Gelegenheit dazu ergeben. Sie hatte genau gespürt, dass der Russe ein Auge auf seine Hausgenossin geworfen hatte, ohne dass er ihr je zu nahe getreten wäre. Fraternisation war beim russischen Militär strengstens untersagt, und Verstöße dagegen wurden strengstens geahndet. Wäre es also nicht so gefährlich gewesen, sie, Elsbeth, wäre schwach geworden. Ganz bestimmt. Allein: Wo hätten sie sich eigentlich begegnen sollen, sie und der russische Major, da sich doch ihrer beider Leben ständig unter den Augen anderer Menschen und in aller Enge abspielte? Ach! Allein der Gedanke an ihn ließ ihren Unterleib in Wallung geraten, machte sie hitzig und ihren Kopf so leer, dass ihr Verstand auszusetzen drohte. Auch heute noch, da Gospodin Schurow längst wieder verschwunden war. Dabei hatten sie in der ganzen Zeit, da sie zusammen unter einem Dach wohnten, nie mehr Worte als einen kurzen Gruß gewechselt, sich nur zugenickt, wenn sie sich vor der Haustüre oder im Treppenhaus begegneten. Wahrscheinlich weilte der Offizier längst wieder in der Sowjetunion, bei seiner Frau und bei seinen Kindern, stellte sich Elsbeth vor. Doch ihr Herz klopfte auch jetzt, in diesem Augenblick, da sie an ihn dachte. Sie schämte sich und fürchtete, Hilde Fröbel, die ausgekochte Hilde, die doch wiederum und gerade jetzt für sie ein Engel war, könnte es bemerken, was die selbstverständlich auch tat!

„Achten Se nich' auf so 'nen Kokolores!", hörte sie geradezu Vikar Brackmann zu den verführerischen Worten der blonden Eva sagen! Und was Frederika erst dazu von sich geben würde! Nicht auszudenken!

Endlich fuhr wieder ein hoffnungslos überfüllter Zug ein, und es gab erneut ein ungeheures Gedränge.

„Halte dich an mir fest!", befahl Hilde Elsbeths Tochter, „Geh mir ja nicht verloren, sonst gehörst du der Katze!" eine Vorstellung, die Imma faszinierend fand. Eingekeilt zwischen den Frauen stand sie bis Bebra auf ihrem rechten Fuß, döste vor sich hin, hielt zwischenzeitlich ein kleines Schläfchen im Stehen, das linke Bein hochgezogen und zwischen anderen, viel längeren Beinen eingeklemmt, und versuchte im Wachen die Gespräche der Erwachsenen zu erlauschen, die ihre Erfahrungen und Ratschläge in dem nur durch Körperwärme beheizten Wagon austauschten. Durch ungelüftete Kleidung, mangelnde körperliche Hygiene überhaupt und reichlich Zigarettenrauch zusätzlich war die Luft nahezu atemuntauglich. Imma erfuhr, wie man das Leben in den verschiedenen Besatzungszonen zu meistern und wie man diesen oder jenen Trick anzuwenden hatte. Es wurden auch reichlich Witze über den dahingegangenen Führer und die verschiedenen Figuren seiner ehemaligen Entourage ausgetauscht, namentlich von den mitreisenden Männern.

Immer wieder stand der Zug unendlich lange auf einem der verwüsteten Bahnhöfe, denn fast alle Bahnhöfe waren stark bombengeschädigt. Dann wurde rangiert, abgekoppelt, angekoppelt, es wurden Gegenzüge abgewartet, da der ursprünglich vorgesehene Schienenstrang durch Kriegseinwirkung nicht zu befahren war. Die Menschen in dem Zug blieben im Stillstand weiter eingekeilt, und ihre Körper gerieten in der Enge allmählich in eine Starre, in eine Art Fühllosigkeit, nachdem ihnen vorher so gut wie alles wehgetan hatte. Als Imma wieder einmal erwachte, hörte sie fröhlichen Gesang aus mehreren Männerkehlen:

„Habt ihr schon ein Hitlerbild? Habt ihr schon ein Hitlerbild?"

„Nein, nein, wir haben noch keins! Molotow besorgt uns eins!"

Selbst Imma wusste, dass Genosse Molotow der russische Außenminister war, in dessen Händen auch das Schicksal des geschlagenen Deutschlands lag.

Dann sangen die galgenhumorvollen Männer nach einer gängigen Filmmelodie weiter:

„Hoch droben, auf dem Berg, wohl hinter vergitterten Fenstern,
da saß ich ein Jahr, weil ich bei der SS war!"

„Also Edda! Meinst du nicht, dass du nun doch übertreibst!", meldete sich der Professor zu Wort.

„Ich würde es nicht erwähnen, wenn ich es nicht selbst auf so einer Zugfahrt erlebt hätte, als auch ich stundenlang im Gang eines Waggons praktisch eingequetscht war. Und ich erwähne es hier deshalb, weil es im Osten natürlich unmöglich gewesen wäre, derlei Lieder abzusingen, abgesehen davon, dass bei den Russen keiner Seele nach Singen zumute war! Also auch das ein Zeichen der erlangten Freiheit, welche die Menschen aufatmen ließ, wenn es auch eine Freiheit in Armut und Elend war! Es folgten natürlich auch noch die gängigen amerikanischen Schlager wie Hebabriba – wer sang schon so etwas ‚Abnormes' im Dritten Reich, frage ich dich – und ‚Oh Susanna, wie ist das Leben schön!' Und die herrliche Melodie von ‚In the mood'. Und das hundertmal hintereinander!"

„Und? Wie ging es beim Überschreiten der anglo-amerikanischen Zonengrenze?"

„Es war zwar eine enge Nummer, wie sich dein Enkel ausdrücken würde, aber es war genau so, wie die blonde Hilde vorhergesagt hatte. Kurz vor Mitternacht war der Bahnhof in Bebra damals tatsächlich auf das Spärlichste beleuchtet, wie du dir vorstellen kannst. Ein paar düstere Lampen lediglich auf dem Bahnsteig, auf dem der Zug stand – und es stand überhaupt nur ein einziger Zug im ganzen Bahnhof – dazu nur so viel Licht, dass die MPs gerade eben ausmachen konnten, dass es sich bei den Papieren, die ihnen entgegengestreckt wurden, tatsächlich um Interzonenpässe handelte, obgleich sie zusätzlich Taschenlampen in ihren Händen hielten. Ich selbst habe ja den Pass von einer fremden blonden Frau, die mich mit nach vorn genommen hatte, brav und folgsam direkt neben dem baumlangen Yankee gegriffen, als sie ihn mir nach der Kontrolle in einem sagenhaften Gedränge hinter ihrem Rücken hinhielt. Der Hüne konnte mich gar nicht ausmachen, so lang war der in meinen Augen damals. Ich habe mich zu meiner Mutter durchgekämpft – gegen den drängelnden Menschenstrom, und genauso geschah es mit Imma und Elsbeth."

Als Frau Torsdorf endlich mit ihrer Tochter auf dem zerstörten Münchner Bahnhof ankam, waren seit ihrer Abreise von Magdeburg fast drei Tage vergangen. Als Erstes fielen ihr die unendlich vielen Zettel auf, die überall an den Wänden klebten: Lauter Listen mit Suchmeldungen des Deutschen Roten Kreuzes nach vermissten Personen. Die beiden Torsdorfs waren viel zu erschöpft, als dass sie der Eile, in der sie sich eigentlich befanden, hätten nachkommen können. Automatisch blieb Elsbeth stehen und suchte nach dem Buchstaben „T".

Und da stand sein Name tatsächlich schwarz auf weiß:

„Dr. Hans Heinrich Torsdorf, geb. 25.9.1908, abgeschossen und vermisst am 5.7.1942 bei Woronesch." Es folgten die Einheit der Fliegerstaffel, der Henk angehört hatte und – Elsbeth blieb fast das Herz stehen – Paulas Adresse!

Ihr war zum Weinen zumute. Ihre Knie zitterten. Sie fühlte einen Klumpen in ihrer Brust, der hin und her kollerte und bis in den Hals klopfte. Sie setzte sich auf den Koffer, presste die Zähne zusammen und zog die Mundwinkel in einem Bogen nach unten. Und dann weinte sie doch! In ihrem Innern weinte sie, während sie alle Gesichtsmuskeln anspannte und sich alles in ihrem Gesicht zusammenzog. Und dennoch liefen die Tränen! Sie weinte nicht um Henk. Sie weinte auch nicht wegen Paula und Henk. Über sich weinte sie und über ihr verpurzeltes Leben! Und vor Erschöpfung, natürlich! Sie weinte um ihre Ehe, die über die Jahre hinweg welk geworden war! Sie weinte um die längst zerschlissenen ausgefransten Träume ihrer Jugend, die sich noch nicht einmal mehr flicken ließen, so rissig und zerfasert waren sie!

XVII

Elsbeth erhob sich von ihrem Koffer, befahl ihrer Tochter, auf sie zu warten und machte sich auf die Suche nach dem Buchstaben „S" und nach dem Loisl. Und sie fand ihn auch: Alois Schranner, geb. 20.3.1905. Bei der Infanterie war er gewesen, und in Frankreich war er verloren gegangen, der Metzger-Loisl, Gastwirt zur Post zu Malching.

Imma hockte auf ihrem Rucksack, döste vor sich hin und wartete geduldig, bis es nun endlich zur Großmutter ging ...

Darüber verging noch eine geraume Zeit! Denn zuvörderst dauerte es, bis es den beiden Reisenden überhaupt gelang, sich in eine überfüllte Trambahn hineinzuquetschen. Die Menschen hingen wie Trauben an den Türen der Wagen, und in ihrer Müdigkeit waren Mutter und Tochter nahe daran, alle Hoffnung aufzugeben, dieses Verkehrsmittel jemals in ihrem Leben noch einmal benutzen zu können. Fasziniert beobachtete Imma, wie verwegene männliche Passagiere sogar stehend mit gegrätschten Beinen zwischen den weiß-blauen Wagen balancierten, dort, wo sie aneinander gekuppelt waren, und wie sie mit ausgebreiteten Armen an deren Wänden Halt suchten.

Wenn die beiden Reisenden, die es schließlich mit tatkräftiger Mithilfe zweier Männer doch noch geschafft hatten, einen der Waggons zu erklimmen und sich hinein zu drängen – mehr gedrückt und geschoben, als sich selbst einen Weg bahnend, wobei Elsbeth laut nach ihrer

Tochter schrie – wenn sie also überhaupt durch die vor Ziegelstaub und Schmutz starrenden Trambahnfenster hätten etwas sehen können, so hätten sie die unzähligen Baulücken in den nicht wieder zu erkennenden Straßenzügen der verwüsteten Stadt, die mittlerweile frei von Trümmern war, ausgemacht. Und jede Menge Baracken aus Holz und Blech hätten sie gesehen. Münchens Innenstadt und die angrenzenden Vorstädte waren zu einer urbanen Barackenlandschaft geworden. Man hatte den Eindruck, das Barackenzeitalter sei angebrochen.

Auf Elsbeths Läuten an der Gartentür hin erschien nach einer geraumen Weile in der Haustüre eine alte, schlanke, leicht gebeugte Frau mit einem Stock in der Hand. Natürlich! Mutters rechtes Knie!

„Was macht eigentlich dein Knie?", fragte Edda ihren Zuhörer.

„Danke, ich lebe noch!", knurrte Ansgar und bewegte sein Bein in seinem rechten Kniegelenk hin und her.

Der Türöffner summte, und Elsbeth ließ auf der Stelle alles fallen, drückte die Gartentür auf, eilte Mutter entgegen und umarmte sie schluchzend.

„Nu lass man jut sein, Bette! Nu biste ja hier und zu Hause!", sagte Mutter und strich ihr über den Rücken. Dann schob sie die Tochter rigoros auf die Seite und rief:

„Nu mach man schon, Imme! Deine alte Großmutter is nich mehr so jut uff die Beene!"

Elsbeths Ankunft kam für Mutter überraschend, denn ein illegaler Grenzübergang konnte natürlich nicht brieflich angekündigt werden! Wer wusste denn, ob die unberechenbare Willkür nicht Briefe öffnen ließ, und wer las da alles mit? Und ließ sich das Reiseziel überhaupt erreichen? Gab es nach der Abreise ein Ankommen? Was konnte einem auf so einem Abenteuer, das sich über mehrere Tage hinzog, unterwegs nicht alles zustoßen? „Unverhofft kommt oft!", sagt das Sprichwort. Das Unverhoffte geschah zu jener Zeit alltäglich, denn es hatte sich längst im Alltag eingenistet. Es war damit zu rechnen, dass es jedem zu jeder Stunde begegnete, so auch ein Überraschungsbesuch. Irgendwie wartete man ja immer! Man wartete auf Nachrichten, man wartete auf Angehörige, man wartete auf ein Wiedersehen. Und man wartete auf bessere Zeiten. Besuch erschien meistens unverhofft. Er stand einfach vor der Türe und war in der Regel willkommen.

Im Alter erscheint die Seele im Gesicht.

So, wie Verbitterung, Hass, Machthunger, Enttäuschung, Lieblosigkeit, Neid, Pessimismus, Feindschaft und Unversöhnlichkeit die Gesichtszüge eines alternden, eines alten Menschen hässlich und bitter werden lassen, so vermag sich eine mit dem Leben versöhnte, optimistische, menschenfreundliche und friedfertige Seele in einem Antlitz widerzuspiegeln und es auch im Alter zu verschönern.

Zu Elsbeths Überraschung war Mutter, nunmehr 66 Jahre alt, wirklich schön – trotz Mangelernährung.

Wenngleich sie ein wenig gebeugt ging und einen Stock benutzte, wenngleich ihr ehemals honigfarbenes Haar fast weiß war, und wenngleich zahlreiche Falten eine Landschaft gelebten Lebens in ihr Gesicht zeichneten, so erschien sie ihrer Tochter schöner, als in ihren mittleren

Jahren, als ihre Persönlichkeit in einer matronenhaften, um nicht zu sagen unförmigen Figur beheimatet war. Ihre Augen leuchteten und ihr Blick signalisierte Freude, Wohlwollen und Hilfsbereitschaft. Trotz der hundert Sorgen, die alle Menschen in jenen Nachkriegsjahren quälten, trotz ihres Kummers um das Verschwinden ihres Sohnes fand sich kein Gran Bitternis in ihren Zügen. Mutter vermittelte das Gefühl von Glück! Von Daheimsein! Und von Selbstverständlichkeit.

Auch jetzt lebte Mutter nicht allein in ihren beiden Räumen, in ihrer Schlafstube also und in ihrer Küche. Die Glasveranda ließ sich zu dieser Jahreszeit nicht nutzen – es war ja schon Spätherbst. Noch immer war der inzwischen betagte, faule und launische Herr Klauke, der sich das behaglichste Plätzchen und das weichste Kissen angeeignet hatte, ihr Wohngenosse. Zum Glück war der Kater trotz seines Alters noch ein guter Mäusejäger und Selbstversorger. „Wenn er ooch Würmer hat!", wie Mutter verkündete. Die Mangelwirtschaft berührte ihn also nicht. Der liebenswürdige Michael Schranner war nach seiner Gesellenprüfung von seinem Bruder Alois, genannt Lois zwo, abgelöst worden. Der hatte auf Paulas Geheiß hin von seinem geistlich-katholischen Internat zu Freising in ein öffentliches Gymnasium in München übergewechselt, um Mutter hilfreich zur Seite zu stehen. Der inzwischen 16-jährige Lois zwo war zwar ein frommer Bub, der einmal Priester werden wollte, was ihn nicht daran hinderte, sich auf dem Schwarzmarkt zu tummeln, um Mutter gut zu versorgen. Seine diesbezüglichen Geschäftsbeziehungen hatte er mit Hilfe des undurchsichtigen ungarischen Zimmerherrn, Herrn Imre Kovacs geknüpft, der inzwischen die kleine, im Winter eiskalte

Kammer unter dem Dach bewohnte, die er ungeachtet aller Brandschutzvorschriften, waghalsig mittels eines Kanonenöfchens beheizte. Das Waren-Depot des gewitzten jugendlichen Schwarzhändlers aus Malching befand sich in Mutters Speisekammer und unter Vaters Bett. Zu Mutters weiteren Hausgenossen gehörte auch immer noch das alte Ehepaar aus dem ersten Stock, das inzwischen regelrecht zusammengeschnurrt war.

Die dunkle Küche wurde ebenfalls mittels eines Kanonenöfchens durchwärmt, auf dem ein Wasserkessel summte, und dessen anthrazitfarbenes langes Rohr schließlich, von einer silbrig glänzenden Rohrmanschette umwunden, in den unsichtbaren Kamin hinter der Küchentüre mündete. Sie wurde außerdem durch eine Hängelampe über dem Küchentisch dürftig und nur so weit ausgeleuchtet, damit man sich nicht an Möbelstücken stieß, an einem der Küchenstühle zum Beispiel, oder an der Tischkante, am Küchenschrank oder auch an Mutters altem, zerschlissenem Sessel. Der Lampenschirm über der bescheidenen Glühbirne ließ die Küchendecke in dem trüben gelben Licht völlig im Dunkeln. Doch man hörte den schlurfend-unregelmäßig-unsicheren Gang der beiden Altchen über dem Kopf, und auch sie wurden von Lois zwo auf Schwarzmarkt-Umwegen mit versorgt. Ebenso gehörte immer noch die Trambahnschaffnerin zu den Hausgenossen, und die hatte sich in den hinkenden Loisl genau so verliebt, wie seinerzeit in seinen älteren Bruder, der von keinem körperlichen Makel behaftet gewesen war. Alle diese Personen bildeten sozusagen Mutters WG, und dies in beengten Verhältnissen.

Mutter humpelte glücklich mit ihrem Stock in der Küche hin und her, denn sie hatte – wie immer – Kaffeedurst.

„Zur Feier des Tages sollten wir einen besonderen Schluck nehmen!", meinte sie und dachte dabei natürlich an ein für sie allein reserviertes Päckchen amerikanischen Pulverkaffees aus dem Waren-Depot ihres jungen geschäftstüchtigen Betreuers, das sie in ihrer Speisekammer für besondere Anlässe aufbewahrte. Dabei ging auf ihrem Gesicht vor Vorfreude auf den luxuriösen Genuss geradezu die Sonne auf.

„Ich nicht!", antwortete ihre Tochter flehend, „Zur Feier des Tages möcht' ich nur drei Tag' lang schlafen!" Imma schlummerte bereits tief auf dem Küchensofa und war nicht mehr zu wecken. Und Mutter blieb nur der Malzkaffee.

„Ein entsetzliches Gesöff!", knurrte der Professor.

„Kathreiner's Kaffee! Kannst du dich noch an das Konterfei vom Pfarrer Kneipp auf den Kaffeepäckchen erinnern, Ansgar?"

„Allerdings! Und an sein Grinsen!"

Eine großartige, ausgedehnte Waschung der mittlerweile verdreckten, heruntergekommenen Reisenden fand nicht statt. Von einem Bad war erst recht nicht die Rede. Elsbeth nahm den Wasserkessel vom Ofen und goss das heiße Wasser in den Spülstein unter dem schräg hängenden Spiegel, in dem man sich, wie wir wissen, vollständig betrachten konnte, trat man nur weit genug zurück. Dann ließ sie kaltes Wasser zulaufen. Sie entkleidete sich, und Mutter legte das muffelnde Korsett zum Auslüften in die Veranda. Eine Frau ohne Korsett war immer noch undenkbar, auch wenn man durch den chronischen Hunger wirklich keine Speckfalten zu verbergen hatte. Dafür hielt es warm. Auch Mutter wäre nie auf die Idee gekommen, dieses Kleidungsstück mittlerweile für überflüssig zu halten. Auch sie trug es in aller Selbstverständlichkeit, und Paulas Söhne hatten die Aufgabe, es ihr auf- oder zuzuhaken.

Als sich Elsbeth einigermaßen sauber fühlte, legte sie sich in Vaters Bett. Noch im Einschlafen nahm sie den Duft von Zigaretten wahr, die unter ihr lagerten, die übliche Schwarzmarktwährung und das Kapital des findigen Lois zwo.

Als sie nach vielen Stunden erwachte, war es schon wieder später Nachmittag. Sie hatte fast zweimal rund um die Uhr durchgeschlafen. In der Küche hörte sie Stimmen. Sie erhob sich, warf sich ihren Mantel über, fuhr sich mit Mutters Kamm durch ihre verfilzte Dauerwelle und öffnete die Türe. Unter der trüben Hängelampe saßen drei Personen um den Küchentisch. Eine vierte, Herr Klauke nämlich, hockte auf ihm, und alle vier waren in ein Würfelspiel vertieft. Sie spielten „Mensch ärgere dich nicht", wobei sich Herr Klauke nicht an die Spielregeln hielt und schon mehrmals alle Figuren umgeschmissen hatte. Es roch nach echtem Kaffee! Der jugendliche Schwarzhändler schaute als Erster auf und sah die Tante in der Schlafzimmertüre stehen. Elsbeth, die sein Gesicht in dem schummrigen Licht erblickte, traf schier der Schlag. „Der Henk ist heimgekommen!", fuhr es ihr durch den noch verschlafenen Kopf, doch dann stand der vermeintliche Henk auf und hinkte ihr entgegen.

„Grüß dich Gott, Tante Elsbeth!", hörte sie ihn in überraschend bayerischem Tonfall sagen, während er sie freundlich anlächelte, „Ich bin der Loisl aus Malching!" Nein, er war nicht der vermisste Ehemann, doch er sah ihm heruntergerissen ähnlich, nur dass sein Blick nicht so hochmütig, nicht so spöttisch war.

„Wenn's blöd hergeht, dann kann's schon ganz schön blöd hergehen!", dachte Elsbeth, während ihr Herz von dem Schrecken noch heftig klopfte.

„Grüß dich Gott, Loisl!", antwortete sie tapfer, und: „Lass dich anschauen!", wobei sie ihre Hände an seine Oberarme legte. Er war schon so groß wie sein Vater.

Mutter hatte gebacken, und der einfache Blechkuchen duftete köstlich.

„Und nu' erzähl uns man allet richtich und hinternander, wie ihr über die Grenze jekommen seid!", befahl Mutter, nachdem Elsbeth vier Stück Kuchen heruntergeschlungen hatte, „Isses wahr, dass jeschossen wurde? Imme hat jesacht, die Russen haben jeschossen."

Elsbeth bekam fast keine Luft mehr von dem vielen Kuchen, nahm noch einen Schluck Kaffee und legte los.

„Und jetzt sollt' ich halt einen Interzonenpass haben!" beendete sie ihre Schilderung. „Aber da bräucht' ich einen Zuzug, und Passbilder hab ich freilich auch nicht dabei."

„Das mit dem Zuzuch nach München is unmöglich!" bemerkte Mutter. „Das kannste vergessen. Sogar Flüchtlinge aus'm Osten können nich' hier in München uffjenommen werden. Und diese Menschen haben wahrhaftig keen Dach überm Kopp! Hier is' absolut keen Wohnraum vorhanden!"

Der findige Loisl, der den Erzählungen seiner Tante aufmerksam gelauscht und mitgedacht hatte, sagte schließlich:

„Vielleicht kann die Mama in Malching an einen Zuzug kommen. Wir kennen den Bürgermeister recht gut, weil, der is' bei uns Stammgast. Und Passbilder? Tante Elsbeth! Passbilder sind doch das geringste Problem! Da schalten wir unsern Zimmerherrn ein!"

Elsbeth erinnerte sich sofort an die gewandte Hilde Fröbel, die ihr einen Zuzug auf dem Lande vorgeschlagen hatte.

„So, meinst du das, Loisl?", fragte sie, „das dauert doch alles ewig! Ich kann hier nicht Wochen zubringen!"

„Das kannste nich'!", flocht Mutter ein, „Und so lange wird's ooch nich' dauern, wenn wir Glück haben. Aber Imme kannste hier lassen, wenn du den Zuzuch für dich und das Kind in Malching kriegen kannst. Das Kind bleibt bei mir und schläft in Vaters Bette. Und du hast 'nen Interzonenpass und kannst jederzeit zu Besuch kommen!"

„Ich soll ohne Immi wieder heimfahren?", fragte Elsbeth fassungslos. So weit hatte sie bisher nicht gedacht. Und beinahe hätte sie noch hinzugefügt: „Was meinst du, was ich da von Frederika zu hören krieg'!" Stattdessen sagte sie:

„Was glaubst du, Mutter, was der Henk sagt, wenn er heimkommt und das Kind ist nicht da? Der macht einen Wirbel, Mutter! Da kann einem ganz schön schwindlig werden!"

„Das denkste!", antwortete die lebenserfahrene Mutter, „Wenn dein Mann aus russischer Jefangenschaft nach Hause kommt, denn hat er die Nase so voll von den Sowjets, das kannste glauben. Der setzt sich jewiss nich' mehr in een russisches Nest! Der wird froh sein, wenn er hier im Westen een Bein uff die Erde kricht! Und wenn sein Kind hier is', denn hat er eens!"

„So schlimm?"

„Schlimmer! Und schlimmer wird's immer, wie du weeßt! Und denn kannste dein Machdeburch verjessen! Ich hab übrigens schon mal eure Schmutzwäsche einjeweicht. Die Schüssel steht uff der Veranda. Da kannste nachher gleich waschen!"

Über Elsbeths Nasenwurzel vertiefte sich die senkrechte Falte, die sich inzwischen endgültig in ihrem Gesicht eingraviert hatte und nie mehr vollständig verschwinden würde. Sie zog die Mundwinkel in einem Bogen nach unten.

„Ausgeschlossen, Mutter! Ich meine, ich kann dir und dem Lois die Immi doch gar nicht zumuten!", sagte sie endlich, ohne die eingeweichte Wäsche weiter zu beachten.

„Wieso 'n nich'? Se kricht doch Lebensmittelmarken, wenn se 'n Zuzuch hat!"

„Aber sie is' für dich eine Belastung! Und außerdem, wo ihr es so eng habt!"

„Papperlapapp! Und quatsch nich' so'n Unfug. Platz is' jenuch, wenn 'en juter Wille da is'. Du wirst doch wohl ooch nich' ewig in der Russenzone sitzen bleiben wollen, oder? Besser, du siehst zu, dass du irgendwann ooch noch kommst.

„Und Püppi? Und Bille? Und Trine? Ich kann doch Trine nicht allein lassen, jetzt, wo Frederika nicht mehr da ist! Ich kann sie nicht alle im Stich lassen! Und ich muss einfach in Magdeburg auf den Henk warten. Das erwartet der!"

Nur Mutter fiel auf, dass ihre Tochter das verächtliche „der" in den Mund genommen hatte.

„Aha!" dachte sie nur.

„Und was wird aus Marlene und den Kindern?", dachte Elsbeth ihrerseits heimlich weiter. „Will Mutter diese Kinder vielleicht auch hier haben? Will sie ein Flüchtlingslager einrichten?"

Mutter seufzte.

„Denn lass die Kleene hier, dass wenigstens eener von euch hier is'! Denn sehen wir weiter! Was meenste Imme? Willste vielleicht hier bei Lois und Herrn Klauke und Großmutter bleiben?"

Darauf wusste Imma keine Antwort. Allerdings übte Herr Klauke unbestritten eine beträchtliche Anziehungskraft auf sie aus.

Alle hörten, wie sich ein Schlüssel im Schlüsselloch der Haustür drehte. Die Türe wurde geöffnet und sogleich wieder geschlossen. Dann waren Schritte vor der Treppe zu hören.

„Das wird der Herr Kovacs sein!", rief der Lois, sprang auf und hinkte zur Küchentür. Elsbeth schielte auf seinen rechten Fuß und spürte sofort einen harten Brocken im Magen: Auch der Klumpfuß des Torsdorf-Enkels war mit einem orthopädischen Schuh versorgt. Knarzende Geräusche gingen von ihm allerdings nicht aus. Das war aber auch der einzige Unterschied zu der Gangart seines

Großvaters, des Herrn Dr. Hans Heinrich Torsdorf, Gott hab ihn selig!

„Gehen's rein, Herr Kovacs!", rief der Lois in den Hausgang, „Wir haben Besuch, und es gibt Kuchen!"

Der Hoffnung verheißende Magyarenspross war ein höflicher, sehr ansehnlicher junger Mann, der sich vor Elsbeth artig verbeugte und ihr die Hand küsste, was ihr ausgesprochen peinlich war.

„Blächkuchen, Frrau Ängermaier! Äine Sensation! Danke sehrr!" strahlte er, umarmte Mutter, küsste sie auf ihre beiden Wangen, nahm unverzüglich Platz und vertilgte ohne viel Federlesens alle Kuchenstücke, die noch übrig waren.

„Äinen Interzonenpass brrauchen Sie, gnädige Frrau? Haben Sie Bild für Pass?"

„Eben nicht!" jammerte Elsbeth. „Ich hab' doch gar nicht gewusst, dass es so was wie einen Interzonenpass gibt!"

„Käin Prroblemm, gnädige Frrau! Wir machen morrgen Fotogrrafie und haben Bilderr in dräi Tagen. Macht Fräind von mir! Käin Prroblem!" Und der smarte Ungar lächelte verschmitzt.

Und sollte Recht behalten.

In diesen drei Tagen putzte Elsbeth nicht nur Mutters Räume und das Treppenhaus gründlich durch, sondern auch das „ungarische Stübchen" unter dem Dach und die heruntergewohnte, ungepflegte und grindige Wohnung der beiden freundlichen Alten im ersten Stock, in der es nach einer Mischung von Mottenpulver, Urin und abgestandenem Essen roch. Bei dem Brennstoffmangel hielten die beiden vom Lüften nicht viel. Natürlich besorgte sie, wie aufgetragen, die Wäsche, nicht nur ihre eigene sondern auch die aller übrigen Hausbewohner. Nach diesen drei Tagen hatte die brave Imma zu ihrer Enttäuschung gar nichts mehr dagegen, in München zu bleiben, denn mittlerweile war Herr Klauke ihr bester Freund, und sie liebte und bewunderte den charmanten Loisl wie einen großen Bruder. Seine verborgene illegale Nebenexistenz durchschaute sie natürlich nicht. Und hätte sie sie durchschaut, so wäre sie, ergriffen von der Bedeutung des hinkenden Cousins, vor Bewunderung geradezu erstarrt. Kinder und Jugendliche entwickeln oft ein Talent zu einem Leben in mehreren Ebenen, ohne jeweils Menschen aus einer Ebene an einer anderen daran teilhaben zu lassen, und dies ganz besonders in unübersichtlichen Zeiten. Alois Schranner, der Jüngere, genannt Lois zwo, bewegte sich, wie so viele Jugendliche damals, ebenfalls in mehreren Sphären: in der Familie, in der Schule, in der Pfarrjugend, unter seinen Schulfreunden und eben auch auf dem schwarzen Markt. Imma wusste nur wenig von seinen Parallel-Existenzen, und von der einen illegalen, doch lebenserhaltenden, wusste sie gar nichts.

Und so sah sich der Tausendsassa nach wenigen Tagen in der Lage, seiner Tante Elsbeth die begehrten Passbilder, finanziert aus seinem Zigarettendepot unter ihrem Bett, mit den Worten zu überreichen:

„Is' doch bärig, gell Tante Elsbeth, wie der Kovacs das gedeichselt hat!" Und Elsbeth busselte ihn, überwältigt von so viel Dusel, ab:

„Bist halt ein Schlankl, Lois! Was sagst du dazu, Mutter? So was hat die Welt noch nicht gesehen! Wenn der Henk ... " Sofort biss sie sich auf die Lippen und zog ihre Mundwinkel in einem Bogen nach unten. Und Mutter antwortete nicht. Sie lächelte nur und gab dem Helden des Tages einen Klaps auf die linke Schulter.

Ein oberbayerisches Dorf nördlich von München im trüben Licht des späten Herbstes! Wenn Malching jemals einen Charme entfalten sollte, dann sicherlich nicht im kalten, durch Haut und Knochen dringenden, dazu mit Schnee vermischten November-Regen. Zu Elsbeths Verwunderung war der Bummelzug Richtung Freising außerordentlich gut besetzt gewesen. In allen Waggons, in jedem Abteil drängten sich Menschen mit ihren Rucksäcken und Taschen zusammen. Zu ihrer Überraschung verließen sogar etliche von ihnen den Zug in Malching und zerstreuten sich in verschiedene Richtungen. Elsbeth, ausgestattet mit Mutters großer Einkaufstasche und Schirm, stapfte durch den aufgeweichten Boden des Fußweges dem Gasthaus zur Post zu, gefolgt von zwei Frauen, die ebenfalls unter ihren Regenschirmen große Taschen schleppten und offensichtlich dasselbe Ziel anstrebten.

In der vom Himmel herunterrieselnden Nässe sah die Fassade des behäbigen Anwesens der Familie Schranner triste, ja fast ein wenig heruntergekommen aus. Traurig streckten die ehrwürdigen Kastanienbäume in dem kleinen Biergarten ihre kahlen Äste in den grauen, nassen Himmel. Und genau so melancholisch und einsam stand der alte dreirädrige reichlich angerostete Bibi vor dem Haus. Elsbeth warf einen kurzen Blick durch die Scheibe in den Verkaufsraum der Metzgerei, den die Schranners mittlerweile eingerichtet hatten, und erhaschte ein für die damaligen Verhältnisse umwerfend reichhaltiges Angebot, sodass sich ihr Magen rücksichtslos in ihr Bewusstsein bohrte. Den jungen Mann in dem blau-weiß gestreiften Kittel und der langen Gummischürze, der sich gerade mit einem Furcht einflößenden Messer auf einem großen Holzbrett zu schaffen machte, nahm sie gar nicht mehr wahr, so sehr war sie von den Wurst- und Fleischstücken beeindruckt, die in ihren Augen unter der Ladentheke und im Schaufenster „nur so" herumlagen. Auch die beiden Frauen waren stehen geblieben und betrachteten das luxuriöse Angebot, das man aus heutiger Sicht nicht anders als äußerst armselig bezeichnen würde. Elsbeth stieß die Türe zur Gastwirtstube auf, in der es von Menschen, von Frauen und Kindern, nur so wimmelte. Von den mehr als 10 Millionen Heimatlosen, Flüchtlingen und Vertriebenen, waren „ein ganz Teil", wie sich Vikar Brackmann ausdrücken würde, im Gasthaus zur Post untergeschlüpft.

Elsbeth lehnte sich bescheiden an die Wand, stützte sich auf Mutters nassen Schirm und blickte sich in der Gaststube um. Frauen saßen an den Tischen und stopften Strümpfe. Eine von ihnen ribbelte ein undefinierbares Gestricktes auf, wobei sie den Wollfaden erst um die Stuhllehne führte und dann durch ein feuchtes Läppchen zog, um ihn einigermaßen zu entkräuseln. In der Nähe eines Fensters ratterte eine Nähmaschine, und in einem Wäschekorb brabbelte ein Säugling vor sich hin. Größere Kinder saßen ebenfalls an den Gasttischen und waren offensichtlich mit Hausaufgaben beschäftigt, wobei bei einigen Strubbelköpfen der Eindruck entstand, es führe eher die Nase als eine Kinderhand den Griffel oder den Bleistift über die Schiefertafel oder die eselsohrigen Seiten der abgegriffenen Schulhefte. Eine Brille zur Korrektur der Kurzsichtigkeit dieses sehbehinderten Nachwuchses war weit und breit nicht in Sicht. Auch ließ mancher Abc-Schütze bei nach rechts geneigtem Köpfchen seine rote Zunge vor lauter Eifer vorwitzig um den ganzen Mund herumtänzeln. Alle Mädchen trugen Schürzen, die ihnen meist bis unter das Kinn reichten. Und die Kleinsten hatten ein Lätzchen umgebunden und krabbelten in dem alten Laufstall herum, demselben, aus dem damals der kleine Michael Schranner Elsbeth seine Ärmchen entgegengestreckt hatte, und der gerade jetzt, von ihr unbemerkt, im Laden Fleischstücke zerkleinerte. Wie Elsbeth später erfahren sollte, kampierten die meisten dieser Flüchtlinge in dem Ballsaal, in dem sich Paula einst in einer flüchtigen Begegnung dem fremden Studenten hingegeben hatte. Der Saal war nun zu einem Flüchtlingslager geworden, in dem noch immer das Grammophon in einer vergessenen Ecke einstaubte. Drei Familien waren sozusagen vollständig und bewohnten jeweils eine Kammer zu vier, respektive fünf Personen. Die Männer, von denen einer ein Anwalt, der zweite ein Wasserbauingenieur war, gingen dem überforderten Bürgermeister zur Hand und hatten sich aufgrund ihrer Englischkenntnisse unentbehrlich gemacht. Der dritte war als Hilfe in der Metzgerei ebenfalls unverzichtbar.

Auf der Ofenbank sah Elsbeth die alte hagere Zens in ihrem dunklen blaugrauen Bauernkleid sitzen. In eine schwarze, fleckige Schürze gewickelt, das schwarze Kopftuch unter dem spitzen Kinn geknotet und den Rosenkranz zwischen ihren knochigen, krummen Fingern saß sie da, umgeben von einigen kleinen Kindern, denen sie aus ihrem eingezogenen zahnlosen Mund unter ihrer spitzen Nase etwas vornuschelte, das vermutlich nur diese kleinen Kinder verstanden, und niemand sonst. Der

Nachfolger des „Wirts-Teifi" Tassilo, ebenso groß wie jener und ebenfalls kräftig durchmischt, doch blond und kurzhaarig, lag zu Füßen der lauschenden Kleinen, erhob sich jedoch träge, um den neuen Gast zu beschnüffeln. Diesmal stand kein Korb mit frisch geschlüpften Küken auf der Ofenbank, auf die Henk damals so im Vorbeigehen eher weniger als mehr interessiert einen Blick geworfen hatte, indem er das Tuch, das über dem Korb gebreitet war, anhob. Doch wie damals, im März 1930, erschien plötzlich die Wirtin, Paula Schranner.

Deutlich breiter geworden war sie in ein reichlich verwaschenes Dirndl gekleidet. Darüber trug sie eine selbst gestrickte Trachtenjacke. Ihre langen dunklen Zöpfe hatte sie noch immer um den Kopf gelegt. Doch in ihr Gesicht hatte sich etwas Verkniffenes eingeschlichen, und in ihrem Blick lag etwas Listiges, gepaart mit Pfiffigkeit. Mit anderen Worten: Die Postwirtin hatte das Leben im Griff. In der Hand hielt sie einen Teller mit dampfender Suppe. Ihre flinken dunklen Augen blickten prüfend in der Wirtsstube umher und blieben an der Gestalt ihrer Cousine hängen, die noch immer an die Wand gelehnt stand, Mutters Einkaufstasche und ihren nassen Schirm in der Hand.

„Bettl!" Mit dem Teller in der Hand eilte sie so schnell auf den neuen Gast zu, dass ihr die Suppe fast übergeschwappt wäre. „Mach Platz, Alarich!" befahl sie dem Hund, der sogleich folgsam zu den Kindern zurücktrottete. Elsbeth schnupperte: Leberknödelsuppe!

„Ja Bettl, wo kommst jetzt du her?" Völlig perplex stand die Wirtin vor dem Überraschungsgast.

„Ach Paula!" antwortete Elsbeth, „Ich hab' ja so einen Hunger!"

„Geh ruck ein bisserl auf d' Seiten!" Paula stellte ihren Teller auf den nächsten Tisch und stupste eine der stopfenden Frauen an, die auf der Bank saß, und die sofort für Elsbeth Platz machte. Der zitterten schon die Knie vor lauter Schwäche, sodass sie geradezu auf den freien Sitz sank, und, ohne erst den Mantel abzulegen, machte sie sich mit einem Heißhunger über die Suppe und die Leberknödel her.

Alle in der Wirtsstube schauten mitleidig auf die ausgehungerte Frau. Hunger war ihnen nicht unbekannt. Im Gegenteil! Den kannten auch sie zur Genüge!

Die beiden anderen Frauen, die kurz nach Elsbeth die Gaststube betreten hatten, waren ebenfalls bescheiden stehen geblieben. Wie vergessene Regenschirme standen sie in der Nähe der Tür und störten unübersehbar die warme Gemütlichkeit einer zufällig zusammengewürfelten Pseudo-Großfamilie. Ihnen wandte sich nunmehr die Wirtin zu.

„Grüß euch? Habt's was dabei?", fragte sie. Beide nickten.

„Dann geht's mit nach hinten!" befahl sie, und beide Frauen, die, wie Elsbeth inzwischen klar wurde, auf Hamstertour waren, verschwanden im Gefolge der Wirtin in das Geheimnisvolle eines schummrigen Labyrinths voller Schachteln, Koffer, aufgerollten Teppichen und Brücken, Uhren, baumelnden Würsten und Speckseiten, Schüsseln voller Eier und anderer unübersehbarer Reichtümer einer geräumigen, saturierten Metzgerei und Gastwirtschaft, in der vieles „so unter der Hand ging". Ach, was nützen Geld und Geschmeide, wenn der Magen knurrt! Die einlösbaren Schätze der Familie Schranner bestanden in fett- und eiweißreichen Fressalien, die von ihr erlösten tatsächlich in Gold, Silber, Juwelen und anderen Kostbarkeiten, von denen sich so manches später doch als Schrott herausstellen sollte.

„Was is' mit dem Kind?", fragte Paula in die Dunkelheit hinein, als beide Cousinen gegen Mitternacht in dem einzigen luxuriösen Zimmer im ganzen Haus, was Intimität und relative Geräumigkeit, anbetraf, in den Betten lagen. Jede der beiden Frauen hatte ein eigenes Bett, was bei den Flüchtlingen durchaus nicht der Fall war, denn es handelte sich um das eheliche Schlafzimmer der Schranners, und Paula ließ nicht zu, dass sich hier noch irgend jemand einnistete. Aber vollgestopft mit allerhand eingehandeltem Krimskrams war es auch. Elsbeth genoss die Wärmflasche, ein kupfernes, mit heißem Wasser aufgefülltes und in ein Handtuch eingeschlagenes Ungetüm, an ihren Füßen.

„Hätt'st es net mitbringen können?", setzte sie hinzu.

„Unmöglich, Paula!", antwortete ihre Cousine. „Ein Fünfjähriges kann doch net stundenlang nachts durch den Wald laufen, und in den Zügen wäre es glatt erdrückt worden. Für so eine Reise is' das Kind noch viel zu klein. Ich bin froh, dass Immi die Strapaze heil überstanden hat."

„Ich tät' das Kind gern hier haben!"

„Aussichtslos im Moment! Und überhaupt, was sagst du dem Lois, wenn er heimkommt und das Kind sieht? Oder willst du das Mädi einer Flüchtlingsfrau unterschieben, bis sich der Lois dran g'wöhnt hat?"

„Oder dir?", fragte Paula zurück.

„Mir?"

„Warum net? Aber lass nur, Bettl, der Lois kommt net zurück!"

„Nicht? Ja hast du denn eine Todesnachricht?"
„Nein! Hab' ich net, aber ich weiß es halt so!"
„Wieso: so?"
„Wie man halt so was weiß!"
„Und warum hast du dann eine Suchanzeige beim Roten Kreuz aufgegeben? Ich hab sie gelesen, auf dem Bahnhof in München."

„Dass es eine Sicherheit hat. Dass ich ihn eines Tages für tot erklären lassen kann, wenn er net auftaucht. Ich kann ja net bis an mein Lebensend' auf ihn warten, wenn er gar nimmer heimkommt!"

Elsbeth schwieg. Endlich sagte sie:

„Nach dem Henk lässt' auch suchen, gell? Ich hab's gelesen!"

„Ja, und das ist doch normal, oder? Suchst' ihn net?"

Elsbeth schwieg betreten. Von Suchaktionen des Roten Kreuzes hatte sie im Osten noch nichts gehört.

„Der Henk kommt heim!", sagte Paula endlich und bestimmt, „Das weiß ich gewiss."

Elsbeth seufzte. „Sie will ihn ganz für sich behalten!", dachte sie und wunderte sich, dass es ihr gar nicht mehr so wehtat.

Mit Hilfe ihrer Cousine, der Wirtin zur Post, erhielt Elsbeth, die schriftlich auf eine Wohnraumbeanspruchung verzichtete, innerhalb einer Woche einen Zuzug nach Malching für sich und ihre Tochter, und damit auch einen Interzonenpass, Lebensmittelmarken und Bezugscheine für Kleidung und Brennmaterial. Bis es so weit war, musste sie Paula alles haarklein über Magdeburg, die Kinder, den abgängigen Arno und seine Familie erzählen.

„Und die Älteste?", fragte die Cousine, als beide gegen Mitternacht wieder einmal gemütlich in ihren Betten lagen, „Was is' mit der? Wie alt ist sie jetzt?"

„Siebzehn!"

„Und sie schaut auch nach dem Kind?"

„Püppi ist sehr pflichtbewusst. Das war sie immer schon. Und dann ist ja noch die alte Köchin da! Dein Kind wird gut gehalten, Paula. Ich hab's dir ja schon mehrmals gesagt! Musst nicht drum bangen!"

„Und was wird aus dieser Püppi einmal werden?"

„Sie will studieren. Sie will auch Apothekerin werden, wie ihre Tante. Und wie ihr Großvater." setzte sie hinzu.

„Bei dene Zeiten!", seufzte Paula.

„Die werden gewiss wieder einmal besser werden!", meinte Elsbeth.

„Wer's glaubt! Will sie in Magdeburg bleiben?"

„Das kann's net, wenn sie studieren will. Wir haben keine Universität. Der Henk hat ja auch in Aachen studiert, wenn du dich erinnern magst, und meine Schwägerin, Frederika, in Göttingen. Ich denke, Püppi will vielleicht nach Berlin zu ihrer Tante."

„Mhm. Und was is' mit ihren Verwandten, mit denen, die das Gut hatten?"

„Die sind auch im Westen, irgendwo in Norddeutschland. Die haben doch alles verloren durch die Bodenreform. Die haben die Russen gleich als Erstes eingeführt."

„Man hat ihnen alles genommen?"

„Ja! Sie seien Junker, hat's g'heißen, und Junker seien Militaristen und Kriegstreiber und Imperialisten und Revanchisten und du glaubst nicht, was sonst noch alles!"

„Ah geh!"

„Ja, das magst net glauben, was man da bei den Kommunisten für Ausdrücke hört! Die hast' dein ganzes Leben lang noch nie g'hört, und die meisten wissen gar net, was g'meint is'. Und mit den Menschen gehen's net schlecht um, sag' ich dir. Der Mensch gilt ihnen nix, hab' ich so das Gefühl, nur die Ideologie! Siehst es ja am Arni. Einfach verschleppt haben sie ihn, und keiner weiß wohin! Und die Marlene, die Arme: Schon mehrere Hausdurchsuchungen hat sie hinter sich! Bloß finden tun sie nie was!"

„Nach was suchen s' denn?"

„Ach, du weißt doch, dass der Arni in der Partei war. Einfach blöd, dass er sich da hat hineinziehen lassen. Jetzt hat der den Dreck im Schachterl. Ich weiß auch net, nach was die suchen, halt nach was, dass sie ihn nach Sibirien schicken können, nehm' ich an, die Saubande!" ereiferte sich Elsbeth. „Und da gibt's viele, sag' ich dir, die sie abgeholt haben!", fuhr sie fort. „Der Arni is' da nix Besonderes."

„Für Mutter muss es furchtbar sein!", flüsterte Paula.

„Freilich ist es das. Aber sie spricht nicht davon. Überhaupt redet sie net vom Arni. Ich sag' auch nix, weil's ihr sonst vielleicht wehtun könnt'. Vielleicht will sie deswegen die Immi behalten, dass sie wenigstens eines von uns in der Nähe hat."

„Wird die Marlene auch kommen?"

„Ich glaub' net. Jetzt net. Die Kinder sind ja noch jünger als die Immi, und sie hat ja ihre eigene Mutter in Magdeburg. Sie is' net so allein!"

„So wie du!"

„Ach Paula! So arg allein bin ich doch net. Ich hab's ja noch gut, wenn ich da an meinen Bruder denk'! Ob der wieder heimkommt, das wissen wir genauso wenig wie beim Loisl und beim Henk. Oft denk' ich, wenn ich den Emil geheiratet hätt', dann wär' ich hier, wüsst' wie ich dran wär' und hätt' den ganzen Schlamassel net am Hals. Weißt, es ist keine gute Zeit da drüben bei den Russen! Man hat halt immer Angst, es passiert irgendwas. Püppis Onkel Gert ist übrigens auch noch net heimgekommen."

„Auch vermisst?"

„Russische Gefangenschaft, soviel man weiß."

Paula seufzte. „Scheißkrieg!", murmelte sie und drehte sich auf die Seite. „Kommt mir beinah' vor wie im Dritten Reich! Bei euch da drüben!"

„Mir auch!", dachte Elsbeth. Doch was wusste man schon von dem Tausendjährigen einerseits und den roten Revolutionären andererseits, was über das eigene kleine Leben hinausging.

„Schreibst noch, Bettl?", fragte die Paula ein andermal.

„Freilich! Da gibt's ein bisserl Geld! Viel braucht man ja net!"

„Schickst mir was für die Kinder hier? Ich schau, dass ich's gut mach!"

„Freilich! Aber weißt schon, dass man nix richtig binden kann. So richtige Bücher sind das net. Das ist alles nur geheftet. Das wird schnell zerfleddert sein!"

„Das macht nix! Dann order' ich nach. Und das Geld dafür geb' ich Mutter für die Immi, ist dir das recht?"

Auf diese Weise bekam auch Elsbeth – um mit Mutter zu reden – „hier im Westen een Been uff die Erde."

Bis zu ihrem Abschied von Malching futterte sich Elsbeth bei Paula und Michael Schranner regelrecht durch, und sie schlug sich ihren Bauch so voll, dass sie am Schluss dachte, sie würde nie mehr in ihrem Leben

Hunger leiden, was sich natürlich als ein Trugschluss herausstellen sollte. Über den Lois zwo sprachen die beiden Frauen nicht weiter, außer, dass sich Elsbeth bei ihrer Cousine bedankte, denn:

„Das is' mir schon eine große Beruhigung, dass er sich um Mutter sorgt. Das vergess' ich dir nie, Paula!"

„Is' schon recht!", winkte die ab. „Es wascht' ja die eine Hand die ander'! Du schaust nach meiner Kleinen und ich nach deiner Mutter!"

Nach ihrer Fress-Sause bei den Schranners im Gasthof zur Post kehrte Elsbeth im Hochgefühl des Triumphes, da bewaffnet mit einem Interzonenpass, nach München zurück und machte sich, nachdem sie ihre Tochter in einem Schwabinger Lyzeum untergebracht hatte, wieder auf die Heimreise.

Imma blieb bei ihrer Großmutter zurück.

„Da gibt's ganz schön zu nähen und zu stricken!", war Mutters Resümee. „Kannst du schon stricken und ein bisschen nähen, Imme?"

„Ein bisschen, Großmutter!"

„Na, prima! Da arbeiten wir dann zusammen und machen was Schönes für dich!"

„Vergiss die Schule nicht, Mutter!", mahnte Elsbeth sicherheitshalber zum Abschied, „Henk zerreißt mich in der Luft, wenn sie nicht ordentlich lernt! Ich schick' dir dann das Schulgeld."

„Klar doch!", antwortete die, und „Das kringelt sich schon hin! Alles zu seiner Zeit!"

XVIII

„Na, und wie gestaltete sich nun der ‚grüne Grenzübergang' deiner Heldin im Norden?"

Der Professor legte seinen Kopf zurück, zog mit seiner linken Hand sein rechtes Unterlid nach unten, rollte sein rechtes Auge nach oben und ließ aus einem dunklen Fläschchen drei Tropfen in den Bindehautsack fallen. Dann ließ er das Unterlid wieder los und blinzelte heftig.

„Überraschend!", antwortete seine Frau, die ein sauberes, frisch gebügeltes Taschentuch in der Hand hatte und den dritten, übergelaufenen Tropfen von der rechten Wange ihres Gatten abtupfte.

„Wieso?", fragte der und setzte zur gleichen Prozedur an seinem linken Auge an.

„Na ja!", antwortete Edda. „Die Reise bis Helmstedt verlief natürlich genauso strapaziös wie die Reise von Ellrich nach München, wie sich denken lässt." Und sie betupfte nach dem Getröpfel die linke Wange des ehelichen Patienten.

„Glaubst du, mit diesen Tropfen wird sich mein Augendruck wieder normalisieren?", fragte Ansgar zweifelnd.

„Ganz sicher!", antwortete seine Gemahlin und steckte das Taschentuch in ihre Hosentasche.

„Wenn du so davon überzeugt bist, bleibt mir ja nichts anderes übrig, als darauf zu hoffen!", seufzte er. „Wenn du mich fragst, Edda: Ich finde allmählich: Das Altwerden ist Mist!"

„Ich auch!", antwortete diese aus vollster Überzeugung. „Und das in jeder Beziehung!"

„Wie meinst du das, in jeder Beziehung?"

„Genau so, wie ich es gesagt habe. Das fängt schon damit an, dass alles mit der Zeit beschwerlicher wird! Oder würdest du so eine Strapaze, wie ich sie beschreibe, in deinem Alter auf dich nehmen?"

„Selbstverständlich nicht! Mir graut ja beinahe schon vor der nächsten Kongressreise nach Japan. Wenn ich es genau betrachte, so würde ich eigentlich lieber hier bleiben!"

„Da hast du es! Das Alter schränkt auch den örtlichen Radius ein. Nicht, dass es bei dir schon so weit wäre, mein Lieber. Aber gefühlsmäßig bist du gar nicht mehr so weit davon entfernt, weil dir eben alles schwerer fällt. In fünf Jahren hast du Japan längst gestrichen, wetten? Und einiges andere auch! Wie gesagt: auch in dieser Hinsicht wird man im Alter wieder zum kleinen Kind, das sich daheim am wohlsten fühlt."

„Edda! Ich muss doch sehr bitten! In welcher Hinsicht denn noch?"

„Ach, denk doch nur daran, wie spontan und wie mobil wir in unseren jungen und mittleren Jahren waren! Und wie sportlich! Und wie schwerfällig sind wir dagegen heutzutage! Was haben wir auf die Pauke gehauen! Denk an die rauschenden Feste, an die Nächte, die wir durchgetanzt und durchgefeiert haben. Denk an die strapaziösen Bergtouren und an die verwegenen Skiabfahrten! Und – zuallererst – denk an deine Forschungen, und wie angestrengt du über die Jahre gearbeitet hast! Wie viele Nächte hast du nicht im Labor verbracht und nebenbei noch jede

Menge veröffentlicht! Alles Vergangenheit! Tempi passati!"

„Immerhin ist davon was übrig geblieben!"

„Natürlich ist viel übrig geblieben. Und fortgepflanzt hast du dich auch! War es nicht ein schönes Leben? Nun fang also nicht mit Jeremiaden an und verfall mir nicht in eine Altersdepression. Mit deinen 72 Jahren bist du phantastisch in Schuss! Sozusagen alles Alaska bei dir!"

An dieser Stelle gilt es anzumerken, dass seit dem Beginn der Aufzeichnung des ersten Roman-Kapitels durch Frau Dr. Valponer mittlerweile fast 1 ½ Jahre verstrichen waren.

„Na, ich weiß nicht! Und die Aussichten scheinen mir auch nicht vielversprechend zu sein, deinen Kassandra-Rufen zufolge!"

„Kassandra spricht immer nur das aus, was ohnehin jeder weiß und nur nicht wahrhaben will! Und du weißt es auch! Das Alter ist übrigens die echteste und weiseste Demokratie! Keine Ausnahmen, vorausgesetzt man kommt überhaupt so weit!"

„Sehr trostreich! Hast du noch mehr Mühseligkeiten der späten Jahre im Ärmel?"

„Allerdings! Etliche! Aber lassen wir das! Nur so viel: Jede Seele wird eines Tages müde, wenn die Kräfte des Körpers nachlassen, und die Eltern werden zu Kindern ihrer Kinder. Doch das müssen wir jetzt nicht weiter vertiefen!"

„Ungemein erbaulich, Edda!"

„Realistisch!"

„Also, du könntest mir die Geschichte von dem Grenzgang kurz erzählen!", forderte der Professor seine

Gattin schließlich auf, indem er sozusagen die Gesprächsschiene wechselte, während er sein Fläschchen mit den Augentropfen im Apothekerschränkchen verstaute. Betrübt schaute er in den Spiegel und fuhr mit beiden Händen über seinen Stoppelkopf. „Was war denn nun daran so überraschend?"

„Zunächst die Tatsache, dass Elsbeth von den Russen geschnappt wurde."

„Ach ja?" Ansgar legte seine Stirn in Falten, riss seine beiden Augen weit auf und zog mit seinen beiden Händen beide Unterlider herunter. Dann blinzelte er wieder und kniff beide Augen zusammen. „Und dann?"

„Dann wurde die kleine Gruppe der Illegalen, der sie sich in Helmstedt angeschlossen hatte, in einen düsteren Keller gesperrt, in dem es penetrant nach Fisch roch."

„Wie das?"

„Grüne Heringe! Die Leute schlichen sich nachts von Marienborn aus über die Grenze, fuhren von Helmstedt nach Hamburg und deckten sich dort auf dem Fischmarkt mit den frischen Heringen ein. In der folgenden Nacht ging es auf demselben Weg wieder zurück in den Osten!"

„Tatsächlich? Und diese Fische nannte man grüne Heringe?"

„Immer schon! Und sie waren, im Gegensatz zu heute, ein Arme-Leute-Essen. Jedenfalls saßen die Grenzgänger erst einmal einige Stunden mit ihren Fischen in diesem – ich nehme an – reichlich frequentierten Kittchen fest, bis man sie ohne dieselben wieder laufen ließ. Das war halt so."

„Mhm! Ich sehe schon, du brennst darauf, mir weiter vorzulesen. Dann geh'n wir's halt an!", kam es resigniert von der mit dem grünen Star geschlagenen – und in diesem speziellen Fall konnte man sagen – „minderen Ehehälfte".

Unter einer einsamen unbeschirmten kahlen Glühbirne, die an der Decke hing, schummerte der Kellerraum grau in kaltem Grau. Grau war der Betonboden, grau war der Anstrich der Wände und ebenso der Decke. Ein paar alte, wackelige und an ihren abgeschabten Beinen des Firnis weitgehend beraubte Holzstühle standen herum, viel zu wenige übrigens und alle besetzt. Die Mehrzahl der Festgenommenen standen oder saßen auf ihren Gepäckstücken. Einige murmelten oder flüsterten miteinander. Die meisten schwiegen. Keiner wagte, ein lautes Wort zu sagen oder gar, allen verständliche Reden zu führen. Von Zeit zu Zeit wurde eine einzelne Person mit militärisch barscher und schreckeinflößender Stimme in slawischem Tonfall herausgerufen. Die raffte sofort ihre Habseligkeiten zusammen und verschwand durch die Türe und für die Anwesenden fürs Erste auf ein Nimmerwiedersehen. Kinder konnte Elsbeth nicht entdecken, dafür erspähte sie eine ihr bekannte weibliche Person, die in ihrem schwarzen Mantel, einen alten Schal unkleidsam um den Kopf gewunden und über der Stirn verknotet, auf ihrem kleinen Koffer hockte.

„Lass mich raten!", unterbrach der Professor, „garantiert war das dieses patente Frauenzimmer mit dem austro-bajuwarischen Namen, die Mutterkreuz-Trägerin!"
„Elvira Brandlhofer? Da irrst du, mein Lieber. Die saß mit ihren fünf Nachkommen in Wanzleben fest und sah

sich somit außer Stande, auf diese Weise und überhaupt unterwegs zu sein."

„Schade! Sie ist so ein unterhaltsames Leut'. Bau sie doch ein!"

„Ansgar! Das geht nun wirklich nicht. Du musst schon mit einer tragischen Person vorlieb nehmen!"

„Um Himmels willen! Wer ist das denn?"

„Albertine von Busche, geborene von Wentow, Püppis jüngste Tante."

Pause.

„Weiter!" kommandierte der Professor.

Elsbeth drängte sich zu der nunmehr 27-Jährigen durch und tippte an ihre Schulter. Die junge Frau fuhr zusammen und blickte erschrocken zu ihr auf.

„Albertine! Wo kommst du denn her?", flüsterte Elsbeth.

„Von wo schon?", knurrte die Angesprochene praktisch tonlos durch ihre Zähne, wobei sie ihre angeheiratete Quasi-Schwägerin überrascht anblinzelte. „Haldensleben natürlich! Du weißt doch, dass ich mich bei meiner Schwiegermutter aufgehalten habe, Pettchen." Elsbeth bemerkte, wie sich die junge Frau die Hände rieb und die Finger ihrer rechten Hand bewegte, was jedermann, der davon wusste, an die Granatsplitter in ihrem rechten Oberarm erinnerte. Selbstverständlich war ihr bekannt, dass Albertine, die ehemalige Braune Schwester, nach dem Verlust des Wentow'schen Besitzes bei ihrer Schwiegermutter Zuflucht gefunden, sich um sie gekümmert und einem alten Arzt in seiner Ordination assistiert hatte.

Elsbeth setzte sich neben Albertine auf ihren Koffer und stellte ihre Tasche vor sich hin.

„Und jetzt wolltest du nach drüben? Zu Besuch? Oder bist du auf dem Rückweg?" Die steile Falte über Elsbeths Nasenwurzel vertiefte sich merklich.

Albertine schüttelte den Kopf, und Elsbeth wusste Bescheid. Sie sah auf das winzige Gepäckstück, welches die junge Frau mit sich führte – wohl ihre gesamte Habe, weniger, als eine Katze auf dem Schwanz davontragen kann, dachte sie.

„Und deine Schwiegermutter?"

„Die is' vor 'ner Woche verschieden. Ich dachte: Na, dann nischt wie ab und nach drüben! Nach Ulriken hin. Die sitzt mit ihren Gören irgendwo in der Heide. Pustekuchen! Jetzt sitze ich hier mit meinen adeligen Namen, und wer weiß, was die Schweine da draus machen!" In ihrer Stimme lag ein so unvorstellbarer Hass, dass es der Angesprochenen den Rücken geradezu zusammenzog.

Elsbeth, deren Mundwinkel sich in einem Bogen nach unten zogen, wusste, dass es nicht nur die adeligen Namen waren – der eine per Geburt, der andere durch Heirat – wenngleich die junge Adelige durch sie dem verhassten Junkertum angehörte, dessen preußischmilitaristischer Feudalismus den Kommunisten ein Dorn im Auge war, und den es auszurotten galt. Ohnehin waren der Armen nur diese beiden diskriminierenden Namen geblieben, sonst nichts. Und der kleine Koffer natürlich. Das eigentliche Problem hingegen war eher ihre Vergangenheit, denn Albertine war ja eine Angehörige der nationalsozialistischen Volkswohl-Schwesternschaft, kurz eine NSV- Schwester, gewesen, eine Braune Schwester also, mit der entsprechenden politischen Einstellung.

Wie auch immer, es war ihr dennoch gelungen, in Haldensleben diese belastende Vergangenheit zu verhehlen.

„Auch das noch!", seufzte Ansgar.

„Ich selbst bin als Kind in einer Klinik von Braunen Schwestern gepflegt worden, und die waren reizend", antwortete Edda. „Niemand war fröhlicher, und keiner hat so viel gelacht, wie diese Schwestern. Irgendwo habe ich gelesen, die Barbarei trage immer menschliche Züge, und das mache sie so unmenschlich. Ob es sich durchweg so verhält, wage ich zu bezweifeln, aber oft scheint das schon der Fall zu sein."

„Da ist was dran!", bestätigte Ansgar.

„Sei nicht gleich so verzweifelt, Albertine!", beschwichtigte Elsbeth flüsternd. „Weiß Ulrika, dass du im Anmarsch bist ...?"

Albertine schüttelte den Kopf. „Natürlich nich', Pettchen!", wurde zurückgeflüstert, „Und wenn ich jetz' von der Bildfläche verschwinde, denn ahnt keen Mensch überhaupt was von meinem restlichen Verbleiben! Denn is' die Chose endgültig verbraten!" Elsbeth schauderte.

Wäre nicht ihr Bruder, und wie so viele mit ihm, verschleppt worden, und wäre da nicht auch so mancher geschnappter illegaler Grenzgänger, wie man wusste, für eine Zeit lang in einem Lager verschwunden, dann hätte Frau Torsdorf, die um ein gutes Jahrzehnt Ältere, sicherlich mit albernen Worten dummes Zeug gelabert, abgesehen davon, dass sie von den Quälereien durch die erobernden Rotarmisten, denen die beklagenswerte Albertine ausgesetzt gewesen war, nichts wusste, bestenfalls etwas ahnte. Von Püppi übrigens ganz zu schweigen, denn die hatte über ihre eigenen schlimmen Erlebnisse kein einziges Wort verloren. Elsbeth wäre auch nie auf die Idee gekommen, etwas derart Peinliches zu erfragen. Über solche Dinge schwieg man. Und schämte sich.

Sie rutschte noch weiter an die junge Frau von Busche heran und flüsterte nur:

„Warum bist du nich' gleich mit Ulrika mitgegangen?"

„Ging nich'", flüsterte es zurück. „Ich war damals krank und bettlägerig. Und Ulrika musste verschwinden. Die waren hinter irgendwelchen Dokumenten her. Und denn wollte ich ja ooch uff Eduarden warten, bei seiner Mutter, so mutterseelen allene, wie se war. Schließlich hatte se ja nur mich, und krank war se ooch."

„Weiß man was von Gert?"

Albertine schüttelte den Kopf.

„Und dein Mann? Hast du Nachricht von ihm?"

Wieder ein Kopfschütteln.

Schweigen. Während Elsbeth die junge Krankenschwester verstohlen betrachtete, fiel ihr zum ersten Mal auf, wie sehr Püppi äußerlich ihrer Tante ähnelte. „Eigentlich mehr, als ihrer Mutter!", dachte sie, denn sie kannte selbstverständlich die Fotografien, die von Karoline Torsdorf existierten und von deren Tochter nach dem Tod der Großeltern in Besitz genommen worden waren. Und sie kannte auch ihr Hochzeitsbild, das Püppi hütete wie eine Ikone.

„Wie geht's sonst? Hört man was von deinem Bruder?", fragte Albertine nach einer ganzen Weile.

Diesmal schüttelte Elsbeth den Kopf.

„Haste was zum Futtern mit?"

Endlich konnte Elsbeth hilfreich sein. Sie packte alles aus, was sie noch an Essbarem mit sich führte – wenig genug übrigens, dafür delikat. Denn unter anderem stammte der Wurstzipfel aus der Schranner'schen Metzgerei und die Schokolade vom Münchner Schwarzmarkt. Albertine mampfte alles in sich hinein.

„Haste ooch Zigaretten?"

Die hatte Elsbeth auch, und sie verschenkte das gesamte Kontingent an die junge Frau von Busche. Eigentlich waren die Glimmstängel Jettchen Schossier zugedacht gewesen, aber Elsbeth gab sie alle bis auf den letzten Krümel Tabak her. Wer weiß, ob man ihr hier, bei der Vernehmung, nicht alles abnehmen würde, was sie an Ess- und Tabakwaren mit sich führte. Wahrscheinlich! Albertine rauchte schweigend. Sie zog den Rauch tief in ihre malträtierte Lunge, die sich ohnehin Atemzug für Atemzug mit dem Geschoss, das in ihr feststeckte, auseinanderzusetzen hatte.

Schließlich sagte sie:

„Schreibste noch Pettchen?"

„Hin und wieder schon, wie ich halt Zeit hab."

„Denn sollteste unsere Familiengeschichte uffschreiben. War ja allerhand los in diesen turbulenten Zeiten, meinste nich'?"

„Da hast du recht!"

„Ich finde, das is' man jeradezu deine Flicht, wenn du nu' schon schriftstellerst!"

„Das sollten Sie wohl tun, Frau Torsdorf, woll! Ein ganz Teil haben Sie ja selbst erlebt!", würde Vikar Brackmann Albertines Vorschlag später in seiner harten kehligen Aussprache und grammatikalisch fehlerhaft unterstützen.

„Und wenn du denn schon schreibst, denn schreibste ooch, für welche Ideale jekämpft und jestorben wurde!", setzte die verbitterte junge Frau hinzu.

„Für welche Ideale eigentlich?", fragte sich Elsbeth, beschloss aber sofort, irgendwann später einmal darüber nachzudenken.

Während beide Frauen einige Stunden stumm nebeneinander saßen und sich Albertine immer wieder ihre Hände rieb oder die Finger ihrer rechten Hand bewegte, wenn sie nicht gerade rauchte, wurde Elsbeth plötzlich klar, dass die junge Frau von Busche, die so viel Schlimmes gesehen und erlebt hatte, nicht nur voller Hass sondern auch von Angst geschüttelt war. Sie selbst hatte eigentlich keine Angst, obgleich auch sie sich nicht gerade in einer ungefährlichen Situation befand. Unbekümmert naiv gab sich Elsbeth der Überzeugung hin, dass alles gut gehen und sie unversehrt und rechtzeitig daheim eintreffen würde. Doch Albertine hatte Angst, große Angst. Sie sah es an ihren Augen.

„Mein Gott!" betete sie, „Lass nicht zu, dass ihr was passiert! Lass sie ungeschoren durchkommen!"

Doch Gott erhörte ihr Gebet nicht. Als Albertine von Busche herausgerufen wurde, hatte Elsbeth das Gefühl, als würde ihr die Kehle abgedrückt und ihr Herz von einem Stein wund geschlagen. Und als sie sich später auf dem Bahnhof in Marienborn wiederfand, hielt sie vergeblich Ausschau nach der jungen Frau. Albertine blieb für immer verschollen.

Kaum hatte die todmüde und von ihrer Begegnung mit Albertine von Busche noch immer erschütterte Elsbeth ihre Wohnungstür auf dem Westring Nummer 19 aufgeschlossen, öffnete sich die Tür, die zu dem ehemaligen Kinderzimmer führte. Fräulein Heinicke, erschien und legte ihren rechten Zeigefinger auf ihre Lippen. „Pschscht!" befahl sie.

Elsbeth, die inzwischen eingetreten war, fiel aus allen Wolken. Die Heinicken war aus dem Lager zurückgekehrt! Sofort dachte sie an ihren Bruder Arno. „Dann ist der Arni auch wieder daheim!", frohlockte sie insgeheim, was sich später als ein Trugschluss herausstellen sollte.

„Still!", befahl die Heinicken, merklich abgemagert, doch in gewohntem Kommando-Ton, „Seien Se man janz stille, gnädige Frau, se schläft jerade. Aber es jeht ihr nich' jut!"

„Man hat Sie entlassen, Fräulein Heinicke? Willkommen daheim! Geht's Ihnen gut?"

„Es jeht!", antwortete das ehemalige Kindermädchen, das zudem merklich gealtert war, mit Verachtung. „Trine jeht es nich' jut. Sieht nich' jut aus mit ihr!" Fast klang es wie ein Triumph.

Elsbeth lehnte sich gegen das Klavier, das in der Diele stand. „Was is' mit Trine?"

„Lungenentzündung!", schleuderte ihr die Heinicken entgegen. „Frau Doktor will se in die Klinik jeben, aber se will nich. Man langsam! Se schläft jerade, wie ich jesacht habe." Und die Heinicken legte wieder ihren rechten Zeigefinger auf ihre Lippen. Sie duldete nicht, dass Elsbeth auch nur einen winzigen Blick in die Krankenstube warf. Hingegen begann sie im Flüsterton eine Suada, Trines Krankheitsverlauf betreffend, über Elsbeth auszugießen, in der sie nicht zu bremsen war, und aus der hervorging, dass sich die alte Köchin vor knapp einer Woche mit einem trockenen Husten gelegt hatte, der inzwischen in ein beängstigendes Keuchen übergegangen und von einer geradezu galoppierend zunehmenden Schwäche begleitet war, wogegen weder Inhalationen mit heißem gesalzenem Wasserdampf, Abreibungen mit Essigwasser, Efeublättertee, Abklopfen des ach so mageren, knochigen Brustkorbs und noch tausend andere Maßnahmen und Verrichtungen – eine wegwerfende Handbewegung – das Geringste auszurichten vermochten. „Und wissen Se, gnädige Frau" – gegen die „gnädige Frau" war einfach nichts zu machen – „Brustwickel, die man das A und O bei derlei Zuständen sind, die kann se überhaupt nich' haben, da verfällt se uns jeradezu. Na ja, früher ham wir Schweinefett dafür jenommen, jeht ja nu nich mehr, weil wir keens zu Verfüjung haben! Wenn se mich fragen, gnädige Frau, denn handelt es sich um 'ne galoppierende Schwindsucht, und ..." Wie gesagt, die Heinicken war nicht zu bremsen.

„Und was machen die Kinder?", wurde sie deshalb von Elsbeth rüde unterbrochen. Die Heinicken zwinkerte und orientierte sich auf der Stelle um.

„Keene Sorge, gnädige Frau, Kinder sind ja mein Metier, jewissermaßen. Püppi holt die Kleene nachher aus 'm Kindergarten ab, ich kann ja die Kranke nich' alleene lassen, und ich habe 'ne Suppe uff'm Herd. Keene Sorge! Püppi jeht nachher zum Anstehen, wir sind noch nich' verhungert, und ..."

„Danke, Fräulein Heinicke!", warf sich die Heimgekehrte erneut beherzt in den beginnenden Wortschwall, bevor das ehemalige Kindermädchen zu weit in den Wald hineingeriet und von Hölzchen auf Stöckchen kam.

„Keene Ursache, gnädige Frau!" Und die Heinicken machte einen angedeuteten beleidigten Knicks. Undank ist der Welten Lohn – sie kannte das!

Kaum war Elsbeth nach der anstrengenden Reise in einen Tiefschlaf gefallen, wurde sie unsanft wachgerüttelt.

„Kommen Se man schnell, gnädige Frau!", befahl die Heinicken, die offenbar tatsächlich das Kommando über den gesamten Haushalt übernommen hatte. „Et jeht zu Ende mit Trine!"

Elsbeth fuhr hoch und in ihren Morgenmantel. Fräulein Heinicke öffnete leise die Türe zu Trines Zimmer, aus welchem Elsbeth der Geruch von Tod, vermischt mit Essig, Alkohol, ätherischen Ölen, Urin, Kot und Altweiberdunst entgegenwehte.

Die alte Köchin war schier nicht wiederzuerkennen. Ihrem abgemagerten halb aufgerichteten Oberkörper, gestützt von mehreren Kissen, entrang sich ein unregelmäßiges Keuchen. Mit geöffneten, fast dunkelblauen Lippen in ihrem aschfahlen Gesicht, das deutlich an einen Totenschädel gemahnte, rang die alte Trine nach Luft, wobei sich der starre, knochige Brustkorb kaum bewegte, sich die spitzen Schultern hingegen, die sich unter dem grauen Hemd abzeichneten, den abgerungenen Atemzügen hilfreich, wenn auch vergeblich, anzugleichen suchten. Ganz klein war Trine in diesen wenigen Tagen geworden, ein Häuflein Mensch in seiner letzten Stunde. Die rasselnden unregelmäßigen Atemzüge setzten zeitweise ganz aus. Trines weit aufgerissene Augen unter dem schütteren, wirren Haarschopf starrten auf die Türe, und zwischendurch bewegte sie ihre blauen Lippen, formte sie zu unverständlichen Worten, während ihre leichenblassen verkrümmten fleischlosen Hände auf der Bettdecke wild hin und her fuhren. Wie eine Totengöttin stand die Heinicken am Fußende des Bettes und schaute stumm und unbeteiligt auf das Sterben der Köchin.

Elsbeth kniete neben dem Bett nieder und neigte ihren Kopf gegen das Gesicht der Sterbenden.

„Trine! Ich bin's! Pettchen! Ihr Kindchen! Trine! Hören Sie mich? Erkennen Sie mich?"

„Ach Kindchen!", seufzte die Köchin und neigte ihren Kopf Elsbeth zu. „Mein Jungchen!" Sie bewegte ihre blauen Lippen, um gleich darauf wieder zu keuchen.

Dann ein Röcheln: „Das Kind ... das Kind ... ... das Kind ..."

Die Türe öffnete sich leise, und Püppi erschien.

Elsbeth erhob sich. „Bille?", fragte sie flüsternd, und die Totengöttin zog sich beleidigt zurück, um sich um die Jüngste der Familie zu kümmern, der man den Anblick des Sterbens natürlich nicht zumuten wollte. Elsbeth stellte leise einen Stuhl neben das Bett und setzte sich darauf. Die 17-jährige Püppi blieb am Fußende des Sterbelagers stehen. Als Elsbeth versuchte, Trines linke Hand zu berühren, fuhren deren Hände nur noch heftiger hin und her und ihr Keuchen nahm zu. Also ließ sie es bleiben. Heimlich betete sie, doch sie wagte nicht, ein Kreuzzeichen zu machen. Sie fürchtete, Püppi könnte es übel nehmen. In der Diele hörte sie Billes Kinderstimme und sofort ein „Pschscht!" von der Heinicken und hierauf, wie sie die Kleine in die Küche zog und die Küchentür schloss. Sie fragte sich, was die Heinicken der Fünfjährigen wohl gerade erzählte, und was sie ihr von Trine überhaupt erzählt hatte.

„Das Kind! Das Kind!", keuchte die Köchin. „Da ... da ... das ... isses! Da ... da ... ja ... ja!" Sie seufzte und versuchte sich noch mehr aufzurichten. Dann fiel sie mit einem allerletzten Atemzug in sich zusammen und das Leben entschwand aus ihrem verhutzelten, gequälten Körper wie ein ausgetretenes Licht. Elsbeth starrte auf den Leichnam. Trine! Sie war fort, einfach gegangen. Sie war plötzlich nicht mehr da. Trine als Person gab es nicht mehr. Ihre Liebe gab es nicht mehr und nicht mehr ihre dienende Opferbereitschaft. Nie mehr würde ihre Stimme in ihrem ostpreußischen Singsang mit den gutturalen harten Konsonanten und den weichen, sich ziehenden, sich quasi wiegenden Umlauten erklingen, weil Kehlkopf, Gaumen, Zunge und Lippen von nun an der Verwesung anheimgegeben waren. Kein Mensch auf der weiten Welt würde je wieder das liebevoll gegurrte „Jungchen", das nachsichtige „Kindchen", das zärtliche „Püppi" oder „Bille mein Schatz" oder gar das klagende „Ach Jottchen neei" hören. Was zurückblieb war eine Leiche, ihre Leiche, ein alter, nun lebloser, verfallender Körper. Trine war entwichen, aufgelöst! Die Seele hatte sich davongemacht. Elsbeth drückte die Augen zu, diese lieben, lebhaften Augen, aus denen ihre Seele geleuchtet hatte, und die nun auch nicht mehr waren als ein Gewebe, dem Verfall preisgegeben. Elsbeth zeichnete das Kreuz auf die Stirn und den Mund des Leichnams. Auf der Brust legte sie die Hände zusammen. Wie verkrümmte Flügelchen sahen sie aus. Püppi wandte sich um und verließ das Zimmer. Elsbeth blieb auf dem Stuhl sitzen. Dann erschien die Heinicken, blieb am Fußende des Bettes stehen und sagte trocken:

„Nu' hat se's überstanden!"

„Ja!", antwortete Elsbeth und merkte, wie ihr die Tränen kamen. Unwillkürlich dachte sie an ihren nächtlichen

Einzug auf dem Sedanring Nummer 16, damals, 1933, als frisch verheiratete junge Frau, als Trine sie ermahnte, in der Dunkelheit des Schlafzimmers ja nicht in den gefüllten Nachttopf zu treten. Nie mehr hatte sie daran gedacht, und ausgerechnet jetzt dachte sie daran. Unter Tränen musste sie lächeln.

„Warum hat sie denn immer nach dem Kind gerufen, Fräulein Heinicke? Hat sie damit meinen Mann gemeint, ihr Jungchen, wie sie immer gesagt hat?"

„Den jungen Doktor? Im Leben nich'! Das war man schon ihr eigenes Kind, nach dem sie jerufen hat. Ich glaube, sie hat es direkt jesehen! Sie hat doch immer nach der Tür jekuckt. Jerade so, als wollte das Kind se holen!"

„Die Trine hat ein Kind? Ach! Wo ist es? Warum weiß ich nichts davon? Warum hat man es nicht benachrichtigt? Oder hat man?"

„Ach, das lebt doch längst nich' mehr. Und außerdem war das man alles lange vor Ihrer Zeit, gnädige Frau! Das Gör hat überhaupt nich' lange jelebt, und die Zeit, wo es jelebt hat, war es in Flege. Die gnädige Frau hat es nich' im Haushalt jeduldet, klar, wo doch alle Welt davon jeflüstert hat, dass der alte Herr Doktor der Vater war!", kam es spitzzüngig und gehässig von dem alten Kindermädchen. So, jetzt hatte sie es der hochnäsigen und unverschämten Ottilie Torsdorf posthum doch noch heimgezahlt und ihr gehörig eins ausgewischt! Und dass Püppi auch noch davon erfuhr, dafür würde sie rechtzeitig sorgen. Rache ist süß!

Sofort nach der Beisetzung der Köchin zog Frau Dr. Schossier in Trines Stube auf dem Westring Nummer 19 ein. Kurz nach Frederikas Flucht nach Westberlin hatte eine junge Apothekerin die verlassene Offizin auf Nummer 16 übernommen, und Jettchen Schossier, die, wie wir wissen, im Bombenangriff am 16. Januar 1945 obdachlos geworden war und seitdem in ihrer verlegten Ordination ebenda in dem dunklen Flur, man kann sagen behelfsmäßig, kampierte, ergriff die Gelegenheit, zu eigenen vier Wänden, sprich einer eigenen Stube, zu kommen.

Eines Spätnachmittags im frühen November 1948, als auf dem Westring die letzten herbstlichen Sonnenstrahlen dabei waren, sich hinter den Lindenbäumen davonzumachen, schrillte die Wohnungsklingel auf Nummer 19. Der Zufall wollte es, dass sich Püppi gerade allein in der Wohnung aufhielt und sich mit ihrem Herbarium beschäftigte, das anzulegen sie gehalten war, seitdem sie nach ihrem Abitur als Praktikantin in einer Apotheke arbeitete. Sie spähte sicherheitshalber zunächst durch den Briefkastenschlitz der Wohnungstür, obgleich nicht damit zu rechnen war, dass jemand davorstand. Die Haustüre ließ sich – wie wir wissen – von außen nur entweder mit einem Schlüssel oder mit einem Summer öffnen, der von der Wohnung aus betätigt wurde. Sie schnappte auch stets von selbst wieder zu. Nachdem sich also niemand vor der Wohnungstür befand, öffnete Püppi das Fenster in Mutters Schlafzimmer, welches einen Blick auf die Straße erlaubte, beugte sich hinaus und machte im Spätnachmittagslicht eine wahrhaft exotische Gestalt aus: Ein blonder Mann in einer derben grauen Jacke und mit einem Rucksack auf dem Rücken blickte zu den Fenstern der Straßenfront hinauf, was sie veranlasste, ihren Kopf umgehend zurückzuziehen. Das alles wäre nicht weiter aufregend gewesen, abgesehen davon, dass sie diese Person noch nie gesehen hatte. Das Interessantere aber waren die Beine des Fremden. Die nämlich waren nicht, wie üblich und zu dieser Jahreszeit erst Recht, vollständig durch lange Hosen bedeckt, sondern von den Knien abwärts zopfgemustert bestrumpft, wodurch eine kräftige, männliche Muskulatur, statt sie zu verhüllen, eher betont wurde. Der Fremde trug eine braune Bundhose – und das sah Püppi trotz der Kürze des Augenblicks genau – aus dunkelbraunem Leder. Die Füße ihrerseits steckten in merkwürdigen groben seitlich geschnürten Halbschuhen. Obgleich sich Püppi sofort wieder unsichtbar gemacht hatte, war sie bereits gesichtet worden, und nun ertönte der Missklang der Klingel in einem Dauerton, als würde sich jemand gegen den Klingelknopf lehnen. Püppi blieben dreierlei Alternativen: entweder, sie hielt sich die Ohren zu, bis der Fremde aufgab – doch wann würde das sein? – oder sie stellte die Klingel ab, was kein Problem war, doch dann müsste sie von Zeit zu Zeit aus dem Fenster schielen, ob sich der Fremde noch vor dem Haus aufhielt. Oder aber sie betätigte den Summer, der die Haustüre öffnete, und begutachtete zunächst einmal durch den Briefkastenschlitz diesen Exoten. Püppi war tapfer und neugierig zugleich. Daher entschloss sie sich zur letzteren Variante.

Aus dem Getrampel, das man das Treppenhaus heraufdonnern hörte, ließ sich schließen, dass der Fremde genagelte Schuhe trug.

„Na, denn!" dachte Püppi und setzte sich hinter der Wohnungstür auf den Boden.

Als der junge Mann, denn um einen solchen handelte es sich, schließlich davor stand, klingelte er erneut Sturm.

„Machen Se nich' so 'n Krach!", schimpfte die älteste Torsdorf-Tochter durch den Briefkastenschlitz und ließ die Klappe, die innen angebracht war, wieder fallen. „Der hat wohl 'nen Vogel!", dachte sie.

Der Fremde stutzte, bückte sich und hob die Klappe des Schlitzes mit seinen Fingerspitzen, die er durch ihn durchsteckte, wieder an. Er linste durch ihn hindurch und begann zu grinsen. Er hatte gesehen, dass eine junge weibliche Person hinter der Wohnungstür saß, denn die war von schlanker Gestalt und hatte einen hübschen runden Busen, einen Apfelbusen, wie er konstatierte, den er bequem in Augenschein nehmen konnte. Ihr Gesicht lag außerhalb seines Gesichtsfeldes. Also ließ er die Klappe wieder fallen, setzte sich ebenfalls vor die Wohnungstür, nur eben auf der anderen Seite ... und wartete.

Schließlich war es Püppi, die den Schlitz wieder öffnete, aber auch sie sah nur seine angezogenen Knie in den ledernen Bundhosen, um die er seine Arme in der dunkelgrauen derben Jacke geschlungen hatte. Der Rand der Ärmel war, für Püppi verblüffend, dunkelgrün eingesäumt. Püppi sah noch einen Teil der dunkelgrauen zopfgestrickten Strümpfe, mehr nicht.

„Warum machen S' denn net auf?", ertönte plötzlich die Stimme des Fremden durch den Schlitz in einem Tonfall, der ihr fremd und doch irgendwie bekannt vorkam.

„Wozu?"

„Weil ich ein Besuch bin."

„Das kann jeder sagen! Ich kenne Sie nicht!", kam es schnippisch von innen.

„Freilich kann das jeder sagen, aber ich bin halt nicht ein jeder!"

„Wir machen grundsätzlich keinem Fremden auf! ... Zu gefährlich!", setzte sie hinzu.

„Ich bin nicht fremd! Und gefährlich bin ich erst recht nicht!"

„Für mich sind Sie fremd!"

„Und für mich san Sie ein ausgesch'amt's Frauenzimmer! Des merken's Eahner!"

Spätestens an dieser Stelle des Dialogs fiel Püppi auf, dass der Tonfall des Fremden und auch seine Ausdrucksweise dem ihrer Stiefmutter und ihres Stiefonkels Arni glich. Der Mensch kam aus Bayern! Püppi wurde ganz aufgeregt, und schon war sie gewillt, ihn draußen vor dem Briefkastenschlitz weiter schmoren zu lassen. Hätte sie das „ausg'schamte Frauenzimmer" verstanden und in ihr korrektes preußisches Hochdeutsch zu übersetzen vermocht, so wäre sie auf der Stelle aufgestanden und hätte sich in das Wohnzimmer, in dem sie auch schlief, zurückgezogen, um in ihrem ganzen Leben kein Wort mehr mit diesem Fremden zu wechseln.

So aber antwortete sie nur:

„Wenn Se mich beleidigen wollen, denn befinden Se sich uff dem falschen Dampfer!" und blieb sitzen, neugierig, was er wohl weiter zu sagen hatte. Er aber schwieg, zog seinen Rucksack heran, wurschtelte in ihm herum und fischte ein Stück geräucherten gut durchwachsenen Specks – zu bayrisch „Geselchtes" – heraus, ebenso einen Ranken Brot, klappte sein Taschenmesser auf und begann gemächlich ein Stück der geräucherten Köstlichkeit herunterzusäbeln. Püppi, die wieder durch den Schlitz blinzelte, wurde fast schlecht von dem herrlichen Geruch und der damit verbundenen Gier nach dieser unerreichbaren Delikatesse. Sie ließ wütend die Klappe vor dem Schlitz herunterfallen. Als sie diese kurze Zeit später wieder vorsichtig und leise anhob konnte sie sehen, wie eine

Hand das Messer hielt, und auf der Messerspitze war ein Stück Speck aufgespießt. Es wurde aber nicht zum Mund geführt, sondern ihr geradezu unter die Nase gehalten.

Der unverschämte Kerl lockte sie mit einem Leckerbissen, wie man ein Tier lockt, einen Hund oder eine Katze.

„Es gehört sich nich', im Treppenhaus auf dem Treppenabsatz zu essen! Bei uns hier ist das nich' üblich!", fauchte sie daher streng durch den Schlitz und glich damit aufs Haar ihrer Großmutter Ottilie.

Er antwortete nicht, nahm das Stückchen Speck vom Messer und steckte es sich wahrscheinlich in den Mund. Auch Püppis Gesichtsfeld war eingeschränkt.

„Ha'm Se vielleicht Bohnen inne Ohren?", keifte sie wütend.

„Not bricht Eisen!" wurde sie durch den Briefkastenschlitz belehrt, und sie merkte, dass er kaute: „geh'n S' weiter!", fuhr er, noch immer kauend, fort: „Wenn Sie eine von den großkopferten Torsdorfs sind, dann schau'n S', dass Sie in Eahrnan vornehmen Salon kommen und beten S' Eahrnerne noch vornehmeren leeren Teller an, Sie Zizibeh! Was kümmert's ein' Baum, wenn sich die Sau dran reibt! Es steht mir nicht der Sinn danach, wegen Ihnen zu verhungern!"

Noch immer verströmte das Stück Speck durch den Schlitz den verführerischen Geruch.

Püppi rümpfte – für ihn nicht sichtbar – die Nase. Doch ihr Magen knurrte. Und von einem Salon konnte bei den Torsdorfs keine Rede sein.

„Sie ungehobelter Flegel!" blaffte sie, „Eine ordentliche Kinderstube scheint mir bei Ihnen zu Hause unbekannt zu sein!"

„Freilich!" schlug er vergnügt gemütlich in diese Kerbe. „Wissen S', bei uns lebt man noch a so, wie bei den Neandertalern! Da gibt's koan Radi net!" Er bückte sich noch tiefer herab und schob sich zu Püppis Entsetzen ein aufgespießtes Stück Räucherspeck mit der Messerspitze in den Mund. Nie hatte Püppi ein derartiges Benehmen bei ihrer Stiefmutter oder bei ihrem Stiefonkel beobachtet, abgesehen davon, dass sie nichts verstand, wenn er in seinen heimatlichen Dialekt fiel. Wo um alles in der Welt kam dieser Mensch bloß her? Und was wollte er ausgerechnet bei ihnen? Bei den Torsdorfs?

Unverdrossen schnitt er erneut ein kleines Stückchen Speck ab.

„Was ist ein Flegel?", fragte er in aller Unschuld.

„Ach, halten Sie doch den Mund!" zischte Püppi wütend durch den Briefkastenschlitz.

„Ah geh! So was Unhöfliches hab' ich bei meiner Tante Elsbeth aber noch nie g'hört! Jetzt weiß ich's g'wiss: Sie können doch keine Torsdorf sein, gell? So, wie ich zuerst gemeint hab! Sie sind mir eher eine blöde Nassl!".

„Ich bin eine Torsdorf, so wahr ich hier sitze!", antwortete Püppi um eine Nuance zu laut, doch mit aller Würde, die sie zusammenkratzen konnte, sodass sie sich der Beleidigung, die er zu ihr durch den Briefschlitz hindurch abgeschossen hatte, gar nicht bewusst wurde „Und meine Mutter hat mit Sicherheit nicht so einen ... ich will mal sagen ... so einen primitiven Menschen als Neffen!"

„Ah geh! Wetten dass? Um was wetten wir? Wenn ich recht hab' dann krieg ich ein Bussl von Ihnen, ganz gleich wie Sie ausschauen. Sie haben nicht zufällig eine Hasenscharte?"

Püppi verschlug es die Sprache.

„Wissen S' überhaupt, was das is'?", sprach es von jenseits der Wohnungstür.

„Selbstverständlich weiß ich das!", gab Püppi hoheitsvoll zurück, „Und ich kann Ihnen versichern, dass ich ... dass mein Mund ... ich meine, mein Gesicht ist normal! ....Ich ..."

„Also, dann wetten wir!"

„Um so was wette ich nich'!"

„Schad! Dann werden halt die Früchte der Währungsreform, die ich im Rucksack hab, für das vornehme Fräulein Torsdorf nicht zu haben sein!"

„Welche Früchte?" Püppi schlug sich auf den Mund. Wie konnte sie sich so gehen lassen und vor diesem Menschen ihrer Neugier nachgeben? Das war schlechte Kinderstube und hätte ihr den Tadel aller weiblichen Torsdorfs, tot oder lebendig, eingebracht.

Unten wurde die Haustüre aufgesperrt. Zwei Personen begaben sich die Treppe hinauf, eine davon eher leichtfüßig, hüpfend: Püppis kleine Schwester Sybille. Der Besucher sprang auf seine Füße, verstaute seine Brotzeit wieder im Rucksack, und als Elsbeth mit der Kleinen, die angesichts des Fremden vor der Wohnungstür auf dem vorletzten Treppenabsatz innegehalten hatte, dort ebenfalls erschien, rief er, während er die Stufen zu ihr hinunter sprang:

„Servus, Tante Elsbeth!"

„Ja, Michi! Was machst denn du da?", antwortete sie und blieb abrupt stehen.

„Auftrag von der Mama! Ich sag dir's dann drinnen! Glaubst es! Du hast da einen Zerberus in deiner Wohnung, Tante Elsbeth, der tät einen noch nicht einmal ins Fegfeuer eini lassen. Und du bist also die kleine Sybille?

Geh her, Mädi, und lass dich anschau'n. Du bist aber eine ganz Feine!" Und Michael Schranner, der 19-jährige große Bruder, hob seine kleine sechsjährige Schwester hoch und lächelte sie mit seinem ach so charmanten Lächeln an. Schüchtern und einigermaßen verzagt lächelte Bille zurück und wagte nicht zu zappeln oder zu protestieren, während Elsbeth durch die mittlerweile geöffnete Wohnungstür verwundert und in aller Arglosigkeit fragte:

„Ja, warum lasst jetzt du den Schranner Michi nicht herein, Püppi?", und die derart Angesprochene damit in eine solche Verlegenheit brachte, dass die sich mit rotem Kopf fluchtartig in das Schlafzimmer ihrer Mutter zurückzog. Der fixe exotische Besuch hatte indessen ausreichend Gelegenheit, seine Erwartungen voll bestätigt zu sehen: Das Fräulein Torsdorf war trotz all seines harschen, eckigen Benehmens ein fesches Madl mit seinem kurz geschnittenen dunkelblonden Bubikopf und den dunklen Augen, das lohnte! Und es ließ sich herrlich necken und tratzen!

Auch Michael Schranner hatte die deutsch-deutsche Grenze bei Helmstedt-Marienborn überwunden. Nachdem alle die feinen Schmankerln, die ihm seine Mutter mitgegeben hatte, aus seinem Rucksack ausgepackt waren, schickte man ihn in das Badezimmer und richtete ihm im Wohnzimmer Püppis Bett her. Henks Älteste wollte auf das heftigste dagegen protestieren, doch sie musste einsehen, dass er wohl nicht gut zusammen mit der Mutter in den Ehebetten schlafen konnte. Püppi zog also dorthin um. Trotz großer Müdigkeit machte der Besuch keinen Hehl aus seiner Genugtuung, die Lagerstatt der Kronprinzessin benutzen zu dürfen, und auf das Bussl wollte er auf keinen Fall verzichten, wie er Püppi wiederholt versicherte. Doch fürs Erste verschob er die Einforderung seines Wettgewinns und schlief sich aus.

„Is' ja woll eher widersinnig, extra von Bayern nach Magdeburg zu reisen, bloß, um sich die Elbe anzukieken! Findeste nich', Pettchen?", meinte unterdessen Frau Dr. Schossier und machte es sich auf einem Küchenstuhl bequem.

„Da hast du recht, Jette, das ist auch nich' der wirkliche Grund!", antwortete Elsbeth, während sie die beiden Geschirrspülschüsseln, die in einem mit dem Küchentisch über eine Schiene verbundenen fahrbaren Gestell eingelassen waren, unter diesem hervorzog. Eine höchst moderne, elegante Konstruktion!

„Und der wäre? Oder darfste nich' darüber sprechen?" Jette stützte ihre Arme auf den Tisch, nachdem sie mit ihrer rechten flachen Hand schmutziges Geschirr zur Seite geschoben hatte.

„Natürlich nich'. Aber zu dir schon. Der Michi will die Bille abholen!"

„Ach nee! Kuck ma' an! Illegal?"

„Ja! Sie haben ihnen in Malching gesagt, bis hier bei uns die Einwilligung für Billes Ausreise vorliegt, kann's eine Ewigkeit dauern, wenn man das Kind überhaupt rauslässt. Wenn wir Pech haben: Monate!" Elsbeth goss heißes Wasser aus einem Kessel, den sie vom Herd nahm, in die rechte Schüssel, gab kaltes Wasser hinzu, schüttete etwas Scheuerpulver hinein und begann, ein Stück nach dem anderen der gebrauchten Geschirrteile auf dem Küchentisch in dieser Lauge mit einem Lappen zu säubern.

„Nu mach ma' halblang!" Jette fischte nach einer Zigarette und sah sich suchend um.

„Sie meinen, grad jetzt, wo die Russkis dabei sind, Westberlin zu kassieren und überhaupt mit den Amis im Kalten Krieg liegen, wird's ganz schwierig. Ich hab' g'hört, dass die Russen alle Zufahrtswege nach Westberlin gesperrt haben. Die Straßen, die Eisenbahn und auch die Wasserstraßen." Elsbeth fasste hinter sich, griff, ohne hinzusehen, nach dem Gasanzünder, der auf dem Küchenschrank lag, und reichte ihn der Freundin. Frau Doktor erhob sich, zündete eine Flamme auf dem Herd und brachte an ihr die Zigarette zwischen ihren Lippen zum Glühen.

„Hab ich ooch jehört", antwortete sie nach dem ersten richtigen Zug, löschte die Gasflamme und setzte sich wieder. „Es wird jemunkelt, die Amis haben so was wie 'ne Luftbrücke installiert, damit die Leute was zum Futtern haben."

„Ach ja? Sag nur, die schmeißen denen aus der Luft Fress-Pakete runter!"

„Das nich' jerade. Se haben wohl schon so 'nen kleenen eigenen Flugplatz zum Landen."

„Na, Gott sei Dank! Das wär's ja: Frederika macht sich hier aus dem Staub, um dann in Westberlin zu verhungern! Aber da hast du's! Schon aus Schikane werden sie hier das Kind nicht rauslassen." Elsbeth stapelte das gespülte Geschirr in der zweiten Schüssel. „Der Michi sagt, er nimmt die Bille gleich morgen, spätestens übermorgen mit."

„Und warum jetzt uff eenmal so plötzlich?"

„Eben wegen der politischen Lage. Der Michi sagt, drüben fürchtet man die endgültige Schließung der Grenze, und dass dann überhaupt kein Durchkommen mehr möglich ist, auch nicht schwarz. Und meine Cousine hat ja von Anfang an gesagt, sie will das Kind unbedingt später zu sich holen. Das hab' ich euch doch immer erzählt."

„Ist denn ihr Mann inzwischen wieder einjetrudelt?"

„Nein!"

„Also, ich finde, der Junge kann doch das kleene Kind nich' so einfach auf so eine strapaziöse Tour mitnehmen. Nach allem, was du von deinen Reiseerlebnissen erzählt hast, ist das für meine Begriffe unzumutbar!"

„Er sagt, das wird gehen. Über die Grenze wird er die Bille auch die ganze Zeit tragen, wenn sie zu müde zum Laufen ist. Er hat ein Tragegestell mit Gurten konstruiert, da hängt sie dann drin und kann sogar schlafen, wenn er in der Nacht geht! Den Rucksack hängt er sich dann nach vorn über die Brust. Er braucht ja nur ein bisserl Proviant. Alles andere kann man doch schicken, irgendwann."

„Au Backe! Wenn das man jut jeht! Was is', wenn sie ihn kriegen und ihm das Kind wieder wegnehmen? Der Junge is' ja noch nich' ma' volljährig!" Jettchen Schossier zog heftig an ihrer Zigarette.

„Ich soll ihm die Geburtsurkunde mitgeben. Daraus können sie dann entnehmen, dass die Bille eine Schranner ist und nur zufällig hier geboren wurde ..."

„Rein zufällig und ohne Absicht, sozusagen! Im Ernst: Mit so einer Urkunde kann ja jeder herumwedeln!"

„Ah geh, Jette! Wer gibt denn freiwillig so ein Schriftstück einfach so und ohne Grund her! Aber ein Glück, dass ich damals auf Frederikas Vorschlag hin eine notariell beglaubigte Abschrift hab machen lassen. Dann haben wir hier auch noch was in der Hand, falls was schiefgehen sollte. Und er hat schließlich seinen Ausweis mit demselben Namen!"

„Er hat 'nen eigenen Ausweis, wo er doch noch nich' volljährich is?"

„Na, irgendein Papier wird er schon haben!", antwortete Elsbeth ungeduldig.

Jettchen seufzte, zog abermals an ihrer Zigarette und blies heftig Rauchwolken in die Küche. „Ich finde, du solltest trotzdem versuchen, ihm dieses hirnrissige Unternehmen auszureden", meinte sie.

„Da werd' ich kein Glück haben, stur, wie die Schranners sind", antwortete Elsbeth, „Meine Cousine will das Kind unbedingt jetzt. Auch wegen der Schule. Sie rechnet wohl nich' mehr damit, dass ihr Mann noch heimkommt."

„Ich halte das für verrückt!", meinte die Frau Doktor abschließend und drückte ihre Zigarette aus. „Pass nur auf, dass die intrigante Heinicken nischt davon mitkriegt. Die is' imstande und mischt noch mit oder hängt uns alle hin! Und Püppi würde ich ooch erst ma' jar nischt pusten. Man soll die Pferde nich' scheu machen!"

Die ganze Aktion wäre eigentlich ganz einfach zu bewerkstelligen gewesen, denn die Flucht der beiden jungen Schranners aus der Wohnung am Westring Nummer 19 und aus Magdeburg überhaupt konnte zeitlich durchaus so gelegt werden, dass sowohl die Heinicken, die inzwischen im Konsum mit bitterer Miene hinter dem Ladentisch stand, wie auch Püppi, die in ihrer Apotheke beschäftigt war, von der heimlichen Entführung der kleinen Sybille Elisabeth nichts mitbekommen würden. Da sich Elsbeth umgehend entschlossen hatte, die Illegalen bis Marienborn zu begleiten, war man eben für die beiden Zurückgebliebenen „nach Wanzleben gefahren, um Elvira Brandlhofer, verheiratete Kunze, einen Besuch abzustatten". Die Kunzes hatten kein Telefon und waren so auf die Schnelle nicht erreichbar. Nach Elsbeths Rückkehr würde man weitersehen. Immer noch verschwanden viele Menschen in den Westen. Man nahm es hin – es war halt so.

All dies wurde in der konspirativen Küche auf dem Westring Nummer 19 von Elsbeth und ihrem Neffen Michael prima ausgedacht, besprochen, beschlossen und eingefädelt. Sogar von einem Telegramm war die Rede, von dem man behaupten würde, man habe damit in Wanzleben den vermeintlichen Besuch angekündigt. Die Rechnung wurde allerdings ohne den Wirt, in diesem Falle der Wirtin, gemacht. Püppi war wild entschlossen, ebenfalls in den Westen zu entweichen. Sie würde die sich jetzt bietende Gelegenheit beim Schopf packen und sich dem angeheirateten Vetter an die Rockschöße hängen. Um ein paar Küsse mehr oder weniger wollte sie auch gar nicht groß herumzicken. Bisher war sie ohnehin verschont geblieben. Ihr geheimer Plan war um nichts weniger raffiniert:

Püppi hatte immer davon geträumt, Tante Frederika zu folgen, um in Berlin zu studieren und bei ihr in Westberlin zu leben und zu arbeiten. Der Traum schien nun, da die Berlin-Blockade herrschte und deren Ausgang ungewiss war, fürs Erste vorbei zu sein. Kein Mensch wusste, welche Folgen das Kräftemessen zwischen den USA und der Sowjetunion zeitigen und welche Auswirkungen diese für die Bevölkerung haben würde. Also brachte Henks Älteste ebenfalls ihre Geburtsurkunde und ihr Abiturzeugnis beiseite, legte sich in Vaters Bett, steckte sich den Finger in den Mund, um sich zu übergeben, jammerte über Bauchschmerzen, meldete sich krank und wartete ab.

Selbstverständlich wurde Tante Jette an das Krankenlager gebeten, doch Tante Jette konnte trotz gründlicher Untersuchung keine Erkrankung, welcher Art auch immer, ausmachen.

„Und nu' sag' mal, was wirklich los is', Püppi!", insistierte die Ärztin, „Haste Liebeskummer?"

Püppi stöhnte vernehmlich – vielleicht ein bisschen zu laut – und schüttelte den Kopf. „Au! Aua! Au!", jammerte sie, würgte und versuchte, eine grässliche Übelkeit vorzutäuschen.

„Führ mich nich' an der Nase 'rum, Püppi!", war Tante Jettes Antwort „Du weeßt, dass du mir alles sagen kannst, Kind! Wenn du Schwierigkeiten hast; ich helfe dir, und im Übrigen schweige ich wie ein Grab! Mensch, Püppi, du wirst doch nich' mit 'nem Bengel ...?"

„Quatsch!" Püppis Stimme klang gar nicht mehr so kränkelnd. „Du wirst mir doch so was nich' unterstellen, Tante Jette! Ich doch nich'!"

„Na, denn sag' schon, was wirklich los is'!"

Püppi presste die Lippen zusammen.

„Komm schon und mach' nich' solche Zicken. Alle machen sich Sorgen um dich!"

„Braucht ihr nich'! Ich werd' schon wieder!"

„Na jut! Wenn wir uns keine Sorgen machen müssen, denn kann deine Mutter mit Bille und Michael prima nach Wanzleben fahren und Tante Elvira ... "

„Was machen die? Die fahren alle ohne mich weg? Wann? Da fahre ich natürlich mit!"

„Denkste! Du wanderst artig in deine Apotheke! Wenn du nich' sterbenskrank bist!"

„Nee! Kommt nich' in die Tüte! Ich fahre mit!"

„Püppi! Jetzt leg' endlich die Karten uff 'n Tisch! Krank biste nu' ma' nich! So weit wär'n wir! Nu' sag' schon, was los is'! Ich hab's dir versprochen, dass ich den Mund halte."

Püppi zog ihre Stirn in Falten. „Wie damals ihre Mutter!", dachte Jettchen.

„Es darf niemand wissen, keine Menschenseele, Tante Jette!", flüsterte die Patientin endlich. „Ich gehe mit nach 'm Westen."

Da also lag der Hund begraben! Frau Dr. Schossier rang förmlich nach Luft. „Wirklich? Hast du das mit Michael ausbaldowert?"

„Der weeß es doch noch nich'! Ich nehme denselben Zug, und ab Marienborn renne ich eben immer heimlich hinter ihm her, denn komme ich ooch rüber!"

„Ich sag' dir was, Püppi. Ich wette, keen Mensch von uns hat was dagegen, wenn du mit deinen achtzehn Jahren rübermachst, aber einweihen musste den jungen Mann schon!"

„Und wenn er mich nich' mitnimmt?"

„Ich glaube, er nimmt dich janz gerne mit!", prophezeite die Frau Doktor verschmitzt, wenn sie auch immer noch die ganze Unternehmung für einen kompletten Unfug hielt. Sie sollte recht behalten. Nur, dass der Zuwachs der Grenzgänger-Gruppe ein weiteres Problem aufwarf: Püppi hatte, genau wie ihre Stiefmutter vor einem Jahr, keinen Interzonenpass! Selbst deren Pass würde ihr nichts nützen: Sie war nicht in ihm eingetragen, nur ihre Schwester Imma. Da herrschte wohl doch eine zu große Diskrepanz zwischen den Geburtsdaten, um so einfach zu schummeln. Also würde die vorgesehene Reise weniger zu einem Selbstläufer, sondern eher zu einem Hindernislauf werden.

„All right!", bemerkte der Chef des ganzen Unternehmens großspurig amerikanisch und mit Verschwörermiene, ohne ein Wort darüber zu verlieren, dass ihm die Gesellschaft dieser hochnäsigen Cousine unangenehm, ja sogar eine Belastung sein könnte, „Dann müssen wir halt irgendwo bei Hof über die Grenze. Dann sind wir nämlich gleich in der amerikanischen Zone. Das werden wir schon deichseln! Zeig' mal deinen Atlas, Tante Elsbeth!"

Alle drei beugten ihre Köpfe über die Landkarte des geteilt-besetzten Heimatlandes.

„Hier!", sagte Paulas Ältester und tippte mit seinem rechten Zeigefinger auf eine Stelle in einem Gewirr von schwarzen, blauen und roten geraden und geschlängelten Linien, von grünen, gelben und braunen Flecken und einer Menge von nahezu unleserlichen Buchstaben. „Hier pack'n wir's!", bestimmte er lässig. Und keiner widersprach.

„Das wird eine lange Bahnreise in der Russenzone!", meinte Elsbeth endlich, „Und furchtbar umständlich. Die Russen bauen doch so viele Gleise ab. Da wird ewig herumrangiert. Und ein Aufenthalt um den anderen! Und was machst du, wenn sie dich kontrollieren, Michi? Und das machen die! Da magst Gift drauf nehmen!"

„Auch kein Problem, Tante Elsbeth!", grinste er, „Wozu hab' ich einen Bruder mit ausgezeichneten Geschäftsbeziehungen?" Und er zog einen Pass hervor, bei dem einzig das Konterfei auf dem Passbild echt war. Michael Schranner konnte ohne weiteres auf eine zweite Identität zurückgreifen. Nebenbei: Auch der Pass, der ihn als Bewohner der amerikanischen Besatzungszone auswies, ein zweites Dokument also, war ein Falsifikat, in dem das Geburtsdatum vorverlegt war.

Wie gesagt, der bayerische Besuch enthielt sich jeglichen Kommentars, Püppis Gesellschaft betreffend. Als er ihr allerdings allein in der Küche begegnete, sah er sie prüfend an und sagte:

„Das sag' ich dir, Prinzessin, eine Bedingung stell ich schon, wenn ich dich mitnehmen soll!"

Püppi rutschte das Herz nach unten: Natürlich kamen jetzt die Küsse aufs Tapet. Für Püppi waren es längst nicht nur einer – der Wett-Kuss sozusagen – sondern schon eine ganze Menge, und außerdem würde dieser bayerische Vetter unterwegs jede Menge übersüßtes, ekelhaftes Süßholz raspeln. Ihr graute, aber das war eben in Kauf zu nehmen. Zu ihrer Überraschung sagte er jedoch nur:

„Das ‚Püppi' kannst' dir bei mir langsam abg'wöhnen. Wo doch Irene so ein schöner Name ist! Bist doch längst kein Pupperl mehr, Prinzessin!"

Und jetzt erst fiel es Irene Karoline Torsdorf auf, dass Michael Schranner sie kein einziges Mal „Püppi" genannt hatte.

Elsbeth, die Sybilles wegen einigermaßen erleichtert war, dass sich Henks Älteste ihrem angeheirateten Cousin und ihrer gemeinsamen kleinen Schwester anschließen wollte, begleitete die Reisenden am folgenden Tag auf den Bahnhof. Bille fiepte und quietschte förmlich vor Aufregung und Reisefieber. Man hatte ihr eingebläut, sie würde zusammen mit den beiden Großen eine Tante Paula in Thüringen besuchen. Ansonsten habe sie artig ihren Mund zu halten, dürfe auf keine Fragen von fremden Menschen antworten und solle um Himmels willen ja nicht drauflosplappern! Kein Mensch konnte von der Kleinen erwarten, dass sie über das Reiseziel Bescheid wusste. „Tante Paula" hatte zu genügen. Irene umarmte ihre Stiefmutter, trug ihr Grüße an alle Angermaiers auf, denn inzwischen war auch Onkel Arni aus dem Lager heimgekehrt – einer derjenigen übrigens, die dort nicht umgekommen waren. Stolz und ein wenig aufgeregt stieg Irene in den Zug. Die jungen Leute hängten sich gleich aus dem Fenster, um noch letzte Worte zu wechseln, letzte Sätze auszutauschen und noch ein letztes Mal alle Grüße an Malching und München entgegenzunehmen. Nach einem durchdringenden schrillen Pfiff hüllte die sich langsam in Bewegung setzende Dampf-Lok sowohl die Köpfe der aus dem Fenster hängenden Passagiere wie die auf dem Bahnsteig Zurückgebliebenen in eine graue Wolke und verursachte bei Letzteren die übliche Abschiedsmelancholie, bei einigen anderen allerdings auch eine Erleichterung, ungeliebten Besuch endlich wieder los zu sein! Elsbeth winkte mit ihrem weißen Taschentuch, bis die Häupter der hoffnungsvollen Jugend ihrer Sippe nicht mehr sichtbar waren.

Dann setzte auch sie sich in Bewegung und begab sich in die Kirche St. Sebastian, um sich ihrem Abschiedsschmerz hinzugeben. Vikar Brackmann sah sie in einer Bank sitzen. Sie hielt den Kopf gesenkt und eindeutig ein weißes Taschentuch vor ihr Gesicht. Sie weinte leise. Der Vikar setzte sich zu ihr in die Bank und wartete. Schließlich sah sie auf und erschrak, als sie ihn erkannte.

„Hätten Sie's geahnt, Herr Vikar, dass es einmal so ausgehen würde, damals, als Sie mich auf dem Sedanring Nummer 16 besucht haben?" Sie schluchzte noch ein bisschen.

„Wer hat denn damals schon ein gutes Gefühl gehabt, Mitte der dreißiger Jahre?" antwortete er, „ Aber was ist passiert, Frau Torsdorf? Von welchem Ausgang sprechen Sie?"

„Püppi und Bille sind fort", flüsterte sie.

Er antwortete nicht. Elsbeth schniefte.

„Sie werden nicht wiederkommen, woll?"

Elsbeth schüttelte den Kopf.

„Sie sind schon dort?"

„Auf dem Weg dorthin! Hoffentlich geht alles gut!"

„Gottes Segen möge sie begleiten! Und denken Sie daran, Frau Torsdorf: Wenn man's schwer hat, wenn's alle schwer haben, dann ist einem ein ganz Teil leichter, woll?"

Elsbeth nickte gehorsam.

„Wann werden Sie ins gelobte Land ziehen?", fuhr der Vikar fort.

„Ich? Wie meinen Sie das, Herr Vikar?"

„So, wie ich es gesagt, habe, woll. Oder liegt das von Gott verheißene Land, in dem Milch und Honig fließt, nicht im Westen?"

„Ich weiß nicht, Herr Vikar, mein Mann ... ich muss auf ihn warten! Er steht doch hier vor verschlossenen Türen, wenn er heimkommt! Die Eltern tot, und Trine auch, und meine Schwägerin sitzt in Berlin! Im amerikanischen Sektor! Aber ich hab halt ein furchtbares Heimweh nach meiner Tochter! Jetzt, wo die anderen beiden fort sind, noch viel mehr!"

„Und es fällt Ihnen nachts aufs Bett, woll? Sehnsucht nach den Kindern und mehr Grübeln als Schlafen, woll?"

Elsbeth nickte. Sie schwiegen beide.

„Ich würde es mir trotzdem überlegen, woll!", sagte er schließlich, und es fiel ihm nicht leicht. „Ihr Mann findet Sie schon, wenn er kommt, aus welcher Ecke auch immer. Wo anders soll er Sie auch suchen als in Bayern?"

„Weeßte, dass die Amis immer ihre Füße uff 'n Tisch legen?", fragte Jettchen, flegelte sich regelrecht in den Wohnzimmersessel, plazierte ihre eigenen Füße auf einen Stuhl und blies Rauchwolken in das Wohnzimmer. „Ich muss sagen: is' nich' unbequem! Werd' ich mir anjewöhnen."

„Füße auf dem Tisch? Unmöglich! Woher weißt du das?", fragte Elsbeth erstaunt. Sie selbst saß ordentlich am Tisch und stopfte Strümpfe. Sofort dachte sie daran, was ihre verstorbene Schwiegermutter wohl dazu sagen würde, und ... ob es Mutter gefiele?

„Na, von wem wohl?"

„Michi?"

„Derselbe! Willste nu' ooch in den Westen machen, Pettchen?"

Elsbeth presste ihre Lippen zusammen und zog sie in einem Bogen nach unten.

„Du überlegst es dir also!", stellte Jettchen fest und rauchte genüsslich.

„Und du?", fragte Elsbeth leise, „Dein Mann ist doch drüben!"

„Na, ich weeß nich'! Jetz' bin ich mittlerweile 46 und kriege allmählich 'nen grauen Schädel! Ich denke, vielleicht is' es 'n bissken spät für mich für 'nen Neuanfang."

Es war längst dunkel geworden, als am Abend des folgenden Tages die drei jugendlichen Reisenden nach unendlich langer Irrfahrt schließlich ungeschoren die Grenze zur amerikanischen Zone überwunden hatten. Nun strebten sie dem Bahnhof eines kleinen Ortes zu. Die tapfere Sybille stapfte brav an der Hand ihres großen Bruders, von dem sie noch nicht wusste, dass er ihr Bruder war, und der sie zwischendurch immer wieder einmal getragen hatte. Irene hätte nicht zu sagen gewusst, ob es sich bei dem Ort des Grenzübergangs um die Stelle handelte, die der Cousin drei Tage zuvor mit dem Finger auf dem Atlas bestimmt hatte, und sie glaubte auch nicht, dass er es so genau wusste. Unzählige Umwege waren sie gefahren und später gegangen, eine wahrhaftige Odyssee! Aber sie hatten das Hindernis genommen und hielten nun auf den Bahnhof zu.

Zu Irenes Überraschung gab es ein hell erleuchtetes Bahnhofsrestaurant. Nein, es war keine freundlich-warme, sondern eher eine gleißend-aufrührerische Helligkeit, in welche die Reisenden aus der Dunkelheit traten, eine Helligkeit, die Henks Tochter noch nie gesehen hatte und die ihr einen Kick versetzte. Für Irene, die praktisch ihr Leben lang lediglich eine mehr oder weniger schummrige Trübnis kannte, erstrahlte hier ein Licht, von dem sie nie geglaubt hätte, dass solch eine künstliche Helle überhaupt möglich war. Wie in einem Rausch erlebte sie ein ihr bisher noch nie erlebtes Glücksgefühl. Ihr war, als verheiße dieses Licht ein neues unbekanntes Leben.

Sie sah einen weiß gedeckten Tisch, um den sich eine kleine Gesellschaft versammelt hatte, die sich fröhlich und locker unterhielt. Am bemerkenswertesten war jedoch der Ehrengast dieser Gesellschaft: Ein in einen dunklen Mantel gekleidetes junges Mädchen, jünger als sie, saß an einer der beiden Längsseiten des Tisches, und über ihren Kopf hatte die junge Dame eine rot gestrickte Mütze mit diskreter weiß-bunter Musterung gestülpt, welche in ihrem Schick in einen unendlich langen ebenso gemusterten Zipfel auslief, der ihr über die Brust bis fast zu ihrem Schoß hinunterhing. Es war haargenau die Art von Mütze, wie sie gerade in Mode war. Unter dieser Mütze lugte das hellblonde Haar des jungen Mädchens hervor, und in ihren Armen hielt sie einen riesigen langstieligen Blumenstrauß, wie ihn Irene überhaupt noch nie gesehen hatte, geschweige denn sich je hätte vorstellen können. Selbstverständlich besaß auch die Torsdorf-Tochter eine langzipfelige Mütze, selbstgestrickt und – im Vergleich zu dieser – absolut unelegant. Allein der Zipfel war viel zu kurz, wie sie beschämt feststellen musste, und geradezu unförmig im Vergleich zu diesem sich anmutig verjüngenden Ausläufer der modischen Kopfbedeckung. Der üppige Strauß und die keck-verwegene Mütze verkörperten für Henks Älteste den absoluten Höhepunkt an Eleganz. Und in diesem Augenblick, da sich Irene Karoline Torsdorf zwischen zwei Welten, man konnte auch sagen zwischen zwei Leben befand, wünschte sie sich nichts sehnlicher, als ebenfalls solch eine schicke Mütze zu besitzen und:

„Nur einmal in meinem Leben möchte ich auch so einen herrlichen Blumenstrauß in meinen Armen halten!"

Epilog

„Das Sein bestimmt das Bewusstsein", sagte Edda.

„Aha! Aus welchem Blumentopf kommt das denn? Stammt das von dir oder von einer anderen Geistesgröße?", fragte Ansgar und schenkte sich ein Glas Rotwein ein.

„Bewahre! Zu solchen tiefsinnigen Einsichten ist unsereins doch nicht fähig! Dem Gehirn des großen Karl Marx sei dieser Gedanke entsprungen, habe ich irgendwo gelesen."

„O.k.!" Der Professor betrachtete das Glas in seiner rechten Hand, schwenkte es vorsichtig, schnüffelte sodann daran und schlürfte langsam und genussvoll von seinem Inhalt. Er rollte den Schluck, den er genommen hatte, einige Sekunden lang in seinem Munde hin und her, bevor er ihn an der Kehle entlang hinabrinnen ließ. Er seufzte ein wenig und sagte:

„Nicht schlecht! Rotwein, die Milch der Alten! Das Sein bestimmt das Bewusstsein, sagst du? Respektive Karl Marx? Ich vermag mich – wenigstens teilweise – dahinterzustellen. Doch was hat das mit deiner Geschichte zu tun?"

„Sehr viel! Ich nähere mich nämlich ihrem Ende, wenngleich eine Erzählung eine Reise sein soll, die niemals ein Ende hat. Das stammt übrigens auch nicht von mir."

„Aha!"

„Kurz und gut: Ich befinde mich im Jahr 1956. Und wenn du dich erinnern mögest, so hat sich in der Zeit zwischen 1948 und 1956 in unserem Land viel und in einem rasanten Tempo verändert. Nach den entbehrungsreichen Hungerjahren der Nachkriegszeit war bereits eine hedonistische Fresswelle über das westliche Trizonesien hinweggeschwappt ..."

„Russische Eier und Schinkenröllchen!", warf Ansgar ein.

„Zum Beispiel, neben vielem anderen Hochkalorischen. Jede Zeit hat eben ihre gustatorischen Vorlieben! Und fordert ihre Opfer, auch damals."

„Wie das?"

„Schuften, raffen und ... rauchen, gut essen, reichlicher Zuspruch zu Spirituosen und die Puppen tanzen lassen – das kam in diesen Jahren auf und so richtig in Schwung, womit die westdeutsche Gesellschaft mit einem neuen Lebensgefühl beglückt wurde."

„Und worin bestanden die von dir zitierten Opfer?"

„Herzkreislauferkrankungen, besser, plötzlicher Tod durch Herzinfarkt, mehr oder weniger lange Sieche durch Schlaganfall zuhauf. Gefäßerkrankungen und Stoffwechselstörungen eben, die in den zurückliegenden Jahren durch die Mangelernährung im Volk eingedämmt gewesen waren."

„Also auch in deiner Geschichte! Wen hat es denn nun getroffen?"

„Derartig niemanden. Die Einlassungen meinerseits über diese aufkommende Morbidität in jenen Jahren war eine in Klammern. Vielmehr wollte ich auf die Änderung des Bewusstseins aufgrund einer Veränderung des Daseins hinweisen. Bessere oder gar angenehme Lebensverhältnisse haben zur Folge, dass sich im Bewusstsein ganz andere Dinge in den Vordergrund schieben, als bei Hunger und Entbehrung. Du kannst dir vielleicht vorstellen, wie sich ein so ganz anderes Bewusstsein aufgrund eines andersartigen Seins mit dem eben beschriebenen leicht verheddert."

„Worauf willst du also hinaus?"

„Hör zu!"

„Wenn's denn sein muss ...", seufzte der Gatte und nahm noch einen Schluck.

Am späten Nachmittag eines warmen Junisonntags im Jahr 1956 verließ ein Mann in Malching den Bummelzug aus München und machte sich auf den Weg zum Gasthaus zur Post. Er war achtundvierzig Jahre alt, doch er sah eher aus wie an die siebzig. Er war von mittlerer Größe, und seine Gestalt war nicht nur schlank, nicht nur dünn, nein, auch die Beschreibung „hager" wäre geradezu geschönt gewesen. Sein Anzug aus billigem Stoff schlotterte bei jeder Bewegung um diese man kann fast sagen traurige Gestalt. Es schien auch, als seien alle Gelenke seines ausgemergelten Körpers in einer geradezu ins Auge springenden Beugestellung versteift. Schon die ganze Haltung des Mannes war gebeugt, der Rücken eher gekrümmt, wenn auch kein Buckel zu sehen war. Die Schultern hatte er leicht angehoben und nach vorn gezogen. Das Becken schien gleichsam gekippt, wodurch der ganze Körper ebenfalls leicht nach vorn geschoben wurde. Auch die Kniegelenke behielten eine Beugestellung bei, während er ausschritt – nein, er rannte geradezu, obgleich ihm das nicht bewusst war – und beide Arme waren angewinkelt und blieben es, obgleich der Mann in seiner rechten Hand einen Koffer schleppte.

Trotz des warmen Wetters trug er eine Mütze, unter der im Nacken kurz geschnittenes graues Haar sichtbar wurde. Tiefe Furchen in vorgealterter Haut zeichneten in sein Gesicht eine Landschaft durchgemachter unsäglicher Strapazen, seelischen Leidens und Linien von Bitterkeit und Hass. Ja, das Gesicht dieses Mannes schien wie verzogen von den erlittenen Demütigungen eines über viele Jahre in einem Gefangenenlager seiner Würde beraubten Menschen, der, einem Sklaven gleich, unter dem Befehlsgeschrei bewaffneter Posten – „Dawai! Dawai! Raboti! Raboti! Dawai!" – in einem Bergwerk irgendwo jenseits des Weißen Meeres, irgendwo jenseits des Urals, irgendwo in Sibirien also, schuftete ... Tag um Tag um Tag um Tag ... Schnell! Schneller! Und noch schneller in einem düsteren Kreis des sich ständig wiederholenden öden Einerlei an einem jeglichen Tag. Langsamkeit, Beschaulichkeit, Ausruhen, vielleicht sogar Nachdenken, wenn auch nur für eine kurze Zeit? ... Für viele Jahre gestrichen und vergessen. Und so rannte Henk, einstmals Herr Dr. Hans Heinrich Torsdorf und ein Heros der Lüfte, mit seinem Koffer die Dorfstraße entlang dem Gasthof zur Post zu, denn 14 Jahre lang hatte man ihn unter Bedrohung angehalten, nur zu rennen, seine Tage im Eiltempo abzuleben. A tempo hatte er gegessen, nein, hineingeschaufelt und -geschlürft, was es zu fressen und zu saufen gab, hatte nichts wie geschuftet, und der Schlaf war stets nur wie ein „Zwischendurch" gewesen. Er hatte funktioniert, schnell, zügig und präzise, ähnlich einem künstlichen Menschen, einem Roboter, bei dem man die Zeituhr auf einen doppelt so schnellen Durchlauf eingestellt hatte. In den vergangenen 14 Jahren hatte sich das Leben des Hans Heinrich Torsdorf unter den verbalen Hieben des

„Dawai! Dawai! Raboti!" in einer Hast heruntergespult, die von jetzt auf gleich abzulegen er einfach nicht im Stande war, und die – man muss es beklagen – von jenen, die in einem ganz anderen Sein lebten, zunächst ungläubig zur Kenntnis genommen, dann – des schlechten Gewissens wegen – mit Spott bedacht wurde.

Im Durchgangslager Friedland, welches die Engländer bei jenem Ort eingerichtet hatten, an dem drei Besatzungszonen aneinanderstießen, hatte man Henk davon unterrichtet, dass er von einer Frau Paula Schranner gesucht wurde. Henk schloss daraus, dass ihn die übrige Familie für tot betrachtete. Waren nicht allein in seinem Lager unzählige Kameraden umgekommen? Gestorben an Unterernährung, an Kälte, Erschöpfung und Infektionen, wobei das eine das andere bedingte, und so mancher auch an Hoffnungslosigkeit? Ein gebrochener Geist zerfrisst die Knochen, sagt man, doch er zerfrisst auch das Herz und zerstört den letzten Rest vom Leben. Im Lager hörte und wusste man nichts von der Heimat, und weil man nichts hörte, nichts wusste, so hatte man auch keine Vorstellung von dem, was sich in den letzten 14 Jahren dort zugetragen hatte – außer, dass der Krieg verloren war, natürlich – auch nicht von dem, was sich dort derzeit zutrug. Man hatte weder eine Ahnung von den schrecklichen Zerstörungen in der Heimat durch Luftangriffe und Kampfhandlungen, noch von dem allmählichen Wiederaufbau des Landes nach der bedingungslosen Kapitulation der Deutschen, weder von seiner Aufteilung unter die Alliierten, noch von dem Arbeitswillen und der Zuversicht der dem Tod Entronnen nach der Währungsreform, noch von der Gründung zweier neuer deutscher Staaten, Strukturgebilde, die so ganz anders waren als alles, was die Geschichte Europas je zuvor gekannt hatte. Im September 1955 war der „Alte", der Bundeskanzler der West- und Süddeutschen, Konrad Adenauer, nach Moskau gereist, hatte die Russen a u c h mit seiner Trinkfestigkeit beeindruckt – so die Mär im Volke – und diesen die Heimkehr der letzten überlebenden Kriegsgefangenen abverhandelt. Henk wurde also aus der Kriegsgefangenschaft entlassen.

Während des Heimtransports durch Russlands Weiten grübelte Henk, wenn er nicht gerade schlief oder döste, was meistens der Fall war. Er grübelte darüber nach, wie seine letzten Jahre wohl verlaufen wären, wäre er damals nach Ausbruch des Krieges in Amerika geblieben, statt heimzukehren und sich dummerweise, wie er heute einsah, zum Kriegsdienst zu melden. Er kam zu dem Schluss, dass man ihn drüben mit Eintritt der USA in den Krieg ebenfalls interniert und „ooch inne Wüste jeschickt hätte. Aber so kalt wäre es eben nich' jewesen." Und vielleicht hätte man ihn nicht gar so lange festgehalten ... Vielleicht hätte er nach der Gefangenschaft drüben bleiben und weiterarbeiten – und fliegen! – können ... Die ausgleichende Gerechtigkeit, die sich manchmal doch hervorwagte, hatte allerdings dafür gesorgt, dass Henk neben seiner mitteldeutsch eingefärbten Muttersprache und seinem fließenden kloßig-näselnden Englisch amerikanischer Machart jetzt auch ganz ordentlich russisch sprach. An seine Familie dachte er so gut wie nicht. Es war, als existiere sie jenseits seiner eigenen Existenz.

Und nun rannte er, den Koffer in der Hand, auf den Gasthof zur Post zu, ohne die Veränderungen, die das Dorf mittlerweile erfahren hatte, wahrzunehmen. Erst der Anblick der „Post" machte ihn stutzig. Doch bevor er sich darüber klar werden konnte, weshalb ihn die behäbige Gastwirtschaft so ganz anders anmutete, schnurrte ein fremdartiges zweirädriges eher zierliches Gefährt an ihm vorbei. Henk sah flüchtig einen jungen Mann auf ihm sitzen, der merkwürdigerweise seine Beine nicht über die Maschine gespreizt hielt. Nein, seine Füße standen lässig vor ihm nebeneinander auf dem Boden dieses merkwürdigen motorisierten Zweirades. Hinter dem jungen Mann saß eine Braut, und die hatte ihre Beine gespreizt. Der weite Rock ihres Brautkleides flatterte ebenso im frühsommerlichen Fahrtwind wie ihr Schleier, und mit ihrer rechten Hand hielt sie den Brautkranz fest, während sie sich mit ihrer linken an den Fahrer klammerte. Husch! Und schon waren die beiden an dem Fremden vorbei.

Henk wandte sich der Eingangstür zu, ohne das Schild zu beachten, auf welchem die Schließung des öffentlichen Ausschanks für diesen Tag aufgrund eines Familienereignisses angekündigt wurde. Als er also die Eingangstür verriegelt vorfand, stellt er seinen Koffer ab, trat einen Schritt zurück und begann die Veränderungen an dem Gebäude zu registrieren. Als Erstes hörte er fröhlichen Lärm aus dem baumbestandenen Garten, und nun fiel ihm auch auf, dass das Haus an seiner Westseite um einen niedrigen Anbau erweitert und im Ganzen frisch getüncht war. Aus diesem an das ältere Haus angefügten Neubau drang der fröhliche Lärm einer feiernden Gesellschaft. Alle seine Fenster, welche zu einem großen, durchgehenden Saal gehörten, waren geöffnet, ebenso die Türe, die ins Freie und unter die Kastanienbäume führte, und ebendort war inzwischen ein zünftiger Biergarten entstanden, der seinerseits teilweise von der sich laut belustigenden trinkenden und rauchenden Gesellschaft – letztere durchweg Männer – bevölkert war. In diesen Biergarten trat Henk mit seinem Koffer, und wie er das Benehmen der Braut vorhin auf dem exotischen Kraftrad als anstößig empfunden hatte, da das flatternde Brautkleid ihre bestrumpften Beine bis fast hinauf zu den Oberschenkeln entblößte, so betrachtete er die in seinen Augen hedonistische Orgie, die sich ihm bot, mit äußerstem Missbehagen.

Zunächst beachtete man ihn nicht. Ruhig setzte er sich an einen der runden Tische, deren steinerne Platten jeweils von einem einzigen geschmiedeten sich verästelnden Fuß getragen wurden, und auf denen schwere, gläserne Aschenbecher die grün-weiß karierten Tischdecken am Davonwehen hinderten. In ländlichen Gegenden war die „Biergarten-Kultur" damals bei weitem noch nicht so fortgeschritten wie heute. Man pflegte stets in geschlossenen Räumen zu speisen und saß bestenfalls auf einer Bank vor dem Haus. Wenn es hochkam, so befand sich vor ihr ein langer, derber, wetterfester, gezimmerter Holztisch, auf dem höchstens der Bierkrug stand, mehr nicht. Auf diese Weise genoss man die sommerliche Abendkühle oder an Feiertagen die milde Sonne der Übergangsjahreszeiten. Solche runden, aufwendigen Tische, wie sie im Schranner'schen Garten herumstanden, wären heutzutage zu sperrig und platzheischend, da nicht zusammenklappbar, und würden sich daher „nicht rechnen". Henk stellte den Koffer zwischen seine Füße, sein ganzes Hab und Gut, das es zu bewachen galt.

„Bei uns gibt's heut' nix!", belehrte ihn ein sehr junges Mädchen mit langen dunklen Zöpfen in einem hübschen, bunt gemusterten Sommerkleid. „Wir sind eine geschlossene Gesellschaft. Wir haben ein Familienfest!", setzte sie höflich hinzu.

„Hochzeit, ich weiß!", antwortete Henk und blieb sitzen. Er war so müde.

Die Kleine wurde unsicher und sah sich um. In diesem Augenblick erschien ein junger Mann, den Henk an seinem Habit sofort als einen katholischen Priester identifizierte. Der hinkte auf den ungebetenen Gast zu und sagte:

„Geh' hinein, Billie, ich mach' das schon!", und er nahm ebenfalls an dem Tisch Platz, an dem Henk saß. Ihm war ein großer braunhaariger Hund mit riesigen Hängeohren und sabbernder Schnauze gefolgt – ein Mischling halt und Nachfolger jenes Alarich aus dem Jahr 1944, als die alte Zens noch lebte und das Haus mit Flüchtlingen übervölkert war.

„Mach Platz, Blasi!", befahl der Priester, und brav ließ sich das große Tier zu seinen Füßen nieder.

„Sie sind net von hier, gell?", fragte er.

Henk nickte.

„Wo kommen S' denn her?"

„Russland!"

„Gefangenschaft?"

Henk nickte wieder.

„Ein Bier oder lieber einen Schluck Wein?"

Wein? Wann um alles in der Welt hatte Henk zuletzt Wein getrunken? Henk mochte keinen Alkohol. Und schon gar nichts hatte er dafür übrig, sich die Nase zu begießen. Aber das dünne bayrische Bier hatte ihm eigentlich immer ganz gut geschmeckt.

Das junge Mädchen hatte einen Teufel getan und sich in den Anbau zurückgezogen. Der fremde Mann war in seinem ganzen Auftreten so fremdartig, dass sie ihre Neugier nicht zu unterdrücken vermochte und in der Nähe blieb. Also wurde sie wieder herangewunken und mit dem Servieren eines gefüllten Bierkruges beauftragt. Auch die Hochzeitsgäste, die sich im Biergarten befanden, beäugten den Fremden neugierig.

„Eine Zigarette?"

Nein, Henk rauchte nicht. Er hatte nie geraucht, nicht, als er jung und abenteuerlustig, nicht als er drüben in den Staaten verwegen und beherzt unterwegs gewesen war – seine glücklichste Zeit – und nicht an der Kriegsfront. Noch immer nicht! Im Lager hatte er die ihm zugeteilten Zigaretten bei den Wachposten gegen hartes Brot getauscht oder gegen einen zusätzlichen Schlag Suppe. Er hatte es immer abgelehnt, sich von irgendetwas abhängig zu machen, und er hatte lange genug beobachtet, wie die deutschen Gefangenen und die russischen Wachsoldaten nach den Zigaretten gierten.

Kaum stand der Bierkrug auf dem Tisch griff Henk wortlos danach und trank in großen Schlucken bis der Krug über die Hälfte geleert war. Sofort fühlte er sich benebelt.

„Wollen S' denn zu jemandem hier in Malching?", fragte der Priester freundlich, und das junge bezopfte Mädchen spitzte seine Ohren.

„Sie ... Sie hinken!", brachte Henk hervor, denn er bemerkte nach dem gehörigen Schluck, dass er Schwierigkeiten mit seinen Sprechwerkzeugen hatte. Die Frage überhörte er geflissentlich.

Der Priester winkte ab. „Net der Rede wert! Eine angeborene Deformität, aber ganz gut korrigiert! Es stört mich net groß!"

„Ich w ... weiß!", antwortete Henk.

„Sie kennen das Leiden? Haben S' das auch in Ihrer Familie?"

Henk nickte.

Schweigen.

„Dürfen wir Ihnen was von unserm Hochzeitsmahl anbieten?", wurde er schließlich von dem Priester gefragt. Henk nickte wieder, und nun trat das junge Mädchen, das von dem Geistlichen mit Billie angeredet wurde, erneut auf den Plan. Sie wurde mit dem Herbeischaffen von Pfannkuchensuppe und Schweinsbraten, von Kaffee und Kuchen und überhaupt von allem, was des Fremden Herz begehrte, beauftragt.

„Warum is' 'n die Braut davonjebraust?", fragte der fremde Gast, während Billie in die Küche eilte. „'n schickes Jefährt, auf dem die beeden jesessen haben!"

„Brautraub! Bei uns ist es Sitte, dass die Braut an ihrem Hochzeitstag entführt wird. Der Bräutigam muss sie dann suchen und überall dort die Zeche zahlen, wo sie sich derweil mit ihren Entführern aufg'halten hat und auch schnell wieder verschwunden is', aber wo sie sich alle selbstverständlich fouragiert haben, mit Flüssigem, versteht sich!" Der Priester zwinkerte verschwörerisch.

„Schnitzeljagd?"

„So was in der Art, ja! Und es sind immer mehrere Entführer", fuhr er fort, „Wär' ja sonst wohl ein bisserl anstößig, gell?" Er lachte. „Es sind Freunde des Bräutigams, müssen S' wissen, und der erste Pulk ist schon eher davon.

„Mit normalen Motorrädern, vermute ich!"

„Oh, einige durchaus auf vier Rädern, klein aber fein. Leukoplastbomber nennt man's auch oder ‚Dach über

Zündkerze'! Der Volksmund halt! Sie werden' die Dinger bald kennenlernen!"

„Keene ordentlichen Karossen?"

„Das wär' den jungen Leuten wohl doch zu teuer und aufwendig. Wir hier in der „Post" haben allerdings schon einen strapazierfähigen Wagen!"

„Mit dem Se das Brautpaar inne Kirche kutschiert haben!"

„Freilich! Was aber den Roller angeht, auf dem die Braut auf und davon is', der g'hört einem Freund von mir. Der is' Italiener und dem g'hört er, eine Vespa. In Italien sieht man sie viel. Aber jetzt wird's langsam Zeit, dass sich mein Bruder in Bewegung setzt, sonst wird's teuer!", setzte er hinzu und lächelte verschmitzt.

„Es is' Ihr Bruder, der heute jeheiratet hat?"

Der Priester nickte.

„Und Sie waren es, der die beeden Brautleute zusammenjejeben hat?"

Der Priester nickte erneut, und langsam wurde ihm klar, dass der Fremde derselben Sprachmelodie verhaftet war und demselben Sprachduktus folgte, wie ein Teil seiner eigenen Verwandtschaft.

Nachdem aufgetragen war, hatte die kleine Gesellschaft, die sich im Garten aufhielt, Gelegenheit, das unglaubliche Tempo zu betrachten, mit dem der Fremde alles in sich geradezu hineinfraß, was man ihm vorgesetzt hatte. Ach, Unglück neigt dazu, lächerlich zu werden, und das im ungünstigsten Augenblick. Ein Glück wiederum, dass sich der unglückliche Henk seiner Lächerlichkeit nicht bewusst war.

Mittlerweile war der Bräutigam, ein fescher blonder junger Mann mit einer angedeuteten Gute-Kost-Wölbung unter einem feinen schwarzen Anzug und einer weißen Fliege am Kragen seines blütenweißen Hemdes, in den Garten getreten. Er schaute nur flüchtig auf den schmausenden Fremden, so, als dächte er: „Jetzt kommt's schon auch nimmer drauf an!" und zog eine alte Taschenuhr, deren Kette in einem Knopfloch befestigt war – ein Erbstück seines immer noch vermissten, doch inzwischen für tot erklärten Vaters – aus seiner linken Jackentasche. Er klappte den Deckel auf und sagte, während er das Zifferblatt betrachtete, zu dem Pfarrer:

„Jetzt werd's Zeit!"

Der nickte und grinste verschmitzt.

„Hast koa Ahnung?"

Der Priester schüttelte den Kopf und grinste weiter.

„Sabotage, du Kollaborateur!", grinste der Bräutigam zurück, worauf der fremde Gast zusammenzuckte und das Messer fallen ließ. Der Priester sah, dass er zitterte. Er legte ihm beruhigend seine Hand auf den Arm, doch der Fremde zuckte zurück. Daraufhin bückte sich der Geistliche und hob das Messer auf. Das junge Mädchen, welches den Vorfall natürlich beobachtet hatte, denn sie platzte doch geradezu vor Neugier, beeilte sich, ein frisches Messer herbeizuschaffen. Gleichzeitig hörte man ein furchtbares Getöse, und, man mag es kaum glauben, hinter dem Haus erschien hüpfend und bockend der total verrostete Bibi und stotterte, von dem schmucken Bräutigam mühsam gebändigt und jede Menge Abgaswolken ausstoßend, die Straße hinunter.

Der Fremde beruhigte sich wieder, während der Priester sagte: „Jetzt haben s' das alte Vehikel tatsächlich wieder hergerichtet und in Schwung gebracht. Wissen S', das hat schon meinem Vater g'hört!" Henk trank in einem

Zug den Bierkrug leer. Sofort wurden seine Augen leicht glasig. Er schwankte, versuchte jedoch, sich gerade zu halten wie ein Stock.

„Und? Isser wieder nach Hause jekommen, Ihr Vater? Ich meine, oder isser jefallen ... ?" Die Zunge wurde ihm schwer. Er vertrug nichts. Noch nicht einmal einen Schluck Bier.

„Klingt so, als ob Sie ihn gekannt hätten", antwortete der Priester, „Vermisst war er und nie mehr gefunden. Meine Mutter hat ihn über Jahre suchen lassen, aber wir haben nie mehr was von ihm g'hört. Er wird tot sein, nehmen wir an."

„Mhm! Kann ich hier schlafen ... heute Nacht?", lenkte der Fremde ab, ohne näher auf das Schicksal des verloren gegangenen Vaters oder gar auf die vermutete Bekanntschaft zwischen ihm und dem Totgeglaubten einzugehen, und erst recht ohne auf die Geschichte vom Bibi zu achten, die ihn nicht die Bohne zu interessieren schien. Der Priester sah, was die Übernachtung anging, wenig Möglichkeiten, denn die gesamte Verwandtschaft und alle Freunde des Brautpaares waren zugegen, und die Auswärtigen unter ihnen waren samt und sonders im Haus auf das Engste untergebracht. Doch er war ein Menschenfreund und beschloss, mit dem Fremden zusammen im Stroh zu nächtigen, wenn es sich denn nicht anders machen ließ, damit der sich nicht ausgestoßen fühle. Ihn fortzuschicken kam für ihn nicht in Frage. Stattdessen bot er ihm noch einen starken schwarzen Kaffee an, damit sein Kopf wieder frei werde.

Es war die Mutter des Bräutigams, die „Altwirtin" Paula Schranner, die Henk als Erste „erkannte", dies allerdings nicht – wie damals vor 26 Jahren – im biblischen

Sinne, sondern an diesem sonnigen Junitag im wortwörtlichen. In der Küche, in der sie gerade dabei war, im Verein mit einigen der weiblichen Gäste und der Kellnerin das schmutzige Geschirr von der Hochzeitstafel zu säubern, zu spülen, und zu polieren, trug man ihr zu, dass sich ihr geistlicher Sohn, ihr geliebter und angebeteter Lois zwo, im Garten mit einem ausgemergelten, ausgehungerten, verzwetschgten Fremden abgab und ihn dazu noch großzügig verköstigte. Also ging sie hinaus, um nach dem Rechten zu sehen.

Sie erkannte ihn sofort, den zusammengefallenen, ausgepowerten, verkrümmten und verbogenen, stark gealterten Liebhaber! Henk, die Liebe ihres Lebens! Mit ihrer ganzen, man kann sagen reichlichen Leibesfülle, denn die 48-Jährige hatte in den letzten Jahren ganz schön zugelegt und war auseinandergegangen wie eine Dampfnudel, rollte sie nach dem ersten Glücks-Schrecken auf ihn zu, umarmte ihn wortlos und drückte seinen alten Schädel mitsamt der Mütze an ihren gewaltigen Bauch, während sich der magere Oberkörper des so willkommen Geheißenen wie ein schmales Brett an ihren Unterleib drückte.

„Dass d' wieder da bist, Henk! Mein Gott, Henk!" seufzte sie und streichelte sein Gesicht. „Ich hab's g'wusst, dass du heimkommst. Jetzt bist' da, und jetzt bleibst auch da!"

Im Nu erfasste die gesamte verbliebene Hochzeitsgesellschaft eine herzlich-bewegte aber auch kitzelnd-prickelnde Anteilnahme, der zufolge sich die Nachricht von der Heimkehr des legendären einstigen Fliegerhelden wie ein Buschfeuer ausbreitete und ganz Malching und Umgebung einen wunderbaren Gesprächsstoff lieferte. Böse Zungen behaupteten später, jedes Haus in Malching habe eher von seiner Rückkehr aus russischer Gefangenschaft erfahren als seine eigene Frau, die doch genau zur gleichen Zeit in der Küche stand und Töpfe schrubbte und dabei sozusagen den Schuss überhörte, während der geschlagene Held sich angesichts seines klumpfüßigen Sohnes und seiner bezopften jüngsten Tochter an den Bauch der Mutter dieser seiner Kinder lehnte.

„Paula, ich bin so müde!", sagte er nur. Und sie antwortete:

„Dann legst dich jetzt gleich nieder und schlafst dich aus, gell Henk. Steh' net so blöd umeinand wie ein Weihnachtsbaum zu Pfingsten, Billie, und sperr' die Gaststub'n auf! Wir tun ihn in meine Schlafstub'n! Und ihr braucht's gar net mitgeh'n!", fuhr sie völlig grundlos ihre unschuldigen Kinder an, „Des pack'n wir allein."

„Der Koffer ...!", murmelte Henk.

„Den tragen wir dir schon nach, Henk! Jetzt komm! Platz, Blasi! Und rühr dich ja net! Komm, Henk! Komm schon!"

Auch die Gaststube glänzte wie neu. Kein Staub, kein Muff und Murkel mehr, aber die getäfelte Wand war noch die alte. Auf dem Bord höhnte neben den irdenen und zinnernen Tellern und Krügen der alte Wolpertinger, dieser chimärische Ausbund verfehlter Fortpflanzung gottgewollter Geschöpfe, als mache er sich lustig über die hirnrissigen Menschen, die sich ihren Kummer und ihre Mühsal stets selbst in ihre Lebenssuppe einbrocken. Auf ihn warf Henk seinen ersten Blick, wie er es immer getan hatte, wenn er in diese Gaststube trat, weil ihm dieses Monster stets dermaßen gegen den Strich ging, dass es ihn faszinierte und abstieß zugleich.

Henk wurde ins Bett gepackt und schlief 14 Stunden in einem Streifen. Damit brachte er den gesamten verwandtschaftlichen Teil der Hochzeitsgesellschaft durcheinander, denn abgesehen davon, dass er reichlich Gesprächsstoff lieferte, obgleich er so gut wie nichts von sich erzählt hatte, mussten die auswärtigen Familienmitglieder ihre Abreise verschieben. Also wurden Telegramme verschickt – nicht ganz einfach von dem belanglosen Nest Malching aus – und Ferngespräche angemeldet.

Nachdem sich Henk ausgeschlafen hatte, badete er ausgiebig, verschlang in seiner abstoßenden Manier wortlos ein mächtiges Frühstück und sah sich sodann seiner Familie konfrontiert, von der er sofort den Eindruck hatte, als lebten alle Mitglieder seiner Sippe auf einem anderen Planeten – so weit schienen sie sich von ihnen entfernt zu haben, und so fremd kamen sie ihm vor.

„Und ich Döskopp habe wegen dieser Figuren wieder von Amerika rüberjemacht!", dachte er bitter, als er merkte, dass sie ihn alle im Grunde genommen nicht mehr interessierten. „Das habe ich man damals janz schön versaubeutelt." Ihm kam vor, als sitze er auf der anderen Seite des Lebens, und zwischen ihnen klaffte eine tiefe unüberwindliche Klamm.

Die Familienmitglieder hatten sich im großen Saal versammelt, denn die Wirtschaftsräume waren bereits wieder in Betrieb. Die Türe, die in den Garten führte, stand offen und herein drangen fröhliches Vogelgezwitscher und laut brummende Hummeln auf ihrem Irrflug. Noch spielten die Sonnenstrahlen, gebrochen durch die sich im leichten Sommerwind wiegenden Äste der Kastanienbäume, auf dem Fußboden. Ach, und keiner wusste so recht, was man reden sollte und wie anfangen. Da sie sahen, wie schlecht sein körperlicher Zustand war, konnte man sich ja nicht gut nach seinem Befinden erkundigen, und nach seinen Erlebnissen fragen ... das wagte keiner. So verschlossen und abweisend wirkte er. Nicht einmal Mutter – sie war inzwischen 75 Jahre alt – äußerte sich, obgleich ihr als Matriarchin noch immer alle Kompetenz in allen Lebenslagen zugesprochen wurde. Der Hund lag unter dem Tisch zu seinen Füßen, so, als müsse er ihn bewachen, damit ihm niemand zu nahe trete.

Seine 52-jährige Schwester Frederika, hager wie einst ihre Mutter Ottilie und ihren ergrauten Haarschopf noch immer im männlichen Eton-Schnitt getrimmt, ergriff als Erste das Wort, indem sie rücksichtslos, wie sie bekanntlich sein konnte, sagte:

„Das hat sich ja prima jetroffen, dass du uns alle hier vorfindest, Henk. Wir sind nämlich alle wech von Machdeburg, nachdem die Eltern ..." Jettchen Schossier, ihre alte Freundin, versetzte ihr einen schmerzhaften Fußtritt. Frederika sagte „Auaa!" und hielt den Mund. Ihr Bruder nickte nur. Er hatte ohnehin nicht mehr damit gerechnet, seine Eltern noch lebend vorzufinden.

„Lass man, Henk!", sagte Jette leise, „darüber kann man ein andermal reden. Wichtig ist, dass wir dich wiederhaben. Sicher willste 'ne Weile hier bleiben und dich man richtig ausruhen!"

Ja, das wollte er.

„Und wie jeht's euch man so?", fragte er in ihre Gesichter hinein, nachdem er Ottiliens gute Erziehung und seine Höflichkeit zusammengeklaubt hatte.

Danke der Nachfrage. Sie seien zufrieden. Henk sah, dass vor den Ohren des jüngsten Mitglieds seines Clans die langen dunklen Zöpfe hochgebunden und mit koketten Schleifen gehalten wurden. „Affenschaukeln!" dachte er, „Früher nannte man so was Affenschaukeln, und Karline trug ihre Zöpfe auch oft so. Ob man diese Frisur heutzutage noch so nennt? Und wo kommt diese Kleine überhaupt her? Zu wem gehört die denn?"

„Und wie geht's dir, Mutter?", fragte er. „Biste wohlauf?"

„Danke, Henk. Wie immer biste höflich und wohlerzogen! Was heeßt hier wohlauf? Ich stehe mit die Beene fast schon inne Grube. Da isses nich' mehr wichtig, wie et so 'ner alten Frau jeht. D u musst wieder hochkommen, mein Junge, und wir alle, möchte ich ma sagen, wollen dir jerne zur Seite stehen, oder?" Und tatsächlich schaute die alte Berlinerin herausfordernd in die Gesichter der Mitglieder der folgenden Generationen. Alle nickten, die Älteren beruhigend, die Jungen eher zögernd und nicht gerade voller Freude.

„Vater lebt nich' mehr?"

„Herbst 44 isser von uns jegangen. Det Ende hatter nich' mehr erlebt, man kann sagen, Jott sei Dank."

Schweigen.

„Wo is' denn euer Pastor?", fragte Henk schließlich in die Gruppe, eigentlich nur, um etwas zu sagen. Ihm war es egal, wo sich der Schwarzrock, der wohl des Klumpfußes wegen sein Sohn war, herumtrieb.

„Der Lois is' schon fort, Henk!", antwortete Paula. „Der lebt doch in München, bei St. Sylvester is' er Kaplan!"

„Und du, Pettchen? Wo bist du nu' zu Hause?" Dies waren die ersten Worte, die Henk an seine Frau richtete. Und es klang beinahe höhnisch. Elsbeth saß ihm gegenüber, denn neben ihrem heimgekehrten Mann thronte die gewichtige Paula.

„Wir leben alle in München, Mutter, deine Töchter und ich, Henk. Und gewartet haben wir immer auf dich", antwortete sie ganz ruhig.

Henk sah die tiefe Falte über der Nasenwurzel seiner Frau. Auch auf ihrer Stirn hatten sich mittlerweile Falten eingegraben, die sich nicht mehr glätteten und sich bis an ihr Lebensende noch vertiefen würden, und ihre Mundwinkel waren in einem Bogen nach unten gezogen. Inzwischen war das mittelblonde Haar der 47-Jährigen von reichlich grauen Strähnen durchzogen. Ihre Gestalt, ein wenig gerundet zwar, war im Grunde immer noch grazil, ihre schönen schlanken Hände noch immer gepflegt. Ihre Beine waren schlank, geradezu ansehnlich geblieben, und die Gelenke zart. Doch das, was ihn anfänglich an ihr gereizt hatte, nämlich ihre Zartheit, ihre mangelnde Streitlust und ihre Hingabe, das reizte ihn jetzt nur noch, namentlich ihre äußere Ruhe, und das umso mehr, als ihm bereits vor seiner Abreise nach Amerika bewusst war, dass sie sich vom Schauplatz ihrer gemeinsamen Ehe auf einen ihm unzugänglichen und ihn zunächst auch nicht interessierenden Nebenschauplatz zurückgezogen hatte. Natürlich, die Pfaffen von St. Sebastian, und Pettchens Märchenkrikselei! Dass er sich damals ebenso verhielt, indem er sie von seinem eigentlichen Leben als Flugzeugkonstrukteur und Pilot rigoros ausschloss, und erst recht, als er sich nach Amerika zurückzog, kam ihm noch heute durchaus normal vor. Doch offensichtlich – das ahnte er – war sozusagen das Nebengleis mittlerweile zu ihrem Haupt-Schienenstrang geworden.

Vor der geöffneten Türe marschierte eine getigerte Katze vorbei.

„Fabelste denn nu' noch?", fragte er.

„Natürlich", antwortete seine Frau mit einer für ihn ungewohnten Selbstsicherheit.

„Und noch immer Märchenjeschichten?" Sein Ton klang unangenehm arrogant. Das Aas hatte ihn nicht suchen lassen, so wie Paula. Ob sie gehofft hatte, dass er tot war?

„Sie schreibt Kinderbücher, Henk!", antwortete Henriette Schossier statt ihrer sanft. „Sie musste doch die Kinder durchbringen. Damit hatten sie alle ein Auskommen, und deine Töchter können studieren."

„Und erfolgreich isse ooch!", setzte Mutter streng hinzu, damit ja kein Widerspruch aufkam.

„Kein schlechtes Auskommen, wie?" Eine aus seiner Sicht durchaus berechtigte Frage, aus der aber auch seine Wut herauszuhören war, seine Wut darüber, dass seine Frau ihn in gewisser Weise überflügelt hatte. Sie hatte die Familie bisher durchgezogen, während er in einem sibirischen Bergwerk für nichts und wieder nichts ausgebeutet wurde und er darüber krank und schwach geworden war. Aber wen interessierte das schon? Und während sie sich von einer simplen Kindertante zu einer wer weiß wie bekannten Kinderbuchautorin gemausert hatte, hatte er eine umgekehrte Karriere hinter sich, eine Karriere vom dekorierten Fliegeroffizier zu einem Minenkuli. Niederlage auf der ganzen Linie! Jawohl, die Niederlage einer ganzen Armee hatte er erlitten! Und nun saß er mit leeren Händen da! Sie aber hatte ihn noch nicht einmal suchen lassen! Doch er war zu stolz, ihr das vorzuwerfen.

„Henk, wir alle haben auch schlechte Zeiten hinter uns!", warf Arno vorsichtig ein. Henk funkelte ihn böse an. Wie konnte ausgerechnet der Schwager es wagen, ihm, der durch die Hölle gegangen war, so etwas an den Kopf zu werfen. Er wandte sich ab. Alle schwiegen verlegen. Henk konnte ja nicht ahnen, dass auch sein Schwager Schlimmes durchgemacht hatte. So hat eben jeder seine Wirklichkeit, seine Sichtweise, sein eigenes Sein, und jeder seinen eigenen Erfahrungshorizont. Die Familie ahnte spätestens zu diesem Zeitpunkt, wie schwierig es werden würde, ihrer aller Leben mit dem des Heimgekehrten erneut zu verflechten, sich mit ihm, der seine eigene Vergangenheit hatte, wieder zu verschlingen und zu verknoten. Was sie allerdings nicht wussten: Er seinerseits wollte das gar nicht. In seiner trostlosen Seele hatte sich im Bewusstsein, ein Elitärer im Leiden zu sein, längst der Hochmut eingenistet. Er war ihnen voraus, da er in der Tiefe seiner Seele ein Wissen besaß, von denen die anderen nicht die geringste Ahnung hatten.

Also sagte er, einigermaßen desinteressiert:

„Nu erzählt ma, und ich hör' erst ma zu!"

Im Folgenden erfuhr er, dass seine Schwester Frederika inzwischen eine allerdings noch reichlich verschuldete Apotheke in Westberlin besaß. Ihre ehemalige Geliebte, Jettchen Schossier, hatte zwar schließlich auch von „Machdeburg wechjemacht", doch zu einem Zusammenleben der beiden Freundinnen war es nicht mehr gekommen. Nicht, dass es Jettchen nicht auch in Berlin hätte gelingen können, Wurzeln zu fassen, doch die Freundinnen waren sich fremd geworden. Die Liebe stirbt auch an der Geographie und an der Zeit. Nun lebte Jette mit ihrem Mann, dem liebenswürdigen sensiblen Dr.

Carl-Werner Lösche in der niederbayrischen Stadt Landshut zusammen, denn dort konnte der ehemalige „Hungerturm" eine Kinderärztliche Praxis übernehmen. In dieser stockkatholischen Gegend und unter den wachsamen Augen der Kirche war es selbstverständlich unmöglich, irgendwelchen homoerotischen Vorlieben nachzugehen. Hingegen wurde es gern gesehen, dass der nette mitteldeutsche Doktor, wenn auch leider kinderlos, verheiratet war. Ach, ohnehin war sein Mignon im Krieg geblieben! Jettchen arbeitete in der Praxis mit, und beide Ärzte waren so beliebt, wie sie es auch in Magdeburg gewesen waren. Auch die Niederbayern, mit Flüchtlingen reichlich eingedeckt, hatten sich inzwischen an fremdartiges Deutsch mit exotisch-possierlichen Ausdrücken gewöhnt.

Arno Angermaier hatte nach seinen bitteren Erfahrungen ebenfalls den Durchschlupf durch den damals noch ziemlich durchlässigen Eisernen Vorhang, der zu jener Zeit eigentlich noch kein richtiger Eiserner Vorhang war, gewagt. An den Mauerbau dachte zu der Zeit noch keine Seele. Arni und seine Familie lebten am Rhein. Und sie waren ausreichend gut situiert.

„Diese Marlene sieht immer noch so dämlich aus!", dachte Henk, der die Schwägerin stets für reichlich naiv gehalten hatte, in seiner Bitternis. Ihre Kinder, jedenfalls die, von denen er annahm, es seien die ihren, beachtete er nicht.

„Und wo habt ihr nu euer Brautpaar?", wurde die Familie weitergefragt.

„Die sind längst auf und bei der Arbeit!", wurde er belehrt, und er erfuhr, dass Paulas Ältester, Chef des Hauses Schranner, ein Flüchtlingsmädchen und noch dazu eine Kriegswaise geheiratet hatte, die schon seit zwei Jahren im Gasthof zur Post in der Metzgerei und in der Küche half. Arm wie eine Kirchenmaus war sie, wie ihre Schwiegermutter nicht umhin konnte, dies zum wie vielten Mal seufzend zu erwähnen, wenn auch hübsch und fleißig, und dagegen war ja auch nichts einzuwenden. Dennoch könne die Schwiegertochter Gott auf Knien danken, dass das Glück in Gestalt des Michael Schranner wie ein warmer Regen auf sie niedergegangen sei.

„Wenn se das noch oft jenuch erwähnt, is' das sojenannte Glück eines Tages über alle Berge!", bemerkte Frau Dr. Schossier trocken, und ihr Mann grinste.

„Ein bisserl kalt ist mir's schon dahergekommen, wie sie mir g'sagt haben, dass sie miteinander kommodkasteln und beieinander bleiben wollen, die zwei!", meinte die Paula dann doch gutmütig. „Aber was willst' da sag'n! Wo halt die Liebe hinfallt!" Wenn jemand darüber Bescheid wusste, dann sie!

Während Henk also über die Randfiguren der Sippe informiert wurde, betrachtete er die jüngeren Mitglieder, seine erwachsenen Töchter Irene und Imma, die sich zurückhielten und – so nahm er an – einigermaßen verwirrt waren, dass er ihre Kreise störte. Beglückt sahen sie jedenfalls nicht aus, eher sauer.

„Studieren! Was studiert man denn so?"

Irene legte ihre Stirn in Falten, genau so, wie es einst ihre Mutter getan hatte, wie sie ihr überhaupt ähnlich sah. Henk würgte. „Umjebracht hat se meine Karline!" Das war einfach nicht aus seinem Kopf zu bringen. Und er hasste sein Kind noch immer dafür.

„Pharmazie!", gab Henks Älteste karg zurück.

„So! So! Willste vielleicht in die Fußstapfen von der Familie treten? Ooch mal 'ne Offizin?"

Irene zuckte mit den Schultern. „Weiß ich nich' so genau. Ich hab 'ne Hilfsassistentenstelle am Institut und mache nebenher meine Doktorarbeit!"

„Na, denn man zu! Lukrativ wird's ja nich' jerade sein, aber hungern musste dabei nich', wie wir jerade jehört haben. Und was is' mit dir?", wandte er sich an die Jüngere.

„Medizin!", antwortete Imma brav. Keine der beiden hatte das Wort Vater oder Papa ausgesprochen, wie sie bisher überhaupt kein Wort mit ihm gewechselt hatten. Er konstatierte dies befriedigt. Er wollte mit ihnen nichts mehr zu tun haben.

„Na, denn bleibt ja alles en famille!", bemerkte der abgelehnte Vater sarkastisch und warf einen Seitenblick auf seine Schwester. „Und denn wohnt ihr wohl alle zusammen, nehme ich an?", fuhr er fort.

Ja, das taten sie. Sie wohnten alle zusammen in Mutters Haus. „Platz jenuch, um ooch noch den abjewrackten Vater uffzunehmen hätten se ja. Garantiert is' das Dachkabäuschen noch frei!", dachte er sarkastisch.

„Und du, Affenschaukel?" wandte er sich an die Jüngste, „wo haben se dich denn installiert, wer biste überhaupt?"

„Ich bin Sybille Schranner!", gab Paulas 14-jährige Tochter unbefangen zurück, und sie war die Einzige von den dreien, die ihn anlächelte. Da fiel Henk auf, dass sie auch die Einzige von der ganzen hier versammelten Familie war, die ihn überhaupt anlächelte, so wie ihn auch sein Sohn, der Pfarrer angelächelt hatte. „Und von Paula hat se ooch was", fand er.

„Und, wo haben se dich installiert?"

„Ich wohne auch bei der Tante Elsbeth. Ich gehe nämlich in München zur Schule", antwortete seine Jüngste stolz.

„Na, da haltet ihr ja fein zusammen!", sagte er, und insgeheim dachte er erleichtert: „Hut ab! Die sind zum Glück alle uff Draht, die brauchen mich überhaupt nich'! Jott sei Dank!"

Henk blieb zunächst in Malching, wurde von den Schranners aufgepäppelt und sah seine Münchner Familie, bis auf Mutter, hin und wieder. Mutter war zu betagt, als dass sie noch eine Bahnreise, wenn auch nur bis Malching, auf sich genommen hätte. Am häufigsten sah er seine Jüngste, die man weiterhin in dem Glauben ließ, der für tot erklärte Alois Schranner Senior sei ihr leiblicher Vater. Zu seiner eigenen Verwunderung begann er allmählich, sich für sie zu interessieren und an ihr zu erfreuen. Auch Elsbeth besuchte ihren Mann alle paar Wochen, und beide wagten nicht zuzugeben, dass es sich dabei eher um Pflichtbesuche denn um eheliche Liebesbeweise handelte. Die älteren Töchter sah Henk selten. Sie blieben ihm fremd und er ihnen.

Bald geriet Henk in das Fadenkreuz des Bundesnachrichtendienstes, zu welchem sich im April 1956 die Organisation Gehlen gemausert hatte. Es waren seine Russisch-Kenntnisse, welche die Herrschaften aus Pullach interessierten. Ehe es sich der inzwischen einigermaßen erholte Herr Doktor Hans Heinrich Torsdorf, der noch gar nicht dazu gekommen war, über sein zukünftiges Lebe nachzudenken, versah, war er zu einem Mitarbeiter des

BND geworden. Anfänglich saß er an einem Funkgerät im Dachgeschoss des Gasthauses zur Post, fing geheime Nachrichten auf, entschlüsselte sie und übersetzte die in russischer Sprache durch den Äther wehenden Geheiminformationen ins Deutsche oder ins Englische. Kein Mensch im Dorf hatte davon nur die leiseste Ahnung. Nur seine Vertraute, die Altwirtin Paula, und ihr Sohn Michael wussten Bescheid. Nicht lange danach siedelte Henk nach München um und lebte im Süden der Stadt. Der ehemalige spektakuläre Fliegerheld war also zu einem Mann des Schummrig-Undurchsichtigen, der im Nebel wabernden Geheimnisse, zu einem „Schattenmann" geworden, während seine Ehefrau im Alter als Autorin beliebter Kinderbücher, von denen eines tatsächlich verfilmt wurde, öffentlich und mit einem Preis geehrt wurde. Auch war sie wiederholt „durch die Lüfte geflogen", was sie sich in ihren jungen Jahren so sehr gewünscht aber nie für möglich gehalten hatte. Und das Meer hatte sie gesehen! Auf eine unerwartete Weise hatten sich die naiven Träume der jungen Elsbeth Angermaier erfüllt. Was hätte Mutter dazu gesagt?

„Da bist du aber von deiner eigenen Familiengeschichte reichlich abgeirrt, Edda! Ganz schön weit daneben gegriffen hast du da!", bemerkte der Professor.

„Hab' ich's dir nicht schon lange gesagt, dass eine ganz andere Geschichte daraus wird?", fragte sie dagegen. „Ein Roman hat ein Eigenleben."

„Wenn man über die Memorabilien des Lebens nachdenkt, und so etwas kommt dabei heraus, dann kann man doch einigermaßen zufrieden sein!" seufzte er. „Da gibt's ja ganz andere Wildwüchse! Na, wir werden ja sehen, was unsere Nachkommen respektive die Verwandtschaft dazu sagen wird!"

„Danke für die diskrete Sottise, Ansgar! Ist dir denn etwas über die Leber gelaufen? Suchst du wieder was?"

„Ach Edda! Ich suche diesen Kugelschreiber, den mir unser Ältester neulich geschenkt hat. Nicht um die Welt kann ich ihn finden! Es ist zum Verrücktwerden! Und mein Notizbuch muss ich auch wieder einmal verlegt haben!"

„Nun hab dich nicht so! Kugelschreiber haben wir den ganzen Garten voll, da wird sich doch einer ..."

„Es geht nicht darum, dass ich nicht einen zur Hand hätte, es geht um diesen einen! Und eigentlich geht es nicht um diesen einen, sondern ganz allgemein darum, dass mein Kopf einfach alt wird und sich auch nichts mehr so recht in ihm bilden will. Seit Tagen sitze ich an diesem blöden Vortrag! Es flutscht nicht mehr so, und das macht mich ganz krank. Es macht mich einfach krank!"

„Ja, das verstehe ich!", tröstete ihn seine Frau. „Aber ich finde, es flutscht bei dir noch ganz wunderbar. Du hast inzwischen 73 Lenze auf dem Buckel! Bedenke das! Übrigens geht es mir genauso, und glaub' mir, ich leide auch. Alles wird mühsamer, und das Deprimierende ist: Man muss sich immer mehr zurücknehmen. Was hilft's! Was man sich halt nicht mehr erfliegen kann, das muss man sich erhinken!"

„Wieder ein Zitat?"

„Aber ja!" Friedrich Rückert, und ich finde, es passt prima zu uns beiden Alten!"

„Aber Edda!"

„Sieh's ein und akzeptier's, Ansgar: Die Endgültigkeit im Alter! Das Neue kommt von der Jugend. Und die benutzt längst kein Notizbuch mehr, sondern ein elektronisches Notebook!"

>   Der Mythos Zeit zerbricht in Scherben
>   Die Vögel trauern sanft im Wind
>   Du hast den Kerker dir erwählt
>   Dass niemals soll die Wahrheit sterben
>   Du weinst und bist dem Traum vermählt
>   Die Vögel trauern sanft im Wind
>   Der Mythos Zeit zerbricht in Scherben

>   Horst Bienek
>   1930–1990